LE LOUP DE WALL STREET

Trader, Jordan Belfort a été condamné à quatre ans de prison ferme. Après avoir purgé sa peine, il est placé sous contrôle judiciaire et se voit interdit d'exercer dans le monde de la finance. Cinquante pour cent de ses gains vont au remboursement de sa dette de 100 millions de dollars gérée par un fonds d'indemnisation aux victimes de ses malversations. Il donne aujourd'hui des conférences publiques.

JORDAN BELFORT

Le Loup de Wall Street

TRADUIT DE L'ANGLAIS (ÉTATS-UNIS)
PAR LUCIE DELPLANQUE ET ERNE PERCIBAL

MAX MILO

Titre original :

THE WOLF OF WALL STREET
A Bantam Book / October 2007
Publié par Bantam Dell, une division de Random House Inc.,
New York, New York.

À mes deux merveilleux enfants,
Chandler et Carter Belfort.

NOTE DE L'AUTEUR

Ce livre est un travail de mémoire ; il s'agit d'une histoire vraie, qui se fonde le plus fidèlement possible sur les souvenirs de divers événements de ma vie. Les noms et caractéristiques de certaines personnes mentionnées dans ce livre ont été modifiés, pour préserver leur anonymat. J'ai parfois modifié et/ou compressé les événements et la chronologie, afin de mieux servir la narration et j'ai tenté de restituer les dialogues le plus fidèlement possible.

Tout juste sorti de l'œuf

1er mai 1987.

— C'est simple : ici, tu vaux moins que de la merde, annonça d'emblée mon nouveau chef. Ça te pose un problème, Jordan ?

— Non, aucun.

— Tant mieux, répondit-il sans même s'arrêter.

Je traversais pour la première fois la salle des marchés de L.F. Rothschild, un labyrinthe de bureaux acajou et de câbles, au vingt-troisième étage d'une tour en verre et aluminium qui en comptait quarante et un, sur la célèbre Cinquième Avenue de Manhattan. La salle était vaste, peut-être quinze mètres sur vingt. C'était un *open space* oppressant, bondé de bureaux, de téléphones, d'écrans et d'odieux yuppies, soixante-dix en tout. Ces derniers avaient tous retiré leur veste et à cette heure matinale – 9 h 20 – étaient vautrés dans leur fauteuil, à lire le *Wall Street Journal* en se félicitant d'être devenus de jeunes Maîtres de l'Univers.

Devenir un Maître de l'Univers. Cela semblait être en soi une noble quête et, tandis que je passais parmi eux dans mon pauvre costume bleu et mes gros godillots, je me surpris à rêver de devenir l'un d'entre eux. Mon chef ne tarda pourtant pas à me rappeler à la réalité.

— Ton boulot…

Coup d'œil au badge en plastique accroché au revers de ma veste miteuse.

— … Jordan Belfort, c'est *connecteur*, ce qui veut dire que tu vas passer cinq cents coups de fil par jour pour essayer de franchir le barrage des secrétaires. Tu ne vends rien, ne crées rien et tu ne conseilles personne. Tu te contentes d'essayer d'avoir les clients au téléphone.

Il s'arrêta une seconde, avant de se remettre à cracher son venin de plus belle.

— Quand tu réussis à en avoir un au bout du fil, tout ce que tu as à dire, c'est : « Bonjour M. Machin, ne quittez pas, je vous passe Scott » ; puis tu me le passes et tu recommences. Tu vas t'en sortir, ou bien c'est trop compliqué pour toi ?

— Non, ça ira, assurai-je, tandis qu'une vague de panique s'abattait sur moi, tel un tsunami ravageur.

La formation durait six mois chez L.F. Rothschild. Six mois rudes, éreintants même, au cours desquels je serais à la merci d'emmerdeurs du genre de Scott, cette ordure surgie tout droit des entrailles furieuses de l'enfer yuppie.

Après l'avoir observé en douce, j'arrivai à la conclusion qu'il ressemblait à un poisson rouge, avec son front dégarni et son teint plâtreux ; les quelques cheveux qui lui restaient étaient d'un orange douteux. La trentaine, plutôt grand, il avait aussi le crâne allongé et de grosses lèvres roses. Il portait un nœud papillon ridicule et dissimulait ses yeux marron et globuleux derrière des lunettes à monture d'acier qui lui donnaient ce petit air de poisson – plutôt genre poisson rouge.

— Bien, reprit cette ordure de poisson rouge. Les règles de base sont simples : pas de pauses, pas d'appels personnels, pas d'arrêts maladie, pas de retards et interdiction de se tourner les pouces. Trente minutes pour déjeuner le midi...

Petit silence théâtral.

— ... et tu as intérêt à revenir à l'heure, parce qu'il y a cinquante gars qui attendent de prendre ton job si tu joues au con.

Il pérorait tout en marchant et je le suivais de près, hypnotisé par les milliers de petites loupiotes orange des valeurs qui glissaient sur le gris des écrans d'ordinateur. Au fond de la salle, une immense baie vitrée offrait une vue imprenable sur Manhattan. L'Empire State Building se dressait un peu plus loin : il dominait tout et donnait l'impression de s'élever jusqu'aux nues pour taquiner le ciel. Une vue grandiose, digne d'un jeune Maître de l'Univers, qui me rappelait encore plus, en cet instant, combien ce but était hors de ma portée.

— Pour être franc, postillonna Scott, je ne pense pas que tu aies la carrure pour ce boulot. Tu as l'air d'un môme et Wall Street n'est pas une cour de récréation. C'est fait pour les tueurs, les mercenaires. En fait, tu as de la chance que ce ne soit pas moi qui m'occupe du recrutement ici.

Il laissa échapper deux ou trois gloussements ironiques. Je me mordis la lèvre pour ne pas répondre. On était en 1987 et le monde semblait dominé par des trous du cul de yuppies du genre de Scott. Wall Street vivait dans une bulle financière délirante ; chaque jour, des dizaines de millionnaires tout frais éclos étaient lâchés dans les rues. L'argent était facile et un gars du nom de Michael Milken venait d'inventer les *junk bonds*, les « titres pourris » qui avaient changé le monde des affaires américain. C'était une époque d'avidité débridée et d'excès en tous genres. C'était l'ère du yuppie.

Comme nous arrivions près de son bureau, mon bourreau se tourna vers moi :

— Je te le répète, Jordan : tu es le dernier des derniers. Tu n'es même pas encore prospecteur de clients ; seulement connecteur…

Sa voix dégoulinait de mépris en prononçant le mot.

— Et tant que tu n'auras pas fait tes classes, ce sera ton seul univers. C'est pour ça que tu vaux moins que de la merde. Ça te pose un problème ?

— Aucun problème, répondis-je d'un air innocent. C'est le boulot parfait pour moi, parce que je vaux vraiment moins que de la merde dans la vie.

Il me scruta de près, à la recherche de la moindre trace d'ironie dans mes yeux. Contrairement à Scott, je n'avais pas l'air d'un poisson rouge, ce dont je n'étais pas peu fier. J'étais plutôt petit, pourtant, et, malgré mes 24 ans, j'avais toujours les traits doux d'un adolescent. Avec ce genre de visage, j'avais du mal à entrer dans un bar sans qu'on me demande mes papiers. J'avais de beaux cheveux châtains bien drus, le teint mat et de grands yeux bleus. Pas trop mal, dans l'ensemble.

Hélas, je ne mentais pas à Scott en affirmant que je me sentais l'âme d'une sous-merde. C'était la stricte vérité : ma première société, une affaire mal ficelée dans la viande et les fruits de mer, venait juste de boire la tasse et mon ego avait suivi le mouvement. Le temps que tout soit fini, je m'étais retrouvé avec un bail de location de vingt-six camions pour lesquels je m'étais personnellement porté garant et que je ne pouvais plus payer. Donc, j'avais les banques aux fesses et une furie de chez American Express – un monstre à barbe de cent quarante kilos, d'après la voix – me menaçait de venir en personne me botter le cul si je ne remboursais pas mes dettes jusqu'au dernier dollar. J'avais bien pensé changer de numéro de téléphone, mais j'étais tellement en retard sur ma facture que Nynex me courait aussi après.

Arrivé à son bureau, Scott me désigna le fauteuil à côté du sien, avec quelques suaves paroles d'encouragement :

— Vois le bon côté des choses : si, par miracle, tu ne te fais pas virer pour paresse, stupidité, insolence ou parce que tu es trop lent, tu pourras peut-être devenir courtier un jour.

Son propre humour le faisait sourire.

— Juste pour information, l'an denier, j'ai fait plus de 300 000 dollars et l'autre type pour qui tu vas travailler a fait plus de 1 million.

Plus de 1 million ? J'osais à peine imaginer quel genre de connard ce devait être.

— Qui c'est, l'autre type ? demandai-je, le cœur lourd.

— Pourquoi ? répliqua mon bourreau yuppie. Qu'est-ce que ça peut te foutre ?

Bon Dieu ! Ne l'ouvre que si on te parle, espèce d'âne bâté ! C'était comme si j'étais entré dans les marines. En fait, j'avais la très nette impression que le film préféré de ce fumier de Scott était *Officier et Gentleman* et qu'il se prenait pour Lou Gossett. Il semblait jubiler de jouer avec moi au sergent instructeur chargé d'une recrue pas très douée. Néanmoins, je gardai cette réflexion pour moi.

— Heu, rien. C'était juste par... heu... curiosité.

— Il s'appelle Mark Hanna et tu le verras bien assez tôt.

Sur ces mots, il me tendit un paquet de petites fiches cartonnées classées par ordre alphabétique, portant les coordonnées de riches hommes d'affaires.

— Allez, souris et décroche-moi ce téléphone. Et que je ne te voie pas relever la tête avant midi.

Ensuite, il s'assit, posa ses chaussures noires en croco sur son propre bureau et se plongea dans son *Wall Street Journal*. J'allais décrocher mon téléphone, lorsqu'une main énorme se posa sur mon épaule. Un seul coup d'œil me suffit pour comprendre que c'était Mark Hanna. Ce type puait le succès à plein nez, un véritable Maître de l'Univers. Il était grand – pas loin d'un mètre quatre-vingt-cinq pour cent kilos, rien que du muscle. Cheveux de jais, yeux sombres et intenses, traits épais et pleins avec quelques cicatrices d'acné par-ci, par-là. Il était beau, dans un style très new-yorkais, dégageant un je-ne-sais-quoi de branché, genre Greenwich Village. Il suait le charisme par tous les pores de la peau.

— Jordan ? demanda-t-il d'un ton incroyablement rassurant.

— Présent, répondis-je, d'une voix d'outre-tombe. Sous-merde de première classe à votre service !

Il rit de bon cœur et les épaulettes de son costume à rayures grises à 2 000 dollars se soulevèrent en rythme. Puis, d'une voix plus forte que nécessaire, il dit en désignant Scott du menton :

— Bien, je vois que tu as fait connaissance avec l'emmerdeur de service.

Voyant que je hochais à peine la tête, il m'adressa un clin d'œil.

— Pas de soucis : c'est moi le trader senior ici ; lui n'est qu'un amateur sans intérêt, alors ne fais pas attention à ce qu'il raconte.

Malgré moi, je ne pus m'empêcher de jeter un œil à Scott qui marmonna :

— Va te faire foutre, Hanna !

Mark n'eut pas l'air de s'en formaliser, se contentant de faire le tour de mon bureau pour interposer la masse de son corps entre Scott et moi.

— Ne te laisse pas faire. J'ai entendu dire que tu étais un vendeur hors pair. D'ici un an, ce crétin te léchera le cul.

Je souris, à la fois fier et un peu gêné.

— Qui vous a dit ça ?

— Steven Schwartz, le type qui t'a embauché. D'après lui, tu es une valeur d'avenir.

Mark eut un petit rire.

— Il a été très impressionné dès le début de l'entretien ; il m'a dit de t'avoir à l'œil.

— J'étais plutôt inquiet qu'il ne m'embauche pas. Il y avait bien vingt personnes qui attendaient dans le couloir et je me suis dit qu'il valait mieux mettre le paquet – vous savez, pour faire impression… Bon, il m'a quand même conseillé de me calmer un peu.

— Ah oui ? Eh bien, pas trop quand même, répondit Mark avec un petit sourire. La pression est indispensable dans ce métier. Ce ne sont pas les clients qui achètent des actions, c'est nous qui les leur vendons. N'oublie jamais ça.

Il fit une pause, le temps de me laisser méditer ses paroles.

— Cela dit, l'autre fumier d'à côté a raison sur un point : le boulot de connecteur est vraiment naze. Je l'ai fait pendant sept mois et j'avais envie de me tuer tous les jours. Alors, je vais te donner un petit tuyau…

Voix mystérieuse.

— Fais semblant de bosser. À la moindre occasion, tu n'en fous pas une…

Nouveau sourire, nouveau clin d'œil, puis il se remit à parler normalement.

— Attention, je veux quand même que tu me passes le plus de clients possible, parce que c'est grâce à eux que je fais mon chiffre. Mais pas question d'aller te taillader les veines à cause de ça ; je déteste la vue du sang, en plus.

Clin d'œil.

— Alors, fais plein de pauses. Va aux toilettes et branle-toi, s'il le faut. C'est cc que je faisais et ça a marché comme un charme pour moi. Tu aimes te branler, j'imagine ?

La question me prit un peu de court, mais, comme j'allais l'apprendre par la suite, le second degré n'était pas de mise à Wall Street. Des mots comme *merde, putain, connard* ou *salaud* étaient aussi fréquents que *oui, non, peut-être* et *s'il te plaît*.

— Oui… heu… j'adore me branler. Vous… vous en connaissez beaucoup qui n'aiment pas ça ?

Il sembla presque soulagé.

— C'est bien, c'est super bien. La branlette, c'est la clé. L'usage de drogue est aussi fortement conseillé, la cocaïne surtout, parce que ça te fera pianoter plus vite sur ton téléphone et ça, c'est bon pour moi.

Il sembla chercher encore quelques paroles de sagesse, mais il était apparemment à court.

— Bon, je ne vois pas d'autres conseils à te donner, pour l'instant. Ça va aller, petit. Tu verras, tu en rigoleras même dans dix ans. Ça, je peux te le promettre.

Il m'adressa un dernier sourire avant d'aller s'asseoir devant son propre téléphone. Quelques instants plus tard, une alarme retentit, annonçant l'ouverture du marché. Je jetai un œil à ma Timex, achetée chez JCPenney la semaine précédente : il était neuf heures et demie tapantes. On était le 4 mai 1987 ; mon premier jour à Wall Street.

Au même moment, la voix de Steven Schwartz, directeur commercial de L.F. Rotschild, sortit d'un haut-parleur.

— Bonjour, messieurs ! L'avenir est radieux ce matin et Tokyo semble bien décidé à acheter !

À peine âgé de 38 ans, Steve n'en avait pas moins gagné plus de 2 millions de dollars l'année précédente – encore un Maître de l'Univers.

— Il y a un bond de dix points à l'ouverture, alors, à vos téléphones et que ça chauffe !

En un clin d'œil, un vacarme assourdissant emplit la salle : un par un, les traders se redressèrent, jetèrent leurs journaux à la corbeille, puis, remontant leurs manches, ils se jetèrent sur leur téléphone. J'attrapai le mien et me lançai dans la danse.

En quelques minutes, ils arpentaient tous furieusement la salle en gesticulant comme des sauvages et en hurlant au téléphone, dans un redoutable rugissement. C'était la première fois que j'entendais le rugissement d'une salle des marchés de Wall Street. Jamais plus je n'oublierai cette clameur, semblable au grondement d'une foule en furie, qui allait changer ma vie pour toujours. C'était le cri de jeunes hommes dévorés de cupidité et d'ambition, s'engageant cœur et âme pour les riches businessmen de toute l'Amérique.

— Miniscribe est une putain de bonne affaire ! hurlait au téléphone un yuppie joufflu de 28 ans, férocement cocaïnomane avec son revenu annuel brut de 600 000 dollars. Votre agent en Virginie-Occidentale ? Bon sang ! Il est peut-être doué pour les charbonnages, mais ce sont les années quatre-vingt, maintenant. Tout se passe dans le high-tech !

— J'ai 50 000 titres à cinquante jours pour juillet prochain ! criait un courtier, deux bureaux plus loin.

— Ils n'ont plus de fric ! hurlait un autre.

— On ne devient pas riche dans ce métier, jurait un trader à son client.

— Vous plaisantez ? geignait Scott. Quand j'ai partagé ma commission avec la société et avec le fisc, il me reste à peine de quoi remplir ma gamelle !

De temps en temps, un trader raccrochait brusquement d'un air victorieux, puis remplissait un bon d'acquisition et se dirigeait jusqu'au système de tubes pneumatiques fixé sur un pilier. Il glissait son bon dans un cylindre de verre et le regardait être aspiré vers le plafond. De là, le bon gagnait le bureau de vente de l'autre côté du bâtiment, avant d'être redirigé à l'étage de la Bourse de New York, pour être exécuté. Le plafond avait donc été surbaissé pour faire de la place au système pneumatique et j'avais l'impression qu'il allait me tomber sur la tête.

À 10 heures, Mark Hanna avait effectué trois voyages jusqu'au pilier et était sur le point d'en faire un quatrième. Il était tellement suave au téléphone que cela en était proprement ahurissant. Il semblait presque s'excuser auprès de ses clients de leur arracher gentiment les yeux de la tête.

— Monsieur, laissez-moi vous dire une chose, disait Mark au P-DG d'une des cinq cents premières sociétés du pays. Je mets un point d'honneur à aller jusqu'au bout des choses. Mon but n'est pas seulement de vous guider dans ces situations, mais aussi de vous aider à en sortir.

Son ton était doux et velouté, presque hypnotisant.

— Je voudrais vous être utile sur le long terme ; à vous, à votre société… et à votre famille.

Deux minutes plus tard, Mark se rendait au tube pneumatique avec un bon d'acquisition d'un quart de million de dollars pour une action du nom de Microsoft. Je n'avais jamais entendu parler de Microsoft, mais ça avait l'air d'une entreprise assez honnête. Quoi qu'il en fût, la commission de Mark pour cette transaction était de 3 000 dollars. J'en avais 7 en poche.

À midi, j'avais le tournis et je mourais de faim. En fait, j'avais le tournis, je mourais de faim et je suais abondamment. Mais surtout, j'étais accro. Le redoutable rugissement se déversait au plus profond de moi, faisant vibrer chaque fibre de mon être. Je savais que je pouvais faire ce boulot exactement comme Mark Hanna, sans doute même mieux. Moi aussi je pouvais être suave au téléphone.

L'heure du déjeuner arriva. À ma grande surprise, au lieu de descendre dans le hall d'entrée pour investir la moitié de ma fortune dans l'achat de deux saucisses et un Coca, je me retrouvai dans l'ascenseur en compagnie de Mark Hanna, direction le restaurant cinq étoiles, le Top of the Sixes, situé au quarante et unième et dernier étage de l'édifice. C'était là que l'élite se retrouvait pour manger et que les Maîtres de l'Univers venaient s'éclater la tête au Martini en échangeant des récits de guerre.

À peine avions-nous mis un pied dans le restaurant, que Luis, le maître d'hôtel, se précipita vers Mark pour lui serrer vigoureusement la main en lui disant à quel point c'était merveilleux de le voir en ce somptueux début de semaine. Je manquai d'avaler ma langue lorsque Mark lui glissa un billet de cinquante. Luis nous conduisit alors jusqu'à une table à l'écart, avec une vue fabuleuse sur l'Upper West Side et le pont George-Washington.

— Apporte-nous deux Absolut Martini, Luis, demanda Mark avec un sourire. Secs. Puis, tu en amènes deux autres dans exactement…

Coup d'œil à sa Rolex en or massif.

— … sept minutes et demie, et tu continues à fournir toutes les cinq minutes jusqu'à ce que l'un de nous tombe raide.

— Bien sûr, M. Hanna. Excellente stratégie, M. Hanna.

Je souris à Mark d'un air vraiment navré :

— Je suis désolé, mais je… heu… je ne bois pas. Amenez-moi juste un Coca. Ça ira très bien.

Luis et Mark se regardèrent comme si je venais de commettre un crime.

— C'est son premier jour à Wall Street, se contenta d'expliquer Mark. Donne-lui un peu de temps.

Luis me regarda, les lèvres pincées, l'air grave.

— Je comprends tout à fait. N'ayez crainte, bientôt vous aussi serez alcoolique.

— Bien dit, Luis. Mais apporte son Martini quand même, juste au cas où il changerait d'avis. Au pire, je le boirai moi-même.

— Très bien, M. Hanna. Votre ami et vous-même avez l'intention de manger aujourd'hui, ou bien allez-vous simplement boire ?

Putain, mais qu'est-ce qu'il racontait ? La question était plutôt ridicule, puisqu'il était midi ! Pourtant, à ma grande surprise, Mark répondit que je serais le seul à déjeuner. Luis me tendit un menu, avant de partir chercher nos boissons. Un moment plus tard, je compris pourquoi Mark n'avait pas l'intention de manger : il sortit de la poche de sa veste une fiole, dont il dévissa le couvercle avant d'y plonger une minuscule cuiller. Il ramena ainsi un monticule étincelant du plus puissant coupe-faim que la nature ait jamais créé – j'ai nommé la cocaïne – dont il s'envoya une dose d'éléphant dans la narine droite. Rebelote pour la narine gauche.

Hallucinant ! Là, en plein restaurant ! Au milieu des Maîtres de l'Univers ! Du coin de l'œil, j'observai la salle pour voir si quelqu'un avait remarqué quoi que ce soit. Apparemment non. *A posteriori*, je suis sûr que personne n'en avait rien à foutre. Ils étaient tous trop occupés à se défoncer à la vodka, au scotch, au gin, au bourbon et à toutes les substances dangereuses qu'ils pouvaient s'offrir avec leurs salaires indécents.

— Tiens, sers-toi, me dit Mark, en me tendant la fiole de coke. C'est ça le vrai ticket pour Wall Street. Ça et les putes.

Les putes ? Étrange. Personnellement, je n'en avais jamais fréquenté ! Et puis, j'étais amoureux et j'allais bientôt me marier. Elle s'appelait Denise ; une fille magnifique – aussi belle dedans que dehors. Absolument aucun risque que je la trompe. Quant à la coke, ma foi, j'avais eu mon compte de soirées à l'université, mais cela faisait plusieurs années que je n'avais touché à rien d'autre qu'à de l'herbe.

— Non, merci… Je… heu… Je ne supporte pas vraiment ce truc. Ça me rend… heu… comment dire… un peu dingue. Je perds le sommeil et l'appétit, tout ça, et je… je me mets à m'inquiéter de tout, après. Ça ne me réussit pas. Ça me fait vraiment du tort.

— Comme tu veux.

Nouvelle dose.

— Pourtant, je te jure que la cocaïne t'aidera à tenir le coup toute la journée, ici ! C'est un putain de boulot de taré d'être trader. Soyons clairs : le salaire est génial et tout, mais tu ne crées rien, tu ne construis rien. Alors, au bout d'un moment, ça finit par devenir monotone.

Il sembla chercher ses mots un instant.

— La vérité, c'est que nous ne sommes rien de plus que de pauvres commerciaux. Aucun d'entre nous n'a la moindre idée de ce qui se passe sur le marché ! On fait ça au petit bonheur la chance et le reste, c'est du baratin. Enfin, bref, tu t'en rendras compte par toi-même bien assez tôt.

Nous passâmes ensuite quelques minutes à évoquer nos parcours respectifs. Mark avait grandi à Bay Ridge, un quartier de Brooklyn, un coin plutôt dur d'après ce que j'en savais.

— Surtout, ne sors jamais avec une fille de Bay Ridge. Elles sont toutes dingues !

Nouvelle dose.

— La dernière avec laquelle je suis sorti m'a poignardé avec un putain de stylo pendant que je dormais ! Tu imagines un peu ?

Un serveur en smoking vint poser nos boissons sur la table. Mark leva son Martini à 22 dollars et moi, mon Coca à 8 dollars.

— Au Dow Jones qui explose à 5 000 points ! Et à ta carrière à Wall Street ! Fais-toi un sacré paquet de pognon dans cette folie et tâche de conserver au moins un petit bout d'âme !

Tout sourire, nous trinquâmes de nouveau.

Si quelqu'un était venu me dire que, à peine quelques années plus tard, je finirais propriétaire de ce même restaurant et que Mark Hanna ainsi que la moitié des courtiers de L.F. Rothschild se retrouveraient à travailler pour moi, je l'aurais pris pour un fou. Et si quelqu'un m'avait dit que je snifferais des lignes de coke à même le bar, sous le regard admiratif d'une dizaine de putes de luxe, j'aurais dit que cette personne avait complètement perdu la tête.

Pourtant, ce ne serait encore qu'un début. Il faut savoir qu'au même moment, des événements étaient en train de se produire ailleurs – des événements dans lesquels je n'étais pour rien. Il y avait, par exemple, pour commencer cette petite chose appelée « assurance de portefeuille ». C'était une stratégie de protection automatisée des options, qui finirait par faire exploser cette bulle financière galopante et ferait chuter le Dow Jones de 508 points en un seul jour. À partir de là, l'enchaînement des événements serait presque inimaginable. Wall Street fermerait pendant quelque temps et la société d'investissement L.F. Rothschild serait obligée de mettre la clé sous la porte. Puis, ce serait le délire.

Ce que je vous propose, c'est une reconstitution de cette folie – une reconstitution satirique de ce qui fut par la suite considéré comme l'un des épisodes les plus effrénés de l'histoire de Wall Street. Je vous propose de vous faire ce récit avec la petite voix qui résonnait alors dans ma tête. C'était une voix ironique, désinvolte, égoïste et bien souvent méprisable ; une voix qui me permettait de refouler tout ce qui tentait de m'empêcher de mener une vie d'hédoniste débridé. Une voix qui m'a permis de corrompre ou de manipuler des gens et de plonger dans le chaos et la folie toute une génération de jeunes Américains.

J'ai grandi dans une famille de la classe moyenne de Bayside, dans le Queens, où des termes comme *négro*, *latino*, *rital* et *chinetoque* étaient considérés comme les pires gros mots et ne devaient être prononcés sous aucun prétexte. À la maison, le racisme sous toutes ses formes était complètement banni ; c'était un processus mental propre à des êtres inférieurs et peu éclairés. Ce sentiment ne m'a jamais quitté au cours de mon enfance, de mon adolescence et même aux pires heures de cette folie. Pourtant, des gros mots de ce genre me sortaient de la bouche avec une aisance remarquable, d'autant plus à mesure que la folie gagnait. Bien sûr, je refoulais également tout cela, en me disant que c'était Wall Street et qu'à Wall Street, il n'y avait pas de temps à perdre en plaisanteries symboliques et en courbettes.

Pourquoi est-ce que je vous raconte tout çela ? Parce que je veux que vous sachiez qui je suis vraiment et plus encore qui je ne suis pas. Parce que j'ai moi-même deux enfants et que j'aurai un jour beaucoup de choses à leur expliquer. Par exemple, comment leur adorable papa, celui-là même qui les conduit aux matchs de foot, assiste aux réunions parents-professeurs et reste à la maison le vendredi soir pour leur mitonner des petits plats, a pu un jour être quelqu'un d'aussi méprisable.

Mais ce que j'espère sincèrement, c'est que le récit de ma vie serve d'avertissement aux riches comme aux pauvres, à tous ceux qui vivent avec une paille dans chaque narine et un cocktail de pilules dans le ventre, à ceux qui envisagent de faire mauvais usage d'un don naturel, à ceux qui décident de rejoindre le côté obscur de la force pour vivre une vie d'hédonisme débridé. Ou à quiconque penserait qu'il y aurait quoi que ce soit de glamour à être connu comme le Loup de Wall Street.

PREMIÈRE PARTIE

CHAPITRE 1

Le loup déguisé en agneau

Six ans plus tard.

La folie avait rapidement gagné. Pendant l'hiver 1993, j'éprouvais le sentiment glaçant de m'être dégoté le premier rôle d'une de ces émissions de téléréalité, avant même que celles-ci ne deviennent à la mode. Quelque chose dans le genre de *Vie et mœurs des riches détraqués*, où chaque jour semblait pire que le précédent.

J'avais monté Stratton Oakmont, une société de courtage qui était à présent l'une des plus grosses et, de loin, l'une des plus délirantes de l'histoire de Wall Street. Dans le milieu, la rumeur courait que j'étais purement et simplement animé par un désir de mort et que j'allais sans doute me foutre en l'air avant 30 ans. C'étaient des conneries : à tout juste 31 ans, j'étais toujours bel et bien en vie.

Par ce beau mercredi matin de décembre, j'étais assis aux commandes de mon hélicoptère Bell Jet bimoteur, entre l'héliport de la 30ᵉ Rue et ma propriété d'Old Brookville, à Long Island, avec assez de drogue dans le sang pour assommer tout le Guatemala.

Il était un peu plus de 3 heures du matin et nous volions joyeusement à cent vingt nœuds quelque part au-dessus de la rive ouest de Little Neck Bay. J'étais en train de m'émerveiller de pouvoir voler ainsi en ligne droite alors que je voyais tout en double, quand soudain, je sentis que je tombais dans les vapes. L'hélico se mit immédiatement à piquer du nez et les eaux noires de la baie se ruèrent sur moi. Le rotor principal s'était mis à vrombir de façon inquiétante, lorsque j'entendis mon copilote hurler comme un fou dans le casque :

— Nom de Dieu, patron ! Redressez ! Redressez ! On va s'écraser ! Oh ! Putain de merde !

Puis, nous fûmes de nouveau d'aplomb.

Le capitaine Marc Elliot, mon loyal et dévoué copilote, était assis devant son propre poste de commande, tout de blanc vêtu. Il avait reçu l'ordre strict de ne pas intervenir, à moins que je n'aie complètement perdu connaissance ou en cas de danger imminent de s'écraser au sol. C'était lui qui pilotait, à présent, ce qui valait sans doute mieux.

Marc était un de ces capitaines à la mâchoire carrée, le genre qui inspire confiance au premier coup d'œil. D'ailleurs, il n'avait pas que la mâchoire de carrée : son corps tout entier semblait n'être qu'un assemblage d'éléments cubiques empilés les uns sur les autres. Même sa petite moustache noire formait un rectangle parfait qui trônait, tel un balai-brosse, au-dessus de sa bouche flegmatique.

Nous avions décollé de Manhattan environ dix minutes plus tôt, après un long mardi soir qui avait largement dégénéré. La soirée avait pourtant commencé bien innocemment chez Canastel, un restaurant en vogue de Park Avenue, où j'avais dîné avec mes jeunes courtiers. Par je ne sais quel concours de circonstances, nous avions fini dans la suite présidentielle du Hemsley Palace, où une prostituée de luxe du nom de Venice, aux lèvres trop pulpeuses pour être honnêtes et à la croupe incendiaire, avait tenté en vain de me faire bander à l'aide d'une bougie. C'était la raison précise de mon retard (cinq heures trente, pour être exact) ; j'étais, une fois de plus, dans une merde noire vis-à-vis de ma fidèle et aimante seconde femme, Nadine, championne en violences conjugales, catégorie amateur.

Vous avez peut-être vu Nadine à la télé : c'était la blonde sexy qui tentait de vous vendre de la bière Miller Lite pendant l'émission *Monday Night Football*, celle qui se promenait dans le parc avec son frisbee et son chien. Elle ne disait pas grand-chose dans ce spot, mais ça ne dérangeait personne. Elle avait eu le boulot grâce à ses jambes ; et aussi grâce à son cul, qui était plus rond que celui d'une Portoricaine et assez ferme pour y faire rebondir une pièce de 25 cents. Quoi qu'il en soit, j'allais tâter du bien-fondé de sa colère dans un avenir proche.

Je tentai de me redresser. Je me sentais de nouveau plutôt bien. J'attrapai le manche et fis signe au capitaine Bob l'Éponge que j'étais prêt à reprendre les commandes. Voyant qu'il semblait un peu nerveux, je lui adressai un grand sourire complice et quelques paroles d'encouragement bienveillantes via le système radio.

— ZZauras une brime de rizque brovezzionnel pour za, mon vieux…

Traduction : « Tu auras une prime de risque professionnel pour ça, mon vieux. »

— Ah oui ? Super ! répondit le capitaine Marc en lâchant les commandes. Faites-moi penser à vous la demander, si jamais on s'en sort vivants.

Il ajouta, à la fois résigné et effaré :

— Pensez à fermer l'œil gauche avant d'entamer la descente ! Quand on voit double, ça peut aider…

Très astucieux et très pro, mon petit capitaine au carré ; en réalité, c'était un sacré fêtard, lui aussi. Non seulement il était le seul à posséder un brevet de pilote dans le cockpit, mais il était aussi le capitaine de mon yacht de cinquante mètres, le *Nadine*, baptisé du nom de ma femme déjà mentionnée plus haut.

Plein d'entrain, je lui fis signe que tout allait bien, puis je jetai un coup d'œil par la vitre du cockpit pour me situer. J'aperçus au loin les cheminées rouge et blanc de la banlieue juive bourgeoise de Roslyn qui me servaient de repère pour savoir que j'entrais au cœur de la Gold Coast de Long Island, où se trouvait Old Brook-ville. La Gold Coast était un endroit génial pour vivre, surtout si on aimait les wasps [1] pur-sang et les chevaux hors de prix. Personnellement, je détestais les deux, mais j'avais fini par devenir propriétaire d'un troupeau de chevaux hors de prix et par fricoter avec un troupeau de wasps pur-sang, qui, je pense, devaient me consi-dérer comme un jeune clown juif très distrayant.

Je jetai un œil à l'altimètre : il indiquait trois cents pieds et dégringolait à toute allure. Tel un champion prêt à monter sur le ring, je fis quelques mouvements pour m'assouplir la nuque, puis j'attaquai ma descente à un angle de trente degrés au-dessus des allées du golf du country club de Brookville. Au-dessus de la canopée luxuriante de Hegemans Lane, je redressai le manche avant d'entamer ma descente finale vers la piste d'atter-rissage située au bout de ma propriété.

D'un petit coup de pédale, je mis l'hélicoptère en vol stationnaire à environ cinq mètres au-dessus du sol, puis tentai de me poser. Un petit ajustement du pied gauche,

---

1. White Anglo-Saxon Protestants, membres de la population blanche anglo-saxonne protestante, particulièrement de la classe aisée. *(NdT)*

un autre du pied droit, un peu moins de jus sur le çol-
lectif, un poil de pression sur le manche et l'hélicoptère
s'écrasa subitement au sol avant de reprendre son envol.

— Eh merzde ! marmonnai-je en reprenant de l'alti-
tude.

Paniqué, j'écrasai le collectif et l'hélicoptère tomba
comme une masse. Tout à coup – BAM ! – nous nous
posâmes dans un vacarme assourdissant.

J'étais un peu sonné. Ça, c'était du sport ! Ce n'était
peut-être pas un atterrissage parfait, et alors ? Très fier,
je me tournai vers mon capitaine préféré :

— Alors, mon vieux, z'est qui l'meilleur ?

Le capitaine Marc me contempla longuement en
fronçant ses sourcils carrés, comme pour dire : « Vous
avez complètement perdu la tête ou quoi ? » Puis, un
sourire narquois apparut sur son visage.

— C'est vous, patron. Il faut bien l'admettre. Vous
avez bien fermé l'œil gauche ?

— Za a marzé comme un zharme. T'es un azz.

— Tant mieux. Je suis heureux que vous le pensiez,
gloussa-t-il. Bon, je file avant que les ennuis commencent. Voulez-vous que j'appelle les gardiens pour qu'ils
viennent vous chercher ?

— Non, za va, mon vieux.

Après avoir détaché mon harnais, j'adressai un semblant de salut militaire au capitaine Marc et ouvris la
porte du cockpit pour descendre. Une fois dehors, je
cognai deux fois sur la vitre, pour lui faire comprendre
que j'avais été assez responsable pour refermer, ce qui
me procura un intense sentiment de satisfaction. Enfin,
autant que mon état me le permettait. Puis, je tournai les
talons et me dirigeai vers la maison, droit vers l'œil du
cyclone Nadine.

C'était merveilleux d'être dehors. Le ciel constellé
d'étoiles scintillait de mille feux et il faisait incroya-

blement doux pour un mois de décembre. Il n'y avait pas
le moindre souffle de vent et une bonne odeur d'humus
et de bois rappelant l'enfance flottait dans l'air. Je
repensais aux nuits d'été en colonie de vacances, à mon
grand frère Robert, avec qui j'avais récemment coupé les
ponts, après que sa femme eut menacé de poursuivre ma
société pour harcèlement sexuel. J'avais alors emmené
Robert au restaurant où, complètement défoncé, j'avais
traité sa femme de connasse. Néanmoins, c'étaient de
bons souvenirs, datant d'une époque où tout était plus
simple.

À environ deux cents mètres de la maison, j'inspirai
profondément pour m'emplir du parfum de ma propriété. Quelle bonne odeur ! Toute cette herbe des Bermudes ! L'odeur piquante des pins ! Tous ces petits
bruits apaisants ! Les stridulations incessantes des
grillons ! Le hululement mystérieux des chouettes ! Le
clapotis de la cascade artificielle dans cet étang ridicule
devant moi !

J'avais racheté la propriété au directeur de la Bourse
de New York, Dick Grasso, qui ressemblait vaguement
à Frank Perdue, le roi de la volaille. J'avais rajouté
quelques millions pour apporter une ou deux améliora-
tions – notamment cet étang ridicule doté d'une cascade, un poste de garde et un système de sécurité dernier cri. Le poste était occupé vingt-quatre heures sur
vingt-quatre par deux gardes du corps armés, qui
s'appelaient tous les deux Rocco. À l'intérieur, un mur
d'écrans diffusait les images de vingt-deux caméras de
surveillance réparties un peu partout dans la propriété,
chacune étant reliée à un détecteur de mouvements et à
un projecteur, créant ainsi une enceinte de sécurité
impénétrable.

À cet instant, un souffle énorme me fit lever le nez.
L'hélicoptère venait de décoller dans l'obscurité. Je

commençai à reculer à petits pas, mais je perdis petit à petit les pédales et… oh, merde ! *Mayday* ! *Mayday* ! J'allais me casser la gueule ! Je fis volte-face et avançai de deux grandes enjambées, les bras grands ouverts. Comme un patineur hors de contrôle, je titubai à droite et à gauche, tentant de retrouver l'équilibre. Puis, tout à coup… une lumière aveuglante !

— Putain, z'est quoi ze truc ?

Je me mis la main devant les yeux pour me protéger de la douleur intense que me causaient les projecteurs. Je venais de marcher sur un des détecteurs de mouvements, devenant ainsi la victime de mon propre système de sécurité. La douleur était atroce. Mes pupilles, dilatées à cause de toutes les drogues, étaient larges comme des soucoupes.

Enfin, la honte finale : trébuchant dans mes souliers en croco, je tombai à la renverse. Au bout de quelques secondes, le projecteur s'éteignit et je ramenai lentement les bras le long du corps, les mains à plat sur l'herbe douce. Quel emplacement merveilleux j'avais choisi pour tomber ! Je m'y connaissais en chutes : je savais toujours exactement comment tomber sans me faire mal. Le secret c'était de suivre le mouvement, comme les cascadeurs d'Hollywood. Mieux, même : ma drogue de prédilection – à savoir, le Mandrax – avait le merveilleux avantage de transformer mon corps en caoutchouc, offrant ainsi une protection supplémentaire.

Je rejetai l'idée que c'était à cause des Mandrax que j'étais tombé en premier lieu. Après tout, il y avait tellement d'avantages à en prendre que je pouvais m'estimer chanceux d'être accro. C'est vrai, quoi : combien de drogues vous font vous sentir aussi bien, sans vous laisser une gueule de bois le lendemain ? Un homme comme moi, pliant sous le poids de si grandes responsabilités, ne pouvait se permettre d'avoir la gueule de bois le matin.

Quant à ma femme… et bien, elle avait sans doute bien mérité le droit de me faire une scène de ménage, mais quand même. Avait-elle vraiment tant de raisons d'être en colère ? Après tout, lorsqu'elle m'avait épousé, elle savait où elle mettait les pieds, non ? Elle avait été ma maîtresse, bon Dieu ! Ça en disait long ! Et puis, qu'est-ce que j'avais fait de mal ce soir, au final ? Rien de bien grave, ou du moins, rien qu'elle pût prouver !

Mon esprit tournait ainsi en roue libre, encore et encore, refoulant, justifiant, puis niant et refoulant encore, jusqu'à accumuler une bonne vieille rancœur bien étayée. Oui, il existait certaines règles entre les hommes riches et leurs épouses, des règles qui dataient de l'âge de pierre, ou au moins de la conquête de l'Ouest. Il y avait pour ainsi dire certaines libertés auxquelles avaient droit les hommes riches et puissants, des libertés qu'ils avaient su mériter ! Bien sûr, ce n'était pas le genre de discours à tenir tel quel devant Nadine. Elle avait un penchant pour la violence physique et elle était plus grande que moi. Ou du moins aussi grande. D'ailleurs, c'était pour moi une raison supplémentaire de lui en vouloir.

J'entendis alors le bourdonnement de la voiturette de golf. C'était sans doute le Rocco de Nuit, ou peut-être le Rocco de Jour, selon leur emploi du temps. Peu importait : un Rocco arrivait pour me chercher. C'était ahurissant à quel point tout semblait toujours s'arranger. Lorsque je tombais, il y avait toujours quelqu'un pour me relever ; lorsque je me faisais arrêter en train de conduire sous l'emprise de la drogue, il y avait toujours un juge marron ou un policier pourri avec qui l'on pouvait s'arranger ; et lorsque je perdais connaissance à table et manquais me noyer dans le velouté du jour, il y avait toujours ma femme, ou quelque prostituée bienveillante, pour me venir en aide en me faisant du bouche-à-bouche.

C'était comme si j'étais invincible ou quelque chose dans ce goût-là. Combien de fois avais-je trompé la mort ? Impossible à dire. Avais-je pour autant vraiment envie de mourir ? La culpabilité et le remords me rongeaient-ils avec tant de voracité que je tentais de mettre fin à mes jours ? C'était proprement ahurissant, maintenant que j'y repense ! J'avais risqué ma vie des milliers de fois et, pourtant, j'en étais toujours sorti sans la moindre égratignure. J'avais conduit ivre mort, piloté mon hélico complètement défoncé, marché sur le rebord d'un building, fait de la plongée pendant une coupure de courant, joué des millions de dollars dans des casinos du monde entier et pourtant, j'avais toujours l'air d'avoir 21 ans.

J'avais de nombreux surnoms : Gordon Gekko, Don Corleone, Kaiser Soze, on m'appelait même le King. Mon préféré, c'était le Loup de Wall Street, parce que c'était moi tout craché. J'étais le véritable loup déguisé en agneau : j'avais les traits et le comportement d'un gosse, mais je n'en étais pas un. J'avais officiellement 31 ans, mais j'étais en réalité bien plus vieux. Comme les chiens, je prenais sept ans chaque année. J'étais riche et puissant, j'avais une épouse sublime et un bébé de quatre mois qui était la perfection même.

Tout allait pour le mieux dans le meilleur des mondes. Sans que je sache vraiment comment, j'allais bientôt me retrouver sous un édredon de soie à 12 000 dollars, dans une chambre à coucher royale tendue de suffisamment de soie chinoise blanche pour équiper en parachutes un bataillon entier. Et ma femme… et bien, elle me pardonnerait. Après tout, c'est ce qu'elle faisait toujours.

Sur cette belle pensée, je perdis connaissance.

CHAPITRE 2

La Duchesse de Bay Ridge

13 décembre 1993.

Le lendemain matin – ou pour être exact, quelques heures plus tard – j'étais en train de faire un rêve merveilleux, le genre de rêve que tout jeune homme espère faire, de tout son cœur, si bien que je décidai de le laisser suivre son cours : je suis seul dans mon lit, lorsque Venice la Pute arrive. Elle s'agenouille au bord de mon somptueux lit *king-size*, juste hors de portée. Vision parfaite. Je la vois clairement, à présent... chevelure châtain clair incroyable... traits délicats... jeunes nichons délicieux... son entrecuisse ô combien prometteur, luisant d'envie et de désir.

— Venice, dis-je. Viens voir un peu par ici, Venice !

À genoux, Venice s'avance vers moi. Sa peau blanche et douce resplendit contre la soie... la soie... il y a de la soie partout. Au-dessus de nos têtes, un immense dais de soie chinoise blanche ; des quatre coins du lit pendent des mètres et des mètres de soie chinoise blanche... Je nage littéralement dans cette putain de soie blanche. Des chiffres ridicules se mettent à clignoter dans mon esprit : il doit bien y avoir deux cents mètres de soie à 250 dollars le mètre, ce qui nous fait pour 50 000 dollars de soie chinoise blanche. Putain de soie blanche.

C'était l'œuvre de ma femme, ma chère et tendre apprentie décoratrice d'intérieur – non, attendez, c'était le mois dernier, non ? N'était-elle pas apprentie chef cuisinier à présent ? Ou bien apprentie paysagiste ? Ou œnologue ? Ou bien designer de mode ? Impossible de suivre toutes ses lubies. C'était tout bonnement épuisant… on se serait cru dans les pages d'*Elle* tous les jours…

Tout à coup, je sens une goutte d'eau et lève les yeux. Que se passe-t-il ? Un gros orage ? Comment est-ce possible à l'intérieur de ma chambre royale ? Où est ma femme ? *Oh mon Dieu, merde ! Ma femme ! Ma femme ! Nadine la Tornade !*

SPLASH !

J'ouvris les yeux : ma seconde femme Nadine me fixait, une expression furieuse sur son visage néanmoins magnifique. Dans la main droite, elle tenait un grand verre d'eau vide ; dans la gauche… rien. Juste son poing serré ponctué d'un diamant canari jaune de sept carats serti dans du platine. À moins de cinq mètres de moi, elle se balançait d'un pied sur l'autre comme un champion de boxe. J'enregistrai tout de suite que je devais me méfier de la bague.

— C'est quoi ce bordel ? criai-je sans grande conviction.

Je m'essuyai le front du revers de la main, en prenant le temps de détailler ma femme numéro deux. Bon sang, quel morceau ! Je ne pouvais pas lui enlever ça, même en ce moment. Elle portait une minuscule nuisette rose, si échancrée et si courte qu'elle aurait tout aussi bien pu ne rien porter du tout. Et ces jambes ! Ces jambes ! On en aurait mangé. Mais bon, ce n'était pas vraiment le moment. Il fallait que je sois ferme pour lui montrer qui était le patron, ici.

— Nadine, je te jure que si je t'attrape…

— Oh maman, j'ai peur ! coupa la blonde à retardement.

Elle hocha la tête d'un air dégoûté et ses petits tétons roses en profitèrent pour bondir hors de sa nuisette quasi inexistante. J'essayai tant bien que mal de ne pas trop mater, mais c'était difficile.

— Je devrais peut-être courir me cacher, minauda-t-elle. À moins que je ne reste ici pour TE BOTTER LE CUL !

D'accord, c'était peut-être elle le chef, ici. Elle avait bien mérité le droit de me faire une scène, c'était indé-niable. Et la Duchesse de Bay Ridge avait un tempéra-ment vicieux. Oui, c'était bel et bien une duchesse : elle était britannique de naissance, comme en témoignait encore son passeport. Détail merveilleux qu'elle ne manquait jamais de me rappeler, même si, comble de l'ironie, elle n'avait jamais vraiment vécu en Grande-Bretagne. En réalité, elle avait emménagé à Bay Ridge, Brooklyn, lorsqu'elle était encore bébé et c'était là qu'elle avait grandi, sur cette terre où l'on avale la moitié des consonnes et où l'on torture les voyelles. Bay Ridge, ce petit coin de nature où des mots comme *putain*, *merde*, *salaud* et *connard* fleurissent dans la bouche des jeunes autochtones avec le lyrisme d'un T.S. Eliot ou d'un Walt Whitman. C'était là que Nadine Caridi – mon adorable Anglo-Irlando-Écosso-Germano-Norvégio-Italienne de petite duchesse – avait appris à réciter ses jurons comme ses tables de multipli-cation : à l'endroit comme à l'envers et même dans le désordre.

Quelle sinistre blague : des années plus tôt, Mark Hanna m'avait averti de ne jamais sortir avec une fille de Bay Ridge. Sa copine, si je me souvenais bien, l'avait poignardé avec un stylo pendant son sommeil ; la Duchesse, elle, préférait balancer de l'eau. D'une certaine façon, je m'en sortais mieux.

Quoi qu'il en soit, lorsque la Duchesse se mettait en rogne, ses paroles semblaient sorties tout droit des égouts puants de Brooklyn. Et personne ne parvenait à la mettre plus en rogne que moi, son fidèle et loyal époux, le Loup de Wall Street… qui, moins de cinq heures plus tôt, se trouvait dans la suite présidentielle du Helmsley Palace avec une bougie dans le cul.

— Dis-moi, espèce de sale petite merde… C'est qui cette putain de Venice, hein ?

Menaçante, elle fit un pas vers moi, avant de se déhancher de façon insolente, les bras croisés sous la poitrine et les tétons bien en vue.

— Je parie que c'est encore une petite tapineuse, poursuivit-elle en me fusillant de ses grands yeux bleus. Tu crois que je n'ai pas compris ton petit jeu ? Je devrais te péter la gueule, espèce de… de petit… rrrhhhhhh !

Dès qu'elle eut fini de hurler sa rage, elle tourna les talons – sur la moquette taupe Edward Fields à 120 000 dollars. En un éclair, elle traversa la pièce pour se rendre dans la salle de bains attenante, à une bonne trentaine de mètres, où elle remplit de nouveau son verre, avant de revenir au pas de charge, l'air deux fois plus furieuse. Sa mâchoire crispée par la fureur faisait vraiment ressortir son menton de mannequin. On aurait dit la Duchesse de l'Enfer.

Je tentai de reprendre mes esprits, mais elle était trop rapide. Ce devait être cette saloperie de Mandrax ! Ça me faisait parler dans mon sommeil. Oh merde ! Qu'avais-je révélé ? Je fis défiler les différentes possibilités dans ma tête : la limousine… l'hôtel… les drogues… Venice la

Pute… Venice et sa bougie – oh putain, la bougie ! J'écartai cette pensée de mon esprit.

Un coup d'œil au radio-réveil sur la table de nuit m'apprit qu'il était 7 h 16. Nom de Dieu ! À quelle heure étais-je rentré ? Je m'ébrouai pour m'éclaircir les idées et me passai la main dans les cheveux. J'étais trempé ! Nadine avait dû me verser le verre directement sur la tête. Ma propre épouse ! Puis, elle m'avait traité de petite merde ! Pourquoi avait-il fallu qu'elle emploie justement cet adjectif ? Je n'étais pas si petit quand même ! La Duchesse pouvait être très cruelle, parfois.

Elle se tenait à présent à moins de cinq mètres de moi, le verre d'eau à la main, avec une expression vicieuse. Pourtant, quand même… qu'elle était belle ! Pas seulement sa chevelure blonde flamboyante, mais aussi ses yeux bleus incendiaires, ses pommettes parfaites, son petit nez, sa mâchoire parfaitement dessinée, la petite fossette de son menton, sa jeune poitrine crémeuse – un peu moins depuis qu'elle avait allaité Chandler, mais rien qui ne puisse s'arranger avec 10 000 dollars et un bon scalpel. Et ses jambes… Seigneur tout-puissant, ses longues jambes nues battaient tous les records ! Elles étaient tellement parfaites, magnifiquement fuselées à la cheville tout en restant galbées au-dessus du genou. C'était vraiment son plus bel atout – avec son cul.

Ma première rencontre avec la Duchesse ne remontait qu'à trois ans, mais le spectacle m'avait tellement plu que j'avais fini par quitter Denise, ma douce épouse – en lui versant cash plusieurs millions, plus 50 000 dollars de pension mensuelle, afin qu'elle accepte gentiment le divorce, sans exiger un audit complet de mes affaires.

À présent, regardez où j'en étais ! Qu'avais-je fait, pourtant ? Marmonné quelques paroles dans mon sommeil ? Où était le mal ? La Duchesse en faisait vraiment un peu trop, cette fois-ci. En fait, j'avais toutes les raisons du monde d'être en colère contre elle, moi aussi. Peut-être pouvais-je manœuvrer pour que toute cette affaire se finisse en une rapide partie de jambes en l'air. Rien de tel que de se réconcilier sur l'oreiller.

— Pourquoi es-tu en rogne contre moi ? tentai-je alors avec la plus parfaite innocence. Je ne comprends vraiment pas…

La Duchesse me lança un regard incrédule, comme si elle venait d'entendre quelque chose qui défiait toute logique.

— Tu ne vois pas ? Tu ne vois vraiment pas ? Espèce de… petit… connard !

Encore ce « petit » ! Incroyable !

— Par quoi je commence ? Par ton retour dans ce stupide hélicoptère à 3 heures du matin, sans même un coup de fil pour me prévenir de ton retard, par exemple ? Tu trouves que c'est un comportement normal pour un homme marié ?

— Mais je…

— Et un père de famille, par-dessus le marché ! Tu es père, maintenant ! Mais non, il faut toujours que tu te comportes comme un putain de nouveau-né ! Est-ce que tu te rends compte au moins que je viens de faire semer de l'herbe des Bermudes sur ta putain de piste d'atterrissage ? Je parie que tu as tout ravagé !

Elle prit une mine dégoûtée avant de poursuivre :

— Mais pourquoi tu t'en soucierais ? Ce n'est pas toi qui as passé des heures à concevoir le projet, à discuter avec les paysagistes et les gens du golf. Sais-tu combien de temps j'ai passé sur ta putain de piste ? Espèce de salopard ingrat !

Ahhh, elle est donc aspirante paysagiste, ce mois-ci ! Mais quelle paysagiste sexy ! Il devait bien y avoir un moyen de retourner cette situation. Quelques mots magiques, peut-être…

— Ma chérie, je t'en prie, je suis…

— Ne commence pas avec tes « ma chérie » ! gronda la Duchesse en guise d'avertissement. Si tu m'appelles encore une seule fois « ma chérie »…

— Mais, ma chérie…

SPLASH !

Cette fois-ci, je l'avais vu venir et je pus tirer l'édredon en soie à 12 000 dollars sur ma tête, évitant ainsi le plus gros de l'averse conjugale. Je reçus à peine une goutte d'eau, mais, hélas ! ma victoire fut de courte durée : le temps que je sorte de ma cachette, elle filait déjà en trombe vers la salle de bains.

Elle fut bientôt de retour avec le verre plein à ras bord. Ses yeux bleus lançaient des éclairs, sa mâchoire de top modèle semblait prête à se déboîter et ses jambes… Bon Dieu ! Je n'arrivais pas à en détacher les yeux. Pourtant, l'heure n'était pas à la gaudriole. Il était temps de faire preuve de fermeté. Il était temps que le Loup montre les crocs.

Je glissai le bras hors de l'édredon de soie blanche, en prenant soin de ne pas m'emmêler dans les milliers de petites perles cousues main, histoire de donner discrètement un bel aperçu de mes puissants biceps à la Duchesse en colère.

— Ne me lance pas cette eau à la figure, Nadine. Je suis sérieux ! Je mets les deux premiers verres sur le compte de la colère, mais si tu recommences encore et encore… et bien, c'est comme poignarder un cadavre gisant sur le sol dans une mare de sang ! C'est malsain !

Cela sembla la ralentir… juste une seconde.

— As-tu fini de faire ta muscu, oui ? se moqua-t-elle. Tu as l'air d'un couillon !

— Je ne fais pas ma muscu, répondis-je en relâchant aussitôt mon biceps. Tu as simplement de la chance d'avoir un mari qui soit en si grande forme. N'est-ce pas, ma belle ?

Je tentai mon plus beau sourire.

— Allez, viens par ici tout de suite et embrasse-moi.

Alors même que les mots sortaient de ma bouche, je sus que j'avais commis une erreur.

— T'embrasser ? Tu te fous de moi ?

Ses paroles suintaient de dégoût.

— Je suis à deux doigts de te couper les couilles pour aller les planquer dans un de mes cartons à chaussures !

Le placard en question faisait la taille du Delaware. Mes couilles seraient perdues pour toujours !

— Je t'en prie, donne-moi une chance de t'expliquer, ma chér… – je veux dire, bébé, suppliai-je avec la plus grande humilité. S'il te plaît, je t'en prie !

Elle se radoucit un peu.

— Je ne peux pas te faire confiance, commença-t-elle, en reniflant un peu. Qu'est-ce que j'ai fait pour mériter ça ? Je suis une bonne épouse. Une épouse exceptionnelle. Et pourtant, j'ai un mari qui rentre à n'importe quelle heure de la nuit et parle d'une autre fille dans son sommeil !

Elle commença à gémir avec mépris :

— « Ohhh Venice… Viens me voir, Venice »…

Le Mandrax pouvait être une vraie catastrophe, parfois. À présent, Nadine pleurait. Le désastre complet : quelles chances avais-je de la ramener au lit ? Il fallait que je change de tactique sur-le-champ. Je me mis à supplier, comme si elle se tenait au bord d'une falaise et menaçait de sauter dans le vide :

— Repose ce verre d'eau, bébé, et arrête de pleurer. S'il te plaît. Je peux tout expliquer, vraiment.

Lentement, à contrecœur, elle baissa le verre d'eau.

— Vas-y, dit-elle, d'une voix sceptique. Écoutons la dernière trouvaille du menteur professionnel.

Elle avait raison. Le Loup mentait pour gagner sa vie, même si telle était la nature de Wall Street, si l'on voulait se tenir du bon côté du manche. Tout le monde le savait, et en particulier la Duchesse, alors elle n'avait vraiment aucun droit d'être en colère pour ça. Néanmoins, j'ignorai ses sarcasmes et, après une brève pause pour me laisser le temps d'échafauder mon tissu de conneries, je me lançai :

D'abord, tu prends tout à l'envers. La seule raison pour laquelle je ne t'ai pas appelée hier soir, c'est parce qu'il était déjà 23 heures quand je me suis rendu compte que j'allais rentrer tard. Je sais combien le sommeil, c'est sacré pour toi et j'ai pensé que tu étais déjà couchée et qu'il valait mieux te laisser dormir.

— Oh, tu es tellement attentionné, persifla la Duchesse. Il faut que je pense à remercier ma bonne étoile de m'avoir donné un mari si dévoué.

Je l'ignorai et tentai le tout pour le tout.

— Quoi qu'il en soit, tu sors toute cette affaire de Venice de son contexte. J'ai évoqué hier soir avec Marc Packer la possibilité d'ouvrir un Canastél à Venice, en Califor…

SPLASH !

— Tu n'es qu'un sale menteur ! hurla-t-elle en s'emparant d'un peignoir de soie blanche sur le dossier d'une chaise recouverte d'un tissu au prix tout aussi indécent. Un sale menteur de A à Z !

Gros soupir.

— D'accord, Nadine, on a bien rigolé, maintenant viens te recoucher et embrasse-moi. Je t'aime toujours, même si je suis complètement trempé à cause de toi.

Oh, ce regard noir !

— Et tu veux me sauter maintenant ?

Les yeux écarquillés, j'acquiesçai vigoureusement, comme un garçon de 7 ans à qui sa mère vient de proposer un cornet de glace.

— Et si tu allais te faire foutre, plutôt ? proposa en hurlant la Duchesse.

Sur ce, la délicieuse Duchesse de Bay Ridge ouvrit la porte – une porte en acajou massif de trois cents kilos, assez solide pour résister à une explosion nucléaire de douze kilotonnes – et sortit de la chambre en refermant doucement derrière elle. Une porte qui claquait, c'eût été un signal inconvenant pour notre étrange ménagerie de domestiques.

Notre étrange ménagerie de domestiques : pour commencer, cinq serviteurs hispaniques gentiment rondouillards, dont un couple ; une nurse jamaïcaine, bavarde comme une pie, qui générait des factures de téléphone de près d'un millier de dollars chaque mois pour appeler sa famille restée au pays ; un électricien israélien qui suivait la Duchesse partout, comme un chiot malade d'amour ; un homme à tout faire, un beauf *white-trash* aussi vif qu'une limace de mer sous héroïne ; ma femme de chambre personnelle, Gwynne, qui anticipait le moindre de mes besoins, aussi étranges fussent-ils ; Rocco et Rocco, les deux gardes du corps armés qui maintenaient les malfrats à distance, même si le dernier crime commis à Old Brookville datait de 1643, le jour où les colons avaient volé la terre aux Indiens Matinnecock ; cinq paysagistes à temps plein – trois d'entre eux avaient récemment été mordus par Sally, mon labrador chocolat, qui attaquait tout ce qui osait s'approcher à moins de cent mètres du berceau de Chandler, surtout si c'était un peu basané ; enfin, les derniers arrivants de notre ménagerie, un couple de biologistes marins qui, pour un salaire annuel de 90 000 dollars, maintenaient l'équilibre écologique de ce cauchemar d'étang. Et puis, bien sûr, il y avait George Campbell, mon chauffeur noir comme le charbon, qui détestait tous les Blancs, moi y compris.

Pourtant, en dépit de tout ce beau monde travaillant « chez Belfort », j'étais pour l'instant seul, trempé et comme un diable en rut, à cause de ma seconde et blonde épouse, l'apprentie en tout et n'importe quoi. Je jetai un regard autour de moi, à la recherche de quelque chose pour m'essuyer et finis par attraper l'un des pans flottants de soie chinoise blanche. Bon Dieu, ça ne servait à rien. Apparemment, la soie avait été traitée avec un genre d'imperméabilisant et ne faisait que déplacer le problème. Je regardai derrière moi : une taie d'oreiller ! Du coton égyptien ; sans doute un tissage de 3 millions de fils au centimètre carré qui avait dû coûter une fortune – pardon, *me* coûter une fortune ! Je retirai la taie de l'oreiller obèse en plumes d'oie. Ahhh, le coton égyptien était doux et agréable. Et quel pouvoir absorbant ! Mon humeur s'améliora un peu.

Je me glissai de l'autre côté du lit pour sortir de ma flaque et ramener les couvertures sur moi, avec la ferme intention de retourner dans le giron douillet de mon rêve pour y retrouver les bras de Venice. Oh, non ! Le parfum de la Duchesse était partout ! Le sang afflua aussitôt vers mon bas-ventre. Bon Dieu, la Duchesse était une petite créature affriolante et son odeur l'était tout autant ! Je n'avais plus d'autre choix que de me palucher, à présent. Il valait mieux, de toute façon : le pouvoir que la Duchesse exerçait sur moi commençait et se terminait en dessous de la ceinture.

J'étais sur le point d'entamer une petite séance d'autosoulagement, lorsque quelqu'un frappa à la porte.

— Qui est-ce ? demandai-je assez fort pour me faire entendre à travers la porte antiatomique.

— C'est moi, m'sieur, répondit Gwynne.

Ahhh, Gwynne ! Avec son merveilleux accent traînant si apaisant. En fait, tout était apaisant chez Gwynne. Et surtout la façon dont elle anticipait mes moindres besoins pour me gâter, comme l'enfant qu'elle et son mari Willie n'avaient jamais pu concevoir.

— Entre, répondis-je avec douceur.

La porte de l'abri antiatomique s'ouvrit avec un léger grincement.

— Booonjour, booonjour, lança Gwynne.

Elle portait un plateau en argent massif sur lequel étaient posés un grand verre de café frappé et un flacon d'aspirine Bayer. Coincée sous son bras, une grande sortie de bain blanche.

— Bonjour, Gwynne, lançai-je avec une politesse exagérée. Comment ça va ce matin ?

— Oh, on fait aller, m'sieur ! Ah mais, je vois que vous vous êtes recouché du côté de madame. Voilà vot' café frappé. J'ai aussi apporté une serviette bien douce pour vous éponger. Ma'ame Belfort m'a dit que vous aviez renversé de l'eau.

Incroyable ! Encore un coup de l'apprentie en chef. Tout à coup, je me rendis compte que mon érection donnait à l'édredon un air de chapiteau de cirque. Merde ! Je relevai les genoux à la vitesse grand V.

Gwynne s'avança doucement et posa le plateau sur l'antique table de nuit de la Duchesse.

— Tenez, laissez-moi vous essuyer, proposa-t-elle, en se penchant pour m'éponger le front comme si j'étais un bébé.

Bon Dieu ! Quel cirque, cette maison ! J'étais là, allongé sur le dos en train de bander comme un âne, tandis que ma femme de chambre noire de 50 ans, véritable vestige d'une époque révolue, se penchait sur moi avec ses seins pendouillant à trois centimètres de mon visage pour m'essuyer le visage à l'aide d'une serviette de bain monogrammée Pratesi à 500 dollars. Bien sûr, Gwynne n'avait absolument pas le type noir. Oh non ! Cela aurait été trop banal dans cette maison. À vrai dire, elle était même plus blanche que moi. Je soupçonnais que, quelque part dans son arbre généalogique, peut-être cent cinquante ans auparavant, du temps de l'Oncle Tom, son arrière-arrière-arrière-arrière-grand-mère avait secrètement fait chavirer le cœur d'un propriétaire de plantation au sud de la Georgie.

Le gros plan sur ses nichons flasques eut au moins l'avantage de faire refluer le sang de mon bas-ventre vers sa route habituelle, à savoir à travers mes reins et mon système lymphatique, en vue d'une cure de désintoxication. C'était pourtant plus que je ne pouvais en supporter, si bien que j'expliquai gentiment à Gwynne que je pouvais m'essuyer le front moi-même. Cela sembla la chagriner un peu.

— D'accord... Vous avez besoin d'aspirine ?

— Non, ça ira, Gwynne. Merci quand même.

— D'accord... Et ces petites pilules blanches pour votre dos ? demanda-t-elle innocemment. Vous voulez que j'aille vous en chercher ?

Seigneur ! Ma propre femme de chambre me proposait d'aller me chercher des Mandrax à sept heures et demie du matin ! Comment voulez-vous rester sobre dans cette baraque ? Où que je sois, les drogues n'étaient jamais bien loin, collées à mes basques. Le pire, c'était encore au bureau, où les poches de mes jeunes traders débordaient de toutes les drogues possibles et imaginables.

Pourtant, j'avais réellement des problèmes de dos. La douleur était constante, suite à un accident saugrenu survenu juste après ma rencontre avec la Duchesse. La faute en revenait à son chien Rocky, ce petit bâtard maltais blanc qui aboyait sans cesse et n'était bon qu'à faire suer tous les êtres humains qui croisaient son chemin. J'étais en train d'essayer de faire rentrer ce petit con de sa promenade sur la plage, après une journée d'été dans les Hamptons, mais ce petit salopard avait refusé de m'obéir. Il s'était mis à courir en cercle autour de moi, ce qui m'obligea à me baisser brusquement pour tenter de l'attraper, un peu comme Rocky Balboa qui poursuivait ce gros tas dans *Rocky II*, avant son deuxième combat contre Apollo Creed. Mais, contrairement à Rocky Balboa qui, aussi rapide que l'éclair, finissait par gagner son match, j'avais seulement réussi à me claquer un disque et m'étais retrouvé alité pendant deux semaines. Depuis, j'avais subi deux opérations qui n'avaient fait qu'aggraver la douleur.

Le Mandrax me servait d'antalgique. Entre autres. Peu importait, c'était une excellente excuse pour continuer à en prendre.

D'ailleurs, je n'étais pas le seul à détester cette saloperie de corniaud. Tout le monde le haïssait, à l'exception de la Duchesse, sa seule protectrice, qui le laissait encore dormir au pied de notre lit et mâchonner ses petites culottes. Je ne savais pas pourquoi, ça me rendait d'ailleurs jaloux. Pourtant, Rocky allait continuer à me traîner dans les pattes – à moins que je ne trouve un moyen de m'en débarrasser, sans que la Duchesse pût m'accuser de quoi que ce soit.

Bref, je répondis à Gwynne que non merci, je n'avais pas besoin de Mandrax, ce qui eut également l'air de la chagriner un peu. En quelque sorte, elle avait échoué à anticiper le moindre de mes besoins.

— D'accord… Eh bien, j'ai déjà allumé votre sauna et ça devrait être prêt maintenant. J'avais préparé des vêtements pour vous hier soir. Est-ce que votre complet gris à rayures et cette cravate bleue avec les p'tits poissons ça ira ?

Bon Dieu, tu parles d'un service ! Pourquoi la Duchesse n'était-elle pas aussi prévenante, de temps en temps ? Bon, c'est vrai que je payais Gwynne 70 000 dollars par an, soit le double du salaire normal, mais quand même… Regardez ce que j'obtenais en retour : un service impeccable, et avec le sourire, s'il vous plaît ! Ma femme, elle, dépensait la même somme chaque mois – au bas mot ! À vrai dire, avec toutes ses lubies, elle en dépensait sans doute le double. Cela ne me posait aucun problème, tant qu'il y avait certaines compensations. Par exemple, si j'avais besoin de faire prendre l'air à Popol une fois de temps en temps, elle pouvait bien fermer les yeux, non ? Parfaitement ! J'étais même tellement d'accord avec moi-même que Gwynne crut que je répondais à sa question :

— D'accord… Alors, je vais aller préparer Chandler pour qu'elle soit toute belle, toute propre quand vous descendrez. À tout à l'heure !

Quelle joie de vivre, cette femme !

Au moins, elle avait réussi à enrayer mon érection. Quant à la Duchesse, je m'occuperais de son cas plus tard. C'était une brave fille, après tout, bien connue pour sa nature indulgente.

Après avoir ainsi remis les choses à plat, j'avalai quand même six aspirines avec mon café frappé. Je sortis ensuite d'un bond du lit et me dirigeai vers le sauna pour suer les cinq Mandrax, les deux grammes de cocaïne et les trois milligrammes de Xanax consommés la veille au soir – quantité relativement modeste, quand on pense à ce dont j'étais capable.

Si la chambre à coucher était un véritable monument à la gloire de la soie chinoise blanche, la salle de bains, elle, était un hymne au marbre italien gris. La pierre était disposée d'une façon exquise qui imitait un parquet, comme seuls ces salauds d'Italiens savent le faire. D'ailleurs, les Italiens en question me l'avaient facturé sans le moindre scrupule, mais j'avais payé ces voleurs sans broncher. Après tout, c'était dans la nature même du capitalisme du XXᵉ siècle : tout le monde tentait d'arnaquer son prochain et c'était celui qui arnaquait le plus de monde au final qui remportait la partie. À ce petit jeu, j'étais le tenant mondial du titre.

Je pris un instant pour contempler mon reflet dans le miroir. Quel maigrichon ! J'étais bien musclé, mais quand même… Je devais courir en rond sous la douche pour réussir à me mouiller ! Était-ce la faute des drogues ? Peut-être… Pourtant, l'ensemble n'était pas mal. Je ne faisais qu'un mètre soixante-dix et, un jour, une personne très intelligente m'avait affirmé qu'on ne pouvait jamais être trop riche ni trop mince. Je sortis la Visine de l'armoire à pharmacie et me mis six gouttes dans chaque œil, trois fois la dose prescrite.

Une pensée étrange surgit dans mon cerveau : quel genre d'homme abuse de la Visine ? De même, pourquoi avais-je avalé six aspirines ? Cela n'avait aucun sens. Après tout, contrairement aux Mandrax, à la cocaïne et au Xanax, pour lesquels l'intérêt à augmenter les doses était limpide, il n'y avait absolument aucune raison valable d'abuser de Visine ou d'aspirine.

Pourtant, c'était parfaitement représentatif de ma vie d'excès permanents : je ne cessais de dépasser les bornes, de faire des choses qu'on pensait ne jamais faire et fréquenter des gens encore plus fous que moi, afin de croire à un semblant de normalité dans ma propre vie.

Tout à coup, je me sentis déprimé. Qu'allais-je faire pour ma femme ? Cela avait-il vraiment été la fois de trop ? Elle avait semblé plutôt en rogne ce matin. Que faisait-elle à présent ? *A priori*, elle était pendue au téléphone avec une de ses amies ou disciples ou je ne sais qui. Elle était quelque part au rez-de-chaussée à cracher de sublimes perles de sagesse antique pour le compte de ses imparfaites amies, dans l'espoir sincère qu'avec un petit peu de coaching, elle parviendrait à les rendre aussi parfaites qu'elle-même. Ahhh, c'était bien tout elle, la Duchesse de Bay Ridge ! La Duchesse entourée de ses loyales disciples, de jeunes épouses de strattoniens, qui buvaient ses paroles comme si elle était la reine Elizabeth en personne. Absolument écœurant.

Pour sa défense, je dirais que la Duchesse avait un rôle à jouer et qu'elle s'en acquittait très bien. Ayant parfaitement compris l'étrange loyauté qui liait tout le personnel de Stratton Oakmont, elle avait forgé des liens étroits avec les épouses des principaux employés, ce qui avait rendu la société encore plus solide. Oui, la Duchesse était loin d'être stupide.

En temps normal, elle venait dans la salle de bains le matin, pendant que je me préparais. Sa compagnie était agréable, tant qu'elle n'était pas en train de gueuler d'aller me faire foutre. La plupart du temps, c'était de ma faute, donc je ne pouvais pas vraiment lui en vouloir. En fait, je ne pouvais pas lui en vouloir pour grand-chose. C'était quand même une sacrément bonne épouse, malgré toutes ses idées à la con. Elle devait me dire « je t'aime » une bonne centaine de fois par jour et, à mesure que la journée avançait, elle en rajoutait de façon adorable : « Je t'aime désespérément ! » ou « Je t'aime sans condition ! » et, bien sûr, ma préférée : « Je t'aime à la folie ! »... ce qui me semblait la formule la plus appropriée.

Pourtant, malgré tous ses mots doux, je n'étais toujours pas certain d'avoir confiance en elle. C'était ma seconde femme, après tout, et les paroles ne coûtaient rien. Serait-elle vraiment à mes côtés pour le meilleur et pour le pire ? En apparence, tout semblait indiquer qu'elle m'aimait sincèrement – elle me couvrait sans cesse de baisers et, dès que nous sortions, elle me tenait la main, me prenait dans ses bras ou me passait la main dans les cheveux.

Tout cela était vraiment perturbant. Lorsque j'étais marié à Denise, je ne me posais jamais ces questions. Sa loyauté ne faisait aucun doute, puisqu'elle m'avait épousé alors que je n'avais rien. Après mon premier million, elle avait dû avoir un sombre pressentiment, parce qu'elle m'avait demandé pourquoi je ne trouvais pas un boulot normal à 1 million par an. La question m'avait semblé ridicule à l'époque, mais ni elle ni moi ne savions alors que c'était la somme que j'allais bientôt gagner chaque semaine. Aucun de nous deux ne savait non plus que, moins de deux ans plus tard, Nadine Caridi, la fille de la pub Miller Lite, se pointerait à notre maison de Westhampton le week-end du 4 Juillet, au volant de sa Ferrari jaune banane, vêtue d'un short ridiculement court et d'une paire de bottes blanches ravageuses.

Je n'avais jamais eu l'intention de faire de mal à Denise. Au contraire. Mais Nadine m'avait complètement fait perdre les pédales et réciproquement. On ne choisit pas de tomber amoureux. Quand ça vous tombe dessus – je parle d'un amour obsessionnel, celui qui consume tout, lorsque deux êtres ne supportent pas d'être éloignés l'un de l'autre ne serait-ce qu'un seul instant – comment voulez-vous le laisser filer entre vos doigts ?

Je respirai profondément pour enfouir au fond de moi toute cette histoire avec Denise. La culpabilité et le remords étaient des émotions inutiles, c'était bien connu. Bon, je savais que c'était faux, mais je n'avais pas de temps pour ça. Aller de l'avant, c'était la clé. Courir aussi vite que possible sans se retourner. En ce qui concernait ma femme… eh bien, j'allais arranger les choses avec elle aussi.

Après avoir remis de l'ordre dans mes pensées pour la seconde fois en moins de cinq minutes, je m'efforçai de sourire à mon propre reflet, puis j'ouvris la porte du sauna pour y exsuder toutes ces pensées noires et démarrer ma journée comme neuf.

CHAPITRE 3

Caméra cachée

Trente minutes plus tard, ayant terminé ma désintoxication matinale, je sortais de la chambre à coucher complètement revigoré, vêtu du costume gris à rayures que Gwynne m'avait préparé. Au poignet gauche, je portais une montre ultraplate Bulgari en or à 18 000 dollars, d'une élégance discrète. Autrefois, avant la Duchesse, je portais une bonne grosse Rolex en or massif, mais ma nouvelle femme, en tant qu'arbitre autoproclamée du bon goût, de l'élégance et de la distinction, l'avait immédiatement mise au rebut, sous prétexte que ça faisait lourdaud. Je ne comprenais toujours pas d'où lui venait un tel savoir, étant donné que la plus belle montre qu'elle avait dû voir en grandissant à Brooklyn était sans doute décorée de petits Mickey. Néanmoins, elle était douée pour ce genre de détails et je suivais en général ses conseils.

Je continuais cependant d'affirmer mon orgueil mâle en refusant de céder sur un point : une paire de bottes de cow-boy en croco noir cousues main, absolument fantastiques. Chacune avait nécessité une peau entière de crocodile, car il n'y avait absolument aucune couture. Elles m'avaient coûté 2 400 dollars et je les adorais, au grand désespoir de la Duchesse, bien entendu. Ce matin-là, je les arborais fièrement, espérant ainsi envoyer un signal fort à ma femme : je n'étais pas du genre à me laisser mener à la baguette, même si c'était exactement ce qui venait d'arriver.

Je me dirigeai ensuite vers la chambre de Chandler pour ma petite dose quotidienne de paternité. C'était mon moment préféré. Chandler était la seule chose dans ma vie qui fût complètement pure. Chaque fois que je la prenais dans mes bras, c'était comme si tout le chaos et la folie de ma vie se trouvaient muselés.

Je sentais déjà mon humeur s'améliorer. Channy était la perfection absolue. Pourtant, lorsque j'ouvris la porte de sa chambre – oh stupeur ! Channy n'était pas seule : Nadine était avec elle ! C'était donc là qu'elle se cachait depuis le début, attendant que je vienne !

Elles étaient assises là, toutes les deux, au beau milieu de la pièce, sur l'épaisse moquette d'un rose somptueux. Encore une touche extravagante de ma femme, l'apprentie décoratrice d'intérieur. Bon Dieu ! Qu'elle était belle ! Chandler était assise entre les jambes légèrement écartées de sa mère – les jambes légèrement écartées ! – appuyée contre le ventre plat de Nadine, qui la maintenait d'une main. Elles étaient toutes les deux splendides. Channy était la copie conforme de sa mère, dont elle avait hérité les yeux bleu vif et les adorables pommettes.

Je pris une seconde pour me délecter de l'odeur de la chambre de ma fille. Ahhh, le doux parfum du talc, de la lotion pour bébé, des lingettes ! Et le parfum de Nadine ! Sa bouteille de shampooing deux en un à 400 dollars qui venait de chez Dieu sait qui ! Sa crème de jour hypoallergénique de chez Kiehl, composée spécialement pour elle ; cette petite touche de Coco de chez Chanel qu'elle portait avec tant d'insouciance ! Un agréable picotement parcourut mon système nerveux pour aller directement se loger dans la région de mon bas-ventre.

La chambre elle-même était absolument parfaite, un vrai petit paradis rose. Un nombre invraisemblable de peluches étaient disposées çà et là, avec un soin nonchalant. À droite, le berceau blanc, conçu sur mesure par Bellini, de Madison Avenue, pour la bagatelle de 60 000 dollars (encore un coup de Nadine !). Au-dessus du lit, un mobile blanc et rose qui jouait une douzaine de chansons de Disney, tandis que des petits personnages frappants de réalisme tournoyaient en une joyeuse ronde. Une touche de sur-mesure supplémentaire de ma chère apprentie décoratrice, cette fois-ci pour la modique somme de 9 000 dollars – pour un mobile ? Au diable l'avarice ! C'était la chambre de Chandler, la pièce de la maison que je préférais.

Ma femme et ma fille offraient tout simplement une vue à couper le souffle. Chandler était nue comme un ver. Sa peau mate et douce comme de la crème n'avait pas le moindre défaut.

Nadine, elle, portait une tenue mortelle : une minuscule robe rose saumon sans manches, avec un décolleté plongeant. Spectacle sublime ! Sa somptueuse chevelure blond doré brillait doucement dans la lumière du matin. Comme elle était assise par terre, sa robe était remontée jusqu'à la taille. Quelque chose manquait dans ce tableau… mais quoi ? N'arrivant pas à mettre le doigt dessus, je chassai cette pensée pour jouir du spectacle. Nadine avait les genoux légèrement pliés et je laissai mon regard courir le long de ses jambes interminables. Elle portait des chaussures parfaitement assorties à sa robe, des Manolo Blahnik, qui avaient sans doute coûté un millier de dollars. Si vous voulez savoir le fond de ma pensée à cet instant, elles les valaient bien.

Tant de pensées vrombissaient dans ma tête que j'avais du mal à suivre. Je désirais ma femme plus que jamais… et pourtant, ma fille était là… mais elle était si petite que ça ne changeait pas grand-chose ! Et la Duchesse ? M'avait-elle déjà pardonné ? Je voulus parler, les mots me manquèrent. J'aimais ma femme… j'aimais ma vie… j'aimais ma fille. Je ne voulais pas les perdre. Ma décision était prise : c'était fini. Oui ! Fini les putes ! Fini les voyages en hélico à 3 heures du matin ! Fini les drogues – ou du moins, plus autant qu'avant.

J'étais sur le point de m'en remettre à la clémence du jury, mais je n'en eus même pas l'occasion. Souriant jusqu'aux oreilles, Chandler – mon petit génie de fille ! – dégaina en premier de sa petite voix :

— Pa-pa-pa-pa-pa-pa-pa-pa… Pa-pa-pa-pa-pa-pa-pa-pa.

— Bonjour papa ! traduisit Nadine en prenant une voix de bébé – adorable ! Terriblement sexy ! Tu viens me faire un bisou, papa ? Oh oui, fais-moi un bisou !

Hein ? Cela pouvait-il être aussi facile ? Je croisai les doigts et jouai mon va-tout, avec une prière au Tout-Puissant :

— Est-ce que j'ai le droit de vous faire un bisou à toutes les deux ? demandai-je, avec la mine contrite d'un chiot boudeur.

— Oh non ! répondit ma femme, brisant ainsi le doux rêve de papa. Papa ne fera pas de bisous à maman avant très, très longtemps. Mais sa fille meurt d'envie d'avoir un bisou, n'est-ce pas, Channy ?

Ça, c'était un coup bas !

— Vas-y, Channy, poursuivit Nadine de sa petite voix. Rampe jusqu'à papa. Et toi, papa, penche-toi pour prendre Channy dans tes bras. D'accord ?

J'avançai d'un pas et…

— C'est assez près, m'avertit-elle, en levant une main. À présent, penche-toi en avant, comme maman a dit.

J'obtempérai sans un mot. Après tout, qui étais-je pour contester un ordre de la pulpeuse Duchesse ?

Nadine mit tout doucement Chandler à quatre pattes et la poussa tendrement en avant. À la vitesse d'un escargot, Chandler se mit à ramper vers moi en babillant :

— Papapapapapapa… Papapapapapapa.

Ahhh, bonheur ! Joie ! N'étais-je pas le plus heureux des hommes ?

— Viens ici. Viens voir papa, ma puce !

Je regardai Nadine, puis baissai lentement les yeux.

— Putain, Nadine ! Qu'est-ce que… ça ne va pas la tête ! Tu es complètement…

— Que se passe-t-il, papa ? s'étonna l'apprentie allumeuse, jambes écartées et la robe remontée jusqu'à la taille. J'espère que tu ne vois pas quelque chose qui te fait envie, parce que tu ne pourras plus l'avoir.

Sa petite vulve rose me regardait droit dans les yeux, luisante de désir. Pas la moindre petite culotte en vue. Seulement une minuscule touffe blonde et soyeuse, juste sur son mont de Vénus. C'était tout. Je fis alors ce que n'importe quel mari un tant soit peu rationnel aurait fait dans la même situation : je rampai comme un chien.

— Je t'en prie, ma chérie, tu sais à quel point je suis désolé pour hier soir. Je te jure devant Dieu que jamais plus…

— Oh, remballe tes excuses, dit-elle, en balayant mes paroles d'un geste. Maman sait à quel point tu aimes jurer tes grands dieux quand tu es sur le point d'exploser. Mais tu perds ton temps, papa, parce que maman n'en a pas fini avec toi. À partir d'aujourd'hui, je ne porterai que des jupes très, très courtes à la maison. Eh oui, papa ! Rien que des jupes très, très courtes et finies les culottes. Quant à ça…

Avec fierté, elle posa les mains à plat derrière elle pour se cambrer complètement en arrière. Puis, elle se servit de ses talons aiguilles d'une façon que les designers de chez Manolo Blahnik n'avaient sans doute jamais imaginée, les transformant en pivots érotiques pour écarter puis rapprocher lentement ses jambes magnifiques. Une seconde, puis une troisième fois, elle laissa ses cuisses si largement ouvertes que ses genoux touchèrent presque la somptueuse moquette rose.

— Que se passe-t-il, papa ? Tu n'as pas l'air dans ton assiette ?

Bon, ce n'était pas comme si je ne l'avais jamais vue auparavant. Ce n'était d'ailleurs pas la première fois qu'elle me faisait le coup. Il y avait eu des ascenseurs, des courts de tennis, des parkings souterrains, et même la Maison-Blanche. Aucun lieu n'était complètement sûr avec elle. C'était seulement le choc de la situation ! Je me sentais comme un boxeur qui n'a pas vu venir le coup et qui se retrouve au tapis pour de bon.

Pour aggraver les choses, Chandler avait décidé de s'arrêter à mi-chemin pour prendre le temps d'observer la somptueuse moquette rose. Elle tirait sur les fibres comme si elle venait de découvrir quelque chose d'absolument captivant, sans plus se soucier de ce qui se tramait autour d'elle.

Je tentai de m'excuser une fois de plus, mais Nadine se contenta de se glisser l'index droit dans la bouche pour le sucer. Ce fut à peu près à ce moment que je perdis l'usage de la parole. Elle semblait savoir qu'elle venait d'asséner le coup de grâce ; elle sortit lentement le doigt de sa bouche et reprit sa petite voix de bébé :

— Ohhh, pauvre, pauvre papa. Il adore avouer tout le mal qu'il a fait quand il est sur le point d'exploser dans son pantalon. Pas vrai, papa ?

Incrédule, je me demandai si les autres couples mariés faisaient des choses pareilles.

— Eh bien, papa, il est trop tard pour les excuses. Quel dommage que papa aime tant prendre son hélicoptère à n'importe quelle heure de la nuit après avoir fait Dieu seul sait quoi, parce que maman aime tellement papa ! Elle l'aime tellement qu'il n'y a rien qui lui ferait plus envie en ce moment que de lui faire l'amour toute la journée ! Maman aurait aussi bien envie que papa vienne l'embrasser à son endroit préféré, juste là où il a les yeux rivés en ce moment.

Elle fit une petite moue boudeuse :

— Mais, ohhh, pauvre, pauvre papa ! Aucune chance pour que ça arrive, à présent, même si papa était le dernier homme sur Terre. En fait, maman a décidé de jouer aux Nations unies et d'instaurer un embargo sur le sexe. Papa ne pourra pas faire l'amour à maman avant le nouvel An…

Quoi ? Non, mais, quelle impudence !

— … et ça, c'est seulement s'il est très sage. Si papa fait un seul faux pas, ce ne sera pas avant le printemps !

Mais putain, elle avait perdu la tête ou quoi ? J'étais en train d'inventer de nouveaux degrés de servilité, lorsqu'une pensée me frappa. Nom de Dieu ! Devais-je lui dire ? Non, le spectacle était trop beau…

Elle reprit de sa voix de bébé :

— Et maintenant que j'y pense, papa, je crois qu'il est temps que maman sorte ses bas de soie pour les porter à la maison. Tout le monde sait à quel point papa aime les bas de soie de maman…

Comme j'acquiesçais vigoureusement, elle enchaîna :

— Oh oui ! Et puis, maman en a tellement assez des culottes… Oh là là ! En fait, elle a décidé de les jeter toutes à la poubelle. Alors, regarde bien, papa…

Était-il temps de l'arrêter ? Hum, non pas encore…

— … parce que tu vas en prendre plein la vue à la maison pendant quelque temps ! Mais bien sûr, selon les règles de l'embargo, il sera strictement interdit de toucher. Et interdiction de se branler. Jusqu'à ce que maman donne la permission, il faudra que les mains de papa restent bien gentiment à leur place. Est-ce bien compris, papa ?

— Et toi, maman ? demandai-je alors avec une confiance nouvellement retrouvée. Comment vas-tu faire ?

— Oh, maman sait très bien comment se satisfaire toute seule, gémit la top-modèle. À vrai dire, maman est tout excitée rien que d'y penser ! Dis-moi que tu détestes les hélicoptères, papa.

Je frappai directement à la gorge :

— Je ne sais pas, maman, je pense que ce ne sont que des belles paroles. Te satisfaire toute seule ? Je n'y crois pas…

Elle passa la langue sur ses lèvres pulpeuses.

— Je crois qu'il est temps de donner une petite leçon à papa…

Ahhh, ça devenait intéressant ! Chandler, toujours hypnotisée par la moquette, n'avait toujours aucune idée de ce qui se passait.

— … Maman veut que papa regarde bien la main de maman, sinon l'embargo va être prolongé jusqu'au week-end de Pâques. Tu comprends qui commande, ici, papa ?

Je jouai le jeu, me tenant prêt à lâcher ma bombe.

— Oui, maman. Mais que vas-tu faire avec ta main ?

— Chuuuut…, souffla maman, avant de se glisser un doigt dans la bouche pour le sucer longuement.

Puis, lentement, avec une grâce lubrique, elle fit glisser son doigt luisant vers le sud… le long de son décolleté plongeant… par-delà la barrière de ses seins… par-delà son nombril… jusqu'au niveau de son…

— Stop ! Je ne ferais pas ça si j'étais toi…

Quel choc pour elle. Elle était furieuse ! Apparemment, elle se réjouissait autant que moi de cet instant magique. Mais ce petit jeu n'avait que trop duré ; il était temps de sortir ma botte fatale. Pourtant, avant de m'en laisser la possibilité, Nadine se mit à me réprimander :

Tu l'auras voulu ; embargo jusqu'au 4 Juillet !

— Mais, Nadine… que vont penser Rocco et Rocco ?

Nadine se figea. Je me penchai pour prendre Chandler, toujours assise sur la somptueuse moquette rose, et la tins serrée contre moi en lui déposant un gros baiser sur la joue. L'ayant ainsi mise hors de danger, je poursuivis :

— Papa va raconter à maman une histoire. Après, si maman est soulagée que papa l'ait arrêtée avant qu'elle ne commette l'irréparable, alors maman devra pardonner à papa tout ce qu'il a fait, d'accord ?

Pas de réaction.

— D'accord… Alors, c'est l'histoire d'une petite chambre rose dans Old Brookville, Long Island. Est-ce que maman veut connaître la suite de l'histoire ?

Une expression d'incompréhension absolue se dessinait sur le parfait petit visage de top-modèle de ma femme, mais elle fit signe que oui.

— Est-ce que maman promet de garder les jambes bien écartées pendant que papa raconte son histoire ?

Elle acquiesça lentement, l'air rêveur.

— Tant mieux, parce que c'est le spectacle que papa aime le plus au monde et ça va l'aider à mieux raconter l'histoire. Bien… Alors, il était une fois une petite chambre rose au deuxième étage d'une grande demeure de pierre, au cœur d'une merveilleuse propriété dans le meilleur quartier de Long Island. Les gens qui vivaient là avaient beaucoup, beaucoup d'argent, mais – et c'est un détail très important pour l'histoire – malgré tout ce qu'ils possédaient, parmi tous leurs biens les plus chers, il y avait quelque chose qui avait encore plus de valeur à leurs yeux : leur petite fille… Le papa dans l'histoire employait beaucoup de personnes et la plupart étaient très, très jeunes et à peine domestiqués, si bien que le papa et la maman décidèrent de faire installer de grandes grilles autour de toute la maison, pour empêcher tous ces jeunes gens d'entrer lorsqu'ils n'y étaient pas invités. Pourtant, aussi incroyable que cela puisse sembler, ils continuaient de venir !

J'observai un instant le visage de Nadine, qui pâlissait à vue d'œil.

— Bref, après quelque temps, le papa et la maman en eurent tellement assez d'être dérangés qu'ils embauchèrent deux gardes du corps. Détail amusant, les deux gardes du corps s'appelaient tous les deux Rocco !

J'observai de nouveau le joli minois de Nadine : elle était blanche comme un linge.

— Rocco et Rocco passaient leur temps dans un magnifique petit poste de garde, situé tout au bout de la propriété. Comme la maman de l'histoire aimait faire les choses bien, elle chercha également le meilleur équipement de surveillance et finit par acheter des caméras dernier cri qui fournissaient des images d'une clarté et d'une précision incroyable. Le tout en couleur, maman ! Parfaitement !

Les jambes de Nadine étaient toujours glorieusement écartées.

— Il y a environ deux mois, tandis que maman et papa traînaient au lit par une pluvieuse matinée dominicale, maman raconta à papa un article qu'elle avait lu sur ces nurses et ces employées de maison qui maltraitaient les bébés. Terriblement choqué, papa suggéra alors à maman de cacher deux caméras et un micro dans la petite chambre rose évoquée au début de l'histoire. Or, il se trouve que l'une de ces caméras se trouve juste au-dessus de l'épaule de papa…

J'indiquai un minuscule trou près du plafond.

— … et le hasard a voulu qu'elle soit dirigée directement sur la plus belle partie de ta sublime anatomie.

Là, les jambes de Nadine se refermèrent d'un coup sec comme la porte d'un coffre-fort.

— … et comme nous aimons vraiment beaucoup, beaucoup Channy, c'est cette pièce-ci que Rocco et Rocco surveillent sur le grand écran trente-deux pouces en plein milieu de la salle de surveillance ! Alors, souris, maman ! C'est la *Caméra cachée* !

Nadine resta immobile pendant environ un huitième de seconde. Puis, comme si quelqu'un venait de lâcher dix mille volts sur la somptueuse moquette rose, elle bondit sur ses pieds en hurlant :

— Putain ! Putain de merde ! Oh mon Dieu ! Je n'y crois pas ! Oh-mon-dieu-oh-mon-dieu !

Elle courut jusqu'à la fenêtre pour regarder la salle de surveillance… puis elle tourna les talons et… BOUM !… Un des pivots érotiques de ses chaussures ravageuses se brisa et Nadine se cassa la figure.

Elle ne resta à terre qu'une seconde. Avec la rapidité d'une championne de lutte, elle se remit debout. Devant mes yeux ébahis, elle sortit en trombe, claquant la porte derrière elle, sans se soucier de ce que notre étrange ménagerie de domestiques allait penser de tout ce vacarme.

— Vois-tu, ma Channy chérie, dans *Elle*, ils déconseillent fortement de claquer les portes de cette façon.

J'adressai ensuite une prière silencieuse au Tout-Puissant pour lui demander – le supplier en fait – que Channy n'épouse jamais un type comme moi. Après tout, je n'étais pas vraiment un mari idéal. Ensuite, je descendis au rez-de-chaussée pour confier ma fille à Marcie, l'intarissable nurse jamaïcaine, avant de me rendre droit à la salle de surveillance. Je n'avais pas envie que la vidéo de Nadine finisse à Hollywood, comme pilote de *Vie et mœurs des riches détraqués*.

CHAPITRE 4

Le paradis sur terre

Comme un chien en rut, je parcourus les vingt-quatre pièces de la maison à la recherche de Nadine. Je fouillai dans les moindres recoins mes deux hectares de terrain jusqu'à ce que, à contrecœur, je finisse par abandonner les recherches. Il était presque 9 heures et je devais me rendre au bureau. Impossible de savoir où se cachait mon apprentie allumeuse : il me fallait abandonner tout espoir de m'envoyer en l'air.

Peu après 9 heures, je quittai enfin Old Brookville, à bord de ma limousine Lincoln bleu nuit conduite par George Campbell, mon chauffeur qui détestait tous ces dégénérés de Blancs. En quatre ans de service, George n'avait prononcé qu'une dizaine de mots. Certains jours, je trouvais le vœu de silence qu'il s'était imposé assez lassant, mais ce matin-là, ça me convenait très bien. En fait, après ma prise de bec avec la pulpeuse Duchesse, j'avais besoin d'un peu de calme.

Néanmoins, selon un rituel bien établi, je saluais toujours George avec un entrain exagéré, pour essayer de lui soutirer une quelconque réponse, n'importe laquelle. Je tentai donc de nouveau ma chance ce matin-là, juste pour le sport.

— Salut, Georgie ! Comment ça va, ce matin ?

George tourna la tête d'environ quatre degrés et demi vers moi, me laissant entrapercevoir le blanc étincelant de ses yeux, et m'adressa un imperceptible hochement de tête.

Ça ne ratait jamais, bon Dieu ! Ce type était muet ou quoi ! Évidemment, ce n'était pas vrai : environ six mois auparavant, il m'avait demandé si je pouvais lui prêter – traduction : lui donner – 5 000 dollars, pour qu'il se paye un nouveau « râtelier » – selon ses propres termes. J'avais bien sûr accepté de bon cœur, mais pas avant de l'avoir torturé pendant un bon quart d'heure, le forçant à tout me raconter sur ses nouvelles dents – leur blancheur, leur nombre, combien de temps elles allaient lui durer et quel genre de problèmes lui posait son dentier actuel. À la fin, des gouttes de sueur perlaient sur son front noir comme la suie et j'avais regretté de l'avoir cuisiné comme ça.

Ce jour-là, comme tous les jours, George avait revêtu un costume bleu marine et l'expression la plus sinistre qu'il pût raisonnablement se permettre avec un salaire annuel de 60 000 dollars. Il ne faisait aucun doute que George me détestait ou que, du moins, il m'en voulait, comme à tous ces dégénérés de Blancs. À la seule exception de ma femme, l'apprentie flatteuse, que George adorait.

La limousine était une de ces voitures interminables, avec bar bien approvisionné, télé, magnétoscope, frigo, chaîne hi-fi de luxe et une banquette arrière qui se rabattait en lit *king-size* d'un simple clic. Le lit était une touche personnelle que j'avais fait rajouter pour soulager mes maux de dos, mais il présentait aussi l'unique avantage de transformer ma limousine à 96 000 dollars en baisodrome ambulant. Allez comprendre… Ma destination, ce matin-là, n'était autre que Lake Success, à

Long Island, où se trouvait à présent le siège de Stratton Oakmont.

La ville, autrefois une paisible bourgade de la classe moyenne, ressemblait à présent à Tombstone, Arizona, avant l'arrivée des frères Wyatt, Virgil et Morgan Earp. Tous les petits commerces pittoresques étaient brusquement sortis de leur léthargie familiale pour répondre aux besoins, envies et désirs de mes jeunes courtiers dépravés. Il y avait tout ce qu'il fallait pour s'amuser : bordels, salles de jeu clandestines, boîtes de nuit ouvertes jusqu'au petit matin, etc. Il y avait même un petit cercle de prostitution qui proposait des passes à 200 dollars au dernier sous-sol du parking.

Les premières années, les commerçants locaux avaient pris les armes contre le manque flagrant de savoir-vivre de ma joyeuse bande de traders, qui semblaient, pour la plupart, avoir été élevés dans la jungle. Pourtant, il n'avait pas fallu longtemps pour que ces mêmes commerçants comprennent que les employés de Stratton ne regardaient jamais à la dépense. Ils avaient donc augmenté leurs prix et tout le monde vivait en paix dans le Grand Ouest sauvage.

La limousine roulait à présent vers l'ouest, le long de la Chicken Valley Road, l'une des plus belles routes de la Gold Coast. J'entrouvris ma fenêtre pour laisser entrer un peu d'air frais et admirai les somptueuses pelouses du country club de Brookville où j'avais entamé mon atterrissage périlleux un peu plus tôt dans la matinée. Le country club était remarquablement proche de ma propriété ; si proche en vérité que j'aurais pu taper une balle de golf depuis ma pelouse et atteindre le septième *fairway* avec un club de sept bien senti. Bien sûr, je n'avais jamais pris la peine d'essayer de m'inscrire, n'étant qu'un simple Juif de bas étage qui avait le culot d'envahir le paradis des wasps.

Le country club de Brookville n'était pas le seul à refuser les Juifs. Oh non ! À vrai dire, il était impossible d'entrer dans un quelconque club alentour sans prouver qu'on était un wasp pur-sang. Le country club de Brookville valait finalement mieux que les autres, car il acceptait des catholiques. Lorsque la Duchesse et moi étions arrivés de Manhattan, toute cette histoire de wasps me travaillait un peu. J'y voyais comme une sorte de club fermé ou de société secrète, jusqu'à ce que je comprenne que ces salauds étaient de l'histoire ancienne, une espèce sérieusement menacée, cousine du dodo ou de la chouette tachetée. Malgré leurs petits clubs de golf et leurs loges de chasse, derniers remparts contre l'invasion des hordes de *shtetl*, ils n'étaient rien de plus que des Sitting Bull modernes sur le point d'être écrasés par des féroces Juifs tels que moi, qui faisions fortune à Wall Street et étions prêts à dépenser des fortunes pour vivre dans le même quartier que Gatsby le Magnifique.

La limousine tourna doucement dans Hegmans Lane. Devant nous, sur la gauche, se trouvaient les écuries de la Gold Coast ou, comme le propriétaire aimait à les appeler, le « centre équestre de la Gold Coast », ce qui faisait tellement plus wasp.

J'aperçus au passage les portes vertes à rayures blanches des écuries où logeaient les chevaux de la Duchesse. L'aventure équine avait viré au cauchemar absolu, à cause du propriétaire des écuries, un Juif féroce et bedonnant. Derrière son sourire Colgate de mille watts, c'était un accro aux Mandrax, dont l'ambition secrète était de se faire passer pour un véritable wasp. Lui et sa pseudo-wasp peroxydée de femme nous avaient vus venir à des kilomètres et avaient décidé de nous refourguer toutes leurs vieilles carnes, avec une plus-value de 300 %. Comme si cela n'était pas assez douloureux, les chevaux s'étaient bientôt retrouvés affligés de toutes sortes de maux bizarres. Entre les honoraires du vétérinaire et les cavaliers payés pour monter les chevaux afin que ces derniers restent en forme, l'opération était un puits sans fond.

Néanmoins, ma pulpeuse Duchesse, apprentie experte en chasse à courre, s'y rendait tous les jours pour nourrir ses chevaux de sucres et de carottes et prendre des leçons d'équitation, malgré des allergies rédhibitoires. Chaque fois, elle rentrait à la maison en éternuant, ou toussant, elle se grattait et sa respiration était sifflante. Mais que voulez-vous, il fallait bien s'intégrer. Quand on vit dans le paradis des wasps, il faut se fondre dans le décor et faire semblant d'aimer les chevaux.

Lorsque la limousine traversa Northern Boulevard, je sentis se réveiller mes douleurs lombaires. C'était en général vers cette heure que le cocktail de drogues récréatives ingéré la veille était éliminé de mon système nerveux central via les reins et les canaux lymphatiques et que la douleur s'installait donc de nouveau. Je la sentais se réveiller doucement, comme un dragon sauvage et furieux crachant des flammes. Elle naissait au creux de mes reins, sur la gauche, avant de descendre tout droit le long de ma jambe. C'était comme si on me plantait un fer chauffé au rouge dans l'arrière de la cuisse. C'était insupportable ; j'avais beau me masser, cela ne faisait que déplacer la douleur à un autre endroit.

Je réprimai l'envie d'avaler sur-le-champ trois Mandrax sans eau. Une idée parfaitement inacceptable, puisque je me rendais au travail. J'avais beau être le patron, je ne pouvais tout de même pas arriver au bureau en titubant et en bavant comme un idiot. Ça n'était acceptable que le soir. Je me contentai donc de faire une courte prière pour qu'un éclair tombât du ciel bleu et foudroyât le chien de ma femme.

Après Northern Boulevard, le quartier était nettement moins chic, ce qui voulait dire qu'en moyenne, les maisons s'y vendaient pour un peu plus de 1 million. Étrange qu'un gosse de pauvres comme moi puisse devenir insensible aux extravagances de la richesse, au point que des maisons à 1 million lui paraissent de simples taudis. C'était plutôt bon signe, non ?

J'aperçus le panneau vert et blanc au-dessus de la bretelle du Long Island Expressway. Bientôt, j'allais retrouver les bureaux de ma seconde maison, où le redoutable rugissement de la salle des marchés la plus délirante d'Amérique rendrait toute cette folie parfaitement normale.

CHAPITRE 5

De la puissance des drogues

La banque d'affaires de Stratton Oakmont occupait le premier niveau d'un grand bâtiment informe de quatre étages en verre et béton, érigé dans la boue d'un ancien marécage de Long Island. La réalité n'était pas aussi horrible que ça. La plus grande partie du marécage avait été asséchée au début des années quatre-vingt ; à sa place, se dressait à présent un complexe de bureaux de standing, doté d'un immense parking, ainsi que d'un autre parking souterrain de trois niveaux, où les employés de Stratton prenaient leur pause-café l'après-midi en se faisant joyeusement sauter par une équipe de choc de prostituées.

Comme tous les matins, tandis que nous arrivions au pied du bâtiment, je sentis la fierté m'envahir. Les vitres en verre teinté étincelaient dans le soleil du matin, me rappelant tout le chemin parcouru ces cinq dernières années. Difficile d'imaginer que j'avais démarré Stratton dans le placard à balais d'un marchand de voitures d'occasion, pour arriver à… ça !

Sur la façade ouest du bâtiment se trouvait un porche grandiose, conçu pour subjuguer ceux qui entraient. Pourtant, aucun employé de Stratton ne l'empruntait jamais, car le détour était trop long. Le temps, c'était de l'argent. Tout le monde, moi y compris, préférait accéder directement à la salle des marchés par une rampe de béton, au sud du bâtiment.

Je sortis de la limousine et saluai George, qui hocha la tête sans un mot. En franchissant les portes de métal, je perçus l'écho lointain du redoutable rugissement, semblable à celui d'une foule en colère. Quelle douce musique ! Sans hésiter, je me dirigeai droit dessus.

Après un coude, le couloir débouchait sur la salle des marchés de Stratton Oakmont : une pièce immense, plus longue qu'un terrain de football et presque aussi large, un *open space*, au plafond très bas. Des rangs serrés de bureaux couleur rouille étaient agencés comme dans une salle de classe et une houle infinie de chemises blanches amidonnées se démenait furieusement. Les courtiers avaient ôté leur veste et hurlaient dans leur téléphone noir, créant le rugissement en question. C'était le cri de jeunes gens bien élevés, tentant de convaincre, à coups de raisonnements logiques, des businessmen de toute l'Amérique de confier leurs économies à Stratton Oakmont.

— Nom de Dieu, Bill ! hurlait Bobby Koch. Remontez vos manches, prenez vos couilles à deux mains et décidez-vous !

Bobby, un Irlandais joufflu de 22 ans, armé d'un baccalauréat, d'une cocaïnomanie galopante et d'un revenu brut annuel d'environ 1,2 million de dollars, était en train d'engueuler un quelconque riche homme d'affaires prénommé Bill, qui vivait quelque part au fin fond des États-Unis. Chaque bureau disposait de son propre moniteur gris où chiffres et lettres défilaient en vert, fournissant en temps réel des indices boursiers aux strattoniens. Pourtant, presque aucun d'entre eux n'y prêtait jamais attention, tant ils étaient occupés à suer sang et eau en hurlant dans leur téléphone, qui ressemblaient à une aubergine géante qu'on leur aurait greffée à l'oreille.

— Il faut prendre une décision… Bill ! Il faut prendre une décision maintenant ! Steve Madden est l'introduction la plus chaude sur Wall Street ! Il n'y a pas à réfléchir ! Cet après-midi, ce sera déjà de la préhistoire !

Cela faisait à peine deux semaines que Bobby était revenu de la clinique Hazelden, mais il avait déjà rechuté. Ses yeux semblaient sur le point de jaillir de son crâne épais d'Irlandais et on pouvait pratiquement voir les cristaux de cocaïne suinter par les pores de sa peau. Il était 9 h 30.

Accroupi, un jeune strattonien aux cheveux gominés, à la mâchoire carrée et un cou de la taille du Rhode Island, tentait de faire comprendre à un client que ce n'était pas forcément une bonne idée d'impliquer sa femme dans les prises de décision.

— En parler à votre femme ? explosait-il avec un accent new-yorkais à couper au couteau. Ça ne va pas, la tête ? Enfin quoi, est-ce que votre femme vous demande votre avis avant d'aller s'offrir une nouvelle paire de godasses ?

Trois rangs plus loin, un autre jeune strattonien aux cheveux bruns et bouclés, le visage ravagé d'acné juvénile, se tenait droit comme un I, le téléphone coincé dans le creux de l'épaule, les bras écartés comme les ailes d'un avion. Deux larges taches de sueur maculaient ses aisselles. Tandis qu'il hurlait dans son téléphone, Anthony Gilberto, le tailleur de l'entreprise, lui prenait ses mesures pour un costume. Toute la journée, Gilberto passait ainsi de bureau en bureau pour prendre les mesures des traders et leur confectionner des costards à 2 000 dollars pièce. Le jeune trader en question rejeta la tête en arrière, comme s'il allait effectuer dans un saut de l'ange depuis un plongeoir à dix mètres, puis il soupira, comme à court d'arguments :

— Nom de Dieu, M. Kilgore, pour votre bien, achetez ces 10 000 actions, d'accord ? S'il vous plaît ! Vous me tuez, là... Vous me tuez, vraiment. Je vous préviens, je n'hésiterai pas à sauter dans le premier avion pour le Texas et à faire usage de violence pour vous forcer à acheter !

Quel dévouement ! Cet adolescent boutonneux vendait des actions même pendant qu'il faisait ses emplettes. Mon bureau se trouvait à l'autre bout de la salle et, tandis que je traversais cette mer humaine frémissante, je me sentais comme un Moïse chaussé de bottes de cow-boy. En passant, chaque courtier m'adressait un clin d'œil ou un sourire pour me remercier de ce petit coin de paradis que j'avais créé sur terre. C'étaient mes hommes. En quête d'espoir, d'amour, de conseils ou de directives, ils étaient venus à moi – qui étais dix fois plus fou qu'eux. Pourtant, nous avions tous un point commun : cette passion toujours ardente pour le rugissement de Wall Street. En fait, nous étions complètement accros.

— Décroche ce putain de téléphone, s'il te plaît ! implorait une petite assistante blonde.

— Décroche toi-même, c'est ton boulot !

— Juste cette fois !

— ... 20 000 à huit et demie...

— ... prendre 100 000 actions...

— Le marché crève le plafond !

— Mais bon sang, Steve Madden, c'est l'affaire la plus chaude de tout Wall Street !

— J'emmerde Merrill Lynch ! Des trous de chiottes comme eux, on en bouffe dix au petit déjeuner !

— Votre trader local ? Je l'emmerde ! Il doit être encore en train de lire le *Wall Street Journal* d'hier !

— … j'ai 20 000 options d'achat à quatre…

— C'est vraiment de la merde, ces trucs-là !

— Oui ? Eh bien va te faire foutre, toi et ta Volkswagen de merde !

Merde par-ci, putain par-là ! C'était la langue de Wall Street, l'essence même du rugissement qui imprégnait tout, vous enivrait, vous séduisait, vous libérait ! Il vous permettait d'atteindre des buts que vous n'auriez jamais rêvé atteindre et emportait tout le monde sur son passage, à commencer par moi.

Sur le millier d'âmes que comptait la salle, peu avaient plus de 30 ans ; la plupart avaient la vingtaine. C'était une équipe magnifique, explosant de vanité et la tension sexuelle était si forte qu'on pouvait littéralement la palper. Le code vestimentaire pour les hommes – des ados ! – était costard sur mesure, chemise blanche, cravate de soie et montre en or massif. Pour les femmes, environ une pour dix hommes, c'était jupe ras-la-croupe, décolleté plongeant, Wonderbra et talons aiguilles vertigineux. Tout à fait le genre de tenue rigoureusement interdite par la DRH de Stratton, mais chaleureusement encouragée par la direction – votre serviteur.

Les choses avaient dérapé au point que de jeunes strattoniens s'envoyaient en l'air sous les bureaux, dans les toilettes, les penderies, le parking souterrain et, bien sûr, dans l'ascenseur de verre. Finalement, afin de maintenir un semblant d'ordre, nous avions fait circuler un mémorandum décrétant qu'il était interdit de forniquer dans le bâtiment entre 8 heures et 19 heures. En tête du mémo figurait en gros caractères : *Espace non-baiseur* ; en dessous, un petit pictogramme, représentant un homme et une femme en train de s'envoyer en l'air en levrette, le tout entouré d'un large cercle rouge barré, à la *Ghostbusters* – sans doute une première à Wall Street. Hélas ! personne ne prenait ça au sérieux.

Rien de surprenant, après tout. Tous étaient jeunes, beaux et saisissaient l'instant présent. Saisir l'instant présent – c'était exactement le mot d'ordre qui animait Stratton Oakmont et faisait vibrer le centre des plaisirs déjà hyperactif de ces jeunes gens à peine sortis de l'adolescence.

Que voulez-vous dire devant un tel succès ? La masse d'argent récoltée était hallucinante. On attendait d'un novice qu'il gagne 250 000 dollars la première année ; une somme moindre le rendait suspect. La seconde année, il fallait gagner 550 000 dollars si on ne voulait pas être considéré comme un minable. La troisième année, mieux valait faire son million, sans quoi on était la risée de tout Stratton. C'était un minimum ; les bons vendeurs gagnaient le triple.

Tout le monde profitait de cette richesse, par ordre de hiérarchie. Les assistantes, qui n'étaient en réalité que des secrétaires améliorées, gagnaient plus de 100 000 dollars par an. Chaque fille au standard gagnait 80 000 dollars, simplement pour répondre au téléphone. Il n'y avait pas vraiment de différence avec une bonne vieille ruée vers l'or et Lake Success était devenue une ville-champignon. Mes traders, en vrais gosses qu'ils étaient, surnommaient l'endroit Disneyland, mais ils savaient tous que, si par malheur ils se faisaient virer de la fête, jamais plus ils ne gagneraient autant d'argent. Telle était la grande peur logée au fond de chaque jeune strattonien : le risque de perdre un jour son emploi. Que ferait-il, alors ? Après tout, on attendait d'un strattonien qu'il mène la Belle Vie : les voitures les plus chères, les restaurants les plus en vue, les pourboires les plus gros, les meilleurs vêtements et une demeure sur la fabuleuse Gold Coast de Long Island.

Même si vous n'en étiez qu'à vos débuts et que vous n'aviez pas un sou vaillant, alors il fallait emprunter à n'importe quelle banque assez dingue pour vous prêter de l'argent – à n'importe quel taux d'intérêt – pour commencer à vivre la Belle Vie, que vous y soyez prêt ou non.

Les choses étaient devenues tellement démentes que des gosses qui avaient encore des boutons d'acné et venaient à peine de découvrir l'existence des rasoirs se retrouvaient propriétaires de maisons immenses. Certains étaient si jeunes qu'ils n'y emménageaient même pas, préférant encore dormir à la maison, chez papa-maman. L'été, ils louaient des villas somptueuses dans les Hamptons, avec piscine chauffée et vue imprenable sur l'Atlantique, et le week-end, ils organisaient des soirées de folie, si décadentes qu'elles se terminaient invariablement par l'intervention de la police. Elles étaient animées par des groupes et des DJ, de jeunes employées de Stratton y dansaient seins nus, strip-tea-seuses et prostituées étaient considérées comme des invitées de choix ; inévitablement, au cours de la soirée, les jeunes strattoniens se retrouvaient à poil et commençaient à fourrer dans tous les coins à la belle étoile, comme des animaux de basse-cour, toujours ravis de se donner en spectacle devant un public sans cesse plus nombreux.

Quel mal y avait-il à cela ? Ils étaient ivres de jeunesse, assoiffés de richesse et ils planaient bien haut dans les cieux. Jour après jour, de plus en plus de gens profitaient de cette manne et faisaient fortune en fournissant aux courtiers les matières premières dont ces derniers avaient besoin pour mener la Belle Vie. Il y avait les agents immobiliers qui leur vendaient des villas, les banquiers qui leur proposaient des crédits, les décorateurs qui bourraient leurs maisons de meubles hors de prix, les paysagistes qui s'occupaient de leurs terrains (tout strattonien surpris en train de tondre lui-même sa pelouse était lapidé à mort), les concession-naires qui leur vendaient Porsche, Mercedes, Ferrari et Lamborghini (si vous conduisiez quelque chose de moins bien, c'était la honte assurée), les maîtres d'hôtel qui leur réservaient des tables dans les meilleurs restau-rants, les vendeurs de billets au noir qui leur obtenaient des places en VIP pour des matchs, des concerts de rock ou des spectacles à Broadway affichant complet ; il y avait aussi les bijoutiers et les joailliers, les tailleurs et les chausseurs, les fleuristes et les restaurateurs, les coiffeurs, les salons de toilettage canin, les masseuses, les chiropraticiens et toute une flopée de services spé-cialisés – n'oublions pas les prostituées et les dealers. Tous ces gens se présentaient dans la salle de marchés pour officier ou livrer leur marchandise directement sur le bureau des jeunes strattoniens, afin que ceux-ci ne perdent pas une seconde de leur temps précieux. Ou plutôt, pour qu'aucune autre activité ne vienne entraver leur capacité à faire une chose, une seule : téléphoner. Point barre. Sourire et téléphoner ; depuis l'instant où ils mettaient les pieds au bureau jusqu'à celui où ils par-taient. S'ils n'étaient pas assez motivé pour le faire ou s'ils ne supportaient pas les rebuffades permanentes des secrétaires des cinquante États, qui leur raccrochaient au nez trois cents fois par jour, alors il y avait dix gars juste derrière eux qui étaient plus que volontaires pour prendre leur place. Et alors, ils étaient virés – pour tou-jours.

Quelle formule secrète avait découverte Stratton, qui permettait à ces courtiers d'une jeunesse obscène de gagner des sommes d'argent aussi indécentes ? Tout se basait principalement sur deux vérités simples : primo, 1 % des gens les plus riches des États-Unis étaient, pour la plupart, des joueurs invétérés qui ne pouvaient résister à la tentation, même s'ils savaient que les dés étaient pipés. Secondo, contrairement à ce que l'on croyait, il était possible de transformer ces jeunes gens possédant l'élégance sociale d'un troupeau de buffles en rut et le quotient intellectuel d'un Forrest Gump sous acide, en magiciens de Wall Street. Il suffisait de leur écrire jusqu'au dernier mot leur discours et de leur répéter encore et encore pour qu'ils se le rentrent dans le crâne – tous les jours, deux fois par jour, pendant une année entière.

Des rumeurs s'étaient rapidement répandues dans tout Long Island sur cette société délirante de Lake Success où il suffisait de se présenter, de suivre les instructions à la lettre et de jurer fidélité au patron pour que celui-ci fasse de vous un homme riche. Du coup, des gosses avaient commencé à se pointer à la salle des marchés, un ou deux, pour commencer, avant d'affluer en masse. Des gosses des banlieues du Queens et de Long Island, d'abord, puis des cinq comtés de New York ; bientôt, ils débarquaient des quatre coins des États-Unis, me suppliant de leur donner du travail. De simples gosses traversaient la moitié du pays pour se rendre chez Stratton Oakmont et jurer fidélité au Loup de Wall Street. Le reste, comme on disait, faisait déjà partie de la légende.

Comme d'habitude, Janet *, ma fidèle secrétaire personnelle, était assise à son bureau, guettant mon arrivée avec angoisse. À cet instant, elle pianotait de l'index sur son bureau, l'air navré, comme pour dire : « Bon sang, pourquoi est-ce que toute ma journée dépend du moment où mon dingue de patron décidera de se pointer au boulot ? » À moins que ce ne fût simplement mon

---

* Ce nom a été modifié.

imagination et qu'elle ne s'ennuyât véritablement. Quoi qu'il en fût, le bureau de Janet était placé juste devant ma porte, comme un défenseur protégeant un demi de mêlée. Ce n'était pas un hasard. Parmi ses fonctions, Janet me servait de gardien. Si l'on voulait me voir ou même me parler, il fallait d'abord franchir le rempart de Janet, ce qui n'était pas une mince affaire. Elle me protégeait comme une lionne protège ses petits, ne craignant pas de répandre son juste courroux contre quiconque tentait de forcer le barrage.

En m'apercevant, elle m'adressa un sourire chaleureux. Elle n'avait pas tout à fait 30 ans, mais en paraissait plus. Elle avait une épaisse chevelure châtain foncé, le teint pâle et un petit corps musclé. On lisait une certaine tristesse dans ses beaux yeux bleus, comme s'ils avaient été témoins de trop de scènes déchirantes malgré leur jeune âge. C'était peut-être pour cela que Janet se présentait chaque jour au travail habillée comme la Mort. Oui, des pieds à la tête, elle ne portait que du noir et ce jour-là ne faisait pas exception.

— Bonjour ! lança Janet avec un grand sourire et une légère pointe d'agacement dans la voix. Pourquoi êtes-vous si en retard ?

Je souris gentiment à ma fidèle secrétaire. Malgré son accoutrement funèbre et son besoin incessant de connaître la moindre rumeur sur ma vie privée, je trouvais sa présence extrêmement plaisante. Elle était l'homologue de Gwynne au bureau. Qu'il s'agisse de payer mes factures, de gérer mon portefeuille en Bourse, de s'occuper de mon emploi du temps, d'organiser mes voyages, de payer mes prostituées, de traiter avec mes dealers ou de mentir à ma femme du moment, aucune tâche n'était trop difficile ni trop ingrate pour Janet qui se mettait aussitôt en quatre pour l'accomplir.

Elle était incroyablement compétente et ne commettait jamais la moindre erreur.

Elle avait, elle aussi, grandi à Bayside, mais ses parents étaient tous les deux morts quand elle était petite. Sa mère était bonne et douce, mais son père, un vrai salaud, l'avait maltraitée. C'est pourquoi je faisais tout mon possible pour qu'elle se sentît aimée et indispensable et je la protégeais de la même façon qu'elle me protégeais.

Lorsque Janet s'était mariée, le mois précédent, je lui avais offert une cérémonie magnifique et l'avais conduite jusqu'à l'autel avec une grande fierté. Ce jour-là, elle avait porté une robe Vera Wang blanche comme neige, que je lui avais offerte et choisie par la Duchesse, qui avait également passé deux heures à la maquiller – oui, la Duchesse était aussi une apprentie maquilleuse. Janet était absolument resplendissante.

— Bonjour, répondis-je avec un sourire. La salle a l'air en forme, ce matin, non ?

— Comme tous les matins, Jordan. Comme tous les matins… Mais vous ne m'avez pas répondu. Pourquoi ce retard ?

C'était aussi une nana effrontée et sacrément curieuse.

— Est-ce que Nadine a appelé, par hasard ? soupirai-je.

— Non, pourquoi ? demanda-t-elle vivement, flairant un ragot juteux. Que s'est-il passé ?

— Rien, Janet. Je suis rentré tard et Nadine s'est mise en rogne et m'a lancé un verre d'eau à la figure. C'est tout. Sauf qu'il s'agissait en fait de trois verres d'eau, mais je ne vais quand même pas tenir des comptes d'apothicaire. C'est trop bizarre pour être raconté, mais il faut que je lui envoie des fleurs tout de suite, sinon je n'ai plus qu'à me mettre en quête d'une troisième femme avant la fin de la journée.

— Pour combien dois-je en envoyer ? demanda Janet en s'emparant aussitôt d'un bloc à spirale et d'un stylo Montblanc.

— Je ne sais pas… pour 3 ou 4 000. Dis-leur simplement d'en envoyer un plein camion. Assure-toi juste qu'ils mettent plein de lys. Elle aime bien les lys…

Janet fit la moue, l'air blasé, comme pour dire : « Vous rompez notre accord tacite : parmi mes compensations en nature, j'ai le droit de connaître tous les détails scabreux, aussi horribles soient-ils ! » Sa conscience professionnelle lui interdisant d'exprimer une telle pensée, elle se contenta de dire :

— Très bien, vous me raconterez plus tard.

— Peut-être, Janet… On verra…, dis-je sans conviction. Bon, quoi de neuf ce matin ?

— Eh bien… Steve Madden se promène quelque part dans le coin en se rongeant les ongles. Il n'a pas l'air dans son assiette.

Un flot d'adrénaline m'envahit immédiatement. Steve Madden ! Dans le chaos et la folie de cette matinée, il m'était bel et bien sorti de l'esprit que c'était aujourd'hui que la société Steve Madden Shoes était introduite en Bourse. Avant la fin de la journée, les caisses de Stratton s'ouvriraient avec un doux bruit pour accueillir 20 millions de dollars. Pas trop mal ! Steve devait se plier à la tradition et faire un petit discours devant l'équipe. Voilà qui promettait d'être instructif ! Je n'étais pas sûr que Steve fût le genre de gars à pouvoir regarder tous ces jeunes strattoniens en folie droit dans les yeux sans manquer de s'étouffer.

Néanmoins, c'était la tradition sur Wall Street : juste avant qu'une nouvelle action n'entre sur le marché, le P-DG devait faire un petit discours consensuel devant un parterre bienveillant de traders, en insistant sur l'avenir radieux de sa société. C'était un genre de réunion amicale qui comprenait une bonne dose d'autocongratulation et de serrage de pognes hypocrite.

À Stratton, en revanche, les choses tournaient parfois très mal. Le problème était que mes courtiers n'en avaient vraiment rien à cirer de ces discours ; tout ce qui les intéressait, c'était de vendre des actions et de gagner de l'argent. Alors, si l'invité du jour ne les captivait pas dès le début de son discours, ils commençaient rapidement à s'ennuyer. Ils se mettaient alors à huer et pousser des cris, puis passaient aux insanités et finissaient toujours par lancer toutes sortes de projectiles. Des boules de papier froissé, d'abord, puis rapidement des denrées alimentaires : tomates pourries, pilons de poulet à moitié rongés et trognons de pomme.

Je ne pouvais laisser Steve Madden subir un tel sort. D'abord, c'était un ami d'enfance de Danny Porush, mon bras droit. Ensuite, je détenais personnellement plus de la moitié de la société de Steve, si bien que c'était comme si ma propre affaire entrait en Bourse. Environ seize mois auparavant, j'avais versé à Steve 500 000 dollars comme capital de départ, ce qui faisait de moi le plus gros actionnaire de la société, avec 85 % des actions. Quelques mois plus tard, j'avais revendu 35 % de mes actions pour un peu plus de 500 000 dollars, récupérant ainsi mon investissement de départ. À présent, je détenais 50 % gratuitement ! Vous parlez d'une bonne affaire !

À vrai dire, c'était exactement comme ça que j'avais transformé Stratton en véritable planche à billets : en achetant des actions de sociétés non cotées, avant de revendre une fraction de mon investissement original, me remboursant ainsi au passage. Comme j'utilisais ma salle des marchés pour faire entrer en Bourse les sociétés dont je détenais des parts, mon portefeuille croissait sans cesse. À Wall Street, ce processus était connu sous le nom d'investissement bancaire, mais pour moi, c'était comme toucher le jackpot tous les mois.

— Tout devrait bien se passer, assurai-je à Janet. Sinon, j'irai moi-même le tirer du pétrin. Autre chose ?

— Votre père vous cherche et il a l'air furieux.

— Et merde...

Mon père, Max, était le directeur financier de Stratton, mais il s'était également proclamé chef de la Gestapo. Il était tellement nerveux qu'à 9 heures du matin, il hantait déjà la salle des marchés, un gobelet de vodka Stolichnaya à la main, en fumant sa vingtième cigarette. Dans le coffre de sa voiture, une batte du Louisville Slugger Field d'un bon kilo, signée par Mickey Mantle, lui servait à réduire en miettes les vitres du premier « fumier » assez fou pour venir se garer sur sa place de parking chérie.

— Il a dit ce qu'il voulait ?

— Nan. Quand je lui ai demandé, il n'a fait que gronder comme un chien. Il avait vraiment l'air en rogne. Si vous voulez mon avis, c'était à cause des factures American Express du mois de novembre.

— Tu crois ?

Je fis la grimace : le chiffre d'un demi-million de dollars se mit à clignoter dans mon esprit, sans que j'aie rien demandé.

— Il tenait le paquet à la main et ça faisait à peu près ça d'épaisseur.

L'espace entre son pouce et son index indiquait trois bons centimètres.

— Mmmmh...

Je réfléchis un instant à cette histoire d'American Express, mais quelque chose attira mon regard au loin.

Une forme flottait en l'air, de-ci, de-là… qu'est-ce que c'était que ce truc, bon sang ? Nom de Dieu ! Quelqu'un avait apporté un ballon de plage bleu, blanc, rouge au bureau ! On se serait cru dans un stade, avant un concert des Rolling Stones.

— … de tout ça, il nettoie son putain d'aquarium ! commenta Janet. Incroyable !

N'ayant saisi que la fin, je marmonnai :

— Ouais, je vois bien ce que tu…

— Vous n'avez pas écouté un seul mot de ce que j'ai dit, alors arrêtez de faire semblant.

Bon sang ! Qui, à part mon père, aurait osé me parler sur ce ton ? Bon, peut-être ma femme, mais en général je l'avais cherché. Pourtant, malgré sa langue de vipère, j'aimais beaucoup Janet.

— Très drôle… Que disais-tu ?

— Je disais que je n'arrivais pas à croire que ce gosse, là-bas…

Elle désigna un bureau à une vingtaine de mètres de là.

— … comment s'appelle-t-il ? Robert quelque chose, je crois. Peu importe… Il est en train de nettoyer son aquarium. Enfin, quoi, c'est un jour d'introduction en Bourse ! Vous ne trouvez pas que ça fait un peu trop ?

Je regardai dans la direction du présumé coupable : c'était un jeune strattonien – non, en fait, ce ne pouvait être un des nôtres – une jeune brebis galeuse, avec une masse désordonnée de boucles brunes et un nœud papillon. L'aquarium sur son bureau n'avait rien de surprenant en soi. Les courtiers avaient le droit d'avoir des animaux de compagnie au travail. Il y avait des iguanes, des furets, des gerboises, des perruches, des tortues, des mygales, des serpents, des mangoustes et tout ce que ces jeunes dégénérés pouvaient se payer avec leur salaire

démesuré. Il y avait même un ara doté d'un vocabulaire
de cinquante mots et qui, lorsqu'il n'imitait pas les
traders en train de vendre des actions, vous disait d'aller
vous faire foutre. Je n'avais eu à intervenir qu'une seule
fois, lorsqu'un des strattoniens avait amené un chim-
panzé chaussé de patins à roulettes et portant une
couche-culotte.

— Va chercher Danny, lâchai-je d'une voix blanche.
Je veux qu'il voie ce putain de gosse.

Tandis que Janet se levait, je restai planté là, sous le
choc. Comment ce pauvre type empapillonné pouvait-il commettre un acte aussi… hideux ? Un acte qui
allait à l'encontre de l'essence même de tout ce que
représentait Stratton Oakmont… C'était un sacrilège !
Pas contre Dieu, bien sûr, mais contre la Belle Vie !
C'était une violation flagrante du code éthique de
Stratton, la pire qui fût. Le châtiment serait… Quel
serait le châtiment, d'ailleurs ? Je m'en remettais à
Danny Porush, mon associé, qui avait vraiment le truc
pour discipliner les âmes égarées. En fait, il adorait ça.

Danny s'avança vers moi, Janet sur ses talons. Il semblait furieux, ce qui voulait dire que Nœud Papillon était
dans la merde jusqu'au cou. Je ne pus m'empêcher de
sourire en constatant à quel point Danny avait l'air
normal. C'était vraiment drôle. Habillé comme il l'était,
avec son costume à rayures grises, sa chemise imma-
culée et sa cravate de soie rouge, personne n'aurait
jamais imaginé qu'il était sur le point d'atteindre le but
qu'il s'était officiellement fixé, à savoir sauter toutes les
assistantes de la boîte, sans exception.

Danny Porush était un Juif, catégorie ultraféroce. Il
était de taille et poids moyens, environ un mètre
soixante-quinze pour soixante-quinze kilos. Rien
n'aurait pu trahir qu'il appartenait à la Tribu. Même ses
yeux bleu acier, qui dégageaient à peu près autant de

chaleur qu'un iceberg, n'avaient vraiment rien de youpin.

Cela convenait d'ailleurs très bien à Danny qui, comme beaucoup de Juifs avant lui, brûlait du désir secret d'être pris pour un wasp. Tous les subterfuges étaient bons pour paraître le plus wasp possible : ses incroyables dents étincelantes, blanchies et redressées au point d'en paraître radioactives ; ses lunettes d'écaille aux verres bidon (Danny avait dix sur dix à chaque œil) ; ses chaussures de cuir noir aux semelles intérieures sur mesure et aux bouts renforcés qui luisaient comme des miroirs à force d'avoir été cirées.

C'était une farce sinistre, quand on savait qu'au bel âge de 34 ans, Danny représentait à lui tout seul un cas d'étude complet sur les anomalies psychologiques. J'aurais peut-être dû m'en douter, six ans auparavant, lorsque je l'avais rencontré pour la première fois. C'était avant de monter Stratton et Danny travaillait pour moi en tant que stagiaire. C'était au printemps et je lui avais demandé de m'accompagner pour une course rapide dans Manhattan, afin d'aller voir mon comptable. Une fois sur place, il m'avait convaincu de faire un petit détour chez un dealer de crack, où il m'avait raconté sa vie : ses deux dernières sociétés, une de messagerie et une autre de transport de personnes, étaient parties en poudre blanche dans ses narines ; il avait épousé sa propre cousine germaine, Nancy, parce que c'était un sacré morceau. Lorsque je lui avais demandé s'il n'avait pas peur de la consanguinité, il avait tranquillement répondu que si jamais ils avaient un « attardé », il abandonnerait simplement le « paquet » sur les marches d'un orphelinat et qu'on n'en parlerait plus.

Peut-être aurais-je dû partir en courant sur-le-champ et comprendre que ce gars risquait de faire surgir le pire en moi. Pourtant, j'avais préféré lui accorder un prêt personnel pour l'aider à retomber sur ses pieds, puis je l'avais formé pour qu'il devienne trader. Un an plus tard, je démarrais Stratton et j'avais laissé Danny acheter petit à petit sa part et devenir associé. En cinq ans, Danny s'était révélé être un valeureux guerrier, écrasant tous ceux qui se mettaient en travers de sa route vers le poste de numéro deux de Stratton. Malgré tout cela, malgré sa profonde folie, personne ne pouvait nier qu'il était malin comme un singe, rusé comme un renard, aussi téméraire qu'un Hun et, avant tout, fidèle comme un chien. Pour tout dire, je comptais sur lui pour faire presque tout le sale boulot à ma place, une tâche qu'il appréciait plus qu'on n'aurait pu le dire.

Danny me gratifia d'une accolade mafieuse en m'embrassant sur chaque joue. C'était un signe de loyauté et de respect, hautement apprécié à Stratton. J'entraperçus Janet lever les yeux au ciel, comme pour se moquer de ces effusions de loyauté et d'affection. Danny me relâcha en grommelant :

— Je vais le tuer, ce putain de gosse. Je le jure devant Dieu !

— Ce serait mauvais pour l'image, Danny. Surtout aujourd'hui. Je pense que tu devrais lui dire que s'il ne s'est pas débarrassé de son aquarium d'ici à ce soir, on veut bien lui garder son poisson rouge pendant qu'il pointe au chômage. Mais c'est toi qui vois…

— Oh mon Dieu, il porte un nœud papillon ! rajouta perfidement Janet. Vous imaginez un peu ?

— Le fumier ! gronda Danny, comme si le type venait de violer une nonne et l'avait laissée pour morte. Je vais lui régler son compte une fois pour toutes à ce gosse ! Et à ma façon !

Fulminant, Danny se dirigea vers le bureau du trader et commença à discuter avec lui. Au bout de quelques secondes, nous vîmes le gosse faire non de la tête. Danny échangea encore quelques paroles avec lui, mais reçut la même réponse butée. Il commençait à montrer des signes d'impatience.

— Je me demande ce qu'ils se disent, murmura Janet, cette perle de sagesse. J'aimerais bien avoir des oreilles bioniques, comme la Femme qui valait 3 millions. Vous voyez le genre ?

— Je vais faire comme si je n'avais rien entendu, Janet, répondis-je avec mépris. Mais pour ta gouverne, sache qu'il n'y a jamais eu de Femme qui valait 3 millions. C'était Super Jaimie, la femme bionique.

Je vis Danny tendre la main vers l'épuisette du trader, comme pour lui dire : « Donne-moi ce putain de truc ! » Le trader recula immédiatement le bras pour tenir l'épuisette hors de portée.

— Qu'est-ce que vous croyez qu'il va faire avec l'épuisette ? demanda ma Super Jaimie personnelle.

— Je n'en sais trop rien…, murmurai-je en passant en revue les différentes possibilités. Oh, merde, si ! je sais exactement…

Soudain, à une vitesse presque surnaturelle, Danny arracha sa veste, la jeta sur le sol, remonta sa manche de chemise et plongea le bras dans l'aquarium jusqu'au coude. Le visage de marbre, une lueur de haine pure dans les yeux, il commença à fouiller tous azimuts pour attraper le poisson rouge qui ne se doutait de rien. Une dizaine de jeunes assistantes assises alentour se levèrent d'un bond, horrifiées de voir Danny tenter de capturer l'innocent poisson rouge.

— Oh… mon… Dieu…, bégaya Janet. Il va le tuer !

Tout à coup, nous vîmes Danny pousser un cri silencieux, une expression de victoire sur le visage. Un quart de seconde plus tard, il ressortait le bras de l'aquarium, tenant fermement le poisson rouge dans le creux de sa main.

— Il l'a eu ! gémit Janet en se mordant le poing.

— Ouais, mais la question à 1 million est : que va-t-il en faire ? Je parie 1 000 dollars, à cent contre un qu'il le mange. Ça te tente ?

— À cent contre un ? J'en suis ! Il ne le fera pas. C'est trop infâme. Enfin quoi…

Janet fut interrompue par Danny qui grimpait sur le bureau, les bras en croix comme Jésus lui-même.

— Voilà ce qui arrive lorsqu'on fait le con avec son poisson rouge un jour comme celui-ci ! hurla-t-il.

Il réfléchit un instant avant d'ajouter :

— Et interdiction de porter des putain de nœuds pap' chez Stratton ! C'est ridicule !

Janet, la mauvaise foi personnifiée :

— J'annule le pari tout de suite !

— Trop tard, désolé.

— Allez, quoi ! Ce n'est pas juste !

— La vie est injuste, Janet, répondis-je innocemment. Tu devrais le savoir.

Sans un mot de plus, Danny ouvrit le bec et laissa tomber le poisson rouge dans son gosier.

Une centaine d'assistantes laissèrent échapper une exclamation d'effroi, tandis que dix fois plus de traders se mirent à hurler leur admiration, en hommage à Danny Porush, bourreau de la faune aquatique innocente. Danny, qui ne perdait jamais une occasion d'en rajouter, leur adressa un profond salut, comme s'il était à Broadway. Puis, il sauta du bureau pour tomber dans les bras de ses admirateurs.

Je rigolai doucement en regardant Janet :

— Ne t'inquiète pas pour les 1 000 dollars. Je n'aurai qu'à les défalquer de ta paie.

— Si vous osez faire ça…, siffla-t-elle.

— Très bien, si tu préfères me les devoir, répondis-je avec un clin d'œil. Maintenant, va commander ces fleurs et apporte-moi du café. Il faut bien que cette journée commence un jour…

D'un pas léger et le sourire aux lèvres, je me dirigeai vers mon bureau et refermai la porte derrière moi – prêt à saisir au bond tout ce que le monde me réservait.

CHAPITRE 6

Des contrôleurs bien frappés

Moins de cinq minutes plus tard, j'étais assis derrière mon bureau de dictateur, dans un fauteuil imposant comme un trône.

— Attendez, les gars…, demandai-je, incrédule. Si je comprends bien, vous voulez faire venir un nain ici pour lancer son petit cul à travers la salle des marchés ?

Les deux autres personnes présentes dans la pièce opinèrent du chef de concert. En face de moi, dans un fauteuil club en cuir rouge sang bien rembourré, était assis Danny Porush en personne. Ne semblant pas souffrir outre mesure de sa petite aventure poissonnière, il s'efforçait de me vendre sa dernière trouvaille : payer un nain 50 000 dollars pour qu'il accepte de se laisser lancer par les traders à travers la salle des marchés, au cours de ce qui serait sans doute le premier concours de lancer de nain de toute l'histoire de Long Island. Je ne pus m'empêcher d'être intrigué.

— Ce n'est pas aussi dingue que ça en a l'air, précisa Danny. Ce n'est pas comme si on allait lancer le gnome n'importe où. Je me disais qu'on pourrait aligner des tapis de sol à l'entrée de la salle et donner aux cinq premiers traders sur la vente Madden deux lancers chacun. On peint une cible sur l'un des tapis et on colle du Velcro sur l'avorton pour qu'il reste accroché. Ensuite, on choisit quelques assistantes bien roulées pour tenir des pancartes – comme des juges à un concours de plongeon. Les notes seraient données en fonction du style du lancer, de la distance, du degré de difficulté, etc.

— Mais où comptes-tu trouver un nain aussi rapidement ? demandai-je, incrédule, avant de me tourner vers Andy Greene, le troisième personnage présent dans la pièce. Et toi, qu'en penses-tu ? Tu es l'avocat de la boîte ; tu dois bien avoir quelque chose à dire, non ?

Andy hocha la tête d'un air docte, comme s'il évaluait quelle serait la bonne réponse juridique. C'était un vieil ami en qui j'avais toute confiance et il avait récemment été promu à la tête du service de finance d'entreprise de Stratton. Son boulot consistait à étudier les dizaines de projets que Stratton recevait chaque jour, pour décider lesquels étaient dignes de m'être présentés. Par essence, ce service servait d'usine de transformation, et nous fournissait des produits finis, sous forme d'actions et de *warrants* prêts pour des introductions en Bourse.

Andy portait l'uniforme typique de Stratton : costard Gilberto impeccable, chemise blanche, cravate de soie et, dans son cas, la pire moumoute imaginable de ce côté-ci du Rideau de fer. On aurait dit que quelqu'un avait pris la queue d'une mule pour la coller au sommet de son crâne de Juif en obus, avant de verser de la résine dessus, de placer un bol sur la résine et de maintenir le tout avec dix kilos d'uranium appauvri pour laisser mariner un moment. C'était pour cette raison que le surnom officiel d'Andy à Stratton était Moumoute.

— Eh bien…, commença Moumoute, en ce qui concerne les assurances, nous pourrions faire signer une décharge au nain, ainsi qu'une espèce d'engagement à ne pas nous poursuivre, afin de s'assurer de ne pas être responsables de quoi que ce soit s'il venait à se rompre le cou. Mais il nous faudrait prendre toutes les précautions, comme le requiert clairement la loi dans une situation semblable…

Bon sang ! Ce n'était pas une putain d'analyse juridique dont j'avais besoin. Je voulais juste savoir si Moumoute pensait que ce serait bon pour le moral des troupes ! Je me mis en mode veille, un œil sur les chiffres et les lettres qui défilaient en vert sur les écrans d'ordinateur de chaque côté de mon bureau et l'autre sur l'immense baie vitrée qui séparait mon bureau de la salle des marchés.

Moumoute et moi, nous nous connaissions depuis l'école primaire. Il avait alors la plus belle chevelure que vous ayez jamais vue, fine comme de la soie et blonde comme les blés. Hélas, dès son dix-septième anniversaire, cette chevelure merveilleuse n'était plus qu'un souvenir lointain, à peine assez épaisse pour être rabattue sur le sommet de son crâne, en cette coiffure infâme que redoutent tous les hommes.

Face à la malédiction imminente de devenir un lycéen sans un poil sur le caillou, Andy avait décidé de s'enfermer dans son sous-sol pour fumer cinq mille joints de mauvais shit en jouant à la console et manger des pizzas surgelées matin, midi et soir, en attendant que cette salope de mère Nature ait fini de lui jouer son sale tour.

Il avait émergé de son sous-sol trois ans plus tard, grognon comme un Juif de 50 ans, avec quelques maigres touffes de cheveux, une brioche prodigieuse et une nouvelle personnalité, à mi-chemin entre Caliméro et Bourriquet, l'âne ronchon de *Winnie l'Ourson*. Au passage, Andy avait réussi à se faire pincer en train de tricher à ses examens d'entrée à l'université, ce qui l'avait obligé à s'exiler dans le patelin de Fredonia, au nord de l'État de New York, où les étudiants se les gèlent en plein été, pour s'inscrire à l'université d'État. Pourtant, il avait bel et bien réussi à négocier son passage à travers toutes les exigences académiques rigoureuses de cette belle institution et à obtenir son diplôme cinq ans et demi plus tard – pas plus intelligent pour un sou, mais bien plus mal fagoté qu'avant. De là, il avait réussi à intégrer, en grugeant, une école de droit bidon au sud de la Californie et à obtenir un diplôme qui avait autant de valeur légale que s'il l'avait trouvé dans une pochette-surprise.

Bien sûr, au sein de la banque d'affaires de Stratton Oakmont, ce genre de trivialités n'avait aucune importance. Tout était histoire de relations personnelles… et de loyauté. Alors, quand Andrew Todd Green, *alias* Moumoute, avait eu vent du fantastique succès qui avait frappé à la porte de son vieux copain, il avait emboîté le pas au reste de mes amis d'enfance et était venu me trouver, avait juré de me rester fidèle jusqu'à la mort et avait commencé à exploiter le filon. C'était un peu plus d'un an auparavant. Depuis, dans le plus pur style strattonien, il avait coulé des gens en douce, poignardé dans le dos, manipulé, amadoué et dégagé tous ceux qu'il avait trouvés en travers de sa route, jusqu'à se hisser au sommet de la chaîne alimentaire de Stratton.

Étant donné qu'il n'avait aucune expérience dans l'art subtil de la finance d'entreprise à la sauce Stratton – identifier de jeunes sociétés prometteuses qui avaient un tel besoin d'argent qu'elles étaient prêtes à me vendre des quantités significatives de leurs actions pour que je les finance – j'étais toujours en train de le former. Et étant donné que Moumoute possédait un diplôme de droit que je n'aurais pas utilisé pour torcher les petites fesses parfaites de ma fille, j'avais commencé par lui accorder un salaire de base de 500 000 dollars.

— … alors, qu'est-ce que tu en penses ? demanda Moumoute.

Je compris soudain qu'il me posait une question, sans doute en rapport avec le lancer de nain, mais je n'avais pas la moindre idée de ce dont il parlait. Je choisis donc de l'ignorer pour me tourner vers Danny :

— Où comptes-tu trouver un nain ?

— Je ne sais pas vraiment, mais si tu donnes ton feu vert, je vais commencer par appeler le Cirque des frères Ringling.

— Ou peut-être la Fédération mondiale de lutte, ajouta mon fidèle avocat.

Bon Dieu ! C'était pire que l'asile, ici !

Écoutez les gars, on ne déconne pas avec les nains. À poids égal, ces types-là sont plus costauds que des grizzlys et, pour être franc, ils me foutent carrément les boules. Alors, avant que je n'approuve cette affaire, vous allez devoir me trouver un garde-chasse en mesure de maîtriser la bestiole si jamais celle-ci décidait de s'énerver un peu. Il nous faudra aussi des fléchettes anesthésiantes, une paire de menottes, un spray de gaz incapacitant…

— Une camisole de force, proposa Moumoute.

— Une matraque électrique, ajouta Danny.

— Exactement, approuvai-je avec un petit rire. Et aussi quelques doses de salpêtre, au cas où. Après tout, ce salopard pourrait bien choper la trique et vouloir s'en prendre à une des assistantes. Ce sont des vicelards, ces petits gars, et ils baisent comme des lapins.

Rire général.

— Non, sérieusement. Si la presse s'empare de l'affaire, on va nous le faire payer cher.

— Pas sûr…, dit Danny. Il me semble possible de trouver des aspects positifs à toute cette affaire. Et d'abord, réfléchissez une seconde : combien d'offres d'emploi existe-t-il pour les nains ? Ce sera un peu comme donner aux pauvres... De toute façon, tout le monde s'en fout.

Il avait raison sur ce point. La vérité était que plus personne ne souciait des articles de presse qui affichaient tous le même penchant négatif : les strattoniens étaient une horde sauvage de renégats menée par ma pomme, un jeune banquier précoce qui avait créé à Long Island un univers autonome, dans lequel aucun comportement normal n'avait plus cours. Aux yeux de la presse, Stratton et moi-même étions devenus inextricablement liés, comme des siamois. Même lorsque je donnais de l'argent pour une fondation d'aide aux enfants battus, les journaux trouvaient encore quelque chose à redire et publiaient un seul paragraphe sur ma générosité et trois ou quatre pages sur le reste.

Les assauts de la presse avaient commencé en 1991, lorsqu'une insolente du magazine *Forbes*, Roula Khalaf, m'avait qualifié de « Robin des Bois pervers, volant aux riches pour lui-même et sa joyeuse bande de traders ». Vingt sur vingt pour sa petite trouvaille. Bien sûr, j'avais été un peu déstabilisé au début, avant d'en arriver à la conclusion que l'article était en réalité un compliment. Après tout, combien de jeunes de 28 ans avaient leur curriculum publié dans *Forbes* ? De plus, impossible de nier que toute cette histoire de Robin des Bois soulignait ma nature généreuse ! Suite à cet article, une nouvelle vague de recrues avait envahi mes bureaux.

Comble de l'ironie, les strattoniens avaient été très fiers de travailler pour un type accusé de tous les maux du monde, à part l'enlèvement du petit Lindbergh. Ils avaient arpenté la salle des marchés en chantant : « C'est nous la joyeuse bande ! » ; certains s'étaient pointés au bureau vêtus de collants verts, d'autres avec des chapeaux à plume. L'un d'eux avait même eu l'idée de génie de déflorer une vierge – par pur panache médiéval – mais, après de minutieuses recherches, il avait été impossible d'en trouver une, du moins à Stratton.

Donc, Danny avait raison. Personne n'en avait rien à cirer des journaux. Mais un lancer de nain ? Je n'avais vraiment pas le temps en ce moment. Je devais encore résoudre quelques problèmes sérieux concernant le financement de Steve Madden Shoes et il y avait aussi mon père, qui rôdait sans aucun doute dans le coin, une facture d'un demi-million de dollars dans une main et un gobelet de Stoli glacée dans l'autre.

— Tu devrais aller chercher Madden, proposai-je à Moumoute. Pour l'encourager un peu. Dis-lui de faire court et de ne pas partir dans un de ses délires sur son amour de la chaussure pour femmes. Les gars en ont lynché pour moins que ça.

— C'est comme si c'était fait ! répondit-il en se levant. Le Cordonnier ne mettra pas les pieds dans le plat.

Il n'était même pas sorti que Danny se lâchait déjà au sujet de sa perruque.

— Qu'est-ce qui lui prend de mettre cette putain de moumoute au rabais ? On dirait un écureuil crevé.

— Je crois que c'est le modèle spécial du Club capillaire masculin. Ça fait des lustres qu'il porte ce truc. Il a peut-être simplement besoin d'un petit tour au pressing. Bon, un peu de sérieux : nous avons toujours le même problème avec le deal Madden et nous n'avons plus de temps devant nous.

— Je pensais que les gars du Nasdaq étaient d'accord ?

— Oui, mais ils ne nous laissent garder que 5 % de nos actions, c'est tout. Nous devons nous défaire du reste au profit de Steve avant l'introduction en Bourse. Il faut signer les papiers ce matin même ! Ça signifie aussi qu'il va falloir faire confiance à Steve après la mise sur le marché… Je ne sais pas, Dan… j'ai l'impression qu'il la joue solo avec nous. Je ne suis pas sûr qu'il sera réglo le moment venu.

— Tu peux lui faire confiance, J.B. Il est loyal à cent pour cent. Je connais ce type depuis toujours et, crois-moi, il connaît le code de l'omerta aussi bien qu'un autre.

Il fit mine de se sceller la bouche avec le pouce et l'index, avant de poursuivre :

— De toute façon, après tout ce que tu as fait pour lui, il ne va pas jouer au con. Il n'est pas fou, Steve. Avec tout l'argent qu'il se fait en jouant les escamoteurs pour moi, il ne va pas risquer de perdre ça.

Le terme « escamoteur » servait de nom de code chez Stratton pour désigner les mandataires ou les sociétés prête-noms, qui possédaient des actions sur le papier, mais servaient en réalité de façade. Il n'y avait en soi rien d'illégal à ça, tant que les taxes étaient payées et que l'accord avec le mandataire ne violait aucune loi sur les transactions boursières. En fait, l'utilisation de prête-noms était monnaie courante à Wall Street : cela permettait à un gros investisseur de mettre un pied dans une société sans alerter les autres. Tant que l'on n'achetait pas plus de 5 % d'une société donnée – pourcentage au-delà duquel on était obligé de remplir un formulaire 13D déclarant l'achat et les intentions de l'acheteur –, tout cela était parfaitement légal.

Pourtant, la façon dont Stratton se servait de prête-noms pour acheter en secret de grosses portions de sociétés nouvellement introduites violait tant de lois que la SEC[1] tentait d'en créer de nouvelles pour nous

---

1. *Securities and Exchanges Commission*, équivalent de la COB (Commission des opérations de la Bourse) de l'époque, aujourd'hui AMF, Autorité des marchés financiers. *(NdT)*

arrêter. Le problème était que les législations existantes étaient un vrai gruyère. Bien sûr, nous n'étions pas les seuls sur Wall Street à profiter de la situation ; en réalité, tout le monde le faisait. C'était juste que nous le faisions avec un peu plus de panache – et de sans-gêne.

— Je comprends qu'il te serve d'escamoteur, Danny, mais contrôler les gens avec de l'argent n'est pas aussi facile qu'on voudrait le croire. Tu peux me faire confiance sur ce point, je le fais depuis plus longtemps que toi. Il s'agit plus d'anticiper les aspirations futures de ton escamoteur que de tenir compte du passé. Les profits d'hier sont de l'histoire ancienne et ils ont tendance à te desservir plutôt qu'autre chose. Les gens n'aiment pas se sentir redevables, surtout envers un ami proche. Au bout d'un moment, les escamoteurs commencent à t'en vouloir. J'ai déjà perdu quelques amis comme ça. Toi aussi, ça t'arrivera avec le temps… Ce que j'essaie de te dire, c'est que l'amitié achetée ne dure jamais longtemps. Pareil pour la loyauté. C'est pour ça que de vieux copains comme Moumoute n'ont pas de prix ici. Une loyauté pareille, ça ne s'achète pas. Tu vois ce que je veux dire ?

— Ouais, ouais, c'est pareil entre Steve et moi.

— Ne le prends pas mal, dis-je tristement. Je n'essaie pas de dénigrer ta relation avec Steve, mais nous parlons quand même de 8 millions de dollars, au bas mot. En fonction de l'évolution du marché, ça pourrait bien être dix fois plus. Qui sait vraiment ce qui va se passer ? Je n'ai pas de boule de cristal dans ma poche – par contre, j'ai six Mandrax que je partagerais volontiers avec toi dès la clôture !

Petit regard ravi de Danny.

— Je veux, mon neveu !

— Bon, sérieusement... Je t'assure que je le sens vraiment bien, ce coup-ci. Je pense que cette société peut vraiment sortir du lot. Si c'est le cas, nous possédons 2 millions d'actions, alors fais ton calcul, mon vieux : à 100 dollars pièce, ça fait 200 millions de dollars. Les gens peuvent faire toutes sortes de choses invraisemblables pour une telle somme. Pas simplement Steve Madden.

— Je comprends bien et il n'y a pas de doute que tu sois passé maître dans ce domaine. Mais je t'assure que Steve est loyal. Le seul problème sera de récupérer l'argent. Il est déjà connu pour être lent à payer.

Il avait raison. L'un des problèmes avec les escamoteurs était de trouver des façons de générer des liquidités sans alerter qui que ce soit. Plus facile à dire qu'à faire, surtout lorsqu'on parlait de millions.

— Il existe des moyens, répondis-je avec confiance. On pourra en récupérer une partie grâce à des contrats de consultants extérieurs. Mais si on parle de dizaines de millions de dollars, il faudra envisager quelque chose avec nos comptes en Suisse, même si je préférerais garder ça secret autant que possible. De toute façon, nous avons des problèmes bien plus importants que Steve Madden Shoes... comme les quinze autres sociétés du même tonneau qui attendent encore. Si j'ai du mal à faire confiance à Steve, je ne te parle pas des autres.

— Tu n'as qu'à me dire ce que tu veux faire avec Steve et ce sera fait. Mais je te répète que tu n'as pas besoin de t'inquiéter. Il ne dit que du bien de toi à tout le monde.

J'avais bien conscience de ça, croyez-moi. Mais la réalité était simple : j'avais investi dans la société de Steve en échange de 80 % des actions, alors que me devait-il vraiment ? À moins qu'il ne soit la réincarnation du

Mahatma Gandhi, il devait m'en vouloir – au moins un peu – de m'être emparé d'un si gros pourcentage de sa marque.

Il y avait aussi d'autres choses qui me gênaient chez Steve, des choses que je ne pouvais pas partager avec Danny – par exemple, le fait que Steve avait plusieurs fois sous-entendu qu'il préférerait traiter directement avec moi plutôt que de passer par Danny. Il était évident que Steve cherchait simplement à gagner du galon, mais sa stratégie était des plus déplacées. Cela prouvait simplement que c'était un rusé manipulateur et qu'il était surtout à la recherche de l'Affaire en or. Si, en chemin, il trouvait mieux que moi, tout tomberait à l'eau.

Pour l'instant, Steve avait besoin de moi. Cela n'avait rien à voir avec les 7 millions de dollars de Stratton et encore moins avec les 3 millions que Danny lui avait fait gagner en escamotant de l'argent. Tout ça, c'était du passé. À l'avenir, ma mainmise sur Steve dépendrait de ma capacité à maîtriser le prix de son action, après son introduction en Bourse. Étant le principal vendeur de ses actions, la plus grande partie des échanges se feraient entre les quatre murs de la salle des marchés de Stratton, ce qui me permettrait de faire monter ou baisser les prix à ma guise. Donc, si Steve n'était pas réglo, je pouvais littéralement écraser son action jusqu'à ce que celle-ci s'échange en piécettes de dix cents.

C'était d'ailleurs l'épée de Damoclès suspendue au-dessus de tous les clients chez qui Stratton avait investi. Je m'en servais pour m'assurer de leur loyauté envers la cause strattonienne, ce qui signifiait : émettre de nouvelles actions en dessous des prix du marché, afin que je puisse les vendre en réalisant un énorme profit, grâce au pouvoir de ma salle des marchés.

Bien évidemment, ce n'était pas moi qui avais eu l'idée de cette petite ruse d'extorsion financière. À vrai dire, le même processus se répétait dans les entreprises les plus prestigieuses de Wall Street, comme chez Merrill Lynch, Morgan Stanley, Dean Witter, Salomon Brothers et des dizaines d'autres. Aucune d'entre elles n'avait le moindre scrupule à couler une compagnie de plusieurs milliards de dollars, si celle-ci décidait de ne pas coopérer.

Quelle ironie : les institutions financières les meilleures et prétendument les plus légitimes des États-Unis avaient truqué le marché des finances (Salomon Brothers), mis Orange County, Californie, sur la paille (Merrill Lynch) ou délesté des papis et des mamies de la bagatelle de 300 millions de dollars (Prudential Bach). Pourtant, elles avaient toujours pignon sur rue et prospéraient allégrement, sous le regard protecteur et bienveillant de la société wasp.

À Stratton Oakmont, qui traitait des investissements en microcapital – ou, comme la presse aimait à les appeler, les actions de trois sous – nous ne disposions pas d'une telle protection. En réalité, toutes les nouveautés se vendaient entre 4 et 10 dollars. Les régulateurs n'avaient pas du tout compris la différence, à leur grand dam. C'est pour cette raison que les gogos de la SEC, particulièrement les deux qui prenaient racine dans ma salle de réunion, ne trouvaient ni queue ni tête à la plainte à 22 millions de dollars qu'ils avaient déposée contre moi. Au départ, la SEC avait conçu sa plainte comme si Stratton était une société de trois sous, mais la réalité était tout autre.

Il était de notoriété publique que les sociétés de trois sous étaient décentralisées, comptant des dizaines de petits bureaux éparpillés dans tout le pays. Stratton, elle, n'avait qu'un seul siège ; il était ainsi plus aisé de limiter les effets négatifs sur les forces de vente provoqués par une plainte de la SEC. En général, cela suffisait à obliger une société à mettre la clé sous la porte. Les sociétés de trois sous visaient des investisseurs simples, qui n'avaient que peu ou pas de valeur, et les convainquaient de spéculer avec quelques milliers de dollars, au pire. Stratton, en revanche, visait les investisseurs les plus riches des États-Unis pour les convaincre de spéculer avec des millions. Par conséquent, la SEC ne pouvait avancer son argument habituel et nous reprocher de jouer avec des clients n'ayant pas les moyens de risquer leur argent en Bourse.

Pourtant, la SEC n'avait rien compris à tout cela avant de déposer sa plainte. Elle avait pensé à tort qu'une mauvaise presse suffirait à mettre Stratton sur la paille. Avec un seul bureau à gérer, il avait été facile de maintenir le moral des troupes et personne n'avait quitté le navire. Ce n'est qu'après coup que les gars de la SEC avaient fini par mettre le nez dans les papiers de Stratton, pour se rendre compte que tous nos clients étaient millionnaires.

J'avais découvert un terrain entre deux eaux : je vendais des actions à 5 dollars au 1 % le plus riche des USA, plutôt que de refourguer des actions de trois sous (à moins de 1 dollar) aux 99 % restants, qui n'avaient que peu ou pas de valeurs. DH Blair, une compagnie sur Wall Street, avait bien caressé l'idée pendant plus de vingt ans, sans jamais oser s'y mettre vraiment. Malgré tout, le directeur de la société, J. Morton Davis, un autre Juif féroce, avait amassé une fortune colossale et était devenu une légende sur Wall Street.

Moi, j'avais osé m'y mettre et, par le plus grand des hasards, je l'avais fait pile au bon moment. Le marché se remettait tout juste du Grand Krach d'Octobre et le chaos capitaliste régnait toujours en maître. Le Nasdaq commençait tout juste à prendre son envol et n'était plus considéré comme l'enfant bâtard de la Bourse de New York. Des ordinateurs ultrapuissants fleurissaient sur chaque bureau, envoyant des uns et des zéros à toute allure d'une côte à l'autre, éliminant ainsi le besoin de se trouver physiquement sur Wall Street. C'était une époque de changement, de grand remue-ménage. Tandis que le volume d'échange du Nasdaq grimpait en flèche, je m'embarquai dans un programme d'entraînement intensif de trois heures par jour avec mes jeunes strattoniens. Des cendres encore chaudes du Grand Krach était ainsi née la banque d'affaires de Stratton Oakmont. Le temps que les régulateurs comprennent ce qui leur arrivait, j'avais frappé tous les États-Unis avec la force d'une bombe atomique.

À cet instant, une pensée intéressante me traversa l'esprit :

— Que disent ces deux idiots de la SEC, aujour-d'hui ?

— Pas grand-chose. Ils sont assez calmes ces derniers temps. Ils parlent des voitures dans le parking, les conneries habituelles. Je vais te dire un truc, ces gars sont vraiment à la masse ! Ils ne semblent pas au courant de l'accord qui se joue aujourd'hui ! Ils sont toujours en train d'éplucher les comptes de 1991.

Je me frottai pensivement le menton. La réponse de Danny ne me surprenait pas vraiment. Après tout, j'avais mis la salle de réunion sur écoute plus d'un mois auparavant et j'amassais des informations de contre-espionnage sur la SEC tous les jours. L'une des premières choses que j'avais apprises sur les régulateurs financiers – à part que ces derniers étaient complètement dépourvus de personnalité – était qu'aucun d'entre eux n'avait la moindre idée de ce que faisaient les autres. Tandis que les gogos de Washington D.C.

terminaient l'introduction en Bourse de Steve Madden, les gogos de New York attendaient le cul sur une chaise dans ma salle de réunion, sans la moindre idée de ce qui était en train de se jouer.

— Il fait combien, là-dedans ? demandai-je soudain avec un grand intérêt.

— Un petit dix degrés, je pense. Ils ont gardé leur manteau.

— Mais, putain, Danny ! Pourquoi est-ce qu'il fait si chaud là-bas ? Je veux qu'ils se gèlent tellement le cul qu'ils auront envie de retourner à Manhattan ! Je dois faire quoi : appeler un putain de frigoriste pour que ce soit fait ? Je te jure, Danny, je veux voir des stalactites leur pendre au nez ! Compris ?

— Écoute, J.B., répondit Danny avec un sourire. Nous pouvons les laisser geler ou les mettre à rôtir. Je peux sans doute faire installer un de ces petits poêles à pétrole directement dans le plafond et il fera tellement chaud dans la salle qu'il leur faudra des pastilles de sel pour survivre. Par contre, si ça devient trop inconfortable, ils risquent de partir et alors, fini le contre-espionnage.

Danny avait raison.

— Bon, très bien. On va laisser ces abrutis mourir de vieillesse ! Voici ce que je veux faire avec Steve Madden : il va signer un papier stipulant que l'action nous appartient toujours, peu importe le prix qu'elle atteint et peu importe ce que dit le Prospectus. Je veux aussi que Steve mette le certificat de l'action en dépôt fiduciaire, comme ça, on garde le contrôle dessus. Moumoute servira de tiers. Personne ne doit le savoir. Ça reste entre nous ; omerta, mon pote. Donc, sauf si Steve essaye de nous baiser, tout est bon.

— Je m'en occupe, mais je ne vois pas en quoi cela va nous aider. Si jamais on veut un jour rompre l'accord, on sera autant dans la mouise que lui. On doit bien...

Mon bureau venait juste d'être passé au peigne fin pour s'assurer qu'il n'y avait aucun micro caché, mais Danny articula en silence « *violer dix-sept mille lois* ».

— ... si Steve escamote autant d'actions.

— Hola, hola, hola ! On se calme ! D'abord, j'ai fait vérifier le bureau il y a une demi-heure et si la pièce a déjà été remise sur écoute, alors ils méritent de nous attraper. Et puis, ce n'est pas dix-sept mille lois que nous violons, mais peut-être quatre ou cinq, au maximum. Peu importe de toute façon, personne ne le saura... Mais tu me surprends, Dan ! Un accord signé peut nous être grandement utile – même si on ne peut rien en faire véritablement ! C'est un moyen puissant de s'assurer qu'il n'essaie pas de nous doubler.

La voix de Janet résonna, via l'intercom :

— Votre père arrive.

Réponse sèche :

— Dis-lui que je suis en réunion, bordel !

Janet, sur le même ton :

— Allez vous faire foutre ! Vous n'avez qu'à le lui dire vous-même !

Quelle insolence ! Quelle audace ! Un ange passa, puis je geignis :

— Oh, allez, Janet ! Tu ne peux pas lui dire que je suis en plein milieu d'une importante réunion ou en téléconférence, s'il te plaît ?

— Non et non, dit-elle d'une voix neutre.

— Merci, tu es un bijou de secrétaire. Rappelle-moi ce jour dans deux semaines, au moment des étrennes, okay ?

J'attendis la réponse de Janet. Rien. Silence radio complet. Incroyable !

— Quelle distance ?

— À peu près cinquante mètres et il se rapproche à toute vitesse. Je vois les veines battre sur sa tempe depuis mon bureau et il fume au moins une… ou peut-être deux cigarettes en même temps. On dirait qu'il va cracher du feu.

— Merci pour tes encouragements, Janet. Tu ne peux pas au moins faire diversion ? Déclencher l'alarme incendie ou quelque chose ? Je…

Danny fit mine de se lever, comme pour tenter une sortie.

— Où est-ce que tu vas, toi ? criai-je, en lui faisant signe de se rasseoir. Tu restes bien gentiment où tu es.

Puis, de nouveau dans l'intercom :

— Une seconde, Janet. Ne bouge pas.

À Danny :

— Je vais te dire une chose, mon pote. Il y a au moins 50 ou 60 000 dollars de cette facture qui t'appartiennent, alors tu vas te taper l'engueulade avec moi. L'union fait la force.

J'ai repris la communication sur l'intercom :

— Janet, demande à Kenny de ramener ses fesses dans mon bureau immédiatement. Il va faire sa part aussi. Et viens ouvrir la porte, j'ai besoin de bruit dans ce bureau.

Kenny Greene, mon autre associé, était d'une tout autre trempe que Danny. En réalité, deux êtres n'auraient pu être plus différents. Danny était le plus intelligent des deux et, aussi improbable que cela pût sembler, le plus raffiné. Pourtant, Kenny était plus actif, poussé par une insatiable soif de connaissances et de sagesse – deux qualités dont il était totalement dépourvu. Oui, Kenny était un crétin. C'était la triste vérité. Il avait le chic pour dire les choses les plus stupides pendant les réunions de travail, surtout les plus importantes, si bien que je lui avais interdit d'y

participer. C'était d'ailleurs un détail que Danny adorait, ne ratant jamais une occasion de me rappeler les
nombreuses bourdes de Kenny. J'avais donc Kenny
Greene d'un côté et Andy Greene de l'autre. Aucun lien
entre les deux, mais j'étais envahi par les Greene.

C'est alors que la porte s'ouvrit, laissant entrer le
redoutable rugissement de la salle. Un véritable orage
d'avidité. J'adorais ça. Le redoutable rugissement – oui,
c'était bien la drogue la plus puissante de toutes. Plus
puissante que l'ire de ma femme ; plus puissante que
mes douleurs lombaires ; plus puissante que ces
deux gogos de régulateurs en train de grelotter dans ma
salle de réunion.

Et plus puissante même que la folie furieuse de mon
propre père, qui, à cet instant précis, s'apprêtait à
pousser son propre redoutable rugissement.

CHAPITRE 7

Une petite suée

Mad Max était hors de lui : on aurait dit que ses yeux d'un bleu intense allaient jaillir de leurs orbites, comme dans les dessins animés.

— Vous trois, vous allez me faire le plaisir de ranger vos petites gueules de réjouis, sinon je vous jure que je vais vous faire passer l'envie de sourire, lança-t-il en guise d'introduction.

D'un pas lent et mesuré, il commença à arpenter le bureau, le visage tordu par un rictus de pure fureur. Dans sa main droite se consumait une cigarette, sans doute la vingtième de la journée ; dans la gauche, il tenait un gobelet en polystyrène rempli de vodka Stolichnaya. Peu de chance que ce fût la première dose de la journée.

Il cessa soudain ses allées et venues et, tel un avocat au milieu de sa plaidoirie, se tourna vers Danny.

— Alors, qu'as-tu à dire pour ta défense, Porush ? Tu sais quoi ? Je crois que tu es encore plus débile que je ne le pensais... Avaler un poisson rouge en plein milieu de la salle des ventes ! Mais putain, qu'est-ce que tu as dans le crâne ?

Danny se leva avec un sourire.

— Allez quoi, Max ! Ce n'était pas si grave que ça. Ce gosse méritait...

— Assieds-toi et ferme-la, Porush ! Tu es abject !
Tu es la honte de toute ta putain de famille, que Dieu ait
pitié d'elle !

Mad Max fit une courte pause avant de reprendre :

— Et arrête de sourire, nom de Dieu ! Tu me fais
mal aux yeux avec ton sourire Colgate ! Il va bientôt me
falloir des lunettes de soleil, si ça continue !

Danny se rassit et se tint sagement la bouche close,
tout en me jetant un rapide coup d'œil. Je fus pris d'une
furieuse envie de sourire, mais je tins bon, sachant très
bien que cela ne ferait qu'aggraver les choses. Je jetai
un regard à Kenny : il était assis en face de moi, dans
le fauteuil où s'était trouvé Moumoute, mais je ne
parvins pas à croiser son regard. Il était plongé dans la
contemplation de ses chaussures, qui, pour changer,
auraient bien mérité un coup de cirage. Il avait remonté
ses manches, à la mode de Wall Street, dévoilant ainsi
une énorme Rolex en or, le modèle « Président ». À vrai
dire, c'était même mon ancienne montre, celle que la
Duchesse avait mise au rebut parce qu'elle trouvait que
ça faisait lourdaud. Pourtant, Kenny n'avait pas l'air
lourdaud, même s'il n'avait pas non plus l'air particulièrement fin. Et puis, sa nouvelle coupe en brosse lui
donnait encore plus une tête d'ahuri. Mon associé junior
est un ahuri, pensai-je.

Pendant ce temps, un silence empoisonné s'était installé dans la pièce : il était temps de mettre un terme à
cette situation pitoyable. Je me penchai donc en avant
et puisai dans mon vocabulaire prodigieux pour en
extraire les mots qui impressionneraient le plus mon
père.

— C'est bon, papa, ça suffit les conneries ! Tu vas te
calmer une seconde. Cette putain de société m'appartient et s'il y a des frais professionnels que j'estime
légitimes, alors je…

Mad Max ne me laissa pas finir.

— Tu veux que je me calme alors que vous vous comportez comme des gosses dans une confiserie, bande de tarés ! Vous croyez que c'est la belle vie, hein ? Pour vous, chaque jour est une fête, espèces de *schmendricks* ! Pas le moindre nuage à l'horizon, c'est ça ? Eh bien, laissez-moi vous dire une bonne chose : toutes ces histoires à la con, toutes ces dépenses personnelles aux frais de la société, eh bien j'en ai ma claque !

Il nous fusilla tous les trois du regard, à commencer par moi, son propre fils. Il devait sans doute se demander si je n'étais après tout pas venu au monde livré par une cigogne. Alors qu'il se tournait vers les autres, j'eus le loisir de l'observer sous son meilleur angle et j'étais sidéré de voir à quel point il était classieux ce jour-là ! Oh oui, car, malgré tout, Mad Max avait la classe. Il portait en général des vestes bleu marine, des cols anglais évasés, de grosses cravates bleues et des pantalons beiges en gabardine, le tout confectionné sur mesure, amidonné et repassé à la perfection par le même blanchisseur chinois depuis trente ans. Mon père aimait ses petites habitudes.

Nous étions donc assis là, sages comme des images, à attendre patiemment la déferlante verbale suivante et qui, je le savais, ne viendrait que lorsque mon père se serait soumis à son rite : fumer. Enfin, après dix longues secondes, il tira de sa Merit Ultra Light une énorme bouffée, ce qui fit doubler de volume sa cage thoracique déjà imposante ; on aurait dit un poisson-porc-épic essayant d'éloigner un prédateur. Puis, il expira lentement et son corps retrouva sa taille normale. Ses épaules restaient encore trapues, cela dit ; penché en avant, avec ses cheveux poivre et sel et son mètre soixante-cinq, il avait l'air d'un taureau en furie. Ensuite, rejetant la tête en arrière, il vida d'un trait le contenu explosif de son gobelet en polystyrène, comme si c'était de l'Évian glacée.

— Tout cet argent qui entre, et vous, bande de couillons, vous le claquez comme si vous deviez mourir demain. C'est une putain de farce grotesque. Vous me prenez pour un genre de béni-oui-oui qui va se rouler en boule et faire le mort pendant que vous foutez en l'air cette société ? Avez-vous la moindre idée du nombre de personnes qui dépendent de cette putain de boîte pour vivre ? Avez-vous la moindre idée des risques auxquels vous l'exposez ?

Tandis que Mad Max poursuivait son habituel discours, je coupai le son. J'étais absolument fasciné par sa capacité à aligner autant de jurons en si peu de temps, tout en parvenant à apporter une touche de poésie à chacune de ses phrases. Sa façon de jurer était absolument magnifique – une sorte de Shakespeare avec plus de truculence ! À Stratton Oakmont, où jurer était considéré comme un art majeur, dire de quelqu'un qu'il s'y connaissait en jurons était un compliment de premier ordre. Pourtant, Mad Max était hors concours et, lorsqu'il était lancé comme ce jour-là, ses tirades avaient quelque chose de presque plaisant à l'oreille.

À présent, Mad Max secouait la tête avec dégoût – à moins que ce ne fût de l'incrédulité ? Sans doute un peu des deux. Bref, il expliquait aux trois *schmendricks* attardés qui se tenaient devant lui que la facture American Express du mois de novembre était de 470 000 dollars et que, d'après ses calculs, seulement 20 000 dollars correspondaient à des frais professionnels légitimes ; le reste n'était que des dépenses personnelles, ou des conneries personnelles, pour reprendre ses propres mots.

— Laissez-moi vous dire une chose, continuait-il d'une voix menaçante. Vous allez vous retrouver avec une couille coincée dans l'engrenage, espèces de crétins ! Croyez-moi, tôt ou tard, ces salauds du fisc vont vous tomber dessus avec un audit complet et vous serez dans la merde jusqu'au cou si personne ne met un frein à toute cette folie. C'est pourquoi j'ai décidé de pénaliser chacun d'entre vous personnellement pour cette facture.

Il acquiesça vigoureusement à sa propre décision.

— Il est hors de question que je fasse passer cette somme dans les comptes de la société – pas un cent, point final ! Je retire directement 450 000 dollars de vos putain de fiches de paie obèses et ce n'est pas la peine d'essayer de m'en empêcher !

Quoi ? Non mais oh ! Il était temps de parler le même langage que lui.

— Calmos, papa ! Arrête de débiter de la merde au kilomètre ! Une bonne partie de cette facture représente des dépenses professionnelles réelles, que tu le croies ou non. Si tu voulais bien arrêter de gueuler une minute, je pourrais peut-être t'expliquer ce que...

Une fois encore, il me coupa la parole, s'en prenant directement à moi :

— Quant à toi, le soi-disant Loup de Wall Street – le jeune chiot fou. Mon propre fils ! La chair de mes couilles ! Comment est-ce possible ? Tu es le pire des trois ! Pourquoi diable faut-il que tu ailles acheter deux fois le même manteau de fourrure, à 80 000 dollars pièce ? J'ai même appelé le magasin, ce putain de Palais des fourrures d'Alessandro, en pensant qu'il devait s'agir d'une erreur ! Mais non ! Tu sais ce que cet enfoiré de Grec m'a raconté ?

— Non, papa, qu'est-ce qu'il t'a raconté ? demandai-je, de bonne grâce.

— Que tu avais acheté deux fois le même manteau de vison – même couleur, même coupe et tout !

Mad Max me regardait avec une mimique incrédule. Les yeux lui sortaient de la tête.

— Quoi, un seul manteau ne suffit pas à ta femme ? Ou bien… Laisse-moi deviner : tu as acheté le second pour une prostituée, c'est ça ?

Il s'interrompit, à peine le temps de tirer sur sa cigarette.

— J'en ai jusque-là de cette mascarade à la con. Vous croyez que je ne connais pas la société EJ Entertainment ? Vous vous payez des putes sur les cartes de crédit de l'entreprise, bande de dégénérés ! D'ailleurs, c'est quoi ces putes qui acceptent les cartes de crédit, je vous le demande un peu ?

Nous échangeâmes un regard, sans un mot. À vrai dire, que pouvions-nous répondre ? La vérité était que les putes acceptaient bel et bien les cartes de crédit – du moins, celles que nous fréquentions ! Les prostituées faisaient tellement partie de la subculture strattonienne que nous les classions comme des actions : les Blue Chips étaient considérées comme des putes de grande classe, la crème de la crème. C'était en général de jeunes mannequins en galère ou des lycéennes exceptionnellement belles qui avaient désespérément besoin de financer leur scolarité ou de se payer des fringues de marque. Pour quelques milliers de dollars, elles faisaient presque tout ce qui était imaginable, soit à vous, soit à leur copine. Ensuite venaient les Nasdaq, la catégorie en dessous. Elles demandaient entre 300 et 500 dollars et il fallait mettre un préservatif, sauf si on leur refilait un gros pourboire, ce que je ne manquais jamais de faire. Enfin, tout en bas de l'échelle, se trouvaient les Pink Sheets ; en général, c'étaient des filles qui tapinaient dans la rue ou des putes de bas étage dont on avait dégoté le numéro dans un magazine porno ou les pages jaunes, par désespoir, à une heure avancée de la nuit. Elles demandaient moins de 100 dollars et si vous ne portiez pas de capote, mieux valait recevoir une injection de pénicilline le lendemain, tout en priant pour que votre bite reste en place.

Bref, puisque les Blue Chips acceptaient les cartes de crédit, pourquoi ne pas les déduire des impôts ? Après tout, les gars du fisc étaient au courant de ce genre de combines, non ? Dans le temps, quand se mettre une biture le midi était considéré comme un comportement normal au sein d'une entreprise, le fisc appelait ce genre de dépenses les « déjeuners à trois Martini » ! Ils avaient même un terme spécial en comptabilité : ils appelaient ça les « frais de bouche ». Je n'avais fait que mener les choses à leur conclusion logique, en interprétant le terme de façon un peu plus personnelle, c'était tout !

Cela étant, les problèmes avec mon père ne se limitaient pas à des dépenses douteuses passées sur la carte de crédit de la boîte. C'était tout bonnement l'homme le plus pingre qui ait jamais arpenté la surface de la planète. Tandis que moi... eh bien, disons simplement que j'étais en désaccord total avec lui en matière de gestion d'argent, en ce sens que ça ne me faisait rien de perdre un demi-million de dollars au jeu et de lancer un jeton de poker à 5 000 dollars à une Blue Chip pulpeuse, avant de partir.

Bref, tout ça pour dire qu'à Stratton Oakmont, Mad Max était comme un poisson hors de son bocal – ou plutôt comme un poisson sur Pluton. À 75 ans, il affichait quarante ans de plus que le strattonien de base ; il avait fait des études supérieures, était titulaire d'un diplôme de comptabilité et gestion et son QI planait quelque part dans la stratosphère, tandis que le strattonien moyen, qui n'avait pas le moindre diplôme en poche, était aussi vif qu'un tas de cailloux. Mon père avait grandi à une autre époque, dans un autre monde : le vieux quartier juif du Bronx, parmi les ruines économiques encore fumantes de la Grande Dépression, sans savoir s'il y aurait quelque chose dans son assiette le soir. Comme des millions de gens qui avaient grandi dans les années trente, il souffrait encore du syndrome de la Dépression : il n'aimait pas prendre de risque, était réfractaire à toute forme de changement et ne supportait aucune incertitude en matière de finances. Pourtant, c'était lui qui tentait de gérer celles d'une société dont l'activité unique était fondée sur le changement perpétuel et dont l'actionnaire principal, qui se trouvait être son propre fils, était un preneur de risques né.

Après une profonde inspiration, je me levai de mon fauteuil et contournai le bureau pour venir m'asseoir sur le rebord. Puis, je croisai les bras sur la poitrine en prenant un air contrarié.

— Écoute, papa… Il y a certaines choses ici que je ne te demande pas de comprendre. Il s'agit de mon putain de fric et je fais ce que je veux avec. En fait, à moins que tu ne puisses prouver que mes dépenses affectent la trésorerie, je te suggère simplement de la boucler et de régler la note. Papa, tu sais que je t'aime et que ça me fait mal de te voir te mettre dans tous tes états pour une stupide facture de carte de crédit. Mais c'est juste une facture, papa ! En plus, tu sais que tu vas finir par la régler, de toute façon. Alors, à quoi bon en faire toute une histoire ? Avant la fin de la journée, nous aurons fait 20 millions de dollars, alors qu'est-ce qu'on en a à foutre d'un demi-million ?

À ce moment, l'Ahuri crut bon d'ajouter son grain de sel :

— Max, je ne suis responsable que d'une portion infime de cette facture, alors sachez que je suis entièrement d'accord avec vous.

Je souris intérieurement, sachant très bien que l'Ahuri venait de commettre une erreur colossale. Il y avait deux règles d'or à respecter avec Mad Max : primo, ne jamais essayer de se débiner – jamais ! Secondo, ne jamais désigner, de façon subtile ou non, son fils bien-aimé, qu'il était le seul à pouvoir réprimander. Mon père se tourna vers Kenny et dit :

— Si tu veux connaître le fond de ma pensée, Greene, sache que chaque dollar que tu dépenses est un dollar de trop, pauvre tache ! Mon fils, lui au moins, ramène de l'argent dans cette baraque ! Toi, que fais-tu, à part ramener des procès pour harcèlement sexuel avec cette secrétaire qui avait de gros nichons, peu importe son nom.

Il prit un air dégoûté.

— Alors, je te conseille de fermer ta petite gueule et de remercier ta bonne étoile pour le jour où mon fils a eu la bonté de prendre une andouille comme toi comme associé.

— Allons, allons, papa ! m'exclamai-je en souriant. Calme-toi, sinon tu vas nous faire une attaque. Je sais ce que tu penses, mais Kenny n'essayait pas d'insinuer quoi que ce soit. Tu sais que nous t'aimons et te respectons tous et que nous comptons sur toi pour être la voix de la raison, ici. Alors, je propose que nous prenions tous un peu de recul…

D'aussi loin que je me souvienne, mon père avait toujours mené contre lui-même une guerre unilatérale, faite de batailles quotidiennes contre des ennemis invisibles et des objets inanimés. J'avais 5 ans lorsque j'en avais pris conscience pour la première fois à cause de sa voiture, dont il semblait penser qu'elle était vivante. C'était une Dodge Dart verte de 1963 et il en parlait toujours comme d'un membre de la famille. Le problème venait d'un grincement insupportable qui lui

sortait de dessous le tableau de bord. Ce putain de grincement était indéfinissable, mais mon père avait la certitude que ces salauds de l'usine Dodge l'avaient fait
exprès, juste pour le faire chier personnellement. C'était
un grincement que personne d'autre n'entendait, à part
ma mère qui faisait semblant de l'entendre pour éviter à
mon père de péter un joint de culasse émotionnel.

Mais ce n'était que le début. Un simple détour par le
réfrigérateur pouvait devenir risqué, à cause de son
habitude de boire le lait directement à la brique. Le problème, c'était que si une seule goutte de lait lui coulait
sur le menton, il piquait une crise monumentale. Reposant brusquement la brique de lait, il se mettait à rugir :
« Nom de Dieu de putain de brique de lait de merde ! Ils
ne peuvent pas concevoir des briques de lait qui ne laissent pas couler ce putain de lait sur ton foutu menton,
ces abrutis de fils de pute ? »

Évidemment, c'était la faute de la brique de lait !
Mad Max se retranchait donc derrière un arsenal de rou-
tines étranges et de rituels bien établis, afin de se protéger d'un monde cruel et imprévisible, envahi de
tableaux de bord grinçants et de briques de lait imparfaites. Il commençait toujours sa journée par trois cigarettes Kent, une douche de trente minutes, suivie d'un
rasage excessivement long à l'aide d'un coupe-choux,
tandis qu'une cigarette se consumait au coin de ses
lèvres et une autre sur le rebord du lavabo. Ensuite, il
s'habillait. D'abord, un boxer blanc, puis des chaussettes noires qui lui remontaient jusqu'aux genoux, une
paire de souliers noirs en cuir véritable – mais pas de
pantalon. C'était dans cette tenue qu'il se promenait
ensuite dans l'appartement, prenait son petit déjeuner,
fumait encore quelques cigarettes, puis se retirait pour
aller couler un bronze royal. Après quoi, il se coiffait
au cheveu près, enfilait une chemise blanche qu'il

boutonnait lentement, remontait son col, tirait sur sa cravate, la nouait, rabaissait son col et enfilait sa veste. Enfin, juste avant de quitter la maison, il enfilait son pantalon. Je n'ai jamais compris pourquoi il gardait cette étape pour la fin, mais le voir faire pendant toutes ces années a certainement dû me marquer d'une façon ou d'une autre.

Plus étrange encore pourtant était la haine totale et irraisonnée que Mad Max vouait aux appels téléphoniques inopinés. Oh oui, Mad Max détestait les sonneries ! Triste ironie, puisqu'il travaillait à présent dans un bureau qui comptait grosso modo un bon millier de téléphones qui sonnaient sans arrêt, depuis l'instant où il arrivait au bureau, à 9 heures précises – il n'était jamais en retard, bien sûr – jusqu'au moment où il partait, c'est-à-dire exactement quand bon lui semblait.

Évidemment, quand on grandissait dans un petit trois pièces du Queens, la situation devenait parfois incontrôlable, surtout quand le téléphone se mettait à sonner et surtout quand c'était pour mon père. Ce n'était pourtant jamais lui qui répondait, car ma mère, sainte Leah, se transformait en championne internationale du cent mètres à l'instant même où la sonnerie retentissait. Elle se jetait sur le combiné, sachant que chaque sonnerie évitée lui permettrait de calmer mon père d'autant plus rapidement.

En ces tristes occasions où ma mère n'avait d'autre choix que de prononcer ces terribles paroles : « Max, c'est pour toi », mon père se levait de son fauteuil, simplement vêtu de son boxer blanc, et gagnait la cuisine d'un pas lourd en grommelant : « Putain de bordel de merde de téléphone ! Quel est le putain de bordel de merde de connard qui ose appeler à cette heure ? Et un dimanche en plus, nom de Dieu de putain de bordel de merde… »

Pourtant, lorsqu'il atteignait enfin le téléphone, une chose des plus étranges se produisait : comme par magie, il se transformait en son alter ego, Sir Max, un gentleman raffiné aux manières irréprochables et à l'accent puant l'aristocratie anglaise. C'était assez surprenant, sachant que mon père avait grandi dans les rues crasseuses du sud du Bronx et qu'il n'avait jamais mis les pieds en Angleterre.

Néanmoins, c'était Sir Max qui s'emparait du combiné et lançait un joyeux : « Oui ? À qui ai-je l'honneur ? » en mettant sa bouche en cul-de-poule, ce qui aggravait encore son accent aristo. « C'est entendu, alors. C'est parfait, vraiment. Et bien le bonjour chez toi ! » Puis, Sir Max raccrochait et Mad Max refaisait surface. « Putain de bordel de suceur de couilles de merde ! On n'a pas idée d'appeler ces amis un putain de dimanche après-midi, bordel de Dieu d'enfoiré de fils de pute... »

Cependant, malgré toute cette démence, Mad Max avait été l'entraîneur enjoué de toutes mes équipes de base-ball junior ; il était toujours le premier papa debout, les dimanches matin, pour aller lancer quelques balles avec ses enfants ; c'était lui qui avait tenu la selle de mon vélo et m'avait poussé sur le trottoir en ciment devant notre immeuble, avant de courir derrière moi ; c'était lui qui était venu dans ma chambre la nuit pour rester près de moi en me caressant les cheveux, quand j'avais des terreurs nocturnes. Il n'avait jamais raté une pièce de théâtre de l'école, ni une réunion parents-profs, ni un concert de la chorale. En fait, il n'avait jamais raté le moindre événement, où il pouvait admirer ses enfants et leur faire sentir qu'ils étaient aimés.

Ce n'était pas un homme simple, mon père ; ses grandes capacités mentales le destinaient au succès, mais ses limites émotionnelles l'avaient maintenu dans la médiocrité. Comment un homme pareil pouvait-il fonctionner dans le monde de l'entreprise ? Une telle attitude pouvait-elle être tolérée ? Combien d'emplois avait-il perdus à cause de ça ? Combien de promotions lui avaient-elles échappé ? Et combien de portes s'étaient refermées devant lui à cause de Mad Max ?

Tout cela avait changé avec Stratton Oakmont, où Mad Max pouvait donner libre cours à sa furie en toute impunité. À vrai dire, quelle meilleure façon pour un strattonien de prouver sa loyauté qu'en se laissant enguirlander par Mad Max sans broncher ? Tout ça pour une vision commune supérieure, à savoir : mener la Belle Vie. Alors, un petit coup de batte de base-ball dans la vitre d'une voiture ou bien un remontage de bretelles en public étaient considérés comme des rites de passage pour les jeunes strattoniens, des insignes d'honneur qu'ils arboraient ensuite avec fierté.

Il y avait donc Mad Max et Sir Max ; le tout était de savoir comment faire resurgir le second. Mon premier ballon d'essai était l'approche d'homme à homme. Je jetai un regard à Kenny et Danny.

— Les gars, vous me donneriez une minute ? Je dois parler à mon père seul à seul.

Pas une seconde d'hésitation ! Danny et Kenny quittèrent mon bureau avec une extrême rapidité : à peine mon père et moi avions eu le temps d'atteindre le canapé, qui se trouvait à trois mètres, que la porte se refermait sur eux. Mon père s'assit, alluma une autre cigarette et tira une de ces énormes bouffées dont il avait le secret. Je me laissai tomber à sa droite dans le canapé et posai mes pieds sur la table basse devant nous.

— Je te jure, papa, mon putain de dos va me tuer, dis-je avec un pauvre sourire. Tu n'as pas idée de la douleur : ça me descend droit sur l'arrière de ma jambe gauche. Ça rendrait n'importe qui complètement fou.

Le visage de mon père se radoucit immédiatement.

— Qu'en pensent les médecins ?

Mmmmmh… Pas la moindre trace d'accent british dans ses dernières paroles ; cela dit, mon dos me tuait véritablement et j'étais sur la bonne voie avec mon père.

— Les médecins ? Ils n'y connaissent rien. La dernière opération n'a fait qu'empirer les choses. Tout ce qu'ils savent faire, c'est me gaver de pilules qui me tordent l'estomac et ne font que dalle pour la douleur…

Je poussai un profond soupir.

— Mais peu importe, papa. Je ne veux pas que tu t'inquiètes pour ça. C'est juste pour me plaindre un peu.

J'enlevai mes pieds de la table et étendis les bras de chaque côté du dossier.

— Écoute, dis-je doucement. Je sais que c'est difficile pour toi de suivre toute cette folie, mais fais-moi confiance : j'ai ma méthode, surtout quand il s'agit de dépenser. Il est important que les gars continuent à croire au rêve et il est encore plus important qu'ils restent fauchés.

Je fis un geste en direction de la baie vitrée.

— Regarde-les : malgré tout l'argent qu'ils ramènent, ils sont tous aussi fauchés les uns que les autres ! Ils dépensent jusqu'au dernier cent pour tenter d'imiter mon style de vie. Pourtant, ils n'y arrivent pas, parce qu'ils ne gagnent pas assez. Alors, ils finissent par avoir des fins de mois difficiles, en gagnant 1 million par an. C'est difficile à imaginer, avec l'enfance que tu as eue, pourtant, c'est la vérité… Ce que je veux dire, c'est qu'il est plus facile de les contrôler s'ils sont fauchés. Réfléchis un peu : ils sont endettés jusqu'au cou, pour des voitures, des maisons, des bateaux et tout ce genre de conneries. S'ils ratent un seul chèque, ils sont dans la merde. C'est comme s'ils avaient des menottes dorées aux poignets. À vrai dire, je pourrais les payer plus, mais alors ils n'auraient plus autant besoin de moi. Et si je ne les payais pas assez, ils me haïraient. C'est pour ça que je les paye juste ce qu'il faut pour qu'ils m'aiment, mais qu'ils aient toujours besoin de moi. Et tant qu'ils auront besoin de moi, ils me craindront.

Mon père ne me quittait pas des yeux, buvant chacune de mes paroles.

— Un jour, repris-je, en désignant de nouveau la vitre du menton, tout ceci disparaîtra, ainsi que leur prétendue loyauté. Lorsque ce jour sera venu, je préférerai que tu ignores certaines des choses qui se sont produites ici. C'est pour ça que je reste évasif, parfois. Ce n'est pas que je ne te fasse pas confiance ou que je ne te respecte pas – ni même que je n'apprécie pas ton opinion. Bien au contraire, papa. Je te cache des choses parce que je t'aime, parce que je t'admire et parce que je veux te protéger, lorsque tout cela va commencer à s'essouffler.

— Pourquoi parles-tu ainsi ? demanda Sir Max d'une voix inquiète. Pourquoi tout cela devrait-il s'essouffler ? Les sociétés que tu mets sur le marché sont toutes légales, non ?

— Oui. Cela n'a rien à voir avec les sociétés. À vrai dire, on fait la même chose que tous les autres sur Wall Street. Simplement, on le fait mieux et en plus grand, ce qui fait de nous des cibles de choix. Mais peu importe, je ne veux pas que tu t'inquiètes de tout ça. Je suis juste un peu déprimé en ce moment. Tout ira bien, tu verras, papa.

Soudain, la voix de Janet retentit dans l'intercom : « Désolée de vous interrompre, mais vous avez une téléconférence avec Ike Sorkin et les autres avocats. Ils sont déjà en ligne et leur compteur tourne. Voulez-vous que je les fasse attendre ou bien dois-je reporter ?

Téléconférence ? Quelle téléconférence ? Je compris soudain : Janet tentait de me tirer d'affaire ! Je regardai mon père, l'air de dire : « Que veux-tu ? Il faut bien que j'y aille… »

Nous nous embrassâmes rapidement en nous faisant des excuses, puis je promis de tenter de dépenser moins à l'avenir, ce qui était de la pure connerie, comme nous le savions très bien tous les deux. Mon père, qui était entré dans mon bureau en rugissant comme un lion, en sortait doux comme un agneau. Tandis que la porte se refermait sur lui, je me promis de faire un petit cadeau à Janet pour Noël, même si elle m'avait fait chier ce matin-là. C'était une perle rare. Une véritable perle rare.

CHAPITRE 8

Le Cordonnier

Environ une heure plus tard, Steve Madden pénétrait d'un pas assuré dans la grande salle. Sa démarche était celle d'un homme qui maîtrisait la situation et avait la ferme intention de faire un petit discours bien ficelé. Pourtant, lorsqu'il atteignit l'estrade, je constatai qu'il avait l'air absolument terrifié.

Il fallait aussi voir la façon dont il était habillé ! Ridicule. Il avait l'air d'un golfeur fauché qui aurait troqué ses clubs contre deux litres de whisky et un aller simple pour la Cour des Miracles. C'était quand même étrange, pour quelqu'un qui travaillait dans la mode, d'être l'un des types les moins bien habillés de la planète. Steve était l'exemple parfait du designer loufoque un peu trop sophistiqué qui se promenait en ville avec, à la main, une immonde sandale à semelle compensée et insistait pour vous expliquer pourquoi sa chaussure serait le rêve de toutes les adolescentes au printemps suivant.

Ce jour-là, il portait une veste bleu marine froissée, qui tombait sur son corps maigrichon comme de la vieille toile de bateau. Le reste ne valait pas mieux : un tee-shirt gris déchiré et un jean Levi's avec de gros ourlets, tous les deux tachés. Cependant, c'étaient ses chaussures qui blessaient le plus les yeux. Après tout, on aurait pu penser qu'un type ayant la prétention de passer pour un designer de chaussures digne de ce nom aurait au moins la décence de cirer ses putains de pompes le jour où son entreprise entrait en Bourse. Mais non, pas Steve Madden ; il portait une paire de vieux mocassins avachis en cuir marron, qui n'avaient pas vu une brosse à reluire depuis le jour où le veau avait été abattu. Sur sa tête, l'inévitable casquette imprimée bleu roi servait à cacher les quelques rares mèches de cheveux blond vénitien qui lui restaient et qu'il avait ramenées en une queue-de-cheval, maintenue par un élastique en caoutchouc.

Sans conviction, Steve s'empara du micro qui se trouvait sur un lutrin couleur rouille. Il toussota plusieurs fois et bafouilla quelques « un-deux… un-deux… » afin de signifier clairement qu'il était prêt à entrer en scène. Lentement – très lentement, même – les strattoniens raccrochèrent leur téléphone et s'installèrent confortablement dans leur fauteuil.

Soudain, je perçus des vibrations monstrueuses sur ma droite – comme un minitremblement de terre. Je me tournai et aperçus… Bon Dieu, c'était le gros Howie Gelfand ! Cent cinquante kilos de graisse pure !

— Salut, J.B. ! lança le gros Howie. J'ai vraiment besoin que tu me fasses une fleur et que tu me balances 10 000 unités Madden en rab. Tu pourrais faire ça pour Tonton Howie, mmh ?

Avec un sourire jusqu'aux oreilles, il me passa un bras autour des épaules comme pour dire : « Allez, quoi, on est potes, non ? » J'aimais bien Howie, en dépit du fait que ce n'était qu'un gros con. Pourtant, sa demande d'unités supplémentaires était courue d'avance. Après tout, une unité d'une nouvelle action Stratton, c'était de l'or en barre. Le calcul était simple : une unité consistait en une action classique et deux *warrants*, un A et un B, qui permettaient d'acheter un volume supplémentaire d'actions à un prix légèrement supérieur au prix d'émission. Dans ce cas particulier, le prix de départ étant de 4 dollars, le *warrant* A s'excrçait à 4,5 dollars et le *warrant* B, à 5 dollars. La valeur du *warrant* augmentant avec le prix de l'action, l'effet de levier était époustouflant.

Pour une entrée en Bourse, Stratton émettait en général 2 millions d'unités à 4 dollars pièce, ce qui n'avait rien de spectaculaire en soi. Mais avec un terrain de football plein à craquer de jeunes strattoniens souriants qui pianotaient plus vite que leur ombre sur leurs petits téléphones pour arracher les yeux de la tête aux clients, la demande dépassait largement l'offre. Par conséquent, le prix de l'unité grimpait rapidement à 20 dollars ou plus, à l'instant même où les transactions commençaient. Donner à un client un paquet de 10 000 unités revenait donc à faire à celui-ci un beau cadeau avec cinq zéros derrière. C'était bien pour ça qu'on attendait du client qu'il joue le jeu : pour chaque unité donnée au prix d'émission, il devait normalement en acheter dix après la mise en vente, au marché secondaire.

— D'accord, grommelai-je. C'est bien parce que je t'aime et que je sais que tu es loyal. Maintenant, file perdre du poids avant de faire une crise cardiaque.

— Gloire à toi, J.B., dit Howie avec un grand sourire, en essayant tant bien que mal de s'incliner. Gloire à toi ! Tu es le roi… le Loup… le sel de la terre ! Tes désirs sont des…

— Dégage, Gelfand ! Et fais en sorte qu'aucun des gars de ta section ne se mette à siffler Madden ou à lui jeter des trucs à la tête. Je suis sérieux, d'accord ?

Howie s'éloigna à reculons en faisant des courbettes, comme un courtisan sortant de la chambre royale après une audience auprès du roi. Quel gros con, pensai-je.

Mais quel vendeur ! Du vrai velours. Howie était l'un de mes tout premiers employés – il avait à peine 19 ans, lorsqu'il était venu travailler pour moi. La première année, il avait fait 250 000 dollars ; cette année, il était bien parti pour atteindre 1,5 million. Néanmoins, il vivait toujours chez ses parents.

Quelques toussotements retentirent de nouveau dans le micro :

— Hum… Excusez-moi. S'il vous plaît ! Pour ceux qui ne me connaissent pas encore, je m'appelle Steve Madden. Je suis le président de…

Avant même qu'il puisse préciser sa pensée, les strattoniens se jetèrent sur lui.

— On sait tous qui tu es !

— Sympa, ta casquette de base-ball !

— Le temps, c'est de l'argent ! Viens-en aux faits !

Quelques sifflements, des cris et des huées retentirent, ainsi qu'un ou deux grognements d'animaux, puis la salle redevint silencieuse. Steve me lança un regard affolé. Il avait la bouche entrouverte et ses yeux étaient larges comme des soucoupes. Je lui fis signe de ne pas s'affoler, que tout allait bien se passer. Rassuré, il inspira profondément et reprit :

— J'aimerais commencer par vous raconter un peu mon histoire dans la chaussure. Ensuite, je voudrais partager avec vous les projets grandioses que j'ai pour ma société. J'ai commencé à travailler dans un magasin de chaussures à l'âge de 16 ans ; je m'occupais alors du ménage. Pendant que tous mes copains allaient draguer les filles en ville, moi, j'apprenais à connaître les chaussures pour femmes. J'étais un peu comme Al Bundy, dans *Marié, deux enfants*, avec un chausse-pied sortant de…

Nouvelle interruption :

— Le micro est trop loin ! On n'entend rien de ce que tu racontes ! Le micro !

Steve rapprocha le micro.

— Excusez-moi. Bien… Comme je le disais, je travaille dans la chaussure depuis toujours, pour ainsi dire. Mon premier boulot a été dans un petit magasin de chaussures de Cedarhust, qui s'appelait Jildor Chaussures. Je travaillais dans l'arrière-boutique. Ensuite, je suis devenu vendeur. C'est à cette époque, quand j'étais encore tout gosse, que je suis tombé amoureux des chaussures pour femmes. Vous savez, je crois pouvoir dire en toute franchise…

Et comme ça, sans crier gare, il se mit à nous raconter par le détail comment, dès l'adolescence, il s'était découvert une véritable passion pour les chaussures de femmes et comment il était devenu – il ne savait plus exactement quand – fasciné par les possibilités infinies de design qu'offraient les divers types de talons, de lanières, de languettes, de boucles et tous les matériaux qu'il pouvait travailler ou tous les ornements qu'il pouvait rajouter. Ensuite, il nous expliqua qu'il aimait caresser les chaussures et laisser ses doigts courir sur la cambrure.

Je jetai un coup d'œil à la salle : partout, les mêmes regards perplexes. Même les assistantes, sur qui on pouvait en général compter pour maintenir un semblant de décorum, avaient l'air incrédules ; certaines levaient les yeux au ciel.

Ils dégainèrent tous en même temps.

— Quelle pédale !

— C'est vraiment dégueulasse !

— Hou la grande folle !

Quelques cris et sifflements retentirent de nouveau, suivis de martèlements de pieds – signe que les gars entraient dans la phase deux. Danny s'avança vers moi, l'air dépité.

— Putain, quelle honte, marmonna-t-il.

— Au moins, il a accepté de mettre nos actions en dépôt fiduciaire. Dommage que nous n'ayons pas pu signer les papiers aujourd'hui, mais c'est la vie. Il faut surtout qu'il arrête ses conneries, sinon ils vont nous le bouffer tout cru.

J'hésitai un instant.

— Je ne sais pas, cela dit… J'en ai discuté avec lui, il n'y a pas cinq minutes et il semblait au clair. Sa société est saine. Il faut juste qu'il leur raconte son histoire, c'est tout. Je sais que c'est ton ami et tout ça, mais putain… Quel barjot !

Danny, d'une voix neutre :

— Il a toujours été comme ça. À l'école, déjà…

— Oui, eh bien, je lui donne encore une minute et après j'interviens.

À ce moment, Steve se tourna vers nous. Il dégoulinait littéralement de sueur ; une tache sombre de la taille d'un pamplemousse était apparue sur le devant de sa chemise. Je fis un petit moulinet avec mes mains pour l'inciter à accélérer, puis articulai silencieusement : « Parle-leur de l'avenir de ta boîte ! »

Steve acquiesça.

— Bien ! reprit-il. Je vais vous raconter comment j'ai démarré Steve Madden Shoes et ensuite, je vous parlerai de l'avenir brillant auquel cette société est promise !

Ces dernières paroles provoquèrent de nouveau une certaine agitation, mais, heureusement, la salle resta silencieuse.

— J'ai monté ma société avec 1 000 dollars et un seul modèle de chaussures, poursuivit Steve, vaille que vaille. Il s'appelait la Marilyn…

Oh, Seigneur.

— … C'était une sorte de sabot. Une très bonne chaussure… Pas ma meilleure, mais une très bonne chaussure tout de même. Bref, j'ai réussi à faire fabriquer cinq cents paires à crédit, puis je les ai chargées dans le coffre de ma voiture et j'ai commencé à les vendre à tous les magasins qui voulaient bien m'en acheter. Comment pourrais-je vous décrire cette chaussure ? Voyons voir… Elle avait une semelle assez épaisse et elle était ouverte devant, mais le dessus était… Enfin, j'imagine que cela n'a pas d'importance. Ce que je veux dire, c'est que c'était vraiment une chaussure décalée. C'est d'ailleurs la marque de fabrique de Steve Madden Shoes. Décalé.

Aucune réaction.

— Pourtant, la chaussure qui a vraiment fait décoller la société s'appelait la Mary Lou et cette chaussure… Eh bien, elle n'était vraiment pas comme les autres !…

Nom de Dieu, quel cinglé !

— … Non, c'était une chaussure d'avant-garde ! poursuivit Steve, en agitant la main. Laissez-moi vous la décrire, parce que c'est important. Voilà, c'était une version en cuir véritable noir de la Mary Jane, avec une lanière plutôt fine. Mais la clé, c'était le bout arrondi. Certaines d'entre vous, mesdemoiselles, doivent comprendre de quoi je parle, non ? C'était vraiment une chaussure très sexy !

Il fit une pause, espérant apparemment un retour positif de la part des assistantes, mais rien ne vint – la salle devenait juste un peu plus perplexe. Puis, un silence terrifiant et venimeux s'installa ; le genre de silence que l'on entend dans les petites villes du Kansas juste avant l'arrivée d'une tornade.

Du coin de l'œil, j'aperçus un avion de papier traverser la salle en volant. Au moins, ils ne visaient pas Steve ! Pas pour l'instant…

— Les autochtones commencent à devenir nerveux, murmurai-je à Danny. Tu crois que je devrais y aller ?

— Si tu n'y vas pas, j'irai à ta place. C'est absolument écœurant !

— D'accord, j'y vais.

Je filai droit vers Steve. Celui-ci parlait encore de sa putain de Mary Lou lorsque j'arrivai près de lui. Juste avant que je ne m'empare du micro, il expliquait à quel point Mary Lou était vraiment la compagne idéale pour le bal de promo, une chaussure à prix raisonnable et conçue pour durer. Je lui arrachai le micro des mains sans qu'il comprenne ce qui lui arrivait. Je me rendis compte qu'il était tellement absorbé par la gloire de ses propres chaussures qu'il en avait oublié de transpirer. Il semblait même parfaitement à l'aise, à présent, et ne se doutait pas le moins du monde qu'il était sur le point de se faire lyncher.

— Qu'est-ce que tu fabriques ? chuchota-t-il. Ils adorent ! Tu peux redescendre, c'est bon. J'ai la situation en main !

— Descends d'ici tout de suite, Steve ! Ils sont à deux doigts de te balancer des tomates. Tu es aveugle ou quoi ? Ils n'en ont rien à cirer de tes putains de Mary Lou ! Tout ce qu'ils veulent, c'est vendre tes actions et se faire du fric. Va rejoindre Danny et détends-toi un peu, avant que mes gars ne se jettent sur toi pour t'arracher ta casquette et scalper les sept cheveux qu'il te reste sur le crâne.

Steve finit par capituler et descendit de l'estrade. Je levai alors la main pour réclamer le silence et le calme revint dans la salle. Tenant le micro juste sous ma bouche, je commençai d'un ton moqueur :

— Okay, tout le monde, on applaudit Steve Madden et ses chaussures très spéciales ! Après tout, rien qu'à l'entendre parler de la petite Mary, j'ai envie de me jeter sur mon téléphone pour appeler des clients. Alors, je veux que tout le monde, les assistantes aussi, tape ses petites mains l'une contre l'autre pour Steve Madden et sa petite chaussure sexy : la Mary Lou !

Je coinçai le micro sous mon bras et montrai l'exemple. Un tonnerre d'applaudissements se déchaîna aussitôt ! Sans la moindre exception, tous les strattoniens applaudissaient, battaient des pieds et poussaient des cris et des sifflements, sans que rien ne puisse les arrêter. Je levai de nouveau le micro pour ramener le calme, mais ils ne m'écoutèrent pas cette fois-ci, trop contents qu'ils étaient de jouir de cet instant. Finalement, la salle se calma.

— Merci. Maintenant que vous vous êtes bien défoulés, je veux que vous sachiez que, si Steve est à ce point barré, c'est pour une bonne raison. Autrement dit, il y a une méthode dans sa folie. Vous voyez, ce type est tout simplement un génie créatif et, par définition, il doit être un peu fou. C'est nécessaire à son image.

J'acquiesçai avec conviction, me demandant si ce que je venais de dire avait le moindre sens.

— Mais, écoutez-moi bien tous. Cette compétence que Steve a… ce don qu'il possède… ça dépasse le simple fait de savoir repérer une ou deux tendances dans la chaussure. Le véritable pouvoir de Steve, ce qui le différencie de tous les autres créateurs de chaussures des États-Unis, c'est que c'est lui qui crée la tendance. Savez-vous à quel point c'est rare de trouver quelqu'un qui crée une tendance et l'impose ? Des génies comme Steve, il y en a un par décennie ! Leur nom devient ensuite une grande marque, comme Coco Chanel, Yves

Saint Laurent, Versace, Armani ou Donna Karan… et quelques autres. La liste n'est pas très longue.

Je fis quelques pas vers la salle et baissai la voix, comme un prédicateur sur le point de révéler une vérité première.

— Avoir quelqu'un comme Steve à la barre, c'est exactement ce qu'il faut pour lancer une société comme celle-ci vers la stratosphère. Vous pouvez me croire ! C'est la société que nous attendions tous depuis le début ; celle qui fera atteindre à Stratton un tout nouveau palier. Celle que nous…

J'étais lancé, à présent. Tandis que je poursuivais mon discours en pilotage automatique mon cerveau se partitionna et j'entrepris de calculer les bénéfices que j'étais sur le point de faire. Bientôt, la somme effarante de 20 millions de dollars se mit à bouillonner dans mon esprit. C'était une bonne estimation, à mes yeux, et le calcul était très simple. Sur les 2 millions d'unités mises sur le marché, 1 million partait sur les comptes de mes divers escamoteurs. Je rachèterais ensuite ces unités à 5 ou 6 dollars pièce, pour les mettre sur le compte d'exploitation propre de la société. Puis, je me servirais du pouvoir de la salle et des achats massifs que cette réunion allait déclencher pour faire grimper les unités à 20 dollars, ce qui assurerait un bénéfice théorique de 14 ou 15 millions de dollars. D'ailleurs, je n'aurais même pas à faire grimper les unités à 20 dollars moi-même : le reste de Wall Street ferait le sale boulot à ma place. Tant que les autres sociétés de courtage savaient que j'étais prêt à racheter les unités au plus haut du marché, elles continueraient à faire grimper les prix aussi haut que je le souhaitais ! Tout ce que j'avais à faire, c'était de glisser un mot ou deux à quelques personnes bien placées et le tour serait joué. D'ailleurs, c'était déjà fait. La rumeur courait déjà que Stratton serait acheteur jusqu'à 20 dollars l'unité, si bien que la machine était déjà lancée ! Incroyable ! Gagner autant d'argent sans commettre la moindre illégalité ! Bon, les escamoteurs n'étaient pas ce qui se faisait de mieux dans le genre légal, mais il était impossible de prouver quoi que ce soit. Aaaaahhh ! Les joies du capitalisme débridé…

— … comme une fusée et qui n'est pas près de s'arrêter. Qui sait à combien cette action peut monter ? 20 ? 30 ? Je crois même que ces chiffres sont ridiculement bas, comparés à ce dont cette société est capable. Le temps de dire « ouf » et l'action pourrait bien se retrouver à 50, voire 60 dollars ! Et je ne vous parle pas d'un avenir lointain. Je vous parle de maintenant.

Je fis de nouveau une brève pause, pour ménager mon effet.

— Écoutez-moi tous : Steve Madden Shoes, c'est la société la plus chaude de toute l'industrie de la chaussure pour femmes. Les commandes explosent à l'heure qu'il est ! Chaque grand magasin des États-Unis, des chaînes comme Marcy's, Bloomingdale's, Nordstrom et Dillard's, n'arrivent plus à fournir. Ces chaussures, on se les arrache tellement qu'elles n'ont même pas le temps d'être mises sur les rayonnages !

Silence.

— J'espère que vous avez conscience qu'en tant que traders, vous avez une obligation envers vos clients, une obligation fiduciaire, pour ainsi dire : celle de les appeler à l'instant même où j'aurai fini de parler et de faire absolument tout – même si vous devez leur arracher les yeux de la tête – pour qu'ils achètent autant d'actions Steve Madden qu'ils peuvent se le permettre. J'espère sincèrement que vous avez conscience de cela, parce que sinon, vous et moi allons avoir un sérieux problème à régler quand tout cela sera fini. Vous avez une obligation ! Un devoir envers vos clients ! Envers cette société ! Et envers vous-même, nom de Dieu ! Alors, vous avez intérêt à leur carrer des actions jusque dans le fond de la gorge et les laisser s'étouffer jusqu'à ce qu'ils vous supplient d'en acheter 20 000, parce que chaque dollar investi leur sera rendu à la pelle...

Silence.

— Je pourrais continuer comme ça indéfiniment sur l'avenir radieux de Steve Madden Shoes. Je pourrais parler de tous les aspects fondamentaux, de tous les magasins Steve Madden qui ouvrent, de notre mode de fabrication plus rentable que celui de la concurrence, de nos chaussures qui sont tellement classes qu'il est inutile de faire de la pub et de la grande distribution qui est prête à nous payer des droits pour avoir accès à nos modèles... Pourtant, au final, tout cela n'a pas d'importance. Tout ce qui compte c'est que vos clients sachent que l'action est en hausse. C'est tout.

Je ralentis un peu la cadence.

— Écoutez, les gars. Même si j'en meurs d'envie, je ne peux pas décrocher le téléphone et vendre ces actions à vos clients. Il n'y a que vous qui puissiez passer à l'action. Au final, c'est tout ce qui compte : agir. Sans cela, les meilleures intentions du monde ne sont rien de plus que ça : des intentions.

Silence. J'inspirai profondément.

— À présent, baissez tous les yeux, repris-je en désignant un bureau juste devant moi. Baissez les yeux et regardez ce petit objet noir juste sous votre nez. Vous le voyez ? C'est une merveilleuse petite invention qui s'appelle le téléphone. Ça s'écrit : T-É-L-É-P-H-O-N-E. Et devinez quoi ? Ce téléphone ne fonctionne pas tout seul ! Non, non, non ! À moins que vous ne passiez à l'action, ce n'est rien d'autre qu'un misérable morceau de plastique. C'est comme un M16 chargé sans un marine superentraîné pour appuyer sur la gâchette. Vous comprenez, c'est l'action du marine – un tueur professionnel – qui transforme le M16 en une arme mortelle. En ce qui concerne le téléphone, c'est vous qui actionnez l'arme. Vous, le strattonien superentraîné à qui on ne refuse rien, qui ne raccroche pas avant que ses clients aient tout acheté ou soient morts, un être qui comprend parfaitement que chaque appel est une vente et que la seule question est de savoir qui est aux commandes. Est-ce vous qui avez réussi une vente ? Avez-vous été assez efficace et motivé ? Avez-vous eu assez de cran pour prendre le contrôle de la conversation et conclure ? Ou bien est-ce votre client qui a mené la vente – en vous expliquant qu'il ne pouvait se permettre un tel investissement pour l'instant, parce que le moment était mal choisi ou qu'il avait besoin d'en parler à sa femme, à son associé au Canada, au père Noël ou à la Petite Souris.

Je levai les yeux au ciel, l'air méprisant.

— Alors, n'oubliez jamais que ce téléphone sur votre bureau est une arme mortelle. Placé entre les mains d'un strattonien bien motivé, c'est un permis d'imprimer de l'argent. C'est aussi le *grand égalisateur* !

Je laissais résonner ces deux mots.

— Tout ce que vous avez à faire, c'est décrocher votre téléphone et répéter les mots que je vous ai appris et vous serez alors aussi puissant que le plus puissant des P-DG de ce pays. Peu importe que vous ayez fait Harvard ou que vous ayez grandi dans les rues sordides de Hell's Kitchen : avec un petit téléphone noir à la main, vous pouvez accomplir n'importe quoi. Ce téléphone, c'est de l'argent. Peu importe si vous avez des ennuis, car l'argent peut régler jusqu'au dernier d'entre eux. Oui, c'est la vérité : l'argent est la meilleure solution pour résoudre tous les problèmes possibles et quiconque essaiera de vous dire le contraire raconte des conneries. En fait, je suis prêt à parier que celui qui dit une chose pareille n'a jamais eu un seul dollar en poche !

Je levai la main pour donner ma parole de scout et poursuivis, d'une voix pleine de bile et de rancœur :

— Ce sont toujours les mêmes qui sont prêts à déballer leurs conseils inutiles à la moindre occasion. Ce sont toujours les pauvres qui balancent des conneries du genre « l'argent est la source de tous les maux » ou « l'argent corrompt les cœurs ». Non, mais vraiment ! C'est de la merde en boîte, oui ! L'argent, c'est merveilleux ! L'argent est un must ! Écoutez-moi tous ! Il n'y a aucune noblesse à être pauvre ! J'ai été riche, j'ai été pauvre aussi et je préfère largement être riche. Au moins, quand je suis riche, je peux venir régler mes problèmes dans une limousine interminable, vêtu d'un costard à 2 000 dollars et avec une montre en or à 20 000 dollars au poignet ! Croyez-en mon expérience : un peu de classe rend les problèmes sacrément plus faciles à régler.

J'enfonçai le clou :

— Si l'un d'entre vous pense que je suis fou ou que je ne pense pas ce que je dis, alors qu'il sorte immédiatement de cette putain de salle ! Parfaitement ! Barrez-vous de chez moi et allez vous trouver un job chez McDonald's, parce que vous ne méritez pas mieux ! Et si jamais McDonald's ne recrute pas, vous pouvez toujours essayer Burger King !

Silence de mort.

— Cependant, avant de quitter cette salle remplie de gagnants, je veux que vous regardiez bien votre voisin de bureau. Un jour, dans un futur proche, vous serez arrêté à un feu dans votre vieille Pinto déglinguée et devinez qui va s'avancer à vos côtés dans une Porsche

flambant neuve, accompagné de sa sublime jeune
épouse ? Et vous, qui sera assis sur le siège du passager ? Une créature hideuse, sans doute, avec de la
moustache et vêtue d'un tablier d'intérieur à fleurs ou
d'un sac. Vous rentrerez certainement du Price Club
avec un plein de courses discount dans le coffre de votre
voiture.

À cet instant, je croisai le regard d'un jeune strattonien ; il avait l'air littéralement terrorisé.

— Quoi ? Tu crois que je te raconte des bobards ?
Eh bien, imagine : ça devient encore pire après. Si vous
voulez vieillir dans la dignité... si vous voulez vieillir
tout en préservant le respect que vous avez de vous-
même, alors vous feriez mieux de devenir riches maintenant. Travailler pour une grande entreprise nationale
et partir à la retraite avec une bonne pension, c'est de
l'histoire ancienne ! Si vous pensez que la Sécurité
sociale sera votre filet de protection, alors vous n'avez
rien compris. Avec le taux d'inflation actuel, votre
retraite suffira à peine à vous payer des couches quand
ils vous auront collé dans une maison de retraite moisie,
où une Jamaïcaine de cent quarante kilos vous fera
boire votre soupe à l'aide d'une paille et vous fichera
des taloches quand elle sera de mauvaise humeur.

Silence.

— Alors, écoutez-moi bien tous. Vous êtes en retard
sur le paiement de vos crédits ? Très bien : décrochez-moi ce putain de téléphone et appelez vos clients.
Votre propriétaire menace de vous expulser ? C'est ça
votre problème ? Très bien : décrochez-moi ce putain
de téléphone et appelez vos clients. Ou bien vous avez
des problèmes avec votre copine ? Elle veut vous
quitter parce qu'elle pense que vous êtes un *loser* ? Très
bien : décrochez-moi ce putain de téléphone et appelez
vos clients ! Vous allez régler tous vos problèmes en

devenant riche ! Je veux que vous attaquiez vos problèmes de face ! Je veux que vous commenciez à dépenser votre argent immédiatement. Je veux que vous vous endettiez. Je veux que vous vous jetiez vous-même dans une impasse. Ne vous laissez aucun autre choix que celui de réussir. Laissez les conséquences de l'échec devenir si désastreuses et inconcevables que vous n'aurez plus d'autre choix que de tout faire pour réussir. Voilà mon conseil : faites comme si ! Faites comme si vous étiez déjà un homme riche, alors vous le deviendrez certainement. Faites comme si vous aviez une confiance absolue en vous-même, alors les gens auront confiance en vous. Faites comme si vous aviez une expérience solide et les gens suivront vos conseils. Enfin, faites comme si vous aviez déjà réussi et, aussi sûr que je m'appelle Jordan Belfort, vous réussirez !

Silence.

— Bien, la vente commence dans moins d'une heure, alors jetez-vous sur vos téléphones et passez vos clients en revue, de A à Z. Ne faites aucun prisonnier. Soyez féroces ! De vrais pit-bulls ! Des terroristes du téléphone ! Faites exactement ce que je vous dis et, croyez-moi, vous me remercierez mille fois d'ici quelques heures, lorsque chacun de vos clients sera en train de gagner de l'argent.

Je descendis de l'estrade sous les applaudissements délirants des strattoniens, qui avaient déjà décroché leur téléphone et se préparaient à suivre mon conseil à la lettre : arracher les yeux de la tête à leurs clients.

CHAPITRE 9

Possibilité de démenti

À 13 heures, les petits génies de la Nasd [1] inscrivaient les actions Steve Madden au Nasdaq, sous le symbole boursier à quatre lettres SHOO, comme les chaussures. C'était tellement adorable ! Quelle bande de petits malins !

Comme il était de notoriété publique qu'ils avaient la tête dans le cul, ce fut à moi, le Loup de Wall Street, qu'ils réservèrent l'honneur insigne de fixer le prix d'ouverture. Ce n'était qu'un exemple parmi tant d'autres pratiques financières bancales et absurdes qui garantissaient que la nouvelle action cotée au Nasdaq serait manipulée d'une façon ou d'une autre, que Stratton Oakmont soit impliquée ou non.

Je m'étais souvent demandé pourquoi la Nasd avait créé un terrain de jeux qui permettait aussi clairement d'arnaquer le client et j'en étais arrivé à la conclusion que c'était parce que la Nasd était une agence autorégulatrice, « propriété » des sociétés de courtage elles-mêmes. À vrai dire, Stratton Oakmont en était aussi membre.

---

1. La *National Association of Securities Dealers* (Association nationale des agents de change) fut la créatrice du Nasdaq, *National Association of Securities Dealers Automated Quotations* (cotations automatisées de la Nasd). *(NdT)*

Par essence, le véritable but de la Nasd était de faire semblant d'être du côté du client, alors que c'était exactement le contraire. D'ailleurs, la Nasd ne se donnait même pas beaucoup de mal pour faire semblant. C'était de la poudre aux yeux, juste assez pour éviter de s'attirer les foudres de la SEC, à qui ils étaient obligés de rendre des comptes.

Ainsi, au lieu de laisser un équilibre naturel s'installer entre acheteurs et vendeurs et décider du prix d'émission d'une action, ils réservaient ce droit inestimable au syndicataire principal, en l'occurrence moi. J'étais libre de choisir le prix à ma guise, aussi arbitraire et capricieux fût-il. Par conséquent, je décidai d'être très arbitraire et encore plus capricieux et d'ouvrir à 5,50 dollars l'unité, ce qui m'offrait une occasion magnifique de racheter sur-le-champ le million d'unités à mes prête-noms. Nul doute que ces derniers auraient préféré conserver leurs unités un chouïa plus longtemps, mais on ne leur demandait pas leur avis. Après tout, le rachat avait été arrangé à l'avance et ils venaient juste d'engranger un bénéfice de 1,50 dollar par unité, sans lever le petit doigt et sans prendre le moindre risque. Tout ce qu'ils avaient fait, c'était acheter puis vendre les unités, sans même payer pour la transaction. S'ils voulaient participer au prochain coup, ils avaient tout intérêt à suivre le protocole établi, c'est-à-dire à fermer leur gueule et dire « Merci, Jordan ! », puis à mentir effrontément si un régulateur fédéral ou local leur demandait pourquoi ils avaient vendu leurs parts à si bas prix.

Ma logique était implacable. À 13 h 03, trois minutes seulement après que j'eus racheté mes unités à 5,50 dollars, le reste de Wall Street avait déjà fait grimper l'unité à 18 dollars. Ce qui voulait dire que j'avais engrangé un profit de 12,5 millions. *12,5 millions ! En trois minutes !* J'avais également fait environ 1 million avec la banque d'affaires et j'allais faire 3 ou 4 millions supplémentaires dans les jours à venir, lorsque je rachèterais les unités du crédit-relais qui étaient également entre les mains de mes escamoteurs. Ah, ces bons vieux escamoteurs ! Quel concept ! Steve lui-même était le plus grand de tous, avec 1,2 million de parts qu'il détenait pour moi – ces mêmes parts dont le Nasdaq m'avait obligé à me défaire. Au prix actuel de 18 dollars l'unité – une action et deux *warrants* – le prix réel de l'action était de 8 dollars. Ce qui voulait dire que les actions que Steve détenait pour moi valaient à présent un tout petit peu moins de 10 millions ! Le Loup avait encore frappé !

C'était à présent à mes loyaux strattoniens de vendre toutes ces actions gonflées à leurs clients. J'ai bien dit toutes : pas simplement le million d'unités initialement destinées à leurs propres clients, dans le cadre de l'offre publique, mais aussi le million d'unités escamotées qui se trouvaient à présent sur le compte d'exploitation de la société, ainsi que les 300 000 unités de crédit-relais que j'allais racheter d'ici quelques jours... plus quelques actions supplémentaires que j'allais devoir racheter à toutes les sociétés de courtage qui avaient fait le sale boulot à ma place en poussant l'unité à 18 dollars. Ces dernières revendraient petit à petit leurs unités à Stratton Oakmont, afin d'engranger leurs bénéfices. Au final, il faudrait que mes strattoniens génèrent à peu près 30 millions de dollars dans la journée, ce qui couvrirait largement tous les échanges et donnerait au compte d'exploitation de la société un confortable petit coussin de sécurité contre d'éventuels emmerdeurs qui essaieraient de vendre des actions qu'ils ne possédaient même pas, dans l'espoir de faire chuter les prix et de pouvoir racheter moins cher à l'avenir. 30 millions, ce n'était rien pour ma joyeuse bande de traders, surtout après la petite réunion du matin qui leur avait donné du cœur à l'ouvrage comme jamais.

À cet instant précis, je me trouvai dans la salle des marchés de Stratton, juste derrière mon chef trader, Steve Sanders. J'avais un œil sur une rangée d'écrans placés directement en face de Steve et l'autre sur la baie vitrée qui donnait sur la salle principale. La cadence était absolument frénétique. Les traders hurlaient dans leur téléphone comme des furies en délire. Toutes les cinq secondes, une jeune assistante à l'abondante chevelure blonde et au décolleté plongeant se précipitait vers la baie vitrée et pressait sa poitrine contre la vitre pour glisser une pile d'ordres d'achat dans une fente étroite près du sol. De là, l'un des quatre employés de la salle des ventes s'emparait des ordres et les saisissait dans le réseau informatique. L'information apparaissait alors aussitôt sur le terminal de vente principal en face de Steve, qui les exécutait en fonction du marché.

Tandis que je contemplai les chiffres orange qui scintillaient sur l'écran de Steve, je ressentis un sentiment de fierté malsaine en pensant aux deux crétins de la SEC qui campaient dans ma salle de réunion depuis des mois, examinant mes registres à la loupe, dans l'espoir de débusquer la moindre trace de fumée suspecte, tandis que je déclenchais un véritable incendie sous leur nez. Sans doute étaient-ils trop occupés à se geler les couilles, pendant qu'on écoutait tout ce qu'ils se racontaient.

À présent, plus de cinquante sociétés de courtage différentes prenaient part à cette frénésie d'achats. Elles avaient cependant toutes un point commun : avant la fin de la journée, chacune avait la ferme intention de revendre à Stratton Oakmont jusqu'à la dernière action, au prix le plus élevé possible. Comme d'autres sociétés se chargeaient d'acheter, il était à présent impossible pour la SEC de prouver que c'était moi qui avais manipulé les unités pour qu'elles atteignent 18 dollars. C'était d'une simplicité impeccable. De quoi pouvait-on m'accuser, puisque ce n'était même pas moi qui avais poussé les prix de l'action à la hausse ? En fait, je n'avais même fait que vendre. J'avais vendu juste ce qu'il fallait aux autres sociétés pour les appâter, afin qu'elles continuent à manipuler mes nouvelles actions à l'avenir – mais pas au point que cela devienne un fardeau majeur lorsqu'il s'agirait de racheter les actions à la clôture. C'était un équilibre subtil et délicat à atteindre ; pourtant, le simple fait de laisser les autres sociétés de courtage se charger de faire grimper les prix de l'action Steve Madden me fournirait un démenti plausible auprès de la SEC. D'ici à quelques mois, lorsque la SEC saisirait mes comptes pour tenter de reconstituer ce qui s'était passé au cours des premiers instants de la vente, la seule chose à voir serait que des sociétés de courtage à travers tous les États-Unis avaient fait grimper l'action Steve Madden. Point final.

Avant de quitter la salle des ventes, je donnai mes dernières instructions à Steve, lui interdisant formellement de laisser retomber l'action en dessous des 18 dollars. Après tout, je n'allais quand même pas arnaquer les collègues de Wall Street, alors qu'ils avaient eu la gentillesse de manipuler les cours à ma place.

CHAPITRE 10

Le Chinois Dévoyé

Vers 16 heures, nous avions battu un record.

La journée était finie et tout le monde savait que l'action Steve Madden avait été la plus activement échangée aux États-Unis, et dans le monde. Même ce bon vieux Dow Jones avait frémi. Impossible de ne pas le savoir. *La plus échangée au monde ! Quelle audace ! Quel culot !*

Oh oui, Stratton Oakmont était toute-puissante. En fait, Stratton Oakmont *était* la puissance même et moi, son P-DG, j'étais assis au sommet, les deux doigts dans la prise. Je sentais cette force courir dans mes veines et résonner dans mon cœur, mon âme, mon foie et mon bas-ventre. Avec plus de 8 millions d'actions échangées, l'unité avait clôturé juste en dessous des 19 dollars, enregistrant une augmentation de 500 % dans la journée. C'était la plus grosse progression du Nasdaq, du Nyse, de l'Amex, ainsi que de toutes les autres places boursières du monde. Oui, du monde : depuis l'OBX des déserts gelés de la Norvège, jusqu'à l'ASX du paradis des kangourous, à Sydney.

À cet instant, je me trouvais dans la grande salle, nonchalamment adossé à la baie vitrée qui me séparait de mon bureau, les bras croisés, dans la pause du guerrier valeureux après la bataille. Le redoutable rugissement de la salle résonnait toujours, mais de façon différente, moins empressée, plus contenue.

C'était presque l'heure de célébrer la victoire. Je glissai la main droite dans ma poche pour m'assurer que les six Mandrax n'étaient pas tombés ou ne s'étaient pas tout simplement envolés. Les Mandrax avaient parfois la vilaine habitude de s'envoler, même si, la plupart du temps, c'était parce que vos « amis » vous dévalisaient – ou bien parce que vous étiez tellement défoncé que vous les preniez sans vous en rendre compte. C'était d'ailleurs la phase quatre du trip Mandrax et peut-être bien la plus dangereuse : l'amnésie. La première phase, c'était les fourmillements, puis venaient le bafouillage, la bave et enfin, bien sûr, l'amnésie.

Mais le dieu des drogues avait été bon avec moi et les Mandrax ne s'étaient pas envolés. Je pris le temps de les faire rouler sous mes doigts, ce qui me procura un sentiment de joie délirant. Ensuite, je me mis à réfléchir au moment le plus approprié pour les prendre, à savoir vers 16 h 30, vingt-cinq minutes plus tard. Cela me laissait quinze minutes pour la réunion de l'après-midi et j'aurais même le temps de superviser l'acte de débauche quotidien, qui, ce jour-là, était la tonte d'une des filles.

L'une de nos jeunes assistantes, toujours en mal d'argent, avait accepté de se laisser raser la tête, assise en string sur un tabouret en bois dans la grande salle. Elle avait une sublime chevelure blond doré et une merveilleuse poitrine, un magnifique bonnet D depuis une récente opération. En récompense, elle recevrait 10 000 dollars en liquide, ce qui lui permettrait de payer l'opération, qu'elle avait financée grâce à un crédit à 12 %. Tout le monde était gagnant : dans six mois, ses cheveux auraient repoussé et elle aurait remboursé ses bonnets D.

Je me demandai toujours s'il fallait autoriser Danny à faire venir un nain au bureau. Finalement, quel mal y avait-il à ça ? Ça puait un peu, à première vue, mais quand on y réfléchissait bien, ce n'était pas si terrible que ça.

Au final, un petit lancer de nain n'était rien de plus qu'un des privilèges dus au valeureux guerrier. Un butin de guerre, en quelque sorte. De quelle autre façon un homme pouvait-il mesurer son succès, si ce n'était en réalisant tous ses fantasmes d'adolescent, aussi bizarres qu'ils pussent être ? Le sujet était inépuisable. Si un succès précoce entraînait des formes de comportements plus que discutables, alors un jeune homme avisé devait inscrire chaque action inconvenante dans la colonne débits de son budget moral, afin de l'équilibrer par la suite par un acte de bonté ou de générosité – une sorte de crédit moral, pour ainsi dire – lorsqu'il serait plus vieux, plus sage ou plus calme.

Cela dit, peut-être étions-nous simplement des maniaques dépravés, vivant dans une société autonome qui avait échappé à tout contrôle. Nous autres, strattoniens, nous nous nourrissions de débauche. Nous en avions besoin. C'était même indispensable à notre survie !

C'était pour cette raison précise qu'une fois devenue parfaitement insensible aux actes de débauche les plus courants, la direction – c'est-à-dire votre serviteur – s'était retrouvée dans l'obligation de constituer une équipe informelle de strattoniens, dont Danny Porush était l'honorable dirigeant, pour combler le vide. Cette équipe était une sorte de version améliorée des chevaliers de la Table ronde, mais contrairement à ces derniers, dont la quête incessante du saint Graal était devenue légendaire, les chevaliers de Stratton passaient leur temps à parcourir le monde dans ses moindres recoins à la recherche de l'acte de débauche ultime, afin que les autres strattoniens puissent continuer à prendre leur pied. Nous n'étions pas accros à l'héroïne ou à des trucs aussi sordides. Non, nous étions accros à l'adréna-line ; de vrais drogués qui cherchaient à escalader des falaises toujours plus hautes et à explorer des eaux toujours plus profondes.

Tout avait officiellement commencé en octobre 1989, lorsque Peter Galletta, l'un des huit premiers strattoniens alors âgé de 21 ans, avait baptisé l'ascenseur de verre du bâtiment par une petite pipe rapide et un aller-retour encore plus rapide par la porte de derrière d'une assistante pulpeuse de 17 ans. C'était la première assistante de Stratton et, pour le meilleur et pour le pire, elle était blonde, belle et furieusement concupiscente.

Tout d'abord, j'avais été tellement choqué que j'avais un temps envisagé de virer Peter pour avoir trempé sa plume dans l'encrier de l'entreprise. Pourtant, au bout d'une semaine, la jeune fille avait fait preuve d'un esprit d'équipe hors du commun en suçant chacun des huit strattoniens – la plupart dans l'ascenseur de verre et moi sous mon bureau. Comme elle s'y prenait de façon vraiment particulière, elle était devenue une sorte de légende parmi les strattoniens. Nous appelions ça le « palper-rouler » : elle se servait de ses deux mains à la fois, tandis que sa langue se transformait en véritable derviche tourneur. Un mois plus tard, sur le coup d'une petite envie pressante, Danny m'avait convaincu de nous la faire à deux. Ce que nous avions fait un samedi après-midi, pendant que nos épouses étaient sorties s'acheter des robes de soirée pour le réveillon. Chose étrange, trois ans plus tard, après avoir couché avec Dieu sait combien de strattoniens, la jeune assistante avait fini par en épouser un. C'était un des Huit et il l'avait vue à l'œuvre plus d'une fois. Mais il s'en fichait. Peut-être était-il devenu accro au palper-rouler ! Il n'avait que 16 ans lorsqu'il était venu travailler pour moi, ayant quitté l'école pour devenir strattonien et connaître la Belle Vie. Après un mariage assez bref, il avait fait une dépression et s'était suicidé. Cela avait été le premier suicide chez Stratton et certes pas le dernier.

Cela mis à part, entre les quatre murs de la grande salle, la normalité était jugée de mauvais goût et quiconque affectait un comportement normal n'était qu'un rabat-joie qui cherchait à gâcher le plaisir des autres. D'une certaine façon, le concept de débauche n'était-il d'ailleurs pas relatif ? Les Romains ne se considéraient pas comme des maniaques dépravés, c'était évident. En fait, j'étais prêt à parier qu'ils trouvaient parfaitement normal de regarder les esclaves les moins chanceux se faire dévorer par les lions, tandis que des esclaves un peu plus vernis les gavaient de grappes de raisin.

Soudain, j'aperçus l'Ahuri qui s'avançait vers moi, la bouche ouverte, les yeux écarquillés et le menton légèrement en avant. Cette expression enthousiaste traduisait l'empressement du type qui attendait de poser sa question depuis un temps infini. Étant donné qu'il s'agissait de l'Ahuri, il ne faisait aucun doute que la question était soit parfaitement stupide, soit grossièrement inutile. Je lui adressai un bref hochement de tête et pris un instant pour l'observer. En dépit du fait qu'il possédait la tête la plus carrée de tout Long Island, il était plutôt beau garçon. Il avait les traits doux et harmonieux d'un adolescent et la nature l'avait doté d'un physique relativement avantageux. Il était de taille moyenne et de poids moyen, ce qui était assez surprenant quand on pensait au ventre dont il était sorti.

Gladys, la mère de l'Ahuri, était une femme énorme.

À tous points de vue.

Depuis le sommet de sa tête, où une choucroute de cheveux jaunes s'élevait à quinze centimètres au-dessus de son large crâne juif, jusqu'aux talons calleux de son quarante-quatre fillette, Gladys Greene était énorme. Son cou était large comme le tronc d'un séquoia et elle avait les épaules d'un demi de mêlée. Quant à son ventre… Il était tout simplement énorme, bien qu'il n'y eût pas le moindre gramme de graisse dessus. En fait, elle avait un ventre qu'on s'attendrait plutôt à voir chez un haltérophile russe. Ses mains, elles, ressemblaient à des crochets de boucher.

La dernière fois que Gladys avait eu vraiment quelqu'un dans le nez, elle faisait la queue à la caisse du supermarché. Une cliente derrière elle, une de ces Juives typiques de Long Island, avec un long nez et la sale manie de le fourrer dans les affaires des autres, avait commis l'erreur déplorable de faire remarquer à Gladys qu'elle dépassait le nombre d'articles autorisés à la caisse express. Pour toute réponse, Gladys s'était tournée vers la femme et lui avait balancé un direct du droit. Tandis que la femme était toujours évanouie, Gladys avait calmement payé ses achats, avant de prendre rapidement la tangente. Pendant tout ce temps, son pouls n'avait jamais dépassé soixante-douze battements par minute.

Il n'y avait donc pas à chercher loin pour comprendre pourquoi l'Ahuri était à peine moins fou que Danny. Pourtant, pour sa défense, Kenny n'avait pas eu une enfance facile. Son père, qui était mort d'un cancer quand Kenny n'avait que 12 ans, était propriétaire d'un débit de tabac. À l'insu de Gladys, il avait grossièrement mal géré sa boutique, laissant des centaines de milliers de dollars d'impayés aux impôts. Gladys s'était donc retrouvée d'un seul coup dans une situation désespérée : veuve, avec un enfant à charge et au bord de la ruine.

Qu'allait-elle donc faire ? Mettre les voiles ? S'inscrire au chômage ? Oh non, pas question ! Faisant appel à son instinct maternel débordant, elle avait initié Kenny au monde souterrain et véreux de la contrebande de cigarettes, lui enseignant l'art méconnu de reconditionner les cartouches de Marlboro et de Lucky Strike pour les passer en douce de New York au New Jersey avec des timbres fiscaux de contrefaçon, afin de ramasser la différence au passage. Coup de chance, la combine avait fonctionné comme un charme et la famille s'était renflouée.

Pourtant, cela n'avait été qu'un début. Lorsque Kenny avait atteint l'âge de 15 ans, sa mère s'était rendu compte que ses amis et lui avaient commencé à fumer un autre genre de cigarettes, à savoir des joints. Gladys s'était-elle alors énervée ? Pas le moins du monde ! Sans une seconde d'hésitation, elle avait soutenu son jeune Ahuri en pleine éclosion pour qu'il se mette à dealer de l'herbe – lui procurant des fonds, des encouragements, une planque sûre pour son commerce et, bien sûr, sa protection, qui était sa spécialité.

Les amis de Kenny savaient très bien ce dont Gladys Greene était capable. Ils avaient eu vent de certaines histoires, même si elle ne s'était jamais abaissée à employer la manière forte. C'est vrai quoi : quel gosse de 16 ans aurait voulu voir une mama juive de cent dix kilos se pointer chez ses parents pour réclamer une dette de drogue ? Surtout que Gladys portait en général un caleçon moulant en lycra violet, des baskets violettes pointure quarante-quatre et des culs-de-bouteille sur une monture en plastique rose.

Pour Gladys, ce n'était qu'un petit tour de chauffe. Que l'on aime ou pas l'herbe, force était d'admettre que c'était une porte d'entrée respectable dans le monde de la drogue, spécialement pour les adolescents. Dans cette optique, il n'avait pas fallu longtemps à Kenny et Gladys pour comprendre qu'un autre vide économique ne demandait qu'à être comblé sur le marché de la drogue à Long Island. Oui, la petite poudre bolivienne alors en plein essor – la cocaïne – garantissait une marge de bénéfice bien trop grande pour que de fervents capitalistes comme Gladys et l'Ahuri puissent résister. Cette fois-ci, pourtant, ils avaient recruté un troisième larron, un ami d'enfance de l'Ahuri : Victor Wang.

Victor était un cas intéressant, du fait qu'il était le Chinois le plus grand de toute la surface du globe. Avec une tête de la taille de celle d'un panda géant, des yeux qui n'étaient que des fentes et un torse aussi épais que la grande muraille, ce type était le portrait craché de Oddjob, le tueur à gages dans le film de James Bond, *Goldfinger*, celui qui pouvait décapiter un type à cent mètres avec son chapeau melon à bord acéré.

Victor était chinois de naissance et juif par contamination, ayant grandi parmi les plus féroces enfants juifs de tout Long Island, dans les villes de Jericho et Syosset. C'est d'ailleurs du cœur même de ces deux ghettos de la classe moyenne supérieure juive que la majorité de mes strattoniens étaient issus. La plupart étaient même d'anciens clients de Kenny et Victor.

Comme le reste des chasseurs de rêve sous-diplômés de Long Island, Victor était entré à mon service, même si ce n'était pas à Stratton. Il était directeur général de la SA Judicate, une de mes entreprises satellites, dont les bureaux étaient situés au rez-de-chaussée, à un jet de pierre à peine de la joyeuse équipe de prostituées catégorie Nasdaq. Judicate s'occupait de Modes alternatifs de résolution des conflits, ou MARC, ce qui était juste un terme sophistiqué pour désigner l'intervention de juges à la retraite dans l'arbitrage de conflits civils entre des compagnies d'assurance et les avocats des plaignants.

Cette société ne faisait rien d'extraordinaire – encore un bel exemple d'entreprise géniale sur le papier, mais qui ne correspondait à rien dans la réalité. Wall Street était plein à craquer de ce genre de sociétés-concepts. Malheureusement, un homme de ma profession qui brassait des opérations sur petit capital y avait souvent recours.

La lente déchéance de Judicate était devenue un point de tension entre Victor et moi, en dépit du fait que ce n'était pas vraiment de sa faute. L'activité de la société était fondamentalement foireuse et personne n'aurait pu réussir dans cette branche, en tout cas pas vraiment. Mais Victor était chinois et, comme la plupart de ses congénères, s'il avait dû choisir entre perdre la face et se couper une couille pour la manger, il aurait préféré dix fois s'attaquer à son sac scrotal avec une paire de tenailles. Pourtant, il avait bel et bien perdu la face. C'était un problème qu'il devenait urgent de régler. De plus, avec l'Ahuri qui passait son temps à le défendre, la situation était devenue une véritable épine enfoncée dans mon pied.

C'est pour cette raison que je ne fus pas du tout surpris lorsque les premières paroles de l'Ahuri furent :

— Pourrait-on se voir dans la journée, avec Victor, afin d'essayer de régler tout ça ?

— Régler quoi, Kenny ? demandai-je, feignant l'ignorance.

— Allez quoi… Il faut qu'on parle avec Victor de son projet de lancer sa propre société. Il veut ta bénédiction et il me rend complètement dingue avec ça !

— C'est mon fric ou ma bénédiction qu'il veut ?

— Les deux, précisa l'Ahuri. Il a besoin des deux.

— Je vois le genre, répondis-je, sans grande conviction. Et si je refuse ?

L'Ahuri laissa échapper un soupir buté.

— Qu'est-ce que tu as contre Victor ? Il t'a déjà prouvé sa loyauté plus de mille fois et il est prêt à jurer encore, à l'instant même, dans ce bureau. Tu sais quoi ? Après toi, Victor est le type le plus intelligent que je connaisse. On va se faire des couilles en or avec lui. Je te le jure ! Il a déjà trouvé une société à racheter pour une bouchée de pain. Ça s'appelle Duke Securities. Je pense que tu devrais lui donner l'argent. Il n'a besoin que d'un demi-million, c'est tout.

— Tu devrais garder tes plaidoiries pour les jours où tu en as vraiment besoin, Kenny, dis-je avec mépris. De toute façon, ce n'est pas le moment de discuter de l'avenir de Duke Securities. Il me semble que tout cela est un peu plus important, non ?

Je désignai la grande salle où un petit groupe d'assistantes s'affairait à installer un semblant de salon de coiffure. Kenny regarda la scène avec un air dubitatif, mais ne dit rien.

— Écoute, il y a deux ou trois choses qui me posent problème chez Victor. D'ailleurs, tu devrais être au courant, à moins d'avoir passé les cinq dernières années avec la tête enfoncée dans ton cul !

Je laissai échapper un petit ricanement.

— Tu n'as pas l'air de comprendre, Kenny. Vraiment pas. Tu ne vois pas qu'avec tout ce qu'il est en train de comploter et de mettre sur pieds, il va se prendre à son propre piège. Et puis, toutes ses conneries d'honneur ! Je n'ai vraiment ni le temps, ni l'envie de m'occuper de ça, nom de Dieu ! De toute façon, mets-toi bien ça dans le crâne : Victor ne sera jamais loyal. Jamais ! Ni envers toi, ni envers moi, ni envers lui-même ! Il s'arracherait la bouche pour se cracher lui-même à la figure, pour gagner cette putain de guerre imaginaire qu'il mène contre lui-même. Tu comprends ?

Je souris avec cynisme, avant de reprendre plus calmement :

— Écoute-moi bien, Kenny : tu sais combien je t'aime. Tu sais aussi combien je te respecte.

Je m'efforçai de ne pas rigoler.

— C'est pour ces deux raisons que j'accepte de recevoir Victor et d'essayer de calmer un peu le jeu. Ce n'est pas pour Victor Wang que je le fais, parce que je déteste ce type. Non, c'est pour Kenny Greene, qui est mon ami. Cela dit, je ne veux pas non plus que Victor se barre de Judicate comme ça. Pas tout de suite. Je compte sur toi pour t'assurer qu'il reste jusqu'à ce que j'aie pu régler certains trucs.

— Pas de problème, répondit l'Ahuri, avec enthousiasme. Victor m'écoute. Si tu savais seulement…

Il commença à débiter des inepties ahurissantes, mais je coupai immédiatement le son. Rien qu'en le regardant, je savais qu'il n'avait pas compris un traître mot de ce que je venais de dire. En vérité, c'était moi, et non Victor, qui avais le plus à perdre si Judicate buvait la tasse, car j'en étais l'actionnaire principal, avec un peu plus de 3 millions de parts. Victor, lui, ne possédait que des actions, qui ne valaient pas plus de 2 dollars en ce moment. Cela dit, mes propres actions représentaient quand même 6 millions de dollars. Le prix de 2 dollars était trompeur, même si la société se portait si mal qu'on ne pouvait espérer vendre sans faire tomber le prix à quelques cents.

Sauf, bien sûr, si vous dirigiez une armée de strattoniens.

Pourtant, il y avait encore un hic dans ma stratégie de secours : mes actions n'étaient pas encore revendables.

J'avais acheté mes parts directement à Judicate, sous la loi 144 de la SEC, ce qui signifiait que j'étais tenu à une période de rétention obligatoire de deux ans avant de pouvoir revendre. Il ne restait qu'un petit mois avant la fin du délai légal, si bien qu'il fallait que Victor maintienne la société à flots encore un tout petit peu. Cependant, cette tâche en apparence simple se révélait bien plus difficile que prévu. La société fuyait de partout, comme un hémophile dans une roseraie.

À présent que les actions de Victor ne valaient plus rien, la seule compensation de celui-ci était un salaire annuel de 100 000 dollars, somme dérisoire en comparaison de ses collègues à l'étage au-dessus. Et contrairement à l'Ahuri, Victor n'était pas idiot : il savait pertinemment que je me servirais du pouvoir de la salle pour vendre mes parts dès que j'en aurais la possibilité. Il avait également conscience qu'il risquait de se retrouver sur le carreau après qu'elles auront été vendues – il ne serait alors plus que le directeur d'une Société anonyme sans valeur.

Il avait exprimé ses inquiétudes via l'Ahuri, qu'il manipulait depuis le collège. Quant à moi, je lui avais expliqué à maintes reprises que je n'avais pas l'intention de le laisser tomber, que je prendrais soin de lui quoi qu'il arrive – quitte à en faire mon escamoteur pour lui faire gagner de l'argent.

Mais jamais je ne parvenais à convaincre ce Chinois Dévoyé plus de quelques heures d'affilée. C'était comme si mes paroles entraient dans une oreille pour ressortir de l'autre. En vérité, ce type était tout simplement un putain de parano. Ce Chinois hors normes qui avait grandi parmi une tribu sauvage de Juifs féroces souffrait d'un complexe d'infériorité en béton. Il en voulait à présent à tous les Juifs féroces, et à moi particulièrement, le plus féroce d'entre tous. Jusqu'alors, j'avais toujours été plus malin, plus rapide et plus habile que lui.

C'était précisément à cause de son ego que Victor n'était pas entré à Stratton au moment de sa création. À la place, il avait eu Judicate. C'était sa façon à lui de pénétrer le Saint des Saints, de sauver la face pour ne pas avoir pris la bonne décision en 1988, quand le reste de ses amis m'avaient juré fidélité et étaient devenus les premiers strattoniens. Aux yeux de Victor, Judicate n'était qu'une base pour s'infiltrer de nouveau dans la queue, dans l'espoir qu'un jour, je lui taperais sur l'épaule en disant : « Vic', je veux que tu montes ta propre société de courtage. Voici de l'argent et voici comment faire. »

C'était le rêve de tous les strattoniens, un rêve que j'entretenais à chacune de mes réunions : s'ils continuaient à travailler dur et restaient loyaux, un jour je leur taperais sur l'épaule et les aiderais à monter leur propre affaire.

Alors, ils deviendraient véritablement riches.

Je l'avais déjà fait à deux occasions : la première fois pour Alan Lipsky, mon plus vieil ami et celui à qui je faisais le plus confiance ; Alan possédait à présent Monroe Parker Securities. La seconde fois, c'était pour Elliot Loewenstern, un autre ami de longue date, qui possédait Biltmore Securities. Elliot avait été mon associé à l'époque où nous vendions des glaces. Pendant l'été, nous descendions tous les deux à la plage du coin pour vendre des glaces à l'italienne à la sauvette et faire fortune. Nous criions le nom des parfums pour appâter le client, avec nos glacières en polystyrène de vingt kilos chacune autour du cou ; quand les flics débarquaient, nous prenions la tangente. Pendant que nos copains glandouillaient ou faisaient des petits boulots à 3,50 dollars de l'heure, nous gagnions

400 dollars par jour. Chaque été, nous mettions ainsi chacun de côté 20 000 dollars, qui nous servaient à payer nos études l'hiver suivant.

Les deux sociétés, Biltmore et Monroe Parker, se portaient phénoménalement bien, engrangeant des dizaines de millions de dollars chaque année ; chacune me payait un droit secret de 5 millions de dollars, rien que pour les avoir lancées. C'était une somme rondelette, 5 millions de dollars et, à la vérité, cela n'avait pas grand-chose à voir avec le fait que je les avais aidées. Alan et Elliot me payaient par loyauté et par respect. Le plus beau dans l'affaire, la clé de voûte de ce système, c'était qu'ils se considéraient encore comme des strattoniens. Moi aussi, d'ailleurs.

Tandis que l'Ahuri continuait à déverser ses salades sur la loyauté sans faille du Chinois, je savais qu'il n'en était rien. Comment une personne nourrissant une rancœur profonde contre tous les Juifs sauvages pouvait-elle rester loyale envers le Loup de Wall Street ? Victor était un homme rancunier qui méprisait tous les strattoniens.

L'affaire était claire : il n'y avait aucune raison logique de soutenir ce Chinois Dévoyé. Ce qui nous menait à un second problème : il n'y avait non plus aucun moyen de l'arrêter. Tout ce que je pouvais faire, c'était le retarder. Pourtant, si je le retenais trop longtemps, je courais le risque de le voir se lancer sans moi – sans ma bénédiction, pour ainsi dire – ce qui constituerait un dangereux précédent pour les autres strattoniens, surtout s'il réussissait.

Quelle triste ironie, pensai-je, que mon pouvoir ne fût rien d'autre qu'une illusion qui menaçait de disparaître à chaque instant, si je ne pensais pas dix longueurs à l'avance. Je n'avais d'autre choix que de me torturer l'esprit sur chaque décision, pour déterminer la liste infinie de détails dans les intentions de chacun. Je me sentais l'âme d'un joueur d'échec fou, passant le plus clair de son temps perdu dans ses pensées, à imaginer tous les coups possibles et leurs conséquences. C'était émotionnellement éreintant et, au bout de cinq longues années, l'addition était lourde. En fait, les seuls instants de repos pour mon esprit, c'était lorsque je planais ou lorsque j'explorais les rondeurs de ma pulpeuse Duchesse.

Peu importait : il était impossible d'ignorer le Chinois Dévoyé. Monter une société de courtage ne demandait qu'un capital de départ infime – un demi-million tout au plus – ce qui était dérisoire par rapport à ce qu'il gagnerait dès les premiers mois. L'Ahuri lui-même aurait pu financer le Chinois, s'il l'avait voulu, même si cela aurait pourtant représenté un acte de guerre ouverte et même si j'aurais eu bien du mal à prouver quoi que ce soit.

En réalité, la seule chose qui retenait Victor, c'était son manque de confiance en lui-même – ou son manque de détermination à mettre son énorme ego et ses minuscules couilles de Chinois en première ligne. C'était des garanties qu'il voulait ; des directives, un soutien moral, une protection contre les vendeurs à découvert – et surtout, il voulait de grosses portions des actions fraîchement mises sur le marché par Stratton, les plus chaudes de Wall Street.

Voilà ce qu'il voudrait de moi, tant qu'il n'aurait pas trouvé un moyen de se le procurer tout seul.

Ensuite, il n'aurait plus besoin de rien.

J'avais calculé que cela lui prendrait six mois, avant de se retourner contre moi. Il revendrait toutes les actions que je lui avais données, exerçant ainsi une pression inutile sur mes strattoniens, qui seraient alors obligés d'acheter. Au bout du compte, ses ventes feraient baisser les prix, provoquant des plaintes de la part des clients et, pire encore, une armée de strattoniens grognons. Le Chinois se jetterait alors sur ce mécontentement comme la misère sur le pauvre monde et s'en servirait pour débaucher mes hommes, en leur faisant miroiter un avenir prétendument plus radieux chez Duke Securities. Oui, il pouvait aussi y avoir des bons côtés à être petit et souple, comme il le serait. Moi, j'étais le géant aux pieds d'argile.

La solution était donc d'attaquer le Chinois depuis une position de force. D'accord, j'étais grand, mais même si j'étais vulnérable aux extrémités, mon cœur était aussi solide qu'un roc. C'était donc au cœur qu'il fallait frapper. J'allais accepter de soutenir Victor et le bercerais d'illusions, lui donnant un faux sentiment de sécurité ; ensuite, quand il s'y attendrait le moins, je déclencherais contre lui une attaque d'une telle férocité qu'il ne s'en relèverait pas.

Chaque chose en son temps : j'allais d'abord demander au Chinois d'attendre trois mois pour me donner le temps de me débarrasser de mes actions chez Judicate. Il comprendrait et n'y verrait que du feu. Pendant ce temps, je travaillerais l'Ahuri au corps pour lui arracher deux ou trois concessions. Après tout, avec 20 % des parts de Stratton, il barrait le chemin à d'autres qui voulaient aussi une part du gâteau.

Une fois Victor lancé, je lui permettrais de gagner juste assez d'argent, mais pas trop. Je lui conseillerais ensuite quelques opérations qui l'exposeraient de façon subtile. Il existait quelques façons d'y arriver que seuls les traders les plus expérimentés pouvaient repérer, ce qui n'était certainement pas le cas de Victor. Je frapperais au cœur de son ego démesuré de Chinois, en lui conseillant de conserver de grosses quantités sur son compte d'exploitation. Puis, lorsqu'il s'y attendrait le moins, lorsqu'il serait le plus vulnérable, je m'abattrais sur lui avec toute la force de frappe dont j'étais capable et mettrais cet enfoiré de Chinois Dévoyé sur la paille. Je vendrais des actions via des noms et des places dont il n'aurait jamais entendu parler, des noms par lesquels il serait impossible de remonter jusqu'à moi, des noms qui le laisseraient assis sur son gros cul de panda. J'allais déclencher un torrent de ventes si rapide et si furieux qu'avant qu'il ne comprenne ce qu'il lui arrivait, il aurait déjà coulé – et je n'entendrais plus jamais parler de lui.

Bien sûr, l'Ahuri allait perdre de l'argent dans la bataille, mais, au final, ce serait toujours un homme riche. Dommage collatéral.

— Comme je te l'ai dit, repris-je avec un grand sourire à l'attention de l'Ahuri, j'accepte de rencontrer Victor, par respect pour toi. Mais c'est impossible avant la semaine prochaine, alors faisons ça à Atlantic City, lors de la rencontre avec les escamoteurs. J'imagine que Victor y sera ?

— Victor ira partout où tu lui diras d'aller, assura l'Ahuri.

— Bien. D'ici là, tu ferais bien de lui remettre les idées en place. Personne ne me forcera à faire quoi que soit tant que je ne serai pas fin prêt. C'est-à-dire pas avant d'avoir retiré mes billes de Judicate. Compris ?

— Tant qu'il sait que tu le soutiendras, il attendra aussi longtemps que tu le voudras, dit fièrement l'Ahuri.

Quelle buse, cet Ahuri ! Mon imagination me jouait-elle des tours ou bien venait-il encore une fois de prouver qu'il n'avait absolument rien compris ? Ses dernières paroles confirmaient exactement ce que je savais déjà : la loyauté du Chinois était soumise à conditions.

Aujourd'hui, l'Ahuri était loyal, à cent pour cent engagé pour Stratton. Mais personne ne pouvait continuer à servir deux maîtres très longtemps et certainement pas *ad vitam æternam*. C'était pourtant bien ce qu'était le Chinois Dévoyé : un second maître, attendant en coulisse, manipulant l'esprit faible de l'Ahuri tout en semant les graines de la discorde parmi les rangs de Stratton, en commençant par mon propre associé.

Une guerre pointait déjà à l'horizon – prête à s'abattre sur moi dans un avenir proche. Et j'avais bien l'intention de la gagner.

DEUXIÈME PARTIE

CHAPITRE 11

Le pays de l'escamotage

Août 1993.
(Quatre mois plus tôt.)

Putain, mais je suis où là ?

Telle fut la première question qui surgit dans mon esprit, lorsque je fus réveillé par le crissement caractéristique d'un train d'atterrissage sortant du ventre d'un énorme avion de ligne. Tout en reprenant lentement mes esprits, j'observai le logo rouge et bleu sur le siège devant moi, essayant d'en tirer une quelconque information utile.

Apparemment, j'étais à bord d'un Boeing 747, où j'occupais le siège 2A, côté fenêtre en première classe. Bien que mes yeux fussent ouverts, j'avais encore le menton calé contre l'épaule, en mode sommeil, avec la pénible impression d'avoir reçu un coup de matraque chimique sur la tête.

Une gueule de bois ? À cause du Mandrax ? C'était idiot !

Toujours un peu perdu, je jetai un coup d'œil par le hublot pour tenter de me repérer. Le soleil se levait juste à l'horizon – c'était le matin ! Détail crucial ! Réjoui par cette découverte, je regardai à nouveau : des chaînes de montagnes verdoyantes, une ville scintillant au soleil, un

lac turquoise immense en forme de croissant, un énorme
jet d'eau s'élevant à plusieurs dizaines de mètres dans les
airs – époustouflant !

Une seconde… Qu'est-ce que je foutais à bord d'un
vol commercial ? C'était en dessous de mes moyens !
Où était mon Gulfstream personnel ? Combien de
temps avais-je dormi ? Et combien de Mandrax… Oh
nom de Dieu ! Le Normisson !

De gros nuages noirs assombrirent aussitôt mon
horizon. J'avais négligé les avertissements de mon
médecin et mélangé le Normisson avec le Mandrax,
deux somnifères de classes opposées. Pris séparément,
le résultat était prévisible : six à huit heures d'un sommeil de plomb. Mélangés, ça donnait… Qu'est-ce que
ça donnait, au juste ?

Je préférais ne pas y penser. Soudain, mes souvenirs
revinrent : mon avion atterrissait en Suisse. Tout allait
bien. J'étais en territoire ami ! Un territoire neutre ! Le
territoire suisse ! Avec plein de trucs suisses : chocolat
au lait onctueux, dictateurs déchus, montres de luxe, or
nazi caché, comptes en banque numérotés, argent
blanchi, secret bancaire, francs suisses, Mandrax
suisse ! Quel merveilleux petit pays ! Et quelle vue
sublime depuis l'avion ! Pas un seul gratte-ciel à
l'horizon, mais des milliers de petits chalets saupoudrés
dans le paysage, comme dans les contes de fées. Et ce
jet d'eau incroyable ! La Suisse ! Ils possédaient même
leur propre marque de Mandrax, nom de Dieu ! Le
Methasedil, si mes souvenirs étaient corrects. Je me
promis d'en toucher deux mots au concierge, dès que
l'occasion se présenterait.

Impossible de ne pas aimer la Suisse – même si la
moitié du pays était peuplée de Froggies et l'autre
moitié, de Boches. Après des siècles de guerre et de tra-
hisons politiques, le pays s'était retrouvé littéralement

coupé en deux. D'un côté, il y avait Genève, capitale francophone de la mare aux Grenouilles, et de l'autre, Zurich, capitale de la choucroute.

Mon humble avis de Juif était qu'il valait mieux parler affaires avec les Grenouilles de Genève qu'avec les Boches de Zurich qui, eux, passaient leur temps à éructer de façon répugnante pour parler, à boire de la pisse d'âne tiède et à manger des saucisses à s'en faire péter le bide. Et puis, il ne fallait pas être très malin pour comprendre qu'il y avait encore certainement quelques enfoirés de nazis cachés parmi la population, vivant grassement de l'or qu'ils avaient spolié à mes ancêtres, avant de les faire passer dans la chambre à gaz !

De toute façon, il n'y avait que des avantages à traiter avec les francophones de Genève – à commencer par les femmes. Oh oui ! Contrairement à la Zurichoise de base, dont les épaules carrées et le torse en barrique étaient dignes des meilleurs joueurs de football américain, la Genevoise moyenne, qui faisait son shopping en compagnie de son caniche, était mince et belle, bien qu'un peu poilue au niveau des aisselles. Un large sourire illumina mon visage : ce voyage s'annonçait prometteur.

Je me détournai du hublot pour regarder à ma droite : sur le siège voisin, Danny Porush dormait la bouche ouverte, toujours prêt à gober les mouches. Ses énormes dents blanches étincelaient dans la lumière matinale. À son poignet gauche, il portait une Rolex en or massif, ornée d'assez de diamants pour remplacer au pied levé un laser industriel. L'or scintillait et les diamants brillaient de mille feux, sans pour autant faire de l'ombre à ses dents, toujours plus éclatantes qu'une supernova. Il portait aussi ses ridicules lunettes à verres neutres. Ce type était incroyable ! Même à bord d'un vol commercial, il fallait qu'il joue au Juif wasp.

À la droite de Danny se trouvait l'organisateur du voyage : Gary Kaminsky, expert autoproclamé en système bancaire suisse. Gary était également le (véreux) directeur financier de Dollar Time Group, une SA dont j'étais le principal actionnaire. Comme Danny, Gary Kaminsky dormait. Il portait une perruque poivre et sel ridicule, d'une couleur complètement différente de ses favoris, qui étaient noirs – apparemment l'œuvre d'un coiffeur plein d'humour. Mû par une curiosité un peu déplacée – et par l'habitude – j'examinai à loisir cet affreux postiche. À vue de nez, c'était sans doute un modèle spécial de ce bon vieux Club capillaire.

Soudain, une hôtesse de l'air passa dans l'allée – ah, Franca ! Quel numéro, cette petite Suissesse ! Diablement sexy ! Elle était sublime avec ses cheveux blonds qui tombaient en vagues souples sur son chemisier crème à col montant. Tant de sexualité réprimée... Et ces petites ailes dorées, épinglées sur son sein gauche ! Quelle race merveilleuse que les hôtesses de l'air ! Surtout celle-ci, avec son petit tailleur rouge bien moulant et ses bas noirs qui bruissaient de façon absolument délicieuse lorsqu'elle marchait, couvrant même le bruit de l'atterrissage !

À vrai dire, la dernière chose dont je me souvenais, c'était d'être en train de draguer gentiment Franca à l'aéroport Kennedy. Elle avait d'ailleurs eu l'air d'apprécier. Peut-être avais-je encore une chance. Ce soir, ce serait la Suisse, Franca et moi ! Comment avais-je fait pour me retrouver dans un pays où le silence est d'or ? Avec un grand sourire, j'appelai d'une voix assez forte pour couvrir le rugissement puissant de l'avion.

— Franca, mon petit ! Venez par ici une seconde !

Franca se tourna vers moi, les bras croisés sous la poitrine, les épaules rejetées en arrière, le dos légèrement cambré et bien campée sur ses jambes, dans une attitude de mépris absolu. Et ce regard ! Ces yeux plissés… cette mâchoire crispée… ce nez froncé… Du venin pur !

Voilà qui était pour le moins inattendu. Pourquoi diable… ? Avant que je pusse préciser ma pensée, la jolie Franca tourna les talons et s'éloigna.

Qu'était-il donc advenu de l'hospitalité suisse, nom d'un chien ? On m'avait pourtant dit que toutes les Suissesses étaient des traînées. Ou bien était-ce les Suédoises ? Mhhh… oui, maintenant que j'y repensais, c'était bien les Suédoises. Pourtant, cela ne donnait pas à Franca le droit de m'ignorer ! J'étais client de la Swissair, bon sang ! Mon billet coûtait… enfin quoi, il avait dû coûter une fortune. Tout ça pour quoi ? Un siège plus grand et un meilleur repas ? Je dormais, au moment de leur putain de repas !

Soudain, je ressentis une irrépressible envie d'uriner. Je levai les yeux vers le signal lumineux : merde ! Déjà allumé ! Je n'avais plus le droit de me lever. Impossible de me retenir, pourtant. C'était bien connu, j'avais une toute petite vessie – cela rendait même la Duchesse dingue – et je dormais depuis plus de sept heures. Oh, et puis merde ! Qu'est-ce que je risquais ? Ils n'allaient quand même pas m'arrêter pour dépôt illégal d'urine ? Je tentai de me lever – impossible. Autour de ma taille, j'aperçus non pas une, mais… bon sang ! Quatre ceintures. On m'avait ligoté ! Aaaah… la bonne blague.

— Porush ! criai-je. Réveille-toi et détache-moi, crétin !

Aucune réponse. Danny était toujours assis, la tête renversée et la bouche ouverte ; un filet de bave luisait doucement au soleil.

— Danny ! Réveille-toi, nom de Dieu ! Pooo-russshhhhh ! Secoue-toi, espèce de merde molle ! Détache-moi !

Toujours rien. Prenant mon élan, je lui assénai un bon coup de boule dans l'épaule. L'instant d'après, Danny ouvrait grand les yeux et refermait brusquement la bouche. Il cligna plusieurs fois des yeux, puis me regarda par-dessus ses stupides lunettes.

— Quoi ? Qu'est-ce qui se passe ? Qu'est-ce que t'as encore fait ?

— Comment ça, qu'est-ce que j'ai encore fait ? Détache-moi, espèce de sous-merde, avant que je te fasse bouffer tes putains de binocles !

— Impossible, répondit Danny, avec un petit sourire. Sinon, ils vont te mettre un coup de Taser !

— Quoi ? Mais qu'est-ce que tu racontes ? Qui veut faire ça ?

Danny se mit à chuchoter à toute vitesse :

— Écoute-moi bien : on a eu un léger problème. Tu as commencé à courser Franca, quelque part au-dessus de l'Atlantique. Ils ont failli faire demi-tour, mais j'ai réussi à les convaincre de simplement t'attacher, en promettant que tu resterais assis pendant le reste du trajet. Bon, il est possible que la police nous attende à la douane. Je crois qu'ils veulent t'arrêter.

Je consultai rapidement ma mémoire à court terme : aucun souvenir.

— Je n'ai pas la moindre idée de ce dont tu parles, Danny, dis-je d'un ton lugubre. Je ne me souviens de rien. Qu'est-ce que j'ai fait ?

— Tu as essayé de lui peloter les nichons et de lui fourrer la langue au fond de la gorge, m'expliqua Danny. Rien de grave en temps normal, mais en plein vol… Les règles ne sont pas les mêmes qu'au bureau.

Ce qui craint le plus, cela dit, c'est que tu lui plaisais vraiment !

Il prit une petite mine désolée, comme pour dire : « Tu es passé à côté d'un bon coup, Jordan ! »

— C'est quand tu as essayé de lui relever sa jupe que ça s'est gâté, poursuivit-il.

— Et tu n'as rien fait pour m'en empêcher ? demandai-je, incrédule.

— Si, mais t'as pété les plombs. Qu'est-ce que tu avais pris, bon sang ?

— Heu… Je ne suis pas bien sûr, marmonnai-je. Voyons voir… heu… deux ou trois Mandrax… et puis… trois Normisson, je crois. Tu sais, les petites pilules bleues… et puis, heu… je ne suis pas sûr, mais peut-être un Xanax ou deux… et aussi un peu de morphine pour mon dos. Mais la morphine et les Normisson m'ont été prescrits par le docteur, alors ce n'est vraiment pas de ma faute.

Je m'accrochai de toutes mes forces à cette pensée réconfortante, mais la réalité reprit rapidement le dessus. Je me calai confortablement dans mon fauteuil de première classe, comme pour reprendre des forces, quand une vague de panique s'abattit sur moi.

— Oh merde ! La Duchesse ! Si la Duchesse découvre tout ça, je suis vraiment dans la merde, Danny ! Qu'est-ce que je vais lui raconter ? Si la presse s'en empare… Oh mon Dieu, elle va me crucifier ! Toutes les excuses du monde seront…

J'osais à peine y penser, mais une seconde vague de panique s'abattait déjà sur moi.

— Oh Seigneur ! Le gouvernement ! Le vol commercial, c'était pour voyager incognito ! Et voilà que je vais me faire arrêter à l'étranger. Nom de Dieu ! Je vais tuer le Dr Edelson pour m'avoir prescrit ces cachets. Il sait pourtant bien que je prends des Mandrax...

Je cherchais désespérément un responsable.

— ... pourtant, il m'a prescrit ces somnifères ! Putain, ce type me prescrirait de l'héroïne pour une écharde, si je lui demandais ! C'est un putain de cauchemar, Danny ! Ça ne pourrait pas être pire : se faire arrêter en Suisse, dans la capitale mondiale du blanchiment d'argent. Et dire que nous n'avons même pas encore blanchi quoi que ce soit ! Ça craint vraiment, Danny. Vraiment.

Soudain, j'eus une inspiration.

— Détache-moi, dis-je à Danny. Je te jure que je ne me lèverai pas. Je devrais peut-être aller présenter des excuses à Franca, histoire d'arranger un peu les choses. Qu'est-ce que tu en penses ? Tu as combien sur toi ?

— 20 000, répondit Danny en enlevant une première ceinture. Mais je crois qu'il vaut mieux que tu n'ailles pas lui parler. Cela ne ferait qu'aggraver les choses. Je suis presque sûr que tu as réussi à lui glisser la main dans la culotte. Tiens, fais-moi sentir tes doigts !

— Ta gueule, Porush ! Arrête de faire le con et détache-moi.

Danny sourit.

— Tu ferais mieux de me refiler tes derniers Mandrax. Je passerai la douane avec.

J'acceptai, en priant silencieusement pour que le gouvernement suisse ne souhaitât pas ébruiter cet événement, afin de ne pas ternir sa discrétion légendaire. Je m'accrochai à cette pensée comme un chien à son os, tandis que l'avion continuait sa lente descente vers Genève.

Le cul sagement posé sur une chaise en acier, je racontai une fois de plus mon histoire aux trois douaniers assis en face de moi :

— Je vous répète que je ne me souviens de rien. J'ai des crises d'angoisse très graves en avion, c'est pour ça que je prends ces médicaments.

Je désignai les deux flacons posés sur le bureau en métal qui nous séparait. Heureusement, les deux flacons m'avaient été prescrits ; dans les circonstances actuelles, c'était le détail le plus important. Quant à mes Mandrax, ils étaient en sécurité dans le colon de Danny, qui leur avait sans doute fait passer la douane en toute tranquillité.

Les trois douaniers suisses se mirent à bavasser dans une espèce de dialecte français complètement dingue. On aurait dit qu'ils avaient la bouche pleine de fromage suisse moisi. C'était hallucinant : tout en parlant à une vitesse proche de celle de la lumière, ils parvenaient quand même à garder les mâchoires serrées.

Je jetai un coup d'œil autour de moi. Étais-je en prison ? Pas moyen de savoir, avec ces Suisses. Leur expression était aussi neutre que celle d'un automate menant sa petite vie avec la précision basique d'une horloge suisse, alors que la pièce semblait indiquer que je venais d'entrer dans la quatrième dimension. Pas de fenêtre… pas de photos… pas d'horloge… pas de téléphone… pas de crayon… pas de papier… pas de lampe… pas d'ordinateur. Rien que quatre chaises en acier, un bureau assorti et un putain de géranium fané, en train de crever à petit feu.

Nom de Dieu ! Devais-je demander à parler à l'ambassade américaine ? Non, triple andouille ! Je devais être sur une liste noire, ou quelque chose de ce genre. Il fallait rester incognito. C'était le but – incognito.

Je regardai les trois douaniers qui baragouinaient toujours en français. Le premier tenait mon flacon de Normisson à la main, le second, mon passeport. Quant au troisième, il se grattait pensivement le menton, qu'il avait fuyant, comme s'il tentait de décider de mon sort – à moins que cela ne le démangeât tout simplement. Finalement, le gratteur de menton suisse me demanda :

— Auriez-vous l'amabilité de bien vouloir répéter votre histoire ?

Pardon ? Qu'est-ce que c'était que ces conneries ? Pourquoi se sentaient-ils obligés de prendre des pincettes chaque fois qu'ils me posaient une question et de me coller des formules de politesse et des conditionnels partout ? Auraient-ils l'amabilité de bien vouloir dire les choses clairement, bordel ! Pensez-vous ! Au lieu de me demander simplement de répéter, ils me faisaient des ronds de jambe ! J'étais sur le point de parler, lorsqu'un quatrième douanier entra. Celui-ci portait des galons de capitaine sur son uniforme de Grenouille.

Moins d'une minute plus tard, les trois autres douaniers avaient quitté la pièce, le visage toujours aussi impassible. J'étais à présent seul avec le capitaine. Celui-ci m'adressa un mince sourire de batracien, puis sortit un paquet de cigarettes suisses, en alluma une et se mit tranquillement à faire des ronds de fumée. Au bout d'un petit moment, il fit un truc absolument incroyable : après avoir laissé échapper un épais nuage de fumée par la bouche, il ravala le tout directement par le nez, en deux colonnes bien nettes. La classe ! Malgré ma position délicate, j'étais impressionné. Même mon père n'avait jamais fait un truc pareil et pourtant, il s'y connaissait en ronds de fumée ! Il fallait que je pense à lui en toucher deux mots, si jamais je sortais vivant de cette pièce. Finalement, après quelques ronds de fumée et quelques inhalations supplémentaires, le capitaine m'annonça :

— Bien, M. Belfort. Je vous prie d'accepter nos excuses pour ce malentendu déplorable. L'hôtesse de l'air a accepté de ne pas porter plainte. Vous êtes donc libre. Vos amis vous attendent dehors, si vous voulez bien vous donner la peine de me suivre.

Hein ? C'était tout ? Les banquiers suisses avaient-ils déjà payé ma caution ? Juste pour spéculer un peu ! Une fois de plus, le Loup de Wall Street s'en sortait indemne ! Mon esprit se détendit et, libéré de toutes ses angoisses, se rua aussitôt sur Franca.

— Puisque vous parlez sans arrêt de ce que je veux bien faire ou pas, j'aimerais vraiment entrer en contact avec l'hôtesse de l'air, dis-je à mon nouvel ami suisse, en le gratifiant de mon plus beau sourire de loup déguisé en agneau.

Le visage du capitaine se ferma aussitôt. Oh, merde ! Je levai les mains, en signe d'apaisement.

— Ce n'est bien sûr que dans le but de présenter des excuses publiques à la jeune blonde… Je veux dire : la jeune femme… et peut-être, lui proposer une sorte de compensation financière, si vous voyez ce que je veux dire…

Je me retins de lui faire un clin d'œil. Le batracien gradé me lança un regard qui disait clairement : « Espèce de sale dégénéré ! » Pourtant, il se contenta de me répondre :

— Nous vous saurions gré de ne pas chercher à contacter l'hôtesse de l'air pendant votre séjour en Suisse. Apparemment, elle est… comment diriez-vous en anglais… elle est…

— Traumatisée ? proposai-je.

— Oui, c'est cela. Traumatisée. C'est le terme que je cherchais. Nous vous saurions donc gré de ne pas chercher à la contacter, sous quelque prétexte que ce soit. Je ne doute pas un seul instant que vous trouviez bon nombre de jeunes femmes désirables en Suisse, si tel est le motif de votre visite. J'ai cru comprendre que vous aviez quelques amis bien placés.

Le capitaine me fit passer la douane, sans même apposer de tampon sur mon passeport.

Contrairement au vol, le trajet en limousine se déroula dans le calme et ne fut marqué par aucun événement majeur. Il fallait bien ça, après cette matinée chaotique. Ma destination était l'hôtel Richemond, apparemment l'un des meilleurs de toute la Suisse. En fait, d'après mes amis banquiers, le Richemond était un établissement des plus raffinés et des plus élégants.

Pourtant, en arrivant, je me rendis compte que, dans le code suisse, « raffiné » et « élégant » signifiaient « lugubre » et « pouilleux ». À peine avais-je franchi le seuil que je fus frappé par le nombre invraisemblable de vieux meubles franchouillards qui envahissaient le hall d'entrée. C'était, m'informa avec fierté le portier, du Louis XIV, datant du début du XVIIIe siècle. À mon humble avis, Louis XIV eût mieux fait de faire décapiter son décorateur d'intérieur. Sur le vieux tapis élimé s'étalait un motif floral tourbillonnant qu'un singe aveugle un tant soit peu inspiré aurait pu dessiner. Le coloris m'était également peu familier : un mélange de jaune pisseux et de rose vomi. J'étais sûr que la Grenouille en chef de l'hôtel avait dépensé une fortune pour cette merde. Oui, pour un nouveau riche juif comme moi, c'était exactement ça : une merde ! Moi, il me fallait du neuf, du clinquant, du joyeux !

Je gardai pourtant mes commentaires pour moi. J'étais redevable à mes banquiers suisses, après tout. La moindre des choses était de faire semblant de trouver à mon goût l'hôtel qu'ils m'avaient choisi. Et puis, à 16 000 francs suisses la nuit, soit 4 000 dollars, qu'est-ce que je risquais ?

Le directeur de l'hôtel, une longue Grenouille noueuse, s'occupa des formalités en me récitant fièrement la liste des célébrités qui avaient séjourné à l'hôtel, parmi lesquelles Michael Jackson en personne. Fabuleux ! À présent, j'avais de bonnes raisons de détester cet hôtel.

Quelques minutes plus tard, le même directeur me faisait visiter la suite présidentielle. C'était un type affable, surtout après avoir eu un avant-goût du Loup de Wall Street sous la forme d'un pourboire de 2 000 francs suisses que je lui avais glissé pour le remercier de ne pas avoir alerté Interpol. En quittant la suite, il m'assura que je n'avais qu'à décrocher mon téléphone pour obtenir les meilleures prostituées du pays.

J'ouvris les portes-fenêtres et sortis sur la terrasse qui dominait le lac de Genève pour admirer le jet d'eau dans un silence respectueux. L'eau devait bien grimper à cent… cent vingt… peut-être cent quarante mètres dans les airs ! Qu'est-ce qui avait bien pu les motiver à construire une chose pareille ! C'était absolument magnifique, mais qu'est-ce que le plus grand jet d'eau du monde foutait en Suisse ?

Le téléphone se mit alors à sonner. Une sonnerie plutôt étrange : trois signaux courts, suivis d'un silence absolu, puis de nouveau trois signaux courts. Putains de Froggies… Même leurs téléphones foutaient le stress. Comme l'Amérique me manquait ! Avec ses cheeseburgers dégoulinants de ketchup, ses Frosties, son poulet au barbecue ! Je redoutais d'ouvrir la carte du service en chambre. Pourquoi le reste du monde était-il si en retard, comparé aux États-Unis ? Et pourquoi nous appelait-on les « sales Ricains » ?

Je posai la main sur le combiné. Seigneur ! Quel sinistre objet ! Ce devait être un genre de prototype : d'un blanc un peu douteux, il semblait tout droit sorti de l'âge de pierre.

— Quoi encore, Dan ? aboyai-je en décrochant.

— Dan ? répliqua la Duchesse, d'un ton méfiant.

— Oh, Nadine ! Salut, bébé ! Comment vas-tu, mon trésor ? J'ai cru que c'était Danny.

— Non, c'est ton *autre* femme. Comment s'est passé le vol ?

Oh mon Dieu. Était-elle déjà au courant ? Impossible ! À moins que... La Duchesse possédait une sorte de sixième sens pour ces choses-là. Mais là, c'était trop récent, même pour elle. À moins qu'il n'y ait déjà eu un article ? Non, trop peu de temps s'était écoulé entre ma tentative de pelotage et l'édition du *New York Post*. Mon soulagement fut intense, mais de courte durée, car une nouvelle pensée terrible m'assaillit : Cable News Network ! CNN ! Ce genre de chose s'était déjà produit pendant la guerre du Golfe. Ce salaud de Ted Turner avait mis au point un système complètement fou qui lui permettait de couvrir les événements au moment même où ceux-ci se produisaient. En live ! L'hôtesse de l'air avait-elle déjà vendu son histoire à la presse ?

— Allô ? cracha ma blonde inquisitrice. Tu ne réponds pas ?

— Oh... C'était tranquille. Normal, quoi. Un vol comme les autres.

Long silence.

Nom de Dieu ! La Duchesse tentait de me faire craquer ! Quelle perfide ! Peut-être devrais-je commencer à charger Danny, par précaution. Mais la Duchesse répondit enfin :

— Oh, tant mieux, mon cœur. Comment était le service en première classe ? Les hôtesses étaient mignonnes ? Allez, tu peux me le dire, je ne serai pas jalouse.

Elle gloussa un peu.

Incroyable ! J'avais épousé une voyante ou quoi ?

— Non, non, répondis-je. Rien de terrible. Des Allemandes, je crois. L'une d'entre elles était assez baraquée pour me botter le cul. En plus, j'ai dormi pendant presque tout le vol. J'ai même manqué le repas.

Cela sembla attrister la Duchesse.

— Ohhhh, mon pauvre chéri. Tu dois mourir de faim ! Et à la douane, comment ça s'est passé ?

Bon, il fallait en finir au plus vite avec cette conversation.

— Sans problème. Ils ont posé quelques questions – les trucs habituels. Ils n'ont même pas tamponné mon passeport.

J'optai stratégiquement pour un autre sujet.

— Mais tout cela n'a pas d'importance. Comment va ma petite Channy ?

— Oh, elle va bien. C'est la nurse qui me rend dingue ! Elle est toujours pendue au téléphone. Je crois qu'elle appelle en Jamaïque. Au fait, j'ai trouvé deux biologistes marins qui acceptent de travailler à temps plein chez nous. Ils pensent pouvoir nous débarrasser de cette algue en recouvrant le fond de l'étang avec un genre de bactérie. Qu'est-ce que tu en penses ?

— Combien ? demandai-je, même si la réponse importait peu.

— 90 000 par an, pour les deux. C'est un couple. Ils ont l'air plutôt sympas.

— D'accord, ça me semble assez raisonnable. Où les as-tu… ?

Soudain, on frappa à la porte.

— Une seconde, chérie. Ce doit être le garçon d'étage. Je reviens tout de suite.

Je posai le combiné sur le lit et allai ouvrir la porte. Je levai les yeux… un peu plus haut… Nom de Dieu ! Il y avait une femme noire d'un bon mètre quatre-vingts sur le pas de ma porte ! Éthiopienne, à mon avis. Mon cerveau se mit à fonctionner à toute allure. Sa peau était jeune et douce et un petit sourire lubrique flottait sur ses lèvres. Et quelles jambes ! Un kilomètre de long ! Étais-je vraiment si petit ? Peu importe : elle était somptueuse et sa minijupe noire était à peine plus grande qu'un mouchoir.

— C'est à quel sujet ? demandai-je, plein de curio-sité.

— Bonjour, répondit-elle simplement.

Cela confirmait mes doutes. C'était une pute noire en provenance directe d'Éthiopie, qui ne connaissait que deux mots d'anglais : bonjour et au revoir. Mes pré-férées ! Je lui fis signe d'entrer et la guidai vers le lit. Elle s'assit, Je m'allongeai à côté d'elle, la joue genti-ment appuyée sur ma main… OH PUTAIN ! MA FEMME ! LA DUCHESSE ! MERDE ! Je posai rapi-dement un doigt sur mes lèvres, en espérant que cette femme comprenait la langue des signes internationale des prostituées. En l'occurrence, on aurait pu traduire ça par : « Ferme ta gueule, sale pute ! Ma femme est au téléphone et si elle entend une voix féminine, je suis dans la merde et tu n'auras pas de pourboire ! »

Heureusement, la jeune femme acquiesça.

Je m'emparai du combiné pour expliquer à la Duchesse qu'il n'y avait rien de pire que des œufs Bénédictine froids. Pleine de compassion, elle m'assura qu'elle m'aimait de façon inconditionnelle. Je savourai le mot, puis lui répondis que, moi aussi, je l'aimais et qu'elle me manquait et que je ne pourrais jamais vivre sans elle, ce qui était strictement exact.

Un sentiment de tristesse intense m'envahit. Comment pouvais-je ressentir un tel amour pour ma femme et me comporter de cette façon ? Qu'est-ce qui n'allait pas chez moi ? Ce n'était pas un comportement normal pour un homme. Même pour un homme puissant... surtout pour un homme puissant ! C'était une chose d'avoir une petite aventure extraconjugale de temps en temps. C'était même presque inévitable. Mais il devait bien y avoir une limite et je... Je préférais ne pas y penser.

Je m'efforçais de chasser toutes ces pensées négatives de ma tête, mais ce fut difficile. J'aimais ma femme. C'était une brave fille, bien qu'elle ait brisé mon premier mariage. Cela dit, j'étais aussi responsable qu'elle, sur ce coup-là.

J'avais l'impression de ne rien maîtriser. Comme si je faisais les choses, non pas par envie, mais parce que c'était ce qu'on attendait de moi. Comme si ma vie se déroulait sur une scène et que le Loup de Wall Street se donnait en spectacle pour un public imaginaire qui jugeait chacun de ses gestes et buvait la moindre de ses paroles.

C'était une vision cruelle du dysfonctionnement même de ma propre personnalité. Finalement, qu'est-ce que j'en avais à foutre de Franca ? Elle n'arrivait pas à la cheville de ma femme. Et cet accent français ! L'accent de Brooklyn de Nadine valait dix fois mieux ! Pourtant, même après ce qui s'était passé, j'avais demandé son numéro au douanier. Pourquoi ? Parce que c'était ce qu'on attendait du Loup de Wall Street. C'était étrange. Et triste à mourir.

Je regardai la jeune femme noire assise à mes côtés. Avait-elle des maladies ? Non, elle semblait saine. Pas le genre à être porteuse du VIH, non ? Cela dit, elle était Africaine... Non, impossible ! Le sida était une maladie du passé : il fallait fourrer sa bite dans le mauvais trou pour l'attraper. En plus, je n'attrapais jamais rien, alors pourquoi serait-ce différent cette fois-ci ?

Voyant qu'elle me souriait, je lui souris aussi. Elle était assise au bord du lit, les cuisses écartées. Quelle impudence ! Mais c'était tellement sexy ! Sa jupe format mouchoir de poche lui remontait presque au-dessus des hanches. Bon, ce serait la dernière fois ! Refuser de goûter à ce longiligne brasier chocolaté serait commettre une injustice – rien de moins !

Je virai toutes ces conneries négatives de ma tête et décidai sur-le-champ que, dès que je lui aurais fait sa fête, je jetterais le reste de mes Mandrax aux toilettes et commencerais une nouvelle vie.

Et c'est exactement ce que je fis, exactement dans cet ordre.

CHAPITRE 12

Mauvais pressentiments

Quelques heures plus tard, à 12 h 30, heure de Grenouilleland, Danny était assis en face de moi, à l'arrière d'une Rolls-Royce bleue plus large qu'un chalutier et plus longue qu'un corbillard. J'avais d'ailleurs la sinistre impression de me rendre à mon propre enterrement. Ce fut le premier mauvais pressentiment de la journée.

Nous nous dirigions vers l'Union bancaire privée, pour une première rencontre avec nos potentiels banquiers suisses. À travers la vitre arrière, j'admirais le jet d'eau dont la hauteur m'impressionnait encore, lorsque Danny dit avec une grande tristesse :

— Je ne comprends toujours pas pourquoi j'ai dû jeter mes Mandrax aux toilettes, moi aussi. Enfin, quoi, J.B. ! Je me les étais fourrés dans le cul à peine deux heures auparavant ! C'est un peu dur, non ?

Je souris à Danny. Il n'avait pas tort. Par le passé, j'avais déjà dissimulé de la drogue dans mon cul – pour passer une frontière quelconque – et ce n'était pas une partie de plaisir. J'avais entendu dire que c'était plus facile en enfermant la drogue dans un tube copieusement enduit de vaseline. Pourtant, la simple idée de prendre autant de précautions pour passer de la drogue illégalement m'avait rebuté et je n'avais pas voulu tenter la stratégie de la vaseline. Seul un véritable junkie, pensai-je, en viendrait à de telles extrémités.

J'étais reconnaissant à Danny de veiller sur moi comme il le faisait, toujours prêt à protéger la poule aux œufs d'or. J'aurais pourtant aimé savoir combien de temps il continuerait à protéger la poule, si celle-ci cessait de pondre. Excellente question, sur laquelle il ne valait mieux pas s'attarder. Les affaires étaient florissantes et l'argent coulait à flots.

— Oui, c'est vrai que c'est dur, admis-je. Mais sache que j'apprécie ton geste. D'autant plus que tu n'as pas utilisé la moindre vaseline, ni rien. Mais l'heure n'est pas au Mandrax. J'ai besoin que tu sois au top de ta forme pendant les quelques prochains jours. Nous devons être sur la même longueur d'onde, d'accord ?

— Okay, pas de problème, dit Danny en croisant les jambes avec insouciance. Ça ne me fera pas de mal de faire une pause, de toute façon. C'est juste que je n'aime pas me mettre des trucs dans le cul.

— Il faut aussi qu'on se calme sur les putes, Dan. Ça devient vraiment vilain. Bon, d'accord, la dernière était une sacrée chaudasse. Tu aurais dû voir ça : presque un mètre quatre-vingt-cinq, peut-être même plus ! J'avais l'impression d'être un nouveau-né en train de téter le nichon de sa mère… D'ailleurs, c'était assez excitant.

Je m'agitai sur la banquette pour soulager ma jambe gauche qui me faisait souffrir.

— Les Blacks n'ont pas vraiment le même goût que les Blanches. Surtout leur chatte, qui a le goût de… heu… de sucre de canne de la Jamaïque ! Oui, c'est ça, c'est vraiment plus sucré, la chatte d'une Black. C'est comme… Bref, peu importe. Écoute-moi, Dan : je ne vais pas te dire ce que tu as à faire avec ta queue, c'est toi que ça regarde. Mais, en ce qui me concerne, les putes, c'est fini pour l'instant. Sérieusement.

— Si ma femme ressemblait à la tienne, je ralentirais peut-être, soupira Dan. Mais Nancy est un putain de cauchemar ambulant ! Je te jure que cette bonne femme va avoir ma peau !

Je me retins de lui parler de sa proximité généalogique avec elle et souris avec compassion.

— Vous devriez peut-être divorcer. Tout le monde le fait, en ce moment, alors pourquoi pas vous ?... Bon, je ne voudrais pas minimiser tes problèmes conjugaux, mais il faut qu'on parle affaires. On sera à la banque d'ici quelques minutes et il y a deux ou trois trucs que je veux qu'on revoie. Pour commencer, tu sais que tu dois me laisser parler ?

— Pour qui tu me prends ? L'Ahuri ?

— Non. Ta tête n'est pas assez carrée et, en plus, il y a un cerveau dedans. Sérieusement, c'est important que tu prennes le temps de bien observer. Essaie de comprendre ce que pensent ces Froggies. Je n'arrive pas à saisir leur langage corporel. C'est à se demander s'ils en ont un. De toute façon, quelle que soit l'issue de la réunion de ce matin, même si ça se passe à merveille, nous partirons en disant que nous ne sommes pas intéressés. C'est important, Danny. Quoi qu'il arrive, nous allons dire que ça ne colle pas avec notre façon de faire aux États-Unis et que nous avons décidé que ce n'était pas pour nous. J'inventerai une explication logique dès qu'ils m'en auront dit un peu plus sur l'aspect légal, d'accord ?

— Pas de problème... Mais pourquoi ?

— À cause de Kaminsky, expliquai-je. Il sera présent à la première rencontre et je fais autant confiance à ce salaud à perruque qu'à un serpent. Tu sais quoi ? Je la sens déjà assez mal, cette escapade en Suisse. Je ne sais pas pourquoi, mais je perçois vraiment de mauvaises ondes. Mais si on décide de se lancer quand même, Kaminsky ne doit absolument pas être au courant. Ce serait la fin de tout. On choisira peut-être une autre banque ou bien on gardera celle-ci. Je suis sûr qu'ils ne doivent rien à Kaminsky.

Danny n'en perdait pas une miette.

— Le plus important, c'est que personne aux États-Unis ne se doute de rien. Peu importe que tu sois défoncé, Danny, peu importe le nombre de Mandrax que tu te sois tapé ou combien de grammes de coke tu as sniffés. Pas un mot. Ni à Madden, ni à ton père et surtout pas à ta femme. D'accord ?

— Omerta, mon pote. Jusqu'à la mort.

Sans un mot de plus, je me tournai vers la fenêtre avec un sourire complice. Pour Danny, c'était le signal que je n'étais plus d'humeur à bavarder. Je passai donc le reste du trajet à regarder défiler les rues impeccables de Genève, m'émerveillant de ne pas apercevoir la moindre ordure sur les trottoirs, ni le moindre graffiti sur les murs. Bientôt, mon esprit se mit à vagabonder et je me demandai pourquoi je faisais tout ça. C'était mal. C'était risqué. Et c'était complètement barjot. L'un de mes premiers mentors, Al Abrams, m'avait averti du danger qu'il y avait à nager dans les eaux troubles de la finance étrangère. Il disait que c'était des emmerdes assurées, que ça déclenchait trop d'alarmes. Selon lui, on ne pouvait pas faire confiance aux Suisses, qui n'hésitaient pas à vous vendre si le gouvernement américain se faisait un peu trop pressant. Al m'avait expliqué que, comme les banques suisses possédaient des succursales aux États-Unis, il était facile de faire pression sur elles. Al avait raison sur tous les points et c'était l'homme le plus prudent que je connaisse. À son bureau, il conservait même des stylos vieux de dix ou quinze ans pour pouvoir antidater un document, sans être trahi par l'âge de l'encre, en cas d'analyse par le FBI. Ça, c'était un criminel prudent !

Dans le temps, quand je commençais à peine, Al et moi nous retrouvions pour le petit déjeuner au Seville Diner, à un kilomètre environ des bureaux de Stratton. À l'époque, nous logions au 2 001 Marcus Avenue, pas loin de nos bureaux actuels. Al me payait un café et une part de tarte que je mangeais pendant qu'il me faisait une analyse historique du droit financier fédéral. Il me racontait pourquoi les choses étaient ce qu'elles étaient, les erreurs commises par le passé et comment les lois avaient été rédigées à la suite d'infractions. J'avalais tout sans prendre de notes. Interdiction d'écrire quoi que ce soit. Avec Al, les affaires se réglaient exclusivement par une poignée de main, sa parole était d'or et il n'y manquait jamais. Parfois, lorsque cela était absolument nécessaire, des documents étaient échangés, mais ils étaient alors soigneusement rédigés par Al, avec des stylos soigneusement choisis. Et puis, bien sûr, tout document fournissait une possibilité de démenti.

Al m'avait enseigné bien des choses, dont la plus importante était celle-ci : chaque transaction laissait des traces, que ce soit avec une banque ou une société de courtage. Si cette trace ne vous blanchissait pas ou si elle ne fournissait pas une explication alternative pouvant servir de démenti alors, tôt ou tard, vous vous retrouviez dans la merde, avec une plainte fédérale au cul.

Ainsi, j'avais appris à être prudent. Depuis les premiers jours de Stratton Oakmont, chaque transaction et chaque câble envoyé à ma demande par Janet, chaque opération boursière douteuse à laquelle j'avais participé, avaient été maquillés et emmitouflés par divers documents, tampons dateurs et même lettres d'attestation qui, mis bout à bout, forgeaient une explication alternative me lavant de tout soupçon. Les têtes ne risquaient pas de tomber chez le Loup de Wall Street, car je ne me mélangeais pas les pinceaux. Al Abrams avait été un bon professeur.

Pourtant, Al était en prison ou attendait que sa peine soit prononcée pour fraude financière. Une autre chose qu'Al m'avait enseignée, c'était que, si jamais je recevais un appel d'un associé – actuel ou ancien – qui essayait de me faire parler du passé, il y avait 90 % de chances qu'il fût en train de se mettre à table. C'était valable pour lui aussi. C'est pourquoi, lorsque Al m'avait appelé pour me demander de son étrange voix coassante : « Tu te souviens de… ? », j'avais aussitôt compris qu'il était dans la merde. Peu de temps après, j'avais reçu un appel d'un de ses avocats qui m'avait informé qu'Al avait été mis en examen et qu'il apprécierait que je rachète toutes les parts des investissements privés que nous possédions ensemble. Son capital avait été saisi et il manquait de liquidités. Sans hésiter, j'avais tout racheté. Puis, j'avais prié pour qu'Al ne me balançât pas et qu'il ne craquât pas pendant les interrogatoires. J'avais prié pour qu'il balançât tout le monde sauf moi, s'il devait se mettre à table. Pourtant, lorsque j'avais consulté l'un des meilleurs avocats de droit pénal de New York, celui-ci m'avait expliqué qu'il n'existait pas de coopération partielle. C'était tout ou rien. J'avais cru mourir sur place.

Qu'allais-je faire si Al coopérait contre moi ? C'était l'homme le plus prudent de la planète et je n'avais jamais envisagé qu'il pût être mis en examen. Il était trop malin pour ça, non ? Une seule erreur et c'était fini.

Allais-je connaître le même sort ? La Suisse serait-elle l'acte stupide qui causerait ma perte ? Pendant cinq ans, j'avais pris toutes les précautions possibles, sans jamais donner au FBI une seule raison de m'avoir dans le collimateur. Je ne parlais jamais du passé et ma maison et mon bureau étaient constamment passés au peigne fin à la recherche de micros ; pour chacune des transactions que j'avais pu réaliser, je possédais des documents qui appuyaient une possibilité de démenti et je ne retirais jamais de petites sommes à la banque. En fait, j'avais même retiré plus de 10 millions de dollars en liquide de divers comptes bancaires par tranches de 250 000 dollars minimum, dans le seul but de me créer une possibilité de démenti si jamais on me surprenait avec une grosse somme en liquide. Si le FBI me posait un jour des questions, je n'avais qu'à répondre : « Allez vérifier auprès de mes banques et vous verrez que tout mon argent est réglo. »

Donc oui, j'avais été prudent. Mais mon vieux copain Al aussi. Al, mon premier mentor, un homme à qui je devais beaucoup. Si lui avait fini par se faire prendre, alors c'était pratiquement perdu d'avance pour moi.

C'était le second mauvais pressentiment de la journée, mais je n'avais alors aucun moyen de savoir que c'était loin d'être le dernier.

CHAPITRE 13

Argent sale, argent propre

L'Union bancaire privée était située dans un étincelant immeuble en verre de dix étages, rue du Rhône.
C'est-à-dire, en plein cœur de cette ville infestée de
Grenouilles qu'était Genève, dans le quartier commerçant chicos, à quelques centaines de mètres de mon
jet d'eau préféré.

Dans les banques américaines, le client est accueilli
par une armée d'employés affables, retranchés derrière
des vitres blindées. Le hall d'accueil de l'UBP, en
revanche, n'était occupé que par une seule employée,
nichée dans un écrin de quarante tonnes de marbre italien gris. La jeune femme était assise à un bureau en
acajou assez grand pour servir de piste d'atterrissage à
mon hélicoptère ; elle portait un tailleur-pantalon gris
clair et un chemisier blanc à col montant. Ses cheveux
blonds étaient tirés en un chignon strict ; son visage
sublime, sans le moindre défaut ou la moindre ride, était
également vide de toute expression. Encore un robot
suisse.

Elle nous regarda avancer, l'air méfiant. Elle savait !
Bien sûr qu'elle savait : c'était écrit sur nos fronts que
nous étions de jeunes criminels américains venant blan-
chir leur argent mal acquis ! Des dealers gagnant leur
vie en vendant de la drogue à la sortie des écoles ! Je

mourais d'envie de lui expliquer que nous n'étions que de banals escrocs de la finance qui se contentaient de consommer de la drogue, pas de la vendre !

Heureusement, elle jugea préférable de garder son opinion pour elle-même, sans nous demander la nature exacte de notre crime.

— Puis-je vous être d'une quelconque utilité ? demanda-t-elle.

Encore leurs formulations à la con…

— Oui, j'ai rendez-vous avec Jean-Jacques Saurel * ? Je m'appelle Jordan Belfort ?

Pourquoi me sentais-je obligé de saupoudrer mes phrases de points d'interrogation ? Ces salauds de Suisses étaient en train de déteindre sur moi. Contre toute attente, la femelle androïde ne répondait pas, continuant à nous scanner des pieds à la tête. Soudain, comme pour souligner ma prononciation déplorable du français, elle s'exclama :

— Ah, vous parlez de M. Jean-Jacques Saurel !

C'était tellement mieux quand c'était elle qui le disait !

— Bien sûr, M. Belfort. Ces messieurs vous attendent au cinquième étage, acheva-t-elle, en nous indiquant l'ascenseur.

Un garçon d'ascenseur vêtu comme un maréchal suisse du XIXe siècle nous accueillit dans la cabine aux lambris d'acajou.

— N'oublie pas ce que je t'ai dit, chuchotai-je à Danny. Quoi qu'il arrive, nous ne sommes pas intéressés, d'accord ?

Danny acquiesça. Au cinquième étage, nous parcourûmes un long couloir également lambrissé d'acajou qui puait le fric. C'était tellement calme que j'avais

---

* Ce nom a été modifié.

l'impression d'avancer dans un cercueil, mais je refusai de me laisser impressionner par cette idée. Je me concentrai sur la silhouette élancée qui nous attendait au bout du couloir.

— Ah, M. Belfort ! M. Porush ! lança Jean-Jacques Saurel avec chaleur. Soyez tous les deux les bienvenus.

En me serrant la main, il m'adressa un petit sourire narquois.

— J'espère que cette affreuse affaire à l'aéroport ne vous empêche pas de profiter de votre séjour. Il va falloir que vous me racontiez votre petite aventure avec cette hôtesse autour d'un café !

Clin d'œil complice.

Quel type ! pensai-je. Rien à voir avec le Suisse moyen. Il y avait quelque chose en lui de typiquement eurotrash, mais aussi de tellement suave, qu'il était impossible qu'il fût Suisse. Il avait la peau mate et les cheveux bruns, soigneusement peignés en arrière comme un vrai gars de Wall Street. Son visage, aux traits longs et fins, était parfaitement harmonieux. Il portait un complet impeccable en worsted bleu avec de fines rayures gris clair, une chemise blanche à poignets mousquetaires et une cravate en soie qui n'était certes pas du bas de gamme. Ses vêtements lui allaient comme un gant, comme c'était le cas de tous ces enfoirés d'Européens.

Une petite conversation privée s'engagea dans le couloir, au cours de laquelle j'appris que Jean-Jacques n'était en réalité pas Suisse, mais Français, et qu'il était envoyé par la branche parisienne de la banque. Tout cela me paraissait très logique. Ensuite, il m'impressionna sérieusement en m'annonçant carrément que la présence de Gary Kaminsky à la réunion ne lui plaisait guère, mais que, puisque c'était lui qui nous avait présentés, c'était inévitable. Il me suggéra de ne pas aller trop loin pour ce premier entretien, puis de se rencontrer en privé plus tard dans la journée ou le lendemain. Lorsque je lui répondis que j'avais déjà prévu de terminer la rencontre sur une note négative pour la même raison, il eut une moue appréciative, du genre : « Pas mal ! » Je ne pris même pas la peine de regarder Danny. Je savais qu'il était épaté.

Jean-Jacques nous conduisit ensuite jusqu'à une salle de conférence qui ressemblait plus à un club privé pour hommes. Six Grenouilles suisses y étaient déjà assises autour d'une longue table de verre, toutes revêtues de l'uniforme traditionnel du businessman. Chacun tirait sur sa cigarette et la pièce était envahie de fumée.

Kaminsky était assis parmi les Grenouilles, son affreux postiche aplati sur la tête comme un animal crevé. Sur ses lèvres flottait ce putain de sourire de merde qui me donnait envie de lui coller des beignes. J'envisageai un bref instant de lui demander de sortir, mais me ravisai. Il valait mieux qu'il assistât à la réunion et qu'il entendît de ses propres oreilles que j'avais décidé de ne pas faire des affaires en Suisse. Après avoir échangé quelques politesses d'usage, j'attaquai :

— Vos lois sur le secret bancaire m'intriguent. J'ai entendu tout et son contraire aux États-Unis. Dans quelles circonstances précises êtes-vous amenés à coopérer avec le gouvernement américain ?

Kaminsky démarra au quart de tour :

— C'est le plus beau quand on vient travailler en…

— Gary ! l'interrompis-je aussitôt. Si ton avis sur la question m'intéressait, je crois que je t'aurais posé cette putain de…

Je me repris aussitôt. Ces robots suisses n'apprécieraient sans doute pas mon langage de charretier habituel.

— Veuillez m'excuser, messieurs, repris-je humblement. Gary, je crois que je t'aurais déjà posé la question
à New York.

Les Grenouilles échangèrent quelques sourires
entendus. Le message était passé : « Oui, Kaminsky est
aussi con qu'il en a l'air. » Mon cerveau se mit à fonctionner à toute allure. Kaminsky toucherait sans doute
une sorte de commission si je décidais d'ouvrir un
compte dans cette banque. Sinon, pourquoi serait-il si
soucieux d'apaiser mes craintes ? Au début, j'avais
pensé que Kaminsky n'était qu'un de ces demeurés toujours prêts à montrer qu'ils en savaient plus que les
autres sur un quelconque sujet obscur. Wall Street
grouillait de ce genre d'amateurs. À présent, j'avais la
certitude que l'intérêt de Kaminsky était financier. Si
jamais j'ouvrais un compte dans cette banque, il en
serait alerté en recevant sa commission. C'était emmer-
dant. Comme s'il lisait dans mon esprit, Jean-Jacques
intervint alors :

— M. Kaminsky a toujours été prompt à partager
son opinion sur des sujets semblables. Je trouve cela
d'autant plus étrange qu'il n'a rien à gagner ni à perdre,
quelle que soit votre décision. Nous lui avons déjà versé
une petite commission, pour nous avoir mis en contact
avec vous. Que vous décidiez ou non de faire confiance
à l'UBP, cela ne change rien au contenu du portefeuille
de M. Kaminsky.

Je trouvai intéressant de constater que Saurel était
plus direct dans sa façon de parler. Il maîtrisait parfaitement l'anglais et ses expressions.

— Pour répondre à votre question, poursuivit Saurel,
la seule raison pour laquelle le gouvernement suisse
accepterait de coopérer avec le gouvernement américain serait dans l'éventualité d'une infraction également reconnue comme telle en Suisse. Par exemple, en

Suisse, il n'y a aucune loi contre la fraude fiscale, si bien que, si nous recevions une demande du gouvernement américain pour un tel problème, nous refuserions de coopérer.

— M. Saurel a parfaitement raison, intervint le vice-président de la banque, une petite Grenouille maigrichonne à lunettes, du nom de Pierre quelque chose. Nous ne nourrissons pas une grande affection à l'égard de votre gouvernement. Je vous en prie, ne nous en tenez pas rigueur. Il n'en reste pas moins que nous n'accepterions de coopérer que s'il y avait infraction au Code pénal.

Un second Pierre intervint alors. Celui-ci était plus jeune et aussi chauve qu'une boule de billard.

— Vous vous rendrez compte que le Code pénal suisse est beaucoup plus libéral que celui de votre pays ; bien moins de choses y sont considérées comme des crimes.

Bon sang ! Rien qu'à l'entendre, j'en avais des frissons. En fait, il était évident que mon projet d'utiliser la Suisse pour escamoter de l'argent ne tenait pas la route... À moins, bien sûr que... Était-il légal d'avoir recours à des prête-noms en Suisse ? Non, c'était très improbable, mais je devais m'en assurer auprès de Saurel en privé.

— De toute façon, répondis-je avec un sourire, tout cela ne m'inquiète pas beaucoup, puisque je n'ai nullement l'intention de violer des lois américaines.

C'était un mensonge flagrant, mais ça ne sonnait pas mal. Et puis, qui se souciait de savoir si c'était un ramassis de conneries ? Étrangement, je me sentis soudain encore plus dans mon élément en Suisse.

— Ce que je dis là est également valable pour Danny, repris-je. Comprenez bien que c'est seulement par précaution que nous souhaitons placer notre argent en Suisse. Mon principal souci, c'est que dans mon métier, on a de fortes chances d'être poursuivi en justice – bien souvent à tort, si je puis me permettre. Ce que j'aimerais savoir… Pour parler franc, le plus important à mes yeux, c'est que, quelles que soient les circonstances, vous ne remettrez pas mon argent à un citoyen américain, ni même à quiconque sur cette planète qui serait mandaté par un tribunal civil.

Saurel sourit.

— Non seulement nous ne ferions jamais une chose pareille, mais nous ne reconnaissons même pas ce que vous appelez le « civil ». Même si nous recevions un ordre de réquisition de la SEC, qui est un organisme civil de régulation, nous refuserions de collaborer, quelles que soient les circonstances.

Il réfléchit un instant, avant d'ajouter :

— D'ailleurs, cela serait également valable s'il s'agissait d'une infraction aux yeux de la loi suisse. Même dans ce cas, nous refuserions !

Petit sourire de conspirateur. Je parcourus la salle du regard : tout le monde avait l'air très content du déroulement de la réunion. Tout le monde, sauf moi. Je n'aurais pas pu être plus dégoûté. Le dernier commentaire de Saurel avait touché une corde sensible et mon cerveau était en ébullition. La vérité était que si le gouvernement suisse refusait de collaborer à une enquête de la SEC, alors celle-ci n'aurait d'autre choix que de transférer sa demande au ministère de la Justice, afin qu'une enquête criminelle soit ouverte. Si ce n'était pas être l'artisan de sa propre chute, ça !

Je commençai à envisager tous les scénarios possibles. 90 % de toutes les enquêtes de la SEC étaient civiles. Ce n'était que lorsque la SEC flairait une affaire particulièrement douteuse qu'elle se tournait vers le FBI pour une enquête criminelle. Mais si les enquêteurs de la SEC ne pouvaient travailler normalement, s'ils se heurtaient au refus des Suisses, comment pouvaient-ils juger si l'affaire était particulièrement douteuse ou non ? En vérité, la plus grande partie de mes actes n'était pas d'une extrême gravité.

— Bien, tout cela me semble très raisonnable, mais je me demande comment le gouvernement américain pourrait savoir où enquêter. Comment pourraient-ils savoir quel compte suisse saisir ? Aucun de ces comptes n'a de nom ; ils sont juste numérotés. Donc, à moins que quelqu'un ne les informe…

Je résistai à l'envie de regarder Kaminsky.

— … de l'endroit où vous conservez votre argent ou que vous soyez assez imprudent pour laisser une quelconque trace écrite, ils ne doivent même pas savoir par où commencer ! Faut-il qu'ils devinent votre numéro de compte ? Il doit y avoir un bon millier de banques en Suisse, chacune abritant sans doute des centaines de milliers de comptes. Ça fait des millions de comptes, tous avec un numéro différent. Autant chercher une aiguille dans une botte de foin.

Je regardai Saurel droit dans les yeux.

— Encore une excellente question, répondit Saurel, après quelques secondes de silence. Pour vous répondre, si vous le permettez, je me vois dans l'obligation de vous faire un petit cours sur l'histoire des banques suisses.

Voilà qui devenait intéressant. Il était important de bien comprendre les implications du passé : c'était exactement ce qu'Al Abrams m'avait inculqué.

— Je vous en prie. Je suis un véritable passionné d'histoire, surtout quand j'envisage de faire des affaires en territoire inconnu.

Saurel sourit et commença :

— Toute cette notion de comptes numérotés est quelque peu déroutante. Même s'il est vrai que toutes les banques suisses proposent cette possibilité à leurs clients, comme moyen de préserver leur anonymat, chaque compte est rattaché à un nom, dont une trace écrite est conservée à la banque.

Tous mes rêves se brisaient. Saurel poursuivit :

— Il y a bien des années, avant la Seconde Guerre mondiale, les choses étaient différentes. Voyez-vous, à l'époque, il était habituel d'ouvrir un compte sans y rattacher le moindre nom. Tout était basé sur la relation personnelle et se concluait par une poignée de main. Nombre de ces comptes appartenaient à des sociétés, mais, contrairement aux États-Unis, il s'agissait de sociétés au porteur, une fois de plus sans le moindre nom rattaché à elles. En d'autres termes, quiconque détenait les certificats physiques des actions était reconnu comme le propriétaire légal de la société.

Saurel balaya lentement la salle du regard.

— Puis, arrivèrent Adolf Hitler et ses infâmes nazis. C'est un chapitre très sombre de notre histoire, dont nous ne sommes pas particulièrement fiers. Nous avons fait de notre mieux pour aider le plus possible nos clients juifs mais, au final, je pense que nous n'en avons pas fait assez. Comme vous le savez, M. Belfort, je suis Français, mais je pense parler au nom de toutes les personnes ici présentes, en affirmant que nous aurions souhaité pouvoir en faire plus.

L'atmosphère était solennelle. Tout le monde dans la pièce hochait la tête d'un air contrit, y compris Kaminsky, le bouffon de la cour, lui-même cent pour cent pur Juif. Tout le monde savait sans doute que Danny et moi étions Juifs et je me demandai si Saurel avait dit ça pour nous. Ou bien était-il sincère ? En tout cas, avant même qu'il eût commencé son petit exposé, je savais où il voulait en venir. Avant qu'Hitler ne s'abatte sur l'Europe pour rafler et exterminer 6 millions de Juifs dans des chambres à gaz, pas mal d'entre eux avaient réussi à transférer leur argent en Suisse. Ils avaient senti le vent changer dès le début des années trente, lorsque les nazis étaient arrivés au pouvoir. Pourtant, faire sortir leur argent s'était révélé bien plus simple que de sortir eux-mêmes. Aucun pays d'Europe, à l'exception du Danemark, n'avait accepté d'accueillir les Juifs. La plupart de ces pays avaient manigancé des accords secrets avec Hitler, acceptant de livrer leurs Juifs, en échange d'une promesse de non-invasion. Dès que tous les Juifs avaient sagement été parqués dans ses camps de concentration, Hitler avait rapidement manqué à sa parole. Tandis que l'Europe tombait petit à petit sous l'emprise des nazis, les Juifs n'avaient plus su dans quel pays se cacher. Eh oui : après avoir accueilli l'argent des Juifs à bras ouverts, la Suisse avait refermé ses portes et rechigné à accueillir les Juifs eux-mêmes.

Après la défaite des nazis, les enfants qui avaient survécu s'étaient rendus en Suisse à la recherche des comptes bancaires secrets de leur famille. Mais ils n'avaient eu aucun moyen de prouver que l'argent leur revenait de droit, car aucun nom n'était rattaché à ces comptes, seulement un numéro. À moins que les enfants n'aient su exactement dans quelle banque leurs parents avaient placé l'argent et à quel banquier précis ils avaient eu affaire, il leur avait été impossible de réclamer cet argent. À ce jour, des milliards et des milliards de dollars étaient toujours dans la nature.

Soudain, mon esprit s'aventura dans des eaux plus sombres : combien de ces salauds de Suisses avaient su exactement qui étaient les enfants survivants, sans chercher à les contacter ? Pire encore : combien d'enfants juifs, dont la famille avait été décimée, s'étaient présentés à la bonne banque et avaient parlé au bon banquier, juste pour s'entendre répondre un mensonge ? Bon sang ! Quelle tragédie ! Seul le plus noble des banquiers suisses aurait eu l'intégrité de faire en sorte que les héritiers légaux reçoivent ce qui avait été laissé pour eux. À Zurich – qui était bourrée de Boches – ceux qui aimaient les Juifs devaient se compter sur les doigts d'une main. Peut-être les choses avaient-elles été un peu moins graves dans la Genève francophone, mais à peine. La nature humaine est ainsi faite. Tout cet argent juif avait été perdu pour toujours, absorbé dans le système bancaire suisse pour enrichir ce pays au-delà de l'imaginable. Cela expliquait sans doute l'absence de mendiants dans les rues.

— ... et vous comprenez donc pourquoi, acheva Saurel, il est aujourd'hui obligatoire que chaque compte ouvert en Suisse soit rattaché à un propriétaire bénéficiaire. Aucune exception n'est possible.

Je jetai un coup d'œil à Danny, qui me renvoya un imperceptible hochement de tête. Le message était clair : « C'est un putain de cauchemar. »

Sur la route du retour, Danny et moi échangeâmes à peine quelques paroles. Par la fenêtre, je ne voyais que les fantômes de millions de Juifs morts, cherchant encore leur argent. À présent, ma jambe me brûlait littéralement. Bon Dieu ! Si seulement je n'éprouvais pas cette douleur chronique insupportable, je pourrais sans doute vaincre ma dépendance aux drogues. Je me sentais plus alerte que jamais. Cela faisait à présent plus de vingt-quatre heures que je n'avais rien pris et mon esprit était tellement acéré que j'avais l'impression de pouvoir régler n'importe quel problème, aussi insurmontable fût-il. Mais comment contourner le droit financier suisse ? La loi était la loi et la chute d'Al Abrams n'avait fait que renforcer le cliché suranné qui disait qu'ignorer la loi ne permettait pas pour autant de l'enfreindre. Si j'avais l'intention d'ouvrir un compte à l'Union bancaire, je devais fournir une photocopie de mon passeport, qui serait ensuite archivée à la banque. Donc, si la justice américaine lançait un mandat pour fraude boursière – ce qui, bien évidemment, était aussi un crime en Suisse – alors la poule aux œufs d'or était cuite. Même si les Fédéraux ne savaient pas quel compte m'appartenait, ni même avec quelle banque j'étais en relation, cela ne les ralentirait pas. La réquisition filerait tout droit au ministère de la Justice suisse, qui enverrait ensuite une demande générale auprès de toutes les banques suisses, exigeant d'elles qu'elles fournissent toutes les archives concernant les comptes appartenant à l'individu cité dans la réquisition.

Fin de l'histoire.

Bon sang ! Je risquais moins gros avec mes escamoteurs aux États-Unis. Au moins, s'ils étaient un jour convoqués devant un juge, ils pourraient simplement mentir sous serment ! L'idée n'avait rien de réjouissant, mais au moins, ça ne laissait pas de traces.

Attendez une seconde ! Qui a dit que je devais fournir mon propre passeport à la banque ? Qu'est-ce qui m'empêchait d'envoyer un de mes escamoteurs ouvrir un compte en Suisse avec son propre passeport ? Quelle était la probabilité pour que le FBI tombât sur le nom d'un de mes escamoteurs en Suisse ? Un escamoteur pouvait en cacher un autre ! Double protection ! Si les États-Unis émettaient une réquisition pour des informations concernant Jordan Belfort, le ministère de la Justice suisse ferait suivre la demande, mais cela ne donnerait rien !

En y réfléchissant bien, pourquoi même utiliser l'un de mes hommes actuels ? Jusqu'à présent, j'avais toujours choisi mes escamoteurs sur des critères de confiance, mais aussi pour leur capacité à générer de grandes quantités de cash sans alerter le fisc. C'était une combinaison difficile à trouver. Mon principal homme était Elliot Lavigne, mais ça commençait vraiment à virer au cauchemar. Elliot était également l'homme qui m'avait initié au Mandrax. Il était P-DG de Perry Ellis, une des plus grandes manufactures de vêtements des États-Unis, même si ce titre exaltant était trompeur. En vérité, Elliot était dix fois plus fou que Danny. Oui, aussi incroyable que cela pût paraître, comparé à lui, Danny était un enfant de chœur.

En plus d'être un joueur compulsif et un drogué de première, Elliot était un obsédé sexuel spécialiste de l'extraconjugal. Chaque année, il volait des millions de dollars à Perry Ellis, grâce à des accords secrets passés avec ses usines délocalisées. Ces dernières lui facturaient 1 dollar ou 2 de plus par vêtement et renvoyaient la différence en liquide. La recette se comptait en millions de dollars. Lorsque je faisais gagner de l'argent à Elliot grâce aux introductions en Bourse, il me renvoyait l'ascenseur en se servant du liquide reçu de ses usines délocalisées. C'était un échange parfait : aucune trace d'aucune sorte. Pourtant, Elliot commençait à me causer des soucis. Sa passion pour le jeu et les drogues avait fini par lui jouer des tours et il était en retard sur ses ristournes. Il me devait déjà presque 2 millions de dollars. Si je décidais de rompre complètement avec lui, cet argent serait perdu pour de bon. J'étais donc en train de l'évincer petit à petit, en continuant à lui faire gagner de l'argent sur de nouvelles actions, le temps qu'il paie ses dettes.

Cela dit, Elliot m'avait été bien utile. Il m'avait refilé en cash plus de 5 millions de dollars, qui étaient à présent bien à l'abri dans des coffres aux États-Unis. La question était de savoir comment transférer tout cet argent en Suisse. J'avais bien quelques idées, cela dit… Il fallait que j'en discute avec Saurel, lorsque je le reverrais d'ici quelques heures. J'avais toujours pensé que j'aurais du mal à trouver un remplaçant à Elliot, qui fût capable de générer autant de cash sans laisser de traces. Pourtant, avec la Suisse comme première couverture, le problème du cash « propre » disparaissait. Il me suffisait de garder l'argent sur mon compte suisse et de le laisser fructifier. La seule question qui restât encore après la réunion du matin, c'était de savoir comment avoir accès à tout cet argent. Comment pourrais-je en dépenser le moindre dollar ? Comment rapatrier l'argent blanchi aux États-Unis pour y faire des investissements ? L'affaire était loin d'être réglée.

Le plus important était qu'en me servant de la Suisse, je pouvais à présent choisir mes escamoteurs simplement sur un critère de confiance. Cela élargissait grandement mon horizon et mon esprit se tourna immédiatement vers la famille de ma femme. Aucun d'entre eux n'était citoyen américain et ils vivaient tous au Royaume-Uni, loin du regard scrutateur du FBI. À vrai dire, il existait une dérogation méconnue dans le droit financier fédéral, qui autorisait les étrangers à investir dans des compagnies américaines dans des conditions bien plus avantageuses que pour les citoyens américains. Cette loi s'appelait la Régulation S et autorisait les étrangers à acheter des parts de sociétés anonymes, sans se soumettre à la période de rétention de deux ans prévue par la loi 144. Avec la Régulation S, un étranger n'était tenu de conserver ses actions que pendant quarante jours. Cette loi ridicule donnait aux étrangers un avantage incroyable par rapport aux investisseurs américains. Par conséquent – comme c'était le cas pour la plupart des ratés juridiques – des petits malins s'étaient engouffrés dans la brèche pour abuser largement de la situation, en passant des accords secrets avec des étrangers. Ainsi, ils profitaient illégalement de la Régulation S pour faire des investissements privés dans des sociétés anonymes, sans avoir à attendre deux années complètes avant de revendre. J'avais été contacté maintes fois par des étrangers qui, contre une modique rétribution, m'avaient proposé de me servir de prête-nom, mais j'avais toujours refusé, gardant dans un coin de ma tête les avertissements d'Al Abrams. Et puis, comment faire confiance à un parfait étranger pour quelque chose d'aussi illégal ? C'était quand même une infraction grave que de faire appel à un prête-nom étranger pour bénéficier de la Régulation S. Le genre de truc à alerter le FBI en moins de deux. Je m'étais donc toujours abstenu.

Mais là… avec ma double couverture… la famille de ma femme comme seconde couche… Tout à coup, cela ne semblait plus aussi risqué !

Au même moment, mon esprit se focalisa sur Patricia, la tante de ma femme – non, c'était ma tante aussi. Oui, Patricia était devenue ma tante, également ! Dès notre première rencontre, Patricia et moi avions su que nous étions semblables. Ce qui était étrange, étant donné les circonstances de notre première rencontre : deux ans auparavant, Patricia avait débarqué au Dorchester alors que j'étais en pleine surdose de Mandrax. Plus précisément, j'étais en train de me noyer dans la cuvette des chiottes lorsqu'elle était entrée dans la chambre d'hôtel. Sans jamais me juger, elle était restée à mes côtés toute la nuit sans cesser de me parler ; elle m'avait tenu la tête au-dessus des toilettes, tandis que mon corps évacuait le poison ingéré. Puis, elle m'avait passé la main dans les cheveux, comme ma mère le faisait quand j'étais petit, tandis que j'enchaînais les crises d'angoisse à cause de toute la coke que j'avais sniffée. Je n'avais pas pu garder mon Xanax pour désamorcer les crises et je pétais donc complètement les plombs. Le lendemain, nous avions déjeuné ensemble et, sans même chercher à me faire culpabiliser, elle m'avait convaincu d'arrêter la drogue. J'étais même resté *clean* pendant quinze jours. Nous étions en vacances en Angleterre avec Nadine, et jamais nous ne nous étions si bien entendus que pendant ces deux semaines. J'étais tellement heureux que j'avais même envisagé de déménager en Angleterre, pour que la tante Patricia fasse partie de nos vies. Pourtant, au fond de moi, je savais que ce n'était qu'une lubie. Toute ma vie était aux États-Unis : Stratton, mon argent, mon pouvoir. Je devais donc rester là-bas. Lorsque j'avais fini par rentrer à New York, grâce à l'aimable influence de Danny Porush, Elliot Lavigne et de ma joyeuse bande de traders, ma toxicomanie était repartie de plus belle. D'ailleurs, avec mon dos qui me faisait souffrir le martyre, c'était même devenu pire qu'avant.

Âgée de 75 ans, la tante Patricia était une ancienne institutrice divorcée et une anarchiste qui s'ignorait. Elle ferait parfaitement l'affaire : elle méprisait tout ce qui touchait au gouvernement et je pouvais lui faire confiance les yeux fermés. Si je lui demandais de me rendre ce service, elle me ferait son plus grand sourire et sauterait dans le premier avion. En plus, la tante Patricia n'avait pas un sou. Chaque fois que je la voyais, je lui offrais plus qu'elle ne pouvait dépenser en un an mais, chaque fois, elle refusait. Elle était trop fière. À présent, je pourrais lui expliquer que, puisqu'elle me rendait service, elle avait bien mérité sa part. J'allais transformer sa vie et faire d'elle une femme riche. Quelle pensée merveilleuse ! D'ailleurs, elle ne dépenserait presque rien ! Elle avait grandi parmi les ruines de la Seconde Guerre mondiale et vivait à ce jour grâce à sa maigre retraite d'institutrice. Elle ne saurait même pas comment s'y prendre pour dépenser des sommes sérieuses, même si elle le voulait ! Elle s'en servirait essentiellement pour gâter ses deux petits-enfants, ce qui me convenait très bien ! Ça me réchauffait même le cœur rien que d'y penser.

Si jamais le gouvernement américain venait frapper à la porte de Patricia, elle dirait à ces Yankees d'aller se faire voir ailleurs ! Cette pensée me fit éclater de rire.

— Qu'est-ce qui te fait marrer comme ça ? marmonna Danny. Cette réunion n'était qu'une perte de temps ! Et dire que je n'ai même plus de Mandrax pour me consoler. Alors, dis-moi ce qui se passe dans ton putain de cerveau désaxé.

— Je retrouve Saurel dans quelques heures. J'ai encore quelques questions à lui poser, mais je suis sûr que j'en connais déjà les réponses. Dès que nous arrivons à l'hôtel, je veux que tu appelles Janet pour qu'un jet nous attende à l'aéroport demain matin à la première heure. Et dis-lui aussi de réserver la suite présidentielle au Dorchester. On va à Londres, mon pote. Ça va swinguer !

CHAPITRE 14

Obsessions internationales

Trois heures plus tard, j'étais assis en face de Jean-Jacques Saurel au restaurant Le Jardin de l'hôtel Richemond. La table avait été dressée de la façon la plus raffinée que j'eusse jamais vue : c'était une véritable collection de couverts d'argent véritable poli à la main et d'assiettes en porcelaine laiteuse, le tout sur une nappe blanche comme neige et généreusement amidonnée. Vraiment chic. Ça avait dû coûter une fortune ! Mais, comme le reste de cet antique hôtel, le décor n'était pas trop à mon goût. Décidément, j'étais plutôt Art déco, vers 1930, mais l'hôtel n'avait pas dû être rénové depuis plus longtemps que ça.

Malgré ce décor imparfait – et mon état de fatigue avancé à cause du décalage horaire – j'étais en excellente compagnie. Saurel s'était révélé être lui-même un fin connaisseur en matière de prostituées et il était justement en train de me faire un cours magistral sur l'art raffiné de sauter les Grenouilles suisses qui, selon lui, étaient plus chaudes que des lapines. En fait, il était même si facile de les mettre dans son lit, affirmait-il, que chaque jour, depuis la fenêtre de son bureau, il les regardait marcher dans la rue, avec leur minijupe et leur minichien, en s'amusant à leur peindre des cibles imaginaires dans le dos.

Le raffinement de cette dernière remarque me fit regretter que Danny ne fût pas présent, mais ce dont Saurel et moi avions prévu de discuter ce soir-là était à ce point illégal qu'il était tout simplement impossible d'envisager la présence d'une tierce personne – même si celle-ci était également impliquée. Impossible. Encore une chose que m'avait apprise Al Abrams : « Deux personnes, c'est un crime ; trois, c'est une conspiration. »

J'étais donc seul avec Saurel, mais je ne parvenais pas à chasser Danny de mes pensées. Plus précisément, je me demandais ce que Danny pouvait bien être en train de fabriquer. C'était le genre de gars à ne pas perdre de vue à l'étranger, sous peine de voir quelque chose de grave se produire à coup sûr. Le seul point rassurant était que, dans ce pays, il n'y avait pas grand-chose que Danny eût pu commettre, hormis le viol ou le meurtre, et que l'homme assis en face de moi ne pût régler d'un seul coup de fil bien placé.

— … donc, la plupart du temps, m'expliquait Saurel, je les emmène au Métropole, juste en face de la banque, pour les sauter. D'ailleurs, Jordan, ça me fait penser que le mot que vous utilisez en anglais, ce « *fuck* », est absolument magique. Il n'existe aucun terme français qui permette de décrire la chose avec autant de justesse. Mais je m'égare… Ce que je voulais dire, c'est qu'en plus de la banque, je me suis professionnellement engagé à mettre dans mon lit autant de Suissesses que possible.

Avec un petit sourire de gigolo eurotrash, il tira longuement sur sa cigarette.

— À en croire Kaminsky, dit-il en exhalant sa fumée, vous partagez mon amour des belles femmes…

J'acquiesçai avec un sourire.

— Ahhh… voilà qui est bien ! s'exclama l'Amateur Éclairé. Très bien, même ! J'ai également entendu dire que vous aviez une femme magnifique. Étrange, n'est-ce pas, d'avoir les yeux baladeurs quand on a une femme si belle. Mais je vous comprends parfaitement, mon ami. Voyez-vous, ma femme est également magnifique, pourtant, je me sens obligé de me satisfaire avec la première venue qui voudra bien de moi, à condition qu'elle réponde à mes critères de qualité. D'ailleurs, dans ce pays, ce genre de femmes ne manque pas.

Il soupira.

— J'imagine que le monde est ainsi fait, du moins pour les hommes comme nous.

Bon sang ! Quelle horreur ! Même si j'avais tenu le même discours un bon nombre de fois, pour tenter de rationaliser mon propre comportement, l'entendre ainsi me faisait comprendre à quel point c'était ridicule.

— À vrai dire, Jean-Jacques, il vient un jour où un homme doit comprendre qu'il n'a plus besoin de se prouver des choses. J'en suis là. J'aime ma femme et j'en ai fini de sauter tout ce qui bouge.

Saurel acquiesça d'un air entendu.

— Je connais ce sentiment. C'est d'ailleurs assez agréable lorsqu'on en arrive à une telle conclusion, n'est-ce pas ? Cela permet de se souvenir des choses vraiment importantes dans la vie. Après tout, sans famille qui nous attend à la maison, la vie serait bien vide. C'est pour ça que j'apprécie grandement le temps que je passe avec la mienne. Puis, au bout de quelques jours, je comprends que si je reste un jour de plus, je vais finir par m'ouvrir les veines… Ne vous méprenez pas, Jordan. Ce n'est pas que je n'aime pas ma femme et mon enfant, bien au contraire. Simplement, étant Français, je me rends compte que je ne peux raisonnablement supporter ma famille qu'un temps. Ensuite ça se dégrade. Ma conclusion est que le temps que je passe loin de ma famille fait de moi un bien meilleur mari et un bien meilleur père.

Saurel reprit sa cigarette dans le cendrier de verre et tira longuement dessus. J'attendis... encore et encore..., mais il ne recrachait toujours pas sa fumée. Oh oh ! Voilà qui était intéressant ! Jamais je n'avais vu mon père faire une chose pareille. Saurel semblait intégrer la fumée, l'absorber au fin fond de son organisme. Je compris soudain qu'Américains et Suisses fumaient pour des raisons radicalement différentes. C'était comme si, en Suisse, fumer était un plaisir simple auquel tout homme avait le droit de s'adonner, tandis qu'aux États-Unis, c'était plus un vice horrible qui donnait le droit de se tuer, malgré tous les avertissements.

Bon... Il était temps de se mettre au travail.

— Jean-Jacques, commençai-je avec chaleur. Pour répondre à votre première question sur la somme que je souhaiterais transférer en Suisse... Je pense qu'il vaut mieux ne pas viser trop haut, pour commencer. Disons... 5 millions de dollars ? Si tout va bien, j'envisagerai ensuite une somme bien plus importante. Peut-être 20 millions sur un an. En ce qui concerne les coursiers de la banque, j'apprécie votre geste, mais je préfère avoir recours à mes propres hommes. J'ai quelques amis aux États-Unis qui me sont redevables et seraient ravis de me rendre ce petit service... Pourtant, de nombreux points demandent à être éclaircis, à commencer par Kaminsky. Il me sera impossible de continuer s'il a la moindre connaissance de mes relations avec votre banque. Pour être clair, s'il venait à soupçonner que j'ai déposé un seul dollar dans votre banque, l'affaire serait annulée. Je fermerais tous mes comptes et irais m'adresser ailleurs.

Saurel ne sembla pas du tout surpris.

— Inutile de reparler de ce sujet à l'avenir, assura-t-il d'un ton glacial. Non seulement Kaminsky ne saura jamais rien mais, s'il décide un jour de mener sa petite enquête, son passeport sera mis sur liste noire et il sera arrêté par Interpol dans les meilleurs délais. Les Suisses prennent cette histoire de secret bancaire bien plus au sérieux que vous ne pourriez le croire. Voyez-vous, Kaminsky a autrefois été employé de notre banque : il est donc habitué aux standards de discrétion suisses. Je ne plaisante pas lorsque je dis qu'il finira en prison s'il dévoile des éléments de cette nature… ou s'il fourre son nez où il ne faut pas. Nous le mettrons au placard, puis nous jetterons non seulement la clé du placard dans un puits, mais le placard lui-même. Permettez-moi donc de régler cette affaire de Kaminsky une bonne fois pour toutes. Libre à vous de le garder à votre service, mais méfiez-vous de lui, car c'est un bouffon bavard.

— J'ai mes raisons de conserver Kaminsky à son poste. Dollar Time perd de grosses sommes d'argent et, si je nomme un nouveau directeur des finances, il risque de se mettre à fouiner. Pour l'instant, mieux vaut ne pas trop remuer cette histoire. Bref. Nous avons des affaires plus importantes que Dollar Time à discuter. Si vous me donnez votre parole que Kaminsky ne saura jamais rien, cela me suffit. N'en parlons plus.

— J'aime la façon dont vous réglez vos affaires, Jordan, dit Saurel, avec son plus grand sourire. Peut-être étiez-vous Européen dans une vie antérieure ?

— Merci, répondis-je, avec une pointe d'ironie. Je le prends comme un grand compliment, Jean-Jacques. J'ai pourtant encore quelques questions importantes à vous poser, concernant ces conneries que vous m'avez racontées ce matin, sur la photocopie de mon passeport pour ouvrir un compte. Enfin quoi, Jean-Jacques, vous y allez un peu fort, non ?

Saurel alluma une autre cigarette et me lança son regard conspirateur.

— Eh bien, mon ami ! Tel que je vous connais, j'imagine que vous avez déjà trouvé un moyen de contourner ce petit désagrément.

J'acquiesçai, mais ne dis rien. Après quelques secondes de silence, Saurel comprit que j'attendais qu'il crache le morceau.

— Très bien, dans ce cas… La majorité de ce qui s'est dit à la banque ce matin était de la pure connerie, destinée uniquement à rassurer Kaminsky et à nous rassurer les uns les autres. Après tout, nous devons bien prétendre respecter la loi. La vérité est que cela serait du suicide de rattacher votre nom à un compte suisse numéroté. Je vous le déconseille vivement. Cependant, je pense qu'il serait quand même prudent d'ouvrir un compte dans notre banque – un compte qui porte fièrement votre nom. De cette façon, si le gouvernement américain exige de mettre le nez dans vos factures de téléphone, vous serez à même d'expliquer les appels passés vers notre banque. Comme vous le savez, aucune loi n'interdit de posséder un compte en Suisse. Vous n'auriez qu'à nous envoyer une petite somme d'argent, peut-être 250 000 dollars, que nous investirons pour vous dans diverses actions européennes – seulement les meilleures sociétés, évidemment. Cela vous donnerait une raison suffisante pour être en contact régulier avec nous.

Pas mal ! La possibilité de démenti était de toute évidence une obsession internationale, parmi les criminels à col blanc. Je m'agitai sur ma chaise, pour tenter de soulager la douleur lancinante qui gagnait ma jambe gauche.

— Je comprends et je crois que je vais suivre votre conseil. Mais afin que vous sachiez à quel genre d'homme vous avez affaire, je tiens à vous préciser qu'il n'y a aucun risque que j'appelle votre banque depuis ma ligne privée. Je préférerais encore rouler jusqu'à une cabine publique au Brésil, avec quelques milliers de cruzeiros en poche, plutôt que de voir votre numéro apparaître sur ma facture de téléphone familiale.

Saurel resta silencieux.

— Pour répondre à votre question, repris-je, j'ai l'intention d'utiliser un membre de la famille de ma femme dont le nom est différent du mien. Elle n'est même pas citoyenne américaine : c'est une Anglaise. Je m'envole pour Londres demain matin et je peux la faire venir ici dès le lendemain, passeport en main, prête à ouvrir un compte dans votre banque.

— Je présume que vous faites implicitement confiance à cette femme. Sinon, nous pouvons vous proposer des personnes qui accepteraient de se servir de leur passeport. Ce sont des gens simples et dignes de confiance à cent pour cent ; la plupart sont des fermiers ou des bergers de l'île de Man ou d'autres paradis fiscaux. De plus, ils n'auraient aucun accès à votre compte. Mais je suis sûr que vous avez déjà réfléchi à la confiance que vous accordez à cette femme. Je me permets cependant de vous suggérer de rencontrer Roland Franks [1]. C'est un spécialiste de ce genre d'affaires, notamment dans la création de documents. Il peut créer des actes de vente, des lettres, des ordres d'achat, des confirmations de transactions ou n'importe quel autre document dans la limite du raisonnable. Il vous aidera à constituer des sociétés au porteur, afin de vous protéger davantage de la curiosité de votre gouvernement et de vous permettre de fractionner vos parts de

---

1. Ce nom a été modifié.

SA en de plus petites portions. Ainsi, vous n'aurez pas à remplir les documents nécessaires en cas de possession de plus de 5 % des parts. À tous les niveaux, son aide sera infiniment précieuse à un homme comme vous, que ce soit à l'étranger ou chez vous.

Intéressant. Ils possédaient leur propre système de protection verticale intégré. Comment ne pas adorer les Suisses ? Roland Franks ferait office de faussaire et générerait des documents qui appuieraient la possibilité de démenti.

— J'ai hâte de rencontrer cet homme. Peut-être pourriez-vous arranger quelque chose pour dans deux jours ?

— Je m'en occupe. M. Franks vous sera également utile pour vous aider à réinvestir ou dépenser autant que vous le souhaitez, sans alerter vos organismes de régulation.

— Par exemple ? demandai-je.

— Eh bien, il existe de nombreuses façons… La plus fréquente est d'émettre une carte Visa ou American Express directement liée à l'un de vos comptes chez nous. Lorsque vous effectuez un achat, l'argent est automatiquement prélevé sur votre compte… D'après ce que m'a dit Kaminsky, vous aimez vous servir de vos cartes de crédit. Cela vous sera donc très utile.

— La carte sera-t-elle au nom de cette femme ou au mien ?

— Elle sera à votre nom, mais je vous recommande d'en créer une seconde à son nom à elle. Il serait sage de la laisser dépenser une certaine somme chaque mois, si vous voyez ce que je veux dire.

Il était évident que si Patricia dépensait de l'argent chaque mois, cela renforcerait l'idée que le compte lui appartenait. En revanche, cela posait un tout autre problème à mes yeux : si la carte était à mon nom, alors le

FBI n'aurait qu'à me suivre à la trace pendant que je faisais mes emplettes, puis à entrer dans un magasin où je venais de faire un achat et demander à voir l'empreinte de la carte de crédit. Ce serait la fin des haricots. Je trouvais étrange que Saurel me recommandât une stratégie aussi facilement démontable, mais préférai ne pas faire de remarque.

— Malgré mes folles habitudes de dépenses, cela ne permettrait de dépenser que des sommes modiques. Je ne pense pas qu'une simple carte de crédit suffise à entamer les millions dont il est question ici. Existe-t-il d'autres façons de rapatrier de plus grosses sommes ?

— Bien sûr. Une autre stratégie courante serait de prendre une hypothèque sur votre maison, avec votre propre argent. En d'autres termes, M. Franks constitue-rait une société au porteur, puis transférerait votre argent depuis l'un de vos comptes suisses vers le compte d'opérations de votre société. Ensuite, M. Franks créerait les documents officiels de l'hypo-thèque, que vous signeriez en tant que créancier, afin de recevoir l'argent de cette façon. Cette stratégie offre deux avantages : tout d'abord, vous vous versez à vous-même des intérêts, lesquels seront empochés dans le pays où vous choisirez de créer votre société *offshore*. En ce moment, M. Franks travaille avec les îles Vierges britanniques, car les autorités n'y sont pas très regar-dantes. De plus, ils ne connaissent pas l'impôt sur le revenu, là-bas. Le second avantage est une déduction fiscale aux États-Unis, puisque les intérêts sur hypo-thèques sont déductibles.

J'analysai soigneusement la proposition, avant d'arriver à la conclusion que c'était assez bien pensé, mais encore plus risqué que la carte de crédit. Si je devais hypothéquer ma maison, l'acte serait enregistré à la mairie d'Old Brookville. Le FBI n'aurait alors plus qu'à se rendre à la mairie pour exiger une copie de l'acte et se rendrait vite compte que l'hypothèque avait été financée par une société *offshore*. Si ça ne les alertait pas ! Apparemment, c'était là que ça coinçait. Il était aisé de mettre mon argent sur un compte suisse et de se prémunir de toute enquête. En revanche, rapatrier l'argent sans laisser de trace promettait d'être plus difficile.

— Au fait, demanda Jean-Jacques. Quel est le nom de cette femme ?

— Elle s'appelle Patricia. Patricia Mellor.

Saurel me gratifia une fois de plus de son sourire de conspirateur.

— C'est parfait, mon ami. Comment une femme portant un tel nom pourrait-elle enfreindre la loi, hein ?

Une heure plus tard, Saurel et moi sortions de l'ascenseur de l'hôtel au quatrième étage, pour rejoindre la chambre de Danny. Comme le hall d'entrée, les couloirs étaient recouverts d'une moquette peinte par un singe attardé, dans les mêmes tons atroces de jaune pisse et de rose vomi. En revanche, les portes en chêne foncé étaient flambant neuves. Intéressant, comme dichotomie. C'était peut-être ça le charme du Vieux Continent…

— Écoutez, Jean-Jacques, dis-je, m'arrêtant devant la porte scintillante de Danny. Mon collègue est un fêtard, alors ne soyez pas surpris s'il bafouille un peu. Il buvait du whisky quand je l'ai laissé et je crois que son organisme n'a pas encore évacué les somnifères pris pendant le vol. Quoi qu'il en soit, je veux que vous sachiez que, lorsqu'il est à jeun, Danny est un garçon vif. À vrai dire, il est plutôt du genre couche-tard, lève-tôt. Vous comprenez ?

— Bien sûr, répondit Saurel avec un grand sourire. Je ne peux que respecter une telle hygiène de vie. C'est ainsi que les choses se passent presque partout en Europe. Loin de moi l'idée de juger un homme qui goûte aux plaisirs de la chair.

J'ouvris la porte. Danny était allongé par terre, sur le dos, sans le moindre vêtement… sauf, bien sûr, si l'on considérait les prostituées suisses comme telles. Parce qu'alors, il était quatre fois vêtu. La première fille, assise sur son visage, dos à lui, lui écrasait le nez de son petit cul ferme ; la deuxième, assise à califourchon sur son entrejambe pompait allègrement, tout en embrassant la première à pleine bouche. La troisième prostituée tenait Danny jambes écartées par les chevilles, tandis que la quatrième lui maintenait les bras au-dessus de la tête. L'intrusion flagrante de deux nouvelles personnes dans la pièce ne sembla pas ralentir pour un sou le groupe, qui continua son affaire à qui mieux mieux.

Je me tournai brusquement vers Jean-Jacques, qui, la tête légèrement inclinée, se frottait pensivement le menton, comme s'il essayait de déterminer le rôle de chacune des filles dans ce tableau qui n'avait ni queue ni tête.

— Danny ! m'écriai-je. Putain, qu'est-ce que tu fous, espèce de pervers !

L'interpellé s'agita pour libérer son bras droit et repousser la jeune prostituée qui lui cachait la vue. Il s'efforça ensuite de sourire, mais son visage resta à moitié figé. Apparemment, il avait aussi réussi à mettre la main sur de la cocaïne.

— Za ze voit, non ? bafouilla-t-il. Me zuis fait blaqué !

— Hein ? Je ne comprends rien à ce que tu dis, nom de Dieu !

Danny inspira profondément, comme pour rassembler ses dernières forces et articula du mieux qu'il put :

— Me… zuis… fait… blaqué ! Z'es zourd ou quoi ?

— Qu'est-ce que tu racontes, putain ? chuchotai-je furieusement.

C'est alors que Saurel intervint :

— Ah, je crois comprendre que votre ami dit qu'il s'est fait plaquer. Comme un joueur de rugby, en quelque sorte.

Jean-Jacques hocha la tête avec sérieux et reprit :

— Le rugby est un sport très populaire en France. Votre ami est effectivement victime d'un plaquage total, même si celui-ci n'est pas des plus réglementaires. Cela dit, j'approuve tout à fait le style. Allez dans votre chambre et appelez votre femme, Jordan. Je m'occupe de lui. Nous allons voir si votre ami sait passer le ballon, comme un vrai gentleman.

Je fouillai la chambre et jetai dans les toilettes vingt Mandrax et trois grammes de coke, puis laissai Danny et Saurel régler leurs petites affaires.

Quelques minutes plus tard, j'étais allongé sur mon lit en train de méditer la folie furieuse de ma vie, quand une envie folle d'appeler la Duchesse s'empara de moi. Je regardai ma montre : il était 21 h 30. Je fis un rapide calcul : 2 h 30 à New York. Pouvais-je appeler si tard ? Le sommeil de la Duchesse était sacré. Sans laisser à mon cerveau le temps d'étudier la question, je composai le numéro. Au bout de quelques sonneries, ma femme décrocha :

— Allô ?

Moi, d'une voix hésitante et contrite :

— Bonjour, bébé, c'est moi. Désolé de t'appeler si tard, mais tu me manques vraiment. Je voulais juste te dire à quel point je t'aime.

Elle, douce comme le miel :

— Oh, moi aussi mon amour, mais il n'est pas tard du tout. C'est le milieu de l'après-midi ! Tu as dû calculer dans le mauvais sens.

— Ah bon ? Hum… Peu importe. Tu me manques vraiment beaucoup, tu n'as pas idée.

— Oh, c'est adorable, dit la pulpeuse Duchesse. Channy et moi, on aimerait tellement que tu sois à la maison avec nous. Quand est-ce que tu rentres ?

— Dès que possible. Je pars pour Londres demain, pour voir Patricia.

— Vraiment ? demanda-t-elle, un peu surprise. Pourquoi vas-tu voir Patricia ?

Soudain, je me rendis compte qu'il valait mieux ne pas parler de tout ça au téléphone. Je me rendis également compte que j'étais sur le point d'impliquer la tante préférée de ma femme dans une affaire de blanchiment d'argent. J'éloignai ces pensées troublantes et répondis :

— Non, ce n'est pas ce que je voulais dire. Comme je dois me rendre à Londres pour mes affaires, je vais en profiter pour emmener Patricia au restaurant demain soir.

— Ohhh, soupira la Duchesse, aux anges. Tu lui feras un gros bisou de ma part, d'accord, mon chéri ?

— Promis, bébé… Ma chérie ?

— Quoi, mon sucre ?

— Je suis désolé pour tout, dis-je, le cœur lourd.

— Pour quoi, mon amour ? Pourquoi es-tu désolé ?

— Pour tout, Nadine. Tu sais bien… Mais j'ai jeté tous les Mandrax aux toilettes et je n'ai rien pris depuis le vol.

— Vraiment ? Comment va ton dos ?

— Pas terrible, bébé. Ça me fait vraiment mal. Je ne sais plus quoi faire. D'ailleurs, je ne sais pas trop si je peux faire quelque chose. La dernière opération n'a fait qu'aggraver la douleur. Maintenant, j'ai mal toute la journée et toute la nuit, aussi. Je ne sais pas… Peut-être les cachets ne font-ils qu'aggraver les choses. Je ne sais plus. À mon retour, j'irai voir ce médecin en Floride.

— Tout ira bien, mon amour, tu verras. Tu sais que je t'aime fort ?

— Oui, mentis-je. Je le sais. Et je t'aime au moins le double de ça. Tu vas voir, je serais un mari idéal à mon retour.

— Tu es déjà un mari idéal. Maintenant, va dormir, mon cœur. Et reviens vite, d'accord ?

— D'accord. Je t'aime grand comme ça.

Après avoir raccroché, je m'allongeai sur le lit et commençai à masser l'arrière de ma jambe gauche, pour essayer de déterminer d'où partait la douleur. En vain. Cela venait de nulle part et de partout à la fois. On aurait dit qu'elle se déplaçait. J'inspirai profondément pour tenter de me détendre et chasser la douleur.

Sans même m'en rendre compte, je priai pour qu'un éclair tombât du ciel pour électrocuter le chien de ma femme. Puis, tandis que ma jambe gauche me lançait plus que jamais, le décalage horaire finit par avoir raison de moi et je m'endormis.

CHAPITRE 15

La Confidente

L'aéroport d'Heathrow ! Londres ! Une de mes villes préférées dans le monde, si l'on oubliait le temps, la nourriture et le service – les trois étant les pires qu'on pût trouver en Europe. Peu importait, j'adorais les Britanniques. Ou du moins, je les respectais. Ce n'était quand même pas rien qu'un pays de la taille de l'Ohio, avec pour seules ressources naturelles quelques milliers de tonnes de charbon dégueulasse, parvienne à dominer une planète entière pendant plus de deux siècles.

Et puis, comment ne pas s'incliner devant ces quelques Rosbifs triés sur le volet qui avaient réussi à perpétuer la plus grande arnaque de toute l'histoire de l'humanité : la royauté ! C'était la plus grande escroquerie de tous les temps et la Couronne anglaise avait tout compris. C'était absolument hallucinant de voir 30 millions d'ouvriers vénérer une poignée de gens incroyablement banals, au point de suivre leurs moindres faits et gestes avec adoration. Encore plus hallucinant : les 30 millions de prolos étaient également assez idiots pour se pavaner dans le monde entier en se qualifiant eux-mêmes de « loyaux sujets », tout en affirmant haut et fort qu'ils avaient du mal à imaginer la reine Elizabeth en train de se torcher le cul après avoir chié !

En fait, tout ce qui comptait, c'était que la tante Patricia avait grandi au cœur même des glorieuses îles anglo-saxonnes et, à mes yeux, c'était elle la ressource naturelle la plus précieuse de Grande-Bretagne.

Tandis que les trains d'atterrissage du Learjet 55 de six places entraient en contact avec le tarmac de Heathrow, je criai à Danny, par-dessus le bruit du moteur :

— Par pure superstition, Danny, je vais prononcer les mêmes paroles qu'au décollage : tu es complètement déjanté !

— Venant de toi, je le prends comme un compliment. Tu ne m'en veux plus d'avoir sauvé quelques Mandrax de la noyade ?

— Non. C'était couru d'avance, avec toi. D'ailleurs, tu as cette merveilleuse capacité à me rappeler à quel point je suis normal et je ne t'en remercierai jamais assez.

— Hé ! À quoi servent les potes, sinon ? s'exclama Danny.

Je lui adressai un sourire figé.

— Blague à part, j'espère que tu n'as plus rien sur toi. J'aimerais passer la douane sans problème, cette fois-ci.

— Non, je suis *clean*, jura-t-il, en levant la main droite comme les scouts. C'est même toi qui as tout jeté dans les toilettes. J'espère juste que tu sais ce que tu fais avec ta morale à la con.

— Bien sûr…

Au fond de moi, les choses n'étaient cependant pas si simples. J'étais quand même un peu déçu que Danny n'eût pas planqué quelques Mandrax de plus. Ma jambe gauche me torturait et, même si j'étais fermement décidé à rester *clean*, la simple idée de pouvoir faire taire la douleur avec un seul petit Mandrax – un seul ! – me paraissait fabuleuse. Deux jours s'étaient écoulés depuis mon dernier Mandrax et j'osais à peine imaginer le trip que ce serait. Avec détermination, je chassai ces pensées parasites.

— Souviens-toi de ta promesse, repris-je un peu sèchement. Pas de putes tant qu'on est en Angleterre. Tu dois avoir un comportement irréprochable devant la tante de ma femme. C'est une dame très vive qui verra clair dans ton jeu en moins de deux.

— Pourquoi suis-je obligé de la rencontrer, d'ailleurs ? Je sais que tu t'occuperas de tout. Tu n'as qu'à lui dire que, si quelque chose devait t'arriver – Dieu nous en préserve –, c'est de moi qu'elle prendrait ses instructions. Je préférerais me balader un peu dans les rues de Londres. J'irais bien sur Savile Road me faire tailler un ou deux costumes. Ou peut-être même à King's Cross pour faire du lèche-vitrines !

Il me lança un clin d'œil appuyé. King's Cross, c'était bien connu, était le quartier chaud de Londres ; pour 20 livres, on pouvait se faire sucer par une prostituée édentée qui avait déjà un pied dans la tombe et un herpès galopant.

— Très drôle, Danny. Je suis mort de rire. N'oublie pas que Saurel ne sera pas là pour te tirer d'affaire. Pourquoi ne me laisserais-tu pas embaucher un garde du corps pour te balader ?

L'idée était prodigieuse et j'étais parfaitement sérieux, mais Danny me regarda comme s'il me manquait une case.

— Arrête de faire ta mère poule, qu'est-ce qui te prend ? Tout ira bien, tu verras. Tu n'as pas à t'inquiéter pour ton vieux copain Danny ! Je suis comme les chats : j'ai neuf vies !

Que pouvais-je faire ? C'était un grand garçon, après tout. Enfin, presque, mais là n'était pas la question. Pour l'instant, je devais me concentrer sur Patricia. Elle avait toujours un effet apaisant sur moi. J'en avais bien besoin.

— Alors, mon petit ? demanda Patricia, tandis que nous marchions dans Hyde Park, bras dessus, bras dessous, le long d'un petit sentier bordé d'arbres. Quand partons-nous pour cette fabuleuse aventure ?

Je lui souris, puis inspirai profondément pour jouir du bon air frais britannique qui, à ce moment, était aussi épais qu'une purée de pois cassés. Pour moi, Hyde Park était comme Central Park : une minuscule tranche de paradis au milieu d'une métropole florissante. Je m'y sentais comme un poisson dans l'eau. Il était 10 heures et, malgré le brouillard, le soleil brillait assez haut dans le ciel pour magnifier le paysage, transformant deux cents hectares de pelouses verdoyantes, d'arbres majestueux, de buissons soigneusement taillés et de sentiers équestres impeccables en une vision pittoresque digne d'une carte postale. Le parc comptait juste ce qu'il fallait de petits chemins aménagés, tous fraîchement repavés et sur lesquels ne traînait pas le moindre papier.

Patricia, quant à elle, était resplendissante. Elle n'avait pas la beauté des femmes de 65 ans que l'on voyait dans *Town & Country*, le magazine qui se voulait être le baromètre en matière de bien vieillir. Non, Patricia était infiniment plus belle que ça. Elle possédait une beauté intérieure, une certaine chaleur céleste qui émanait de chaque pore de sa peau et résonnait à chacune de ses paroles. C'était la beauté d'un lac parfaitement lisse, de l'air vif des montagnes et celle d'un cœur tolérant. Physiquement, en revanche, elle était parfaitement banale. Un peu plus petite et plus maigre que moi, elle avait les cheveux mi-longs d'un brun-roux et les yeux bleus. Son visage au teint clair portait les rides d'une femme ayant passé une bonne partie de son adolescence cachée dans un abri au sous-sol de son minuscule immeuble, pour échapper aux bombardements nazis. Chaque fois qu'elle souriait, c'est-à-dire souvent, surtout lorsque nous étions ensemble, on voyait apparaître le minuscule écart entre ses incisives. Ce matin-là, elle portait une longue jupe écossaise, un chemisier crème à boutons dorés et une veste écossaise parfaitement assortie à sa jupe. Aucun de ses vêtements ne semblait avoir coûté cher, mais l'ensemble était digne.

— Si tu veux bien, j'aimerais partir en Suisse avec toi dès demain. Mais si cela ne te convient pas, j'attendrai à Londres aussi longtemps que nécessaire. J'ai quelques affaires à régler ici, de toute façon. J'ai un jet privé qui m'attend à Heathrow ; nous pourrions être à Genève en moins d'une heure. Nous pourrions ensuite passer la journée ensemble pour visiter un peu et faire du shopping.

Je m'arrêtai soudain.

— Mais, avant tout, Patricia, dis-je avec le plus grand sérieux, tu dois me promettre de dépenser au moins 10 000 livres par mois sur ce compte, d'accord ?

— Mon enfant, je ne saurais même pas comment m'y prendre pour dépenser tout cet argent ! s'écria Patricia, une main sur le cœur. J'ai tout ce dont j'ai besoin. Vraiment, mon petit.

Je pris sa main dans la mienne et recommençai à marcher.

— Tu as peut-être tout ce dont tu as besoin, Patricia, mais je suis prêt à parier que tu n'as pas tout ce dont tu rêves. Pourquoi ne commencerais-tu pas par t'acheter une voiture, pour ne plus avoir à prendre le métro tous les jours ? Après, tu pourrais emménager dans un appartement plus grand, comme ça Collum et Anushka pourraient venir passer la nuit chez leur grand-mère. Ne serait-ce pas agréable d'avoir des chambres pour recevoir tes petits-enfants ? Et puis, d'ici une semaine ou deux, tu recevras une carte American Express que tu pourras utiliser pour toutes tes dépenses. Tu pourras t'en servir aussi souvent que tu veux et dépenser autant que tu veux sans jamais recevoir la moindre facture.

— Mais alors, qui va payer cette fichue facture ? demanda-t-elle, surprise.

— La banque. Et, comme je te l'ai dit, la carte n'aura aucun plafond. Chaque livre que tu dépenseras sera comme un rayon de soleil pour moi.

Patricia sourit. Nous marchâmes quelques minutes en silence, sans que cela n'ait rien de pesant. C'était le silence que partagent deux êtres assez à l'aise l'un avec l'autre pour ne pas se sentir obligés de prolonger une conversation. La compagnie de cette femme était incroyablement réconfortante.

Ma jambe gauche me faisait un peu moins souffrir, même si cela n'avait rien à voir avec Patricia. En général, la douleur semblait se calmer quand j'avais une activité physique, que ce soit la marche, le tennis, la musculation ou même en jouant au golf ; chose étrange, d'ailleurs, étant donné la pression énorme que ce sport exerçait sur ma colonne. Pourtant, à l'instant même où je m'arrêtais, la sensation de brûlure réapparaissait. Ensuite, impossible de l'apaiser.

— Allons nous asseoir un instant, mon petit, reprit soudain Patricia.

Elle me guida jusqu'à un petit banc en bois, le long du sentier. Elle lâcha mon bras et je m'assis à ses côtés.

— Je t'aime comme un fils, Jordan et, si j'accepte, c'est uniquement pour te rendre service – pas pour l'argent. Tu comprendras en vieillissant que l'argent apporte souvent plus de problèmes que de solutions...

Entends-moi bien, mon petit : je ne suis pas une vieille folle qui a perdu la tête et vit dans un monde de rêve où l'argent n'a pas d'importance. Je sais bien que l'argent compte. J'ai grandi sous les décombres de la Seconde Guerre mondiale et je sais exactement ce que c'est que de se demander si on aura de quoi manger le lendemain. À l'époque, nous n'avions aucune certitude. La moitié de Londres avait été réduite en miettes par les nazis et notre avenir était incertain. Pourtant, nous avions l'espoir et l'envie de reconstruire notre pays. C'est à cette époque que j'ai rencontré Teddy. Il était dans la Royal Air Force... pilote d'essai. Il avait vraiment de l'allure. Il a été un des premiers à piloter le Harrier Jet... Le « sommier volant », comme on le surnommait.

Voyant le sourire triste qui se dessinait sur son visage, je passai doucement un bras autour de ses épaules. Patricia reprit, avec un regain d'enthousiasme :

— Ce que je veux dire, mon petit, c'est que Teddy était un homme mû par le sens du devoir. Peut-être un peu trop. Finalement, c'est ce qui a pris le dessus. Plus il montait en grade, plus sa position sociale le mettait mal à l'aise. Comprends-tu ce que j'essaie de dire, mon petit ?

J'imaginais qu'elle voulait m'avertir du risque d'avoir une idée préconçue du succès. Teddy et elle étaient à présent divorcés.

— Parfois, je me demande si tu ne laisses pas l'argent te posséder, mon petit, reprit Patricia. Je sais que tu te sers de l'argent pour dominer les gens et il n'y a rien à redire à ça. Le monde est ainsi fait et essayer de tourner les choses en ta faveur ne fait pas de toi un monstre. Ce qui m'inquiète, c'est que tu laisses l'argent te dominer et ça, ça n'est pas bon. L'argent est l'outil, mon enfant, pas le maçon. Il peut t'aider à te faire des connaissances, mais pas de véritables amis. Il peut acheter une vie de loisirs, mais pas une vie de quiétude. Bien sûr, tu sais que je ne te juge pas. C'est bien la dernière chose que je ferais. Personne n'est parfait et chacun d'entre nous est hanté par ses propres démons. Dieu sait si moi-même… Pour en revenir à toute cette affaire que tu as concoctée, je suis vraiment partante ! Je trouve tout cela assez excitant, en fait. J'ai l'impression d'être un personnage dans un roman de Ian Fleming. C'est palpitant, cette histoire de banque en Suisse. À mon âge, un peu d'aventure permet de rester jeune !

Je ris doucement.

— Sans doute, Patricia. En ce qui concerne l'aventure, je te le répète : il existe toujours un risque que les choses tournent mal. Ce qui veut dire que ça deviendrait un peu plus palpitant que ce bon vieux Fleming aurait aimé. Et ce ne serait pas de la fiction. Je parle de Scotland Yard à ta porte avec un mandat de perquisition.

La regardant droit dans les yeux, je repris avec le plus grand sérieux :

— Si jamais cela devait se produire, Patricia, je te fais le serment de venir en moins de deux secondes pour certifier que tu n'avais pas la moindre idée de ce qui se passait. Je dirais que c'est moi qui t'ai demandé d'aller à la banque et de leur donner ton passeport, en te promettant que tout irait bien.

J'étais persuadé de dire la vérité. Après tout, il était impossible qu'une quelconque autorité régulatrice pût soupçonner une innocente vieille dame d'avoir pris part à une opération de blanchiment d'argent à l'échelon international. C'était inconcevable.

— Je sais, je sais, mon petit, répondit Patricia avec un sourire. C'est vrai que cela serait agréable de pouvoir gâter un peu mes petits-enfants. Peut-être même se sentiront-ils suffisamment redevables pour venir me rendre visite en prison, quand les policiers m'auront arrêtée pour fraude internationale. Qu'en penses-tu, Jordan ?

Patricia se pencha en avant et éclata de son rire rauque. Je ris avec elle mais, au fond de moi, je crus mourir. Il y avait certaines choses à propos desquelles il ne fallait pas plaisanter. Cela portait malheur. C'était comme pisser à la tête du dieu de la chance ; celui-ci finissait toujours par vous rendre la pareille, sauf que son flot à lui était un véritable torrent. Comment Patricia pouvait-elle savoir tout cela ? Elle n'avait jamais enfreint la loi de toute sa vie, avant de rencontrer le Loup de Wall Street ! Étais-je donc infâme au point d'être prêt à corrompre une grand-mère de 65 ans, tout ça pour m'assurer une possibilité de démenti ?

Bon, il y avait du bon et du mauvais dans cette affaire. D'un côté, l'aspect criminel était évident : j'allais corrompre une grand-mère en lui offrant un niveau de vie dont elle n'avait jamais eu besoin ni voulu ; j'allais mettre sa liberté et sa réputation en péril et peut-être même lui causer une crise cardiaque ou une maladie liée au stress, si les choses tournaient mal. Pourtant, d'un autre côté, ce n'était pas parce qu'elle n'avait jamais désiré ni eu besoin d'une vie de richesses et d'extravagance que cela était forcément mauvais pour elle ! C'était même mieux, nom de Dieu ! Avec tout cet argent, elle serait en mesure de passer le crépuscule de sa vie dans le luxe. Et, Dieu l'en préserve, si jamais elle tombait malade, elle aurait accès aux soins médicaux les plus avancés que l'argent pût acheter. Il ne faisait aucun doute que toutes ces conneries britanniques d'utopie égalitaire et de médecine sociale n'étaient que de la merde en boîte. Il devait bien exister des traitements médicaux spéciaux pour qui disposait de quelques millions de livres en trop. Ce n'était que justice, non ? D'ailleurs, si les Rosbifs ne se montraient pas aussi âpres au gain que les Américains, ce n'était pas pour autant des putains de cocos. La médecine sociale – la vraie – n'avait rien à voir avec un complot communiste !

Les avantages étaient d'ailleurs nombreux. Mis bout à bout, ils faisaient pencher la balance en faveur de l'entrée de l'adorable tante Patricia dans l'antre de la fraude bancaire internationale. Patricia n'avait-elle pas dit elle-même que la simple excitation d'une pareille aventure l'aiderait à rester jeune, peut-être même pendant des années ! Quelle pensée agréable ! À la vérité, quels étaient les risques pour qu'elle ait vraiment des problèmes ? Presque aucun. Sans doute même moins.

— Tu possèdes ce don extraordinaire de pouvoir mener deux conversations à la fois, mon petit, dit alors Patricia. La première conversation se fait avec le monde extérieur – dans le cas présent, il s'agit de ta chère tante Patricia – et puis il y a la seconde conversation, que tu tiens avec toi-même et que toi seul peux entendre.

— Rien ne t'échappe, Patricia. Dès notre première rencontre, alors même que j'étais en train de me noyer dans la cuvette des toilettes de l'hôtel, j'ai su que tu me comprenais mieux que quiconque. Peut-être même mieux que moi-même, bien que j'en doute.

Je ris gentiment et étendis les bras de chaque côté du dossier du banc.

— Je suis perdu dans les méandres de mon propre cerveau depuis toujours. Ça date de quand j'étais gosse, peut-être même de la maternelle. Je me vois encore assis dans la salle de classe en train de regarder tous les autres enfants, en me demandant pourquoi ils ne comprenaient pas. La maîtresse posait une question et je connaissais déjà la réponse avant même qu'elle eût fini de la poser.

Je me tournai un peu vers Patricia.

— Je ne te raconte évidemment pas ça pour frimer, Patricia. J'essaie simplement d'être honnête avec toi, afin que tu me comprennes vraiment. Depuis que je suis tout petit, j'ai toujours été très en avance par rapport aux autres enfants de mon âge – intellectuellement, j'entends. Cet écart s'est creusé avec le temps. Depuis que je suis gosse, il y aussi cet étrange monologue intérieur qui défile sans cesse dans ma tête – sauf quand je dors. Je suis sûr que c'est pareil pour tout le monde, mais le mien est particulièrement bruyant et envahissant. Je suis sans arrêt en train de me poser des questions. Le problème, c'est que le cerveau est comme un ordinateur : si tu lui poses une question, il est programmé pour répondre, que la réponse existe ou non. Je suis sans arrêt en train de peser le pour et le contre pour tenter de prédire les conséquences de mes actes sur les événements futurs. Ou plutôt pour tenter de manipuler les événements. C'est comme une partie d'échecs grandeur nature. Et je déteste les échecs !

Je scrutai le visage de Patricia, cherchant à y lire une sorte de réponse, mais je ne vis qu'un sourire chaleureux. J'attendis un moment qu'elle parlât, mais en vain. Son silence était clair comme de l'eau de roche : continue, disait-il.

— Bref, quand j'ai eu 7 ou 8 ans, j'ai commencé à avoir des crises d'angoisse terribles. J'en ai toujours, même si je prends du Xanax pour les calmer, maintenant. Le simple fait de penser à une crise d'angoisse suffit parfois à en déclencher une. C'est terrible, Patricia, et extrêmement handicapant. C'est comme si mon cœur allait sortir de ma poitrine, comme si chaque instant de ma vie durait une éternité. C'est exactement l'inverse d'être bien dans sa peau. Je crois que la première fois que nous nous sommes rencontrés, j'étais en pleine crise – même si celle-là avait été provoquée par quelques grammes de coke, alors ça ne compte pas vraiment. Tu te souviens ?

Patricia esquissa un sourire. Son expression ne portait pas la moindre trace de jugement. Je poursuivis :

— Cela mis à part, je n'ai jamais réussi à empêcher mon cerveau de fonctionner à plein régime, même quand j'étais tout petit. Je faisais des insomnies affreuses étant gamin – j'en fais toujours, d'ailleurs, et c'est encore pire aujourd'hui. Je restais éveillé toute la nuit à écouter mon frère respirer et à le regarder dormir comme un bébé. J'ai grandi dans un tout petit appartement et nous partagions la même chambre. Je l'aimais plus que tu ne peux l'imaginer. J'ai des tas de bons souvenirs avec lui, mais nous ne nous parlons plus aujourd'hui. Encore une victime de ma prétendue réussite. Mais, c'est une autre histoire…

Je poussai un soupir.

— Je redoutais le soir… en fait, j'avais peur d'aller me coucher, parce que je savais que je serais incapable de dormir. Je restais éveillé toute la nuit à regarder le radio-réveil posé à côté de mon lit et je multipliais les minutes par les heures. C'était principalement par ennui, mais aussi parce que mon esprit semblait me forcer à effectuer des tâches répétitives. À 6 ans, je savais faire de tête des multiplications à quatre chiffres, plus vite que sur une calculatrice. Sans rire, Patricia. Je peux encore le faire aujourd'hui, mais, à l'époque, mes copains n'avaient pas encore appris à lire ! Ça ne m'était pas d'une grande utilité, cela dit. Je pleurais comme un bébé à l'heure du coucher, c'est pour te dire à quel point j'avais peur de ces crises d'angoisse. Mon père venait s'allonger à côté de moi pour tenter de m'apaiser. Ma mère aussi… Mais, comme ils travaillaient tous les deux, ils ne pouvaient rester avec moi toute la nuit. Je finissais donc par me retrouver tout seul avec mes pensées. Avec le temps, les terreurs nocturnes se sont apaisées, mais cela ne m'a jamais vraiment quitté. Ça me hante encore chaque fois que je pose la tête sur l'oreiller et qu'une insomnie impitoyable me guette… Ces horribles insomnies. J'ai passé ma vie à tenter de combler un vide sans y parvenir, Patricia. Plus j'essaie, plus il s'agrandit. J'ai passé plus de temps…

Les mots jaillissaient de ma bouche sans que je puisse les retenir et je me vidais du poison qui me déchirait les entrailles depuis toujours. Ce jour-là, peut-être tentais-je de sauver coûte que coûte ma vie, ou du moins ma santé mentale. Rétrospectivement, c'était l'endroit idéal pour mettre son âme à nu, surtout pour un homme comme moi. Ni le Loup de Wall Street, ni Stratton n'existaient de ce côté-là de l'Océan, sur cette île minuscule. Il n'y avait que Jordan Belfort, un gamin terrorisé qui s'était fourré dans quelque chose de bien trop gros pour lui et dont le succès devenait rapidement l'instrument de sa propre chute. La question était de savoir si j'aurais la possibilité de mettre fin à mes jours selon mes propres termes ou si le gouvernement aurait ma peau avant.

Une fois lancé, impossible de m'arrêter. Chaque être humain est possédé par ce besoin irrésistible de confesser ses péchés. C'est sur ce sentiment que se sont bâties les religions, tandis que des royaumes ont été conquis sur la promesse que tous les péchés seraient pardonnés.

Je me confessais donc pendant deux heures, cherchant désespérément à me vider de cette bile amère qui semait le trouble dans mon corps tout comme dans mon âme et me poussait à faire des choses que je savais épouvantables, à commettre des actes qui finiraient par causer ma perte.

Je lui racontai toute l'histoire de ma vie – en commençant par la frustration que j'avais ressentie à grandir dans la pauvreté. Je lui racontai la folie de mon père et la rancune que j'éprouvais envers ma mère qui n'avait pas réussi à me protéger de son tempérament vicieux. Ma mère avait sans doute fait de son mieux mais, d'une certaine façon, je voyais encore ces souvenirs à travers les yeux de l'enfance, si bien que je ne parvenais pas à lui pardonner complètement. Je lui parlai de Sir Max qui avait toujours été présent aux moments importants et, une fois de plus, de la rancune que j'éprouvais envers ma mère qui, elle, n'avait pas été là.

Je lui expliquai qu'en dépit de tout ça, j'aimais beaucoup ma mère et que je la respectais, même si elle m'avait fourré dans le crâne que le seul moyen honorable de gagner beaucoup d'argent était de devenir médecin. Je lui racontai comment je m'étais rebellé contre ce fait en commençant à fumer de l'herbe au lycée.

Je lui racontai que, le matin de mon examen d'entrée en médecine, j'avais oublié de me réveiller parce que je m'étais trop défoncé la veille au soir, si bien que j'avais fini par faire dentaire à la place. Lors de la première journée à l'école dentaire, le responsable avait fait un discours devant la promotion pour nous expliquer que l'âge d'or du dentiste était fini et que, si nous étions là pour gagner de l'argent, alors autant partir tout de suite, afin de nous éviter une perte de temps et des soucis. Je m'étais alors tout simplement levé de ma chaise et n'avais jamais remis les pieds dans cette école.

De là, je lui expliquai comment j'étais passé à la viande et aux fruits de mer, ce qui m'amena à parler de Denise. Au bord des larmes, je racontai :

— Nous étions tellement pauvres que nous faisions nos fonds de poches pour nous payer du shampooing. Lorsque j'ai perdu tout mon argent, j'ai pensé que Denise me quitterait. Elle était jeune et belle, et moi, je n'étais qu'un raté. Je n'ai jamais été très sûr de moi avec les filles, Patricia, en dépit de ce que tout le monde pense. Lorsque j'ai commencé à gagner de l'argent dans la viande, j'ai pensé que ça me permettrait de compenser. Lorsque j'ai rencontré Denise, j'étais d'abord persuadé qu'elle m'aimait pour ma voiture. J'avais une petite Porsche rouge, à l'époque, ce qui n'était pas rien pour un gosse de 20 ans issu d'une famille pauvre. Honnêtement, la première fois que j'ai vu Denise, je suis tombé sur le cul. Elle était tellement belle que j'ai cru avoir une vision. Je conduisais mon camion, ce jour-là, et j'essayais de vendre de la viande au directeur du salon de coiffure où elle bossait. Bref, j'ai commencé à lui courir après dans le salon en lui demandant son numéro de téléphone. J'ai bien dû lui demander·une centaine de fois, mais elle a toujours refusé. Je suis donc rentré à la maison à toute vitesse pour prendre ma Porsche et suis revenu l'attendre devant le salon, pour être sûr qu'elle la verrait en sortant du travail !

Je lançai un petit sourire gêné à Patricia.

— Tu imagines un peu ? Pour te dire à quel point je n'avais pas confiance en moi… Quelle honte, putain ! Mais le pire, c'est que depuis que j'ai monté Stratton, tous les gosses des États-Unis pensent avoir acquis le droit de conduire leur propre Ferrari à 21 ans.

Patricia sourit et dit :

— J'imagine, mon petit, que tu n'es pas le premier garçon qui, apercevant une jolie fille, file chez lui pour revenir avec sa belle voiture. J'imagine aussi que tu ne seras pas le dernier. Vois-tu, non loin d'ici, il y a une partie du parc appelé Rotten Row, où les jeunes gens de bonne famille venaient se pavaner à cheval devant les jeunes dames, dans l'espoir de pouvoir un jour voir ce qui se passait sous leurs culottes bouffantes.

Avec un petit rire, elle ajouta :

— Tu vois, tu n'as rien inventé, mon petit…

— Je te l'accorde, répondis-je avec un sourire. Mais je me sens encore un peu ridicule. Quant à la suite de l'histoire… tu la connais. Le pire a été lorsque j'ai quitté Denise pour Nadine. Tous les journaux en ont parlé. Quel putain de cauchemar cela a dû être pour elle ! C'était une femme de 25 ans qui se faisait larguer pour un jeune mannequin sexy, mais les journaux l'ont décrite comme une vieille gaucho ayant perdu de son charme – comme si elle était en fin de course ! Ce genre de choses arrive tous les jours sur Wall Street, Patricia. Ce que je veux dire, c'est que Denise était, elle aussi, jeune et belle ! N'est-ce pas cruel ? La plupart des hommes riches attendent avant de remplacer leur première femme. Je sais que tu es intelligente, Patricia, et que tu comprends de quoi je parle. C'est comme ça que ça se passe sur Wall Street et, comme tu l'as dit toi-même, je n'ai rien inventé du tout… Ensuite, tout s'est précipité. J'ai sauté la vingtaine et la trentaine pour passer directement à la quarantaine. Il se passe pourtant, au cours de ces deux décennies, des choses qui forgent le caractère d'un homme, Patricia. Certaines luttes que chacun doit mener pour savoir ce que c'est que d'être vraiment un homme. Je n'ai jamais connu ça. Je suis un ado dans le corps d'un adulte. Je suis né avec certains dons – de Dieu – mais sans la maturité émotionnelle pour m'en servir à bon escient. Je suis un accident ambulant… Dieu m'a accordé la moitié de l'équation : il m'a donné la capacité de mener les gens et de comprendre plus de choses que la majorité, mais il a oublié la mesure et la patience nécessaires pour faire le bien… Pour en revenir à Denise, chaque fois qu'elle allait quelque part, les gens la montraient du doigt en disant : « Oh, regarde, c'est elle que Jordan Belfort a plaquée pour la fille de la pub Miller Lite. » Pour être honnête, Patricia, j'aurais dû être fouetté pour ce que j'ai fait à Denise. Que ce soit sur la place publique ou sur la place boursière, peu importe. C'était inexcusable. J'ai quitté une fille gentille et belle, qui m'était restée fidèle pour le meilleur et pour le pire et qui avait tout misé sur moi. Et moi, quand le numéro gagnant est enfin sorti, je lui ai pris son ticket. Je vais brûler dans les flammes de l'enfer pour ça, Patricia. Je le mérite.

Je soupirai comme un damné.

— Tu ne peux pas imaginer à quel point c'est dur de justifier ce que j'ai fait ou d'en vouloir à Denise. Je n'ai jamais réussi. Certaines choses sont foncièrement affreuses ; on a beau les regarder sous tous les angles, on en revient toujours à la même conclusion : dans mon cas, c'est que je suis une fieffée crapule qui a quitté sa loyale épouse pour une paire de jambes un peu plus longues et une frimousse un peu plus jolie. Écoute, Patricia : je sais que cela peut être difficile pour toi d'être impartiale dans cette affaire, mais je pense qu'une femme de ta trempe peut regarder les choses en face. La vérité est que je ne pourrai jamais faire confiance à Nadine comme à Denise. Personne ne pourra jamais me convaincre du contraire. Peut-être dans quarante ans, quand nous serons vieux et ridés, pourrai-je alors envisager de lui faire confiance, mais ce n'est pas pour tout de suite.

— Je suis entièrement d'accord avec toi, mon petit. Faire confiance à une femme rencontrée dans de pareilles circonstances n'est pas chose facile. Mais inutile de te torturer. Tu peux passer ta vie à regarder Nadine en coin en te demandant « Et si... ? » et tout faire pour que cela devienne vrai. Au bout du compte, c'est l'énergie que nous envoyons dans l'univers qui nous revient souvent. C'est une loi universelle, mon petit. Cela dit, tu sais ce qu'on dit à propos de la confiance : pour faire confiance aux autres, il faut d'abord se faire confiance à soi-même. Es-tu digne de confiance, mon petit ?

Oh, bon sang ! Tu parles d'une question ! Je la soumis à mon ordinateur mental, mais la réponse que celui-ci me renvoya à la figure ne me convint pas trop.

— Il faut que je marche un peu, Patricia, dis-je en me levant. Ma jambe recommence à me faire mal si je reste assis trop longtemps. Si nous retournions vers l'hôtel ? Je voudrais voir les orateurs... Avec un peu de chance, il y en aura peut-être un grimpé sur une caisse de savon, en train de casser du sucre sur le dos de John Major. C'est toujours votre Premier ministre ?

— Oui, mon petit, répondit Patricia en se levant et en glissant de nouveau son bras sous le mien.

Nous avions fait quelques pas, lorsqu'elle ajouta simplement :

— Et puis, quand nous aurons écouté ce que l'orateur a à dire sur Major, tu pourras répondre à ma dernière question, d'accord ?

Cette femme était vraiment trop ! Je l'adorais ! Ma confidente !

— D'accord, Patricia, d'accord ! La réponse à ta question est : non. Je suis un putain de menteur infidèle qui couche avec des prostituées comme d'autres enfilent des chaussettes – surtout quand je suis défoncé, c'est-à-dire la moitié du temps. Même quand je suis *clean*, je suis un tricheur. Voilà ! Tu sais tout. Tu es contente ?

Patricia éclata de rire devant tant d'emportement, puis m'acheva en annonçant :

— Oh, mais mon petit, tout le monde est au courant pour les prostituées ! Même ta belle-mère, ma sœur. C'est une sorte de légende. En ce qui concerne Nadine, je crois qu'elle a décidé de prendre le pire avec le meilleur. Ce que je veux savoir, c'est si tu as déjà eu une liaison avec une autre femme, une femme pour laquelle tu avais des sentiments.

— Non, bien sûr que non ! m'exclamai-je, sûr de moi.

Puis, avec appréhension, j'interrogeai ma mémoire pour savoir si je disais la vérité. N'avais-je vraiment jamais trompé Nadine ? Non, vraiment pas. Pas dans le sens traditionnel du terme. Quelle joyeuse pensée Patricia venait de mettre dans mon esprit ! Quelle femme merveilleuse !

Pourtant, j'aimais autant éviter le sujet, si bien que je me mis à parler de mon dos et de la douleur chronique qui me rendait fou. Je lui parlai des opérations qui n'avaient fait qu'aggraver les choses et de tous les narcotiques que j'avais essayés, depuis la Vicodine jusqu'à la morphine, et qui m'avaient donné la nausée et rendu dépressif… alors, j'avais pris des antispasmodiques et du Prozac pour combattre la dépression… mais l'antispasmodique m'avait donné mal à la tête, alors j'avais pris de l'Advil, qui m'avait fait mal à l'estomac, si bien que j'avais pris du Zantac, contre les maux d'estomac, mais cela avait fait monter le taux de mes enzymes du foie. Ensuite, je lui expliquai que le Prozac réduisait ma libido et m'asséchait la bouche… alors, j'avais pris du Salagen pour stimuler mes glandes salivaires et de l'écorce de yohimbe pour l'impuissance, mais qu'au final, j'avais dû arrêter aussi. Finalement, j'en étais toujours revenu au Mandrax, qui semblait être le seul médicament capable de faire taire la douleur.

Nous approchions du coin des orateurs, lorsque je constatai tristement :

— J'ai bien peur d'être devenu complètement accro aux médicaments, Patricia. Même si mon dos ne me faisait plus mal, je crois que je ne serais pas capable d'arrêter. Je commence à avoir des pertes de mémoire ; je fais des trucs dont je ne me souviens pas après. C'est assez flippant, tu sais, comme si une partie de ta vie partait en fumée – pfft ! Envolée pour toujours. Tout ça pour dire que j'ai jeté tous mes Mandrax aux toilettes et que, maintenant, je meurs d'envie d'en prendre un. J'ai même envisagé d'appeler ma secrétaire pour qu'elle envoie mon chauffeur par le Concorde, juste pour avoir du Mandrax. Cela me reviendrait à peu près à 20 000 dollars pour vingt Mandrax. 20 000 dollars ! Et pourtant, j'y pense. Que veux-tu, Patricia ? Je suis un drogué. Je n'avais jamais admis une telle chose devant quelqu'un jusqu'ici, mais je sais que c'est vrai. Tout mon entourage, y compris ma femme, a peur d'aborder le sujet de front avec moi. D'une façon ou d'une autre, ils dépendent tous de moi pour vivre, alors ils laissent couler et me chouchoutent. Bref, c'est là toute mon histoire. C'est un bien triste tableau. Je mène la vie la plus dysfonctionnelle de la planète. Je suis un raté qui a réussi. Combien de temps vais-je encore tenir sur cette terre ? Dieu seul le sait. Mais j'aime ma femme et j'éprouve pour ma petite fille des sentiments dont je n'aurais jamais soupçonné l'existence. D'une certaine façon, c'est elle qui me pousse à avancer. Chandler est tout pour moi. J'avais juré d'arrêter la drogue après sa naissance, mais qui croyais-je tromper ? Je suis incapable d'arrêter, du moins pas très longtemps… Je me demande ce que Chandler pensera lorsqu'elle comprendra que son père est un drogué. Ou quand je finirai en prison. Je me demande ce qu'elle pensera quand elle sera assez grande pour lire tous les articles qui racontent les exploits de son père avec des prostituées. Je redoute vraiment ce jour, tu sais. Il ne fait pourtant aucun doute qu'il arrivera. Tout cela est tellement triste. Tellement triste…

Voilà, j'avais fini. J'avais vidé mon sac comme jamais. Cela m'avait-il pour autant fait du bien ? Hélas, pas vraiment. Je me sentais exactement pareil et ma jambe gauche me faisait toujours terriblement souffrir, malgré la promenade.

J'attendis une réponse pleine de sagesse de la part de Patricia, mais en vain. J'imagine que c'est le principe de la confession. Patricia se contenta de serrer un peu plus fort mon bras et de m'attirer un peu contre elle, pour me faire comprendre qu'en dépit de tout, elle m'aimait et m'aimerait toujours.

Il n'y avait personne au coin des orateurs. La plupart ne venaient que le week-end, m'expliqua Patricia. Cela me sembla normal : ce mercredi-là, il y avait eu assez de paroles pour occuper toute une vie. L'espace d'un bref instant, le Loup de Wall Street était redevenu Jordan Belfort.

Le répit fut de courte durée. Au loin devant moi, je voyais déjà les neuf étages du Dorchester se dessiner au-dessus des rues agitées de Londres. La seule pensée qui m'occupa alors l'esprit fut de savoir à quelle heure le Concorde quittait les États-Unis et combien de temps il lui faudrait pour arriver en Grande-Bretagne.

CHAPITRE 16

Rechute

Si je gagne 1 million de dollars par semaine, quand un Américain moyen en gagne 1 000, alors, si je dépense 20 000 dollars, c'est comme si un Américain moyen en dépensait 20, non ?

J'étais assis dans la suite présidentielle du Dorchester, lorsque ce fabuleux processus de rationalisation fit irruption dans mon esprit. En fait, cela me sembla tellement solide comme argumentation, que je m'emparai instantanément du téléphone pour appeler Janet. Je la tirai d'un profond sommeil en annonçant d'une voix calme :

— Tu vas envoyer George prendre vingt Mandrax chez Alan Chim-tob. Ensuite, tu le mets dans le premier Concorde pour Londres, d'accord ?

C'est seulement alors que je m'aperçus qu'il y avait cinq heures de décalage entre Bayside et Londres et que c'était encore la nuit pour Janet. Ma culpabilité fut de courte durée ; ce n'était pas la première fois que je lui faisais un coup pareil et quelque chose me disait que ce ne serait pas la dernière. Et puis, je la payais cinq fois le salaire normal d'une secrétaire de direction, alors n'avais-je pas, de fait, acheté le droit de la réveiller ? Au pire, n'avais-je pas gagné le droit de la réveiller, au nom de tout l'amour et la bonté que je lui prodiguais, tel le père qu'elle n'avait jamais eu ? (Tant qu'à rationaliser…)

Janet semblait être du même avis car, en un clin d'œil, elle était parfaitement réveillée et prête à se mettre en quatre pour me satisfaire.

— Pas de problème ! répondit-elle joyeusement. Je suis sûre qu'il y a un avion tôt demain matin. Je vais faire en sorte que George soit sur le vol. Par contre, inutile de l'envoyer chez Alan, parce que j'ai une réserve secrète chez moi… Au fait, d'où m'appelez-vous ? De votre chambre d'hôtel ?

Avant de répondre, je me surpris à me demander ce qu'on pouvait penser d'un homme dont la secrétaire ne tiquait même pas lorsqu'il lui demandait d'envoyer un avion supersonique pour assouvir sa toxicomanie galopante et son désir de mort. C'était une pensée troublante sur laquelle je préférais ne pas m'attarder trop longtemps.

— Oui, je suis dans la chambre. Qu'est-ce que tu crois, andouille ? Que je suis dans une petite cabine rouge sur Piccadilly Circus ?

— Allez vous faire foutre ! répliqua aussitôt Janet. Je posais juste la question comme ça.

Elle prit soudain une voix caressante pour demander :

— Votre chambre vous convient-elle mieux que celle en Suisse ?

— Ouais… C'est bien mieux, ma grande. Ce n'est pas exactement mon style, mais tout est neuf et magnifique. Tu as fait du bon boulot.

J'attendis une réponse, mais Janet ne dit rien. Bon sang ! Elle voulait une description détaillée de la chambre – son petit frisson par procuration de la journée. Quelle emmerdeuse !

— Hum… Donc, la chambre est vraiment belle, continuai-je avec un sourire dans la voix. Selon le directeur de l'hôtel, elle est décorée à l'anglaise, même si je n'ai pas la moindre idée de ce que ça veut dire ! Mais c'est vraiment bien, surtout le lit. Il y a un grand baldaquin avec des mètres et des mètres de tissu bleu tout autour. Les Rosbifs doivent aimer le bleu, j'imagine. Les oreillers, aussi, parce qu'il y en a au moins mille dans la chambre. Sinon, le reste de la suite est plein de trucs anglais à la con. La salle à manger est immense, avec un de ces énormes chandeliers en argent massif. On se croirait dans un château. La chambre de Danny se trouve à l'autre bout de la suite, mais là il est en train de se balader – un peu comme le loup-garou de Londres ! Voilà, c'est tout. Pas d'autres informations à te donner, sauf si cela t'intéresse de… Évidemment, ça t'intéresse… Alors, je vais te dire où je me trouve exactement, avant que tu ne poses la question : je suis sur le balcon de la chambre et je contemple Hyde Park tout en te parlant. Je ne vois pas grand-chose, cela dit, à cause du brouillard. Voilà, tu es contente ?

— Hum-hum, fit-elle simplement.

— Combien coûte la chambre ? Je n'ai pas regardé en arrivant.

— 9 000 livres la nuit, ce qui fait à peu près 13 000 dollars. Mais on dirait que ça les vaut, non ?

Je n'avais jamais vraiment compris pourquoi je me sentais toujours obligé de prendre la suite présidentielle, quel qu'en fût le prix. Cela avait certainement quelque chose à voir avec Richard Gere dans *Pretty Woman*, un de mes films préférés, même s'il devait y avoir des raisons plus profondes. Comme ce petit frisson qui me parcourait chaque fois que je m'avançais vers l'accueil d'un palace et lançais ces mots magiques : « Bonjour, je suis Jordan Belfort et j'ai réservé la suite présidentielle. » Je le savais, parce que je n'étais qu'un pauvre type rongé de complexes. Mais bon…

— Merci de me rappeler le taux de change, Melle Banque Mondiale. Des fois que j'aurais oublié. Enfin oui, c'est une affaire à 13 000 dollars la nuit. Cela dit, je pense qu'ils pourraient inclure un esclave pour ce prix.

— Je vais essayer de vous en trouver un. Sinon, j'ai réussi à négocier pour que vous libériez la chambre plus tard demain. Comme ça, on ne paye que pour une seule nuit. Vous voyez comme je veille au grain ? Au fait, comment va la tante de Nadine ?

Instantanément, je passai en mode parano et calculai les risques que notre conversation téléphonique fût enregistrée. Le FBI aurait-il le culot de mettre Janet sur écoute ? Non, c'était inconcevable ! Cela coûtait cher de mettre quelqu'un sur écoute et nous ne discutions jamais de choses importantes sur sa ligne personnelle ; à moins, bien sûr, que quelqu'un ne voulût me coffrer pour déviance sexuelle ou usage excessif de drogues. Et les Anglais ? Était-il possible que le MI6 me suive à la trace pour un crime que je n'avais pas encore commis ? Non, c'était également inconcevable ! Ils étaient déjà bien assez occupés comme ça avec l'IRA. Qu'est-ce qu'ils en avaient à foutre du Loup de Wall Street et de son plan machiavélique pour corrompre une institutrice à la retraite ? Rassuré, je répondis :

— Oh, elle va très bien. J'ai voulu la déposer chez elle, mais elle a insisté pour prendre le *Tube* pour rentrer. C'est comme ça qu'ils appellent le métro, ici.

— Sans blague, Sherlock, persifla Janet.

— Oh, mille excuses ! Je ne savais pas que tu étais une grande voyageuse. Bon, sinon : je vais devoir rester un jour de plus à Londres pour régler quelques affaires. Alors, réserve la suite une nuit de plus et fais en sorte

que l'avion nous attende à Heathrow vendredi matin.
Dis au pilote qu'il fera l'aller-retour dans la journée.
Patricia rentrera l'après-midi même, d'accord ?

— À vos ordres, boss ! éructa Janet, avec son sar-
casme habituel. Mais ne vous sentez pas obligé de me
raconter des conneries sur votre emploi du temps.

Comment savait-elle ? Était-ce tellement évident que
je voulais me défoncer au Mandrax en toute tranquillité, loin du regard curieux des banquiers suisses ? Non,
c'était simplement que Janet me connaissait par cœur.
Elle était un peu comme la Duchesse, dans ce domaine.
Sauf que, comme je mentais moins à Janet qu'à ma
femme, elle était bien plus douée pour deviner quand je
mijotais quelque chose. Pourtant, je me sentis obligé de
mentir.

— Je ne daignerai même pas répondre à ça. Mais,
puisque tu en parles, autant que tu me serves à quelque
chose. Il y a ce club branché à Londres, le Annabel's.
Il paraît que c'est impossible d'y entrer. Réserve-moi la
meilleure table pour demain soir et dis-leur d'avoir
trois bouteilles de Cristal au frais pour moi. Si jamais tu
as le moindre problème…

— Je vous en prie, pas d'insultes, interrompit Janet.
Votre table sera prête, sir Belfort. N'oubliez pas que je
sais d'où vous sortez, c'est tout. Bayside n'est pas
réputé pour sa noblesse. Avez-vous besoin d'autre
chose pour demain soir ?

— Oh, tu es le diable en personne, Janet ! Tu sais,
j'avais vraiment l'intention de tourner la page côté
nanas, mais puisque c'est toi-même qui me mets cette
idée en tête, pourquoi ne louerais-tu pas les services
d'une ou deux Blue Chips ? Une pour moi, une pour
Danny. En fait, prends-en trois, au cas où l'une d'entre
elles serait un thon ! On ne sait jamais à quoi s'attendre
à l'étranger. Bon, allez, je file ! Je vais au sous-sol faire

un peu de muscu, puis direction Bond Street pour un peu de shopping. C'est mon père qui va être content le mois prochain !… Attends ! Avant de raccrocher, rappelle-moi quel patron extraordinaire je suis et dis-moi que tu m'aimes et que je te manque !

— Vous êtes le meilleur patron de toute la terre, je vous aime, vous me manquez atrocement et je crois que je ne peux pas vivre sans vous, récita Janet d'une voix monotone.

— C'est bien ce que je pensais.

Je raccrochai sans même lui dire au revoir.

CHAPITRE 17

Le Maître Faussaire

Trente-six heures plus tard donc, le vendredi matin précisément, notre jet privé décollait de Heathrow, dans un rugissement de bête furieuse. Assise à ma gauche, Patricia avait l'air absolument terrifiée. Elle agrippait les accoudoirs avec une telle force que ses articulations étaient blanches. Je l'observai attentivement pendant une bonne trentaine de secondes et ne la vis pas cligner des yeux une seule fois. Je me sentis un peu coupable de lui infliger un tel inconfort. Pour la plupart des gens, grimper à bord d'un cylindre creux de cinq mètres de long pour être propulsé dans les airs à huit cents kilomètres-heure n'était pas une partie de plaisir. Que pouvais-je y faire ?

Danny était assis en face de moi, le dos au cockpit. Il allait passer le voyage vers la Suisse à l'envers, ce que j'avais toujours trouvé déconcertant. Pourtant, comme d'habitude, cela ne semblait pas du tout le gêner. En dépit du bruit et des vibrations, il s'était même déjà endormi dans sa position favorite : tête renversée, bouche grande ouverte et toutes dents dehors.

Force m'était d'admettre que cette capacité incroyable qu'il avait à s'endormir en un clin d'œil me rendait absolument dingue. Comment parvenait-il à faire taire aussi

simplement les pensées qui lui rugissaient dans la tête ?
C'était incompréhensible ! Bref. Le bonheur des uns…

Le cœur plein de rancune, je me cognai doucement le
front contre le petit hublot, puis collai mon nez à la vitre
pour regarder Londres disparaître en dessous de nous.
À cette heure matinale, 7 heures, une épaisse purée de
pois enveloppait encore la ville comme une couverture
humide et tout ce que je pouvais voir, c'était le clocher
de Big Ben, surgissant du brouillard, tel un énorme
phallus en érection attendant désespérément une main
charitable pour le soulager. Après les trente-six heures
infernales que je venais de passer, le simple fait de
penser à une érection suffisait à me mettre les nerfs en
vrille.

Je me rendis compte soudain que ma femme me manquait affreusement. Nadine ! La belle Duchesse ! Où
était-elle en ce moment, quand j'avais tant besoin
d'elle ? Comme c'eût été merveilleux de pouvoir me
blottir au creux de ses bras et de poser la tête contre sa
douce poitrine pour m'y ressourcer ! Mais non, impossible. En cet instant, un océan nous séparait. D'ailleurs,
il était vraisemblable qu'elle ait eu quelque mauvais
pressentiment à propos de mes récents péchés et préparait déjà sa vengeance.

Le regard perdu dans les nuages, j'essayai de
comprendre quelque chose au désordre de ces trente-six
dernières heures qui n'avaient eu ni queue ni tête.
J'aimais sincèrement ma femme, alors pourquoi avoir
fait toutes ces horreurs ? Était-ce les drogues qui me faisaient commettre de pareils actes ? Ou bien était-ce la
nature même de ces actes qui me poussait à me droguer, afin de me sentir moins coupable ? C'était l'éter-
nelle question, un truc du genre « l'œuf ou la poule ». Il
y avait de quoi devenir fou.

Soudain, le pilote vira brusquement de bord et un rayon de soleil matinal vint irradier de mille éclats l'aile droite jusque dans la cabine. Je manquai de tomber de mon siège. Me détournant de cette lumière aveuglante, je regardai Patricia : la pauvre ! Elle était toujours figée comme une statue, agrippée aux accoudoirs, dans un état proche de la catatonie. Je lui devais bien quelques paroles de réconfort ; pour couvrir le bruit assourdissant des moteurs, je criai :

— Qu'est-ce que tu en dis, Patricia ? Ça change des vols commerciaux, hein ? On sent vraiment bien les manœuvres !

Je jetai un coup d'œil à Danny – il dormait toujours ! Incroyable ! Quelle enflure !

Je repensai à mon emploi du temps de la journée. En ce qui concernait Patricia, rien de plus facile. Un petit aller-retour rapide à la banque et l'affaire serait réglée. Elle ferait risette aux caméras de surveillance, signerait quelques papiers, donnerait une copie de son passeport et ce serait fini. Elle serait de retour à Londres vers 16 heures. D'ici une semaine, elle recevrait sa carte de crédit et commencerait à profiter des avantages qu'il y avait à me servir d'escamoteur. J'étais heureux pour elle.

Une fois que je me serais occupé de Patricia, il me faudrait avoir un rapide entretien avec Saurel pour régler quelques détails et ébaucher un calendrier pour le transfert du cash. Je commencerais avec 5 millions, ou peut-être 6, puis augmenterais les doses petit à petit. Je connaissais quelques personnes aux États-Unis qui se chargeraient de passer l'argent pour moi, mais je m'en occuperais plus tard.

Avec un petit peu de chance, j'allais pouvoir régler toutes mes affaires en Suisse le jour même et prendre le premier vol pour New York le lendemain matin. Quel bonheur ! J'aimais ma femme ! Et puis j'allais pouvoir serrer Chandler dans mes bras ! N'était-ce pas merveilleux ? Chandler était la perfection même. Même si elle ne faisait que dormir, faire caca et boire du lait maternisé tiède, je pouvais déjà dire avec certitude quel petit génie elle serait plus tard. Et quelle beauté ! Elle ressemblait chaque jour davantage à Nadine. C'était parfait, exactement ce que j'avais espéré.

Pourtant, je devais rester concentré sur la journée qui m'attendait, notamment ma rencontre avec Roland Franks. J'avais beaucoup réfléchi à ce que Saurel avait dit et il ne faisait aucun doute qu'un homme comme Roland Franks était une aubaine. Difficile d'imaginer ce dont je pourrais être capable avec, dans mon camp, un expert en faux documents et en possibilité de démenti. L'avantage le plus évident était que je pourrais me servir de mes comptes *offshore* pour profiter de la Régulation S et ainsi contourner la période de rétention de deux ans imposée par la loi 144. Si Roland pouvait me créer des sociétés-écrans dégageant l'odeur de sainteté d'une entité en bonne et due forme, alors je pourrais me servir de la Régulation S pour financer certaines de mes propres sociétés, dont Dollar Time. Celle-ci avait de toute urgence besoin d'une perfusion de 2 millions de dollars en cash et, si Roland était en mesure de créer les documents nécessaires, tout irait comme sur des roulettes. C'était principalement de ça que je voulais discuter avec lui.

Étrange… Malgré tout le mépris que j'éprouvais pour Kaminsky, c'était quand même lui qui m'avait conduit jusqu'à Jean-Jacques Saurel. Je fermai les yeux et fis semblant de dormir. Bientôt, je serais de retour en Suisse.

Les bureaux de Roland Franks occupaient le premier étage d'un étroit bâtiment de briques rouges qui en comptait trois, dans une ruelle pavée et bordée de petits commerces familiaux. Bien que ce fût le milieu de l'après-midi, les boutiques semblaient calmes et peu fréquentées.

Par prudence, j'avais décidé de rencontrer Roland Franks tout seul, étant donné que ce dont nous devions discuter pouvait me conduire tout droit en prison pour quelques milliers d'années. Cependant, je refusais de laisser ce genre de considérations morbides gâcher ma petite sauterie avec mon futur Maître Faussaire. Pour une raison inexplicable, je ne parvenais pas à me sortir ces deux mots de la tête. Maître Faussaire ! Maître Faussaire ! Des possibilités sans fin s'ouvraient à moi ! Tant de stratégies diaboliques à ma portée ! Tant de lois à contourner sous le voile inviolable de la possibilité de démenti !

Tout s'était passé comme sur des roulettes pour Patricia. C'était de bon augure. Elle était déjà dans l'avion, sans doute un peu plus à l'aise à bord du Learjet qu'à l'aller, grâce aux cinq whiskeys irlandais qu'elle s'était envoyés au déjeuner. Quant à Danny… c'était une autre histoire. La dernière fois que je l'avais vu, il était dans le bureau de Saurel, en train d'écouter une conférence sur la nature frivole de la femelle suisse.

Le couloir qui menait au bureau du Maître Faussaire était sombre et sentait le renfermé ; je fus d'ailleurs un peu attristé de découvrir un environnement aussi austère. Bien sûr, le titre officiel de Roland n'était pas Maître Faussaire. J'étais même prêt à parier que j'étais le premier être sur terre à employer ces deux mots pour définir un mandataire suisse.

En soi, le titre de mandataire était complètement anodin et ne comportait aucune connotation péjorative.

D'un point de vue légal, un mandataire n'était qu'un titre pompeux pour décrire une personne légalement chargée – mandatée – de veiller sur les affaires d'une autre. Aux États-Unis, les riches wasps adoraient avoir recours à des mandataires pour gérer l'héritage qu'ils avaient amassé pour leurs crétins de fils ou de filles. La plupart des mandataires agissaient selon des consignes strictes, dictées par les parents wasps, pour établir combien d'argent pouvait être versé et quand. Si tout se passait comme prévu, les rejetons n'étaient pas en mesure de mettre la main sur le magot avant d'être en âge de prendre pleinement la mesure de leur crétinisme. Ensuite, il leur restait suffisamment d'argent pour mener tranquillement leur petite vie, dans la plus pure tradition wasp.

Roland Franks, lui, n'était pas ce genre de mandataire. C'était de moi qu'il prendrait ses consignes, dont je serais également le bénéficiaire. Il serait responsable de toute ma paperasse et remplirait tous les formulaires administratifs nécessaires auprès de divers gouvernements étrangers. Il créerait des documents à l'apparence officielle qui justifieraient des mouvements de fonds, ainsi que des placements dont je garderais le contrôle en secret. Puis, il répartirait l'argent selon mes instructions, dans les pays de mon choix.

J'ouvris la porte du bureau de Roland. Il était là : mon merveilleux Maître Faussaire. Il n'y avait aucun hall d'accueil, juste un bureau bien aménagé, avec des murs lambrissés d'acajou et une épaisse moquette bordeaux. Roland était assis sur le rebord d'un large bureau en chêne encombré de piles de documents. C'était vraiment un bon gros pépère suisse ! Il était à peu près aussi grand que moi, mais il avait une bedaine absolument énorme et ce sourire qui semblait dire : « Eh oui, je passe le plus clair de mon temps à essayer de gruger des gouvernements dans le monde entier. »

Derrière lui se dressait jusqu'au plafond une longue bibliothèque en chêne. Elle faisait bien trois mètres de haut. Les étagères étaient chargées de centaines de livres, tous de la même taille et de la même épaisseur, et tous reliés dans le même cuir marron. Pourtant, chacun portait une inscription différente en lettres dorées au dos. J'avais déjà vu des livres semblables aux États-Unis : c'étaient les statuts d'entreprise, que vous receviez chaque fois que vous créiez une nouvelle société. Chaque volume comportait une charte, des certificats d'action vierges, le cachet d'entreprise, etc. Appuyée contre la bibliothèque se trouvait une vieille échelle munie de roues.

Roland Franks s'avança vers moi et, s'emparant de ma main avant même que je pusse la lui tendre, se mit à la serrer vigoureusement.

— Aaaah, Jordan, Jordan ! s'écria-t-il avec un grand sourire. Vous et moi allons devenir de grands amis ! Jean-Jacques m'a tellement parlé de vous, de vos fantastiques aventures et des projets merveilleux que vous avez. Nous avons tant de choses à discuter en si peu de temps !

Bien qu'un peu dépassé par tant de chaleur et d'embonpoint, je l'appréciai tout de suite. Il y avait quelque chose de très honnête chez lui, de très direct. C'était un homme à qui l'on pouvait faire confiance.

Roland m'invita à m'asseoir sur un canapé de cuir noir et s'installa lui-même dans un fauteuil club assorti. Il sortit une cigarette sans filtre d'un étui en argent et la tapota longuement pour en tasser le tabac. Ensuite, sortant un briquet également en argent de la poche de son pantalon, il l'alluma, la tête penchée sur le côté pour éviter de se brûler à la flamme de vingt centimètres. Il tira une longue bouffée de sa cigarette.

Je le regardai en silence. Finalement, au bout de dix bonnes secondes, il expira, mais seul un petit nuage de fumée sortit. Incroyable ! Où avait-elle disparu ? J'allais le lui demander, lorsqu'il s'exclama :

— Vous devez absolument me raconter votre voyage en avion depuis les États-Unis ! Cette histoire est déjà une légende.

Clin d'œil.

— Mais moi… Ehhhh bien, je suis un homme simple qui n'a d'yeux que pour son adorable épouse !

Il me regarda d'un air confus.

— Bref, j'ai beaucoup entendu parler de votre société de courtage et de toutes les sociétés que vous possédez. Quel royaume pour un homme aussi jeune ! Vous avez encore l'air d'un adolescent et pourtant…

Le Maître Faussaire continua sur sa lancée, s'extasiant sur ma jeunesse et mon succès, mais j'écoutais à peine, trop occupé à suivre le rythme de ses énormes bajoues qui ballottaient d'avant en arrière comme un voilier sur une mer agitée. Roland avait des yeux marron et vifs, le front bas et un gros nez. Sa peau était très blanche et sa tête semblait directement posée sur son tronc, sans la moindre trace de cou. Ses cheveux bruns, presque noirs, étaient soigneusement peignés en arrière sur son crâne rond. Ma première impression avait été la bonne : cet homme renvoyait une certaine forme de chaleur intérieure et possédait la joie de vivre d'une personne parfaitement bien dans sa peau… même si l'on aurait pu retapisser la moitié du territoire suisse avec, tant il était replet.

— … et donc, mon ami, voilà en gros l'histoire. Au final, ce sont les apparences qui font la différence. Ou, comme on dit, il s'agit de bien mettre les points sur les *i* !

Même si je n'avais saisi que la fin de son monologue, le fond en était clair : la trace écrite était cruciale. D'un ton plus raide qu'à l'accoutumée, je répondis :

— Je suis entièrement d'accord avec vous, Roland. Je me suis toujours enorgueilli d'être un homme prudent et réaliste quant à la façon dont le monde tourne. Les hommes comme nous ne peuvent se permettre d'être négligents. C'est un luxe réservé aux femmes et aux enfants.

Ma voix suintait de sagesse antique mais, au fond de moi, j'espérais qu'il n'avait pas vu *Le Parrain*. Je me sentais bien un peu coupable de détourner ainsi les foudres de Don Corleone, mais je ne pouvais m'en empêcher. Ce film était tellement truffé de répliques géniales qu'il semblait naturel de le plagier. D'une certaine façon, je vivais un peu comme Don Corleone, non ? Je ne discutais jamais de mes affaires au téléphone, mon cercle de confidents se limitait à une poignée de vieux amis triés sur le volet, j'achetais hommes politiques et policiers, Biltmore et Monroe Parker me versaient chaque mois un tribut, etc. La liste était longue. En revanche, Don Corleone n'était pas un junkie délirant et ne se laissait pas aussi facilement manipuler par une belle blonde. Que voulez-vous ? C'étaient mes talons d'Achille. Personne n'est parfait.

— Voilà qui est très sage pour un homme aussi jeune, répondit Roland, sans relever mon plagiat. Je suis entièrement d'accord avec vous. La négligence est un luxe qu'aucun homme sérieux ne peut se permettre, aujourd'hui plus que jamais. Vous vous rendrez rapidement compte par vous-même, mon ami, que je peux vous être utile de bien des façons et porter plusieurs casquettes. Bien sûr, vous connaissez déjà mes fonctions les plus banales – pour tout ce qui touche à la paperasserie. Nous ne nous attarderons donc pas sur ce sujet. La question est : par où commencer ? Qu'avez-vous en tête, mon jeune ami ? Je vous en prie, dites-moi tout et je vous aiderai.

Avec un sourire, je répondis :

— Jean-Jacques m'a assuré que vous étiez un homme de confiance et que vous étiez le meilleur dans votre domaine. Plutôt que de tourner autour du pot, je vais partir du principe que vous et moi allons travailler ensemble pendant de longues années.

Je m'arrêtai un bref instant, attendant le petit sourire de circonstance de Roland, après mon préambule paternaliste. Je n'avais jamais été un grand amateur de ce genre de déclarations mais, comme c'était la première fois que je me retrouvais face à un véritable Maître Faussaire… eh bien, cela me semblait approprié.

Comme prévu, Roland sourit avec déférence, avant de tirer de nouveau sur sa cigarette pour faire des ronds de fumée. C'était tellement beau, ces cercles parfaits de fumée gris clair d'environ cinq centimètres de diamètre, qui semblaient flotter avec insouciance dans les airs.

— Voilà de beaux ronds de fumée, Roland. Peut-être pourriez-vous m'éclairer sur un point : pourquoi les Suisses aiment-ils tant fumer ? Ne vous méprenez pas : je suis entièrement pour, si c'est votre truc. En fait, mon père est un des plus grands fumeurs de tous les temps, alors je respecte tout à fait le geste. Pourtant, les Suisses semblent prendre la chose bien plus au sérieux.

— Il y a trente ans, c'était la même chose aux États-Unis, avant que votre gouvernement ne se sente obligé de fourrer son nez dans les affaires des autres – jusque dans le droit de s'adonner à un plaisir aussi simple. Il a institué une guerre de propagande contre le tabac qui, heureusement, n'a pas encore traversé l'Atlantique. Étrange, n'est-ce pas, ce besoin qu'ont les gouvernements de décider de ce que nous pouvons ou non infliger à notre corps. Qu'est-ce que ce sera ensuite ? La nourriture ?

Tout sourire, il se tapota le ventre avec un plaisir évident.

— Si ce jour arrive, mon ami, je me tirerai certainement une balle dans la tête !

Je laissai échapper un petit rire et balayai sa remarque d'un geste, comme pour dire : « Oh, voyons, vous n'êtes pas si gros que ça ! »

— Voilà une réponse qui me satisfait pleinement, dis-je. Ce que vous dites est d'ailleurs plein de bon sens : le gouvernement des États-Unis est trop intrusif dans bien des aspects de la vie. C'est d'ailleurs pour cette raison que je suis ici aujourd'hui. J'ai encore quelques scrupules à faire des affaires en Suisse, la plupart venant de mon manque de connaissance de votre monde – je parle de la finance étrangère. Cela me rend extrêmement nerveux. Je suis convaincu que la connaissance est une force et que, dans une situation comme celle-ci, où les enjeux sont si importants, l'ignorance est un aller simple vers le désastre. Il me faut donc en apprendre plus. Tout le monde, à un moment ou un autre, a besoin d'un mentor et c'est dans cet esprit que je viens vers vous. Je n'ai aucune idée de la façon dont je dois opérer dans votre domaine. Par exemple : qu'est-ce qui est considéré comme tabou ? Où se situe la limite ? Qu'est-ce qui est considéré comme téméraire, ou prudent ? Ce sont des choses très importantes pour moi, Roland ; des choses que je me dois de connaître si je veux éviter les ennuis. Je dois connaître votre droit financier sur le bout des doigts ; si possible, je voudrais jeter un œil aux anciens jugements, pour comprendre pourquoi d'autres personnes ont eu des ennuis et quelles erreurs elles ont commises, afin de ne pas les répéter. Je suis un passionné d'histoire, Roland. Je crois dur comme fer que qui n'étudie pas les erreurs du passé est condamné à les reproduire.

C'était ce que j'avais fait en démarrant Stratton et cela m'avait été très précieux.

— Voilà qui est encore d'une grande sagesse, mon jeune ami, et je me ferai un plaisir de compiler quelques informations pour vous. Peut-être même puis-je éclaircir certains points dès aujourd'hui. Vous voyez, presque tous les problèmes que les Américains rencontrent avec le système bancaire suisse ne surviennent pas de ce côté-ci de l'Atlantique. Une fois votre argent en sécurité ici, je peux le faire disparaître loin des regards curieux de votre gouvernement, dans une dizaine de petites sociétés sans déclencher la moindre alarme. Jean-Jacques m'a dit que Mme Mellor s'était rendue à la banque ce matin même, c'est bien ça ?

— Oui, elle est même déjà dans l'avion du retour. J'ai sur moi une photocopie de son passeport, si besoin.

Je tapotai ma poche intérieure.

— Parfait, c'est parfait ! Si vous voulez bien avoir la gentillesse de me confier ce document, je l'archiverai avec chaque société que nous créerons... Je passe du coq à l'âne, mais sachez que Jean-Jacques ne me transmet ces informations qu'avec votre autorisation. Sans cela, il n'aurait jamais fait la moindre allusion à la venue de Mme Mellor. J'ajouterai également que ma relation avec Jean-Jacques est strictement à sens unique. Il ne saura jamais rien de nos affaires, sauf si vous me demandez expressément de lui en parler. Voyez-vous, je vous recommande fortement de ne pas mettre tous vos œufs dans le même panier. Cela dit, comprenez-moi bien : l'Union bancaire est une institution réputée et je vous conseille d'y déposer l'essentiel de votre argent. Mais il existe des banques dans d'autres pays – au Luxembourg ou au Liechtenstein, pour n'en citer que deux – qui nous seront également très utiles. Fractionner vos transactions dans plusieurs pays permettra de créer un écran si épais qu'il sera presque impossible pour un seul gouvernement de le percer... Chaque pays possédant un ensemble de lois qui lui est propre, ce qui est considéré comme illégal en Suisse peut très bien être légal au Liechtenstein. En fonction du type de transactions que vous souhaitez effectuer, nous allons créer des sociétés distinctes pour chaque partie de la transaction. Ainsi, nous ne ferons dans chaque pays que la partie qui est légale. Bien sûr, je ne vous dépeins que les grandes lignes. En réalité, les possibilités sont bien plus vastes que ça.

Incroyable ! Un véritable Maître Faussaire !

— Peut-être pourriez-vous me donner un bref aperçu. Vous n'imaginez pas à quel point cela me rassurerait. Les avantages à travailler via des sociétés civiles sont évidents, que ce soit aux États-Unis ou en Suisse. Ce qui m'intéresse, cependant, ce sont les détails.

Avec un sourire, je me calai confortablement dans le canapé et croisai les jambes pour lui faire comprendre que j'avais tout mon temps.

— Bien sûr, mon ami. Nous arrivons au cœur du sujet. Chacune de ces sociétés est une société au porteur, ce qui veut dire qu'il n'existe aucun véritable document désignant le propriétaire. En théorie, quiconque est en possession des certificats – c'est-à-dire le porteur – est considéré comme le propriétaire légal. Il existe deux façons de protéger sa propriété, pour une société de ce genre. La première est de prendre personnellement possession des certificats, d'en être le porteur physique. Dans ce cas, c'est votre responsabilité de trouver un endroit sûr pour les conserver, par exemple, dans un coffre aux États-Unis ou quelque chose comme ça. La seconde façon serait d'ouvrir un coffre numéroté en Suisse pour y conserver les certificats. Vous seul auriez alors accès à ce coffre et, contrairement aux comptes bancaires, les coffres suisses sont véritablement numérotés : aucun nom n'y est rattaché. Si c'est ce que vous choisissez de faire, alors je vous suggère de louer un coffre avec un bail de cinquante ans payés d'avance. Dans ces conditions, aucun gouvernement ne pourrait y avoir accès. Seuls vous, et peut-être votre femme, si vous le désirez, serez au courant de son existence. Cependant, si je peux me permettre de vous donner un conseil, n'en parlez pas à votre femme. En revanche, donnez-moi des instructions pour la contacter si quelque chose devait vous arriver – Dieu nous en préserve. Vous avez ma parole qu'elle en serait informée sur-le-champ.

Il s'empressa d'ajouter :

— Je vous en prie, n'allez pas croire que je mette en doute la loyauté de votre femme. Je suis certain que c'est une jeune femme charmante et, d'après ce que j'ai entendu dire, elle est d'une grande beauté. Mais ce ne serait pas la première fois qu'une épouse mal lunée conduit un contrôleur du fisc dans des recoins où il n'est pas le bienvenu.

Je réfléchis longuement à ce que Roland venait de dire. Cela me rappelait tristement les fantômes de 6 millions de Juifs massacrés en train d'errer dans les rues de Zurich ou Genève, à la recherche de leur banquier suisse. Cependant, force m'était d'admettre que Roland semblait être le genre de type à tenir parole. Mais comment en être sûr ? N'oublions pas que j'étais l'ultime loup déguisé en agneau ; j'étais quand même bien placé pour savoir que les apparences étaient trompeuses. Peut-être en parlerais-je à mon père ; mieux encore : je lui confierais une enveloppe scellée, avec l'ordre exprès de ne l'ouvrir que si je mourais de façon prématurée. Étant donné mon penchant pour le pilotage en plein trip et la plongée sous-marine pendant des coupures de courant, cela semblait plus que probable.

Je décidai de garder mes pensées pour moi-même.

— Je préfère la seconde option, pour diverses raisons. Même si je n'ai jamais reçu d'ordre de réquisition de la part du ministère de la Justice, cela me semble plus prudent de conserver tous mes documents en dehors de leur juridiction. Comme vous le savez probablement, tous mes problèmes sont d'ordre administratif et non pénal. Je veux que vous sachiez que je suis un homme d'affaires réglo, Roland. Cependant, de nombreuses lois fiscales américaines sont parfaitement ambiguës et il est impossible de trancher entre le bien et le mal. C'est la vérité, Roland : dans de nombreux cas – la plupart du temps, même – l'infraction est plus une affaire de point de vue qu'autre chose.

Conneries ! Mais ça sonnait tellement bien…

— Alors, de temps en temps, quelque chose que je pensais parfaitement légal se retourne contre moi. C'est un peu injuste, mais c'est ainsi. Tout ça pour dire que la plupart de mes problèmes viennent de lois mal rédigées et conçues pour être appliquées contre des individus que le gouvernement a décidé de persécuter.

Roland partit d'un rire rauque.

— Oh, mon ami, vous êtes vraiment impayable ! Quelle merveilleuse façon de voir les choses. Je n'avais jamais entendu quelqu'un défendre son point de vue de façon si convaincante. Excellent ! C'est tout bonnement excellent !

— Venant d'un homme comme vous, répondis-je en riant, je prends ça comme un compliment. Je ne vous cache pas que, comme tout homme d'affaires, je franchis la ligne de temps en temps et prends quelques risques. Mais ce sont toujours des risques calculés… longuement calculés même. Chaque fois, je m'assure d'une trace écrite en béton, afin de toujours avoir une possibilité de démenti. Ce terme vous est familier, j'imagine ?

Roland acquiesça lentement. Il était dc toute évidence emballé par ma capacité à rationaliser mes infractions à toutes les lois fiscales jamais inventées. Ce qu'il ne savait pas, en revanche, c'était que la SEC était en train d'en inventer de nouvelles pour essayer de m'arrêter.

— Je m'en doutais, poursuivis-je. Lorsque j'ai monté ma société de courtage, voilà cinq ans, un homme très avisé m'a donné ce conseil tout aussi avisé : « Si tu veux survivre dans cette profession de dingues, alors tu dois agir comme si chacune de tes transactions sera un jour ou l'autre observée à la loupe par une agence gouvernementale. Ce jour-là, tu as intérêt à avoir une explication en béton armé pour démontrer que tu n'as enfreint aucune loi, fiscale ou non. »

Je regardai Roland un moment, avant de reprendre :

— Cela dit, Roland, 99 % de mes transactions sont réglo. Le seul problème, c'est que le 1 % restant vous met dedans à chaque fois. Il serait peut-être sage de mettre le plus de distance possible entre ce dernier et moi-même. J'imagine que vous serez le mandataire de chacune des sociétés ?

— C'est cela, mon ami. Selon la loi suisse, j'aurai le pouvoir de signer, au nom de la société, les documents, ainsi que tous les contrats que je jugerai être dans le meilleur intérêt de la société ou de ses bénéficiaires. Bien sûr, les seules transactions qui me sembleront appropriées seront celles que vous me recommanderez.

Par exemple, si vous me conseilliez d'investir mon argent dans une certaine nouvelle action, dans un terrain constructible ou dans quoi que ce soit d'autre, je suivrais votre conseil à la lettre… C'est d'ailleurs là que mes services vous seront d'une utilité précieuse. Vous voyez, pour chaque investissement, je monterai un dossier rempli d'études et de lettres de divers analystes financiers, experts immobiliers, etc., pour avoir en main une base indépendante avant de me lancer dans l'investissement. Parfois, je fais appel à un consultant extérieur, dont le travail consiste à me fournir un rapport expliquant que l'investissement est sain. Bien sûr, le consultant parvient toujours à la bonne conclusion, mais pas sans avoir fourni un rapport en bonne et due forme, avec graphiques en couleur à l'appui. Au final, c'est ce genre de détail qui soutient véritablement la possibilité de démenti. Si quelqu'un devait un jour me demander pourquoi je me suis lancé dans un investissement particulier, je n'aurais alors qu'à montrer l'épais dossier d'un air convaincu… Mais une fois encore, Jordan, nous ne restons ici qu'à la surface des choses. Je vous présenterai de nombreuses stratégies qui vous permettront de poursuivre vos affaires en toute discrétion. De plus, si jamais l'envie vous prend un jour de rapatrier cet argent aux États-Unis sans laisser la moindre trace, je serais encore en mesure de vous aider.

Intéressant… C'était ce qui me posait le plus problème. Je me penchai en avant et baissai la voix :

— C'est un sujet qui m'intéresse au plus haut point, Roland. Pour tout vous dire, j'ai été assez déçu par les scénarios proposés par Jean-Jacques. Il m'a présenté deux options possibles qui, selon moi, étaient dignes d'un amateur et tout simplement suicidaires.

— Cela ne me surprend pas, répondit Roland. Jean-Jacques est un banquier ; il est doué pour administrer les biens, pas pour jongler avec. Je tiens d'ailleurs à préciser qu'il est excellent dans son domaine ; il s'occupera très bien votre argent et avec la plus grande discrétion. Pourtant, il ne connaît rien à la création de documents autorisant l'argent à circuler entre les pays, sans alerter la moindre autorité. C'est le rôle d'un mandataire comme moi…

D'un Maître Faussaire !

— … Vous verrez que l'Union bancaire vous déconseillera fortement de sortir l'argent de votre compte. Bien sûr, vous ferez toujours comme bon vous semblera et ils ne tenteront jamais vraiment de vous en empêcher. Mais ne soyez pas surpris si Jean-Jacques tente de vous dissuader, par exemple en prétextant que les mouvements de fonds peuvent alerter les autorités. On ne peut pas lui en vouloir : tous les banquiers suisses agissent de cette façon, afin de protéger leurs intérêts. En vérité, mon ami, 3 millions de dollars qui entrent et sortent du système bancaire suisse en une journée ne suffisent pas à alerter qui que ce soit. Pour un homme aussi intelligent que vous, il n'est pas difficile de comprendre pourquoi la banque tient tellement à ce que votre solde reste le plus élevé possible.

Roland sembla hésiter un instant, puis finit par demander :

— J'aimerais quand même savoir ce que Jean-Jacques vous a suggéré. Je serais curieux d'entendre les dernières modes de la banque dans ce domaine.

Roland se cala dans son fauteuil, les mains croisées sur son ventre. L'imitant, je lui expliquai :

— Eh bien, il m'a tout d'abord recommandé de me servir d'une carte de crédit, ce qui m'a semblé être une sacrée connerie, si vous voulez bien excuser mon putain de langage. Comme si faire les magasins avec une carte rattachée à un compte étranger ne laissait pas une trace écrite d'un kilomètre de long !

Je levai les yeux au ciel.

— Sa seconde recommandation était aussi ridicule : il voulait que je me serve de mon argent *offshore* pour prendre une hypothèque sur ma propre maison, aux États-Unis. J'imagine que rien de tout cela ne parviendra aux oreilles de Saurel, mais je dois bien avouer que j'ai été vraiment déçu. Alors, dites-moi, Roland : qu'est-ce que je n'ai pas compris ?

— Il existe bien des façons d'agir sans laisser la moindre trace, répondit Roland, avec un sourire confiant. Ou, pour être plus exact, en laissant une trace écrite gigantesque, mais du genre que nous aimons : une trace qui témoigne d'une parfaite innocence et résiste à l'examen le plus attentif, des deux côtés de l'Atlantique. Êtes-vous familier avec les prix de cessions internes ?

Cessions internes ? Oui, je connaissais, mais comment cela… Soudain, un millier de stratégies surgirent dans mon esprit, toutes plus diaboliques les unes que les autres. Les possibilités étaient… infinies ! Avec un grand sourire, je répondis :

— À vrai dire, oui, Maître Fau… Je veux dire, Roland. C'est même une idée brillante.

Il sembla choqué que je connaisse l'art secret des cessions internes. C'était une escroquerie financière dans laquelle vous vous engagiez dans une transaction, soit en sous-facturant, soit en surfacturant un produit particulier, en fonction du sens que vous vouliez faire prendre à l'argent. Le truc, c'était que vous étiez des deux côtés de la transaction, à la fois vendeur et acheteur. Cette stratégie était utilisée par des multinationales, principalement pour frauder le fisc. Celles-ci modifiaient le prix des cessions internes lorsqu'elles vendaient d'une filiale à une autre. Le résultat était simple : les bénéfices étaient transférés d'un pays où les impôts sur les entreprises étaient élevés vers un pays où ils n'existaient pas. J'avais lu un article sur le sujet dans un obscur magazine économique – un article sur Honda Motors qui surfacturait ses usines américaines pour des pièces de moteur et réduisait ainsi ses bénéfices aux États-Unis. Pour des raisons évidentes, le fisc était sur les dents.

— Je suis surpris que vous connaissiez les cessions internes. C'est un procédé peu utilisé, surtout aux États-Unis.

— Je vois déjà des centaines de façons de m'en servir pour transférer de l'argent sans que personne ne tique. Nous n'avons qu'à créer une société au porteur qui prendra part à une transaction avec l'une de mes sociétés aux États-Unis. À brûle-pourpoint, je pense à Dollar Time, qui se retrouve avec 1 ou 2 millions de dollars de vêtements invendables sur les bras. Même en bradant, ils n'en tireraient rien. Ce que nous pourrions faire, en revanche, c'est créer une société au porteur en lui donnant un nom du genre « Vêtements en gros SA », puis je demanderais à Dollar Time de se mettre en contact avec ma société *offshore* pour que celle-ci achète ce stock invendable. Ainsi, mon argent serait transféré depuis la Suisse jusqu'aux États-Unis et la seule trace écrite serait un ordre d'achat et une facture.

— Exact. Je peux vous imprimer toutes sortes de factures, commandes ou quoi que ce soit dont vous ayez besoin. Je peux même imprimer des attestations de transaction boursière et les antidater. En d'autres termes, nous pouvons partir à la pêche dans un journal de l'an dernier et choisir une action qui a énormément progressé, puis créer les documents certifiant qu'une transaction a bien eu lieu. Mais ne mettons pas la charrue avant les bœufs. Il me faudrait plusieurs mois pour tout vous enseigner… Autre chose : je peux également faire en sorte que de grosses quantités de liquide soient disponibles dans différents pays, simplement en créant des sociétés au porteur, puis en créant les papiers nécessaires pour des achats et des ventes de marchandises inexistantes. Au final, le bénéfice ira dans le pays de votre choix, où vous pourrez alors récupérer l'argent. Tout ce qui restera sera un ensemble de documents soulignant la légalité de l'acte. À vrai dire, j'ai déjà créé deux sociétés pour vous. Venez, mon garçon, je vais vous montrer.

Le Maître Faussaire souleva sa masse énorme du fauteuil et me conduisit jusqu'à la bibliothèque, d'où il sortit deux registres.

— Tenez, dit-il. La première s'appelle United Overseas Investments et la seconde, Far East Ventures. Elles sont toutes les deux enregistrées aux îles Vierges britanniques, où vous n'aurez aucun impôt à payer et où la régulation est quasi inexistante. Tout ce dont j'ai besoin, c'est d'une photocopie du passeport de Mme Mellor. Ensuite, je m'occupe du reste.

— Aucun problème.

Je tendis la copie du passeport de Patricia à mon merveilleux Maître Faussaire. J'allais apprendre tout ce que je pouvais de cet homme, tous les secrets de la finance suisse. J'apprendrais comment dissimuler toutes mes transactions derrière un voile impénétrable de sociétés au porteur étrangères. Et si jamais les choses tournaient mal, la documentation que j'allais moi-même créer serait ma planche de salut.

Tout se mettait en place, à présent. Aussi différents qu'ils pussent être, Jean-Jacques Saurel et Roland Franks étaient tous les deux des hommes de pouvoir et de confiance. Nous étions en Suisse, la terre glorieuse des secrets ; aucun de ces deux hommes n'avait de raison de me trahir.

Hélas, je me trompais pour l'un d'eux.

CHAPITRE 18

Fu Manchu et la mule

C'était un splendide samedi après-midi à West-hampton Beach, le week-end du Labor Day. Nous étions au lit, en train de faire l'amour comme n'importe quel couple. Enfin presque. La Duchesse était allongée sur le dos, les bras étendus au-dessus de la tête. Sa chevelure dorée encadrait les courbes parfaites de son visage, qui reposait doucement sur un oreiller de soie blanche. On aurait dit un ange descendu du ciel juste pour moi. J'étais sur elle, lui maintenant les mains, et nos doigts étaient entrelacés. Seule une mince pellicule de sueur nous séparait.

Je tentais d'user de chaque atome de mon anatomie maigrichonne pour l'empêcher de bouger. Nous étions à peu près de la même taille, si bien que nous nous emboîtions comme des serre-livres. Tandis que je humais son parfum divin, je sentais ses seins contre ma poitrine, la chaleur de ses cuisses pulpeuses et la douceur de ses chevilles caressant les miennes.

Cependant, bien qu'elle fût douce, mince et bien plus chaude qu'un incendie de forêt, la Duchesse était aussi forte qu'un bœuf ! Malgré tous mes efforts, je ne parvenais pas à la maintenir en place.

— Arrête de bouger ! balbutiai-je, dans un mélange de fougue et de colère. J'y suis presque, Nadine ! Arrête de remuer les jambes !

La Duchesse me répondit comme un enfant sur le point de piquer une énorme colère :

— Je – ne – suis – pas – bien – installée ! Laisse-moi me relever !

Je tentai de l'embrasser sur la bouche, mais elle tourna la tête au dernier moment et je n'atteignis que sa pommette. Je me dévissai le cou pour tenter de l'attaquer par un autre angle, mais elle tourna de nouveau la tête et je heurtai son autre pommette. Elle les avait tellement saillantes que je manquai de m'entailler la lèvre inférieure.

Je savais que j'aurais dû la lâcher, mais je n'avais pas envie de changer de position à ce moment, surtout si près de la Terre promise. J'essayai une autre tactique.

— Allez, Nadine ! suppliai-je, avec une mine déconfite. Ne me fais pas ce coup-là ! J'ai été un mari exemplaire ces quinze derniers jours, alors arrête de te plaindre et laisse-moi t'embrasser !

J'étais particulièrement fier de prononcer ces dernières paroles, car c'était la stricte vérité. J'avais été un mari presque parfait depuis mon retour de Suisse. Je n'avais pas couché avec une seule prostituée – pas une seule ! Sans parler du fait que j'étais rentré tôt tous les soirs et que ma consommation de drogue avait baissé de moitié. J'étais même resté *clean* pendant quelques jours. Impossible de me souvenir de ma dernière phase baveuse.

J'étais donc dans un de ces brefs interludes où ma toxicomanie extravagante semblait plus ou moins maîtrisée. J'avais déjà connu des périodes semblables, au cours desquelles mon besoin incontrôlable de planer aussi haut que le Concorde faiblissait grandement.

À ces moments-là, d'ailleurs, la douleur que me causait mon dos semblait moins lancinante et je dormais mieux. Hélas, c'était toujours temporaire… Arrivait inévitablement quelque chose qui déclenchait de nouveau ma folie et tout recommençait pire qu'avant.

— Allez, Nadine ! m'écriai-je avec une pointe de colère. Allez quoi, merde ! Arrête de bouger la tête ! J'y suis presque et je veux t'embrasser pendant que je jouis !

La Duchesse n'eut pas l'air d'apprécier mon attitude égoïste. Avant que je comprenne ce qui arrivait, elle avait posé les mains sur mes épaules et, d'un mouvement brusque de ses bras élancés, elle me repoussa. Mon pénis s'extirpa aussitôt et je fis un vol plané hors du lit, direction le plancher de bois blanchi.

Au passage, j'aperçus brièvement le bleu sombre de l'océan Atlantique à travers la grande baie vitrée qui couvrait la totalité du mur à l'arrière de la maison. Bien qu'il fût à une centaine de mètres, j'avais l'impression qu'il était beaucoup plus près. Juste avant de m'écraser au sol, j'entendis la Duchesse s'écrier :

— Oh, mon chéri ! Attention ! Je ne voulais pas…

BOUM !

Le choc me fit cligner des yeux. Pourvu que je ne me fusse rien cassé.

— Aï-eu ! gémis-je. Pourquoi tu as fait ça ?

J'étais allongé sur le dos, nu comme un ver, mon pénis luisant dans la lumière de ce début d'après-midi. Je jetai d'ailleurs un rapide coup d'œil vers mon entrejambe : ouf ! mon érection était intacte ! Ce qui me réconforta un peu. M'étais-je coincé quelque chose ?… Non, apparemment, même si j'étais trop sonné pour bouger le moindre muscle. La tête blonde de la Duchesse apparut au bord du lit ; elle me regarda, l'air inquiet, puis, avec la moue affectueuse d'une maman dont l'enfant vient de faire une chute inopinée au parc, elle s'écria :

— Oh, mon pauvre petit bébé ! Reviens dans le lit, je vais arranger ça !

Un tiens vaut mieux que deux tu l'auras. Je fermai donc les yeux sur son emploi du terme « petit » et roulai sur le côté pour me remettre debout. J'étais sur le point de grimper de nouveau sur elle, lorsque je tombai en admiration devant le spectacle qui s'offrait à moi : pas simplement la pulpeuse Duchesse, mais également les 3 millions de dollars en cash sur lesquels elle était couchée.

Oui, il y avait 3 millions de dollars tout ronds. Un trois avec six zéros derrière.

Nous venions juste de finir de compter l'argent, qui était rangé par piles de 10 000 dollars, chacune faisant environ trois centimètres d'épaisseur. Il y avait trois cents piles étalées sur toute la largeur du matelas *king-size* et quarante-cinq centimètres de hauteur. À chaque coin du lit, une énorme défense d'éléphant d'un mètre de haut se dressait, donnant le ton de la chambre : safari à Long Island !

Nadine roula sur le matelas, envoyant voler 70 ou 80 000 dollars, qui partirent rejoindre le quart de million déjà par terre depuis mon vol plané. Pourtant, cela ne changeait rien au tableau. Il y avait tant de billets verts sur le lit qu'on se serait cru dans la forêt amazonienne après la mousson.

— Je suis désolée, chéri ! répéta la Duchesse avec un doux sourire. Je ne voulais pas te faire tomber du lit, je te jure. C'est juste que j'avais une crampe terrible dans l'épaule et j'imagine que tu ne pèses pas très lourd. Allons dans la penderie faire l'amour, d'accord, poussin ?

Avec un petit sourire lubrique, elle se releva en souplesse et me rejoignit, nue, à côté du lit. Soudain, elle fit la moue et commença à se mordiller l'intérieur des joues, comme elle le faisait chaque fois qu'elle réfléchissait. Au bout de quelques secondes, elle finit par demander :

— Tu es sûr que c'est bien légal ? Parce que… Je ne sais pas, j'ai l'impression que tout cela est… mal.

À cet instant, je n'avais pas particulièrement envie de mentir à ma femme sur mes activités de blanchiment d'argent. En fait, ma seule envie était de la retourner sur le lit et de la baiser à bride abattue ! Mais comme c'était ma femme, j'étais presque contractuellement obligé de lui mentir.

Je t'ai expliqué, Nadine. Tout cet argent vient de la banque. Tu m'as toi-même vu le prendre. Bon, je ne dis pas qu'Elliot ne m'a pas refilé quelques dollars par-ci par-là…

Quelques dollars ? Plutôt 5 millions !

— … mais cela n'a rien à voir avec cet argent. Tout ce cash est parfaitement légal et, si le gouvernement débarquait ici à l'instant même, je n'aurais qu'à leur donner les tickets de retrait. C'est tout.

Je passai les bras autour de sa taille et l'attirai contre moi pour l'embrasser. Nadine se libéra en gloussant.

— Je sais bien que tu as retiré tout cet argent de la banque, mais cela me semble quand même illégal. Je ne sais pas… tous ces billets… Je ne sais vraiment pas. Ça me paraît vraiment bizarre.

Elle recommença à se mordre les joues.

— Tu es sûr de savoir ce que tu fais ?

Je me rendis compte avec une grande tristesse que j'étais lentement en train de perdre mon érection. Il était temps de changer d'endroit.

— Fais-moi confiance, chérie. J'ai la situation en main. Allons dans la penderie, tu veux ? Todd et Carolyn seront là dans moins d'une heure et je veux faire l'amour sans me presser. D'accord ?

Nadine me regarda un moment puis, sans crier gare, partit en courant comme une flèche, en criant par-dessus son épaule :

— Le dernier arrivé à la penderie a perdu !

Je m'élançai à sa poursuite avec toute l'insouciance du monde.

Il ne faisait aucun doute que quelques Juifs complète-ment dingues avaient fui la banlieue résidentielle de Lefrak City, dans le Queens, au début des années soixante-dix.

Mais aucun n'était aussi dingue que Todd Garret.

Todd avait trois ans de plus que moi et je me sou-viens encore de la première fois que je l'avais vu. Je venais d'avoir 10 ans et Todd se tenait dans le petit garage du rez-de-jardin dans lequel il venait d'emmé-nager avec ses dingues de parents, Lester et Thelma. Son grand frère, Freddy, était récemment mort d'une overdose d'héroïne ; lorsqu'on l'avait retrouvé, assis sur la cuvette des toilettes avec son aiguille rouillée encore plantée dans le bras, il était mort depuis deux jours.

En comparaison, Todd était donc relativement normal.

Bref, ce jour-là, il était en train de taper dans un sac de frappe en toile blanche, vêtu d'un pantalon et de chaussons de kung-fu noirs. À l'époque, au début des années soixante-dix, il n'y avait pas de club de karaté à tous les coins de rue, aussi Todd s'était-il rapidement forgé une réputation d'original. Au moins était-il cohé-rent : on savait qu'on pouvait le trouver dans son petit garage, douze heures par jour et sept jours sur sept, en train de taper sur son sac.

Personne n'avait jamais pris Todd au sérieux jusqu'à ses 17 ans. Todd s'était alors retrouvé dans le mauvais bar de Jackson Heights, dans le Queens. Jackson Heights n'était qu'à quelques kilomètres de Bayside, mais on eût dit une autre planète. La langue officielle était l'argot des rues, la profession la plus courante, le chômage et même les grands-mères cachaient des crans d'arrêt dans leur sac à main. Dans le bar en question, quelques insultes avaient été échangées entre Todd et quatre dealers colombiens qui s'étaient ensuite jetés sur lui. Lorsque tout avait été fini, deux dealers avaient des os brisés, les quatre avaient la gueule amochée et un avait même été poignardé avec son propre couteau, dont Todd avait réussi à s'emparer. Après cet épisode, tout le monde avait pris Todd très au sérieux.

À partir de là, c'était tout naturellement que Todd était entré dans le monde des gros dealers où, grâce à un savant mélange de peur et d'intimidation, ainsi qu'à une bonne dose de ruse, il s'était rapidement hissé en haut de l'échelle. À 20 ans, il gagnait plusieurs centaines de milliers de dollars par an, passait ses étés dans le Sud de la France ou sur la Riviera italienne, et l'hiver sur les plages splendides de Rio de Janeiro.

La situation était restée au beau fixe pendant quelques années. Mais un jour, tandis que Todd se trouvait sur la plage d'Ipanema, il avait été piqué par un insecte tropical non identifié. Quatre mois plus tard, il était sur liste d'attente pour une greffe du cœur. Moins d'un an plus tard, il ne pesait plus que quarante-trois kilos et il avait l'air d'un squelette d'un mètre quatre-vingts.

Après deux ans d'attente, un bûcheron de deux mètres, apparemment doté de deux pieds gauches et d'une ligne de vie exceptionnellement courte, était tombé d'un séquoia et avait fait le grand plongeon. Comme on dit, le malheur des uns fait le bonheur des autres : sa compatibilité immunologique avec Todd était parfaite.

Trois mois après sa greffe du cœur, Todd était de retour dans la salle d'entraînement ; trois mois de plus et il avait retrouvé sa forme ; encore trois mois et il était devenu le plus gros dealer de Mandrax des États-Unis et enfin, trois mois plus tard, il avait découvert que moi, Jordan Belfort, propriétaire de la légendaire banque d'affaires de Stratton Oakmont, étais accro aux Mandrax. C'était donc tout naturellement qu'il était entré en contact avec moi.

C'était il y a environ deux ans et, depuis, Todd m'avait vendu cinq mille Mandrax et m'en avait, par ailleurs, fait cadeau d'à peu près autant, pour me remercier de tout l'argent que je lui faisais gagner en Bourse. Pourtant, voyant que ses bénéfices se comptaient en millions, il s'était rapidement rendu compte qu'il ne pourrait jamais me rendre la pareille en Mandrax. Alors, il avait commencé à me demander s'il pouvait faire quelque chose pour moi, n'importe quoi.

J'avais résisté à l'envie de lui demander de tabasser tous les gosses qui m'avaient regardé de travers depuis le CP mais, après l'avoir entendu trois mille fois me répéter : « Si jamais je peux faire quelque chose pour toi, même tuer quelqu'un, tu n'as qu'à me le dire », j'avais fini par accepter sa proposition. Et puis, le fait que sa nouvelle femme, Carolyn, fût citoyenne suisse rendait les choses tellement plus naturelles.

À cet instant, Todd et Carolyn se trouvaient dans ma chambre à coucher et faisaient ce qu'ils savaient faire le mieux : s'engueuler ! À ma demande expresse, la Duchesse était partie en ville faire du shopping. Je n'avais aucune envie qu'elle assistât à la scène délirante qui se jouait à présent sous mes yeux.

La scène délirante : simplement vêtue d'une culotte de soie blanche et de tennis Tretorn blanches également, Carolyn Garret se tenait à moins de deux mètres de moi, les mains croisées derrière la tête, comme si un flic venait de crier : « Les mains derrière la tête et on ne bouge plus, sinon je tire ! » Pendant ce temps, ses énormes seins suisses pendaient, comme deux ballons gonflés d'eau attachés à son corps svelte d'un mètre soixante. Son abondante chevelure blond platine lui descendait jusqu'au creux des reins. Elle avait des yeux d'un bleu sidérant, le front haut, et des traits plutôt agréables. C'était une bombe. Une bombe suisse.

— Tott, tu n'es qu'un sombre itiot ! criait la Bombe Suisse, dont l'accent allemand dégoulinait de fromage. Tu me fais mâl afec cet athésif, apruti !

Tu me fais mal avec cet adhésif, abruti.

— Ta gueule, misérable Suissesse ! rétorqua affectueusement son mari. Et arrête de gigoter, putain ! Sinon, je t'en colle une.

Todd tournait autour de sa femme, un rouleau de gros scotch à la main. À chaque révolution, les 300 000 dollars en cash déjà attachés à son ventre et à ses cuisses la serraient davantage.

— C'est moi tu traites de miséraple, espèce d'impécile ? Je pourrais te frapper pour un commentaire pareil. Nicht, Jordan ?

— Absolument, Carolyn. Vas-y, vise la tête et amoche-lui sa sale gueule. Le problème, c'est que ton mari est tellement vicieux qu'il va sans doute aimer ça ! Si tu veux vraiment le faire chier, tu ferais mieux de raconter partout qu'il est doux et gentil et qu'il aime traîner au lit avec toi le dimanche matin en lisant le *Times*...

En voyant le sourire diabolique de Todd, je ne pus m'empêcher de me demander comment un Juif de Lefrak City pouvait ressembler à ce point à Fu Manchu. Todd avait à présent les yeux légèrement bridés et la peau un peu jaune ; avec sa barbe et sa fine moustache, c'était le portrait craché de Fu Manchu. Il était toujours habillé de noir et ce jour-là, conforme à son habitude, il portait un tee-shirt Versace noir, avec un énorme V en cuir sur le devant, et un cycliste en lycra noir. Le tee-shirt et le short étaient si moulants qu'ils formaient comme une seconde peau sur son corps très musclé. Cela me permettait aussi de distinguer le .38 qu'il portait toujours sur lui et qui formait une bosse à l'arrière de son short. Ses avant-bras étaient recouverts de poils noirs si hirsutes qu'on aurait dit un loup-garou.

— Je ne sais pas pourquoi tu l'encourages, marmonna Todd. Ignore-la, c'est plus simple comme ça.

— Ach, ignore-toi toi-même, ezpèce de zalopart' ! grinça la Bombe Suisse, en montrant ses dents bien blanches.

— On dit « sssalopard », avec un « s », comme dans « saucisse », rétorqua Todd. Maintenant, ferme-la et arrête de bouger. J'ai presque fini.

Todd s'empara d'un détecteur de métal sur le lit – le genre qu'on utilise dans les aéroports – et commença à le passer sur tout le corps de la Bombe Suisse. Lorsqu'il arriva à hauteur des seins, il marqua un temps d'arrêt et nous prîmes tous les deux une seconde pour les admirer. Quand même… Je n'avais jamais été un grand amateur de seins, mais il fallait bien admettre qu'elle en possédait une sacrée belle paire.

— Tu fois ? s'écria la Bombe. Je te l'afais dit ! Za ne zonne pas ! Z'est le papier, pas de l'argent. Pourquoi un tétecteur ferait la différence, hein ? Tu foulais kaspiller un peu en achetant ce ztupite appareil. Tout za parce que j'afais dit non, pâtard !

Todd la regarda d'un air dégoûté.

— La prochaine fois que tu me traites de bâtard, je te tue. Si tu penses que je plaisante, tu n'as qu'à essayer pour voir. Pour ta gouverne, sache qu'il y a un mince fil de métal dans chaque billet de 100 dollars. C'est pour ça que je voulais m'assurer que ça ne déclencherait pas le détecteur si on les mettait tous ensemble.

Il s'empara d'un billet sur la pile et le tint devant la lumière. Oh oui, on le voyait bien : un mince fil de métal, à peine d'un millimètre d'épaisseur, qui traversait le billet dans sa largeur.

— Pigé, petit génie ? demanda Todd, très fier de lui. Ne mets plus jamais ma parole en doute.

— Okay, c'est pon pour une fois, Tott. Mais c'est tout. Je dis que tu tois mieux me traiter, parce que je suis une fille pien et que je pourrais troufer autre mari. Tu frimes defant ton ami, mais c'est moi qui porte culotte tans cette famille et ça…

La Bombe Suisse continua à se plaindre de *Tott* qui la maltraitait, mais je ne l'écoutais plus. Il devenait malheureusement de plus en plus évident qu'elle ne pouvait pas, toute seule, faire passer la totalité de l'argent en douce. À moins qu'elle envisageât de cacher l'argent dans ses bagages, ce qui me semblait trop risqué, il lui faudrait plus de dix voyages aller-retour pour venir à bout des 3 millions de dollars. Cela signifiait passer vingt fois la douane, dix fois de chaque côté de l'Atlantique. Son passeport suisse garantissait presque qu'elle pût retourner dans son pays sans incident et les chances pour qu'elle fût arrêtée en entrant aux États-Unis étaient quasiment nulles. En fait, à moins que quelqu'un n'eût averti les douanes américaines, il n'y avait aucun risque.

Pourtant, mieux valait ne pas trop tenter le diable. C'était presque mauvais pour le karma. Quelque chose finirait bien par aller de travers. Les 3 millions n'étaient qu'un début ; si tout se passait bien, j'avais l'intention de faire passer cinq fois cette somme.

— Désolé de vous interrompre pendant que vous vous entretuez, les amis, dis-je à Todd et sa Bombe Suisse, mais il faut que j'aille faire un tour sur la plage avec Todd. Carolyn, si tu veux bien nous excuser... Je crains que tu ne puisses pas transporter assez de cash toute seule, alors il faut revoir nos plans et je préfère ne pas en discuter dans la maison.

J'attrapai une paire de ciseaux qui traînait sur le lit et la tendit à Todd.

— Tiens, détache-la ; ensuite, nous irons sur la plage.

— Qu'elle aille se faire foutre ! répondit Todd en tendant les ciseaux à sa femme. Elle peut bien se détacher toute seule. Ça l'occupera et, pendant ce temps-là, elle râlera moins. C'est tout ce qu'elle sait faire, de toute façon : faire du shopping et râler. Et peut-être écarter les cuisses, une fois de temps en temps.

— Tellement trôle, Tott. Comme si tu étais un pon coup ! Ah ! C'est ça le plus trôle ! Va, Jordan... Emmène Herr Caïd sur la plage, ça me fera des facances. Je me tétache toute seule.

— Tu es sûre, Carolyn ? demandai-je, avec scepticisme.

— Mais oui, elle est sûre, répondit Todd, en lançant un regard assassin à sa femme. Je te préviens, Carolyn : quand nous ramènerons cet argent à New York, je vais recompter chaque billet et s'il en manque un seul, je te jure que je te tranché la gorge et que je te regarde te vider de ton sang.

La Bombe Suisse se mit aussitôt à hurler :

— C'est le ternière fois que tu me menaces ! Je fais jeter toute ta trogue et remplacer par poison, espèce de… de… merte ! Je vais te…

Elle continua à insulter Todd dans un mélange d'anglais et d'allemand. Il y avait peut-être aussi un peu de français, mais c'était difficile à dire. Todd et moi sortîmes de la chambre par la baie vitrée coulissante qui donnait sur l'Océan. Malgré l'épaisseur du verre, conçu pour résister à un ouragan de catégorie cinq, j'entendais toujours Carolyn hurler lorsque nous atteignîmes le bord de la terrasse en bois.

À cette extrémité, une longue passerelle de bois enjambait les dunes et finissait sa course dans le sable. Tandis que nous marchions tranquillement vers le bord de l'eau, je me sentais calme, presque serein, en dépit de la voix qui hurlait dans ma tête : « Tu es en train de faire l'une des plus graves erreurs de ta courte vie ! » Je préférais l'ignorer et me concentrer sur la chaleur du soleil.

Nous marchions vers l'ouest, avec l'Océan bleu sombre sur notre gauche. Un chalutier naviguait au large et je voyais des mouettes blanches plonger en piqué dans le sillage du bateau, pour tenter de voler quelques poissons de la prise du jour. Malgré la nature bénigne du navire, je me demandai s'il n'y avait pas un agent gouvernemental à son bord, avec un micro parabolique pointé sur nous, en train d'épier notre conversation. J'inspirai profondément l'air du large pour chasser la paranoïa.

— Ça ne va pas aller, avec seulement Carolyn. Il va falloir trop de voyages et, à force de faire des allers-retours, elle va finir par se faire repérer. Je ne peux pas non plus étaler les voyages sur les six prochains mois. J'ai d'autres affaires en cours qui dépendent de ce transfert d'argent à l'étranger.

Todd ne dit rien. Il était assez malin pour ne pas demander de quel genre d'affaires il s'agissait, ni pourquoi c'était si pressant. Il fallait quand même que cet argent fût transféré le plus vite possible. Comme je l'avais soupçonné, Dollar Time était dans une situation bien plus préoccupante que ce que Kaminsky avait laissé entendre. Une perfusion de 3 millions en cash devenait urgente.

Si je tentais de lever les fonds nécessaires par une offre publique, cela prendrait au moins trois mois et je serais alors obligé de faire un audit intérim des comptes de la société. Là, ce serait mauvais ! À la vitesse à laquelle la société brûlait l'argent, il était certain que le vérificateur émettrait des réserves quant à la pérennité de la société – c'est-à-dire qu'il ajouterait une note au bilan financier, déclarant qu'il doutait sérieusement que la société fût en mesure de poursuivre son activité plus de douze mois. Si cela se produisait, Dollar Time serait rayée du Nasdaq, ce qui serait le baiser de la mort. Une fois sortie du Nasdaq, Dollar Time deviendrait une véritable société à trois sous et tout serait perdu.

La seule solution était de lever les fonds via un placement privé. Plus facile à dire qu'à faire. Stratton avait beau être très forte quand il s'agissait de générer de l'argent sur des offres publiques de vente, la société n'était pas très douée en matière de placements privés. C'était une opération complètement différente et Stratton n'était pas équipée pour. De plus, je travaillais toujours sur une dizaine de *deals* à la fois, ce qui nécessitait un certain capital privé. J'étais donc déjà assez dispersé. Balancer 3 millions de dollars dans Dollar Time risquait de mettre un sacré frein à mes autres affaires.

Il y avait pourtant une solution : la Régulation S. Grâce à celle-ci, je pouvais me servir de mon compte

« Patricia Mellor » pour acheter des actions privées de Dollar Time puis, quarante jours plus tard, les revendre aux États-Unis avec un énorme bénéfice. Rien à voir avec la loi 144 qui me forçait à attendre deux années complètes.

J'avais déjà évoqué le plan Régulation S avec Roland Franks, qui m'avait assuré pouvoir créer tous les documents nécessaires pour rendre la transaction imparable. Je n'avais plus qu'à amener mon argent en Suisse, puis tout irait comme sur des roulettes.

— Je devrais peut-être emporter l'argent avec le Gulfstream. La dernière fois que j'ai passé la douane en Suisse, ils n'ont même pas tamponné mon passeport. Je ne vois pas pourquoi ce serait différent cette fois-ci.

— Hors de question, dit Todd. Je ne te laisserai pas prendre un tel risque. Tu as toujours été bon pour moi et les miens. Je vais demander à mon père et ma mère de transporter une partie de l'argent. Ils ont tous les deux 70 ans, alors aucun risque que la douane les soupçonne de quoi que ce soit. Ils passeront sans aucun problème, d'un côté comme de l'autre. Je vais aussi mettre Rich et Dina * sur le coup. Ça fera cinq personnes, 300 000 chacun. En deux voyages, l'affaire est réglée. Ensuite, nous attendrons quelques semaines avant de recommencer... Tu sais, je le ferais bien moi-même, mais je crois que je suis sur liste noire, à cause de la drogue. Mais je sais que mes parents sont nickel et Rich et Dina aussi.

Nous marchâmes en silence pendant que je réfléchissais. À vrai dire, les parents de Todd étaient des mules idéales. Personne ne penserait à arrêter des gens de cet âge. Pour Rich et Dina, c'était une autre histoire. Ils avaient tous les deux l'air de hippies ; surtout Rich,

---

* Ces noms ont été modifiés.

qui avait les cheveux jusqu'aux fesses et était maigre comme un junkie. Dina aussi avait l'air d'une junkie mais, comme c'était une femme, peut-être les Douanes la prendraient-elles simplement pour une vieille sorcière qui avait bien besoin d'un ravalement de façade.

— D'accord, dis-je. Avec tes parents, on ne court aucun risque. Dina aussi, sans doute. Mais Rich a vraiment trop l'air d'un junkie, alors laissons-le en dehors de tout ça.

Todd s'arrêta et me regarda avec gravité.

— Je ne te demande qu'une seule chose, Jordan : si quelque chose devait arriver à l'un d'entre eux... Dieu nous en préserve... je voudrais que tu prennes en charge tous les frais juridiques. Je sais que tu le feras, mais je voulais juste en parler franchement avec toi, histoire de ne pas avoir à aborder le sujet plus tard. Cela dit, fais-moi confiance, il n'arrivera rien. Je te le promets.

— Bien sûr, Todd, assurai-je en lui posant la main sur l'épaule. Si quelque chose devait arriver, non seulement je paierais tous les frais juridiques – attention, à condition qu'ils la bouclent tous –, mais ils auront un petit bonus avec six zéros derrière quand tout ça sera fini. Je te fais entièrement confiance, Todd. Tu vas ramener les 3 millions de dollars en ville ; je sais qu'ils finiront par arriver en Suisse avant la fin de la semaine. Il n'y a pas trente-six personnes à qui je confierais une mission pareille.

Todd me regarda gravement.

— Danny a également 1 million à te donner, ajoutai-je, mais il ne l'aura pas avant le milieu de la semaine prochaine. Je serai en Nouvelle-Angleterre avec Nadine, sur le yacht. Tu n'auras qu'à appeler Danny et vous vous débrouillerez pour vous retrouver quelque part. D'accord ?

Todd fit la grimace.

— Je ferais n'importe quoi pour toi, mais je déteste avoir affaire à Danny. C'est une putain de bombe à retardement, ce type ; il faut vraiment qu'il se calme sur le Mandrax dans la journée. S'il se pointe avec 1 million de dollars en liquide et qu'il est complètement défoncé, je te jure que je lui pète la gueule. C'est une affaire sérieuse et je n'ai pas envie d'avoir affaire à un crétin qui bafouille.

— Entendu, dis-je en souriant. Je lui en toucherai deux mots. Bon, il faut que je retourne à la maison. Patricia arrive d'Angleterre et elle vient dîner avec la mère de Nadine ce soir. Il faut que j'aille me préparer.

— Aucun problème. Simplement, n'oublie pas de dire à Danny de ne pas se pointer défoncé mercredi, d'accord ?

— Je n'oublierai pas, Todd. Promis.

Satisfait, je me tournai vers l'Océan et contemplai l'horizon. Le ciel était d'un bleu cobalt profond, avec un soupçon de magenta quand il se mêlait à l'eau. Je pris une profonde inspiration...

Et j'oubliai complètement ma promesse.

CHAPITRE 19

Une mule peut en cacher une autre

Dîner en ville ! Westhampton ! Ou plutôt le « ghetto juif », comme l'appelaient ces salauds de wasps qui vivaient un peu plus loin, à Southampton. Ce n'était un secret pour personne que les wasps regardaient les gens de Westhampton avec tout le mépris dont ils étaient capables, comme si nous venions de débarquer d'Ellis Island, encore vêtus de longs manteaux noirs et de chapeaux.

Pourtant, Westhampton était l'endroit rêvé pour une résidence secondaire en bord de mer. La ville regorgeait de jeunes gens fougueux, surtout de strattoniens, dont les éléments mâles déboursaient des sommes faramineuses pour leurs homologues féminins qui, en retour, se faisaient un plaisir de leur vider les bourses. Comme ça, tout le monde était content.

Ce soir-là, j'étais assis à une table pour quatre au restaurant Starr Boggs, au cœur des dunes de Westhampton Beach, le centre des plaisirs de mon cerveau agréablement flatté par les deux Mandrax que j'avais pris. Pour quelqu'un comme moi, c'était une dose minime et je maîtrisais parfaitement la situation. La vue sur l'Océan, à quelques dizaines de mètres, était splendide et j'entendais les vagues se briser sur le rivage. À 20 h 30, il y avait encore assez de lumière dans le ciel pour transformer l'horizon en une palette de violet, rose et bleu. Une Lune énorme et pleine se prélassait doucement au-dessus de l'Atlantique.

Ce genre de paysage constituait une preuve irréfutable des merveilles de mère Nature, ce qui rendait le contraste avec le restaurant un peu difficile à supporter. L'endroit était un vrai taudis : des tables de piquenique en métal blanc avaient été alignées sur une terrasse en bois gris, qui aurait bien eu besoin d'un coup de rabot et d'une couche de peinture fraîche. En fait, marcher pieds nus dessus, c'était la garantie de finir aux urgences de l'hôpital de Southampton, la seule institution du coin à accepter, certes avec réticence, les Juifs. En plus d'être dangereux, l'endroit était également de mauvais goût : une centaine de lanternes rouges, orange et violettes pendaient à un fil au-dessus des tables. On avait l'impression qu'un employé – sérieusement alcoolisé – avait oublié de descendre les décorations de Noël, l'an passé. Sans oublier des flambeaux, disséminés çà et là de façon stratégique, et dont la faible lueur orange rendait l'ensemble encore plus sinistre.

Mais rien de tout ça – sauf peut-être les flambeaux – n'incombait à Starr, le grand et gros propriétaire du restaurant. C'était un chef de premier ordre et les prix qu'il pratiquait étaient plus que raisonnables. J'avais emmené Mad Max manger là, une fois, pour qu'il comprenne pourquoi mes notes chez Starr Boggs tournaient en moyenne autour de 10 000 dollars. Il avait du mal à saisir un tel concept, n'étant pas au courant de la cave que Starr garnissait spécialement pour moi, avec des vins à 3 000 dollars la bouteille en moyenne.

Ce soir-là, la Duchesse et moi, avec l'aide de la mère de Nadine, Suzanne, et de l'adorable tante Patricia, avions déjà descendu deux bouteilles de Château-Margaux 1985 et étions en train de faire un sort à une troisième, avant même d'avoir commandé l'entrée. Cela dit, Suzanne et Patricia étant à moitié Irlandaises, leur propension à l'alcool était prévisible.

Jusqu'alors, la conversation était restée parfaitement anodine, car j'avais pris grand soin de ne laisser personne évoquer, de près ou de loin, la question du blanchiment d'argent. J'avais expliqué à Nadine ce qui se passait avec Patricia, mais en m'arrangeant pour que tout semblât parfaitement légal, passant sous silence certains détails, comme les centaines de lois que nous enfreignions, pour me concentrer sur la carte de crédit de Patricia qui lui permettrait de passer ses vieux jours dans le confort et le luxe. Après avoir mâchonné sa joue pendant quelques minutes, tout en me menaçant sans grande conviction, Nadine avait fini par se rendre à ma cause.

Suzanne était en train de nous expliquer que le virus du Sida n'était en réalité qu'un complot du gouvernement américain, au même titre que Roswell ou l'assassinat de Kennedy. J'essayais de suivre avec attention, mais j'étais distrait par les chapeaux de paille ridicules qu'elle et Patricia avaient décidé de porter. Ils étaient plus larges que des sombreros, avec des petites fleurs roses tout autour du bord. On voyait tout de suite qu'elles n'étaient pas du Ghetto. En fait, elles avaient carrément l'air de débarquer d'une autre planète.

Tandis que ma belle-mère s'acharnait contre le gouvernement, la délectable Duchesse se mit à me faire du pied sous la table. Traduction : « Ça y est, la voilà repartie ! » Tout en me tournant tranquillement vers elle pour lui adresser un petit clin d'œil, je m'extasiai une fois de plus sur la vitesse à laquelle elle avait retrouvé sa ligne après la naissance de Chandler. Dire que six semaines auparavant à peine, elle avait encore l'air d'avoir avalé un ballon de basket ! À présent, elle avait retrouvé son poids de forme – cinquante kilos d'acier trempé, fin prêts à me tomber dessus à la moindre provocation.

Je m'emparai de la main de Nadine et la posai sur la table, comme pour indiquer que je parlais pour nous deux.

— En ce qui concerne vos théories sur les conneries que la presse passe son temps à raconter, je suis entièrement d'accord avec vous, Suzanne. Le problème, c'est que la plupart des gens ne sont pas aussi perspicaces que vous.

Patricia s'envoya une énorme gorgée de vin, avant de répliquer :

— Comme c'est commode de penser cela, surtout quand c'est toi que ces fumiers de journalistes massacrent, la plupart du temps ! N'est-ce pas, mon petit ?

— Voilà qui mérite un toast ! clamai-je en souriant à Patricia.

Je levai mon verre, attendant que tout le monde en fît autant.

— À l'adorable tante Patricia, qui a reçu le don vraiment remarquable d'appeler un chat un chat et un tas de merde un tas de merde !

Nous trinquâmes, engloutissant environ 500 dollars de vin en moins d'une seconde.

— Oh, mon chéri, dit Nadine en me posant la main sur la joue. Nous savons tous que ce qu'ils racontent sur toi, ce ne sont que des mensonges. Ne t'inquiète pas, mon amour.

— Oui, approuva Suzanne. Bien sûr que ce ne sont que des mensonges. Ils veulent nous faire croire que tu es le seul à faire quelque chose de mal. C'est presque ridicule, quand on y pense. Déjà, dans les années 1700, pour les Rothschild, et puis dans les années 1900, pour

J.P. Morgan… La Bourse n'est qu'un pantin de plus entre les mains du gouvernement. On voit bien que…

Suzanne était repartie pour un tour. Elle avait vraiment un petit grain… comme tout le monde, non ? Mais elle avait la tête bien faite et c'était une lectrice avide. Elle avait élevé toute seule Nadine et son petit frère, A.J., et s'en était très bien tirée… du moins, en ce qui concernait Nadine. Le fait que son ex-mari ne lui ait jamais apporté le moindre soutien, financier ou autre, rendait son exploit encore plus remarquable. C'était une femme magnifique, avec des cheveux blonds mi-longs et des yeux d'un bleu éclatant. Une perle de femme.

Starr s'avança alors vers notre table, vêtu de sa veste blanche de chef et coiffé de sa toque. On aurait dit un Père Dodu d'un mètre quatre-vingt-quinze.

— Comment se passe ce petit week-end ? s'enquit-il, après nous avoir salués chaleureusement.

Ma femme, toujours prête à faire plaisir, bondit immédiatement de sa chaise, telle une *pom pom girl* enthousiaste, pour déposer un baiser sonore sur la joue de Starr. Ensuite, elle entreprit de présenter sa famille. Après quelques merveilleuses minutes de conversation sans intérêt, Starr nous annonça le menu spécial du soir, en commençant par sa célèbre poêlée de crabes mous. En moins d'un millième de seconde, je déconnectai et me mis à penser à Todd, Carolyn et mes 3 millions de dollars. Comment allaient-ils s'y prendre pour tout transférer sans se faire coincer ? Et le reste de l'argent ? J'aurais peut-être dû accepter l'offre de Saurel… Cela m'avait pourtant semblé risqué de retrouver un parfait inconnu à un point de rendez-vous sordide pour lui refiler autant d'argent.

Je regardai la mère de Nadine qui, par chance, me regardait également. Elle m'adressa un sourire chaleureux et aimant que je lui rendis sans l'ombre d'une hésitation. J'avais été très généreux avec Suzanne. Depuis le jour où j'étais tombé amoureux de Nadine, elle n'avait manqué de rien. Nadine et moi lui avions acheté une voiture, loué une superbe villa au bord de l'eau et lui versions chaque mois 8 000 dollars d'argent de poche. À mes yeux, Suzanne était merveilleuse. Elle avait toujours soutenu notre union et…

Soudain, la pensée la plus diabolique qui fût me traversa l'esprit. Hum… Quel dommage que Suzanne et Patricia ne puissent pas transporter l'argent jusqu'en Suisse ! Vraiment, qui les soupçonnerait ? Regardez-les sous leurs stupides chapeaux ! Aucun risque qu'un douanier ne les arrête ! Impensable ! Deux mamies en train de passer de l'argent en douce ? C'était le crime parfait. Je regrettai aussitôt d'avoir eu une pareille idée. Nom de Dieu ! Si Suzanne avait le moindre ennui, Nadine me crucifierait sur place ! Elle risquait même de me quitter en emmenant Chandler. C'était impossible. Je ne pouvais vivre sans elles. Pas tant…

— Allô, Jordan, ici la Terre, vous m'entendez ?

C'était Nadine qui lançait un appel. Je lui adressai un vague sourire.

— Tu prends l'espadon, c'est ça, chéri ?

— Oui oui, répondis-je en souriant toujours.

Elle ajouta ensuite avec certitude :

— Il prendra également une salade César sans croûtons.

Elle se pencha vers moi pour me déposer un baiser mouillé sur la joue, avant de se rasseoir. Starr nous remercia, complimenta Nadine, puis retourna à ses fourneaux. Tante Patricia leva alors son verre et annonça :

— Je voudrais porter un second toast, si vous voulez bien…

Nous levâmes tous nos verres tandis que, d'une voix grave, elle déclarait :

— À ta santé, Jordan. Sans toi, aucune de nous trois ne serait là ce soir. Et grâce à toi, je vais emménager dans un appartement plus spacieux, plus proche de mes petits-enfants…

Je jetai un regard en coin à la Duchesse pour juger de sa réaction. Elle se mordait l'intérieur des joues ! Oh merde !

— … et assez grand pour qu'ils aient chacun leur chambre quand ils viendront dormir chez moi. Tu es un homme véritablement généreux, Jordan. Tu peux en être fier. À ta santé, mon petit !

Nous trinquâmes, puis Nadine se pencha vers moi pour m'embrasser doucement sur les lèvres. La plus grande partie de mon sang en profita aussitôt pour se ruer vers mon entrejambe. Wouah ! Mon mariage était vraiment un conte de fées ! Notre union devenait plus forte chaque jour ! Nadine, Chandler et moi formions une véritable famille. Que demander de plus ?

Deux heures plus tard, je frappai à la porte de ma propre maison, comme Fred Pierrafeu après avoir été enfermé dehors par son dinosaure.

— Allez, Nadine ! Ouvre la porte et laisse-moi rentrer. Je suis désolé.

De l'autre côté de la porte, la voix de ma femme retentit, pleine de mépris :

— Désolé ? Mais… sale petit con ! Si j'ouvre cette porte, je vais te défoncer la gueule !

J'inspirai profondément pour me calmer. Nom de Dieu, je détestais quand elle me qualifiait de petit. Pourquoi fallait-il qu'elle emploie ce terme ? Je n'étais pas si petit, bon sang !

— Nadine, je déconnais, c'est tout. S'il te plaît ! Je ne vais pas laisser ta mère se balader jusqu'en Suisse avec mon argent ! Maintenant, ouvre la porte et laisse-moi entrer !

Rien. Aucune réponse, juste des bruits de pas. Putain de merde ! Qu'est-ce qui lui prenait ? Ce n'était pas moi qui avais suggéré à sa mère de passer 1 ou 2 millions en Suisse ! C'était elle-même qui l'avait proposé ! Bon, je l'avais peut-être un peu poussée, mais c'était quand même elle qui s'était portée volontaire, au final !

— Nadine ! criai-je, avec plus de force. Ouvre cette putain de porte ! Arrête d'en faire une montagne !

J'entendis de nouveau des bruits de pas dans la maison, puis la trappe de la boîte aux lettres s'ouvrit au niveau de ma taille.

— Si tu veux me parler, tu peux le faire par ici, dit Nadine à travers la trappe.

Avais-je le choix ? Je me baissai et…

SPLASH !

— Aïe, merde ! hurlai-je en m'essuyant les yeux avec le pan de ma chemise Ralph Lauren. C'est brûlant, Nadine ! Ça va pas, non ? Tu aurais pu m'ébouillanter !

La Duchesse, pleine de mépris :

— T'ébouillanter ? Je vais faire plus que ça, si je m'occupe de ton cas ! Tu ne manques pas de culot d'essayer de convaincre ma mère de faire une chose pareille ! Tu crois que je n'ai pas compris que tu l'avais manipulée ? Évidemment qu'elle te proposera n'importe quoi, après ce que tu as fait pour elle. Sa vie est devenue tellement simple grâce à toi, espèce de sale petit connard manipulateur ! Toi et tes putain de tours de passe-passe de commercial ! Tes tactiques mentales de Jedi à la con, comme tu dis ! Tu es méprisable !

Dans toutes ses paroles, c'était encore le terme de « petit » qui me blessait le plus.

— Tu ferais mieux d'arrêter de me traiter de « petit », parce que je vais t'en coller une et…

— Vas-y, essaie pour voir ! Si tu touches un seul de mes cheveux, je te coupe les couilles et je te les fais bouffer pendant que tu dors !

Bon sang ! Comment une bouche aussi délicieuse pouvait-elle cracher pareil venin ? Contre son propre mari, en plus ! La Duchesse avait été un ange toute la soirée, me couvrant sans cesse de baisers. Lorsque Patricia avait achevé son toast, les deux vieilles femmes et leurs chapeaux de paille ridicules m'avaient fait penser aux sœurs Pigeon, dans le film *Drôle de couple*. Je m'étais demandé : quel douanier sensé arrêterait les sœurs Pigeon ? De plus, elles possédaient toutes les deux un passeport britannique, ce qui rendait l'idée encore plus plausible. J'avais donc envoyé un ballon d'essai, pour voir si l'une d'elles était réceptive à l'idée de passer de l'argent pour moi.

Ma femme, à travers la boîte aux lettres :

— Baisse-toi un peu et viens me dire, les yeux dans les yeux, que tu ne la laisseras pas faire.

— Me baisser ? Ouais, c'est ça. Tu veux que je te regarde bien en face ? Pourquoi ? Pour que tu puisses me balancer encore un peu d'eau bouillante à la gueule ? Tu me prends pour un con ou quoi ?

La Duchesse, d'une voix blanche :

— Je ne te jetterai plus d'eau. Je te le jure sur la tête de Chandler.

Je tins bon.

— Tu sais, le problème c'est que ma mère et Patricia prennent toute cette histoire à la rigolade. Elles détestent toutes les deux le gouvernement et pensent que c'est pour la bonne cause. Maintenant que ma mère s'est collé cette affaire en tête, elle ne va plus parler que de ça, tant que tu ne l'auras pas laissée faire. Je la connais par cœur. Elle trouve ça excitant de passer les frontières avec tout cet argent sans se faire prendre.

— Je ne la laisserai pas faire, Nadine. Je n'aurais jamais dû aborder le sujet. J'avais trop bu. Je lui parlerai demain.

— Non, tu n'avais pas trop bu, c'est ça le pire. Même à jeun, tu es un petit monstre. Je ne sais pas pourquoi je t'aime autant. C'est moi qui suis folle, pas toi ! Il faut vraiment que je me fasse examiner la tête. Vraiment ! Enfin quoi, le dîner nous a coûté 20 000 dollars, ce soir ! Qui dépense 20 000 dollars pour un dîner, à part pour un mariage ? Personne ! Mais pourquoi s'inquiéter ? On a 3 millions dans le placard ! Et ça non plus, ça n'est pas normal. Contrairement à ce que tu crois, Jordan, je n'ai pas besoin de tout ça. Je veux juste une vie agréable et tranquille, loin de Stratton et de toute cette folie. Je pense que nous devrions déménager avant que tout cela ne tourne mal.

Je l'entendis soupirer.

— Mais tu ne le feras jamais. Tu es accro à tout ce pouvoir… et tous ces idiots qui t'appellent le King ou le Loup ! Bon sang, le Loup ! Tu parles d'une blague !

Son mépris suintait à travers la porte.

— Mon mari, le Loup de Wall Street ! C'est presque trop ridicule pour être vrai. Mais toi, tu ne vois rien. Tu ne penses qu'à toi. Tu n'es qu'un sale petit égoïste de merde, c'est tout.

— Arrête de dire que je suis petit, nom de Dieu ! T'es con ou quoi ?

— Oh, pauvre chou, je t'ai vexé, se moqua-t-elle. Eh bien, écoute ça un peu, M. Susceptible : ce soir, tu dors dans la chambre d'amis ! Et demain soir aussi ! Avec un peu de chance, j'accepterai de te faire l'amour l'année prochaine, mais rien n'est moins sûr !

Quelques secondes plus tard, j'entendis le verrou tourner… puis le cliquetis de ses talons dans l'escalier.

Bon, je l'avais bien mérité, après tout. Mais quand même, il n'y avait aucun risque que sa mère se fît prendre ! C'étaient ces stupides chapeaux de paille qui m'avaient donné cette fichue idée. Et l'aide financière que j'apportais à Suzanne, ça comptait pour du beurre ? Et si elle s'était elle-même portée volontaire, c'était bien pour ça. Sa mère était une femme intelligente ; au fond d'elle-même, elle savait qu'elle m'était tacitement redevable et que je viendrais un jour réclamer mon dû, si nécessaire. Enfin quoi, personne ne donnait quoi que ce soit par bonté d'âme, non ? Il y avait toujours plus ou moins un motif ultérieur, même si ce n'était que la satisfaction personnelle d'avoir aidé son prochain, ce qui revenait à s'aider soi-même !

Pour voir le bon côté des choses, j'avais fait l'amour avec la Duchesse l'après-midi. Un jour ou deux sans sexe ne seraient donc pas trop difficiles à surmonter.

CHAPITRE 20

Un Chinetoque blindé

La pessimiste Duchesse avait eu à moitié tort et à moitié raison. Oui, elle avait eu raison de penser que sa mère allait insister pour jouer un petit rôle dans « cette fabuleuse aventure de Jordan », comme elle et Patricia avaient décidé d'appeler ma combine de blanchiment d'argent à l'échelon international. En fait, il avait été impossible de la dissuader. Pour notre défense – la mienne et celle de Suzanne – l'idée était quand même assez bandante, non ? Fourrer une somme d'argent obscène, 900 000 dollars, pour être précis, dans un gros sac à main, puis jeter négligemment celui-ci sur son épaule et passer la douane sans se faire pincer ? Oui, oui, c'était vraiment très bandant !

Mais non, non, la Duchesse avait eu tort de s'inquiéter comme ça. Suzanne avait franchi l'obstacle des deux côtés de l'Atlantique sans le moindre incident et avait livré l'argent à Jean-Jacques Saurel avec un clin d'œil et un petit sourire. À présent, elle était tranquillement de retour en Angleterre, où elle passerait le reste du mois de septembre avec Patricia à se rengorger d'avoir enfreint une dizaine de lois au moins, sans même se faire prendre.

La Duchesse avait fini par me pardonner et nous étions de nouveau amants. À vrai dire, nous avions même profité de la fin de l'été pour prendre des vacances dans la ville portuaire de Newport, Rhode Island, en compagnie de mon vieux copain Alan Lipsky et de sa future ex-femme Doreen.

Alan et moi marchions seuls sur le ponton qui menait au yacht *Nadine*. Alan me dépassait d'une bonne tête. Il était grand et costaud, avec un torse comme une barrique et un cou de taureau. Il avait un beau visage, dans le genre tueur de la mafia, avec des traits épais et énergiques et de gros sourcils broussailleux. Même en vacances, vêtu d'un bermuda bleu clair, d'un polo beige en V et de mocassins marron, il avait l'air menaçant.

Devant nous, le *Nadine* dominait tous les autres yachts, sa couleur inhabituelle le faisant ressortir davantage. Tout en admirant cette vue magnifique, je ne pus m'empêcher de me demander ce qui m'avait pris d'acheter ce rafiot. Mon comptable véreux, Dennis Gaito, m'avait supplié de ne pas le faire, me citant le vieil adage : « Les deux plus beaux jours de la vie d'un propriétaire de bateau sont le jour où il l'achète et le jour où il le revend. » Dennis était malin comme un singe, alors j'avais hésité… jusqu'à ce que la Duchesse me dise qu'acheter un yacht était la chose la plus stupide au monde. Je n'avais alors plus eu d'autre choix que de signer le chèque sur-le-champ.

J'étais donc l'heureux propriétaire du *Nadine*, un crève-cœur de cinquante mètres. Le problème, c'était que le bateau était vieux, ayant à l'origine été construit pour Coco Chanel, au début des années soixante. La bête était donc horriblement bruyante et était tout le temps en panne. Comme la plupart des yachts de cette époque, il y avait assez de bois de teck sur les trois ponts massifs pour occuper du matin au soir un équipage de douze hommes armés de pinceaux et de vernis. Chaque fois que je montais à bord, ça puait le vernis, ce qui me donnait la nausée.

Le plus drôle, c'était que, lorsque le bateau avait été construit, il ne faisait que trente-six mètres de long, mais le propriétaire précédent, Bernie Little, avait décidé de l'agrandir pour pouvoir accueillir un hélicoptère. Bernie… comment dire ? Bernie était le genre de salopard qui flairait un pigeon à trois cents mètres. Il avait rapidement réussi a me convaincre d'acheter le yacht, après que je l'eus loué une ou deux fois, faisant jouer ma sympathie pour le capitaine Marc – il m'avait vendu le capitaine avec le bateau. Peu de temps après, ledit Marc m'avait suggéré d'acheter un hydravion. Selon lui, comme nous étions tous les deux des passionnés de plongée, nous serions en mesure d'atteindre en hydravion des eaux encore inexplorées et de ramener des poissons encore jamais chassés. « Les poissons seront tellement couillons qu'on pourra même les caresser avant de les harponner ! » m'avait-il assuré. Séduit, je lui avais donné mon feu vert. Le budget initial de 500 000 dollars avait rapidement atteint le million.

Lorsque nous avions tenté de hisser l'hydravion sur le pont supérieur, nous nous étions rendu compte qu'il n'y avait pas assez de place. Avec l'hélicoptère Bell Jet, les six jet-skis Kawasaki, les deux Honda, le plongeoir en fibre de verre et le toboggan qui occupaient déjà le pont supérieur, il aurait été impossible de faire décoller ou atterrir l'hélico sans cogner l'hydravion. J'étais tellement dans la merde que je n'avais eu d'autre choix que de ramener le bateau au chantier pour le faire agrandir encore une fois, pour la bagatelle de 700 000 dollars.

L'avant avait donc été avancé, l'arrière reculé, et le yacht ressemblait à présent à un élastique de cinquante mètres sur le point de claquer.

— Tu veux que je te dise ? demandai-je à Alan. J'adore ce bateau. Je suis vraiment content de l'avoir acheté.

— C'est une merveille ! approuva Alan.

Le capitaine Marc m'attendait sur le pont, la silhouette aussi carrée que les robots articulés avec lesquels Alan et moi jouions quand nous étions gosses. Il était vêtu d'un polo à col blanc et d'un bermuda marin qui portaient tous les deux le logo du *Nadine* : deux plumes d'aigle dorées entourant un N majuscule bleu roi.

— Vous avez reçu plusieurs coups de fil, patron. L'un de Danny, qui avait l'air plus défoncé que jamais, et trois autres d'une fille du nom de Carolyn, avec un accent allemand à couper au couteau. Elle a demandé que vous rappeliez le plus vite possible.

Mon cœur se mit aussitôt à battre la chamade. Nom de Dieu ! Danny était censé rencontrer Todd ce matin-là pour lui donner le million de dollars ! Merde ! D'un seul coup, un millier de pensées se mirent à tourbillonner dans mon cerveau. Quelque chose s'était-il passé ? S'étaient-ils fait prendre ? Étaient-ils tous les deux en prison ? Non, c'était impossible, à moins qu'ils aient été suivis. Mais pourquoi les aurait-on suivis ? Ou alors, Danny s'était pointé tellement défoncé que Todd lui avait cassé la gueule et Carolyn appelait pour s'excuser. Non, c'était ridicule ! Todd appellerait lui-même. Merde ! J'avais oublié de dire à Danny de ne pas se pointer défoncé au rendez-vous ! Je tentai de me calmer. Ce n'était peut-être qu'une coïncidence.

— Danny a-t-il dit quelque chose ? demandai-je au capitaine Marc, avec un sourire.

— C'était un peu dur de comprendre ce qu'il racontait, mais il m'a demandé de vous dire que tout allait bien.

— Un problème, Jordan ? demanda Alan. Je peux faire quelque chose ?

— Non, non, répondis-je, avec un petit soupir de soulagement.

Alan, ayant grandi à Bayside, connaissait évidemment Todd aussi bien que moi. Je ne lui avais pourtant rien dit. Ce n'était pas que je ne lui faisais pas confiance, mais il n'y avait aucune raison pour que je le mette au parfum. La seule chose qu'il sût était que j'allais avoir besoin de sa société de courtage Monroe Parker pour acheter quelques millions d'actions Dollar Time à un vendeur indépendant *offshore*, qui n'était peut-être autre que moi-même. Il n'avait cependant jamais posé la question – cela aurait constitué un accroc sérieux au protocole.

— Je suis sûr que ce n'est rien. Je dois juste aller passer un ou deux coups de fil dans ma chambre.

Je sautai lestement par-dessus la rambarde pour atterrir sur le pont, puis descendis dans la chambre principale pour appeler Danny sur son portable depuis le téléphone satellite du bateau. Au bout de trois sonneries, Danny décrocha.

— Haaawoaaa ? marmonna-t-il avec la même voix qu'Elmer Fudd.

Je consultai ma montre : 11 h 30. Incroyable ! Il était défoncé à 11 h 30, un mercredi matin où il était censé travailler !

— Danny, ça va pas la tête ou quoi ? Pourquoi es-tu défoncé comme ça au bureau ?

— Non, non non ! Zé bris ma zournée parzgue ze voyais Zozz…

J'ai pris ma journée parce que je voyais Todd. Okay.

— … mais z'inquziète pas ! Z'était comme zur des roulettes ! Nickzel ! Propre et zans bavures !

Bon, au moins, mes pires craintes étaient sans fondement.

— Qui tient la boutique, Danny ?

— J'ai laizzé l'Ahuri et Moumouzze là-bas. Nickzel ! Mad Max auzzi.

— Tu t'es fait engueulé par Todd, Danny ?

— Hon-hon, marmonna-t-il. Quel tzaré, ze buzzeron ! Il zort un flingue et me menaze en dizant heureuzement que je zuis zon ami. Devrait pas ze ballader avec un flingue comme ça. Z'est pas légal !

Un flingue ? En public ? C'était insensé ! Todd était peut-être fou, mais il n'était pas téméraire.

— Je ne comprends pas Danny. Il a sorti un flingue en pleine rue ?

— Nan, nan ! J'lui ai refilé la valize zans la limousine. Au cenzre zommerzial de Bay Zerrace…

Le centre commercial.

— … zans le parking. Zout z'est bien pazé. Zuis reszé que dix zezondes et j'ai filé.

Oh putain de nom de Dieu ! J'imaginais la scène d'ici ! Todd dans une Lincoln noire de dix mètres de long, Danny dans une Rolls-Royce noire décapotable, garées côte à côte dans le parking du centre commercial, où la plus belle voiture devait être une Pontiac !

— Tu es sûr que tout s'est bien passé ? demandai-je encore une fois.

— Mais ouais ! s'écria Danny avec indignation.

Je raccrochai brusquement, pas tant parce que j'étais en colère contre lui, mais parce que le roi de l'hypocrisie que j'étais ne pouvait supporter de parler avec un type défoncé, alors qu'il était lui-même à jeun. J'allais décrocher de nouveau pour appeler Carolyn, lorsque le téléphone se mit à sonner. Je me sentis comme Mad Max, le cœur battant un peu plus vite à chaque sonnerie. Au lieu de répondre, je restai là, l'air perplexe, à regarder le téléphone avec méfiance. À la quatrième sonnerie, quelqu'un décrocha. J'attendis en priant silencieusement. Une seconde plus tard, un funeste « bip », puis la voix de Tanji, la copine sexy du capitaine Marc, retentit dans l'interphone :

— Carolyn Garret pour vous sur la ligne deux, M. Belfort.

Je pris quelques secondes pour me remettre les idées en place, puis décrochai le combiné.

— Salut, Carolyn ! Que se passe-t-il ? Tout va bien ?

— Ach merte ! Tieu merci, tu es là, Jordan ! Tott est en prison et…

Je l'interrompis aussitôt :

— Carolyn ! Pas un mot de plus ! Je te rappelle depuis une cabine. Tu es chez toi ?

— Oui, à la maison. J'attends tu appelles.

— D'accord. Ne bouge pas. Tout ira bien, Carolyn. Je te le promets.

Je raccrochai et restai un instant assis sur le bord du lit, abasourdi. Mon esprit battait la campagne. J'éprouvais une sensation étrange, jamais éprouvée auparavant. Todd était en prison. Putain, en prison ! Comment était-ce possible ? Parlerait-il ? Non, bien sûr que non ! Si quelqu'un respectait le code de l'omerta, c'était bien Todd Garret ! D'ailleurs, combien d'années lui restait-il à vivre ? Il avait le cœur d'un bûcheron dans la poitrine, nom d'un chien ! Il était toujours en train de dire qu'il vivait en sursis. Peut-être le procès pourrait-il être retardé jusqu'après sa mort. Immédiatement, je regrettai d'avoir eu une telle pensée, même si elle contenait un fond de vérité. Je me levai enfin et fonçai vers la cabine la plus proche.

Sur le ponton, je réalisai soudain que je n'avais que cinq Mandrax en ma possession ; étant donné les circonstances, c'était parfaitement inacceptable. Je n'avais pas prévu de rentrer à Long Island avant trois jours et mon dos me faisait vraiment mal ces derniers temps… enfin presque. Et puis, j'avais été un ange pendant plus d'un mois, ça suffisait bien.

Dès que j'arrivai à la cabine, je décrochai pour appeler Janet. Tandis que je composais le code de ma carte téléphonique, je me demandai si cet appel ne serait pas encore plus facile à repérer et donc à mettre sur écoute. Après quelques secondes de réflexion, je chassai cette pensée ridicule de mon esprit. Une carte téléphonique ne changeait rien au travail du FBI ; c'était la même chose que d'utiliser une cabine à pièce. Cela dit, c'était un scrupule digne d'un homme prudent et je me félicitai d'y avoir pensé.

— Janet, dit l'homme prudent. Je veux que tu ouvres le tiroir en bas à droite de mon bureau et que tu prennes quarante Mandrax. Ensuite, tu les files à Moumoute et tu l'envoies direct ici par hélicoptère. Il y a un aéroport privé à quelques kilomètres d'ici. Par contre, je n'ai pas le temps de venir le chercher, alors il faut que tu prévoies une limousine…

— Il sera là dans deux heures, me coupa Janet. Ne vous inquiétez pas. Tout va bien ? Vous avez l'air bizarre.

— Tout va bien. J'ai juste mal compté avant de partir et je suis à court.

Je raccrochai sans même lui dire au revoir, puis décrochai de nouveau pour appeler Carolyn. Dès qu'elle décrocha, je demandai :

— Carolyn, est-ce…

— Mein Gott, il faut que je te…

— Carolyn, ne…

— … raconte ce qui est arrifé avec Tott ! Il est…

— Carolyn, arrête de…

— … en prison ! Il a dit que…

Impossible de l'arrêter. Une seule solution.

— CAROLYN !

Ah, quand même.

— Écoute-moi bien, Carolyn, et tais-toi. Je suis désolé d'avoir hurlé, mais je ne veux pas que tu parles de tout ça depuis votre maison. Tu comprends ?

— Ja, répondit-elle.

Elle avait tendance à revenir à sa langue maternelle lorsqu'elle était perturbée.

— Bien, dis-je calmement. Tu vas te rendre à la cabine la plus proche et appeler ce numéro : 401-555-1665. C'est là que je suis. D'accord ?

— Oui, répondit-elle. J'écris ça. Je rappelle toi dans plusieurs minutes. Je dois trouver pièces avant.

Non, note le code de ma carte de téléphone.

Cinq minutes plus tard, le téléphone sonnait. Je décrochai et demandai à Carolyn de me donner le numéro de la cabine d'où elle appelait. Puis, je raccrochai de nouveau et décrochai dans la cabine d'à côté pour composer le numéro de Carolyn. Elle commença aussitôt à me raconter tout dans les détails.

— … alors Tott attend Tanny tans le parking et il arrife enfin tans grosse Rolls-Royce et il est peaucoup téfoncé, il conduit de trafers et tape presque autres foitures. Alors, les figiles appellent le police, ils pensent que Tanny est trop bu au folant. Il tonne l'argent à Tott et repart vite, car Tott menace tuer lui parce qu'il est téfoncé. Il laisse la falise à Tott. Ensuite, Tott foit teux foitures de police avec des lumières et comprend ce qui se passe, alors il court tans un fidéo-club et cache le refolfer tans un poîtier de cassette, mais les policiers lui mettent quand même les menottes. Ensuite, ils regardent les cassettes de surveillance et foient où il a caché le refolfer. Ils le troufent et arrêtent Tott. Ensuite, ils font tans la limousine et troufent l'argent et le prennent.

Oh putain ! L'argent était bien le dernier de mes soucis. Le problème, c'était que Danny était un homme mort ! Il allait devoir quitter la ville pour de bon. Ou offrir une compensation financière à Todd pour acheter son silence. Je me rendis compte que Todd avait dû raconter tout ça à Carolyn au téléphone. Et s'il était en prison, alors il avait dû se servir du téléphone de… Merde ! Todd était plus malin que ça ! Pourquoi aurait-il risqué de se servir d'un téléphone qui était presque certainement sur écoute ? Et pour appeler chez lui, en plus ?

— Quand as-tu parlé à Todd pour la dernière fois ? demandai-je, en priant pour qu'il y ait une explication logique.

— Non, pas afec lui. Son afocat a appelé moi et raconté. Tott a appelé lui pour l'argent de la caution. Tott a tit que je tevais partir pour la Suisse ce soir, avant que cela ne tevienne un proplème. Alors, j'ai pris des pillets pour les parents de Tott et pour Dina et moi. Je fais tonner l'argent de la caution à Rich.

Nom de Dieu ! Quelle histoire ! Au moins, Todd avait eu le bon sens de ne pas parler au téléphone. Quant à sa conversation avec son avocat, elle était censée rester secrète. Le plus ironique dans l'affaire était que, depuis sa cellule, Todd tentait encore de faire passer mon argent en Suisse. Je ne savais pas si je devais saluer son dévouement inébranlable à ma cause ou m'inquiéter devant tant de témérité. Je réfléchis un instant à la situation. En vérité, la police pensait sans doute être tombée en plein milieu d'un deal de drogue. Todd était le vendeur, ce qui expliquait la valise de billets et le conducteur de la Rolls-Royce devait être l'acheteur. Je me demandai s'ils avaient relevé la plaque de Danny. Si c'était le cas, ils l'auraient sans doute déjà coffré, non ? Mais pour quel motif ? Ils n'avaient rien contre lui. Juste une valise pleine de billets, c'était tout. Le principal problème, c'était le pistolet, mais on pouvait régler l'affaire facilement. Avec un bon avocat, Todd s'en sortirait sans doute avec du sursis et peut-être une grosse amende. Je paierais l'amende – ou plutôt Danny paierait – et ce serait tout.

— Bon, tu ferais mieux d'y aller, dis-je à la Bombe Suisse. Todd t'a donné tous les détails ? Tu sais qui tu dois demander ?

— Ja. Je tois voir Jean-Jacques Saurel. J'ai le numéro de téléphone et je connais très pien l'endroit. C'est tans le quartier commerçant.

— Parfait, Carolyn. Sois prudente. Dis la même chose aux parents de Todd et à Dina. Appelle aussi l'avocat de Todd et demande-lui de dire à Todd que tu m'as eu au téléphone et qu'il n'a aucune raison de s'inquiéter. Dis-lui que je m'occupe de tout. Insiste bien sur le « tout », Carolyn. Tu comprends ?

— Ja, ja. Ne t'inquiète pas, Jordan. Tott t'aime peauboup. Il ne parlera jamais, quoi qu'il arrive. Je te le promets du fond de mon cœur. Il préférerait se tuer plutôt que de te faire du mal.

Cela me fit sourire, car je savais que Todd était incapable d'aimer qui que ce fût et surtout pas lui-même. Cela dit, Todd était un vrai mafioso juif : il ne me balancerait pas, sauf s'il risquait de longues années de prison.

Je souhaitai ensuite un bon voyage à la Bombe Suisse et raccrochai. En retournant au yacht, la seule question qui restât était de savoir si je devais ou non appeler Danny pour lui annoncer la mauvaise nouvelle. Peut-être serait-il plus sage d'attendre qu'il redescende un peu. À vrai dire, une fois la première vague de panique passée, la situation n'était pas aussi catastrophique que ça, après tout. Ce n'était évidemment pas génial, mais c'était plus une complication imprévue qu'autre chose.

Quand même… le Mandrax finirait par avoir sa peau, à Danny. Il avait vraiment un problème avec ça et il était peut-être grand temps qu'il se fasse aider.

TROISIÈME PARTIE

CHAPITRE 21

La forme et la substance

Janvier 1994.

Dans les semaines qui suivirent la débâcle du parking, il s'avéra que les caméras de surveillance du centre commercial n'avaient pas pu saisir une image claire de la plaque d'immatriculation de Danny. La police avait proposé un accord à Todd, s'il acceptait de leur donner le nom du conducteur de la Rolls-Royce. Évidemment, Todd leur avait dit d'aller bouffer leurs morts, même si je soupçonnai qu'il exagérait quelque peu. Il était surtout en train de préparer le terrain pour une extorsion financière. Je lui avais assuré que je m'occuperais de tout ; en échange, il avait accepté d'épargner Danny.

À part ça, la fin de l'année 1993 s'était déroulée sans incident notable, c'est-à-dire que les épisodes de *Vie et Mœurs des riches détraqués* s'étaient enchaînés de plus belle, finissant en apothéose avec l'offre publique de Steve Madden Shoes. L'action s'était stabilisée juste au-dessus des 8 dollars et, entre mes escamoteurs, mes unités-relais et les commissions, j'avais gagné plus de 20 millions.

Pendant les fêtes, nous avions pris quinze jours de vacances dans les Caraïbes à bord du *Nadine*. La

Duchesse et moi avions fait la bringue comme des rock stars et j'avais accompli l'exploit de m'endormir dans presque tous les restaurants cinq étoiles entre Saint-Barthélemy et Saint-Martin. J'avais également réussi à me harponner moi-même pendant une sortie de plongée sous Mandrax, mais la blessure n'était pas grave. En dehors de ça, j'étais sorti de ce voyage à peu près indemne.

Mais, les vacances étaient finies, à présent. Il était temps de se remettre au travail. Ce mardi de la première semaine de janvier, j'étais assis dans le bureau d'Ira Lee Sorkin, *alias* Ike, le principal avocat de Stratton Oakmont, un type à la tignasse poivre et sel. Comme la plupart des avocats de renom, Ike avait autrefois travaillé pour les méchants – ou les gentils, c'était selon. En fait, Ike avait été régulateur et même chef de section au bureau régional de la SEC de New York.

— Tu devrais bondir de joie, Jordan ! s'écria Ike, confortablement installé sur son trône de cuir noir. Il y a deux ans, la SEC exigeait 22 millions de dollars et voulait fermer ta boîte. Aujourd'hui, elle ne demande plus que 3 millions et accepte de te laisser filer avec une tape sur les doigts. C'est une victoire totale. Rien de moins.

J'adressai un sourire de circonstance à mon avocat, mais je n'étais pas aussi enthousiaste que lui. Ça faisait beaucoup, pour mon premier jour après les vacances de Noël. Enfin quoi ! Pourquoi aurais-je dû me précipiter sur cette proposition, alors que la SEC n'avait pas le moindre début de preuve contre moi ? Elle avait déposé sa plainte plus de deux ans auparavant, soupçonnant des manipulations d'actions et des techniques de vente un peu vigoureuses. Cependant, elle disposait de peu de preuves dans cette affaire, surtout en ce qui concernait la manipulation d'actions, le délit le plus grave des deux.

La SEC avait convoqué quatorze strattoniens, parmi lesquels douze avaient menti sans hésiter, la main sur la Bible. Seuls deux de mes hommes avaient paniqué et vidé leur sac, avouant techniques de vente douteuses et autres. En remerciement de leur honnêteté, la SEC les avait virés du milieu de la finance. Après tout, ils avaient quand même avoué avoir mal agi sous serment… Et les douze autres qui avaient menti, me demanderez-vous ? Ah, c'était là que résidait toute la dimension poétique de la justice ! Ils s'en étaient tous sortis indemnes et travaillaient encore à Stratton Oakmont, pianotant allègrement sur leurs téléphones pour arracher les yeux de la tête à leurs clients.

Malgré le panache avec lequel j'avais rembarré ces gogos, Ira Lee Sorkin, ancien gogo lui-même, me recommandait d'accepter l'offre et de tirer un trait sur cette histoire. Une telle logique ne pouvait manquer de me faire hésiter, car « tirer un trait sur cette histoire », comme il disait, ne signifiait pas simplement payer l'amende de 3 millions de dollars et jurer de ne plus jamais violer aucune loi financière à l'avenir. Cela sous-entendait que j'allais aussi devoir accepter d'être définitivement exclu de la profession et de quitter Stratton Oakmont pour toujours. Autrement dit, même si je mourais et que je trouvais ensuite un moyen de revenir à la vie, je serais encore exclu.

J'allais exprimer le fond de ma pensée, lorsque Sorkin le Grand, incapable de se taire plus longtemps, reprit :

— En gros, Jordan, toi et moi avons fait une excellente équipe et nous avons battu la SEC à domicile.

Il savoura un instant la sagesse de ses propos.

— On les a eus, ces salauds. Les 3 millions, tu les auras récupérés en un mois et, en plus, c'est déductible des impôts. Il est temps de tourner la page, de partir la tête haute vers le soleil couchant, pour aller profiter de ta femme et de ta fille.

Sur ce, Sorkin le Grand m'adressa son plus beau sourire.

— Les avocats de Danny ou Kenny sont-ils au courant ? demandai-je avec un sourire impénétrable.

— Tout ceci est strictement entre nous, assura-t-il, avec un air de conspirateur. Les autres avocats ne sont au courant de rien. Légalement, bien sûr, je représente Stratton et c'est la boîte qui passe avant tout. Mais à présent, c'est toi, la boîte. Donc, c'est toi qui passes avant tout. Je me suis dit que, étant donné les circonstances, tu voudrais peut-être avoir quelques jours pour y réfléchir. C'est tout ce que nous avons, mon vieux : quelques jours. Une semaine tout au plus.

Dès le début de l'enquête de la SEC, nous avions décidé de prendre chacun un avocat, pour éviter de potentiels conflits. À l'époque, j'avais trouvé que c'était une sacrée perte d'argent, mais, au final, j'étais content.

— Je suis certain que la SEC ne va pas retirer son offre de sitôt, Ike. Comme tu l'as dit, on les a eus. En fait, je crois que plus personne à la SEC ne connaît quoi que ce soit à mon dossier.

Je fus un instant tenté de lui expliquer d'où me venait cette certitude – les micros dans la salle de réunion – mais je m'abstins.

— Tu ne peux pas vraiment faire le difficile, répondit Ike, un peu agacé. Le bureau de la SEC à New York a connu un grand remaniement au cours des six derniers mois et le moral n'est pas au beau fixe. Mais ça ne va pas durer. Je te parle en tant qu'ami,

Jordan, pas en tant qu'avocat. Il faut que tu règles cette affaire une bonne fois pour toutes, avant qu'une nouvelle équipe d'enquêteurs ne se pointe et que tout ne recommence. Quelqu'un finira bien par trouver quelque chose et alors...

— Tu as bien fait de ne pas en parler aux autres. Si la nouvelle se répand avant que j'aie eu le temps de m'adresser aux troupes, les gars risquent de paniquer. Pourtant, je dois t'avouer que l'idée d'être exclu à vie ne m'excite pas particulièrement. Non, mais tu imagines ? Ne plus jamais mettre les pieds dans une salle des marchés ? Les mots me manquent. C'est toute ma vie, cette salle. C'est à la fois ma plus grande joie et la cause de toute cette folie. C'est le bien et le mal réunis dans un même lieu. Le pire et le meilleur...

Je soupirai.

— À vrai dire, ce ne sera pas moi le vrai problème, mais Kenny. Comment vais-je le convaincre d'accepter une exclusion à vie, alors que Danny reste à bord ? Kenny me fait confiance, mais je ne suis pas sûr qu'il accepte de partir, alors que Danny a le droit de rester. Kenny gagne 10 millions de dollars par an. Ce n'est peut-être pas le plus malin du lot, mais il en a assez sous la casquette pour comprendre que jamais plus il ne gagnera autant d'argent.

— Alors, c'est Kenny qui reste et Danny qui prend le blâme. La SEC s'en fout complètement. Du moment que tu te barres, ils sont contents. Tout ce qu'ils veulent, c'est un bon et bel article dans la presse pour annoncer qu'ils en ont fini avec le Loup de Wall Street. Ensuite, ils nous foutront la paix. Ne serait-il pas plus facile de convaincre Danny ?

— C'est hors de question, Ike. Kenny est un crétin de première. J'adore ce type, mais ça ne change rien au fait qu'il soit incapable de gérer la boîte. Que se passe-rait-il si nous acceptions l'offre de la SEC ?

Ike prit le temps de rassembler ses pensées.

— Si tu parviens à convaincre Kenny, alors vous devrez tous les deux vendre vos parts à Danny, puis signer l'ordre qui vous exclut définitivement de la Bourse. Stratton peut payer directement ton amende, si bien que tu n'auras pas à débourser le moindre dollar. Ensuite, la SEC va vouloir un audit indépendant de la société. Mais ça, ce n'est rien. Je peux m'en charger avec le conseil fiscal. C'est tout, mon gars. C'est assez simple, en fait.

— Je vois…

— Tu sais, je crois que tu accordes trop de crédit à Danny. Je sais qu'il est plus malin que Kenny, mais il est défoncé la moitié du temps. Tu n'es pas en reste dans ce domaine, mais tu as toujours su rester *clean* pendant les heures ouvrables. Et puis, pour le meilleur et pour le pire, il n'y a qu'un seul Jordan Belfort dans le monde. Les régulateurs le savent bien, surtout Marty Kupperberg, qui dirige à présent le bureau de New York. C'est pour ça qu'il veut te voir partir. Il a beau mépriser tout ce que tu représentes, il a quand même du respect pour tout ce que tu as accompli. Je vais même t'en raconter une bonne : il y a quelques mois, j'étais descendu en Floride pour une conférence de la SEC et Richard Walker – le numéro deux de Was-hington – expliquait qu'il était nécessaire de mettre en place tout un nouvel arsenal de lois, rien que pour un certain Jordan Belfort. Ça a bien fait rigoler tout le monde et il ne disait vraiment pas ça pour être méchant, si tu vois ce que je veux dire.

— C'est ça, c'est ça, Ike. Je suis superfier, vrai-ment ! Tu devrais même appeler ma mère pour lui raconter ! Je suis sûr qu'elle sera ravie d'apprendre que son fils inspire un tel respect aux superflics de la finance nationale. Tu ne vas pas me croire, Ike, mais il n'y a pas si longtemps de ça, j'étais encore un gentil garçon juif de bonne famille. Vraiment. Le gamin qui dégage la neige des allées après les tempêtes pour se faire un peu d'argent de poche. Difficile de croire qu'il y a cinq ans encore, je pouvais entrer dans un restaurant sans qu'on me regarde de travers.

Ike me regardait sans rien dire.

— Enfin quoi, bon sang ! repris-je. Comment j'ai fait pour laisser tout ça partir en couille à ce point ? Ce n'était pas du tout mon intention quand j'ai monté Stratton ! Je le jure devant Dieu, Ike !

Je me levai de mon siège pour contempler l'Empire State Building par la baie vitrée. Il n'y avait pas si longtemps de ça, je n'étais encore qu'un stagiaire dans une société de courtage sur Wall Street ! J'avais pris le bus – le bus ! – avec seulement 7 dollars en poche. Sept petits dollars de rien du tout ! Je me souvenais encore de ce que j'avais ressenti en regardant tous les passagers. Je m'étais demandé s'ils étaient aussi amers que moi à l'idée de devoir prendre le bus pour Manhattan pour gagner leur croûte. J'avais de la peine pour les vieux, assis sur les fauteuils en plastique dur à respirer les vapeurs de diesel. Je m'étais alors juré de ne jamais finir comme ça, mais de devenir riche coûte que coûte pour mener ma vie comme je l'entendais. Lorsque j'étais descendu du bus, levant les yeux vers tous ces gratte-ciel, je m'étais senti intimidé, alors même que j'avais grandi à quelques kilomètres de là.

Je me tournai de nouveau vers Ike et dis avec nostalgie :

— Tu sais, Ike, je n'ai jamais voulu que tout cela finisse de cette façon. C'est la vérité. Mes intentions étaient bonnes, quand j'ai monté Stratton. Je sais que ça

ne veut plus dire grand-chose aujourd'hui, mais quand
même… C'était vraiment le cas, il y a cinq ans. Sans
doute la route de l'Enfer est-elle vraiment pavée de
bonnes intentions, après tout. Je vais te raconter une
drôle d'histoire, cela dit. Tu te souviens de ma première
femme, Denise ?

— Bien sûr. C'était une femme merveilleuse et
bonne, tout comme Nadine.

— Oui. C'était une femme merveilleuse et bonne.
C'est toujours le cas, d'ailleurs. Au début, lorsque j'ai
monté Stratton, elle me ressassait toujours la même
chose : « Jordan, pourquoi ne trouves-tu pas un boulot
normal à 1 million par an ? » Je trouvais ça assez drôle,
à l'époque, mais je comprends à présent. Tu sais,
Stratton est un peu comme une secte, Ike ; c'est de là
que la boîte tire sa force. Tous ces gosses qui attendent
tout de moi. C'était ça qui rendait Denise complètement dingue. D'une certaine façon, ils m'élevaient au
rang de dieu et tentaient de faire de moi quelque chose
que je n'étais pas. Je comprends, à présent, mais tout
n'était pas aussi clair, à l'époque. Tout ce pouvoir,
c'était tellement enivrant. Impossible de refuser. Je
m'étais toujours juré de me sacrifier pour mes hommes,
de ma propre main s'il le fallait.

Je fis un pauvre sourire.

— Bien sûr, je savais bien que c'était une vision un
peu romantique, même si j'y croyais vraiment. Alors, tu
comprends, si je jette l'éponge maintenant, que je
prends l'argent et me barre, alors j'entube tout le
monde. Je laisse les traders dans la merde. Le plus
simple pour moi serait de suivre ton conseil, Ike :
accepter l'exclusion à vie et partir vers le soleil couchant, avec ma femme et ma fille. Dieu sait si je suis
assez riche pour vivre dix fois. Mais alors, je me fous de
la gueule de tous ces gosses à qui j'ai juré de me battre

jusqu'à la mort. Et je suis censé jeter l'ancre et quitter le navire en courant, juste parce que la SEC m'offre une planche de salut ? Je suis le capitaine de ce navire, Ike, et le capitaine est le dernier à rester à bord, non ?

— Absolument pas, répondit catégoriquement Ike. Tu ne peux pas comparer ton histoire avec la SEC à une aventure en mer. En acceptant l'exclusion, tu assures la survie de Stratton. On aura beau être d'une efficacité redoutable pour emmêler les pinceaux de la SEC, on ne pourra pas retarder les choses indéfiniment. Le procès aura lieu dans moins de six mois et le jury ne sera pas constitué de pairs sensibles à ta cause. Il y a des milliers d'emplois en jeu, ainsi que d'innombrables familles qui dépendent de Stratton pour vivre. En acceptant l'exclusion, tu assures l'avenir de tout le monde, y compris le tien.

Je réfléchis à ce que venait de dire Ike. Ce n'était pas entièrement exact. Après tout, Al Abrams l'avait prédit, lors d'un de nos innombrables petits déjeuners au Seville Diner. « Si tu te sers bien de tes cartes, tu useras la SEC jusqu'à ce que plus personne chez eux ne comprenne quoi que ce soit à ton dossier. Ça tourne tout le temps là-bas, c'est invraisemblable. Surtout quand ils sont coincés avec une enquête qui n'avance pas. Mais n'oublie jamais que ce n'est pas parce qu'ils te proposent un accord que tout est réglé. Rien ne les empêche de te tomber dessus avec une nouvelle affaire, juste après avoir réglé l'ancienne. Tu dois t'assurer par écrit qu'aucune nouvelle enquête n'est en cours. Et après, il y a encore la NASD, les différents États, le ministère de la Justice et – Dieu nous en préserve – le FBI… même s'ils se seraient déjà manifestés s'ils avaient eu l'intention de se mêler de tout ça. »

Fort de cette sagesse, je demandai à Ike :

— Comment être sûr que la SEC n'a pas une autre enquête sous le coude ?

— Je m'en occupe. L'accord couvrira toutes les transactions jusqu'à aujourd'hui. Mais souviens-toi que, si Danny sort du bois par la suite, rien ne les empêchera de lancer une nouvelle enquête.

Je n'étais toujours pas convaincu.

— Et la NASD ? Ou d'autres États ? Ou même – Dieu nous en préserve – le FBI ?

Sorkin le Grand se cala dans son trône, les bras croisés.

— Je ne vais pas te cacher qu'il n'y a aucune garantie de ce côté. Ce serait bien si tu pouvais faire mettre par écrit un engagement pareil, mais ce n'est pas comme ça que ça fonctionne. Si tu veux mon avis, cela dit, je crois qu'il n'y a pas beaucoup de risques qu'un autre régulateur s'empare du dossier. N'oublie pas que la dernière chose dont a besoin un régulateur, c'est un dossier foireux. C'est un truc à briser une carrière. Tu as vu ce qui est arrivé à tous les avocats de la SEC chargés du dossier Stratton : ils ont tous quitté leurs fonctions la honte au front et je peux t'assurer qu'aucun d'entre eux n'a reçu d'offres généreuses en libéral. La plupart des avocats de la SEC ne sont là que pour acquérir de l'expérience et gonfler leur CV. Une fois qu'ils se sont fait un nom, ils rejoignent des cabinets privés pour commencer à gagner sérieusement leur vie… C'est différent avec le ministère de la Justice. Ils auraient bien plus de chances avec le dossier Stratton que la SEC. Des choses bizarres peuvent se produire lorsque des réquisitions pénales se baladent. Tous les traders convoqués par la SEC et qui t'ont soutenu si admirablement… eh bien, ils auraient probablement viré de bord s'ils avaient dû répondre aux mêmes questions devant un tribunal pénal. Cela dit, je ne pense pas que le ministère ait un quelconque intérêt dans l'affaire. Stratton se trouve dans Long Island, c'est-à-dire dans le district de l'est. C'est un secteur qui n'est pas particulièrement fourni en matière de dossiers financiers, contrairement au district du sud, à Manhattan. Voilà ce que j'en pense, Jordan : si tu règles cette histoire et acceptes de te retirer, tu pourras vivre heureux jusqu'à la fin de tes jours et avoir beaucoup d'enfants.

Je poussai un long soupir.

— Ainsi soit-il, dis-je alors. Il est temps de se retirer dans le calme et l'honneur. Mais que se passe-t-il si je m'approche d'une salle des marchés ? Le FBI se pointe à ma porte et m'arrête pour non-respect d'une ordonnance du tribunal ?

— Non, non, m'assura Ike. Je crois que tu te fais une fausse idée de toute cette histoire. En théorie, tu pourrais même avoir un bureau dans le même bâtiment et au même étage que Stratton. Tu pourrais même passer la journée dans le couloir avec Danny et lui donner ton avis sur la moindre de ses transactions. Je ne t'encourage pas à le faire, mais cela n'aurait rien d'illégal. Simplement, Danny ne serait pas obligé de t'écouter et tu ne pourrais pas passer la moitié de ta journée dans la salle des ventes. En revanche, si tu as envie de passer faire une petite visite de temps en temps, il n'y a aucun mal à ça.

J'étais un peu pris de court. Était-ce vraiment aussi simple ? Si la SEC m'excluait, pouvais-je vraiment rester à ce point lié à la société ? Si c'était possible et que je pouvais, d'une façon ou d'une autre, le faire savoir à tous les strattoniens, alors ces derniers n'auraient pas l'impression d'avoir été abandonnés ! Le bout du tunnel n'était pas loin.

— Combien pourrais-je vendre mes parts à Danny ? demandai-je.

— À n'importe quel prix, répondit Ike le Vif, sans se douter de ce que mon esprit diabolique était en train de concocter. C'est à décider entre Danny et toi. La SEC s'en fiche pas mal.

Hum. Très intéressant. La somme de 200 millions de dollars venait de se profiler dans ma tête.

— Eh bien, je crois que je pourrais trouver un terrain d'entente avec Danny. Il s'est toujours montré assez raisonnable en matière d'argent. Cela dit, je ne pense pas que je vais garder un bureau au même étage que Stratton. Peut-être un peu plus loin dans la rue… Qu'est-ce que tu en penses, Ike ?

— C'est une bonne idée, répondit Ike le Vif.

Avec un grand sourire, je jouai le tout pour le tout auprès de mon merveilleux avocat :

— Une dernière question, même si je crois déjà en connaître la réponse. Si je suis exclu de la profession, alors je deviens un investisseur lambda, non ? Il ne m'est pas interdit d'investir pour mon propre compte, ni de posséder des parts de sociétés cotées en Bourse, si ?

— Bien sûr que non ! s'exclama Ike avec un grand sourire. Tu peux acheter et vendre des actions, posséder des parts de sociétés, tu peux faire ce que tu veux. Tu n'as juste plus le droit de diriger une société de courtage.

— Je pourrais même acheter des actions introduites par Stratton ? Si je ne suis plus trader, alors cette restriction ne s'applique plus à moi, n'est-ce pas ?

J'adressai en silence une prière au Tout-Puissant.

— C'est incroyable, mais figure-toi que non ! répondit Ike. Tu pourrais acheter autant d'actions émises par Stratton que Danny pourrait t'en fournir.

Hum… Tout cela ne se présentait pas si mal ! En gros, je pouvais devenir mon propre escamoteur et pas

seulement pour Stratton, mais aussi pour Biltmore et
Monroe Parker !

— D'accord, Ike. Je pense que je vais pouvoir
convaincre Kenny d'accepter cette exclusion. Ça fait
des mois qu'il essaye de me convaincre d'aider son ami
Victor à monter sa propre société et, si j'accepte, cela va
sans doute le décider. Par contre, il faut que tu gardes le
silence pendant quelques jours encore. Si la rumeur se
répand, tout est fichu.

Avec un clin d'œil, Sorkin le Grand me fit signe que
ses lèvres étaient closes. Pas besoin d'en dire plus.

Ayant grandi dans le Queens, j'avais eu le plaisir
insigne d'emprunter la Long Island Expressway
environ vingt mille fois et, pour une raison qui
m'échappait complètement, cette autoroute paumée
semblait toujours être en travaux. En fait, la portion sur
laquelle ma limousine roulait en cet instant – là où l'est
du Queens touche l'ouest de Long Island – était en travaux depuis que j'avais 5 ans. Le chantier ne semblait
d'ailleurs pas près de toucher à sa fin. Une société avait
dû obtenir une sorte de contrat de construction permanent et ces gars étaient soit les pires constructeurs de
routes de toute l'histoire, soit les hommes d'affaires les
plus rusés de la planète.

Bien que Stratton Oakmont fût seulement à quelques
kilomètres de chez moi, je n'avais donc jamais la
moindre idée du temps qu'il me faudrait pour faire le
trajet. Je décidai donc de m'installer confortablement à
l'arrière de ma limousine et de faire comme d'habitude : admirer le crâne chauve de George. Je trouvais
cela incroyablement apaisant. Je me demandai ce que je
George ferait s'il venait à perdre son travail. En fait, il
ne serait pas le seul concerné : toute la ménagerie risquait gros. Si je me trouvais obligé de revoir mes

dépenses à la baisse à cause de l'incapacité de Danny à gérer les affaires de Stratton, des tas de gens risquaient d'en pâtir.

Qu'adviendrait-il des strattoniens ? Bon sang, ils allaient tous devoir revoir leur train de vie à la baisse de façon radicale, sinon ils seraient ruinés. Ils allaient devoir commencer à vivre comme tout le monde – comme si l'argent avait de la valeur et qu'on ne pouvait pas simplement acheter tout et n'importe quoi, dès qu'on en avait envie. Quelle idée insupportable !

De mon point de vue, la chose la plus intelligente à faire serait de tirer ma révérence. Oui, la prudence m'interdisait de vendre la société à Danny à un prix exorbitant ou de prendre un bureau juste en face de Stratton, pour tirer les ficelles en douce. Ce serait encore un coup du Loup de Wall Street déguisé en Winnie l'Ourson, mettant la patte dans le pot de miel une fois de trop. Regardez ce qui était arrivé avec Denise et Nadine : j'avais trompé Denise des dizaines de fois avant que... Et merde. Pourquoi me torturer avec cette pensée ?

Il ne faisait aucun doute qu'en me retirant des affaires, je ne mettais pas en danger ce que je possédais déjà. Je ne me sentirais pas obligé de donner mon avis ou des conseils et je n'aurais pas à m'approcher de la salle des marchés pour soutenir le moral des troupes. Il n'y aurait pas non plus de réunions secrètes avec Danny, ni même avec les dirigeants de Biltmore ou Monroe Parker. Je n'aurais qu'à partir dans le soleil couchant avec Nadine et Chandler, tout comme Ike me conseillait de le faire.

Mais alors, comment pourrais-je me balader dans Long Island en sachant que j'avais déserté le navire, laissant tout le monde en rade ? Sans parler du fait que mon plan avec Kenny tournait autour du financement de Victor Wang, pour que celui-ci puisse monter Duke Securities. Si Victor découvrait que je n'étais plus derrière Stratton, il se retournerait contre Danny à la vitesse de l'éclair.

En vérité, la seule solution était de faire savoir que j'avais toujours un pied dans Stratton et que toute attaque contre Danny serait considérée comme une attaque personnelle contre moi. Ainsi, tout le monde resterait loyal, sauf Victor, bien sûr. Mais j'allais m'occuper de lui à ma façon, en temps et en heure, bien avant qu'il ne fût en mesure de me faire la guerre. Il était possible de maîtriser le Chinois Dévoyé, tant que Biltmore et Monroe Parker me restaient fidèles et que Danny gardait la tête sur les épaules, sans chercher à voler de ses propres ailes trop vite.

Oui, c'était un élément important à ne pas écarter. Après tout, Danny finirait par vouloir gérer les choses à sa façon. Ce serait l'insulter que d'essayer de lui maintenir la bride plus longtemps que nécessaire. Il faudrait nous mettre d'accord verbalement sur une période de transition – une période de six à neuf mois pendant laquelle il suivrait mes directives à la lettre. Ensuite, je le laisserais petit à petit prendre les rênes.

Il en irait de même avec Biltmore et Monroe Parker, qui continueraient également à prendre leurs ordres de moi, mais seulement pendant une brève période. Ensuite, ils se retrouveraient tout seuls. Il y avait d'ailleurs de grandes chances pour qu'ils me fassent gagner encore plein d'argent, sans que j'aie besoin de lever le petit doigt. Ce serait le cas avec Alan, en tout cas. Sa loyauté était sans faille, grâce à notre amitié de toujours. Brian, son associé, ne détenait que 49 % de Monroe Parker – c'était la condition première que j'avais exigée avant de financer le projet. C'était donc Alan qui menait la barque. En ce qui concernait

Biltmore, c'était Elliot qui possédait le pourcentage supplémentaire et, même s'il ne m'était pas aussi fidèle qu'Alan, cela suffisait.

Et puis, mes participations étaient si nombreuses que Stratton ne représentait qu'une seule facette de mes affaires. Il y avait également Steve Madden Shoes, Roland Franks et Saurel, ainsi qu'une dizaine d'autres sociétés dont je possédais des parts et qui s'apprêtaient à être introduites en Bourse. Bien sûr, Dollar Time était encore un désastre complet, mais le pire était passé.

Ayant tiré les choses au clair, je demandai à George :

— Tu devrais sortir de l'autoroute et prendre les petites rues. Je dois retourner au bureau.

Le muet hocha deux fois la tête, me détestant sans doute du fond du cœur.

— Tu resteras dans le coin après, ajoutai-je, préférant ignorer son insolence. Je vais déjeuner au Tenjin aujourd'hui. D'accord ?

Une fois encore, le muet acquiesça, sans desserrer les dents.

Allez comprendre ! Ce type refusait de me décoller le moindre mot et moi, je m'inquiétais de savoir ce que sa vie serait si je quittais Stratton. J'étais peut-être complètement à côté de la plaque. Peut-être ne devais-je rien aux milliers de gens qui dépendaient de Stratton Oakmont pour gagner leur vie. Peut-être se retourneraient-ils tous contre moi en un rien de temps pour me dire d'aller me faire foutre, s'ils pensaient que je ne pouvais plus les aider. Peut-être…

Le plus drôle était qu'avec toutes ces réflexions, j'avais oublié un point très important : si je n'avais plus à m'inquiéter de me pointer défoncé au bureau, plus rien ne m'empêcherait d'être sous Mandrax toute la journée. Sans m'en rendre compte, je me préparais quelques jours bien sombres. Après tout, la seule chose qui me retiendrait à présent, c'était mon bon sens, qui avait la sale habitude de me laisser en plan... surtout quand il était question de blondes pulpeuses ou de drogues.

CHAPITRE 22

Déjeuner dans l'univers alternatif

Chaque fois que la porte du restaurant s'ouvrait pour laisser entrer un petit groupe de strattoniens, les trois chefs sushi japonais et la demi-douzaine de serveuses miniatures lâchaient aussitôt ce qu'ils étaient en train de faire pour s'écrier : « *Gongbongwa ! Gongbongwa ! Gongbongwa !* », ce qui voulait dire « bonsoir » en japonais. Ensuite, ils s'inclinaient profondément en poussant de petits cris suraigus : « *Yo-say-no-sah-no-seh ! Yo-say-no-sah-no-seh !* », ce qui voulait dire Dieu sait quoi.

Les chefs se précipitaient alors vers les nouveaux arrivants pour les accueillir, les saisissant par le poignet pour inspecter leurs montres en or. Avec un fort accent, ils les soumettaient à un interrogatoire en règle :

— Quel plix ? Quel plix ? Où toi acheté ? Quelle voiture toi conduile ? Fellali ? Melcedes ? Polsche ? Quel club golf toi selvil ? Où toi jouer ? Quel palcouls ? Handicap ?

Pendant ce temps, les serveuses, en kimonos rose saumon avec un genre de sac à dos vert pomme dans le dos, caressaient fébrilement la laine italienne de tous ces complets Gilberto sur mesure, en poussant des petits cris d'approbation : « Ohhhhhh… Ahhhhhhh… bon tissu ! Tlès bon tissu ! Tlès doux ! »

Puis, sans crier gare, ils s'arrêtaient tous exactement au même moment pour retourner à leurs occupations respectives, à savoir rouler, plier, trancher et émincer pour les chefs et, pour les serveuses, servir d'énormes cruches de saké de luxe et de bière Kirin à ces jeunes assoiffés, ainsi que de monstrueux plateaux en bois débordant de sushis et de sashimis hors de prix à ces riches affamés. Lorsque vous pensiez être enfin tranquille, la porte s'ouvrait de nouveau et le même cirque recommençait. L'équipe délirante du Tenjin se jetait sur les nouveaux arrivants et les abreuvait de pompe et circonstance nippone, en rajoutant, j'en étais sûr, une bonne dose de connerie dans l'affaire.

Bienvenue à la cantine de Stratton !

L'univers alternatif étendait sa toute-puissance jusque sur ce petit coin de la planète. Des dizaines de voitures de sport et de limousines à rallonge bloquaient la rue devant le restaurant, tandis qu'à l'intérieur, selon la tradition locale, les traders se comportaient comme une meute de loups enragés. Sur les quarante tables que comptait le restaurant, seules deux étaient occupées par des non-strattoniens, ou des « civils » comme nous les appelions. Ces derniers étaient sans doute entrés par inadvertance au Tenjin, dans l'espoir de déjeuner tranquillement, sans avoir la moindre idée du sort étrange qui les attendait, car, au fur et à mesure que le repas avançait, les drogues commençaient à faire effet.

Oui, bien qu'il fût à peine 13 heures, certains strattoniens étaient déjà parés au décollage. Il n'était pas difficile de deviner lesquels étaient sous Mandrax : debout sur les tables, ils bavaient et bafouillaient des histoires d'anciens combattants. Fort heureusement, les assistantes avaient pour ordre de rester au bureau pour répondre au téléphone et mettre à jour la paperasserie, si bien que tout le monde était encore décemment vêtu et que personne n'était en train de fourrer dans les toilettes ou sous les tables.

Assis dans une alcôve privée au fond du restaurant, j'observai cette folie se déployer devant mes yeux, tout en faisant semblant d'écouter le radotage de Kenny Greene, ce crétin ahuri, qui me déversait des tombereaux de conneries à la seconde. En face de lui, Victor Wang, le Chinois Dévoyé, acquiesçait gravement à tout ce que pouvait raconter son ami. Pourtant, j'étais sûr que ce gros panda savait que Kenny était un parfait crétin et qu'il faisait semblant d'être d'accord.

— … c'est exactement pour ça que tu vas te faire un sacré paquet de pognon, J.B., disait l'Ahuri. Tu sais, Victor est le type le plus intelligent que je connaisse… après toi, cela va sans dire.

Il se pencha pour donner une grande claque dans le dos au Chinois Dévoyé.

— Merci, Kenny ! m'écriai-je, avec un sourire de faux-cul. Ça me touche beaucoup.

Victor ricana de la stupidité de son ami, avant de m'adresser un sourire hideux qui fit disparaître pour de bon dans les plis de son visage ses yeux déjà bridés. Kenny, n'ayant jamais vraiment saisi le concept de l'ironie, avait pris ma remarque au premier degré et crevait à présent de fierté.

— Bon, d'après mes calculs, il ne faudra que 400 000 comme capital de départ pour faire décoller cette affaire. Si tu veux, tu n'as qu'à me passer le cash, que je refilerai ensuite au compte-gouttes à Victor via ma mère…

Sa mère ?

— … comme ça, tu n'auras même pas à t'inquiéter d'une éventuelle trace papier encombrante…

Une trace papier encombrante ?

— ... parce que ma mère et Victor ont des biens immobiliers en commun, dont ils pourront se servir pour justifier la transaction. Ensuite, il faudra quelques courtiers de choix pour mettre la pompe en route et, le plus important, une bonne grosse part de la prochaine introduction en Bourse. D'après mes calculs...

Je coupai rapidement le son. Kenny était dans un état de surexcitation délirant et chaque parole qui sortait de sa bouche était de la connerie en barre. Ni Victor ni lui n'étaient au courant de la proposition de la SEC et je n'avais pas l'intention de leur en parler avant quelques jours encore. D'ici là, ils se seraient tellement pissé dessus en pensant à l'avenir fabuleux de Duke Securities qu'ils auraient l'impression de pouvoir se passer de Stratton Oakmont. À ce moment, je leur dirais.

Je regardai Victor du coin de l'œil. Le simple fait d'observer le Chinois Dévoyé comme ça, à jeun, me donnait envie de le bouffer tout cru ! Je n'avais jamais vraiment compris comment ce Chinois énorme pouvait avoir l'air aussi succulent. Cela tenait sans doute à sa peau, plus douce que celle d'un nouveau-né. Sous cette peau de pêche s'étalait une dizaine de couches généreuses de graisse chinoise, idéale pour la cuisson. En dessous encore, une dizaine de couches de muscle chinois indestructible, ferme et tendre à la fois. Pour enrober le tout, son teint chinois délicieux était exactement de la même couleur que le miel le plus fin.

Chaque fois que je posais les yeux sur Victor Wang, j'avais la vision d'un cochon de lait bien gras. J'avais envie de lui enfiler une pomme dans la gueule et une broche dans le cul, avant de le mettre à rôtir en l'arrosant de sauce aigre-douce et d'inviter des amis à dîner – porc à la cantonaise !

— ... et puis, Victor te restera toujours fidèle, poursuivit l'Ahuri. Tu vas te faire plus de pognon avec Duke Securities qu'avec Biltmore et Monroe Parker réunis.

— Peut-être bien, Kenny... Mais ce n'est pas mon principal souci, même si j'ai bien l'intention de me faire du fric. Pourquoi se priver, après tout ? Non, le plus important à mes yeux, dans cette affaire, mon véritable but, c'est d'assurer votre avenir, à toi et à Victor. Si j'y parviens et qu'au passage, j'empoche quelques millions en plus, alors toute cette affaire sera un franc succès.

Je me tus un instant, pour laisser mes paroles faire leur petit effet et essayer de voir comment ils accueillaient mon brusque revirement. Jusqu'ici, tout allait bien.

— En plus, l'audition auprès de la SEC aura lieu dans moins de six mois et personne ne sait comment ça va se terminer. Peut-être va-t-il un jour falloir songer à clore cette affaire. Si c'est le cas, je veux que tout le monde ait son visa de sortie prêt et tamponné. Vous n'allez pas me croire, mais ça faisait un bail que je voulais mettre en route Duke Securities. Je voulais juste régler le problème de mes parts de Judicate avant. Je dois encore attendre deux semaines avant de pouvoir revendre, alors tout ce que nous faisons en ce moment doit rester secret. Je n'insisterai jamais assez sur ce point. D'accord ?

Victor agita sa grosse tête de panda pour montrer qu'il avait compris.

— Pas un mot à quiconque, assura-t-il. Quant à mes parts de Judicate, je m'en fiche carrément. On va se faire tellement de pognon avec Duke que j'en ai rien à cirer de les vendre ou non.

— Tu vois, J.B. ? s'écria Kenny. Je te l'avais dit ! Victor a la tête bien sur les épaules. Il est complètement avec nous.

Il se pencha encore pour donner une tape dans le dos du gros Chinois.

— Je veux également que tu saches que je te jure une fidélité absolue, ajouta Victor. Tu n'auras qu'à me dire quelles actions acheter et ce sera fait. Tu n'auras jamais à le regretter.

— C'est bien pour cela que j'accepte, Victor. Parce que je te fais confiance et que je sais que tu feras ce qu'il faut. Et aussi, bien sûr, parce que je pense que tu es un type intelligent et que tu vas réussir.

Ça ne coûtait pas cher. En fait, j'étais prêt à mettre ma main au feu que tout le petit laïus de Victor n'était que des conneries. Le Chinois était incapable de loyauté, surtout pas envers lui-même. Il était prêt à se tirer une balle dans le pied pour soulager son ego tordu.

Comme prévu, Danny se pointa un quart d'heure plus tard. J'avais calculé que c'était assez pour laisser à Kenny le temps de savourer son heure de gloire, sans que Danny ne vînt gâcher la fête. Après tout, Kenny en voulait beaucoup à Danny de lui avoir piqué sa place de bras droit. Quant à moi, je m'en voulais de l'avoir ainsi mis de côté, mais je n'avais pas eu le choix. C'était quand même dommage que Kenny dût tomber avec Victor, d'autant plus que j'étais certain que Kenny pensait sincèrement que Victor était loyal et tout le reste. La faiblesse de Kenny, c'était qu'il voyait encore Victor avec les yeux d'un ado. C'était encore le simple dealer de shit qui vénérait le dealer de coke, maillon supérieur sur la chaîne alimentaire du monde de la drogue.

J'avais déjà pris Danny entre quatre yeux en rentrant à Stratton, après ma réunion avec Ike ; je lui avais expliqué mon plan en détail, ne cachant presque rien.

Lorsque j'avais eu fini, sa réponse ne s'était pas pas fait attendre.

— Pour moi, tu seras toujours le patron de Stratton et, sur chaque dollar gagné, 60 cents te reviendront toujours. Et c'est valable que tu décides d'avoir tes bureaux pas loin ou de faire le tour du monde à bord de ton yacht.

Lorsqu'il arriva au Tenjin, Danny se servit immédiatement une tasse de saké. Après nous avoir également resservis, il porta un toast :

— À l'amitié et à la loyauté ! Et aux Blues Chips que nous allons sauter ce soir !

— À la tienne, Danny ! répondis-je, et nous trinquâmes tous ensemble.

Après une gorgée du breuvage enflammé, je me tournai vers Kenny et Victor :

— Je n'ai pas encore eu vraiment l'occasion de parler de Duke Securities à Danny…

Ben voyons.

— … alors, si ça ne vous embête pas, je vais le mettre rapidement au parfum, d'accord ?

Victor et Kenny approuvèrent et je me plongeai aussitôt dans les détails. Lorsque j'abordai la question de l'emplacement des bureaux de Duke, je me tournai vers Victor.

— Plusieurs possibilités s'offrent à toi : la première est d'aller dans le New Jersey, juste de l'autre côté du pont Washington, pour ouvrir ta société. L'idéal serait Fort Lee ou peut-être Hackensack. Tu n'auras aucun mal à recruter, là-bas. Tu pourras engager des gars de tout le nord de l'État et même certains de Manhattan qui en ont ras le bol de bosser en centre-ville et sont prêts à faire le trajet tous les jours. La seconde possibilité serait de choisir carrément Manhattan, mais c'est à double tranchant. D'un côté, il y a des millions de traders là-bas et ce sera facile de recruter, mais de l'autre, tu vas avoir du mal à fidéliser tes hommes. L'une des clés de Stratton, c'est que nous sommes les seuls dans le coin. Regarde ce restaurant, par exemple…

Je désignai les tables du menton.

— Il n'y a que des strattoniens. Il s'agit d'une véritable société autonome, Victor.

Je résistai à l'envie d'employer le terme de secte, même si cela aurait été plus approprié.

— Ici, les gars ne risquent pas d'entendre l'avis de la concurrence. Si tu ouvres des bureaux à Manhattan, tes gars vont déjeuner avec des traders de centaines d'autres sociétés. Cela ne te paraît peut-être pas important pour l'instant, mais, crois-moi, ce le sera, surtout si de sales rumeurs commencent à circuler sur toi ou si tes actions s'effondrent. Alors, tu seras bien content d'avoir tes bureaux dans un endroit où personne ne vient raconter des trucs négatifs à tes traders. Cela dit, c'est toi qui décides.

Le Gros Panda hocha pensivement la tête, comme s'il était véritablement en train de peser le pour et le contre. C'était presque risible, étant donné que les chances pour que Victor acceptât de s'installer dans le New Jersey étaient maigres. Plus que maigres, même : anorexiques. Victor avait un ego trop démesuré pour choisir le New Jersey. L'État n'était pas synonyme de richesse et de succès et, surtout, ce n'était pas un endroit digne d'un jeune courtier intrépide. Non, Victor voulait ouvrir sa société au cœur même de Wall Street, même si c'était en dépit du bon sens. Ce qui me convenait très bien. Il n'en serait que plus facile de le détruire, le moment venu.

J'avais tenu le même discours aux dirigeants de Biltmore et Monroe Parker, qui avaient tous les deux voulu ouvrir des bureaux à Manhattan, à l'origine. C'était pour cette raison que Monroe Parker était perdu quelque part au nord de l'État de New York et que Biltmore, basé en Floride, avait choisi de rester à l'écart des Vautours de Boca Raton, comme la presse avait qualifié les sociétés de courtage qui se pressaient dans ce coin bourré de riches retraités.

Au final, tout dépendait du lavage de cerveau. Celui-ci se divisait en deux parties : la première consistait à répéter le même discours encore et encore à un public captivé ; la seconde était de s'assurer d'être le seul à parler. Aucun point de vue divergent n'était autorisé. Bien sûr, c'était beaucoup plus simple si vous racontiez exactement ce que vos sujets voulaient entendre, comme cela avait été le cas à Stratton. Tous les jours, deux fois par jour, j'avais expliqué aux gars que s'ils m'écoutaient et faisaient exactement ce que je leur disais, ils gagneraient plus d'argent qu'ils n'en avaient jamais rêvé et que des filles sublimes se jetteraient à leurs pieds. C'était exactement ce qui était arrivé.

Au bout de dix longues secondes, Victor répondit enfin :

— Je comprends, mais je crois que Manhattan me conviendra mieux. Il y a tellement de gars, là-bas, que je vais faire le plein en moins de deux.

— Et je te parie que Victor leur fera des petits discours du tonnerre pour les motiver ! ajouta l'Ahuri. Tout le monde va adorer bosser pour lui. En plus, je pourrai l'aider, en lui refilant toutes les notes que j'ai prises pendant tes interventions…

Oh, Seigneur… Je coupai de nouveau le son, préférant observer le Panda Géant et me demander ce qui pouvait bien se passer dans son cerveau de taré. C'était en fait un type plutôt intelligent et il m'avait été bien utile. Trois ans auparavant, il m'avait même rendu un sacré service…

C'était juste après avoir quitté Denise. Nadine n'avait pas encore officiellement emménagé, si bien qu'en l'absence d'une femme à la maison, j'avais décidé d'embaucher un majordome à plein temps. Mais attention, je voulais un majordome *gay*, comme dans *Dynasty*… ou était-ce *Dallas* ? Bref, je voulais un majordome *gay* à moi tout seul. Comme j'étais très riche, je pensais que je le méritais bien.

Janet était donc partie à la recherche d'un majordome *gay* et, bien sûr, elle n'avait pas tardé à trouver. Il s'appelait Patrick le Majordome et il était tellement *gay* qu'il avait des flammes qui lui sortaient du cul. Patrick était un type plutôt bien, même s'il était un peu ivre de temps en temps. En fait, comme je n'étais pas souvent à la maison, je ne le connaissais pas vraiment.

Après avoir emménagé, la Duchesse avait rapidement pris les rênes de la maisonnée et n'avait pas tardé à remarquer deux ou trois choses : par exemple, que Patrick le Majordome était un ivrogne fini qui sautait de partenaire en partenaire à une allure vertigineuse. C'était du moins ce qu'il avait confié à la Duchesse, un soir que sa langue de lèche-cul était lubrifiée par le Valium, l'alcool et Dieu sait quoi encore.

Peu de temps après, les choses avaient tourné au vinaigre. Patrick le Majordome avait commis la triste erreur de penser que la Duchesse passerait la Pâques juive avec moi chez mes parents, si bien qu'il avait décidé d'organiser une partouze *gay* avec vingt et un copains à lui, pour former une longue chenille humaine dans mon salon et jouer à une version nudiste de *Twister* dans ma chambre. Oui, tel avait été le spectacle assez étonnant auquel la Duchesse – 23 ans à l'époque – avait eu le plaisir d'assister : tous ces homosexuels serrés les uns contre les autres, couilles à cul, en train de copuler comme des bêtes dans notre petit nid d'amour de Manhattan, au cinquante-troisième étage d'Olympic Towers.

C'était par la fenêtre de ce même appartement que Victor avait fini par suspendre Patrick le Majordome, après qu'il était apparu que Patrick et sa bande avaient dérobé 50 000 en cash dans mon tiroir à chaussettes. À la décharge de Victor, il n'avait suspendu Patrick par la fenêtre qu'après lui avoir demandé à maintes reprises de rendre ce qu'il avait volé. Bien sûr, ses requêtes avaient été ponctuées de crochets du droit et du gauche, qui avaient eu pour effet de briser le nez de Patrick, de lui exploser les capillaires des deux yeux et de lui casser trois ou quatre côtes. On aurait pu penser que Patrick aurait avoué et rendu l'argent, non ? Eh bien, pas du tout.

En fait, Danny et moi avions été témoins de la sauvagerie de Victor. C'était principalement Danny qui avait mené l'interrogatoire de façon musclée, jusqu'à ce que Victor donnât le premier coup, réduisant le visage de Patrick en steak haché façon bouchère. Danny s'était alors éclipsé pour aller vomir dans la salle de bains.

Au bout d'un moment, voyant que Victor s'emportait un peu et menaçait vraiment de passer Patrick par la fenêtre, je lui avais gentiment demandé d'arrêter. Presque à contrecœur, le Chinois avait néanmoins obtempéré. Lorsque Danny était sorti de la salle de bains, l'air inquiet et le visage vaguement verdâtre, je lui avais expliqué que je venais d'appeler les flics, qui seraient là d'une minute à l'autre pour arrêter Patrick le Majordome. Danny en était resté complètement scié, parce que j'étais quand même l'instigateur du massacre de Victor. Je lui avais expliqué que, lorsque les policiers arriveraient, je leur dirais exactement ce qui s'était passé. C'est ce que j'avais fait. Et, pour être sûr que les deux jeunes policiers comprennent bien, j'avais offert à chacun 1 000 dollars en liquide. Ils avaient alors sorti leur matraque de leur ceinturon NYPD et s'étaient mis à leur tour à tabasser Patrick le Majordome.

Massa, mon serveur préféré, s'approcha alors de notre table pour prendre nos commandes :

— Alors, Massa, qu'est-ce que tu nous…

Massa ne se laissa pas distraire pour si peu.

— Poulquoi vous venil en limousine aujourd'hui ? Où est Fellali ? Don Johnson, oui ? Vous, Don Johnson ?

Aussitôt, deux serveuses s'exclamèrent :

— Ohhhh, lui Don Johnson… Lui Don Johnson !

Je souris à mes admirateurs japonais qui faisaient allusion à ma Ferrari Testarossa blanche, exactement la même que celle que Don Johnson conduit quand il joue Sonny Crockett dans *Deux flics à Miami*. Encore un fantasme d'adolescent que j'avais réussi à réaliser. *Deux flics à Miami* était une de mes séries préférées quand j'étais gosse, si bien que j'avais acheté une Testarossa blanche le jour même où j'avais fait mon premier million. Un peu gêné de l'allusion à Don Johnson, je détournai la conversation :

— Alors, qu'est-ce que tu nous proposes aujourd'hui, Massa ?

Mais Massa m'interrompit de nouveau.

— Vous James Bond aussi ! Aston Maltin comme James Bond. Lui avoil gadgets dans voiture… huile… clous !

Les serveuses, en chœur :

— Ohhh, lui James Bond ! Mister Kiss-Kiss Bang-Bang !

Tout le monde éclata de rire. Massa faisait allusion à l'un de mes achats les plus stupides. Presque un an auparavant, j'avais explosé mon record en empochant

20 millions de dollars sur une seule introduction. J'étais assis dans mon bureau avec Danny et le Mandrax commençait juste à faire effet lorsque j'avais été pris d'une subite fièvre acheteuse. J'avais aussitôt appelé mon vendeur de voitures de luxe et acheté une Rolls-Royce Corniche noire décapotable pour Danny, pour 200 000 dollars, et une Aston Martin Virage vert forêt à 250 000 dollars, pour moi-même. Cela ne m'avait pas calmé pour autant et j'avais toujours envie de dépenser de l'argent. Mon vendeur m'avait alors proposé de transformer mon Aston Martin en véritable voiture de James Bond, avec traînée d'huile, brouilleur de radar et plaque d'immatriculation arrière qui se retourne pour révéler une lampe stroboscopique, capable de décourager tous les poursuivants. Il y avait aussi un système, actionné d'un simple clic, qui permettait de répandre sur la chaussée des clous, des pointes ou des minuscules mines, si je trouvais un vendeur d'armes capable de m'en vendre. Coût total : 100 000 dollars. Je m'étais lancé dans le grand jeu, ce qui avait eu pour effet de pomper tellement sur la batterie de la voiture que celle-ci n'avait plus jamais vraiment bien fonctionné depuis. En fait, chaque fois que je la sortais, elle tombait en panne. À présent, elle restait au garage, pour faire joli.

— Merci du compliment, mais nous sommes en train de parler affaires, mon ami, dis-je à Massa.

Il s'inclina respectueusement, nous récita le menu du jour, prit nos commandes, s'inclina de nouveau et s'éloigna.

— Bien, revenons à nos moutons, dis-je à Victor. L'idée que ce soit la mère de Kenny qui te fasse le chèque ne me plaît pas. Même si vous faites des affaires ensemble, c'est trop risqué. Ne faites pas ça. Je vais te donner 400 000 en liquide, mais je ne veux pas que cet

argent passe par Gladys. Peut-être tes propres parents ?
Tu pourrais leur filer le fric pour qu'ils te fassent un
chèque ensuite.

— Mes parents ne sont pas comme ça, répondit
Victor, dans un rare moment d'humilité. Ce sont des
gens simples ; ils ne comprendraient pas. Mais je vais
trouver quelque chose avec les comptes à l'étranger
auxquels j'ai accès en Asie.

Danny et moi échangeâmes un regard. Ce Chinetoque parlait déjà de comptes à l'étranger, avant même
d'avoir ouvert sa société de courtage ! Quel taré ! Il y
avait une certaine progression logique dans le crime et
celui dont parlait Victor venait tout à la fin, quand on
avait déjà gagné de l'argent, pas avant.

— C'est tout aussi risqué. Laisse-moi le temps d'y
réfléchir un jour ou deux, je vais trouver un moyen. Je
vais peut-être faire appel à un de mes escamoteurs pour
qu'il te prête le fric. Pas directement, mais en passant
par une tierce personne. Je vais trouver, ne t'inquiète
pas.

— Comme tu veux, Jordan, mais si tu as besoin de
mes comptes à l'étranger, tu n'as qu'à me faire signe,
d'accord ?

Avec un sourire neutre, je décidai de poser mon
piège.

— D'accord, je te ferai signe si besoin, même si je
ne trempe pas trop dans ce genre de trucs. Il y a une dernière chose dont je voudrais te parler, c'est la façon
dont tu devrais gérer le compte d'exploitation de
Dukes Securities. Tu peux t'y prendre de deux façons :
soit tu tiens une position longue, soit tu vends à découvert. Les deux tactiques présentent des avantages et des
inconvénients. Je ne vais pas entrer dans les détails
maintenant, ce serait trop long. Si tu as une position
longue, tu gagneras bien plus d'argent qu'en vendant à

découvert. Quand je parle d'avoir une position longue, je veux dire détenir beaucoup de titres dans le compte de Duke, puis faire grimper les prix pour gagner du fric sur les actions que tu détiens. À l'inverse, si tu choisis la VAD et que ton action est en tendance haussière, tu perds de l'argent. La première année, il vaut mieux que toutes tes actions grimpent, alors tu devrais faire dans le classique si tu veux gagner de l'argent. Je veux dire, si tu veux vraiment faire sonner le tiroir-caisse. Bon, je ne te cache pas que cela demande d'avoir les couilles bien pendues, parce que ça peut être un peu raide, parfois. Tes courtiers ne seront pas toujours en mesure d'acheter tous les titres que tu détiens, si bien que ta trésorerie aura tendance à rester immobilisée en actions.

Victor n'en perdait pas une miette.

— Si tu as assez de couilles pour tenir bon, alors, quand la tendance repart à la hausse, tu touches le gros lot. Tu vois ce que je veux dire, Victor ? Ce n'est pas une stratégie pour les faibles. C'est fait pour les costauds qui savent faire preuve d'un peu de clairvoyance.

Je le regardai pour m'assurer de m'être bien fait comprendre. Puis, je jetai un œil à l'Ahuri pour voir s'il avait compris que je venais de donner le pire conseil de toute l'histoire de Wall Street. À vrai dire, maintenir une position longue était un désastre assuré. Détenir des titres sur le compte d'exploitation de la société était très risqué. Le cash était roi à Wall Street et si votre compte était bloqué en titres, vous deveniez très vulnérable. D'une certaine façon, c'était la même chose dans les autres professions. Même un plombier qui avait trop de stock risquait de manquer de trésorerie. Et lorsque les factures tombaient – le loyer, le téléphone, les salaires – il ne pouvait pas payer ses créanciers en mitigeurs ou en tuyaux. Non, l'argent était roi dans tous les domaines, mais surtout dans la finance, car un stock pouvait perdre de sa valeur en une nuit.

La bonne façon d'agir, c'était la vente à découvert qui vous permettait de rester à flots en cash. Même s'il était vrai que vous risquiez de perdre de l'argent si l'action était en hausse, cela revenait à payer une prime d'assurance. C'était comme ça que j'avais géré le compte d'exploitation de Stratton : en laissant la société encaisser des pertes significatives au quotidien, assurant ainsi une liquidité suffisante pour être prêt à faire sonner le tiroir-caisse les jours d'introduction en Bourse. En résumé, je perdais 1 million de dollars par mois en vendant à découvert, mais je m'assurais d'en gagner 10 sur la même période avec les introductions en Bourse. À mes yeux, c'était tellement évident que je ne pouvais pas imaginer faire autrement.

La question était de savoir si l'Ahuri et le Chinois remarqueraient quoi que ce soit… ou si l'ego de Victor se jetterait la tête la première dans le piège. Même Danny, qui était pourtant loin d'être bête, n'avait jamais vraiment saisi ce concept. À moins qu'il n'eût très bien compris, mais qu'il fût taré au point de risquer la santé de la société pour quelques millions de plus chaque année. Impossible à dire.

Comme convenu, Danny vint mettre son grain de sel :

— Tu sais quoi, Victor ? Au début, j'étais toujours un peu nerveux de te voir conserver autant de titres comme ça… Mais avec le temps… et tout cet argent ! C'est incroyable. Mais il faut vraiment avoir des couilles pour le faire.

Kenny, en bon crétin :

— Ouais, on s'est fait un sacré paquet de pognon de cette façon. C'est vraiment comme ça qu'il faut faire, Vic'.

Quelle blague ! Après toutes ces années, Kenny n'avait toujours pas la moindre idée de la façon dont je maintenais Stratton au pinacle de la santé financière, en dépit de tout. Je n'avais jamais maintenu une position longue. Pas une seule fois ! Sauf, bien sûr, les jours d'introduction en Bourse, où je laissais faire pendant quelques minutes savamment calculées, tandis que le prix des unités grimpait en flèche. Je savais pourtant qu'une vague massive d'achats risquait de me tomber dessus à tout moment.

— Les risques ne me font pas peur, dit Victor. C'est ce qui distingue les hommes, les vrais. Tant que l'action sera à la hausse, j'investirai jusqu'à mon dernier cent. Qui ne risque rien n'a rien, hein ?

De nouveau, il nous adressa son sourire de panda et ses yeux disparurent dans les replis de sa peau.

C'est tout à fait ça, Vic'. D'ailleurs, si jamais tu te retrouves en difficulté, je serais toujours là pour t'aider à retomber sur tes pieds. Tu n'as qu'à me considérer comme une sorte de police d'assurance.

Nous levâmes de nouveau nos verres pour trinquer.

Une heure plus tard, je traversais la grande salle de Stratton avec perplexité. Jusque-là, tout se déroulait comme prévu, mais qu'en était-il de mon propre avenir ? Qu'allait devenir le Loup de Wall Street ? Au final, toute cette expérience, cette folle aventure qu'était la mienne ne serait plus qu'un vague souvenir, une histoire que je raconterais à Chandler. Je lui dirais qu'autrefois, son papa avait été un personnage à Wall Street, qu'il avait possédé l'une des plus grandes sociétés de courtage de l'histoire et que tous ces jeunes gars – qui s'appelaient eux-mêmes des strattoniens – se baladaient dans Long Island en claquant des sommes d'argent monstres en toutes sortes de futilités.

Oui, Channy, les strattoniens respectaient ton papa et l'appelaient même le King. Pendant une brève période, juste au moment de ta naissance, ton papa fut véritablement comme un roi ; lui et maman vivaient comme un roi et une reine et étaient reçus partout comme des monarques. À présent, ton papa est... qui est-il d'ailleurs ? Peut-être papa pourrait-il te montrer quelques coupures de presse pour t'expliquer... ou... peut-être que non, finalement. De toute façon, tout ce qu'ils racontent sur ton papa, ce ne sont que des mensonges, Channy. Des mensonges ! Les journaux ne disent jamais la vérité, tu le sais Chandler ? Tu n'as qu'à demander à mamie Suzanne, elle te dira la même chose ! Oh, mais attends, j'oubliais : tu n'as pas vu ta grand-mère depuis longtemps, parce qu'elle est en prison avec la tante Patricia, pour blanchiment d'argent. Oups !

Quelle horrible prémonition ! Nom de Dieu ! Je la refoulai aussitôt dans un coin de ma tête. À 31 ans, j'étais déjà en train de devenir un *has been*. Quel avertissement pour les générations futures ! Était-ce possible de devenir un *has been* si jeune ? Je n'étais peut-être pas si différent de ces enfants-stars qui devenaient moches et empotés en grandissant. Comment s'appelait-il, déjà, ce rouquin dans la série *La Famille Partridge* ? Danny Bona-Ducon ou quelque chose dans ce goût-là ? Mais ne valait-il pas mieux être un *has been* qu'un anonyme ? Difficile à dire, parce qu'il y avait un revers à la médaille : quand on s'était habitué à quelque chose, il devenait difficile de vivre sans. J'avais pu vivre sans les avantages du puissant rugissement pendant les vingt-six premières années de ma vie, non ? Mais à présent... comment pourrais-je vivre sans, alors que cela faisait partie intégrante de ma vie ?

Mieux valait s'armer de courage et se concentrer sur les gars – les strattoniens ! C'était eux le plus important ! J'allais suivre mon plan à la lettre et me retirer progressivement. Je resterais en coulisse pour maintenir le calme parmi les hommes et les sociétés de courtage. Et empêcher le Chinois Dévoyé d'attaquer.

En arrivant près du bureau de Janet, je vis aussitôt qu'elle avait son air sérieux qui annonçait des emmerdes. Assise au bord de son siège, elle avait les yeux un peu plus écarquillés que d'habitude et la bouche entrouverte. Dès qu'elle croisa mon regard, elle se leva pour se diriger droit sur moi. Je me demandais si elle avait eu vent de ce qui se tramait avec la SEC. Les seules personnes au courant étaient Danny, Ike et moi-même, mais Wall Street était un endroit étrange où les nouvelles avaient toujours circulé remarquablement vite. Il y avait même un vieux dicton qui disait : « Les bonnes nouvelles vont vite, mais les mauvaises encore plus. »

— J'ai reçu un appel de Visual Image, annonça-t-elle, les lèvres pincées. Ils disent qu'ils veulent vous parler le plus vite possible. C'est très très urgent et ils veulent que vous rappeliez cet après-midi même.

— C'est quoi ce truc ? Visual Image ? Jamais entendu parler.

— Mais si. C'est eux qui ont réalisé la vidéo de votre mariage, vous vous souvenez ? Vous les avez envoyés à Anguilla en avion. Ils étaient deux, un homme et une femme. Elle était blonde et lui brun. Elle portait…

— Ouais, ouais, je me souviens. Pas la peine d'entrer dans les détails.

Quelle mémoire ! Si je ne l'avais pas arrêtée, elle m'aurait sans doute décrit la couleur des collants de la fille.

— Qui a appelé ? Lui ou elle ?

— Lui. Il avait l'air un peu nerveux. Il a dit que s'il n'arrivait pas à vous parler dans les prochaines heures, ce serait embêtant.

Embêtant ? Qu'est-ce que c'était que cette histoire insensée ? De quoi le réalisateur de la vidéo de mon mariage pouvait-il bien vouloir me parler qui fût si urgent ? Quelque chose qui s'était produit lors de la cérémonie ? Je réfléchis un instant… Non, c'était très improbable, même si je m'étais fait taper sur les doigts par la minuscule île des Caraïbes. J'avais invité trois cents amis proches – des amis ? – pour des vacances tous frais payés dans l'un des plus beaux hôtels du monde et, à la fin de la semaine, le président de l'île m'avait informé que la seule raison pour laquelle tout le monde n'était pas en prison pour possession de stupéfiants, c'était parce que j'avais fait gagner tellement d'argent à l'île qu'il se sentait obligé de fermer les yeux. Le président m'avait en revanche assuré que tous les invités avaient été mis sur liste noire et que s'ils avaient l'intention de revenir un jour à Anguilla, ils feraient mieux de laisser leur drogue chez eux. C'était trois ans auparavant, cela dit. Cela ne pouvait pas avoir grand-chose à voir avec cette affaire, non ?

— Rappelle-le. Je le prends dans mon bureau. Au fait… C'est quoi son nom ?

— Steve. Steve Burstein.

Quelques secondes plus tard, le téléphone sonnait sur mon bureau. J'échangeais quelques politesses avec Steve Burstein, P-DG de Visual Image, petite boîte perdue quelque part au sud de Long Island.

— Eh bien… comment dire, m'expliqua Steve d'une voix inquiète. Je ne sais pas vraiment comment vous expliquer… Vous voyez… Vous avez été d'une gentillesse avec ma femme et moi. Vous… Vous nous avez traités comme des invités à votre propre mariage. Nadine et vous, vous avez vraiment été super. C'était le plus beau mariage que j'ai…

— Écoutez, Steve. C'est vraiment super que mon mariage vous ait plu, mais je suis assez occupé, là… Pourquoi ne me dites-vous pas simplement ce qui se passe ?

— Eh bien, répondit Steve. Deux agents du FBI sont venus ce matin et ils m'ont demandé une copie de la vidéo de votre mariage.

En un instant, je compris que ma vie ne serait plus jamais la même.

CHAPITRE 23

Une question d'équilibre

Neuf jours après ce coup de fil empoisonné de Visual Image, j'étais assis dans le célèbre restaurant Rao's d'East Harlem, en pleine conversation avec le célèbre privé Richard Bo Dietl, que ses amis appelaient simplement Bo.

Bien qu'assis à une table pour huit, nous n'attendions qu'une seule personne ce soir-là : l'agent spécial Jim Barsini * du FBI, qui était un copain de Bo et, avec un peu de chance, serait bientôt mon copain à moi aussi. C'était Bo qui était à l'origine de cette rencontre et Barsini devait arriver un quart d'heure plus tard.

Pour l'instant, j'écoutais Bo parler. Ou plutôt, j'écoutais Bo me sermonner en faisant la grimace, à propos de l'idée très inspirée que j'avais eue de mettre le FBI sur écoute. Selon Bo, c'était l'une des choses les plus incroyables qu'il eût jamais entendues.

— ... et ce n'est simplement pas comme ça que ça fonctionne, Bo ! disait Bo.

Bo avait l'étrange habitude d'appeler ses amis Bo, ce qui était parfois un peu déroutant, surtout quand j'étais sous Mandrax. Heureusement, je parvenais sans peine à le suivre ce soir-là, parce que j'étais aussi sobre qu'un

---

* Ce nom a été modifié.

juge. C'était la moindre des choses quand on allait rencontrer un agent du FBI, surtout si on souhaitait s'en faire un ami – et lui soutirer des informations, au passage.

J'avais quand même quatre Mandrax dans la poche, qui me brûlaient à travers la toile grise de mon pantalon, ainsi que huit grammes de coke dans la poche de ma veste, qui susurraient mon nom de façon délicieuse. Mais non, j'étais déterminé à rester fort – au moins jusqu'à ce que Barsini fût retourné là où vont les agents du FBI quand ils ont dîné. Sans doute chez lui. J'avais au départ prévu de manger léger, afin de ne pas nuire à mon futur trip, mais l'odeur d'ail grillé et de sauce tomate maison me chatouillait le nerf olfactif de la façon la plus délicieuse qui fût.

— Écoute, Bo, poursuivit Bo. Il n'est pas difficile d'obtenir des informations du FBI dans une affaire comme celle-ci. En fait, j'en ai déjà à te donner. Mais écoute-moi bien, avant que je te dise quoi que ce soit : il y a un certain protocole à respecter, sinon tu vas te retrouver coincé. La première chose, c'est que tu ne dois pas essayer de mettre leurs putain de bureaux sur écoute. Sous aucun prétexte !

Il secoua la tête d'un air abasourdi. Il n'arrêtait pas de faire ça depuis que nous nous étions retrouvés.

— Ensuite, tu n'essaies pas de soudoyer leurs secrétaires, ni personne d'autre en fait.

Il secoua encore la tête.

— Et tu ne fais pas suivre les agents pour essayer de dégoter une merde dans leur vie personnelle.

Il avait l'air outré, comme s'il venait d'entendre quelque chose défiant toute logique. Je me tournai vers la fenêtre du restaurant pour échapper au regard brûlant de Bo. Dehors, c'était le coin le plus sordide d'East Harlem. Que foutait le meilleur restaurant italien de tout New York dans un cloaque pareil ? Je me souvins alors que le Rao's existait depuis la fin du XIXe siècle, époque à laquelle Harlem était un quartier bien différent.

Le fait que Bo et moi fussions assis seuls à une table de huit était en soi bien plus extraordinaire, étant donné qu'il fallait en général réserver cinq ans à l'avance pour avoir une table. En fait, c'était presque mission impossible. Les douze tables du restaurant étaient pour ainsi dire la copropriété d'une poignée de New-Yorkais triés sur le volet qui, en plus d'être riches, avaient le bras long.

L'aspect du Rao's ne cassait pourtant pas des briques. Ce soir-là, le restaurant était décoré de guirlandes de Noël, même si cela n'avait rien à voir avec le fait qu'on fût le 14 janvier. La déco serait exactement la même au mois d'août. C'était ainsi au Rao's : tout semblait rappeler une époque bien plus simple, où la cuisine était familiale et où le juke-box datant des années cinquante passait de la musique italienne. La soirée avançant, Frankie Pellegrino, le propriétaire du restaurant, poussait la chansonnette pour ses invités, tandis que les hommes d'honneur se rassemblaient au bar pour fumer des cigares en se donnant des accolades mafieuses, sous le regard adorateur des femmes. Les hommes s'excusaient en se levant de table et saluaient ces dames avant d'aller aux toilettes. Comme au bon vieux temps, paraît-il.

La plupart du temps, la moitié des clients étaient des athlètes internationaux, des stars du cinéma et de grands patrons de l'industrie. Les autres étaient de véritables truands.

Tout ça pour dire que c'était Bo, et non moi, l'heureux propriétaire de la table. Conformément à la liste étoilée des clients du restaurant, Bo était un homme

dont la cote grimpait en flèche. À 40 ans à peine, Bo
était une légende en devenir. Autrefois, dans le milieu
des années quatre-vingt, il avait été l'un des flics les
plus décorés de toute l'histoire du NYPD – avec plus de
sept cents arrestations dans les quartiers les plus chauds
de New York, y compris Harlem. Il s'était forgé une
sacrée réputation en résolvant les affaires que personne
ne parvenait à démêler et avait fini par sauter au-devant
de la scène en résolvant le crime le plus infâme jamais
commis à Harlem : le viol d'une nonne blanche par des
caïds du crack.

À première vue, Bo n'avait pourtant pas l'air d'un
dur, avec sa belle gueule de gamin, sa barbe impeccablement peignée et ses cheveux châtain qui commençaient à tomber et qu'il peignait en arrière sur son crâne
rond. Il n'était pas très grand, un peu plus d'un mètre
soixante-quinze pour quatre-vingt-dix kilos, mais il
avait les épaules larges et un cou de gorille. Bo était un
des types les plus classes de New York, avec ses costards en soie à 2 000 dollars, ses chemises blanches bien
amidonnées à col anglais et ses manchettes françaises.
Il portait une montre en or assez lourde pour lui servir
d'haltère et une chevalière à l'auriculaire dotée d'un
diamant gros comme un glaçon.

Ce n'était un secret pour personne que le succès de
Bo en matière d'enquête était lié à son histoire. Ayant
grandi dans un quartier d'Ozone Park, dans le Queens,
avec d'un côté, des truands, et de l'autre, des flics, il
avait réussi à atteindre un délicat équilibre entre les
deux – se servant du respect qu'il avait gagné auprès
des parrains de la mafia locale pour résoudre des
affaires qui n'auraient jamais été résolues par des
moyens traditionnels. Avec le temps, il s'était forgé la
réputation d'être un homme qui respectait l'anonymat
de ses contacts et qui ne se servait des informations

transmises que pour combattre la criminalité urbaine, qui avait le don de particulièrement l'énerver. Il était aimé et respecté par ses amis et haï et craint par ses ennemis.

N'étant pas un grand amateur de bureaucratie, Bo avait quitté le NYPD à l'âge de 35 ans et avait rapidement reconverti sa réputation – et surtout ses relations – dans l'une des plus florissantes et des plus respectées sociétés de détectives privés des États-Unis. C'était à ce titre que, deux ans auparavant, j'avais contacté Bo pour me payer ses services – afin qu'il mette en place un système de sécurité de premier ordre au sein de Stratton Oakmont.

J'avais plus d'une fois fait appel à Bo pour effrayer d'occasionnels petits truands qui avaient commis l'erreur de vouloir s'imposer par la force dans les transactions de Stratton. Je n'étais pas bien sûr de ce que Bo avait pu raconter à ces types ; tout ce que je savais, c'était que je n'avais qu'à passer un coup de fil à Bo pour qu'il ait « un petit entretien » avec eux. Ensuite, je n'en entendais plus jamais parler… Cela dit, j'avais bien reçu un beau bouquet de fleurs, une fois.

Aux plus hauts niveaux de la mafia existait un accord tacite, pour lequel Bo n'était jamais intervenu : plutôt que d'essayer de s'imposer dans les opérations de Stratton, les parrains préféraient envoyer leurs jeunes gars bosser pour nous, afin qu'ils fussent correctement formés. Ensuite, au bout d'un an environ, ces jeunes graines de mafioso partaient en toute discrétion, presque comme des gentlemen, afin de ne pas perturber les affaires de Stratton. Ils ouvraient ensuite leurs propres sociétés de courtage soutenues par la mafia.

Au cours de ces deux dernières années, Bo était intervenu dans tous les aspects de la sécurité de Stratton, allant jusqu'à enquêter sur les sociétés que nous introduisions en Bourse, pour s'assurer que nous n'étions pas en train de nous faire gruger par des opérateurs frauduleux. Contrairement à la plupart de ses concurrents, Bo Dietl et Associés ne se contentaient pas de rassembler les informations générales que n'importe quel geek de l'informatique pouvait dégoter sur Lexis-Nexis. Non, les gars de Bo mettaient les mains dans le cambouis pour déterrer des trucs presque impossibles à découvrir. Même si ses services n'étaient pas donnés, j'en avais pour mon argent.

Tout ça pour dire que Bo Dietl était le meilleur dans son domaine.

Je regardais toujours par la fenêtre, lorsque Bo me demanda :

— À quoi tu penses, Bo ? Tu regardes cette fenêtre comme si elle allait te donner la réponse.

J'hésitais à expliquer à Bo que la seule raison pour laquelle j'envisageais de mettre le FBI sur écoute, c'était à cause du succès phénoménal que j'avais connu en mettant la SEC sur écoute. C'était lui-même qui, par inadvertance, m'avait ouvert cette voie en me présentant des anciens de la CIA qui m'avaient vendu les micros dans son dos. L'un des micros ressemblait à une prise de courant et décorait ma salle de réunion depuis plus d'un an, s'alimentant directement sur le secteur sans jamais tomber en panne. Un merveilleux petit joujou !

Je décidai pourtant que l'heure n'était pas venue de partager ce petit secret avec Bo.

— Je suis vraiment décidé à me battre pour ce truc, tu sais. Je n'ai pas l'intention de me rouler en boule et de faire le mort, tout ça parce qu'un type du FBI se balade en ville en posant des questions à mon sujet. Il y a trop de choses en jeu et trop de gens impliqués pour que je tire simplement ma révérence. Bon, maintenant, dis-moi ce que tu as appris.

Bo acquiesça. Avant de répondre, il s'empara de son grand verre de scotch *single malt* et le vida d'un trait, comme si c'était de la grenadine.

— Nom de Dieu, ça fait du bien ! s'exclama-t-il, avant de poursuivre : pour commencer, l'enquête n'en est qu'à ses débuts et elle est dirigée par un type du nom de Coleman. Agent spécial Gregory Coleman. Personne d'autre au FBI ne s'intéresse à ce dossier ; ils pensent tous que c'est perdu d'avance. En ce qui concerne le bureau du procureur fédéral, ça ne les intéresse pas non plus. L'adjoint du procureur chargé du dossier s'appelle Sean O'Shea. D'après ce que j'ai entendu dire, c'est un type honnête, pas un procureur à la con.

Bo sembla réfléchir un instant.

— J'ai un copain avocat, Greg O'Connell, qui travaillait avec Sean O'Shea autrefois. Il l'a contacté et, selon lui, Sean n'en a rien à foutre de ton dossier. Tu avais raison sur ce point : ils n'ont pas beaucoup de dossiers financiers dans ce secteur. C'est surtout des affaires liées à la mafia, parce qu'ils couvrent Brooklyn. De ce point de vue, tu as de la chance. Mais il paraît que ce Coleman est un acharné. Il parle de toi comme si tu étais une sorte de star. Il a beaucoup d'estime pour toi, mais pas comme tu aimerais. On dirait qu'il a l'air un peu obsédé par cette affaire.

— Putain, quelle bonne nouvelle ! m'écriai-je. Un agent du FBI obsédé ! Il sort d'où, ce type ? Et pourquoi maintenant ? Ça doit avoir un lien avec la SEC. Ces salauds essaient de me doubler.

— Calme-toi, Bo. Ce n'est pas aussi grave que ça en a l'air et ça n'a rien à voir avec la SEC. Ce Coleman est juste intrigué, c'est tout. Ça a probablement plus à voir avec tous les articles dans la presse, ces conneries de

Loup de Wall Street. Toutes ces histoires de drogue, de prostituées et de millions, c'est assez enivrant pour un jeune agent qui gagne à peine 40 000 par an. Il est plutôt jeune, ce Coleman ; la trentaine, je crois. Pas beaucoup plus vieux que toi. Alors, imagine ce qu'il doit penser en regardant ton avis d'imposition et en voyant que tu gagnes plus en une heure que ce que lui gagne en un an. Et puis, il y a aussi ta femme qui se trémousse sur son écran de télé, le soir quand il rentre.

Bo soupira.

— Ce que j'essaie de te dire, c'est qu'il vaudrait mieux que tu fasses profil bas pendant quelque temps. Tu pourrais prendre de longues vacances, un truc comme ça. Ça serait pas mal, en plus, vis-à-vis de la SEC. Quand l'accord sera-t-il annoncé publiquement ?

— Je ne suis pas sûr à cent pour cent. Sans doute dans une semaine ou deux.

— Bon, la bonne nouvelle c'est que ce Coleman a la réputation de ne pas être un affolé de la gâchette. Pas comme l'agent que tu vas rencontrer ce soir, un vrai sauvage. Si tu avais Barsini à tes basques, là, tu aurais de quoi t'inquiéter. Il a déjà buté deux ou trois personnes, dont un avec un fusil d'assaut, alors que le type avait déjà les mains en l'air. Du genre : « FBI – PAN ! – on ne bouge plus ! Les mains en l'air ! » Tu vois le tableau, Bo ?

Nom de Dieu ! Ma seule planche de salut était un taré du FBI qui avait la gâchette facile ?

— Ce n'est pas si grave, Bo, poursuivit Bo. Ce Coleman n'est pas le genre de type à fabriquer de fausses preuves contre toi, ni à menacer tes strattoniens avec de la prison à vie. Ce n'est pas le genre de gars à terroriser ta femme, mais...

— Comment ça, terroriser ma femme ? l'interrompis-je, avec angoisse. Comment pourrait-il mêler

Nadine à tout ça ? Elle n'a rien fait, à part dépenser beaucoup d'argent.

Le simple fait de penser que Nadine pût se retrouver mêlée à ça me fila un sacré coup au moral. Bo me répondit sur le ton d'un psychiatre essayant de faire descendre un patient du bord d'un immeuble de dix étages :

— On se calme, Bo. Coleman n'est pas du genre à harceler qui que ce soit. Tout ce que j'essaie de dire, c'est qu'on a déjà vu des agents tenter de mettre la pression à des types en s'en prenant à leur femme. Mais ça ne s'applique pas à ta situation, parce que Nadine n'a rien à voir avec tes affaires, n'est-ce pas ?

— Bien sûr que non ! répondis-je avec certitude.

Rapidement, je passai en revue mes transactions pour vérifier que ce que je venais de dire était exact. Malheureusement, ce n'était pas le cas.

— À vrai dire, j'ai bien fait quelques opérations en son nom, mais rien de grave. Je pense que sa responsabilité est proche de zéro. De toute façon, je ne laisserai jamais les choses aller jusque-là, Bo. Je préfère encore plaider coupable et les laisser m'enfermer pendant vingt ans, plutôt que de voir ma femme mise en examen.

— Je n'en attendais pas moins de toi, répondit Bo, avec gravité. Mais ils le savent aussi et ils pourraient bien y voir une faille. Mais ne mettons pas la charrue avant les bœufs. L'enquête n'en est qu'à ses débuts ; ils cherchent simplement à se renseigner un peu, c'est tout. Avec un peu de chance, Coleman va tomber sur un autre truc… un dossier sans aucun rapport avec toi… et il va se désintéresser. Reste prudent, Bo, et tout ira bien.

— Compte sur moi.

— Bien. Barsini devrait arriver d'une minute à l'autre, alors revoyons quelques règles de base. D'abord, tu ne parles pas de ton dossier. Ce n'est pas ce genre de rencontre. On est juste une bande de copains en train de bavarder. Pas un mot sur les enquêtes ou quoi que ce soit. Tu commences par te lier gentiment d'amitié avec lui. N'oublie pas que nous essayons de soutirer à ce type des informations qu'il n'est pas censé te transmettre. À vrai dire, si Coleman a vraiment décidé de faire chier, Barsini ne pourra pas y faire grand-chose. C'est juste au cas où Coleman ne trouverait rien contre toi et qu'il essaie juste de faire chier – alors Barsini pourrait lui dire : « Hé, je connais ce type et il n'est pas si méchant que ça. Pourquoi tu ne lui lâcherais pas un peu la grappe ? » N'oublie pas, Bo, que la dernière chose que tu veux, c'est te retrouver accusé de corrompre un agent du FBI. Tu risques quelques années à l'ombre pour ça.

Bo me regarda d'un air sérieux.

— Le bon côté des choses, c'est que nous pourrons quand même récolter quelques informations grâce à Barsini. À vrai dire, il y a peut-être certaines choses que Coleman voudra que tu saches et il pourra se servir de Barsini pour faire passer le message. C'est plutôt un brave type, en fait. Bon, il est complètement taré, mais à part ça…

— Tu sais que je ne juge pas les gens, Bo. Je déteste ceux qui font ça. Ce sont les pires.

— Exactement, dit Bo avec un petit sourire. Je savais bien que tu serais d'accord. Tu peux me faire confiance : Barsini n'est pas l'agent FBI typique. C'est un ancien marine de la Navy SEAL ou bien des Forces de reconnaissance, je ne sais plus trop. L'important, c'est que c'est un fan de plongée sous-marine. Vous avez ça en commun. Tu pourrais peut-être l'inviter sur ton yacht un de ces quatre, surtout si toute l'affaire Coleman se révèle être du flan. Ça peut toujours servir d'avoir un ami au FBI.

Je souris à Bo et me retins de sauter par-dessus la table pour lui rouler une pelle. Bo était un véritable guerrier, un investissement des plus précieux. Combien me coûtait-il, entre Stratton et mes enquêtes privées ? Un peu plus d'un demi-million par an, peut-être plus. Mais il les valait bien.

— Qu'est-ce que ce type sait de moi ? Sait-il que le FBI mène une enquête sur moi ?

— Absolument pas. Je ne lui ai pas dit grand-chose à ton sujet. Juste que tu étais un bon client et un ami. C'est la vérité. C'est d'ailleurs par amitié que je fais tout ça.

Aussitôt, je répondis :

— Et crois bien que j'apprécie ton geste, Bo. Jamais je ne...

— Le voilà, m'interrompit Bo, en désignant un type qui entrait dans le restaurant.

La quarantaine, un mètre quatre-vingt-dix pour cent kilos et les cheveux très courts, Barsini avait des traits d'une beauté brute, des yeux marron perçants et la mâchoire incroyablement puissante. Pour tout dire, il avait l'air tout droit sorti d'une affiche de recrutement pour un groupe paramilitaire d'extrême droite.

— Big Bo ! s'écria l'agent du FBI le plus improbable du monde. Mon pote ! Qu'est-ce que tu manigances encore et d'où tu sors cette gargote ? Putain, ce quartier ressemble à une zone d'entraînement militaire !

Il fit un petit clin d'œil à Bo, ravi de sa comparaison.

— Mais qu'est-ce que j'en ai à foutre, hein ? Je ne tire que sur les braqueurs de banque !

Il se tourna alors avec un sourire chaleureux.

— Tu dois être Jordan. Ravi de faire ta connaissance, mon vieux ! Bo m'a dit que tu avais un bateau d'enfer... ou un voilier, je ne sais plus. Tu aimes la plongée, c'est ça ? On va s'entendre.

Il me tendit la main, qui était deux fois plus large que la mienne, et me déboîta à moitié l'épaule, avant de me libérer pour s'asseoir. J'allais poursuivre sur la plongée, mais l'agent spécial Zinzin reprit aussitôt avec amertume :

— Quelle zone, ce quartier !

L'air dégoûté, il s'appuya contre le dossier de sa chaise et croisa les jambes, dévoilant ainsi son énorme revolver de service accroché à sa taille.

— Je suis bien d'accord avec toi, Bo, dit Bo à Barsini. Tu sais combien de gars j'ai arrêtés quand je travaillais dans le quartier ? Tu ne me croirais pas. La moitié étaient des récidivistes. On arrêtait le même gars cinq fois de suite ! Je me souviens d'un en particulier, gros comme un gorille. Il se glisse derrière moi avec un couvercle de poubelle et m'assomme avec, manquant de me mettre au tapis. Rideau. Ensuite, il s'en est pris à mon coéquipier et il l'a refroidi.

— Alors ? demandai-je. Qu'est-ce qui est arrivé ? Tu l'as arrêté ?

— Bien sûr ! s'exclama Bo, presque insulté. Il ne m'avait pas vraiment assommé, seulement sonné. Quand j'ai repris mes esprits, il tabassait mon coéquipier. J'ai attrapé le couvercle de poubelle et je l'ai cogné pendant plusieurs minutes avec. Mais il avait le crâne plus dur qu'une noix de coco, ce type. Il a survécu.

Bo avait l'air franchement dépité.

— Eh bien, c'est bien dommage, répondit l'agent fédéral. Tu es trop gentil, Bo. Moi, je lui aurais arraché la trachée pour la lui faire bouffer. Tu sais que tu peux faire ça sans avoir une seule goutte de sang sur les mains ? Tout dans le coup de poignet. Ça fait un genre de claquement...

CLOC ! L'agent fédéral claqua de la langue pour illustrer son propos.

Le patron du restaurant, Frank Pellegrino – *alias* Frankie Non-Non, parce qu'il refusait toujours du monde – vint se présenter à l'agent Barsini. Frank était vêtu avec tant d'élégance et de bon goût et ses vêtements étaient tellement impeccables qu'il avait l'air de sortir tout droit du pressing. Ce jour-là, il portait un complet trois-pièces bleu nuit à rayures gris clair. Sur sa poitrine, un mouchoir blanc émergeait de façon parfaite, nonchalante et naturelle, comme seul Frankie savait le faire. Il avait l'air riche et classe, une beauté très années soixante. Il avait aussi le chic pour faire en sorte que chaque client se sente chez lui dans son restaurant.

— Vous devez être Jim Barsini, dit Frank Pellegrino, en lui tendant la main avec chaleur. Bo m'a beaucoup parlé de vous. Bienvenue au Rao's, Jim.

Aussitôt, Barsini se leva et entreprit de déboîter également l'épaule de Frank. Très impressionné, je me rendis compte que les cheveux grisonnants et parfaitement coiffés de Frank restaient bien en place, alors qu'il était lui-même ballotté comme une poupée de chiffon.

— Bon sang, Bo ! dit Frank au véritable Bo. Ce type a la poigne d'un grizzly ! Il me rappelle…

Frank se lança aussitôt dans une de ses innombrables histoires. Je coupai rapidement le son. Tout en souriant encore de temps en temps, je recommençai à tourner dans ma tête la seule question qui me préoccupait : que pourrais-je bien dire, faire ou donner pour que l'agent fédéral Barsini acceptât de demander à Coleman de me foutre la paix ? Le plus simple, bien sûr, serait de lui graisser la patte. Sa morale n'avait pas l'air de peser bien lourd. Cela dit, peut-être que son côté soldat le rendait incorruptible, comme si accepter de l'argent par appât du gain était une forme de déshonneur ? Combien gagnait un agent du FBI ? 50 000 par an ? Il ne devait pas faire beaucoup de plongée, avec ça. Et puis, il y avait plongée sous-marine et plongée sous-marine. J'étais prêt à payer une petite fortune pour avoir un ange gardien au sein du FBI.

D'ailleurs, combien étais-je prêt à payer l'agent Coleman pour qu'il égare mon numéro pour toujours ? 1 million ? Évidemment ! 2 millions ? Bien sûr ! Ce n'était que de la petite bière comparée à une enquête fédérale et la possibilité d'être ruiné !

Pff, qu'est-ce que je croyais ? Tout ça n'était que de belles paroles. Un endroit comme le Rao's me rappelait parfaitement qu'il était impossible de faire confiance au gouvernement sur le long terme. Il y avait à peine trente ou quarante ans, les mafiosi régnaient en maître, achetant forces de police, politiques, juges. Bon sang ! Ils achetaient même les profs ! Ensuite étaient arrivés les Kennedy, eux-mêmes mafieux, qui avaient vu la mafia comme une concurrente. Ils avaient alors décidé de renier tous les accords passés, tous ces merveilleux quiproquos et... Bref, c'était de l'histoire ancienne.

— ... c'est comme ça que ça se passait, à l'époque, disait Frankie, pour terminer son histoire. Cela dit, il n'avait pas vraiment kidnappé le cuistot. Il l'a juste tenu en otage pendant quelques jours.

Tout le monde éclata de rire, moi y compris, même si j'avais raté quatre-vingt-dix pour cent de son récit. Cela n'avait pas beaucoup d'importance, au Rao's, car Frankie ressassait sans cesse les mêmes histoires.

CHAPITRE 24

Passage de flambeau

George Campbell, mon chauffeur muet, venait juste d'arrêter la limousine en douceur devant l'entrée latérale de Stratton Oakmont, lorsqu'il manqua littéralement de me faire tomber par terre en rompant son vœu de silence.

— Que va-t-il se passer, maintenant, M. Belfort ? demanda-t-il.

Eh bien ! Eh bien ! Le vieux diable se décidait enfin à me lâcher quelques mots ? Si sa question pouvait sembler un peu vague, il avait pourtant mis le doigt sur le problème. Dans un peu plus de sept heures, à 16 heures, j'allais prononcer un petit discours d'adieu dans la grande salle, devant une armée de strattoniens inquiets, qui devaient tous, à l'instar de George, se questionner sur leur avenir, d'un point de financier ou autre.

Il ne faisait aucun doute que, dans les jours à venir, de nombreuses questions brûleraient les lèvres de mes strattoniens. Des questions du genre : qu'allait-il se passer à présent que c'était Danny qui menait la barque ? Auraient-ils encore des bureaux dans six mois ? Et si oui, seraient-ils traités avec équité ? Ou bien Danny préférerait-il ses vieux amis et les quelques courtiers avec lesquels il se défonçait au Mandrax ? Quel sort attendait les traders qui s'entendaient plus

avec Kenny qu'avec Danny ? Seraient-ils punis pour
leur connivence ? Ou, à défaut d'être punis, traités
comme des citoyens de seconde zone ? Leur petit Disneyland pouvait-il survivre ou bien Stratton allait-elle
lentement devenir une société de courtage comme les
autres, ni meilleure ni pire que la concurrence ?

Je préférais ne pas partager ces pensées avec George.

— Tu n'as pas à t'inquiéter, George. Quoi qu'il
arrive, on s'occupera de toi. Je vais avoir un bureau
dans le coin et Nadine et moi aurons besoin de toi pour
mille choses.

Je m'efforçai de sourire et de parler avec entrain.

— Un jour, tu nous emmèneras, Nadine et moi, au
mariage de Chandler. Tu imagines un peu ?

Avec un grand sourire révélant son dentier de choc,
George répondit humblement :

— J'aime beaucoup mon travail, M. Belfort. Vous
êtes le meilleur patron que j'aie jamais eu. Mme Belfort
aussi. Tout le monde vous aime, tous les deux. C'est
triste que vous deviez partir. Ça ne sera plus jamais
pareil. Danny n'est pas comme vous. Il ne traite pas
bien les gens. Les gens vont partir.

J'étais trop abasourdi par la première partie du petit
discours de George pour m'attarder sur la seconde.
Venait-il vraiment de dire qu'il aimait son travail ? Et
qu'il m'aimait, moi ? Bon, d'accord, toute cette histoire d'amour n'était qu'une figure de style ; n'empêche
que George venait d'admettre qu'il aimait son boulot et
qu'il me respectait en tant que patron. C'était étrange,
après tout ce que je lui avais fait subir : les putes, les
drogues, les balades dans Central Park en pleine nuit
avec des strip-teaseuses, le sac de gym plein de billets
que je lui avais fait récupérer chez Elliot Lavigne.

Pourtant, d'un autre côté, jamais je ne lui avais
manqué de respect. Même à mes pires heures de

décadence, j'avais toujours fait l'effort d'être respectueux envers George. Même si j'avais eu quelques pensées bizarres le concernant, je ne les avais jamais partagées avec quiconque, à part la Duchesse, bien sûr. Mais c'était ma femme, alors ça ne comptait pas vraiment. De toute façon, c'était pour rire. Je n'étais pas un homme de préjugés. Quel Juif sensé pouvait l'être ? Nous étions le peuple le plus persécuté de la terre.

Soudain, je me sentis un peu mal à l'aise d'avoir douté ainsi de la loyauté de George. C'était un type bien. Un type décent. Qui étais-je pour interpréter toutes ces choses dans ce qu'il disait... ou plutôt ce qu'il ne disait pas ?

— À vrai dire, George, dis-je avec un sourire, personne ne peut prédire l'avenir. Et certainement pas moi. Qui sait ce qu'il adviendra de Sratton Oakmont ? Seul l'avenir nous le dira. Tu sais, je me souviens encore de quand tu as commencé à travailler pour moi ; tu voulais toujours me tenir la portière de la limousine. Tu sortais en courant pour essayer de me prendre de vitesse.

Le souvenir me fit sourire.

— Ça te rendait dingue. La raison pour laquelle je ne te laisse jamais ouvrir la porte à ma place, c'est parce que je te respecte trop pour rester assis sur la banquette en arrière, comme si j'avais un bras cassé. J'ai toujours pensé que ce serait une insulte. Mais comme c'est mon dernier jour aujourd'hui, pourquoi ne viendrais-tu pas m'ouvrir la portière pour une fois, comme un véritable chauffeur de limousine ? Tu n'as qu'à faire comme si j'étais un gros cul de wasp et m'escorter jusqu'à la salle. En fait, tu pourrais même écouter un petit bout du discours de Danny. Il doit avoir commencé, à l'heure qu'il est.

— ... et cette étude a été menée sur plus de dix mille hommes, disait Danny au micro, pour étudier leurs comportements sexuels pendant plus de cinq ans. Je crois que vous allez être complètement sur le cul quand je vais vous raconter ce qu'ils ont découvert.

La bouche en cul-de-poule, il se mit à arpenter la salle en hochant la tête d'un air docte, comme pour dire : « Préparez-vous à découvrir la véritable nature dépravée du mâle. »

Nom de Dieu ! Je n'étais même pas parti et il pétait déjà les plombs ! Je me tournai vers George pour juger de sa réaction, mais il ne semblait pas choqué outre mesure. La tête légèrement inclinée, il semblait attendre avec impatience le lien de tout cela avec la Bourse.

— Vous voyez, poursuivit Danny, avec son costard à rayures grises et ses lunettes à la con, ce que cette étude a démontré, c'est que 10 % de toute la population mâle ne sont que des tapettes pures et dures.

Il s'arrêta pour laisser à son public le temps de saisir toute la portée de ses paroles. Encore un procès en perspective ! Je parcourus la salle du regard... ils avaient tous l'air un peu perplexes, comme s'ils essayaient de comprendre où Danny voulait en venir. Il y eut bien quelques ricanements isolés, mais personne n'osa rire franchement. Apparemment, Danny ne fut pas satisfait de la réaction de son public, ou plutôt de son absence de réaction.

— Je vais vous le répéter, reprit de plus belle l'homme que la SEC considérait comme un moindre mal. Cette étude a découvert que 10 % de la population masculine aiment se faire bourrer le cul ! Oui, 10 % des hommes sont des tantouzes ! C'est énorme ! Énorme ! Tous ces hommes qui aiment se faire péter la rondelle ! Sucer des queues ! Et...

Danny fut obligé d'interrompre sa tirade, car la salle venait de sombrer dans le délire. Les strattoniens criaient, huaient, applaudissaient et sifflaient. La moitié de la salle s'était levée et de nombreux gars se tapaient dans les mains. Pourtant, vers le devant de la salle, dans le coin des assistantes, personne ne s'était levé. Je ne voyais qu'une rangée de chevelures blondes qui s'agitaient dans tous les sens, tandis que les jeunes femmes se penchaient vers leur voisine pour se chuchoter des trucs à l'oreille, l'air abasourdies.

Soudain, George me demanda d'une voix perplexe :

— Je ne comprends pas. Quel rapport avec la Bourse ? Pourquoi il parle des homosexuels ?

— C'est compliqué, George. En vérité, il essaye juste de créer un ennemi commun, un peu comme Hitler dans les années trente.

Et ce n'est qu'une pure coïncidence, pensai-je, qu'il ne s'en prenne pas aux Noirs.

— Tu sais, tu n'es pas obligé d'écouter ces conneries. Tu pourrais revenir en fin de journée, vers 16 h 30, d'accord ?

George acquiesça et s'éloigna, sans doute plus inquiet que jamais.

Devant cette émeute matinale, je ne pus m'empêcher de me demander pourquoi Danny ramenait toujours ses discours au cul. Il cherchait sans doute à faire rire son public à peu de frais, mais il existait d'autres façons d'y arriver, qui n'empêchaient pas de faire passer le message caché. À savoir qu'en dépit de tout, Stratton Oakmont était une société de courtage tout à fait honnête qui essayait de faire gagner de l'argent à ses clients. Et si elle n'y arrivait pas, c'était uniquement à cause d'une conspiration diabolique de vendeurs à découvert qui infestaient le marché comme des locustes et répandaient des rumeurs vicieuses sur Stratton et sur toute autre société de courtage qui se mettait en travers de leur chemin. Bien sûr, le message caché était aussi que, dans un futur proche, les valeurs fondamentales de toutes ces sociétés brilleraient de nouveau de mille feux et que les actions se mettraient de nouveau à grimper, tel un phœnix renaissant de ses cendres. Alors, tous les clients de Stratton s'en mettraient plein les poches.

J'avais expliqué plusieurs fois à Danny qu'au fond de lui, tout être humain – à part quelques sociopathes – était animé du désir inconscient de faire le bien. C'était pour cette raison qu'un message subliminal devait être transmis au cours de chaque réunion : lorsqu'ils souriaient, téléphonaient et arrachaient les yeux de la tête à leurs clients, les traders assouvissaient non seulement leurs propres désirs hédonistes de richesse et de reconnaissance, mais aussi leur désir inconscient de faire le bien. C'était alors, et seulement alors, qu'il était possible de les motiver à atteindre les buts qu'ils n'avaient jamais rêvé pouvoir atteindre.

Danny tendit alors le bras pour ramener le calme dans la salle.

— Okay. Maintenant, voilà le plus intéressant, ou plutôt le plus perturbant. Vous voyez, si 10 % des hommes sont des homos refoulés et qu'il y a 1 000 hommes dans cette salle, alors cela signifie que 100 pédés se cachent parmi nous, prêts à nous sauter dessus dès que nous aurons le dos tourné !

Tout à coup, toutes les têtes se mirent à tourner avec méfiance. Même les petites assistantes blondes scrutaient la salle de leurs yeux charbonneux. Un murmure incompréhensible parcourut la salle, mais le message était clair : « Traquez-les et tuez-les tous ! »

Avec appréhension, je vis un millier de têtes se tourner dans tous les sens... des regards accusateurs se diriger à droite et à gauche... de jeunes bras musclés se tendre pour pointer du doigt. Soudain, des noms fusèrent.

— Teskowitz * est un pédé !

— O'Reilley * est une salope ! Debout, O'Reilly !

— Et Irv et Scott* ! hurlèrent deux strattoniens en chœur.

— Ouais, Irv et Scott ! Scott a sucé Irv !

Mais après une minute d'accusations plus ou moins sans fondement contre Scott et Irv, personne n'avait lâché le morceau. Danny leva donc une fois de plus la main.

— Écoutez tous, dit-il d'un ton accusateur. Je connais certains d'entre vous et on peut faire ça de deux manières : la manière douce ou la manière forte. Bon, tout le monde sait que Scott a sucé Irv, mais vous n'avez pas vu Scott perdre son boulot, non ?

Quelque part dans la salle retentit la voix outrée de Scott :

— Je n'ai même pas sucé Irv ! C'est juste que…

— Suffit, Scott ! tonna Danny dans le micro. Plus tu nies, plus tu t'accuses. Laisse tomber ! J'ai juste de la peine pour ta femme et tes gosses qui doivent supporter une honte pareille.

L'air dégoûté, Danny se détourna de Scott.

— Quoi qu'il en soit, poursuivit le nouveau directeur général de Stratton, cet acte infâme est plus une question de pouvoir que de cul. Irv nous a maintenant prouvé qu'il était un véritable homme de pouvoir, en réussissant à convaincre un stagiaire de le sucer. Toute cette affaire est oubliée et Scott est pardonné.

Silence.

— Bien ! Maintenant que je vous ai prouvé à quel point j'étais tolérant pour ce genre de comportements, y

---

* Ces noms ont été modifiés.

a-t-il parmi vous un homme, un vrai, qui ait les couilles... ou pour être exact, la simple décence de se lever et de tomber le masque ?

De nulle part, un jeune strattonien doté d'un menton fuyant et d'un bon sens encore plus fuyant, se leva et s'écria d'une voix haute et claire : « Je suis *gay* et fier de l'être ! » La salle perdit la tête. En l'espace de quelques secondes, des objets divers sc mirent à voler dans tous les sens comme projectiles mortels. Puis retentirent des sifflements, des huées et des cris :

— Sale pédé ! Casse-toi d'ici !

— Au pilori la tapette !

— Planquez vos verres ! Il va essayer de vous droguer pour vous violer !

Bien. La réunion du matin était officiellement terminée, un peu plus tôt que prévu pour cause de folie furieuse. Quel avait été le but de cette réunion, s'il en existait bien un ? Je n'en étais pas bien sûr. Peut-être simplement de donner un triste aperçu de ce qui attendait Stratton Oakmont – à partir du lendemain.

Pourquoi n'étais-je pas surpris ?

Une heure plus tard, assis à mon bureau, je tentai de me consoler avec ces quelques mots, pendant que Mad Max pétait carrément un câble devant Danny et moi, à propos de mon accord de rachat. Cet accord était le fruit de mon comptable, Dennis Gaito, surnommé le Chef, parce qu'il aimait bien accommoder les comptes à sa sauce. En bref, l'accord prévoyait que Stratton me paierait 1 million de dollars par mois pendant quinze ans, en grande partie dans le cadre d'un pacte de non-concurrence : en gros, j'acceptais de ne pas faire de concurrence à Stratton dans le courtage.

Néanmoins, même si tout le monde savait que cet accord n'avait rien d'illégal (en apparence) et si j'avais habilement réussi à contraindre les avocats de la société à l'approuver, personne n'était dupe.

Une quatrième personne se trouvait dans mon bureau. Il s'agissait de Moumoute, qui n'avait pas dit grand-chose jusqu'alors. Cela n'avait rien de surprenant : Moumoute ayant passé le plus clair de son enfance à dîner à la maison, il savait parfaitement ce dont Mad Max était capable.

— ... Vous n'êtes que deux couillons et vous allez vous prendre une couille dans l'engrenage, sur ce coup-là. Un rachat à 180 millions de dollars ? Autant pisser à la raie de la SEC ! Enfin quoi – nom de Dieu ! Quand allez-vous commencer à apprendre ?

— Calme-toi, papa. C'est pas aussi grave que ça. On me force à avaler une pilule amère et les 180 millions de dollars sont censés aider à faire passer ça.

— Allons, Max, ajouta Danny, avec un peu trop d'entrain. Vous et moi allons travailler ensemble pendant quelques années, alors pourquoi ne pas mettre ça au compte de l'expérience, hein ? Après tout, c'est votre propre fils qui ramasse le gros lot ! Ça pourrait être pire !

Mad Max se tourna brusquement vers Danny et le fusilla du regard. Il tira une énorme bouffée de sa cigarette et sa bouche prit la forme d'un minuscule o. Puis, il exhala avec force, concentrant sa fumée en un mince rayon laser, d'un centimètre de diamètre, qu'il dirigea droit vers le sourire de Danny, avec la force d'un canon de la guerre de Sécession. Tandis que Danny baignait toujours dans son nuage de fumée, il cracha :

— Je vais te dire une bonne chose, Porush. Ce n'est pas parce que mon fils part demain que je vais tout à coup avoir du respect pour toi. Le respect, ça se mérite et, si la petite réunion de ce matin est révélatrice, alors je ferais peut-être mieux d'aller tout de suite pointer au chômage. Tu sais combien de lois tu as violées ce matin, avec ton petit discours à la noix ? Je m'attends à un appel de ce gros lard de Dominic Barbara. C'est lui que le petit jeunot va appeler avec tes conneries.

Il se tourna ensuite vers moi.

— Et toi, qu'est-ce qui t'a pris de pondre un accord de non-concurrence ? Comment veux-tu leur faire de l'ombre, si tu es déjà banni du milieu ?

Il tira de nouveau sur sa cigarette.

— C'est toi et ce salaud de Gaito qui avez mijoté ce plan tordu. C'est une bouffonnerie à laquelle je refuse de prendre part.

Sur ce, Mad Max se dirigea vers la porte.

— Deux choses avant que tu partes, papa.

— Quoi ? aboya-t-il.

— Primo, les avocats de la société ont accepté l'accord. Et la seule raison pour laquelle ça fait 180 millions, c'est que le pacte de non-concurrence doit s'appliquer pour quinze ans, sinon nous perdons la déduction fiscale. Stratton me paye 1 million par mois, pendant quinze ans : ça fait donc 180 millions de dollars.

— Remballe tes chiffres, répliqua-t-il. Ça ne m'impressionne pas. En ce qui concerne les impôts, je connais le texte mieux que toi. Et j'ai bien compris aussi que toi et Gaito n'en avez absolument rien à cirer. Alors, n'essaie pas de m'amadouer, petit. Et ensuite ?

— Hein ? demandai-je, d'un ton anodin. Ah oui ! Le dîner de ce soir est avancé à 18 heures. Nadine veut emmener Chandler, afin que toi et maman puissiez la voir un peu.

Les bras croisés, je laissai le nom de Chandler faire son petit effet. Aussitôt, le visage de Mad Max s'attendrit à la seule mention de sa petite-fille. Avec un grand sourire et une pointe d'accent british, Sir Max s'écria :

— Quelle excellente surprise ! Ta mère sera ravie de voir sa petite Chandler ! C'est entendu, alors ! Je vais appeler maman pour lui annoncer la bonne nouvelle.

Sir Max sortit de la pièce, le pas léger et un sourire béat aux lèvres. Je jetai un regard à Danny et Wigwam.

— Il y a quelques mots qui le calment tout de suite et le nom de Chandler marche à tous les coups. Vous feriez bien d'en prendre de la graine, si vous ne voulez pas qu'il fasse une attaque au bureau.

— Ton père est un brave homme, dit Danny. Rien ne va changer pour lui, ici. Je le considère comme mon propre père et il pourra dire et faire tout ce qu'il veut jusqu'à ce qu'il soit prêt à prendre sa retraite.

Je souris devant tant de loyauté.

— Mais il y a plus important que ton père, poursuivit-il. J'ai déjà des emmerdes avec Duke Securities. Ça ne fait que trois jours que Victor est sur la place et il fait déjà circuler des rumeurs comme quoi Stratton est sur la mauvaise pente et que Duke est une valeur d'avenir. Il n'a pas encore essayé de débaucher nos traders, mais ça ne devrait pas tarder, j'en suis sûr. Ce gros naze est trop flemmard pour former ses propres courtiers.

— Qu'est-ce que tu en penses, toi ? demandai-je alors à Moumoute.

— Je ne pense pas que Victor soit une réelle menace, répondit Moumoute. Duke Securities est encore petite ; ils n'ont rien à offrir à personne. Ils n'ont aucune transaction propre, ni aucun véritable capital. Ils n'ont pas encore fait leurs preuves. Je crois que Victor ne peut simplement pas s'empêcher d'ouvrir sa grande gueule, c'est tout.

Je souris. Moumoute venait juste de confirmer ce que je savais déjà : ses conseils ne valaient rien en temps de crise et il ne serait pas d'une grande utilité à Danny dans ce genre de situation.

— Tu te trompes, mon vieux, dis-je avec chaleur. Tu prends le truc à l'envers. Tu vois, si Victor est malin, il va comprendre qu'il a justement tout à offrir à ses nouvelles recrues. Sa plus grande force, il la tient de son envergure... ou de son manque d'envergure, en l'occurrence. À Stratton, il est difficile de se hisser au sommet ; il y a trop de monde pour se mettre en travers du chemin. Alors, à moins de connaître quelqu'un à la direction, tu peux bien être le type le plus futé du monde, tu resteras quand même bloqué ou, du moins, tu n'auras pas un avancement aussi rapide. Chez Duke, rien de tel. N'importe quel petit malin peut se pointer là-bas et réussir. C'est comme ça. C'est l'un des avantages des petites sociétés et pas seulement dans notre branche. C'est valable partout. En revanche, nous avons la stabilité de notre côté et nous avons fait nos preuves. Les employés ne s'inquiètent pas pour leur paie à la fin du mois et ils savent qu'il y a toujours une nouvelle introduction en Bourse qui va arriver. Victor va tenter de saper ces choses-là, c'est pourquoi il a commencé à répandre ce genre de rumeurs.

Je haussai les épaules.

— En tout cas, c'est ce dont je vais parler à la réunion de cet après-midi et c'est une chose sur laquelle toi, Danny, tu devrais commencer à insister pendant tes propres interventions, si tu parviens à réfréner ton envie de casser du pédé. Tout ceci va devenir une guerre de propagande, même si d'ici trois mois, ce sera de l'histoire ancienne et que Victor sera en train de lécher ses plaies.

Avec un sourire confiant, j'ajoutai :

— Alors, quoi d'autre ?

— Certaines petites sociétés nous ont dans leur ligne de mire, dit Moumoute, avec sa monotonie habituelle. Ils essaient de nous piquer quelques transactions, un courtier par-ci, par-là. Ça va leur passer, j'en suis sûr.

— Ça ne passera que si vous vous en occupez, rétorquai-je. Faites savoir autour de vous que nous allons coller un procès à tous ceux qui essaieront de nous piquer des hommes. Notre nouvelle politique, c'est rendre dix coups pour un.

Je regardai Danny.

— Quelqu'un d'autre a-t-il été convoqué par le tribunal ?

— Pas à ma connaissance, répondit Danny. Ou du moins, pas dans la salle. Pour l'instant, c'est juste toi, Kenny et moi. Je ne crois pas que quiconque dans la salle soit au courant de l'enquête.

— Bien, dis-je, de moins en moins confiant. Il y a toujours de bonnes chances pour que toute cette affaire ne soit que de l'esbroufe. Je devrais en savoir plus bientôt. J'attends des nouvelles de Bo.

Après quelques secondes de silence, Moumoute intervint :

— Au fait, Madden a signé les documents pour le dépôt fiduciaire et m'a rendu les certificats d'actions. Tu n'as plus à t'inquiéter pour ça.

— Je t'avais bien dit qu'on pouvait compter sur Steve ! s'écria Danny.

Je me retenais de lui raconter que, depuis quelque temps, Steve lui en mettait plein la gueule, disant que Danny était incapable de diriger Stratton et que je devrais plutôt m'inquiéter de l'aider lui, Steve, à construire Steve Madden Shoes, qui montrait plus de potentiel que jamais. Les ventes grimpaient de 50 % chaque mois – chaque mois ! – et s'accéléraient encore. Pourtant, du point de vue de l'exploitation, Steve était complètement largué. La fabrication et la distribution étaient largement à la traîne et, par conséquent, la société était en train de se forger une mauvaise réputation auprès des grands magasins, à cause de retards de livraisons. À la demande de Steve, j'étudiai sérieusement la possibilité de m'installer un bureau à Woodside, dans le Queens, où se trouvait le siège social de Steve Madden Shoes. Une fois là-bas, je partagerais un bureau avec Steve ; il se concentrerait sur l'aspect créatif, pendant que je prendrais en charge les affaires.

— Je ne dis pas le contraire, Danny. Mais, maintenant que nous avons les actions en notre possession, je suis sûr qu'il fera ce qu'il a à faire. L'argent fait faire de drôles de choses aux gens, Danny. Un peu de patience : tu t'en rendras compte par toi-même assez vite.

À 13 heures, j'appelais Janet dans mon bureau pour lui remonter le moral. Ces derniers jours, elle m'avait paru contrariée. Ce matin-là, elle semblait au bord des larmes.

— Écoute, commençai-je, comme un père s'adressant à sa fille. Nous n'avons pas trop à nous plaindre, ma chérie. Je ne dis pas que tu n'as pas de raisons d'être inquiète, mais il faut prendre tout cela comme un nouveau départ, pas comme une fin. On est encore jeunes. On va peut-être se calmer pendant quelques mois, mais, après, ce sera reparti comme avant. Pour commencer, nous travaillerons depuis la maison, ce qui est parfait, puisque je te considère comme un membre de la famille...

Janet commença à renifler en retenant ses larmes.

— Je sais. C'est... C'est juste que je suis là depuis le début et que je vous ai vu monter cette société de rien. C'était comme regarder un miracle se produire. C'était la première fois que je me sentais...

Aimée ?

— … Je ne sais pas. Lorsque je suis entrée à l'église à votre bras… Je…

Janet éclata en sanglots sans pouvoir se maîtriser.

Oh mon Dieu ! Qu'est-ce que j'avais fait de mal ? Je voulais la consoler et voilà qu'elle était en larmes. Il fallait que j'appelle la Duchesse ! C'était une experte dans ce genre de choses. Peut-être pourrait-elle venir rapidement pour ramener Janet chez nous. Non, cela prendrait trop de temps…

N'ayant plus d'autre choix, je m'avançai vers Janet pour la prendre doucement dans mes bras. Avec une grande tendresse, je lui dis :

— Vas-y, pleure, ça te fera du bien. Mais n'oublie pas que des choses positives nous attendent, également. Stratton finira par fermer, un jour ou l'autre. Ce n'est qu'une question de temps. Mais nous, c'est maintenant que nous partons, alors que Stratton a encore la tête haute.

Je souris et ajoutai, d'un ton enjoué :

— Nadine et moi allons dîner chez mes parents, ce soir, avec Chandler. Je veux que tu viennes avec nous, d'accord ?

En regardant Janet sourire à l'idée de voir Chandler, je ne pus m'empêcher de me demander dans quel triste état étaient nos vies, pour que seules la pureté et l'innocence d'un bébé pussent nous apporter la paix.

Cela faisait déjà un quart d'heure que je déballais mon petit discours d'adieu, lorsque je me rendis compte que j'étais en train de faire l'éloge funèbre à mon propre enterrement. Pour voir le bon côté des choses, j'avais au moins la chance unique de voir la réaction de tous ceux qui assistaient aux funérailles.

Regardez-les tous, assis là, buvant chacune de mes paroles ! Tous ces visages captivés… ces regards intenses… ces torses parfaitement musclés qui se penchaient en avant pour mieux entendre. Tous ces regards pleins d'adoration que me lançaient les assistantes, avec leurs somptueuses crinières blondes, leurs succulents décolletés plongeants et, évidemment, leurs croupes incendiaires incroyables. Peut-être devrais-je implanter de façon subliminale dans leur esprit que chacune d'entre elles brûlait du désir insatiable de me sucer, puis d'avaler jusqu'à la dernière goutte de mon essence virile, pour le reste de leur vie.

Nom de Dieu, quel pervers je faisais ! Même en plein milieu de mon discours d'adieu, mon cerveau gérait deux canaux en même temps. Tandis que mes lèvres s'agitaient et que j'entreprenais de remercier les strattoniens pour ces cinq années de loyauté et d'admiration absolues, j'étais quand même en train de me demander si je n'aurais pas dû sauter un peu plus d'assistantes. Ça en disait long ! Cela faisait-il de moi un homme faible ? Ou bien était-ce normal d'avoir envie de les sauter toutes ? Finalement, à quoi servait le pouvoir, sinon à sauter tout ce qui bougeait ? En vérité, je n'avais pas exploité cet aspect du pouvoir autant que je l'aurais pu… en tout cas, pas autant que Danny ! Allais-je le regretter un jour ? Ou bien avais-je fait le bon choix ? Le choix de la maturité ! Le choix de la responsabilité !

Toutes ces pensées étranges rugissaient dans ma tête avec la férocité d'un ouragan de catégorie cinq, tandis que de sages paroles intéressées jaillissaient de ma bouche, sans le moindre effort conscient de ma part. Soudain, je me rendis que compte que mon cerveau fonctionnait, non pas sur deux, mais sur trois canaux en même temps. C'était vraiment bizarre.

Sur le troisième canal, un monologue intérieur se déroulait, remettant en question la nature décadente du canal 2, qui, lui, cherchait à déterminer si cela était bon ou mauvais de se faire sucer par les assistantes. Pendant ce temps, le canal 1 déversait son murmure ininterrompu de paroles aux strattoniens. Les mots sortaient de ma bouche comme des petites perles de sagesse égoïste, venant de… D'où venaient-ils, d'ailleurs ? Peut-être de cette zone de mon cerveau qui fonctionnait indépendamment de la direction consciente… à moins que ce ne fût par la force de l'habitude. Combien de discours avais-je prononcés ? Deux discours par jour pendant cinq ans… Avec 300 jours ouvrables par an, cela faisait 1 500 jours, multipliés par 2 discours par jour, on obtenait 3 000 discours, moins les quelques discours que Danny avait pu faire, qui représentaient environ 10 % du total approximatif de 3 000 discours… Le chiffre de 2 700 surgit dans mon esprit en un clin d'œil, tandis que j'enfilai des petites perles de sagesse égoïste les unes à la suite des autres.

Quand je revins à l'instant présent, j'étais en train d'expliquer pourquoi la banque d'affaires de Stratton Oakmont était certaine de survivre – certaine de survivre ! – parce qu'elle était plus forte que tout ou que quiconque. Soudain, je sentis le besoin irrépressible de citer F. D. Roosevelt – qui, bien que démocrate, n'en restait pas moins un type bien, même si j'avais récemment appris que sa femme était une goudou – et je commençai à expliquer aux strattoniens que nous n'avions rien à craindre que la crainte elle-même.

Je rappelais alors une fois encore que Danny était plus qu'à même de diriger la société, surtout avec quelqu'un d'aussi vif que Moumoute à ses côtés. Hélas, en dépit de tout cela, je ne voyais que des rangées de visages perplexes et inquiets. Je me sentis donc obligé d'en rajouter encore une couche.

— Écoutez tous : le fait que je sois banni de la finance ne m'empêche pas de donner quelques conseils à Danny. Vraiment ! Non seulement j'ai le droit de donner des conseils à Danny, mais également à Andy Greene, Steve Sanders, les P-DG de Monroe Parker et Biltmore et à quiconque, en fait, voudra bien les écouter. Juste pour que vous sachiez, Danny et moi avons l'habitude de prendre le petit déjeuner et le déjeuner ensemble et c'est une tradition que nous n'avons pas l'intention d'arrêter simplement à cause d'un accord ridicule que j'ai dû passer avec la SEC – uniquement parce que je savais qu'il assurerait l'avenir de Stratton pour les cent prochaines années !

Un tonnerre d'applaudissements retentit dans la salle. Ahhh ! Ils avaient tant d'admiration pour moi ! Tant d'amour pour le Loup de Wall Street ! Jusqu'à ce que je croise le regard de Mad Max, qui semblait cracher de la fumée par les oreilles. Putain, mais pourquoi s'inquiétait-il autant ? Tout le monde avalait la merde que je racontais sans broncher ! Pourquoi ne pouvait-il pas simplement prendre part à la liesse populaire ? J'évitai soigneusement la conclusion facile que c'était parce qu'il était le seul à s'inquiéter pour moi et qu'il n'était pas très rassuré à l'idée de voir son fils sauter du haut d'une falaise juridique.

— Bon, bien sûr, ajoutai-je pour le compte de Mad Max, il ne s'agira que de conseils. Par définition, cela signifie que mes suggestions n'auront pas à être obligatoirement suivies.

Aussitôt, la voix de Danny retentit sur l'un des côtés de la salle :

— Ouais, c'est ça ! Mais qui sera assez taré pour ne pas suivre un conseil de J.B. ?

Une fois encore, un tonnerre d'applaudissements balaya la salle, aussi ravageur que le virus Ebola. Bientôt, toute l'assemblée fut debout, applaudissant à tout rompre le Loup de Wall Street pour la troisième fois de l'après-midi. Tandis que je levai la main pour réclamer le silence, j'aperçus le visage agréable de Carrie Chodosh, l'une des rares femmes traders de Stratton, qui était également une de mes préférées.

Carrie avait environ 35 ans, ce qui faisait d'elle une véritable antiquité à Stratton. Cela ne l'empêchait pas d'avoir toujours de l'allure. Elle avait été une des premières courtières de Stratton – elle était venue à moi complètement fauchée, n'ayant plus que ses beaux yeux pour pleurer. À l'époque, elle avait trois mois de loyer de retard et un huissier courait après sa Mercedes. Carrie était une de ces femmes superbes qui avaient commis la triste erreur d'épouser le mauvais cheval. Après dix ans de mariage, son ex-mari avait refusé de lui verser la moindre pension.

C'était l'enchaînement rêvé pour parler de Duke Securities, avant d'aborder la possibilité d'une enquête du FBI. Oui, mieux valait faire allusion au FBI dès aujourd'hui, comme si le Loup de Wall Street les avait vus venir depuis toujours et qu'il avait déjà un plan pour repousser l'attaque.

Une fois de plus, je levai la main pour réclamer le silence.

— Écoutez… Je ne vais pas vous mentir. L'accord avec la SEC est la décision la plus difficile que j'aie eu à prendre de toute ma vie. Mais je savais que Stratton y survivrait, quelles que soient les circonstances. Vous voyez, ce qui rend Stratton différente, ce qui fait que rien ne l'arrête, c'est qu'il ne s'agit pas simplement d'un endroit où les gens viennent bosser. Ce n'est pas simplement une affaire qui cherche à faire du bénéfice. Stratton, c'est avant tout un concept ! Et par la nature même de ce concept, Stratton ne peut être contenue, ni écrasée par deux ans d'enquête et une poignée de gogos qui se gèlent le cul dans la salle de réunion. Sans parler des millions de dollars du contribuable que coûte cette chasse aux sorcières, la plus grande depuis le procès de Salem ! L'idée même de Stratton, c'est que peu importe la famille au sein de laquelle vous êtes né ou les écoles que vous avez fréquentées, ou même si vous aviez été élu meilleur élève de l'année en terminale. L'idée de Stratton, c'est que, lorsque vous mettez le pied dans la salle pour la première fois, vous recommencez votre vie à zéro. À l'instant même où vous passez la porte et jurez fidélité à la boîte, vous devenez un membre de la famille. Vous devenez un strattonien.

Je montrai Carrie du doigt.

— Tout le monde ici connaît Carrie Chodosh, non ?

La salle répondit par des cris, des sifflets et des vivats.

— Okay, okay, c'est très gentil pour elle, dis-je pour les apaiser. Pour ceux qui ne le savent pas, Carrie a été l'une des premières traders ici, l'une des Huit. Lorsque nous pensons à Carrie aujourd'hui, nous voyons une belle femme qui conduit une Mercedes flambant neuve, vit dans la plus belle résidence de Long Island, porte des tailleurs Chanel à 3 000 dollars et des robes Dolce et Gabbana à 60 000, passe ses vacances d'hiver aux Bahamas et l'été dans les Hamptons. Vous la connaissez comme la femme qui possède un compte en banque avec Dieu sait combien d'argent dessus...

Sans doute pas le moindre dollar, à la mode strattonienne.

— ... et, bien sûr, tout le monde sait que Carrie est l'une des cadres supérieures les mieux payées de Long Island, avec presque 1,5 million de dollars cette année !

Je leur racontai ensuite dans quel état était la vie de Carrie lorsqu'elle était venue à Stratton et, pile au bon moment, Carrie lança d'une voix claire et forte : « Je

t'aimerai toujours, Jordan ! » La salle tomba de nouveau en plein délire et je reçus ma quatrième *standing
ovation*. Je saluai mon public deux ou trois fois de la
tête, mais, au bout d'une bonne trentaine de secondes, je
demandai de nouveau le calme.

— Comprenez bien que Carrie avait le dos au mur.
Elle devait s'occuper de son enfant et elle avait une
montagne de dettes. Elle ne pouvait se permettre
d'échouer ! Son fils, Scott, qui se trouve être un gamin
incroyable, pourra un jour fréquenter l'une des plus
prestigieuses universités de ce pays et, grâce à sa mère,
il ne se lancera pas dans la vie active avec quelques centaines de milliers de dollars de prêt étudiant à rembourser. Il ne sera pas obligé de…

Oh merde ! Carrie pleurait ! C'était reparti ! C'était
la seconde fois aujourd'hui que je faisais chialer une
femme. Où était la Duchesse !

Carrie sanglotait si fort que trois assistantes s'étaient
approchées d'elle pour la consoler. Il fallait que je termine ce discours d'adieu au plus vite, avant que
quelqu'un d'autre ne se liquéfie.

— Bien, dis-je. Nous aimons tous Carrie et nous ne
voulons pas la voir pleurer.

Carrie leva une main pour s'excuser et sanglota :

— Ça va… Ça va… Je suis désolée…

Quelle était la réaction appropriée lorsqu'une strattonienne se mettait à pleurer pendant un discours
d'adieu ? Existait-il un protocole ?

— D'accord, ce que je voulais vous dire, c'est que,
si vous pensez que les chances d'avancement rapide
sont maigres à Stratton, parce que la boîte est si grande
et si bien dirigée que le chemin vers la direction est un
peu bouché, alors sachez que dans l'histoire de Stratton,
le moment n'a jamais été aussi favorable que maintenant pour se hisser au sommet. Cela, mes amis, c'est la

stricte vérité ! C'est simple : moi parti, Danny va devoir
combler un vide énorme. Et où va-t-il chercher ?
Dehors ? À Wall Street ? Non, bien sûr que non !
Stratton a toujours joué la carte de la promotion interne.
Toujours ! Que vous veniez juste d'arriver, que vous
soyez parmi nous depuis quelques mois et que vous
ayez tout juste fini vos classes ou que vous soyez ici
depuis un an et que vous veniez de faire votre premier
million, alors c'est votre jour de chance. Avec la crois-
sance de Stratton, il y aura d'autres obstacles juridiques. Mais, comme c'est le cas avec la SEC… nous
allons les surmonter. Qui sait ? La prochaine fois, ce
sera peut-être la NASD… ou des États… ou peut-être
même le ministère de la Justice. Qui peut en être sûr ?
Après tout, n'importe quelle grosse société de
Wall Street passe par là au moins une fois. Tout ce que
vous avez à savoir, c'est qu'au final, Stratton résistera
et que l'adversité ouvre des portes. La prochaine fois,
ce sera peut-être Danny qui sera à ma place et passera le
flambeau à l'un de vous.

Je me tus pour laisser mes paroles faire leur petit
effet, puis entamai ma conclusion.

— Alors, bonne chance à tous. Je vous souhaite de
continuer à réussir ainsi. Je ne vous demande qu'une
seule chose : c'est de suivre Danny comme vous
m'avez suivi. De lui jurer fidélité comme vous l'avez
fait pour moi. À partir de maintenant, c'est Danny qui
prend les commandes. Bonne chance, Danny, Dieu te
garde ! Je sais qu'une nouvelle ère s'ouvre avec toi.

Je levai alors le micro pour saluer Danny et reçus
l'ovation de ma vie. Lorsque la foule se calma un peu,
on m'apporta une carte d'adieu. Elle faisait un mètre sur
deux et, en lettres capitales rouges, était écrit « Diplôme
du meilleur chef ». Au dos, des petits mots avaient été

griffonnés, de brefs saluts de tous mes strattoniens, me remerciant d'avoir changé leur vie de façon radicale.

Plus tard, en refermant une dernière fois la porte de mon bureau, je ne pus m'empêcher de me demander s'ils me remercieraient encore dans cinq ans.

CHAPITRE 25

Les Vrais de Vrai

Combien de rediffusions de L'Île aux naufragés *peut-on regarder avant de décider de se coller le canon d'un flingue dans la bouche et d'appuyer sur la gâchette ?*

Par un froid mercredi matin, et bien qu'il fût déjà 11 heures, j'étais encore au lit en train de regarder la télévision. Retraite forcée – croyez-moi, ça n'était pas une partie de plaisir.

J'avais énormément regardé la télévision au cours des quatre dernières semaines – beaucoup trop, se plaignait la Duchesse – et, récemment, j'étais devenu obsédé par *L'Île aux naufragés*, une vieille série qu'ils rediffusaient sans cesse.

L'explication était très simple : alors que je regardais un épisode de *L'Île aux naufragés*, j'avais découvert avec stupeur que je n'étais pas le seul Loup de Wall Street. À mon grand regret, je partageai ce titre à la gloire relative avec un vieux wasp croulant qui avait eu le malheur de faire naufrage sur une île déserte. Cet homme s'appelait Thurston Howell III et, hélas, c'était vraiment un crétin de wasp. Fidèle à la plus pure tradition wasp, il avait épousé une femelle de sa propre espèce, une blonde platine hideuse, répondant au doux nom de Lovey, qui était presque aussi crétine que lui,

mais pas tout à fait. Lovey se sentait obligée de porter
des ensembles en tweed ou des robes de soirée à pail-
lettes et de se maquiller comme une voiture volée, bien
que l'île fût perdue quelque part dans le Pacifique Sud,
à au moins cinq cents milles de la première voie de
navigation où elle aurait pu se montrer à quiconque.
Mais, c'était bien connu : les wasps adoraient se saper.

Je me demandais si c'était un pur hasard que le Loup
de Wall Street original fût un vieux croûton ou si mon
surnom était destiné à me blesser – en comparant
Jordan Belfort à un vieux salaud de wasp doté d'un
QI de 65 et une d'une vessie défaillante. Peut-être,
pensai-je sombrement. Peut-être.

C'était vraiment triste et déprimant. Pour voir le bon
côté des choses, j'avais passé beaucoup de temps avec
Chandler, qui commençait tout juste à parler. Il était à
présent clair comme de l'eau de roche que mes premiers soupçons étaient fondés et que ma fille était un
vrai génie. Je résistai à l'envie de considérer ma fille
d'un point de vue physique, sachant très bien que je
chérirais jusqu'à la dernière molécule de son être quelle
que fût son apparence. N'empêche qu'elle n'en était pas
moins absolument magnifique et qu'elle ressemblait
chaque jour un peu plus à sa mère. Quant à moi, je
tombais chaque jour un peu plus amoureux d'elle, en
voyant sa personnalité se développer. C'était la fille à
son papa et il se passait rarement un jour sans que je
passe trois ou quatre heures avec elle, à lui apprendre de
nouveaux mots.

Des sentiments puissants qui m'étaient parfaitement
étrangers fleurissaient en moi. Pour le meilleur ou pour
le pire, j'avais commencé à comprendre que je n'avais
jusque-là jamais aimé aucun être humain de façon
inconditionnelle – même pas ma femme, ni mes
parents. Ce n'était que depuis la naissance de Chandler

que je comprenais enfin le véritable sens de l'amour. Pour la première fois, je comprenais pourquoi mes parents avaient souffert avec moi – littéralement *en même temps* que moi – surtout pendant mon adolescence, lorsque j'avais semblé déterminé à gâcher mes talents. Je comprenais enfin d'où venaient les larmes de ma mère et je savais que, moi aussi, je verserais des larmes si ma fille faisait la même chose que moi. Je me sentais coupable de toute cette peine que j'avais causée à mes parents, sachant que cela avait dû les déchirer au plus profond d'eux-mêmes. C'était ça, l'amour inconditionnel, non ? L'amour le plus pur de tous et, jusqu'ici, je n'avais fait que le recevoir.

Rien de tout cela ne diminuait mes sentiments pour la Duchesse. Au contraire, je me demandais si je pourrais jamais atteindre un tel niveau de confort et de confiance avec elle, au point de baisser ma garde et de l'aimer de façon inconditionnelle. Peut-être si nous avions un autre enfant. Ou si nous vieillissions ensemble – jusqu'à un âge très avancé – et dépassions le stade où le physique n'impose plus sa dictature. Alors peut-être lui ferais-je confiance.

Les jours passant, je m'aperçus que c'était vers Chandler que je me tournais pour trouver un sentiment de paix et de stabilité, et donner un sens à ma vie. La pensée de faire de la prison et d'être séparée d'elle pesait lourdement sur ma conscience et ce poids ne serait levé que lorsque l'agent Coleman aurait fini son enquête sans rien trouver. J'attendais toujours des nouvelles de Bo, mais celui-ci avait du mal à faire parler l'agent spécial Barsini.

Et puis, il y avait la Duchesse. Les choses se passaient remarquablement bien avec elle. En fait, à présent que j'avais tout ce temps libre, j'avais bien moins de mal à dissimuler ma toxicomanie galopante. J'avais mis en place une petite routine parfaite : je me réveillais à 5 heures du matin, deux heures avant elle, pour prendre tranquillement mon Mandrax du matin. Puis, je traversais les quatre phases de mon trip – fourmillements, bafouillage, bave et perte de connaissance – avant même qu'elle se réveille. Au lever, je regardais quelques épisodes de *L'Île aux naufragés* ou de *Ma sorcière bien aimée*, puis passais une heure ou deux à jouer avec Chandler. À midi, je retrouvais Danny au Tenjin, où tous les strattoniens pouvaient nous voir ensemble.

À la clôture du marché, Danny et moi nous retrouvions pour prendre du Mandrax ensemble. C'était mon second trip de la journée. Je rentrais à la maison en général vers 19 heures – bien après la phase baveuse – et dînais avec la Duchesse et Chandler. Même si j'avais la certitude que la Duchesse n'était pas dupe, elle semblait fermer les yeux ; peut-être m'était-elle reconnaissante de faire au moins l'effort de ne pas baver en sa présence, ce qui, par-dessus tout, la mettait hors d'elle.

Soudain, j'entendis le téléphone sonner.

— Vous êtes réveillé ? demanda Janet d'une voix désagréable sur l'interphone.

— Il est 11 heures, Janet ! Bien sûr que je suis réveillé !

— Oui ? Eh bien, comme vous n'avez pas encore refait surface, comment suis-je censée le savoir ?

Incroyable ! Elle n'avait toujours aucun respect pour moi, même si elle travaillait à présent depuis la maison. C'était comme si la Duchesse et elle se mettaient à deux contre moi pour se foutre de ma gueule. Oh, elles prétendaient que c'était pour rire et qu'elles faisaient ça gentiment, mais c'était quand même un peu dur.

Quelles raisons avaient ces deux femmes de se moquer ainsi de moi ? Non, mais vraiment ! Malgré mon exclusion, j'avais quand même réussi à gagner

4 millions de dollars au mois de février ; ce mois-ci, bien que nous ne fussions que le 3 mars, j'avais déjà fait 1 million de plus. Donc, ce n'était pas comme si j'étais une espèce d'invertébré qui glandait au lit toute la journée.

Et elles, qu'est-ce qu'elles foutaient de leur journée, hein ? Janet passait la plupart de son temps à gâter Chandler et à déconner avec Gwynne. Nadine, elle, passait la journée sur ses putain de chevaux, avant de se pavaner dans la maison, vêtue à l'anglaise, avec des culottes de cheval stretch vert clair, un col roulé assorti et des bottes d'équitation noires brillantes qui lui arrivaient jusqu'au genou, tout en se grattant à cause des allergies. La seule personne de cette maison qui me comprît vraiment, c'était Chandler. Et peut-être aussi Gwynne, qui m'apportait mon petit déjeuner au lit et me proposait du Mandrax pour mon dos.

— Bon, je suis réveillé, dis-je à Janet, alors calmos. Je regarde la chaîne financière.

— Oh, vraiment ? s'étonna Janet la sceptique. Qu'est-ce que le type est en train de raconter ?

— Va te faire foutre, Janet. Qu'est-ce que tu veux ?

— Alan Chemtob est en ligne. Il dit que c'est important.

Alan Chemtob, *alias* Alan Chim-tob, mon dealer de confiance, était un véritable emmerdeur. Comme si cela ne suffisait pas de payer à cette sangsue de la société 50 dollars le cachet de Mandrax ! Oh non ! Mon petit dealer à moi voulait en plus être chéri, aimé et tout le tintouin. Ce connard se prenait vraiment pour le « gentil dealer du quartier ». Cela dit, il vendait le meilleur Mandrax de la ville, ce qui était tout relatif dans le monde du Mandrax, étant donné que les meilleurs cachets venaient de pays où des sociétés pharmaceutiques en fabriquaient encore légalement.

Triste histoire, en vérité. Comme c'était le cas pour la plupart des drogues récréatives, le Mandrax avait autrefois été légal aux États-Unis, avant d'être épinglé par la DEA[1], qui s'était rendu compte que, pour chaque ordonnance légale, il en circulait une centaine de complaisance. À présent, seuls deux pays produisaient encore du Mandrax : l'Espagne et l'Allemagne. Et, dans ces deux pays, les contrôles étaient si stricts qu'il était presque impossible de se fournir en quantités suffisantes…

… C'était exactement pour ça que mon cœur se mit à battre comme celui d'un lapin lorsque je décrochai le téléphone. Alan s'écria aussitôt :

— Tu ne vas pas me croire, Jordan, mais j'ai trouvé un pharmacien à la retraite qui a vingt authentiques Lemmons, qu'il gardait cachés dans son coffre depuis quinze ans ! Ça fait cinq ans que j'essaie de les lui soutirer, mais il n'a jamais voulu les lâcher. Mais là, il faut qu'il paie les frais d'université de ses enfants et il est prêt à les vendre à 500 dollars pièce. J'ai pensé que tu serais peut-être intér…

— Bien sûr que je suis intéressé !

Je me retins de le traiter de crétin, pour avoir ainsi douté de mon intérêt. Parce que, bon : il y avait Mandrax et Mandrax. Chaque marque avait une formule légèrement différente des autres et donc, un effet légèrement différent. Mais personne n'était tombé plus juste que les petits génies de Lemmons Pharmaceutical, qui avaient commercialisé leurs pilules sous le nom de Lemmon 714. Les Lemmons, comme on les appelait, étaient légendaires, non seulement à cause de leur puissance, mais aussi pour leur capacité à transformer une

---

1. Drug Enforcement Administration, équivalent de la brigade des Stupéfiants. *(NdT)*

écolière élevée chez les bonnes sœurs en reine de la pipe. C'était donc pour cela qu'ils avaient bien mérité le surnom d'« écarteurs de cuisses ».

— Je les prends tous ! m'écriai-je. D'ailleurs, dis au gars que s'il m'en vend quarante, je lui donnerais 1 000 dollars par cachet, et que, s'il m'en vend cent, j'irais jusqu'à 1 500. Ça fait 150 000 dollars, Alan.

Bon sang ! Le Loup était un homme riche ! Des vrais Lemmons ! Les Palladins étaient considérés comme un bon produit, parce qu'ils étaient fabriqués par un véritable laboratoire en Espagne. Alors, si les Palladins étaient des Vrais, alors, les Lemmons, c'était des Vrais de Vrai.

— Il n'en a que vingt, répondit Alan.

— Merde ! Tu es sûr ? Tu n'essaies pas de t'en garder quelques-uns pour toi, des fois ?

— Bien sûr que non. Je ne ferais jamais un coup pareil à un ami.

Quel paumé !

— Je suis bien d'accord avec toi, mon vieux. Quand peux-tu venir ?

— Le type ne rentre chez lui que vers 16 heures. Je pourrais être à Old Brookville vers 17 heures… N'oublie pas de ne rien manger avant.

— Oh, je t'en prie, Alan ! Pour qui tu me prends ?

Je lui souhaitai une bonne journée et raccrochai. Puis, je commençai à faire des galipettes sur mon édredon en soie blanche à 12 000 dollars, comme une gosse à qui on vient de promettre un après-midi à la fête foraine.

Ensuite, je me rendis dans la salle de bains et ouvris l'armoire à pharmacie pour m'emparer d'une boîte de Microlax. Je l'ouvris à la hâte, baissai mon boxer et m'enfonçai l'embout pointu d'une canule dans le cul avec tellement de férocité que je le sentis me griffer le colon sigmoïde. Trois minutes plus tard, le contenu entier de mes intestins se vidait avec force. Au fond de moi, je savais que cela ne changerait rien à l'intensité de mon trip, mais quand même, cela me semblait être une mesure prudente. Puis, je me fourrai les doigts au fond de la gorge pour vomir les restes de mon petit déjeuner.

Oui, c'était exactement ce que n'importe quel homme sensé aurait fait dans des circonstances aussi extraordinaires. Sauf peut-être de s'administrer le lavement avant de se faire vomir. Mais je m'étais soigneusement lavé les mains à l'eau brûlante, alors je pouvais me pardonner ce léger faux pas.

Ensuite, j'appelai Danny pour l'inciter à faire de même, ce qu'il s'empressa de faire.

À 17 heures, Danny et moi étions en train de jouer au billard dans mon sous-sol, en attendant impatiemment Alan Chim-tob. Nous jouions au billard anglais et Danny me bottait le cul depuis une demi-heure. Tandis que les boules claquaient, Danny cassait du sucre sur le dos du Chinois :

— Je suis sûr à cent pour cent que ces actions viennent du Chinois. Personne d'autre n'en a autant.

Les actions dont parlait Danny étaient celles de la dernière introduction en Bourse de Stratton, M.H. Meyerson. Le problème c'était que, dans le cadre de mon arrangement avec Kenny, j'avais accepté d'accorder de grosses portions à Victor. L'ordre implicite était de ne pas revendre, mais Victor s'était bien évidemment assis dessus et était en train de revendre toutes ses parts. Le plus rageant dans l'histoire, c'était que la nature même du Nasdaq rendait impossible de prouver quoi que ce fût. Tout n'était que supposition. Néanmoins, par élimination, il n'était pas trop difficile de comprendre que le Chinois était en train de nous baiser.

— Ça te surprend ? demandai-je, avec cynisme. Le Chinois n'est qu'un fumier. Il vendrait les actions juste pour nous faire chier, s'il fallait. Tu comprends pourquoi je t'avais conseillé de rester à découvert de 100 000 supplémentaires ? Il a vendu tout ce qu'il pouvait et tu as toujours la grande forme.

Danny acquiesça sombrement.

— T'en fais pas, mon vieux. Combien lui as-tu vendu, jusqu'ici ?

— Environ 1 million.

— Bien. Quand tu en seras à 1,5 million, je vais lui couper le jus et…

La sonnette d'entrée retentit. Danny et moi restâmes figés sur place, la bouche ouverte, à nous regarder. Quelques instants plus tard, Alan Chim-tob descendait les escaliers d'un pas lourd et commençait à déballer sa merde habituelle :

— Comment va la petite ?

Oh, bon Dieu ! Pourquoi ne pouvait-il pas se comporter comme tous les autres dealers et attendre au coin des rues pour vendre sa came aux collégiens ? Pourquoi avait-il besoin de se sentir aimé ?

— Oh, elle va bien, répondis-je d'une voix chaleureuse.

Aboule les Lemmons, putain !

— Comment vont Marsha et les enfants ? demandai-je à mon tour.

— Oh, Marsha est fidèle à elle-même, dit-il, en grinçant des dents, en bon cocaïnomane qu'il était. Mais les enfants vont bien.

Grincements de dents.

— Tu sais, j'aimerais vraiment ouvrir un compte pour les enfants, si tu veux bien. Peut-être pour leurs études ?

— Bien sûr !…

Les Lemmons, gros con ! Passe-moi les Lemmons !

— ... Tu n'as qu'à appeler la secrétaire de Danny, elle s'en chargera. Pas vrai, Dan ?

— Absolument, répondit Danny, la mâchoire crispée.

Son expression disait clairement : « File-nous les Lemmons ou tu vas souffrir ! » Quinze minutes plus tard, Alan nous refila enfin les cachetons. J'en sortis un pour l'examiner. Il était parfaitement rond, à peine plus large qu'une pièce de 10 cents et de la consistance d'un Cheerio. Il était blanc comme neige... impeccable... avec un léger reflet magnifique, qui permettait de se souvenir que sa ressemblance avec une aspirine de chez Bayer était plus que trompeuse. Sur l'une des faces, le nom de la marque, Lemmon 714, était gravé. De l'autre, une fine rainure traversait le cachet. Le pourtour était biseauté, signe distinctif de cette marque.

— C'est des Vrais de Vrai, Jordan, dit Chim-tob. Quoi qu'il arrive, n'en prends pas plus d'un à la fois. Ça n'a rien à voir avec les Palladins. C'est bien plus fort.

Je lui assurai que je n'en ferais rien... et dix minutes plus tard, Danny et moi étions en route pour le paradis. Nous avions avalé un Vrai de Vrai chacun et attendions au sous-sol, dans ma salle de gym tapissée de miroirs. La salle était pleine d'équipements dernier cri et il y avait assez de poids, d'haltères et de bancs de musculation pour faire pâlir d'envie Arnold Schwarzenegger. Danny marchait d'un bon pas sur le tapis de course, tandis que je me démenais sur le stepper, comme si j'avais l'agent Coleman à mes trousses.

— Rien ne vaut un peu d'exercice pour faire monter le Mandrax, hein ?

— Tu parles, Charles ! s'écria Danny. Tout est dans le métabolisme. Plus c'est rapide, meilleur c'est.

Il attrapa sa tasse de saké en porcelaine.

— Et ça, c'est vraiment génial, comme idée. Boire du saké chaud après avoir pris un véritable Lemmon. Quelle inspiration ! C'est comme jeter de l'essence sur un feu de forêt.

J'attrapai ma propre tasse et me penchai pour trinquer avec lui. Danny se pencha aussi, mais les deux appareils se trouvant à presque deux mètres l'un de l'autre, il nous manquait quelques centimètres.

— Bien essayé ! ricana Danny.

— L'important c'est de participer ! répondis-je en ricanant à mon tour.

Les deux idiots ricanants trinquèrent donc à distance et vidèrent leur tasse.

Soudain, la porte s'ouvrit et la Duchesse de Bay Ridge entra, dans sa tenue d'équitation vert clair. L'air énervé, elle se campa sur ses jambes, les bras croisés sous la poitrine, la tête légèrement rejetée en arrière.

— Qu'est-ce que vous mijotez, bande de tarés ? demanda-t-elle, l'air méfiant.

Bon sang ! Une complication imprévue !

— Je croyais que tu devais sortir avec Hope, ce soir ? demandai-je, d'un ton plein de reproches.

— Aaa… Aaaa… Tchoum ! éternua mon apprentie cavalière. Mes allergies ont empiré, alors… aaaatchoum ! J'ai dû annuler.

— À tes souhaits, jeune Duchesse ! lança Danny.

— Si tu m'appelles encore une fois Duchesse, Danny, je te balance ton saké chaud à la gueule.

Elle se tourna vers moi :

— Viens voir une minute, il faut que je te parle.

Elle tourna les talons et se dirigea vers l'autre bout du sous-sol, où se trouvait une longue banquette. C'était juste en face du terrain de racquetball, qui avait récemment été transformé en podium pour défilé de mode, afin de suivre la dernière aspiration de ma femme, l'apprentie designer de vêtements de maternité.

— Tu sens quelque chose ? chuchotai-je à l'oreille de Danny.

— Non, rien.

Nous suivîmes la Duchesse bien sagement.

— Je parlais avec Heather Gold aujourd'hui, commença ma femme, et elle pense que ce serait le moment idéal pour que Chandler commence à prendre des leçons d'équitation. Je veux lui acheter un poney. En plus, ils en ont un adorable et même pas trop cher.

— Combien ? demandai-je, en m'asseyant aux côtés de la Duchesse, tout en me demandant comment Chandler allait bien pouvoir monter à poney, alors qu'elle ne savait même pas encore marcher.

— Seulement 70 000 dollars ! s'écria la Duchesse, ravie. Pas mal, hein ?

Eh bien, si tu acceptes de coucher avec moi pendant mon trip Vrai de Vrai, je veux bien te payer ce poney hors de prix.

— Ah ouais ! C'est une affaire ! dis-je simplement. Je ne savais même pas qu'ils faisaient des poneys aussi chers.

La Duchesse m'assura que si, puis, pour me convaincre, vint se blottir contre moi pour que je puisse sentir son parfum.

— S'il te plaît ? susurra-t-elle. Je serai très gentille.

C'est alors que Janet descendit l'escalier, avec un grand sourire.

— Salut, tout le monde ! Qu'est-ce qui se passe par ici ?

— Mais viens donc te joindre à nous ! Plus on est de fous…

Apparemment, elle ne comprit pas l'ironie. Quelques secondes plus tard, la Duchesse avait mis Janet dans son camp et elles m'expliquaient toutes les deux que Chandler serait absolument à croquer sur un poney, dans une petite tenue d'équitation que la Duchesse ferait confectionner sur mesure, pour Dieu sait combien.

Profitant d'une ouverture, je me penchai vers la Duchesse pour lui chuchoter que, si elle acceptait de venir avec moi dans la salle de bains et de me laisser la prendre contre le lavabo, je serais ravi d'aller aux écuries de la Gold Coast dès le lendemain pour acheter le poney, dès que l'épisode de 11 heures de *L'Île aux naufragés* serait fini.

— Maintenant ? chuchota-t-elle.

J'acquiesçai et suppliai trois fois « s'il te plaît » à toute vitesse. La Duchesse sourit. Nous nous excusâmes auprès des autres.

Une fois dans la salle de bains, je la retournai sans crier gare contre le lavabo et plongeai en elle sans la moindre lubrification.

— AÏE ! cria-t-elle, avant de se remettre à éternuer et à tousser.

— À tes souhaits, mon amour !

Je pompai rapidement une douzaine de fois, avant de partir comme une fusée. En tout, ça n'avait pris que neuf secondes environ.

— Ça y est ? Tu as fini ? demanda la Duchesse, en tournant son joli minois vers moi.

— Hum hum, répondis-je en frottant l'extrémité de mes doigts, guettant le moindre fourmillement. Pourquoi n'irais-tu pas dans la chambre pour te servir de ton vibromasseur ?

— Pourquoi es-tu si pressé de te débarrasser de moi ? demanda la Duchesse, toujours accoudée contre l'évier. Vous êtes en train de mijoter quelque chose, Danny et toi, je le sais. Qu'est-ce que c'est ?

— Mais rien… On parle juste affaires. C'est tout.

— Va te faire foutre ! répondit la Duchesse en colère. Tu mens, je le sais !

D'un mouvement brusque, elle se redressa, m'envoyant voler contre la porte de la salle de bains avec une force phénoménale. Elle remonta ensuite sa culotte d'équitation, se regarda une seconde dans le miroir, arrangea sa coiffure, me poussa sur le côté et sortit.

Dix minutes plus tard, Danny et moi étions seuls au sous-sol, la tête toujours aussi claire.

— Ils sont tellement vieux qu'ils ont dû perdre de leur puissance, conclus-je tristement. Je pense qu'on devrait en prendre un autre.

C'est ce que nous fîmes. Trente minutes plus tard : rien. Même pas le moindre fourmillement !

— Putain, quelle merde ! s'écria Danny. 500 dollars le cachet et ça foire ! C'est criminel ! Laisse-moi regarder la date d'expiration.

Je lui passai le flacon.

— Décembre 81 ! s'exclama-t-il en lisant l'étiquette. Ils ne sont plus bons.

Il dévissa le couvercle et sortit deux Lemmons supplémentaires.

— Ils ont dû perdre leur effet. Prenons-en un de plus chacun.

Trente minutes plus tard, c'était le drame. Nous avions pris trois véritables Lemmons chacun, sans ressentir le moindre petit fourmillement.

— Bon, je crois que c'est clair, marmonnai-je. Ils sont officiellement foireux.

— Ouais… C'est la vie, mon vieux.

Soudain, la voix de Gwynne retentit dans l'interphone.

— Monsieur Belfort, Bo Dietl au téléphone.

Je décrochai le combiné.

— Salut, Bo ! Quoi de neuf ?

— Il faut que je te parle tout de suite ! commença Bo à toute allure. Mais pas sur ce téléphone. Va dans une cabine et rappelle-moi à ce numéro. Tu as un crayon ?

— Que se passe-t-il ? Tu as parlé à Bar…

— Pas sur ce téléphone, Bo ! me coupa Bo. Mais la réponse est oui et j'ai des infos pour toi. Prends un crayon.

Une minute plus tard, je me gelais le cul au volant de ma petite Mercedes blanche. J'avais oublié de prendre un manteau et il faisait un froid de canard dehors – pas plus de cinq degrés. À 19 heures, en plein hiver, il faisait déjà nuit. J'allumai les phares et me dirigeai vers le portail. En tournant à gauche dans Pin Oak Court, je fus surpris de voir deux longues rangées de voitures garées de chaque côté de la rue. Merveilleux ! Je venais juste de dépenser 10 000 dollars pour les pires Mandrax de l'histoire, pendant que d'autres faisaient la fête !

Je me dirigeai vers le téléphone public du country club de Brookville, à quelques centaines de mètres de chez moi seulement. Trente secondes plus tard, je me garai devant le club-house et grimpai les quelques marches de briques rouges, bordées de colonnes corinthiennes blanches.

À l'intérieur du club, je me dirigeai vers la rangée de téléphones, le long du mur. Je décrochai, entrai le numéro de ma carte, puis composai le numéro que m'avait donné Bo. Après quelques sonneries, la terrible nouvelle tomba.

— Écoute, Bo, dit Bo, depuis une autre cabine. Je viens de recevoir un appel de Barsini et il m'a appris que tu étais la cible d'une grosse enquête pour blanchiment d'argent. Apparemment, ce Coleman pense que tu as 20 millions de dollars planqués en Suisse. Il a une source là-bas qui lui refile toutes ces infos. Barsini n'en a pas dit plus mais, pour lui, tu t'es retrouvé coincé dans une autre affaire. Au début, Ce n'était pas toi qui étais visé, mais maintenant, c'est après toi que Coleman en a. Le téléphone de ta résidence est sans doute sur écoute, et ta maison aux Hamptons aussi. Dis-moi, Bo, qu'est-ce que c'est que cette histoire ?

J'essayai de me calmer, cherchant ce que j'allais bien pouvoir dire à Bo. Mais que pouvais-je dire ? Que j'avais des millions de dollars dans le compte bidon de Patricia Mellor et que ma propre belle-mère avait passé de l'argent pour moi ? Ou que Todd Garret s'était fait coffrer parce que Danny était assez con pour conduire défoncé ? Quel intérêt ? Aucun.

— Je n'ai pas d'argent en Suisse. Ça doit être une erreur.

— Quoi ? demanda Bo. J'ai pas compris ce que tu as dit. Tu peux répéter ?

Un peu énervé, je repris :

— Z'ai dit, z'ai pas d'arzent en Zuizze !

— T'es défoncé ou quoi ? demanda Bo, incrédule. Je ne comprends à rien ce que tu racontes !

Puis, soudain, d'une voix inquiète :

— Écoute-moi, Jordan ! Ne prends pas ta voiture ! Dis-moi où tu es, je vais envoyer Rocco te chercher ? Où es-tu, mon vieux ? Réponds-moi !

Soudain, une sensation de chaleur envahit mon cerveau, comme un picotement agréable dans chacune des molécules de mon corps. Le combiné toujours près de mon oreille, je voulus dire à Bo d'envoyer Rocco me chercher au country club de Brookville, mais je ne parvins pas à remuer les lèvres. C'était comme si mon cerveau envoyait des signaux, mais que ceux-ci étaient interceptés ou brouillés. J'étais paralysé. C'était merveilleux. Je contemplai le métal brillant du téléphone devant moi et tentai d'apercevoir mon reflet... Qu'il était mignon, ce téléphone !... Tellement brillant !

Soudain, le téléphone sembla reculer. Que se passait-il ? Où est-ce qu'il allait ? Oh merde ! J'étais en train de me casser la gueule, comme un arbre qu'on vient d'abattre. Attention en dessous ! BOUM ! Je me retrouvais allongé par terre dans un état de semi-conscience, les yeux rivés sur le plafond du club, qui était recouvert de ces plaques de polystyrène, comme dans les bureaux. Plutôt craignos, pour un country club ! Où allait-on, si même les wasps devenaient radins !

Je m'assurai que je n'avais rien de cassé. Tout semblait en ordre. Les Vrais de Vrai m'avaient protégé. Il leur avait fallu presque quatre-vingt-dix minutes pour faire effet, à ces salauds, mais une fois que c'était parti… Ouah ! J'étais passé directement de la phase des fourmillements à celle de la bave. En fait, j'avais même découvert une nouvelle phase, entre la bave et la perte de conscience. C'était la… comment dire ? Il fallait que je trouve un nom pour cette phase. La phase de paralysie cérébrale ! Oui ! Mon cerveau n'envoyait plus de signaux intelligibles à mon système musculaire. Quelle merveille ! Je restai parfaitement lucide, mais n'avais plus le moindre contrôle sur mon corps. Trop bon ! Trop bon !

Au prix d'un grand effort, je tournai la tête et aperçus le combiné qui se balançait encore au bout de son cordon métallique. Je crus entendre Bo crier : « Dis-moi où tu es, je vais envoyer Rocco ! », mais c'était probablement mon imagination qui me jouait des tours. Et puis, merde ! À quoi bon essayer d'attraper le téléphone ? J'avais officiellement perdu la parole.

Après cinq minutes passées couché par terre, je me rappelai que Danny devait se trouver dans le même état que moi. Bon sang ! La Duchesse devait être en train de péter un câble en se demandant où j'étais ! Il fallait que je rentre chez moi. Ma maison n'était qu'à quelques centaines de mètres et c'était tout droit. J'arriverais bien à conduire jusque-là, non ? Ou peut-être devrais-je rentrer à pied ? Mais non, il faisait bien trop froid pour ça. J'allais sans doute mourir d'hypothermie.

Je me mis à quatre pattes et tentai de me mettre debout. Peine perdue. Chaque fois que je levais une main de la moquette, je me cassais la gueule. J'allais devoir ramper jusqu'à la voiture. Où était le problème ? Chandler le faisait bien, elle !

Lorsque j'arrivai à la porte d'entrée, je me mis à genoux pour atteindre la poignée. J'ouvris et rampai jusqu'à l'extérieur. Ma voiture était là… dix marches plus bas. J'avais beau essayer, mon cerveau refusait de me laisser ramper jusqu'en bas, trop effrayé de ce qui pouvait se passer. Je restai donc à plat ventre, croisai les bras sur ma poitrine et me transformai en tonneau humain pour me laisser rouler dans les escaliers… D'abord, lentement, maîtrisant parfaitement ma vitesse… puis… oh merde ! C'est parti ! De plus en plus vite ! BOUM ! BOUM ! BOUM ! Jusqu'à ce que je heurte l'asphalte du parking avec un bruit mat.

Une fois encore, les Vrais de Vrai m'empêchèrent de me faire du mal. Trente secondes plus tard, j'étais assis au volant et le moteur tournait. Je passai la marche avant, le menton posé sur le volant. Avachi comme je l'étais, les yeux dépassant à peine du tableau de bord, je ressemblais à une de ces vieilles au brushing violet qui roulent à quatre-vingts sur la voie de gauche de l'autoroute.

Je sortis du parking à dix kilomètres-heure, priant le Seigneur en silence. Apparemment, c'était un Dieu bon et aimant, comme dans les livres, parce qu'une minute plus tard, j'étais garé devant ma maison. En un seul morceau. Victoire ! Je remerciai le Seigneur pour sa bienveillance et, au prix d'un effort surhumain, parvins à ramper jusqu'à la cuisine, où je me retrouvai bientôt face au beau visage de la Duchesse… Oh-oh ! Fini de rigoler ! Était-elle vraiment furieuse ? Impossible à dire.

Tout à coup, je me rendis compte qu'elle n'était pas en colère, mais qu'elle sanglotait de façon hystérique. Elle s'agenouilla à côté de moi et me couvrit le visage et la tête de baisers, tout en s'efforçant de parler à travers ses larmes.

— Oh Dieu merci, il ne t'est rien arrivé, mon chéri ! J'ai cru t'avoir perdu ! Je… Je…

Les mots ne sortaient plus tellement elle sanglotait.

— Je t'aime tellement. J'ai cru que tu avais eu un accident de voiture. Bo a appelé en disant qu'il était en train de te parler quand tu avais perdu connaissance. Ensuite, j'ai trouvé Danny au sous-sol, en train de ramper et de se cogner la tête contre les murs. Viens, laisse-moi t'aider, mon chéri.

Elle me souleva et me guida jusqu'à la table de la cuisine pour me faire asseoir sur une chaise. Une seconde plus tard, ma tête cognait la table.

— Tu dois arrêter ça, supplia-t-elle. Tu vas finir par te tuer, bébé. Je… Je ne veux pas te perdre. Je t'en prie, regarde ta fille. Elle t'aime. Tu vas mourir si tu continues.

Je me tournai vers Chandler. Nos regards se croisèrent et elle me sourit.

— Papa ! piailla-t-elle. Papa !

Je souris à ma fille. J'allais bafouiller un « je t'aime » lorsque je sentis deux paires de bras me saisir et m'emporter dans l'escalier.

— Il faut vous mettre au lit et dormir, maintenant, M. Belfort, disait Rocco de Nuit. Tout va bien se passer.

— Ne vous inquiétez pas, M. Belfort, ajouta Rocco de Jour. On s'occupe de tout.

Mais de quoi parlaient-ils ? Je voulus le leur demander, mais impossible d'articuler un seul mot. Une minute plus tard, j'étais tout seul dans mon lit, toujours habillé, mais avec les couvertures remontées jusqu'au nez. La lumière était éteinte. J'essayais de comprendre ce qui venait de se passer. Le plus bizarre, c'était que la Duchesse avait été tellement gentille, mais qu'elle avait aussi appelé les deux gardes du corps pour m'emmener en haut, comme si j'étais un enfant désobéissant. Oh et puis merde ! La suite parentale était très confortable et j'allais profiter de la fin de ma phase de paralysie cérébrale comme ça, dans la soie chinoise.

C'est alors que les lumières se rallumèrent dans la chambre. Un instant plus tard, quelqu'un baissa mon somptueux édredon de soie blanche et je fus ébloui par une lampe torche aveuglante.

— M. Belfort ? demanda une voix inconnue. Êtes-vous réveillé, monsieur ?

Monsieur ? Qui c'était ce con qui m'appelait « monsieur » ? Au bout de quelques secondes, mes yeux s'habituèrent à la lumière et je découvris un policier du poste d'Old Brookville. En fait, ils étaient deux, vêtus de leurs uniformes et tout le tralala – pistolet, menottes, badges étincelants, le grand jeu. L'un d'eux était grand et gros, avec une moustache tombante. L'autre était petit et maigre, avec des joues roses d'adolescent.

Les choses s'annonçaient mal. Très mal. L'agent Coleman avait vraiment été très rapide ! L'enquête n'avait même pas commencé que j'étais déjà arrêté ! Qu'était-il arrivé à la lenteur de la justice ? Et pourquoi l'agent Coleman faisait-il appel à la police d'Old Brookville pour m'arrêter ? Ils avaient l'air de Playmobil dans leur petit commissariat, bon sang ! C'était comme ça qu'on arrêtait les gens pour blanchiment d'argent ?

— M. Belfort, reprit le policier. Avez-vous conduit votre voiture ?

Oh-oh... Aussi défoncé qu'il fût, mon cerveau commença à envoyer des signaux d'alerte à ma bouche, lui ordonnant de la boucler.

— Ze zais bas de quoi vous barlez...

Apparemment, ma réponse ne fut pas transmise correctement, parce qu'on m'escorta ensuite vers l'escalier, les mains menottées dans le dos. Lorsque j'arrivai près de la porte d'entrée, le gros policier m'annonça :

— Vous avez été impliqué dans sept accidents différents, M. Belfort. Six d'entre eux se sont produits ici, sur Pin Oak Court et le dernier était une collision frontale sur Clickton Valley Road. La conductrice est en route pour l'hôpital, avec un bras cassé. Vous êtes en état d'arrestation, M. Belfort, pour conduite sous l'emprise de stupéfiants, mise en danger de la vie d'autrui, délit de fuite et non-assistance à personne en danger.

Puis, il me fit la lecture de mes droits. Lorsqu'il arriva à la partie sur l'avocat commis d'office en cas d'incapacité financière, lui et son collègue se mirent à rigoler.

Mais de quoi parlaient-ils ? Je n'avais pas eu d'accident ! Et encore moins sept ! Dieu avait répondu à mes prières et m'avait protégé ! Il y avait erreur sur la personne ! pensai-je...

... jusqu'à ce que je voie ma petite Mercedes. Les bras m'en tombèrent. La voiture était emboutie de partout. Le siège passager était complètement enfoncé et la roue arrière était tordue vers l'intérieur, à un angle improbable. L'avant de la voiture ressemblait à un accordéon et le pare-chocs arrière traînait par terre ;

soudain, je me sentis mal... mes genoux flanchèrent...
et puis... BAM ! Je tombais de nouveau à la renverse,
les yeux tournés vers le ciel.

Les deux policiers se penchèrent sur moi et le gros
me demanda d'un air inquiet :

— M. Belfort ? Qu'avez-vous pris, monsieur ?
Dites-nous, comme ça nous pourrons vous aider.

Eh bien, pensai-je, si vous pouviez avoir la gentillesse d'aller en haut et d'ouvrir mon armoire à pharmacie, vous trouverez un petit sac avec deux grammes
de cocaïne dedans. S'il vous plaît, ramenez-le-moi et
laissez-moi en sniffer un ou deux rails, afin que je
puisse redescendre un peu. Sinon, vous allez devoir me
porter jusqu'au poste comme un bébé ! Pourtant, mon
bon sens reprit le dessus et je bafouillai :

— Ya errzeur zur la berzonne !

Il y a erreur sur la personne.

Les deux policiers se regardèrent en soupirant. Me
prenant chacun par un bras, ils me portèrent jusqu'à leur
voiture. Soudain, la Duchesse sortit en courant et se mit
à hurler avec son accent de Brooklyn :

— Où est-ce que vous croyez que vous emmenez
mon mari ? Il a passé la soirée avec moi à la maison !
Si vous ne lui foutez pas la paix, vous allez finir chez
Toys'R'Us avant la fin de la semaine !

La Duchesse était flanquée des deux Rocco. Les
deux policiers se figèrent sur place, puis le gros se
tourna vers la Duchesse.

— Mme Belfort, nous savons qui est votre mari et
nous avons plusieurs témoins qui l'ont vu conduire sa
voiture. Je vous conseille d'appeler l'un de ses avocats.
Je suis sûr qu'il en a plus d'un.

Puis, les policiers reprirent leur chemin vers leur voiture.

— Ne t'inquiète pas ! cria la Duchesse, pendant qu'on me faisait asseoir sur le siège arrière. Bo a dit qu'il s'occupait de tout, chéri ! Je t'aime !

Tandis que la voiture quittait la propriété, je ne pensai qu'à une chose : combien j'aimais la Duchesse et, en fait, combien elle m'aimait elle aussi. Je repensai aux larmes qu'elle avait versées en pensant m'avoir perdu et à la scène qu'elle avait faite aux deux policiers, quand ils m'avaient embarqué avec les menottes. Peut-être qu'à présent, une bonne fois pour toutes, elle avait finalement prouvé sa loyauté. Peut-être pouvais-je enfin apaiser mes craintes, sachant qu'elle serait toujours là pour moi, pour le meilleur et pour le pire. Oui, pensai-je, la Duchesse m'aimait vraiment.

Le chemin ne fut pas long jusqu'au commissariat d'Old Droolville, qui avait plus l'air pittoresque d'un cottage, avec ses murs blancs et ses volets verts. C'était plutôt apaisant, à vrai dire. L'endroit serait parfait pour dormir en attendant que mon *bad trip* au Mandrax passe.

À l'intérieur, il y avait deux cellules et je me retrouvais bientôt assis dans l'une d'elles. En fait, j'étais plutôt allongé sur le sol, la joue contre le béton. Je me souvenais vaguement d'avoir subi la routine habituelle – empreintes digitales, photo et, dans mon cas, vidéo, pour garder une trace de mon état d'extrême intoxication.

— M. Belfort, dit le policier, avec son ventre qui pendait par-dessus son ceinturon comme un salami. Il me faut un échantillon de votre urine.

Je m'assis – comprenant soudain que je n'étais plus défoncé. La véritable beauté des Vrais de Vrai venait encore d'éclater au grand jour et j'étais parfaitement lucide.

— Je ne sais pas à quoi vous jouez, les gars, dis-je. Mais si vous ne me laissez pas téléphoner tout de suite, vous allez vraiment avoir des emmerdes.

Cela sembla calmer un peu le flic.

— Bien..., dit-il. Je vois que ce que vous avez fini par retrouver vos esprits. Je serais très heureux de vous laisser téléphoner en dehors de votre cellule, sans menottes, si vous promettez de ne pas vous enfuir.

J'acceptai. Il ouvrit la porte de la cellule en me désignant un téléphone sur un petit bureau en bois. Je composai le numéro du domicile de mon avocat – qui connaissait le numéro personnel de son avocat par cœur ?

Cinq minutes plus tard, je pissais dans leur bocal, en me demandant pourquoi Joe Fahmegghetti, mon avocat, m'avait dit de ne pas m'inquiéter si mon échantillon révélait la présence de stupéfiants. J'étais de retour dans ma cellule, assis par terre, lorsque le policier m'annonça :

— Eh bien, M. Belfort, au cas où vous auriez des doutes, votre test a révélé la présence de cocaïne, méthaqualone, benzodiazépines, amphétamines, MDMA, opiacés et marijuana. En fait, la seule chose qui manque, ce sont les hallucinogènes. Alors quoi ? Vous n'aimez pas ça ?

— Laissez-moi vous dire une bonne chose, monsieur le policier, répondis-je avec un sourire froid. En ce qui concerne toute cette histoire d'accident, vous faites erreur sur la personne. Quant à l'analyse d'urine, je n'en ai rien à foutre des résultats. J'ai des problèmes de dos et tout ce que je prends m'a été prescrit par un médecin. Allez vous faire foutre !

Il me regarda, l'air indécis, puis il consulta sa montre.

— Bon, de toute façon, il est trop tard pour voir le juge ce soir, alors on va devoir vous transférer à la centrale de Nassau County. Vous ne devez pas connaître, je crois.

Je me retins d'envoyer ce salaud se faire foutre encore une fois et détournai les yeux. La centrale de Nassau County était un véritable enfer, mais que pouvais-je y faire ? Je levai les yeux vers l'horloge accrochée au mur : il était un peu moins de 23 heures. Bon sang ! J'allais passer la nuit en prison. Quelle merde !

Je fermai les yeux et tentai de m'endormir. Soudain, j'entendis quelqu'un appeler mon nom. Je me levai et regardai à travers les barreaux – le spectacle était surprenant. Un vieux monsieur chauve en pyjama me regardait.

— Vous êtes Jordan Belfort ? demanda-t-il, agacé.

— Oui, pourquoi ?

— Je suis le juge Stevens. Un ami d'un ami. Disons que ceci est la lecture de votre acte d'accusation. J'imagine que vous êtes prêt à renoncer à votre droit au conseil d'un avocat ?

Il me fit un clin d'œil.

— Ouais, m'empressai-je de répondre.

— D'accord, je considère donc que vous plaidez non coupable de ce dont vous êtes accusé. Je vous libère sous votre caution personnelle. Appelez Joe pour connaître le jour de votre jugement.

Avec un sourire, il tourna les talons et sortit du commissariat. Quelques minutes plus tard, je retrouvai Joe Fahmegghetti qui m'attendait dehors. Même à cette heure avancée de la nuit, il était vêtu comme un dandy amidonné, d'un costume bleu marine impeccable et d'une cravate à fines rayures. Ses cheveux poivre et sel étaient parfaitement coiffés. Je lui souris, puis levai un doigt pour le faire patienter une minute. Je me tournai vers le commissariat et lançai au gros policier :

— Vous pouvez vous la fourrer dans le cul, votre centrale !

Sur la route du retour, je dis à mon avocat :

— Je suis dans la merde jusqu'au cou avec cette analyse d'urine, Joe. Il y avait absolument de tout.

— T'inquiète... Tu crois que je te mène en bateau ? Ils ne t'ont pas chopé au volant de la voiture, que je sache. Alors comment pourraient-ils prouver que tu avais toutes ces drogues dans ton organisme au moment où tu conduisais ? Qui dit qu'une fois rentré chez toi, tu n'as pas avalé quelques Mandrax et sniffé un peu de coke ? Cela n'a rien d'illégal d'avoir un peu de drogue dans son organisme. C'est la possession qui est illégale. En fait, je suis prêt à parier que je peux faire tomber toute cette affaire en démontrant que Nadine n'a jamais donné l'autorisation à la police d'entrer chez vous. Tu n'auras qu'à payer les dégâts pour l'autre voiture – ils ne t'accusent que d'un seul accident, parce qu'ils n'ont pas de témoins pour les autres. Ensuite, tu fileras un peu de fric à la nana dont tu as cassé le bras, pour la faire taire. Au total, cela ne va te coûter qu'une centaine de milliers de dollars. Des queues de cerises !

— Où as-tu dégoté ce vieux taré de juge ? Il m'a sauvé la vie !

— Ne pose pas de questions, répondit mon avocat, avec un petit sourire. Disons juste que c'est l'ami d'un ami.

Le reste du trajet se fit dans le silence. En arrivant à la maison, Joe me dit :

— Ta femme est au lit et elle est un peu secouée, alors vas-y mollo avec elle. Elle a pleuré pendant des heures, mais je crois qu'elle s'est calmée, à présent. Bo est resté avec elle une bonne partie de la nuit. Il a été super. Il est parti il y a un quart d'heure environ.

Devant mon silence, Joe ajouta :

— N'oublie pas une chose, Jordan : un bras cassé, ce n'est rien, mais on ne peut pas réparer un mort. Tu comprends ce que je veux dire ?

— Ouais, Joe, pas la peine d'insister. C'est fini, toute cette merde. Fini pour de bon.

Je lui serrai la main et il partit.

Dans la chambre à coucher, je trouvai la Duchesse au lit. Je me penchai sur elle pour déposer un baiser sur sa joue, puis me déshabillai rapidement pour m'allonger à ses côtés. Nous contemplions le plafond blanc, nos corps nus se touchant aux épaules et aux hanches. Je lui pris la main.

— Je ne me souviens de rien, Nadine, murmurai-je. J'ai perdu connaissance. Je crois que je…

— Chuuuut… Ne dis rien, bébé. Essaie simplement de te détendre.

Elle serra ma main un peu plus fort et nous restâmes ainsi en silence pendant un long moment.

— C'est fini, Nadine, repris-je enfin. Je te le jure. Je suis sérieux, cette fois. Si ça n'était pas un signe de Dieu, alors je ne sais pas ce que c'était.

Je me tournai vers elle pour l'embrasser doucement sur la joue.

— Mais il faut que je fasse quelque chose pour mon dos. C'est insupportable. Ça ne fait qu'aggraver les choses.

Je tentai de me calmer.

— Je veux aller en Floride voir le Dr Green. Il a sa clinique du dos, là-bas, et ils ont un très bon taux de guérison. Mais avant tout, je te promets que les drogues, c'est fini. Je sais que le Mandrax n'est pas une solution. Je sais que je cours à la catastrophe.

La Duchesse roula sur le côté pour me faire face et me prit doucement dans ses bras. Elle me dit qu'elle m'aimait. J'embrassai ses cheveux blonds et savourai le parfum agréable qui s'en dégageait. Je lui dis que je l'aimais aussi et que j'étais désolé, lui promettant que, jamais plus, une chose pareille ne se produirait.

J'avais raison sur ce point.

Ce serait pire.

CHAPITRE 26

Les morts ne racontent pas leur vie

Deux jours plus tard, je fus réveillé le matin par un coup de téléphone d'un agent immobilier de Floride, Kathy Green – la femme du neurochirurgien mondialement connu, Barth Green. J'avais chargé Kathy de nous trouver un toit, à la Duchesse et moi, pendant mes quatre semaines de traitement en externe au Jackson Memorial Hospital.

— Vous allez tout simplement adorer Indian Creek Island, Nadine et toi, me dit Kathy de sa voix la plus caressante. C'est un des coins les plus calmes de Miami. Tout ce qu'il y a de tranquille et sans histoires. Et ils ont même leur propre police, là-bas. Étant donné l'importance que Nadine et toi attachez à la sécurité, c'est un vrai plus, non ?

Un coin tranquille et sans histoires ? Eh bien, je voulais échapper à tout ce bazar, non ? Et quelles bêtises allais-je pouvoir faire en quatre petites semaines, surtout dans un coin aussi ennuyeux et paisible qu'Indian Creek Island ? J'y serais à l'abri des tentations de ce monde froid et cruel – Mandrax, cocaïne, crack, marijuana, Xanax, Valium, Stilnox, amphétamines, morphine. Et aussi, bien sûr, de l'agent spécial Gregory Coleman.

— Ma foi, Kathy, ça m'a l'air d'être exactement ce qu'a prescrit le médecin, surtout le côté paisible. Elle est comment, cette maison ?

— À couper le souffle. Blanche, dans le style méditerranéen, avec un toit de tuiles rouges, et une rampe de mise à l'eau assez grande pour un yacht de vingt-cinq mètres…

Kathy hésita un instant.

— … Ça ne suffirait pas pour le *Nadine*, je pense, reprit-elle, mais tu pourrais peut-être acheter un bateau pour le temps que vous allez passer là-bas, non ? Je suis sûre que Barth pourrait t'arranger ça.

L'absurdité de sa suggestion transpirait de chacun de ses mots.

— En tout cas, le jardin est fabuleux : piscine olympique, cuisine d'été avec bar équipé, barbecue à gaz et jacuzzi pour six personnes donnant sur la baie. L'endroit idéal pour se détendre. Et le plus beau, c'est que le propriétaire est prêt à vendre la maison toute meublée pour à peine 5,5 millions de dollars. Une véritable affaire.

Eh ! Une seconde ! Qui parlait d'acheter une maison ? J'allais passer quatre semaines en Floride, pas plus ! Et pourquoi irais-je acheter un autre bateau, alors que je détestais celui que j'avais déjà ?

— À vrai dire, Kathy, dis-je, je ne pensais pas acheter une maison en ce moment, en tout cas pas en Floride. Crois-tu que le propriétaire accepterait de la louer pour un mois ?

— Non, répondit Kathy, dépitée de voir s'envoler sous ses grands yeux bleus le rêve d'une commission de 6 % sur une vente de 5,5 millions. Elle n'est proposée qu'à la vente.

— Hum, répliquai-je, pas très convaincu. Tu ne veux pas essayer de lui proposer 100 000 dollars pour un mois, voir ce qu'il en dit ?

Le 1er avril, j'emménageais là-bas tandis que le propriétaire finissait de déménager, le sourire aux lèvres – à coup sûr, il filait s'installer pour un mois dans un hôtel cinq étoiles de South Beach. En dehors de ça, le 1er avril était bel et bien la meilleure date pour emménager, vu ma découverte qu'Indian Creek Island servait de sanctuaire à une espèce menacée méconnue, la vieille wasp à poil mauve – une espèce à peu près aussi remuante que la limace de mer, comme Kathy m'en avait prévenu.

Il y avait tout de même le bon côté des choses. Entre mon accident de voiture et la clinique du dos, je m'étais débrouillé pour faire un saut en Suisse et rencontrer Saurel et le Maître Faussaire. Je voulais découvrir comment le FBI avait été mis au courant de mes comptes suisses. À ma surprise, cependant, tout semblait aller bien. Le gouvernement américain n'avait fait aucune enquête. Saurel et le Maître Faussaire m'assurèrent qu'ils auraient été les premiers au courant.

Indian Creek Island n'était qu'à un quart d'heure en voiture de la clinique du dos. Et ce n'étaient pas les voitures qui manquaient. La Duchesse y avait veillé. Elle avait fait envoyer là-bas une Mercedes flambant neuve pour moi et une Range Rover pour elle. Gwynne elle aussi était venue pour s'occuper de moi, et il lui fallait également une voiture. Je lui achetai donc une Lexus neuve chez un marchand de voitures de Miami.

Bien entendu, il fallait que Rocco vienne aussi. Il faisait pour ainsi dire partie de la famille, n'est-ce pas ? Et Rocco lui aussi avait besoin d'une voiture. Richard Bronson, un des propriétaires de Biltmore, m'épargna le souci d'acheter une voiture de plus et me prêta sa Ferrari décapotable rouge pour le mois. Ainsi, tout le monde était paré.

Avec toutes ces voitures, la location du yacht de dix-huit mètres pour faire les allers et retours à la clinique pouvait sembler superflue. 20 000 dollars par semaine pour quatre moteurs Diesel malodorants, une cabine superéquipée où je ne mis pas les pieds une seule fois, et un pont supérieur dépourvu d'auvent où j'attrapai un coup de soleil au troisième degré sur les épaules et la nuque. Cette merveille de l'art nautique était commandée par un vieux capitaine blanchi sous le harnois, qui me faisait faire la navette entre la maison et la clinique à une vitesse de croisière de cinq nœuds.

Nous étions un samedi, un peu avant midi. Cela faisait presque une heure que le bateau se traînait en pétaradant sur l'Intracoastal Waterway, cap au nord, revenant de la clinique vers Indian Creek Island. J'étais assis sur le pont supérieur avec le directeur d'exploitation de Dollar Time, Gary Deluca, qui ressemblait étonnamment au président Grover Cleveland – chauve, visage massif et peu engageant, mâchoire carrée. Gary était aussi étonnamment velu, surtout sur le torse. Nous avions tous deux quitté nos chemises et lézardions au soleil. Je n'avais pas bu une goutte d'alcool depuis presque un mois, ce qui en soi était déjà un petit miracle.

Tôt dans la matinée, Gary m'avait accompagné dans mon tour en bateau jusqu'à la clinique, une façon pour lui de passer un moment avec moi sans que nous soyons dérangés. Notre conversation avait rapidement tourné à la séance de dénigrement de Dollar Time, dont l'avenir, nous en étions tous deux d'accord, était désespéré.

Mais aucun des ennuis de Dollar Time n'était du fait de Gary. Il était arrivé après coup, comme membre d'une équipe de négociateurs, et au cours des six derniers mois, il s'était révélé un opérationnel de première force. Je venais de le convaincre de venir à New York pour y devenir le directeur d'exploitation de Steve Madden Shoes, qui avait désespérément besoin de quelqu'un possédant son expertise.

Nous avions parlé de tout cela plus tôt dans la matinée, pendant le voyage aller. À présent, en rentrant à la maison, nous discutions de quelque chose qui me tracassait infiniment plus, à savoir quelle opinion il avait de Gary Kaminsky, le directeur financier de Dollar Time – l'homme qui, presque un an auparavant, m'avait présenté à Jean-Jacques Saurel et au Maître Faussaire.

— Eh bien, me dit Deluca derrière ses lunettes noires, il a quelque chose de bizarre. Quelque chose que je n'arrive pas à cerner. Comme s'il avait d'autres projets, qui n'auraient rien à voir avec Dollar Time. On dirait que son poste n'est qu'une couverture pour lui. Tu vois, un type de son âge devrait terriblement s'inquiéter de voir couler sa boîte, mais on dirait qu'il s'en fiche comme de sa première chemise. Il passe la moitié de son temps à m'expliquer comment nous pourrions détourner la moitié de nos bénéfices en Suisse – ce qui me donne chaque fois envie de lui arracher sa foutue perruque, vu que nous n'avons pas la queue d'un bénéfice à détourner.

Gary haussa les épaules.

— Tôt ou tard, je finirai bien par comprendre ce que ce salopard a en tête.

Une fois de plus, ma première impression avait été la bonne. Le Loup avait été rudement bien inspiré de ne pas laisser cette crapule emmoumoutée mettre insidieusement le nez dans ses affaires à l'étranger. Mais je n'étais pas encore tout à fait sûr que Kaminsky n'avait pas flairé quelque chose. Je tendis donc une perche à Gary.

— Entièrement d'accord avec toi. Il est complètement obsédé par les banques suisses. À moi aussi, il m'en a parlé.

Je fis mine de fouiller dans ma mémoire.

— Mmmhh, c'était il y a peut-être un an, je crois. J'y suis même allé avec lui pour voir ça de plus près, mais cela m'a paru beaucoup de soucis pour pas grand-chose et j'ai laissé tomber. Il t'en a déjà parlé ?

— Non, mais je sais qu'il a toujours des tas de clients là-bas. Il la joue plutôt bouche cousue là-dessus, mais il est en ligne avec la Suisse toute la sainte journée. Je fais toujours attention à vérifier les factures de téléphone, et je peux te dire qu'il appelle là-bas plusieurs fois par jour.

Deluca secoua la tête d'un air grave.

— Quoi qu'il soit en train de mijoter, j'espère pour lui qu'il est réglo. Parce que si ce n'est pas le cas et que son téléphone est mis sur écoute, il se retrouvera dans un sacré pétrin.

Je fis la moue, l'air de dire : « C'est son problème, pas le mien ! » Mais, à vrai dire, je me demandais s'il était vraiment en contact permanent avec Saurel et le Maître Faussaire. Cela aurait été troublant.

— Simple curiosité, dis-je sur un ton neutre, pourquoi ne jetterais-tu pas encore un coup d'œil à sa note de téléphone, voir si ce sont toujours les mêmes numéros qu'il appelle ? Si c'est bien le cas, tu n'aurais qu'à appeler à l'aveugle, histoire de savoir à qui il parle. Ça m'amuserait de savoir.

— Pas de problème. Dès que nous arrivons à la maison, je fais un saut en voiture au bureau.

— Ne dis pas de bêtises ! Sa facture de téléphone sera toujours là lundi.

Je souris pour mieux souligner mon manque d'intérêt.

— Et puis, Elliot Lavigne devrait être arrivé à cette heure-ci et je veux vraiment te le présenter. Il pourrait t'être d'une aide immense pour restructurer le compte d'exploitation de Steve Madden.

— Mais ce n'est pas un mec un peu bizarre ? demanda Deluca.

— Un peu bizarre ? Tu veux dire qu'il est complètement siphonné, oui ! Mais c'est aussi un des types les plus pointus dans toute l'industrie du vêtement – si ce n'est *le* plus pointu. Le tout est de le prendre au bon moment – quand il n'est pas en train de sniffer, de planer ou de payer une pute 10 000 dollars pour qu'elle s'accroupisse sur une table en verre et chie au-dessus de lui pendant qu'il se branle.

J'avais rencontré Elliot Lavigne quatre ans plus tôt, pendant des vacances aux Bahamas avec Kenny Greene. J'étais allongé au bord de la piscine du Crystal Palace Hotel and Casino quand Kenny déboula comme un ouragan.

— Hé ! dépêche-toi ! me lança-t-il. Il faut absolument que tu ailles tout de suite voir ce type au casino ! Il vient de gagner plus de 1 million de dollars, et il est à peine plus vieux que toi !

Sceptique sur ce que pouvait raconter Kenny, je sautai néanmoins de mon transat et me dirigeai vers le casino.

— Qu'est-ce qu'il fait dans la vie ? demandai-je à Kenny.

— J'ai demandé aux employés du casino, me répondit l'Ahuri, dont le vocabulaire ne s'étendait pas à des termes comme *croupier, chef de partie* ou *bout de table*. Ils m'ont dit qu'il était le président d'une grosse société du Garment District [1].

Deux minutes plus tard, je fixais du regard ce jeune Garmentier. Je n'en croyais pas mes yeux. Je ne sais ce qui m'estomaquait le plus : la vue du jeune et bel Elliot – qui occupait non seulement à lui tout seul toute la table de black jack et jouait les sept parties en même temps, mais misait aussi 10 000 dollars à chaque tour, risquant donc 70 000 dollars à chaque donne – ou la vue de sa femme, Ellen, qui ne devait pas avoir plus de 35 ans. Jamais auparavant je n'avais rencontré une femme qui eut l'air à la fois suprêmement riche et au bord de l'inanition.

J'étais tellement soufflé que je contemplai pendant un bon quart d'heure ces deux anomalies de la nature. Ils formaient un couple vraiment mal assorti. Lui était plutôt petit, très beau, avec une chevelure en bataille qui lui arrivait aux épaules et un sens de l'élégance fabuleux. S'il était sorti se promener en couche-culotte et nœud papillon, tout le monde aurait juré que c'était le dernier chic.

Elle était petite, le visage étroit, les joues creuses, le nez mince et les yeux trop rapprochés. Ses cheveux blonds étaient décolorés et sa peau brune comme du cuir lui collait littéralement aux os. Son corps représentait un idéal d'émaciation presque parfait. Je lui prêtai une personnalité tout à fait exceptionnelle. Elle devait être une épouse de premier ordre, aimante et attentionnée. Sinon, qu'aurait bien pu lui trouver ce beau jeune homme qui jouait avec l'élégance et le panache d'un Agent 007 ?

J'étais à peine à côté de la plaque.

---

1. Le Garment District est un quartier de Manhattan où se concentre l'industrie de la mode et du vêtement. *(NdT)*

Le lendemain, Elliot et moi nous rencontrâmes au bord de la piscine. Après avoir échangé les plaisanteries d'usage, nous passâmes à ce que nous faisions dans la vie, combien nous gagnions et comment nous en étions arrivés là où nous en étions.

Il se révéla qu'Elliot était le président de Perry Ellis, une des plus grandes marques de prêt-à-porter pour hommes du Garment District new-yorkais. En fait, il n'était pas propriétaire de l'entreprise ; c'était une filiale de Salant, une société cotée à la Bourse de New York. Elliot n'était donc qu'un salarié. Lorsqu'il me confia le montant de son salaire, je manquai tomber à la renverse. Il ne gagnait que 1 million de dollars par an, plus quelques centaines de milliers de dollars de prime en fonction des bénéfices. Une somme que je trouvai assez dérisoire – surtout en regard de son penchant à jouer gros. Il faut dire que, chaque fois qu'il s'asseyait à une table de black jack, il semblait jouer deux années de son salaire ! Je ne savais pas trop si je devais être impressionné ou le mépriser. Je décidai d'être impressionné.

Il m'avait tout de même aussi laissé entendre que Perry Ellis lui procurait une autre source de revenus. Une sorte de bonus en rapport avec la confection des chemises, qui se faisait à l'étranger, en Asie. Il n'avait pas été très explicite, mais je compris à demi-mot : il prenait du fric aux usines de confection. Mais, même s'il leur suçait 3 ou 4 millions de dollars par an, ce n'était encore qu'une petite partie de ce que je gagnais.

Avant de nous quitter, nous échangeâmes nos numéros de téléphone en nous promettant de nous revoir de retour aux États-Unis. Nous n'avions pas abordé une seule fois le sujet des drogues.

Nous nous revîmes pour déjeuner la semaine suivante, dans une cantine à la mode du Garment District.

Cinq minutes après nous être assis, Elliot se mit à far-
fouiller dans la poche intérieure de son veston et en tira
un sachet de plastique rempli de cocaïne. Il y plongea
un raidisseur de col de chemise Perry Ellis ; il le porta
à ses narines d'un geste naturel et inspira un bon coup.
Puis il recommença une fois, deux fois, trois fois. Mais
il le faisait si naturellement et avec une si parfaite non-
chalance que dans le restaurant personne n'y prit garde.

Puis il me tendit le sachet. Je refusai d'abord tout net.

— Tu n'es pas un peu fou ? Il est à peine midi !

— Tais-toi donc ! répliqua-t-il. Sers-toi, je te dis !

— Bon, d'accord.

Une minute plus tard, je me sentais merveilleusement bien. Et quatre minutes après, je me sentais affreusement mal. Travaillé par une terrible envie de Valium,
je grinçais des dents de façon incontrôlable. Elliot eut
pitié de moi. Il fouilla les poches de son pantalon et en
tira deux comprimés de Mandrax tachés de brun.

— Tiens, prends-les. C'est de la contrefaçon, il y a
du Valium dedans.

— Du Mandrax à cette heure-ci ? m'écriai-je, incrédule. En plein milieu de la journée ?

— Mais oui, voyons ! répliqua-t-il. C'est toi le
patron de ta boîte, non ? Qui pourrait te dire quoi que ce
soit ?

Il sortit quelques autres comprimés de sa poche et les
avala en souriant. Puis il se leva et, en plein restaurant,
se mit à gesticuler en tous sens pour accélérer le décollage. Comme il avait l'air de très bien savoir ce qu'il
faisait, j'avalai mes comprimés à mon tour.

Quelques minutes plus tard, un homme entrait dans le
restaurant, attirant tous les regards. Trapu, la soixantaine, il sentait le fric à plein nez.

— Ce mec pèse un demi-milliard, fit Elliot, mais
regarde-moi cette cravate !

Sur ces mots, il s'empara d'un couteau à steak et marcha droit sur le personnage, le serra dans ses bras et coupa net sa cravate devant tous les clients. Puis il lui releva son col de chemise, ôta sa propre cravate – une merveille – la passa au cou de l'homme et lui fit un nœud Windsor parfait en exactement cinq secondes. Là-dessus, le gros bonnet l'embrassa à son tour en le remerciant.

Une heure après, nous étions au lit avec des prosti-tuées. Elliot venait de me présenter ma première Blue Chip. Et, malgré les effets désastreux de la cocaïne sur M. Popol, l'art fellatoire de la demoiselle eut sur moi de prodigieux résultats. J'éjaculai comme un vrai soudard et la payai 5 000 dollars pour sa peine. Du coup, elle me trouva vraiment beau gosse et m'annonça que, toute putain qu'elle fût, elle n'en restait pas moins bonne à marier, au cas où je serais intéressé.

Sur ce, Elliot entra dans la chambre.

— Dépêche-toi de te rhabiller ! annonça-t-il. Nous allons à Atlantic City. Le casino nous envoie un héli-coptère et nous offre une montre en or à chacun !

— Mais je n'ai que 5 000 dollars sur moi !

— Ne t'en fais pas, je leur ai parlé, ils sont d'accord pour t'ouvrir une ligne de crédit de 500 000 dollars.

Je me demandai pourquoi ils étaient prêts à m'avancer autant d'argent, étant donné que de ma vie entière je n'avais pas joué 10 000 dollars. Mais une heure plus tard, au Trump Castle, je jouais au black jack à 10 000 dollars la partie comme si j'avais fait ça toute ma vie. Quand je partis, à la fin de la nuit, j'étais plus riche d'un quart de million de dollars. Et j'étais accro.

Elliot et moi commençâmes à voyager ensemble tout autour du monde. Parfois avec nos femmes, parfois seuls. Il devint mon principal escamoteur et me ristour-nait des millions de dollars en liquide – pris sur l'argent qu'il grattait à Perry Ellis ou gagné au jeu. Joueur hors pair, il gagnait au bas mot 2 millions par an sur les tapis verts.

C'est à ce moment que survint mon divorce d'avec Denise, puis l'enterrement de ma vie de garçon en prélude à mon union prochaine avec Nadine. Cette fiesta marqua un tournant dans la vie d'Elliot Lavigne. Elle eut lieu au Mirage Hotel de Las Vegas, qui venait d'ouvrir et qui était l'endroit le plus en vue du moment. Une centaine de strattoniens arrivèrent en avion, accompagnés d'une cinquantaine de putes et d'assez de drogues pour assommer tout le Nevada. Nous ramassâmes une trentaine d'autres putains dans les rues de Las Vegas et en fîmes venir quelques-unes de plus de Californie. Nous avions aussi amené avec nous une demi-douzaine de policiers du NYPD. Une fois arrivés, ils ne tardèrent pas à s'acoquiner avec des flics locaux, et nous en embauchâmes quelques-uns aussi.

L'enterrement de ma vie de garçon eut lieu un samedi soir. Elliot et moi étions au rez-de-chaussée, à la même table de black jack, entourés d'une foule d'inconnus et de quelques gardes du corps. Il jouait cinq des sept parties ; je jouais les deux autres. Nous misions tous deux 10 000 dollars par partie, nous étions en veine, et nous planions plus haut que des aigles. Je m'étais envoyé cinq Mandrax et j'avais sniffé huit bons gros rails de coke. Lui aussi en était à cinq Mandrax ; pour ce qui était de la coke, il en avait sniffé assez pour décoller à skis sans avoir besoin de tremplin. J'avais gagné 700 000 dollars, lui plus de 2 millions.

— Laizzons zomber ze druc et allons zoir là-haut où en zont les fezzivizés, marmonnai-je, les dents serrées, la mâchoire secouée de contractions convulsives.

Elliot parlait mandrax aussi bien que moi. Il acquiesça et nous nous dirigeâmes vers l'étage. J'étais déjà si complètement défoncé qu'il valait mieux que j'arrête de jouer pour la soirée. Je fis une halte à la cage du caissier et changeai pour 1 million de dollars de jetons. Je fourrai l'argent dans un sac à dos bleu que je jetai sur mon épaule. Elliot, lui, n'en avait pas fini avec le jeu ; il laissa ses jetons sur la table, sous la surveillance de gardes armés.

Au premier, nous traversâmes un long couloir qui conduisait à une impressionnante porte à double battant. De chaque côté, un policier en uniforme montait la garde. Ils nous ouvrirent. De l'autre côté se déroulait l'enterrement de ma vie de garçon. À peine entrés, nous nous arrêtâmes net, frappés de stupeur. C'était un vrai remake de Sodome et Gomorrhe. Le mur opposé était une baie vitrée allant du sol au plafond et donnant sur le Strip. La pièce était pleine de gens en train de danser ou de gesticuler. Le plafond et le plancher avaient l'air de vouloir se rejoindre. Une odeur de sexe et de sueur se mêlait à la fragrance entêtante d'une sinsemilla de première qualité. La musique était si forte que je la sentais me résonner jusqu'au fond des tripes. Une demi-douzaine de flics du NYPD supervisaient le déroulement des opérations, veillant à ce que tout le monde restât bien sage.

Au fond de la salle, une immonde putain de bas étage, cheveux orange et tronche de bouledogue, était assise sur un tabouret de bar. Son corps complètement nu était couvert de tatouages. Elle avait les cuisses largement écartées et une vingtaine de strattoniens, à poil eux aussi, faisaient la queue pour la sauter.

Ce fut un choc. Soudain, ma vie me dégoûta. Stratton avait encore dégringolé d'un cran. Je redescendis dans ma suite au rez-de-chaussée et pris cinq milligrammes de Xanax, vingt de Stilnox et trente de morphine. Puis j'allumai un joint, tirai dessus et tombai dans un profond sommeil.

Tôt le lendemain, je fus réveillé par Elliot qui me secouait. Il m'expliqua calmement que nous devions quitter immédiatement cette ville décadente. Heureux de partir, je rassemblai mes bagages en hâte. Mais lorsque j'ouvris le coffre, je m'aperçus qu'il était vide.

— J'ai essuyé quelques petites pertes cette nuit, me cria Elliot depuis le salon. J'ai dû t'emprunter un peu de fric.

En réalité, il avait perdu 2 millions de dollars. La semaine suivante, lui, Danny et moi retournions à Atlantic City pour lui permettre de se refaire, mais il perdit 1 million de plus. En quelques années, il continua à perdre, à perdre encore et encore, jusqu'à ce qu'il ne lui restât plus rien. Difficile de savoir combien il avait perdu en tout, sans doute entre 20 et 40 millions de dollars. Sur tous les plans, Elliot était au bout du rouleau. Complètement lessivé. En retard sur ses impôts. En retard sur les ristournes qu'il me devait comme escamoteur. Physiquement, c'était une épave. Il était passé sous les soixante kilos et sa peau avait pris la même couleur brunâtre que son Mandrax de contrebande, ce qui me comblait d'aise de m'en être tenu, de mon côté, au Mandrax de pharmacie – toujours voir le côté positif des choses !

Et voilà qu'à présent j'étais assis dans le jardin de la maison d'Indian Creek Island, contemplant la baie de Biscayne et le front de mer de Miami. Autour de la table, il y avait aussi Elliot Lavigne, Gary Deluca et Arthur Wiener, un proche ami d'Elliot. Arthur, la cinquantaine dégarnie, était riche et cocaïnomane.

Près de la piscine, il y avait la délectable Duchesse, la maigrissime Ellen et Sonny Wiener, l'épouse d'Arthur.

À 13 heures, il faisait déjà trente-deux degrés. Pas un nuage dans le ciel. Elliot était en train d'essayer de répondre à la question que je venais de lui poser, à savoir si Steve Madden devait se lancer dans un partenariat avec la chaîne de grands magasins Macy's, qui semblait ouverte à l'idée de lancer des boutiques Steve Madden dans ses locaux.

— Zi on zeut zaire granzir Mazzen blus vize, zemanzons zous les magazins ze Mazeez, dit Elliot Lavigne, qui en était à son cinquième Mandrax et sirotait une Heineken glacée.

— Il veut dire que nous devons aborder Macy's en position de force et refuser de lancer des boutiques une par une dans leurs magasins, traduisis-je pour Gary. Nous devons le faire région par région et avec l'objectif d'être présents dans tous les magasins qu'ils ont dans le pays.

— Excellente traduction, Jordan, commenta Arthur.

Il plongea une minuscule cuiller dans la fiole de cocaïne qu'il tenait à la main et aspira par la narine gauche. Elliot jeta un regard à Deluca, d'un air de dire : « Tu vois, je ne suis pas si difficile que ça à comprendre. »

À ce moment, le squelette juif s'approcha.

— File-moi un Mandrax, Elliot, demanda-t-il à son mari. Je suis à court.

Elliot lui montra son médius.

— T'es vraiment un enculé ! répliqua le squelette, furieux. Attends un peu de voir la prochaine fois que tu seras à court, toi. Moi aussi je t'enverrai te faire mettre !

Je regardai Elliot qui, à présent, dodelinait de la tête – signe indiscutable que la phase bredouilleuse se terminait et qu'il allait entrer dans la phase baveuse.

— Hé, El, lui dis-je, veux-tu que je te fasse quelque chose à manger, pour te faire redescendre un peu ?

— Zais-moi zonc un zuperzeezeburzer !

— Pas de problème, répondis-je, et je me levai de mon siège pour aller à la cuisine lui préparer un super-cheeseburger. La Duchesse m'intercepta dans le salon, vêtue d'un bikini brésilien bleu ciel qui avait dû être taillé dans une ficelle de cerf-volant.

— Je ne vais pas supporter Ellen une seconde de plus ! me lança-t-elle, les dents serrées. Elle est complètement maboule, je ne veux plus d'elle chez moi. Tout ce qu'elle sait faire, c'est sniffer de la cocaïne et bafouiller comme une débile. Ça me débecte ! Ça fait presque un mois que tu n'as rien pris, je ne veux pas que tu sois entouré de gens comme eux. C'est mauvais pour toi.

Je ne comprenais que la moitié de ce que racontait la Duchesse. J'entendais chacun de ses mots, bien sûr, mais j'étais bien trop occupé à regarder ses seins, qu'elle venait tout juste de faire augmenter à un petit bonnet C. Ils étaient splendides.

— Calme-toi, chérie, dis-je ; Ellen n'est pas si mauvaise que ça. Et Elliot est un de mes meilleurs amis, donc il n'y a rien à discuter.

À peine avais-je dit ça que je me rendis compte que c'était une erreur. Le quart de seconde suivant, la Duchesse m'envoyait son poing dans la figure – un direct du droit, asséné main ouverte. Sevré depuis un mois, j'avais retrouvé des réflexes de chat et j'esquivai facilement le coup.

— Calmos, Nadine, dis-je. Pas si facile de me flanquer une gifle quand je suis à jeun, hein ?

Je lui fis une grimace méphistophélique. Elle y répondit par un grand sourire et se jeta sur moi pour m'enlacer.

— Je suis tellement fière de toi, dit-elle. C'est comme si tu étais devenu quelqu'un d'autre. Même ton dos commence à aller mieux, n'est-ce pas ?

— Un peu, répliquai-je. Ce n'est pas encore parfait, mais c'est supportable, à présent. En tout cas, en ce qui concerne le Mandrax, je crois bien que le pire est passé. Et je t'aime de plus en plus.

— Moi aussi, je t'aime, fit-elle avec une moue séductrice. Je suis seulement énervée, parce qu'Ellen et Elliot te font du mal. Ils ont une mauvaise influence sur toi et, s'ils restent trop longtemps ici... eh bien, tu sais de quoi je veux parler.

Elle me donna un baiser humide et frotta son ventre contre le mien. D'un coup, un afflux de sang m'irrigua le bas-ventre et ce que disait la Duchesse me parut soudain bien plus raisonnable.

— Je vais te dire : si tu veux bien être mon esclave sexuelle pour le reste du week-end, j'installe Elliot et Ellen dans un hôtel. Marché conclu ?

La Duchesse sourit encore plus largement et me caressa juste au bon endroit.

— Tu as gagné, mon chéri. Tes désirs sont des ordres. Débrouille-toi seulement pour nous débarrasser d'eux et je suis toute à toi.

Un quart d'heure plus tard, tandis qu'Elliot bavait sur son cheeseburger, j'appelais Janet pour lui demander de trouver une chambre pour lui et Ellen dans un hôtel de luxe à trente minutes de la maison.

Soudain, la bouche encore pleine de cheeseburger, Elliot jaillit de son fauteuil et plongea dans la piscine. Quelques secondes après, il ressortit pour respirer et me fit signe pour m'inviter à une course sous l'eau – à qui ferait le plus de longueurs sans sortir la tête. C'était un jeu auquel nous jouions souvent. Elliot, qui avait grandi au bord de l'Océan, était très bon nageur et avait un petit avantage sur moi. Mais, vu l'état dans laquel il était, je pensais pouvoir le battre. D'autant que j'avais été surveillant de baignade dans mes jeunes années et, comme nageur, je ne me défendais pas mal non plus.

Nous fîmes chacun quatre longueurs : égalité. La Duchesse survint.

— Vous ne pensez pas qu'il serait temps de grandir, espèces d'idiots ? Je déteste que vous jouiez à ce jeu stupide. Un jour, l'un de vous deux va y rester. D'ailleurs, où est Elliot ?

Je scrutai le fond de la piscine. Mais qu'est-ce qu'il foutait donc, couché sur le côté ? Oh, merde ! D'un seul coup, la gravité de la situation me tomba dessus comme un coup de massue. Sans réfléchir, je plongeai pour aller le chercher. Il ne bougeait pas. Je l'attrapai par les cheveux, puis, d'un puissant mouvement du bras droit et du meilleur ciseau des jambes que j'aie jamais exécuté, je l'arrachai au fond et le remontai. Avec la poussée d'Archimède, son corps ne pesait presque rien. Dès que nous crevâmes la surface, je le lançai par-dessus mon épaule. Il vola hors de l'eau et atterrit sur le bord en béton de la piscine. Il était mort. Mort !

— Oh mon Dieu ! cria Nadine, et les larmes se mirent à couler sur son visage. Elliot est mort ! Sauve-le !

— Appelle une ambulance ! lançai-je. Dépêche-toi !

Je posai deux doigts sur sa carotide. Aucun pouls. Rien non plus à son poignet. « Mon ami est mort », pensai-je. À ce moment retentit un hurlement. C'était Ellen Lavigne.

— Mon Dieu, non ! Je t'en supplie, ne me prends pas mon mari ! Pitié ! Jordan, sauve-le ! Sauve-le ! Tu ne peux pas le laisser mourir ! Je ne veux pas perdre mon mari ! J'ai deux enfants ! Non, non ! Pas maintenant ! Pitié !

Elle s'effondra en sanglotant.

Je me rendis compte qu'une foule de gens nous entouraient. Il y avait Gary Deluca, Arthur et Sonny, Gwynne et Rocco, et même la nurse, qui avait sorti Chandler du petit bassin et s'était précipitée pour voir d'où venait ce tumulte. Je vis Nadine courir vers moi, revenant d'appeler l'ambulance. Ses mots résonnaient dans ma tête. « Sauve-le ! Sauve-le ! » J'allais faire un massage cardiaque à Elliot. J'avais appris à le faire bien des années plus tôt.

J'allais vraiment le faire. Mais, au fond, pourquoi ? Tout ne serait-il pas plus simple si Elliot mourait ? Il en savait long sur moi et, un de ces jours, l'agent Coleman finirait bien par lancer un mandat de perquisition sur ses comptes bancaires, c'était sûr. Elliot gisait mort devant moi et je ne pus m'empêcher de me rendre compte à quel point sa mort m'aurait arrangé, au fond. Les morts ne racontent pas leur vie... Ces quelques mots s'imposèrent insidieusement dans mon esprit, m'enjoignant de ne pas le ranimer, de laisser mourir avec lui le secret de nos vilaines affaires.

D'autant que ce type avait été un vrai fléau pour moi. C'était lui qui m'avait ramené au Mandrax, après des années d'abstinence. C'était lui qui m'avait rendu accro à la cocaïne. Et c'était lui qui, en tant qu'escamoteur, se conduisait mal envers moi, ce qui revenait à me voler. Tout ça pour alimenter sa manie du jeu, sa dépendance aux drogues... et régler ses problèmes avec les services fiscaux. L'agent Coleman n'était pas idiot, il saurait bien exploiter les faiblesses d'Elliot, en particulier ses difficultés avec le fisc. S'il agitait le spectre de la prison, Elliot se mettrait à table et balancerait tout... Je n'avais qu'à le laisser mourir, bon sang... *Les morts ne racontent pas leur vie !*

Mais tout le monde autour de moi criait : « Continue ! Continue ! » Soudain, je me rendis compte que j'étais en train d'essayer de le ranimer. Tandis que mon esprit conscient examinait la situation, quelque chose d'infiniment plus puissant s'était déclenché en moi, passant outre mes pensées.

Déjà, je pressais ma bouche contre celle d'Elliot et mes poumons insufflaient de l'air dans les siens. Puis, je relevai la tête et me mis à imprimer à sa poitrine des pressions rythmées. Je m'arrêtai un instant pour le regarder.

Rien ! Bon Dieu ! Il était bel et bien mort ! Comment était-ce possible ! Je faisais pourtant tout ce qu'il fallait ! Pourquoi ne revenait-il pas ? Tout à coup me revint un article sur un enfant qui s'était noyé et à qui on avait sauvé la vie, grâce à la méthode de Heimlich. Je retournai Elliot sur le ventre et passai les bras autour de lui. Je serrai aussi fort que je pus. J'entendis une série de craquements. J'avais dû lui casser une bonne dizaine côtes. Je le remis sur le dos pour voir s'il avait recommencé à respirer. Toujours rien.

C'était fini. Il était mort. Je regardai Nadine.

— Je ne sais pas quoi faire de plus, dis-je, les larmes aux yeux. Il ne veut pas revenir à lui.

Ellen se remit à hurler à pleins poumons.

— Oh mon Dieu ! Mes enfants ! Mon Dieu ! Ne t'arrête pas, Jordan, je t'en supplie ! Ne t'arrête pas ! Sauve mon mari ! Tu dois le sauver !

Elliot était complètement bleu, la dernière étincelle de vie était en train de quitter son regard. J'adressai à Dieu une prière silencieuse et, puisant dans mes dernières forces, je gonflai mes poumons à bloc et insufflai à Elliot une énorme bouffée d'air. Son estomac se tendit comme une baudruche. D'un coup, le cheeseburger refit le chemin en sens inverse et Elliot me le vomit dans la bouche. J'eus un violent haut-le-cœur.

Il avait recommencé à respirer faiblement. Je plongeai la tête dans la piscine pour me rincer la bouche. Je regardai à nouveau Elliot et vis que son visage était légèrement moins bleu. Mais il s'arrêta à nouveau de respirer. Je me tournai vers Gary.

— À toi de t'y coller, lui dis-je.

Gary tendit les mains vers moi, paumes en avant, et secoua la tête comme pour dire « Pas moyen ! » Pour être encore plus clair, il recula de deux pas. Je me tournai vers Arthur, le meilleur ami d'Elliot, et lui demandai à son tour de me remplacer. Mais il réagit exactement comme Gary. Je n'avais pas le choix. C'était à moi de faire le truc le plus dégoûtant qu'on pût imaginer. J'aspergeai d'eau le visage d'Elliot, tandis que la Duchesse entrait en action et nettoyait le vomi sur les coins de sa bouche. J'enfonçai ma main dans la bouche d'Elliot pour en retirer les débris de cheeseburger à moitié digéré, en abaissant sa langue afin de dégager un passage pour l'air. Je remis ma bouche dans la sienne et recommençai à lui faire la respiration artificielle. Tous les autres me contemplaient, figés d'horreur.

Enfin, j'entendis les sirènes et, quelques secondes plus tard, une escouade d'infirmiers tourbillonnait autour de nous. En moins de trois secondes, ils intubèrent Elliot et lui envoyèrent de l'oxygène dans les poumons. Ils l'installèrent avec précaution sur un brancard et l'emportèrent près de la maison, à l'ombre d'un arbre, pour lui poser une perfusion.

Toujours secoué de haut-le-cœur incontrôlables, je sautai dans la piscine et rinçai une fois de plus le vomi que j'avais dans la bouche. La Duchesse arriva en courant, apportant une brosse à dents et du dentifrice. Je me brossai les dents directement dans la piscine. Puis je sortis de l'eau d'un bond et m'approchai d'Elliot. Une demi-douzaine de policiers s'étaient à présent joints aux infirmiers, qui essayaient désespérément de ramener le rythme cardiaque d'Elliot à la normale, mais en vain. Un des infirmiers me tendit la main.

— Monsieur, vous êtes un héros, me dit-il. Vous avez sauvé la vie de votre ami.

Je fus frappé de stupeur. Un héros ! Moi, le Loup de Wall Street, j'étais un héros ! Ces quelques mots me résonnaient délicieusement aux oreilles. Il fallait que je les entende encore.

— Je vous demande pardon, je n'ai pas bien entendu. Pourriez-vous répéter, s'il vous plaît ?

L'infirmier me sourit.

— Vous êtes un héros, reprit-il. Au sens strict du terme. Peu de gens auraient fait ce que vous avez fait. Sans entraînement, vous avez fait exactement ce qu'il fallait. Bravo, monsieur. Vous êtes un vrai héros.

Oh, mon Dieu ! C'était absolument merveilleux. Mais je voulais aussi l'entendre de la bouche de la Duchesse. Sa croupe incendiaire et ses seins tout neufs allaient être tout à moi, au moins pour quelques jours, parce que moi, son mari, j'étais un héros, et aucune femme ne refuse les avances d'un héros.

Je la trouvai dans le salon, assise toute seule sur le bord d'un fauteuil, toujours en état de choc. Je m'efforçai de trouver les mots qui l'amèneraient à me dire ce que je voulais entendre. Je me dis que le mieux était de m'y prendre à rebours, en la complimentant, elle, pour avoir su garder son calme et en la félicitant d'avoir appelé l'ambulance. Elle se sentirait bien obligée de me retourner le compliment.

Je m'assis à côté d'elle et l'enlaçai.

— Heureusement que tu as appelé l'ambulance, Nadine. Tout le monde était figé sur place, sauf toi. Tu as été très forte.

Patiemment, j'attendis. Elle se blottit contre moi et sourit tristement.

— Je ne sais pas, je crois bien que c'était plus instinctif qu'autre chose. Comme ces trucs qu'on voit dans les films, tu sais ; on croit que ça n'arrive qu'aux autres. Tu vois ce que je veux dire ?

Merde alors ! Je n'en revenais pas ! Elle n'avait pas dit que j'étais un héros ! Il fallait que je sois plus clair.

— Je vois ce que tu veux dire. On se figure qu'un truc comme ça ne vous arrivera jamais, mais quand il arrive c'est l'instinct qui prend les commandes. Je crois que c'est à cause de ça que j'ai réagi comme je l'ai fait.

Allô, la Duchesse ! Apparemment, elle avait compris : elle venait de me prendre dans ses bras.

— Et toi ! s'écria-t-elle. Mon Dieu ! Tu as été incroyable ! Je n'avais jamais rien vu de pareil ! Je veux dire… aucun mot ne peut décrire à quel point tu as été éblouissant. Tout le monde restait sans bouger, et toi…

Bon sang ! Elle en faisait des tonnes, mais le mot magique ne voulait pas venir !

— … et toi… Je veux dire… Chéri, tu es un héros !

Eh bien, voilà !

— Je n'ai jamais été aussi fière de toi. Mon mari, mon héros !

Elle me donna le baiser le plus humide de tout l'univers. À cet instant, je compris pourquoi tous les petits garçons veulent devenir pompiers. Justement, ceux-ci étaient en train d'emmener Elliot sur un brancard.

— Allez, dis-je. Suivons-les à l'hôpital pour être sûrs qu'il n'y aura pas de cafouillage, après tout ce que j'ai fait pour sauver Elliot.

Vingt minutes plus tard, nous étions aux urgences du Mount Sinaï Hospital. Le premier pronostic des médecins était terrible : ils craignaient pour l'état de son cerveau. Il leur était impossible de dire s'il allait rester un légume.

Sur le chemin de l'hôpital, la Duchesse avait appelé Barth, que je suivais à présent dans la salle de soins intensifs, où flottait une odeur de mort caractéristique. Quatre médecins et deux infirmières entouraient Elliot, allongé sur le dos sur la table d'examen.

Barth n'appartenait pas au Mount Sinaï Hospital, mais sa réputation semblait l'avoir précédé. Tous les médecins présents savaient parfaitement qui il était.

— Il est dans le coma, Dr Green, dit le plus grand d'entre eux. Il est incapable de respirer sans assistance, son activité cérébrale est ralentie et il a sept côtes cassées. Nous lui avons injecté de l'adrénaline, mais il n'a pas l'air de répondre.

Le médecin regarda Barth droit dans les yeux. On voyait bien qu'il était persuadé qu'Elliot ne s'en sortirait pas.

Je vis alors Barth agir de la façon la plus étrange. Avec une incroyable confiance en lui, il alla droit sur Elliot, le saisit par les épaules, mit sa bouche contre son oreille.

— Réveillez-vous tout de suite ! s'exclama-t-il d'une voix impérieuse en le secouant vigoureusement. Elliot, c'est le Dr Barth Green, et je vous demande d'arrêter immédiatement de faire l'imbécile et d'ouvrir les yeux ! Votre femme vous attend dehors et elle veut vous voir !

Malgré la menace que représentait Ellen l'attendant dans le couloir – ce qui aurait pu en pousser plus d'un à préférer la mort – Elliot obéit sur-le-champ aux injonctions de Barth et ouvrit les yeux. Un instant plus tard, son encéphalogramme redevenait normal. Je regardai autour de moi : médecins et infirmières restaient bouche bée.

Et moi, donc. C'était un vrai miracle. Encore sous le choc, j'aperçus du coin de l'œil une grosse seringue pleine d'un liquide transparent. Je la lorgnai pour voir ce que disait l'étiquette. « Morphine ». Tiens tiens, très intéressant. Ainsi donc, on donne de la morphine à un homme en train de mourir.

Subitement, je fus submergé par le besoin urgent de m'emparer de la seringue et de m'en injecter le contenu dans les fesses. Pourquoi, je n'en savais rien. Cela faisait un mois que j'étais sevré, mais ça ne me semblait plus du tout important. Je regardai autour de moi. Tous entouraient Elliot, encore stupéfaits de l'incroyable événement qui venait de se produire. Je m'approchai du plateau de métal, m'emparai négligemment de la seringue et la fourrai dans la poche de mon short.

En un clin d'œil, je sentis ma poche chauffer, devenir brûlante… Nom de Dieu, je ne pouvais pas attendre ! Cette morphine me brûlait la poche ! Il fallait que je me l'injecte sur-le-champ !

— C'est la chose la plus incroyable que j'aie jamais vue, dis-je à Barth. Je vais de ce pas annoncer la bonne nouvelle à tout le monde.

Quand je racontai au groupe qui attendait à l'extérieur la résurrection miraculeuse d'Elliot, Ellen se mit à hurler de joie et se jeta dans mes bras. Je la repoussai en lui expliquant que j'avais absolument besoin d'aller aux toilettes. Tandis que je m'éloignais, la Duchesse m'attrapa par le bras.

— Tout va bien, chéri ? Tu as l'air tout drôle.

Je lui souris.

— Non, non, tout va bien. Il faut juste que j'aille aux toilettes.

À peine eus-je tourné le coin du couloir que je piquai un sprint digne des championnats du monde. Je poussai la porte des toilettes, entrai dans un des boxes, m'y enfermai et sortis la seringue de ma poche. Je baissai mon short et cambrai le dos, le cul en l'air. J'allais appuyer sur le piston lorsque… catastrophe !

Il n'y avait pas de piston. C'était une de ces foutues nouvelles cartouches de sécurité, impossibles à utiliser sans qu'on les ait d'abord placées dans un mécanisme à piston. Je ne possédais qu'une ampoule de morphine inutile, avec une aiguille au bout. J'étais atterré. Je restai un moment à la regarder, lorsque soudain, une inspiration me vint.

Je courus acheter une sucette à la boutique de l'hôpital et revins aux toilettes. Je me piquai dans une fesse et, avec le bâton de la sucette, appuyai sur le poussoir de la cartouche jusqu'à ce que la dernière goutte de morphine se fût écoulée. Instantanément, je sentis un baril de poudre à canon m'exploser à l'intérieur du corps, me secouant jusqu'au tréfonds.

Bon Dieu ! J'avais dû piquer une veine pour décoller à ce point comme une fusée. Je tombai à genoux, la bouche plus sèche que la vallée de la Mort, les entrailles plongées dans un bain moussant brûlant, les yeux comme des charbons ardents, un tocsin me sonnant aux oreilles, le sphincter plus tendu qu'une peau de tambour. Le pied absolu.

Moi, le héros, j'étais là, assis par terre dans les chiottes, le short sur les chevilles et l'aiguille encore plantée dans le cul. L'idée me vint que la Duchesse pourrait s'inquiéter. L'instant d'après, je traversais le hall pour aller la retrouver. Une vieille Juive m'interpella :

— Excusez-moi, monsieur !

Je me tournai vers elle. Elle souriait, l'air embarrassée, montrant mon short du doigt.

— Votre derrière, monsieur, regardez votre derrière !

J'avais traversé le hall avec l'aiguille plantée dans les fesses, comme un taureau auquel le torero vient de planter une banderille. Je souris à cette aimable femme, la remerciai, extirpai l'aiguille de mon fessier, la jetai dans une poubelle et repartis vers la salle d'attente.

En me voyant, la Duchesse sourit. Mais soudain la pièce devint sombre et… Oh, merde !

Quand je revins à moi, j'étais dans la salle d'attente, assis sur une chaise en plastique. Un médecin d'âge moyen, en tenue de salle d'opération, était penché sur moi, un flacon de sels à la main. La Duchesse se tenait à côté de lui. Son sourire avait disparu.

— Votre fonction respiratoire est altérée, M. Belfort, dit le médecin. Avez-vous pris des stupéfiants ?

— Non, dis-je en m'arrachant un faible sourire en direction de la Duchesse. Je crois que c'est un peu stressant d'être un héros, n'est-ce pas, chérie ?

Puis je m'évanouis. Quand je me réveillai de nouveau, j'étais allongé à l'arrière d'une limousine Lincoln et nous arrivions justement à Indian Creek Island – vous savez, cet endroit tranquille où il ne se passe jamais rien. Ma première pensée fut que j'avais besoin d'un bon rail de cocaïne pour me remettre d'aplomb. C'était ce qui m'avait manqué. Une piqûre de morphine sans rien pour en contrebalancer l'effet était une idée stupide. Je notai mentalement de ne jamais recommencer, en remerciant Dieu qu'Elliot ait apporté de la cocaïne. J'allais en piquer dans sa chambre et je la déduirais des 2 millions de dollars qu'il me devait.

Cinq minutes plus tard, la maison avait l'air d'avoir été ravagée par une douzaine d'agents de la CIA

cherchant un microfilm volé. Le sol était jonché de
vêtements et tous les meubles étaient renversés. Et toujours pas de cocaïne ! Bordel ! Où pouvait-elle être ? Je
continuai à chercher pendant une bonne heure, jusqu'à
ce qu'enfin je comprisse. C'était ce sale rat d'Arthur
Wiener. Cet enculé avait volé la cocaïne de son meilleur
ami !

Vidé, seul au monde, je montai à l'étage, dans l'immense chambre principale, maudissant Arthur Wiener.
Puis je m'effondrai dans un sommeil sans rêves.

CHAPITRE 27

Ce sont toujours les meilleurs
qui partent en premier

Juin 1994.

Comme on aurait pu s'y attendre, les bureaux de Steve Madden avaient la forme d'une boîte à chaussures. En fait, il y en avait même deux. La première, côté cour, était un petit atelier d'environ deux cents mètres carrés. Une douzaine d'ouvriers hispanophones y faisaient marcher quatre ou cinq antiques machines de cordonnerie. Ils se partageaient à eux tous une unique carte de séjour et aucun d'eux ne payait le moindre dollar d'impôts. L'autre boîte, côté rue, était à peu près de la même taille et abritait le personnel administratif de la société, principalement des filles d'à peine une vingtaine d'années aux cheveux multicolores. Toutes exhibaient en divers endroits de leur corps des piercings qui semblaient vous dire : « Eh oui, j'en ai aussi un sur le clitoris et un à chaque téton ! »

Ces jeunes amazones venues de l'espace arpentaient les bureaux, tanguant sur leurs chaussures à talons de quinze centimètres – toutes frappées du logo de Steve Madden – à travers la fumée d'encens au cannabis. La sono rugissait du hip-hop, une douzaine de téléphones sonnaient en même temps, des dizaines de

modèles de chaussures en cours de conception traînaient dans tous les coins, quelques chamans en tenue
traditionnelle se livraient à des purifications rituelles. Je
ne savais trop comment, mais tout cela semblait fonctionner. La seule chose qui manquait au tableau était
une authentique guérisseuse accomplissant un rite
vaudou, mais j'étais sûr que ce serait pour bientôt.

Devant la boîte côté rue, il y avait encore une troisième boîte à chaussures plus petite – d'à peu près
trois mètres par six. C'était là que se trouvait le bureau
de Steve, *alias* le Cordonnier. Et, depuis quatre
semaines, c'est-à-dire depuis la mi-mai, c'était également là que j'avais le mien. Le Cordonnier et moi étions
assis de part et d'autre d'un bureau de Formica noir,
couvert de chaussures – comme tout le reste dans cet
endroit.

Je me demandais bien pourquoi toutes les adolescentes d'Amérique étaient dingues de ces chaussures.
À mon goût, elles étaient hideuses. Enfin, bref, la
société Steve Madden était tirée par son produit – aucun
doute là-dessus. Il y avait des chaussures partout, mais
le bureau de Steve était particulièrement envahi. Il y en
avait qui traînaient par terre, d'autres qui pendaient du
plafond, d'autres encore empilées sur des tables
pliantes bon marché et sur des étagères en Formica
blanches, ce qui les faisait paraître encore plus moches.

Il y en avait même sur l'appui de fenêtre derrière
Steve, empilées si haut qu'à travers cette fenêtre cafar-
deuse, j'apercevais à peine le parking sinistre. Il fallait
bien admettre que tout cela s'harmonisait parfaitement
avec ce sombre recoin du Queens qu'était Woodside.
Dire que nous étions à peine à trois kilomètres de Manhattan, où un homme aux goûts aussi raffinés que les
miens se sent tout de même plus à l'aise.

Mais l'argent était roi et, pour une raison incompréhensible, cette petite société était sur le point d'en produire de pleins tombereaux. C'était donc ici que Janet et moi avions installé nos pénates pour les mois à venir. Elle avait un bureau à elle juste au bout du hall d'entrée. Un bureau, comme il se devait, encombré de chaussures.

Nous étions un lundi matin. Le Cordonnier et moi étions assis dans notre bureau infesté de chaussures, sirotant un café. Nous étions en compagnie de Gary Deluca qui, depuis le matin même, était notre nouveau directeur d'exploitation. Il ne remplaçait personne, car la société avait jusqu'alors fonctionné en pilotage automatique. Il y avait aussi John Basile, qui portait depuis longtemps la double casquette de directeur de la production et de chef des ventes de la société.

Nous formions un groupe hétéroclite plutôt marrant. Personne n'aurait jamais pu croire que des types habillés comme nous l'étions fussent en train de bâtir la plus grande société de chaussures pour femmes du monde. Moi, j'étais fagoté comme un golfeur professionnel. Steve était encore plus déguenillé qu'un SDF, Gary portait un costume classique d'homme d'affaires et John Basile, un gros lard dans la trentaine au nez en patate, au crâne chauve et aux traits épais, portait un jean délavé et un tee-shirt flottant qui lui donnaient l'air d'un livreur de pizza. J'adorais John. Il avait un vrai talent, et bien qu'il fût catholique, son éthique du travail était digne d'un protestant, si vous voyez ce que je veux dire. Il avait une vraie vision générale des choses.

Malheureusement, c'était aussi un postillonneur de première. Dès qu'il s'échauffait un peu, ou simplement quand il essayait de vous convaincre de quelque chose, vous aviez intérêt à enfiler un ciré ou à vous placer sous un angle d'au moins trente degrés par rapport à sa bouche. En général, ses projections de salive s'accompagnaient de gesticulations manuelles, dont la plupart étaient destinées à vous expliquer que le Cordonnier était un foutu trouillard qui n'osait jamais passer suffisamment de commandes aux usines. C'était précisément ce qu'il était en train de nous dire une énième fois.

— Enfin quoi, Steve ! Comment veux-tu développer cette société si tu ne me laisses jamais commander de godasses ? Hein, Jordan, tu sais très bien de quoi je parle ! Comment puis-je…

Aïe ! Les *p* du Postillonneur étaient ses consonnes les plus foudroyantes et il venait de me toucher en plein front !

— … construire des relations avec les grands magasins si je n'ai rien à vendre ?

Le Postillonneur fit une pause et me regarda d'un air interrogateur, semblant se demander pourquoi je m'étais pris la tête dans les mains, comme pour renifler mes paumes. Je me levai et passai derrière Steve pour tenter de me protéger de l'averse.

— À vrai dire, dis-je, je suis d'accord avec chacun de vous deux. C'est exactement comme dans le métier de courtier. Steve veut la jouer prudente et ne pas gonfler le stock. Toi, tu veux monter en puissance et prendre des risques pour avoir de la marchandise à vendre. J'ai bien compris tout ça. Et la réponse est que vous pouvez tous les deux avoir raison ou tort – selon que les chaussures se vendent ou non. Si elles se vendent, tu es un génie, et nous faisons des tonnes de fric. Si elles nous restent sur les bras, tu as tort, et nous nous retrouvons assis sur un tas de saloperies invendables. Et nous sommes refaits.

— Mais non ! argumenta le Postillonneur. Nous pouvons toujours les fourguer à Marshall's, TJ Maxx ou à un autre soldeur.

Steve fit pivoter sa chaise pour se tourner vers moi.

— John ne t'explique pas tout. Oui, on peut vendre toutes les chaussures qu'on veut à des gens comme Marshall's ou TJ Maxx. Mais alors, on se grille auprès des grands magasins et des boutiques spécialisées.

Steve affronta le Postillonneur du regard.

— Nous devons protéger la marque, John. C'est ça que tu ne comprends pas.

— Bien sûr que si, Steve. Mais nous devons aussi la développer et ça, c'est impossible si nos clients ne trouvent pas nos chaussures dans les grands magasins.

Le Postillonneur toisa Steve avec mépris.

— Si on t'écoutait, cracha-t-il, on resterait éternellement une petite boîte pépère. Des petits joueurs, rien de plus.

Il se tourna vers moi et je me préparai à essuyer son tir.

— Je vais te dire, Jordan : heureusement que tu es là, parce que ce mec-là crève de trouille et j'en ai ras le bol de faire de l'équilibrisme. Nous avons les chaussures les plus demandées de tout le pays, et je ne peux pas...

Un postillon me frôla l'oreille.

— ... remplir les bons de commande parce que ce type m'empêche de produire. Ce qui se passe ici, c'est une vraie tragédie, rien d'autre.

— John, répondit Steve, tu sais combien de boîtes ont mis la clé sous la porte en s'y prenant comme tu veux le faire ? Mieux vaut pécher par excès de prudence, jusqu'à ce que nous possédions plus de boutiques en propre. À ce moment-là, nous ferons nos soldes en interne, sans dévaloriser la marque. Tu n'arriveras pas à me convaincre de faire autrement.

Le Postillonneur se rassit en maugréant. Je devais reconnaître que j'étais impressionné par ce que disait Steve. Pas seulement ce jour-là, mais au cours des quatre semaines précédentes. Oui, Steve était lui aussi un loup déguisé en agneau. En dépit de son apparence, c'était un leader né. Il en avait tous les talents naturels, notamment celui d'inspirer la loyauté à ses subordonnés. Comme à Stratton, tout le monde chez Steve Madden était fier de faire partie de la secte. Le plus gros problème du Cordonnier était son incapacité à déléguer – d'où, justement, son surnom de Cordonnier. Une partie de la personnalité de Steve était celle d'un petit chausseur à l'ancienne ; c'était à la fois sa plus grande force et sa plus grande faiblesse. À ce moment-là, la société ne gagnait que 5 millions de dollars, assez pour lui pour s'en tirer. Mais c'était sur le point de changer. L'année précédente, elle n'avait gagné que 1 million, mais nous visions 20 millions de dollars pour l'année suivante.

C'était sur cet objectif que je me concentrais depuis quatre semaines. Engager Gary Deluca n'avait été qu'une première étape. Il fallait que la société tienne debout toute seule, sans notre aide à lui et moi. Pour cela, Steve et moi devions recruter une équipe de stylistes et une direction de l'exploitation en béton. Mais aller trop vite en besogne aurait été le plus sûr moyen de courir au désastre. En outre, nous devions d'abord redresser le compte d'exploitation, qui était dans un état catastrophique. Je me tournai vers Gary.

— Je sais que c'est ton premier jour, dis-je à Gary, mais je voudrais tout de même connaître ton opinion. Sois franc. Peu importe que tu sois ou non d'accord avec Steve.

Le Postillonneur et le Cordonnier se tournèrent tous deux vers le nouveau directeur d'exploitation.

— Eh bien, dit Gary, je comprends votre position à tous les deux…

Bravo, très diplomatique.

— ... mais mon approche là-dessus se place surtout du point de vue de l'exploitation. En fait, une grande partie du problème est une question de marge brute – en intégrant les articles soldés, bien sûr – et du nombre de rotations annuelles du stock que nous prévoyons.

Gary hocha la tête, comme impressionné par sa propre clairvoyance.

— Cela fait entrer en ligne de compte des éléments complexes, par exemple les modalités d'expédition, qui dépendent de la quantité de marchandises à livrer et du nombre de points à approvisionner, c'est-à-dire du nombre d'entrepôts et de boutiques. Il va falloir que je fasse une analyse détaillée du coût final des produits, en comptant les taxes et le transport, qui ne sont pas négligeables. J'ai l'intention de commencer par ça et de l'exposer sur une feuille de calcul, que nous pourrons examiner lors de la prochaine réunion de direction, qui pourrait avoir lieu par exemple dans...

Nom de Dieu ! pensai-je, il nous dégouline dessus ! Ma tolérance à l'égard des comptables et de toutes les conneries qu'ils ont l'air de chérir au plus haut point était extrêmement limitée. Ce n'étaient que des détails ! Des détails ! Je regardai Steve. Il avait le menton rentré dans le cou et la bouche grande ouverte. Sa patience sur ce genre de sujets, qui était encore plus limitée que la mienne, semblait fondre à vue d'œil.

— ... ce qui, plus que tout le reste, continuait le Dégoulineur, est fonction de l'efficacité de notre système de tri, d'emballage et d'expédition. Dans ce domaine, il est crucial de...

Le Postillonneur se leva brusquement de son siège et coupa la parole au Dégoulineur.

— Qu'est-ce que c'est que ces salades ? cracha-t-il. Tout ce que je veux, c'est vendre ces foutues grolles ! Comment tu t'y prends pour les envoyer dans les boutiques, je m'en fous complètement ! Bon sang, tu crois vraiment que j'ai besoin de ta feuille de calcul pour me dire que, si je fabrique une paire de godasses pour 20 dollars et que je la vends 30, je gagne du fric ?

Le Postillonneur fit deux grandes enjambées dans ma direction. Du coin de l'œil, je vis Steve sourire avec agacement.

— Jordan, dit le Postillonneur, c'est à toi de décider. Tu es le seul que Steve veuille bien écouter.

Il fit une pause pour essuyer une goutte de salive sur son menton potelé.

— Je veux développer cette société pour vous tous, mais je suis pieds et poings liés…

— Va demander à Janet d'appeler Elliot Lavigne, demandai-je au Dégoulineur. Il est dans les Hamptons.

Puis je me tournai vers Steve.

— Je veux l'avis d'Elliot avant de prendre une décision. Il existe forcément une solution à la situation et, si quelqu'un la connaît, c'est bien lui.

En prime, le temps que Janet mette la main sur lui, j'aurais peut-être une chance de pouvoir raconter encore une fois mon sauvetage héroïque… Malheureusement, le Dégoulineur revint au bout d'à peine vingt secondes et le téléphone se mit aussitôt à sonner. Je décrochai et mis le haut-parleur.

— Salut, vieux frère ! dit la voix d'Elliot. Ça va comme tu veux ?

— Ça va, répliqua le héros. Mais toi, surtout, comment vas-tu ? Et tes côtes ?

— Je récupère, répondit Elliot, qui n'avait rien pris depuis six semaines, un record absolu pour lui. J'espère retourner au boulot d'ici un mois ou deux. Qu'est-ce qui t'amène ?

J'entrai immédiatement dans le vif du sujet en me gardant de lui indiquer qui était de quel avis, pour éviter d'influer sur sa propre opinion. Mais c'était inutile. Lorsque j'eus fini, il avait déjà la réponse.

— En vérité, dit Elliot le Sobre, se refuser à vendre aux soldeurs est plus du snobisme qu'autre chose. Toutes les grandes marques écoulent leurs invendus chez eux. Pas moyen d'y échapper. Allez faire un tour dans n'importe quel TJ Maxx ou n'importe quel Marshall's et vous verrez toutes les griffes – Ralph Lauren, Calvin Klein, Donna Karan, et Perry Ellis comme les autres. Impossible de se passer des soldeurs, à moins d'avoir ses propres boutiques de détail, ce qui est encore prématuré en ce qui vous concerne. Seulement, il faut faire attention à la façon de traiter avec eux. Vous devez leur vendre au coup par coup, parce que si les grands magasins apprennent que vous leur vendez de façon régulière, ils vont vous faire des histoires.

Steve se tortilla sur sa chaise.

— En tout cas, poursuivit le Garmentier convalescent, John a raison sur le fond : si vous n'avez rien à vendre, impossible de vous développer. Les grands magasins ne vous prendront jamais au sérieux, s'ils ne sont pas sûrs d'être livrés. Même avec le vent en poupe comme vous l'avez en ce moment, les acheteurs ne vont certainement pas se précipiter s'ils ne sont pas sûrs que vous êtes en mesure de leur fournir des chaussures. Pour l'instant, ce qui se dit sur vous, c'est que vous ne pouvez pas. Vous devez vous attaquer à ce problème, et vite. Je sais que c'est une des raisons pour lesquelles vous avez engagé Gary. Sûr que c'est un premier pas dans la bonne direction.

Je regardai Gary pour voir s'il souriait. Mais non, son visage restait de marbre. Quels drôles de lascars, ces directeurs d'exploitation. Des grands calmes habitués à marquer des points toute la journée sans jamais se lancer pour de bon. L'idée que moi, j'étais un battant, me donna envie de dégainer et de monter à l'assaut.

— Mais même si vous réussissez à redresser votre compte d'exploitation, continua Elliot, John n'a tout de même qu'à moitié raison. Steve, il faut que tu gardes du recul et que tu penses à protéger l'image de marque. Parce qu'en fin de compte, votre image, c'est la seule chose qui compte. Si vous la ruinez, vous êtes foutus. Je peux vous citer une douzaine de marques ultraprometteuses qui ont tout gâché en vendant aux soldeurs. Maintenant, on ne le trouve plus qu'au marché aux puces.

Elliot laissa ses paroles faire leur effet. Steve s'était tassé dans son fauteuil. La seule idée que la marque Steve Madden – son propre nom ! – puisse devenir synonyme de « marché aux puces » lui avait littéralement coupé la chique. Le Postillonneur, quant à lui, semblait prêt à bondir dans le téléphone pour étrangler Elliot. Gary, lui, restait toujours impassible.

— Votre but ultime, poursuivit Elliot, doit être de vendre la griffe Steve Madden sous licence. Quand ce sera fait, vous pourrez rester tranquillement assis chez vous, et encaisser les royalties. Les premiers produits pour ça sont les ceintures et les sacs à main ; ensuite, vous pourrez passer au sportswear, aux jeans et aux lunettes de soleil et à tout ce que vous voudrez... Le fin du fin, c'est le parfum ; avec ça, on peut vraiment se faire des couilles en or. Mais ça, vous n'y arriverez jamais si vous ne lâchez pas un peu la bride à John. Ne te vexe pas, John, c'est la nature qui veut ça. Tu penses en fonction du présent, alors que vous êtes en pleine ascension. Mais ça va finir par se calmer et, au moment où vous vous y attendrez le moins, un article ne se vendra pas et vous allez vous noyer dans un tas de chaussures d'un modèle au look débile que personne ne voudra jamais porter en dehors d'un camp de gitans. Et là, vous serez obligés de faire des choses désagréables, par exemple vendre vos chaussures à qui vous n'aviez pas envie.

— C'est exactement ce que je dis, Elliot ! l'interrompit Steve. Si je laisse faire John, nous allons finir avec un entrepôt plein de chaussures et un compte bancaire à sec. Je n'ai pas envie de finir comme Sam & Libby.

— Eh bien, la solution est simple, dit Elliot en riant. Même si je ne connais pas grand-chose de vos affaires, je suis prêt à parier que vous faites la majorité de votre chiffre avec trois ou quatre modèles. Et ce ne sont sûrement pas les modèles farfelus à semelle compensée de vingt centimètres, ni ceux à crampons ou à fermeture Éclair. Ces modèles-là vous servent à créer votre image – pour montrer que vous êtes jeune et cool et toutes ces conneries. Mais en réalité, vous devez sûrement en vendre très peu, sauf peut-être à quelques fêlées de Greenwich Village et à vos employées. Les chaussures qui vous font vraiment gagner de l'argent, ce sont les plus simples, les modèles de base, comme la Mary Lou ou la Marilyn, n'est-ce pas ?

Je jetai un regard à Steve et au Postillonneur. Tous deux écoutaient, la tête légèrement inclinée, les lèvres pincées et les yeux écarquillés. Il y eut quelques secondes de silence.

— Dois-je prendre votre absence de réponse pour une approbation ? finit par demander Elliot.

— Tu as raison, Elliot, répondit Steve. Nous ne vendons pas beaucoup de chaussures extravagantes, mais ce sont elles qui font notre réputation.

— C'est parfait comme ça, dit Elliot.

Dire que, six semaines plus tôt, il était incapable d'aligner deux mots de suite sans se baver dessus !

— C'est comme les fringues pas possibles qu'on voit dans les défilés de haute couture à Milan, enchaînat-il. En réalité, personne n'achète ces merdes, mais ce sont elles qui construisent l'image. La solution est donc de monter en puissance uniquement avec les modèles traditionnels, en se limitant aux coloris à la mode. C'est-à-dire avec les chaussures que vous êtes sûrs de vendre, celles qui partent saison après saison. Ne risquez jamais de grosses sommes sur une chaussure rigolote, même si elle vous plaît beaucoup et qu'elle est bien notée dans les tests consommateurs. Soyez toujours prudents avec tout ce qui n'est pas une valeur sûre. Si un produit décolle pour de bon et que vous êtes à court de stock, ça le rendra encore plus tendance. Et comme vous faites fabriquer au Mexique, vous pourrez toujours battre la concurrence sur le réassort. Dans les rares occasions où vous vous lancerez et où vous vous serez plantés, c'est là que vous refilerez vos chaussures à un soldeur, et vous n'aurez plus qu'à encaisser votre perte sans faire d'histoires. Dans ce métier, les premières pertes sont les meilleures. La dernière chose que vous voulez voir, c'est un entrepôt rempli d'invendus. Il faut aussi établir un partenariat avec les grands magasins. Dites-leur que vous êtes prêts à soutenir vos chaussures et que, s'ils ne les vendent pas, vous leur ferez un rabais. De cette façon, ils peuvent garder vos chaussures en rayon tout en conservant leur marge. Faites ça, et vous verrez que les grands magasins seront prêts à écouler même le contenu de vos poubelles. Parallèlement, vous devez lancer des boutiques Steve Madden aussi vite que possible. Vous êtes fabricants, donc vous gagnez à la fois la marge de gros *et* la marge de détail. Et le meilleur moyen de vous débarrasser de vos invendus est encore de les solder dans vos propres boutiques. Ça vous évite de bousiller votre image de marque. Voilà la réponse, les gars. Vous êtes en route vers les sommets. Vous n'avez qu'à suivre le mode d'emploi et vous ne pouvez pas perdre.

Je regardai à la ronde. Tous hochaient la tête. Qui aurait pu discuter pareille logique ? Quelle tristesse qu'un gars aussi affûté qu'Elliot foute sa vie en l'air avec les drogues. Vraiment. Quoi de plus triste qu'un talent gaspillé ? Oh, Elliot était *clean* pour le moment, mais j'étais certain qu'une fois ses côtes ressoudées, quand il se retrouverait de nouveau dans l'arène, son addiction rappliquerait au galop. Le problème de quelqu'un comme Elliot, c'était qu'il refusait d'admettre qu'il était dominé par les drogues.

En tout cas, j'avais pour ma part largement assez de pain sur la planche pour occuper au moins cinq personnes. J'étais toujours en train d'essayer d'écraser Victor Wang ; il fallait que je m'occupe de Danny, qui était en train de devenir fou furieux à Stratton et j'avais toujours lieu de m'inquiéter de Gary Kaminsky, qui, apparemment, passait la moitié de ses journées au téléphone avec Saurel, en Suisse. Et il y avait toujours l'agent spécial Gregory Coleman, qui rôdait aux alentours avec ses mandats. Je n'avais pas le temps de m'occuper en plus de la santé d'Elliot.

J'avais des choses urgentes à discuter avec Steve pendant le déjeuner, puis il fallait que je fasse un saut en hélicoptère dans les Hamptons pour voir la Duchesse et Chandler. Dans ces conditions, une petite dose de méthaqualone était ce qu'il me fallait. Disons 250 milligrammes, soit un Mandrax, à prendre dès à présent – trente minutes avant le déjeuner – de façon à être juste dans le bon état d'euphorie pour apprécier pleinement un plat de pâtes italiennes tout en échappant au radar du Cordonnier. Ce rabat-joie ne prenait rien depuis presque cinq ans.

Ensuite, je snifferais quelques rails de coke dès que l'hélico aurait décollé. Les vols se passaient toujours mieux à la descente, quand les effets du Mandrax commençaient à s'estomper, mais que la cocaïne me rendait encore un peu parano.

Déjeuner avec un seul Mandrax dans le système ! Une bien innocente euphorie pour un repas à Corona, dans le trou du cul du Queens. Comme dans tous les anciens quartiers italiens, il y restait encore un bastion de la mafia et, dans chacun, il y avait au moins un restaurant italien tenu par un « homme d'honneur ». Et chaque fois, bien sûr, c'était le meilleur restaurant italien à des kilomètres à la ronde. À Harlem, c'était le Rao's. À Corona, c'était le Park Side.

À la différence du Rao's, le Park Side était très grand et superbement décoré de quelques stères de ronce de noyer, de miroirs fumés, de verre ciselé, de plantes luxuriantes et de fougères soigneusement taillées. Le bar servait de point de ralliement à toute une bande de mafieux et la carte était littéralement à mourir.

Le propriétaire du Park Side était Tony Federici, un homme honorable, un vrai. Il avait une réputation plutôt sulfureuse, ce qui n'avait rien de bien surprenant, mais pour moi il était seulement le patron du meilleur restaurant des cinq comtés de New York. Tony passait le plus clair de son temps à déambuler entre les tables en tablier de cuistot, tenant dans une main un pichet de chianti maison et, dans l'autre, un plat de poivrons grillés.

Le Cordonnier et moi étions installés dans le fabuleux jardin du Park Side, en train d'envisager qu'il devînt mon escamoteur à la place d'Elliot.

— Sur le principe, ça ne me pose pas de problème, dis-je à l'avide Cordonnier, que l'idée obsédait. Mais j'ai deux soucis : le premier est de savoir comment diable tu vas pouvoir me rendre tout cet argent sans laisser de trace écrite. C'est un foutu paquet de fric ! Et mon deuxième souci est que tu es déjà l'escamoteur de Monroe Parker, et je ne veux pas leur marcher sur les pieds. C'est très personnel, un escamoteur et je dois d'abord me mettre d'accord avec Alan et Brian.

— Je comprends ce que tu veux dire, approuva le Cordonnier. En ce qui concerne les ristournes en liquide, ça ne sera pas un problème. Je peux te les faire passer via les actions de Steve Madden Shoes. Chaque fois que je vends des actions que je détiens pour toi, je n'ai qu'à te surpayer sur le produit de la vente. Sur le papier, je te dois plus de 4 millions de dollars, j'ai donc une raison légitime de te faire des chèques. Et si on fait un grand nombre de paiements, personne ne sera capable de remonter la piste, non ?

L'idée n'était pas mauvaise, surtout agrémentée d'une espèce de convention stipulant que Steve me versait une somme annuelle en échange de mes conseils pour diriger Steve Madden Shoes. Mais le fait que Steve fût porteur pour moi de 1,5 million d'actions de Steve Madden Shoes soulevait une question encore plus délicate. Steve lui-même détenait très peu d'actions de sa propre société. C'était quelque chose qu'il fallait rectifier tout de suite, sous peine de voir surgir des problèmes en cours de route, lorsque Steve réaliserait que je gagnais des dizaines de millions alors que lui-même ne gagnerait que des millions.

— Nous allons arranger quelque chose, pour cette histoire d'escamoteur, dis-je avec un sourire. Je trouve que se servir des actions Madden est une excellente idée, au moins au départ. Mais cela m'amène à une question plus importante : tu ne détiens presque aucune part de ta propre société. Il faut que nous te donnions plus d'actions, avant que les choses ne démarrent vraiment. Tu n'en as que 300 000, c'est bien ça ?

— Oui, répondit Steve. Plus quelques milliers d'options, c'est tout.

— D'accord. Eh bien, en tant qu'associé, je te conseille vivement de t'accorder 1 million d'options supplémentaires, avec une décote de 50 % par rapport au prix du marché. C'est la meilleure chose à faire, d'autant plus que toi et moi allons les partager cinquante-cinquante, ce qui est encore mieux. Nous les laisserons à ton nom – comme ça le Nasdaq ne cillera pas et, quand viendra le moment de vendre, tu n'auras qu'à me payer ma part en même temps que tout le reste.

Le Maître Cordonnier sourit et me tendit la main.

— Je ne te remercierai jamais assez, J.B. Je n'avais jamais osé aborder le sujet, mais ça me turlupinait tout de même un peu. Je savais bien que nous arrangerions ça, le moment venu.

Il se leva de son fauteuil, j'en fis autant, et nous échangeâmes une accolade dans le plus pur style mafioso, ce qui en cet endroit ne fit pas tiquer un seul client.

— D'ailleurs, pourquoi n'en prendrions-nous pas plutôt 1,5 million ? demanda Steve en se rasseyant. Ça ferait 750 000 pour chacun.

— Non, dis-je, ressentant un agréable picotement au bout des doigts, je n'aime pas les nombres impairs. Ça porte malheur. Arrondissons plutôt à 2 millions. D'ailleurs, avec 1 million d'options chacun, ça sera plus facile de faire les comptes.

— Marché conclu ! approuva le Cordonnier. Étant donné que tu es le principal détenteur de parts de la société, nous pourrons même nous épargner la peine d'une réunion du conseil d'administration, non ? Tout ça est complètement légal, n'est-ce pas ?

— Tu sais, répliquai-je en me grattant pensivement le menton, en tant qu'associé, je te conseille vivement d'éviter d'employer le mot « légal » en dehors des cas de force majeure. Mais puisque tu as déjà soulevé le couvercle de la boîte, je vais faire une exception et approuver cette transaction. D'ailleurs, c'est quelque chose que nous sommes forcés de faire, donc ce n'est pas notre faute. Nous mettrons ça sur le compte de notre sens du *fair-play*, en quelque sorte.

— D'accord, dit joyeusement le Cordonnier. Impossible de résister. Il y a ici à l'œuvre des forces étranges, bien plus puissantes qu'un modeste Cordonnier et qu'un Loup de Wall Street un peu moins modeste.

— J'aime ta façon de raisonner, Cordonnier. Appelle les avocats quand tu seras de retour au bureau, et dis-leur d'antidater le compte rendu du dernier conseil d'administration. S'ils font des histoires, dis-leur de m'appeler.

— Pas de problème, dit le Cordonnier, qui venait d'augmenter sa participation de 400 %.

Il baissa la voix et ajouta, avec un sourire diabolique de conspirateur.

— Écoute... si tu veux bien, pas la peine de parler de tout ça à Danny. S'il me pose la question, je dirai qu'elles sont toutes à moi.

Bon Dieu ! Quel faux jeton ! Comment pouvait-il se figurer que j'allais le respecter plus pour ça ? Mais je gardai cette pensée pour moi.

— À vrai dire, répondis-je, je ne suis pas vraiment satisfait de la façon dont Danny gère Stratton en ce moment. On dirait le Postillonneur quand il parle de la gestion des stocks. Quand je lui ai laissé Stratton, la société avait plusieurs millions de dollars d'avance en options d'achat. Aujourd'hui, elle est à peu près à zéro.

Je secouai la tête d'un air grave.

— Malgré tout, Stratton n'a jamais gagné autant d'argent qu'en ce moment. Quand on tient une position longue, c'est normal. Mais Danny est vulnérable. En tout cas, j'en ai ma claque d'avoir à m'inquiéter pour ça. Mais je ne peux tout de même pas le mettre sur la touche.

— Ne prends pas de travers ce que je viens de te dire, dit Steve.

Ah oui ? Et comment faut-il que je le prenne, sale traître ?

— … c'est seulement parce que toi et moi allons passer les cinq années à venir à développer cette société. Tu sais, Alan et Brian ne sont pas fans de Danny non plus. Ni Loewenstern et Bronson, d'ailleurs. Du moins, c'est ce que j'ai entendu dire. Il va bien falloir que tu finisses par laisser ces gars-là tracer leur route tout seuls. Ils resteront toujours loyaux envers toi, mais ils veulent faire leurs propres affaires, sans que Danny s'en mêle.

Tony Federici s'approcha de notre table, vêtu de son tablier blanc et portant un pichet de chianti. Je me levai pour le saluer.

— Hé ! Tony, comment vas-tu ?

Qui as-tu fait abattre, ce matin ? pensai-je.

— Je veux te présenter un ami à moi, poursuivis-je en désignant Steve. Un ami très proche : Steve Madden. Nous sommes associés dans une société de chaussures du côté de Woodside.

Steve bondit de son siège en souriant avec chaleur.

— Salut, Tony la Brute ! C'est donc toi, Tony Corona ! J'ai entendu parler de toi. J'ai grandi à Long Island mais, même là-bas, tout le monde parle de Tony la Brute ! Ravi de te connaître !

Steve tendit la main à son nouvel ami Tony la Brute, qui ne détestait rien autant que ce surnom. Bon, il existait bien des façons de mourir et celle-ci valait autant qu'une autre. Peut-être Tony se laisserait-il attendrir et ferait à Steve la grâce de lui laisser ses testicules, pour qu'on les enterre avec lui. Je regardai la main pâle et osseuse du Maître Cordonnier, restée suspendue, attendant avec inquiétude celle de Tony, qui ne faisait pas mine d'arriver. Tony semblait sourire, mais c'était le genre de sourire qu'un gardien de prison sadique adresserait à un détenu du couloir de la mort en lui demandant ce qu'il désire pour son dernier repas... Finalement, Tony tendit mollement la main.

— Oui, enchanté, dit-il d'une voix éteinte, ses yeux noirs lançant des rayons mortels.

— Vraiment enchanté, Tony la Brute, reprit le Cordonnier, continuant de creuser sa tombe. Je n'ai entendu dire que du bien de ton restaurant et j'ai l'intention d'y venir souvent. Quand j'appellerai pour réserver, je dirai que c'est pour un ami de Tony la Brute, d'accord ?

— Bien ! m'écriai-je avec un sourire nerveux. Je crois que nous ferions mieux de nous remettre au travail, Steve.

Je me tournai vers Tony.

— Merci d'être passé nous saluer, Tony. Ça me fait plaisir de te voir, comme toujours.

Je roulai de gros yeux, comme pour dire : « Ne t'occupe pas de ce que raconte mon copain, il a le syndrome de La Tourette. » Tony plissa le nez à deux reprises et s'en fut, sans doute à la maison de quartier, pour y ordonner l'exécution de Steve en sirotant un espresso. Je me rassis, l'air inquiet.

— Nom de Dieu, mais qu'est-ce qui t'a pris, Cordonnier ? Personne ne l'appelle Tony la Brute ! Personne ! Si tu veux mon avis, tu es un homme mort.

— Qu'est-ce que tu racontes ? répliqua le Cordonnier, qui n'avait décidément rien capté. Ce type m'aime bien, non ?

Il se passa nerveusement la main dans les cheveux.

— Ou je me trompe complètement ?

Sur ces entrefaites, Alfredo, le maître d'hôtel, s'approcha. Ce type était bâti comme une montagne.

— On vous demande au téléphone, dit le Mont Alfredo. Vous pouvez le prendre au bar. Il n'y a personne, vous serez tranquille.

Ouh là ! Ils me tenaient responsable des actes de mon ami ! Même si un Juif comme moi était incapable de saisir toutes les nuances de cette affaire, il était clair que la mafia la prenait très au sérieux. En gros, en invitant le Cordonnier dans ce restaurant, je m'étais porté garant de lui ; à présent, j'allais subir les conséquences de son insolence. Je m'excusai et me dirigeai vers le bar – à moins que ce ne fût vers la chambre froide.

En arrivant au téléphone, je m'arrêtai et jetai un coup d'œil inquiet autour de moi.

— Allô ? dis-je sans y croire, m'attendant à n'entendre qu'une tonalité puis à sentir un lacet se resserrer autour de mon cou.

— Bonjour, c'est moi, dit Janet. Vous avez l'air tout drôle. Qu'est-ce qui ne va pas ?

— Rien, Janet. Qu'est-ce que tu veux ?

Ma voix était un peu plus sèche que d'habitude. Peut-être l'effet du Mandrax était-il en train de s'estomper.

— Oh, pardon, excusez-moi d'exister, répondit cette hypersensible.

— Qu'est-ce que tu veux, Janet ? soupirai-je. Je suis en train de passer un sale moment, ici.

— J'ai Victor Wang au téléphone, il dit que c'est urgent. Je lui ai dit que vous étiez sorti déjeuner, mais il a répondu qu'il resterait en ligne jusqu'à ce que vous reveniez. C'est un sacré emmerdeur, si vous voulez mon avis.

Je me fous complètement de ton avis, Janet !

— Oui, d'accord, passe-le-moi, dis-je en souriant à mon reflet dans le miroir teinté accroché derrière le bar.

Je n'avais même pas l'air défoncé. Peut-être ne l'étais-je pas, après tout. Je fouillai ma poche et en sortis un Mandrax espagnol. Je le considérai un instant puis l'avalai, sans eau.

J'attendis d'entendre la voix affolée du Chinetoque Dévoyé. J'avais feint de l'oublier pendant presque une semaine et Duke Securities devait à présent avoir des actions jusqu'au cou. Noyé, Victor m'appelait pour me demander de l'aide. J'avais bien l'intention de la lui accorder... à ma façon.

Sa voix ne tarda pas à se faire entendre. Il me salua chaleureusement, puis se mit à m'expliquer qu'il possédait plus d'actions de la société en question qu'il n'en existait physiquement. En fait, il n'y en avait que 1,5 million en tout et pour tout, alors qu'il en possédait en ce moment 1,6 million.

— Et je continue à en recevoir, poursuivit le Panda Parlant. Je ne comprends pas comment c'est possible. Je sais que Danny m'a baisé, mais même lui devrait avoir épuisé ses réserves à présent.

Le Chinetoque semblait complètement désorienté. Il ignorait que je possédais chez Bear Sterns, un *prime-broker*, un compte spécial qui me permettait de vendre autant d'actions que mon petit cœur pouvait le désirer, que je les possède ou non, que je sois ou non en mesure de les emprunter. Ce type de compte me permettait de passer mes ordres d'achat et de vente via n'importe quelle société de courtage du monde. Le Chinetoque n'avait aucun moyen de découvrir qui était le vendeur.

— Ne t'inquiète pas, Vic', lui dis-je. Si tu as des problèmes de capitaux, je suis 100 % prêt à t'aider. Si tu as besoin de me vendre 300 000 ou 400 000 actions, tu n'as qu'à le dire.

C'était précisément la hauteur de mon découvert, mais à un prix bien supérieur : si le Chinetoque était assez bête pour me les revendre j'allais encaisser un énorme bénéfice. Ensuite, je les remettrais dans le circuit en recommençant à spéculer dessus à la baisse. Quand j'en aurais fini avec Victor, l'action ne vaudrait plus rien, et lui n'aurait plus qu'à chercher un boulot dans Mott Street, à fourrer les rouleaux de printemps.

— Oui, répondit le Panda Parlant, j'en ai vraiment besoin. Je suis à court de capitaux, et l'action est déjà passée sous les 5 dollars. Je ne peux pas la laisser descendre plus bas.

— Pas de problème, Vic'. Appelle Kenny Kock, chez Meyerson. Il t'achètera un paquet de 50 000 actions toutes les deux heures.

Victor me remercia. Je raccrochai le téléphone et appelai immédiatement Kenny Kock. Phyllis, sa femme, était pasteure et c'était elle qui avait célébré mon mariage.

— Le Chinetoque Dévoyé va t'appeler toutes les quelques heures pour te vendre des paquets d'actions de tu-sais-quoi...

J'avais déjà mis Kenny dans le coup, et il savait que je menais contre le Chinois une guerre secrète.

— Alors, fonce et vends-lui-en encore 50 000 tout de suite, avant que nous ne lui en rachetions. Ensuite, tu continues à vendre par paquets de 50 000, toutes les quatre-vingt-dix minutes à peu près. Prends soin de les vendre via des comptes opaques, pour que Vic' continue d'ignorer d'où ça vient.

— Pas de problème, répondit Kenny, qui était chef trader chez Meyerson.

Je venais de lever 10 millions de dollars pour sa société via une introduction en Bourse et j'avais un crédit illimité auprès de lui pour n'importe quelle opération.

— Puis-je faire autre chose pour toi ? demanda-t-il.

— Non, c'est tout, répondis-je. Fais seulement attention de ne passer que de petits ordres de vente, par paquets de 5 ou 10 000. Je veux qu'il croie que ça vient de vendeurs à découvert inconnus. Ah oui, pendant que j'y pense : n'hésite pas à réduire tes propres positions autant que tu veux, parce que cette saloperie d'action va descendre à zéro !

Je raccrochai, puis descendis aux toilettes sniffer un peu de cocaïne. Après le numéro digne des Oscars que j'avais joué à Victor, je l'avais bien mérité. Je ne ressentais pas la moindre culpabilité à voir Duke Securities jouer ainsi au yo-yo. Au cours des derniers mois, Victor avait été à la hauteur de sa réputation de Chinois Dévoyé, débauchant les traders de Stratton sous le prétexte qu'ils ne voulaient plus travailler à Long Island, revendant toutes ses parts des sociétés mises sur le marché par Stratton tout en niant l'avoir fait. En plus, il ne cessait de casser du sucre sur le dos de Danny, qu'il traitait de « bouffon agité » incapable de diriger Stratton.

Ce n'était donc que justice.

Je passai moins d'une minute dans les toilettes, sniffant un quart de gramme de cocaïne en quatre énormes inspirations. Quand je remontai au rez-de-chaussée, mon cœur battait plus vite que celui d'un lapin et ma tension était plus élevée que si je venais d'avoir une attaque. Le pied intégral. Mon esprit fonctionnait à toute vitesse et j'étais maître de toutes choses.

En haut des escaliers, je me retrouvai face à la colossale poitrine d'Alfredo.

— Un autre appel pour vous, monsieur.

— Vraiment ? demandai-je, tentant de maîtriser ma mâchoire qui partait dans tous les sens.

— Je crois que c'est votre femme.

Nom de Dieu, cette Duchesse ! Comment faisait-elle donc ? C'était comme si, chaque fois que j'étais en train de faire une connerie, elle le sentait ! En réalité, comme j'étais toujours en train d'en faire, la loi des probabilités voulait qu'elle appelle toujours au mauvais moment. La tête basse, je retournai au bar et pris le combiné. J'aurais voulu pouvoir le faire disparaître.

— Allô ? dis-je d'un ton neutre.

— Coucou, chéri ! Tout va bien ?

Si tout allait bien ? Quelle drôle de question ! Décidément, qu'est-ce qu'elle était finaude, ma petite Duchesse !

— Oui, chérie, je vais bien. Je suis en train de déjeuner avec Steve. Qu'est-ce qui se passe ?

La Duchesse poussa un profond soupir.

— J'ai une mauvaise nouvelle. La tante Patricia vient de mourir.

CHAPITRE 28

Immortaliser les morts

Cinq jours après la mort de la tante Patricia, j'étais à nouveau en Suisse, dans le salon lambrissé du Maître Faussaire, qui habitait une demeure confortable, quelque part dans la campagne suisse, à une vingtaine de minutes de Genève. Nous venions de finir de dîner, et l'épouse du Maître Faussaire, que dans mon for intérieur j'avais fini par appeler Mme Maître-Faussaire, venait de charger la table basse en verre de toutes sortes de fromages puants et de desserts bien caloriques – chocolats suisses, pâtisseries françaises et gâteaux débordants de crème.

J'étais arrivé deux heures plus tôt, dans l'idée de parler affaires tout de suite, mais le Maître Faussaire et sa femme avaient insisté pour commencer par me gaver de délicieux mets suisses, largement de quoi étouffer toute une portée de saints-bernard. Les Faussaire étaient confortablement assis en face de moi dans des fauteuils de cuir à dossier réglable. Boudinés dans leurs vêtements gris assortis l'un à l'autre, ils ressemblaient à deux Bibendum Michelin. Mais ils savaient recevoir et avaient bon cœur.

Depuis l'attaque cérébrale de Patricia et son décès, Roland et moi n'avions eu qu'une brève conversation téléphonique. Je l'avais appelé d'une cabine près du centre équestre de la Gold Coast, et non du country club de Brookville, qui semblait maudit. Il m'avait dit de ne pas m'inquiéter, qu'il allait s'occuper de tout ça. Mais il avait refusé d'entrer dans les détails au téléphone, ce qui, étant donné la nature de nos affaires, était assez compréhensible.

C'était la raison pour laquelle j'étais arrivé en Suisse la veille au soir. Je voulais me retrouver face à face avec lui et aller au fond des choses. Mais j'avais été plus malin que la fois précédente. Plutôt que de prendre un vol commercial et risquer de me faire arrêter pour pelotage d'hôtesse de l'air, j'avais loué un jet privé, un luxueux Gulfstream III. Danny m'avait accompagné et il m'attendait à l'hôtel, ce qui voulait dire qu'il y avait neuf chances sur dix pour qu'il fût en train de partouzer avec quatre putains suisses.

Et maintenant j'étais là, souriant malgré mon impatience, tandis que Roland et sa femme se goinfraient de dessert.

— Vous savez, vous êtes des hôtes merveilleux, dis-je avec toute la douceur dont j'étais capable, et je ne sais comment vous remercier. Malheureusement, je dois reprendre l'avion pour les États-Unis. Si tu veux bien, Roland, pourrions-nous parler affaires sans plus tarder ?

— Mais bien sûr, cher ami, me répondit le Maître Faussaire avec un grand sourire.

Il se tourna vers sa femme.

— Ma chérie, ne penses-tu pas qu'il est temps de te mettre à préparer le dîner ?

Le dîner ? Seigneur !

Sa femme acquiesça énergiquement et s'excusa. Là-dessus, Roland tendit la main vers la table à café et s'empara de deux fraises nappées de chocolat – les vingt et unième et vingt-deuxième, si ma mémoire était bonne.

— Roland, attaquai-je, maintenant que Patricia est morte, mon premier souci est de savoir comment retirer l'argent des comptes de l'UBP. Ensuite, quel nom vais-je utiliser à présent ? Tu sais, une des choses qui me rassuraient était de pouvoir utiliser le nom de Patricia. Je lui faisais vraiment confiance. Et je l'aimais bien, aussi. Qui aurait pu s'imaginer qu'elle allait nous quitter si vite ?

Je laissai échapper un grand soupir.

— Évidemment, compatit le Maître Faussaire, la mort de Patricia est une chose bien triste, mais tu n'as pas à t'inquiéter. L'argent a été transféré dans deux autres banques, où personne n'a jamais vu Patricia Mellor. Tous les documents nécessaires ont été établis et tous portent la signature authentique de Patricia ou, du moins, ce qui peut sans le moindre doute passer pour tel. Naturellement, ces documents ont été antidatés, avant la date de sa mort. Mon cher ami, ton argent est en sécurité. Rien n'a changé.

— Mais au nom de qui est-il ?

— À celui de Patricia Mellor, bien sûr. Il n'y a pas de plus sûr prête-nom qu'un mort, mon ami. Dans les deux nouvelles banques, personne ne sait à quoi ressemble Patricia Mellor et l'argent est sur les comptes de tes sociétés porteuses, dont tu possèdes les certificats.

Le Maître Faussaire haussa les épaules, comme pour dire : « Dans le monde des maîtres faussaires, tout ça n'est pas une grosse affaire. »

— La seule raison pour laquelle j'ai retiré l'argent de l'UBP, poursuivit-il, est que Saurel est tombé en disgrâce chez eux. Je me suis dit que mieux valait prévenir que guérir.

Maître Faussaire ! Maître Faussaire ! Il répondait vraiment à tout ce que j'avais souhaité trouver en lui. Oui, le Maître Faussaire valait bien son considérable poids en or, ou peu s'en fallait. En tout cas, il s'était débrouillé pour faire de la mort… une vie ! C'était exactement ce qu'aurait souhaité tante Patricia. Son nom vivrait à jamais dans les profondeurs insondables du système bancaire suisse. Au fond, le Maître Faussaire l'avait rendue immortelle. Mourir comme elle l'avait fait, si vite, sans même pouvoir dire au revoir… Mais j'étais prêt à parier qu'une de ses dernières pensées avait dû être le souci que son décès imprévu allait causer à son neveu par alliance préféré.

Le Maître Faussaire se pencha en avant pour s'emparer de deux autres fraises au chocolat, numéros vingt-trois et vingt-quatre, et les enfourna.

— Tu sais, Roland, dis-je, Saurel m'a beaucoup plu la première fois que je l'ai rencontré, mais j'ai un peu changé d'avis depuis. Il est en contact permanent avec Kaminsky, et ça ne me plaît pas. J'aimerais autant arrêter toute relation avec l'UBP, si tu en es d'accord.

— Je me conformerai toujours à tes décisions, répliqua le Maître Faussaire, et en l'occurrence celle-ci me paraît sage. Mais, d'un autre côté, tu ne dois pas t'inquiéter au sujet de Jean-Jacques Saurel. Il est Français, mais il vit en Suisse, et le gouvernement américain ne peut rien du tout contre lui. Il ne te trahira pas.

— Je n'en doute pas, répliquai-je, mais ce n'est pas un problème de confiance. Je n'aime pas que les gens soient au courant de mes affaires, surtout quelqu'un comme Kaminsky.

Avec un sourire, je continuai d'essayer de tirer complètement l'affaire au clair.

— Pourtant, cela fait une bonne semaine que j'essaie de joindre Saurel et que son bureau me répond qu'il est en voyage d'affaires.

— Oui, acquiesça le Maître Faussaire, il est aux États-Unis, je crois. Parti voir des clients.

— Ah bon ? Je ne savais pas.

Je trouvai cela troublant, même si j'aurais été incapable d'expliquer pourquoi.

— Oui, il a beaucoup de clients là-bas, dit Roland sur un ton neutre. J'en connais quelques-uns, mais pas la majorité.

Je hochai la tête, écartant mon pressentiment comme un simple symptôme d'une paranoïa déplacée. Un quart d'heure plus tard, je quittais la maison de Roland, un sac de gâteaux à la main. Nous échangeâmes une chaleureuse accolade.

— *Au revoir !* dis-je, avec mon meilleur accent français.

Rétrospectivement, j'aurais plutôt dû lui dire *Adieu...*

Le vendredi matin peu après 10 heures, je passai enfin la porte de la maison de Westhampton Beach. Je n'avais qu'une seule envie, c'était monter au premier et prendre Chandler dans mes bras, puis faire l'amour à la Duchesse et enfin, aller dormir. Mais je n'en eus pas le temps. J'étais chez moi depuis moins de trente secondes quand le téléphone sonna. C'était Gary Deluca.

— Désolé de t'embêter, dit le Dégoulineur, mais j'essaie de te joindre depuis vingt-quatre heures. J'ai pensé que tu serais intéressé d'apprendre que Gary Kaminsky a été inculpé hier matin. Il est en prison à Miami et aucune caution n'a été fixée.

— Ah bon ? dis-je, l'air de rien.

L'état d'extrême fatigue dans lequel j'étais m'empêchait d'entrevoir toutes les conséquences de ce que j'entendais, en tout cas sur le moment.

— Et de quoi est-il accusé ?

— Blanchiment d'argent, dit Deluca d'une voix neutre. Est-ce que le nom de Jean-Jacques Saurel te dit quelque chose ?

Dans le mille ! Cette fois, j'étais tout à fait réveillé.

— Peut-être… Il me semble l'avoir rencontré quand je suis allé en Suisse, l'autre fois. Pourquoi ?

— Parce qu'il est inculpé, lui aussi, dit le Porteur de Mauvaises Nouvelles. Il est en prison avec Kaminsky. Pour lui non plus, il n'y a pas de caution.

CHAPITRE 29

Mesures désespérées

J'étais assis dans la cuisine. Plus je réfléchissais à ces inculpations, plus je trouvais toute l'affaire déconcertante. Combien pouvait-il y avoir de banquiers en Suisse ? Rien qu'à Genève, il devait bien y en avoir dix mille, et il avait fallu que je choisisse le seul qui avait été assez con pour se faire arrêter sur le territoire américain. Tu parles d'une veine ! Le plus étonnant était qu'il fût inculpé pour une affaire sans aucun rapport – un transfert d'argent sale et de drogue sur des hors-bord surpuissants.

Il n'avait pas fallu longtemps à la Duchesse pour comprendre qu'il se passait quelque chose de grave, rien qu'à cause du fait que je ne lui avais pas sauté dessus immédiatement après mon arrivée. Sans même avoir besoin d'essayer, je savais que je n'arriverais pas à bander. J'avais refusé de laisser le mot *impuissant* s'imposer à mon esprit, parce qu'il était trop chargé de connotations négatives pour l'homme véritablement puissant que je pensais toujours être, même si j'étais victime du comportement irresponsable de mon banquier suisse. Des expressions comme « bite molle » ou « pine de spaghetti » me paraissaient bien plus acceptables que l'atroce mot de dix lettres.

Quoi qu'il en fût, mon pénis s'était réfugié à l'abri de mon bas-ventre, réduit à la taille d'un bigorneau. J'avais déclaré à la Duchesse que je ne me sentais pas bien, me plaignant du décalage horaire.

Plus tard dans la soirée, dans le secret de ma chambre, je m'habillais en prévision de la prison : un vieux Levi's délavé, un sweat gris à manches longues (au cas où il ferait froid dans la cellule) et une paire de tennis Reebok éculées, ce qui limitait le risque de me les faire racketter par un Jamal ou un Bubba noir de deux mètres dix. Dans les films, ils vous piquaient toujours vos tennis avant de vous violer.

Le lundi matin, je décidai de ne pas aller au bureau. Je trouvais plus digne d'être arrêté dans le confort de mon foyer plutôt qu'à Woodside, le trou du cul du Queens. Non, je n'allais pas leur offrir le plaisir de m'arrêter au siège de Steve Madden Shoes, où le Cordonnier se jetterait sur l'occasion pour me baiser de mes stock-options. Il n'aurait qu'à lire la nouvelle à la une du *New York Times*, comme le reste du monde libre. Je ne lui ferais pas la joie de me voir emmené menottes aux poignets. Seule la Duchesse aurait ce privilège.

C'est alors qu'il se passa quelque chose de très étrange : absolument rien. Pas la moindre convocation, pas la moindre visite surprise de l'agent spécial Coleman, pas la moindre descente du FBI à Stratton Oakmont. Le mercredi après-midi, je commençai à me demander ce qui pouvait bien se passer. Je me cachais à Westhampton depuis le vendredi précédent, prétextant une diarrhée épouvantable, ce qui était d'ailleurs vrai. Mais je finissais par croire que je me cachais sans raison – peut-être n'étais-je pas du tout sur le point d'être arrêté ! .

Le jeudi, ce silence devint insupportable et je décidai de prendre le risque d'un coup de téléphone à Gregory O'Connell, l'avocat que m'avait recommandé Bo. C'était lui qui, six mois plus tôt, avait parlé à Sean O'Shea, le procureur du secteur est. Il paraissait donc la personne la plus indiquée auprès de qui prendre des renseignements.

Évidemment, je ne pouvais pas tout dire à Greg O'Connell. Il était avocat et on ne pouvait jamais vraiment faire confiance à un avocat. Surtout à un pénaliste, qui n'avait pas le droit de vous défendre s'il découvrait que vous étiez réellement coupable. Une interdiction saugrenue, d'ailleurs : tout le monde savait que les avocats gagnaient leur vie en défendant des coupables. Mais cet accord tacite entre un escroc et son avocat faisait partie du jeu : l'escroc jurait de son innocence à son avocat, à la suite de quoi l'avocat aidait l'escroc à transformer son baratin foireux en une défense qui tenait debout.

Au téléphone, j'inventai donc un gros mensonge pour Greg O'Connell, lui expliquant que j'étais impliqué malgré moi dans les problèmes de quelqu'un d'autre : la famille de mon épouse, en Grande-Bretagne, avait le même banquier que certains transporteurs véreux, ce qui, naturellement, était une pure coïncidence. Lorsque je déballai cette première version de mon baratin foireux à mon futur avocat, en lui racontant tout sur l'adorable tante Patricia, que je lui présentai comme toujours bien en vie pour étayer un peu plus mon histoire, je commençai à entrevoir une lueur d'espoir.

Je trouvais mon histoire parfaitement plausible, jusqu'à ce que Gregory O'Connell me demande sur un ton légèrement sceptique :

— Où une institutrice à la retraite de 65 ans a-t-elle bien pu trouver les 3 millions de dollars en liquide avec lesquels le compte a été ouvert ?

Hum… Déjà une petite lacune dans mon histoire ; ce n'était sûrement pas bon signe. Rien d'autre à faire que jouer les idiots.

— Comment pourrais-je le savoir ? demandai-je innocemment.

Oui, j'avais juste le ton qu'il fallait. Le Loup pouvait être très bon comédien lorsqu'il le fallait, même dans les circonstances les plus stressantes.

— Tu vois, Greg, Patricia – qu'elle repose en paix – parlait sans arrêt de son ex-mari, qui avait été le premier pilote d'essai du Harrier Jet. Si je me souviens bien, c'était un truc de pointe, à l'époque. Vraiment top secret. Je suis sûr que le KGB aurait payé un paquet de fric pour de bons tuyaux sur ce projet. Peut-être le mari de Patricia a-t-il touché de l'argent du KGB ?

Doux Jésus ! Qu'est-ce que c'était que ces conneries ?

— Bien, je vais passer quelques coups de téléphone pour essayer d'y voir plus clair, dit aimablement mon avocat. Mais d'abord, il y a quelque chose qui me trouble un peu, Jordan. Peux-tu me dire clairement si ta tante Patricia est vivante ou morte ? Tu viens à l'instant de souhaiter qu'elle repose en paix, mais il y a quelques minutes tu m'as dit qu'elle vivait à Londres. Il me serait utile de savoir laquelle des deux possibilités correspond à la réalité.

J'avais vraiment merdé sur ce coup-là. À l'avenir, il faudrait que je sois plus attentif quand je parlerais de Patricia. Pour le moment, je n'avais pas le choix : il fallait que je trouve une astuce pour m'en sortir.

— Eh bien, disons que cela dépend de ce qui vaut mieux pour moi. Qu'est-ce que tu en penses : morte ou vivante ?

— Je vois, je vois… Ce ne serait pas si mal si elle pouvait se présenter et déclarer que l'argent lui appartient ou, au moins, qu'elle puisse signer une déclaration sur l'honneur qui en atteste. Je pense donc qu'il vaudrait mieux qu'elle soit vivante.

— Alors, elle est tout ce qu'il y a de vivante ! répliquai-je avec assurance, pensant au Maître Faussaire et à son talent pour créer toute sorte de petits documents. Mais elle n'aime pas se montrer en public, donc tu devras te contenter d'une déclaration sur l'honneur. De toute façon, je pense qu'elle a décidé de s'isoler pour un bon moment.

Ma déclaration fut suivie de dix bonnes secondes de silence.

— Bien, bien, bien ! dit enfin mon avocat. Je crois que je me fais une idée assez claire de la situation. Je te rappelle dans quelques heures.

Une heure plus tard, Greg O'Connell me rappelait.

— Il n'y a rien de nouveau pour ton affaire. En fait, Sean O'Shea quitte son poste dans quelques semaines. Il rejoint nos humbles rangs d'avocats de la défense, ce qui explique qu'il se soit montré si coopératif avec moi. Selon lui, notre affaire est toujours entre les mains de ce clown de Coleman. Au bureau du procureur fédéral, personne ne s'y intéresse. Et en ce qui concerne le banquier suisse, il n'y a rien dans son cas qui concerne le tien, du moins pour le moment.

Il passa encore quelques minutes à m'assurer que j'étais en grande partie hors de danger. Après avoir raccroché, j'effaçai de mon esprit les trois mots conditionnels – « en grande partie » – et m'accrochai aux trois derniers – « hors de danger » – comme un chien à son os. Toutefois, il fallait encore que je parle au Maître Faussaire pour juger pleinement de l'étendue des dégâts. Si lui aussi était dans une prison américaine, comme Saurel, ou s'il était dans une prison suisse, en attente d'être extradé vers les États-Unis, j'étais toujours dans une merde noire. Mais s'il n'y était pas – s'il était lui aussi hors de danger et toujours en mesure de pratiquer son art confidentiel – alors peut-être tout finirait-il par s'arranger pour moi.

J'appelai le Maître Faussaire depuis une cabine du Starr Boggs. La respiration haletante, je l'écoutai me raconter que la police suisse avait perquisitionné son bureau, où elle avait saisi de pleines caisses de dossiers. Oui, les États-Unis avaient demandé à l'interroger, mais non, il n'était pas inculpé officiellement, en tout cas pas à sa connaissance. Il m'assura qu'en aucun cas le gouvernement suisse ne le livrerait aux États-Unis, mais il ne pouvait plus voyager hors de Suisse, de crainte d'être arrêté par Interpol qui avait émis un mandat d'amener international.

Enfin, nous en arrivâmes aux comptes de Patricia Mellor.

— Certains documents ont été saisis, mais ils n'étaient pas particulièrement visés. Ils les ont seulement embarqués en même temps que plein d'autres. Mais ne crains rien, mon ami, il n'y a rien dans mes dossiers qui puisse indiquer que l'argent n'appartient pas à Patricia Mellor. Cependant, étant donné qu'elle n'est plus en vie, je te suggère d'arrêter tout mouvement sur ces comptes d'ici que l'affaire se tasse.

— Évidemment, répondis-je, m'accrochant à cet espoir. Mais mon plus grand souci n'est pas de récupérer cet argent. Ce qui m'inquiète vraiment, c'est la possibilité que Saurel coopère avec le gouvernement américain et lui dise que les comptes sont à moi. Ça me poserait un gros problème, Roland. Peut-être que s'il existait des documents établissant clairement que l'argent appartenait à Patricia, cela pourrait faire une grande différence.

— Mais ces documents existent déjà, mon ami. Si tu pouvais me donner une liste des documents susceptibles de t'être utiles et les dates auxquelles Patricia les a signés, je pourrais sûrement les retrouver pour toi dans mes dossiers.

Maître Faussaire ! Maître Faussaire ! Il était toujours de mon côté !

— Je comprends, Roland. Si j'ai besoin de quoi que ce soit, je te le ferai savoir. Pour l'instant, le plus raisonnable serait de ne pas bouger et d'attendre en espérant que tout se passera bien.

— Nous sommes d'accord, comme d'habitude. Mais tant que cette enquête suit son cours, tu dois éviter de mettre les pieds en Suisse. Souviens-toi en tout cas que je suis toujours de ton côté, mon ami, et que je ferai tout ce qui est en mon pouvoir pour te protéger, toi et ta famille.

En raccrochant, je savais que mon sort dépendait de Saurel, mais je savais aussi que je devais continuer à vivre. Il fallait que je prenne mon courage à deux mains et pense à autre chose. Il fallait retourner travailler et recommencer à faire l'amour à la Duchesse. Il fallait arrêter de bondir dès que le téléphone sonnait ou que quelqu'un frappait à la porte d'entrée.

C'est ce que je fis. Je plongeai à nouveau en plein dans la folie des choses. Je retournai à mon bureau de Steve Madden Shoes, et continuai de conseiller en sous-main mes sociétés de courtage. Je fis de mon mieux pour être un mari fidèle pour la Duchesse et un bon père pour Chandler, malgré ma dépendance aux drogues, qui s'aggravait de mois en mois.

Comme toujours, je n'arrêtais pas de rationaliser – de me souvenir que j'étais jeune et riche, avec une femme splendide et une merveille de bébé. Tout le monde aurait voulu une vie comme la mienne, n'est-ce pas ? Quoi de mieux que *Vie et Mœurs des riches détraqués* ?

À la mi-octobre, l'arrestation de Saurel n'avait eu aucune conséquence fâcheuse pour moi et je poussai un soupir de soulagement définitif. À l'évidence, il avait choisi de ne pas coopérer. Le Loup de Wall Street avait encore esquivé le coup. Chandler venait de faire ses premiers pas et se prenait à présent pour Frankenstein – marchant de façon saccadée, genoux serrés et bras tendus devant elle. Et, bien sûr, ce petit génie était un vrai moulin à paroles. À son premier anniversaire, elle faisait déjà des phrases complètes, ce qui était stupéfiant pour cet âge. J'étais sûr qu'elle était partie pour un prix Nobel de mathématiques ou à tout le moins une médaille Fields.

Pendant ce temps, Steve Madden Shoes et Stratton Oakmont suivaient des chemins divergents. Steve Madden se développait à toute allure, tandis que Stratton Oakmont pâtissait de stratégies de vente mal pensées et d'une nouvelle vague de pressions de la part des autorités de tutelle, deux types d'ennuis dont Danny était le premier responsable. Les ennuis légaux résultaient de son refus de se plier à une des exigences de la SEC. Stratton avait dû engager un auditeur indépendant choisi par la SEC pour examiner les pratiques commerciales de la société et formuler ensuite des recommandations. L'une de celles-ci était que la société devait installer un système d'écoute pour enregistrer les conversations des strattoniens avec leurs clients. Danny ayant refusé d'obtempérer, la SEC était allée en cour de justice fédérale et avait obtenu un arrêt ordonnant à la société d'installer le système d'enregistrement.

Danny avait fini par capituler – sous peine d'être jeté en prison pour outrage à la cour. Mais à présent Stratton était frappée d'un arrêt de justice, ce qui avait pour conséquence que les cinquante États de l'Union avaient le droit de suspendre sa licence. Bien entendu, c'est ce qu'ils se mirent à faire les uns après les autres. Après tout ce à quoi Stratton avait survécu, il était ahurissant que sa chute puisse être due au simple refus d'installer un système d'écoute – qui, en fin de compte, n'aurait absolument rien changé. Les strattoniens n'avaient mis que quelques jours pour trouver comment le contourner, en ne disant que des banalités sur les lignes de Stratton et en utilisant leurs téléphones portables chaque fois qu'ils pensaient avoir à franchir la ligne blanche. Mais c'était désormais écrit en grosses lettres sur les murs : les jours de Stratton étaient comptés.

Les propriétaires de Biltmore et de Monroe Parker avaient fait connaître leur désir de suivre leur propre route et de cesser de faire des affaires avec Stratton. Bien entendu, c'était dit avec le plus grand respect et ils me proposaient chacun de me payer un tribut de 1 million de dollars à chaque nouvelle mise sur le marché qu'ils feraient. Cela représentait environ 12 millions de dollars par an, aussi avais-je accepté avec joie. Je recevais aussi 1 million par mois de Stratton, en vertu de l'accord de non-concurrence que nous avions passé. En plus, tous les quelques mois, j'encaissais 4 ou 5 millions supplémentaires en vendant de gros paquets d'actions internes, soumises à la loi 144, dans les sociétés que Stratton avait mises sur le marché.

Mais, pour moi, tout ça n'était qu'une goutte d'eau dans l'océan à côté du paquet de fric qu'allait me rapporter Steve Madden Shoes, qui semblait embarquée dans une sonde spatiale en route vers les étoiles. Cela me rappelait cette époque grisante, ces jours glorieux des débuts de Stratton à la fin des années quatre-vingt et au début des années quatre-vingt-dix... Les premiers strattoniens venaient juste d'empoigner leurs téléphones et la folie qui était par la suite devenue l'essence même de ma vie n'avait pas encore commencé. Stratton était mon passé et Steve Madden mon avenir.

J'étais assis en face de Steve, qui se recroquevillait le plus possible au fond de son fauteuil, tâchant de se garer des éclats de salive que lui envoyait le Postillonneur. Il ne cessait de me lancer des coups d'œil qui voulaient dire : « Quand il s'agit de commander des chaussures, le Postillonneur ne lâche jamais le morceau, surtout si la saison est pratiquement terminée ! »

Le Dégoulineur était lui aussi dans la pièce et ne cessait de se répandre à la moindre occasion. Mais pour le moment, c'était le Postillonneur qui tenait le crachoir.

— Comment se fait-il que ce soit toute une affaire de commander ces putain de bottines ?

Comme la discussion de ce matin-là portait sur un mot commençant par la lettre *b*, il en résultait une exceptionnelle quantité de postillons. À chaque fois que le Postillonneur prononçait le mot *bottines*, je voyais le Cordonnier se ratatiner sur son siège. Le Postillonneur tourna sa colère contre moi.

— Écoute, J.B., cette bottine...

Oh, nom de Dieu !

— ... est tellement tendance qu'il n'y a pas moyen de perdre d'argent avec. Il faut que tu me croies. Je te le dis, on n'en soldera pas une seule paire.

Mais je n'étais pas d'accord.

— Fini les bottines, John. Ras-le-bol de ces putain de bottines. Et ça n'a rien à voir avec la question de savoir s'il faudra solder ou non. La question, c'est de faire tourner notre affaire avec un peu de discipline.

Nous partons dans trente-six directions en même temps. Il faut nous tenir à notre plan de marche. Nous avons trois boutiques en train d'ouvrir, des dizaines de stands dans les grands magasins et nous sommes sur le point de nous lancer dans le dégriffé. On ne peut pas tout faire en même temps. Pour le moment, il va falloir être radins. La saison est trop avancée pour qu'on prenne d'aussi gros risques, surtout avec cette saloperie de bottine en léopard.

Le Dégoulineur saisit l'occasion de se répandre :

— Je suis bien d'accord. C'est justement pour ça qu'il faut délocaliser notre service expéditions en Flori…

Le Postillonneur le coupa d'une rafale de *p* et de *b*, ses consonnes les plus mortelles.

— C'est pas possible, bordel ! explosa-t-il. Vos putain d'idées à la con ! Si vous saviez comme je m'en fous ! Il faut me fabriquer quelques grolles ou sinon cette foutue boîte va finir par bouffer la grenouille !

Furieux, il sortit en claquant la porte derrière lui. Au même moment, l'interphone sonna.

— Todd Garrett est en ligne sur la un.

Je jetai un coup d'œil à Steve.

— Dis-lui que je suis en réunion, Janet. Je le rappelle.

— Évidemment que je lui ai dit que vous étiez en réunion ! répliqua cette insolente de Janet. Mais il dit que c'est urgent. Il faut qu'il vous parle tout de suite.

Je poussai un profond soupir de dépit. Que pouvait-il avoir de si important à me dire ? À moins, bien sûr, qu'il n'eût mis la main sur quelques Vrais de Vrai. Je décrochai le téléphone.

— Salut, Todd, dis-je d'une voix amicale, mais un peu ennuyée. Qu'est-ce qui se passe, mon vieux ?

— Eh bien, répliqua Todd, je déteste jouer les por-
teurs de mauvaises nouvelles, mais un certain agent
Coleman sort tout juste de chez moi. Il m'a dit que
Carolyn était sur le point d'être mise en prison.

— Pourquoi donc ? demandai-je, sombrement.
Qu'est-ce qu'il lui reproche ?

— Tu savais que ton banquier suisse était en taule et
qu'il coopérait contre toi ?

Sentant le monde s'écrouler autour de moi, je serrai
les fesses autant que je pus.

— Je suis là dans une heure.

Le F3 de Todd était à l'image de son propriétaire :
sinistre et noir. Du sol au plafond, tout était noir ; pas
un centimètre carré de couleur. Nous étions assis dans
le salon, qui était dépourvu de la moindre plante, naturellement – rien que du cuir noir et du chrome. Todd
était assis en face de moi, tandis que Carolyn faisait les
cent pas sur l'épaisse moquette noire, tanguant sur des
talons trop hauts.

— Inutile de dire que Carolyn et moi ne coopé-
rerons jamais contre toi, tu n'as pas à t'en faire pour ça.
Pas vrai, Carolyn ?

Carolyn acquiesça nerveusement, sans s'arrêter.

— As-tu fini de tourner en rond ? gronda Todd. Tu
me files le tournis. Si tu ne t'assieds pas, je vais t'en
coller une !

— Oh, fa te faire foutre, Tott ! grinça la Bombe. Il
n'y pas de quoi rire. J'ai deux enfants, au cas où tu
aurais ouplié. Tout ça, à cause de ce stupide pistolet que
tu trimpalles.

Même en ce jour de ruine, ces deux branques étaient
décidés à s'entretuer.

— Vous voulez bien arrêter, tous les deux ? dis-je, en m'efforçant de sourire. Je ne comprends pas ce que le flingue de Todd a à voir avec l'inculpation de Saurel.

— Ne l'écoute pas, grogna Todd. Elle est vraiment trop conne. Elle veut dire que Coleman a découvert ce qui s'était passé au centre commercial et qu'il a dit au procureur du Queens de refuser l'arrangement amiable. Il y a quelques mois, ils me proposaient la mise à l'épreuve et maintenant, ils me menacent de trois ans fermes si je ne coopère pas avec le FBI. Personnellement, je n'en ai rien à foutre. Si je dois aller en taule, eh bien, j'irai en taule. Le problème, c'est que ma conne de femme n'a rien trouvé de mieux que de lier amitié avec le banquier suisse, au lieu de lui donner l'argent sans rien dire, comme elle était censée le faire. Mais non, elle n'a pas pu résister à une invitation à déjeuner. Ils ont échangé leurs numéros de téléphone. À mon avis, ils ont dû coucher ensemble.

— Ach, dit la Bombe, du haut de ses talons, d'un air nettement coupable. Tu ne manques pas te l'air, zalopart' ! Pour qui tu te prends à me cheter la première pierre ? Tu crois je ne sais pas ce que tu as fait afec cette fille qui tansait dans la cage en fer, à Rio ?

La Bombe se tourna vers moi.

— Tu ne crois pas ce que tit ce jaloux, au moins ? demanda-t-elle, en me fusillant de ses yeux bleus. S'il te plaît, tis-lui Jean-Jacques n'est pas quelqu'un comme ça ! C'est un fieux banquier, pas un homme à femmes… Nicht, Jordan ?

Jean-Jacques, un vieux banquier ? Bon Dieu, quel terrible retournement de situation ! Cette Bombe Suisse avait-elle vraiment baisé avec mon banquier suisse ? Incroyable ! Si elle s'était contentée de déposer l'argent, comme elle aurait dû le faire, Saurel n'aurait même pas su qui elle était ! Mais non, elle avait été incapable de la boucler. À présent, Coleman était en train de faire le lien et de comprendre que l'arrestation de Todd au Bay Terrace Shopping Center n'avait rien à voir avec une affaire de drogue, mais avec des millions de dollars détournés vers la Suisse.

— Eh bien, dis-je innocemment, je ne dirais pas exactement que Saurel est un vieillard, mais ce n'est pas le genre à draguer la femme d'un autre. Il est marié et je n'ai jamais remarqué qu'il était comme ça.

Chacun de mes deux interlocuteurs sembla prendre mes paroles pour une victoire personnelle.

— Tu fois bien qu'il n'est pas comme ça, zalopart', lâcha Carolyn sans réfléchir. Il est…

Todd la coupa brutalement :

— Mais pourquoi tu as dit qu'il était vieux, alors, espèce de sac à merde ? Pourquoi mentir, si tu n'as rien à cacher ? Pourquoi, je…

Comme Todd et Carolyn continuaient à s'égosiller, je coupai le son, me demandant s'il y avait une issue à ce merdier. L'heure était venue de prendre des mesures désespérées. Il était temps d'appeler mon fidèle expert-comptable, Dennis Gaito, *alias* le Chef. Je lui ferais mes plus plates excuses d'avoir fait tout ça dans son dos. Eh non, je n'avais pas mis le Chef au courant de mes comptes en Suisse, mais je n'avais plus d'autre choix que de tout lui dire et lui demander conseil.

— … et comment allons-nous fifre, maintenant ? braillait la Bombe Suisse. Avec cet agent Coleman qui te surfeille comme un oiseau !

Voulait-elle dire un oiseau de proie ?

— … Maintenant, tu ne fas plus pouvoir fentre la trogue ! Nous allons mourir de faim !

La Bombe Suisse sur le point de mourir de faim s'assit dans un fauteuil de cuir noir, dans son ensemble à 5 000 dollars, avec son collier de diamants et rubis à

25 000 dollars et sa montre Patek Philippe à 40 000 dollars et se prit la tête à deux mains.

Il était plutôt drôle qu'en fin de compte, ce fût la Bombe, avec son anglais merdique et ses gros nichons, qui ait enfin lâché le morceau, rendant limpide l'essence de la situation : en fin de compte, ils me demandaient tout simplement d'acheter leur silence. Cela me convenait tout à fait et j'avais comme l'intuition que cela leur convenait tout à fait à eux aussi. Ces deux-là venaient de trouver un nouveau moyen d'exploiter le filon et seraient tranquilles pour quelques belles années. Si jamais, en cours de route, ça commençait à sentir un peu trop le roussi, ils avaient une issue de secours qui les mènerait tout droit au bureau de New York du FBI, où l'agent Coleman les accueillerait à bras ouverts.

Ce soir-là, à Old Brookville, j'étais assis en compagnie du Chef dans le canapé de mon sous-sol, et nous jouions à un petit jeu peu connu ayant pour nom *Trouve donc mieux que mon histoire à la mords-moi le nœud*. Les règles étaient simples : chaque joueur devait sortir une histoire à la mords-moi le nœud si parfaite que l'autre n'y trouvait rien à redire. Le gagnant était celui qui réussissait à raconter une histoire à la mords-moi le nœud si vraisemblable que l'autre n'y trouvait aucune faille. Comme le Chef et moi étions devenus de véritables maîtres Jedi en la matière, si l'un de nous réussissait à river le clou à l'autre, alors nous pourrions aussi river le clou à l'agent Coleman, garanti pièces et main-d'œuvre.

Le Chef était insolemment bel homme, une sorte de petit frère de M. Propre, en plus mince. Il avait la cinquantaine et mitonnait déjà les comptes à sa sauce alors que j'étais encore en primaire. Je le considérais comme une sorte de sénateur. Il était pour moi la voix lucide de la raison. C'était un homme, un vrai, le Chef, avec son sourire contagieux et son charisme branché sur le cent mille volts. Les parcours de golf internationaux, les cigares cubains, les bons vins et les conversations spirituelles semblaient avoir été inventés exprès pour lui. Surtout quand lesdites conversations portaient sur les moyens de baiser le fisc ou la SEC, ce qui semblait être la mission qu'il s'était fixée dans la vie.

Je lui avais déjà tout raconté en début de soirée, mettant mon âme à nu et m'excusant sans restriction d'avoir agi derrière son dos. Avant même le début de la partie, j'avais déjà commencé à lui raconter une histoire à la mords-moi le nœud en lui expliquant que je ne l'avais pas mis dans le coup au sujet de mes affaires suisses pour éviter de l'exposer. Heureusement, il ne se donna pas la peine de contredire mon pauvre bobard, se contentant de sourire avec bienveillance.

À mesure que je racontais mes malheurs au Chef, je sentais mon moral tomber au fin fond de mes chaussettes. Lui restait impassible.

— Bof, dit-il simplement, on a vu pire.

— Sans rire ? demandai-je. C'est possible, ça ?

Le Chef balaya mon inquiétude d'un revers de main.

— Je me suis déjà trouvé dans des pétrins bien plus délicats que celui-ci.

Ses paroles me soulageaient déjà beaucoup, même si j'étais sûr qu'il était seulement en train d'essayer d'apaiser mon esprit tourmenté. Nous commençâmes la partie et, une heure plus tard nous avions examiné trois versions de notre histoire à la mords-moi le nœud. Pour le moment, aucune ne l'emportait de façon décisive. Mais à chaque tour, nos histoires devenaient plus solides et plus astucieuses. Nous butions encore sur deux points essentiels. D'abord, où Patricia avait-elle pu trouver les 3 millions de dollars pour ouvrir le compte ? Et ensuite, si l'argent appartenait bien à Patricia, comment se faisait-il que ses héritiers n'aient pas été contactés ? Patricia avait laissé deux filles, toutes deux âgées d'une trentaine d'années. En l'absence de testament, elles étaient de plein droit ses héritières.

— Le véritable problème, c'est la violation de la loi sur les exportations de devises. Si Saurel s'est mis à table, les fédéraux vont affirmer que l'argent a filé en Suisse par petits paquets, à des dates différentes. Donc, ce qu'il nous faut, c'est un document qui établisse le contraire. Un document qui dise que tu as donné l'argent à Patricia en une seule fois pendant qu'elle était aux États-Unis. Il nous faut une déclaration sur l'honneur de quelqu'un qui t'a vu en personne remettre l'argent à Patricia sur le sol américain. Ensuite, si le gouvernement essaie de dire autre chose, on sort notre papier et on dit : « Qu'est-ce que tu dis de ça, mon pote ? Nous aussi on a notre témoin oculaire ! »

Il réfléchit un instant, puis ajouta :

— Mais cette histoire d'héritage continue à ne pas me plaire, ajouta-t-il après avoir réfléchi. Ça la fout mal. C'est vraiment dommage que Patricia ne soit plus en vie. Ç'aurait été génial de pouvoir la montrer en ville et qu'elle puisse dire quelques mots bien choisis aux fédéraux. Alors là, tu vois, abracadabra ! Terminé, on ne parlerait plus de tout ça.

Je haussai les épaules.

— Eh bien, je ne peux pas ramener Patricia de chez les morts, mais je parie que la mère de Nadine me signerait une déclaration disant qu'elle m'a vu remettre l'argent à Patricia sur le sol des États-Unis. Suzanne déteste le gouvernement et j'ai été très gentil avec elle ces quatre dernières années. D'ailleurs, ça ne lui fait courir aucun risque, n'est-ce pas ?

— Ça serait vraiment excellent si elle était d'accord pour faire ça, approuva le Chef.

— Elle le fera, affirmai-je, tout en me demandant si la Duchesse me balancerait de l'eau chaude ou glacée à la gueule, cette fois-ci. J'en parlerai demain à Suzanne. Il faut juste que j'en touche d'abord deux mots à la Duchesse. Même si je me débrouille pour les convaincre, il reste la question du testament. Ça va sembler un peu bizarre qu'elle n'ait pas laissé d'argent du tout à ses enfants…

Une idée de génie illumina soudain mon esprit.

— Et si nous prenions contact avec ses enfants et que nous les mettions dans le coup ? S'ils allaient en Suisse réclamer leur argent ? Pour eux, ça serait comme gagner au Loto ! Roland pourrait me fabriquer un nouveau testament disant que l'argent que j'ai prêté à Patricia doit me revenir, mais que tous les intérêts doivent aller à ses enfants. S'ils acceptent et qu'ils déclarent l'argent en Angleterre, comment le gouvernement américain pourrait-il m'accuser d'avoir sorti illégalement l'argent des États-Unis ?

— Eh eh ! dit le Chef avec un sourire, ça, c'est pensé ! Je crois bien que tu as décroché la timbale. Si nous pouvons faire tenir tout ça ensemble, tu es sorti d'embarras. J'ai une filiale à Londres qui peut s'occuper de toute la paperasserie officielle, comme ça nous pourrons garder le contrôle de l'affaire d'un bout à l'autre. Tu récupères ton investissement initial, les mômes reçoivent 5 millions de dollars qui leur tombent du ciel et la vie continue !

— Ce pauvre Coleman va péter un putain de plomb quand il apprendra que les enfants de Patricia sont venus réclamer leur argent. Je parie qu'il a déjà le goût du sang sur les lèvres.

— Ça, c'est sûr, approuva le Chef.

Un quart d'heure plus tard, dans notre chambre, je retrouvai la Duchesse qui ne se doutait pas de ce qui allait lui tomber dessus. Elle était assise à son bureau, feuilletant un catalogue, mais je vis tout de suite qu'elle avait autre chose en tête. Elle était resplendissante. Ses cheveux étaient coiffés à la perfection et elle portait une petite nuisette de soie blanche si légère qu'elle semblait envelopper son corps d'une brume matinale. Ses pieds étaient chaussés de sandales blanches à talons aiguilles, la cheville enserrée d'une bride sexy. Et c'était tout. Elle avait baissé les lampes et une douzaine de bougies éclairaient la pièce d'une douce lueur orange. Lorsqu'elle m'aperçut, elle courut vers moi et me noya sous un déluge de baisers.

— Tu es si belle, réussis-je à dire après trente bonnes secondes de baisers et de reniflage. Je veux dire, tu es toujours belle, mais ce soir tu es encore plus belle. Les mots me manquent.

— Oh, merci ! dit sur un ton taquin la pulpeuse Duchesse. Je suis ravie que tu sois de cet avis, parce que je viens juste de prendre ma température et je suis en pleine ovulation. J'espère que tu es d'attaque, mon cher, parce que pour ce soir te voilà dans de beaux draps !

Hummm... il y avait deux côtés à cette médaille. D'un côté, une femme en pleine ovulation pouvait rendre son mari complètement fou. La Duchesse avait très envie d'un deuxième enfant, et l'envie de procréer pouvait faire passer l'amère pilule que j'avais à lui présenter. De l'autre, elle était capable de se mettre tellement en colère qu'elle risquait d'enfiler son peignoir et de se mettre à me boxer. Et avec tous ces baisers mouillés dont elle venait de me couvrir, j'avais le bas-ventre en ébullition. Je tombai à genoux et me mis à lui flairer le haut des cuisses, comme un loulou de Poméranie en rut.

— Il faut que je te parle de quelque chose, lui dis-je.

— Allons sur le lit pour parler, répondit-elle en riant.

Je pris quelques instants pour examiner sa proposition. Le lit me paraissait un endroit relativement sûr. En vérité, la Duchesse n'était pas plus forte que moi. Elle était seulement experte en l'art d'utiliser l'effet de levier et, au lit, elle perdait une partie de son avantage.

Quand nous fûmes allongés, je me mis sur elle, croisai mes mains derrière sa nuque et l'embrassai profondément, respirant la moindre molécule qui émanait d'elle. En cet instant, je l'aimais à un point qui me paraissait presque impossible. Elle me passa les doigts dans les cheveux, les repoussant en arrière à petits coups.

— Qu'est-ce qui ne va pas, bébé ? demanda-t-elle. Pourquoi Dennis est-il venu ce soir ?

Est-ce que j'y vais par le boulevard ou bien je prends par les petites rues ? me demandai-je en regardant ses jambes. Soudain, une idée me frappa : pourquoi lui dire quoi que ce soit, au fond ? Oui ! J'allais acheter sa mère dans son dos ! Quelle riche idée ! Le Loup allait encore frapper ! Suzanne avait besoin d'une nouvelle voiture, je l'emmènerais le lendemain en acheter une et je profiterais de ce moment de conversation tranquille pour glisser mon idée d'attestation bidon. « Oh, Suzanne, tu as vraiment fière allure dans cette décapotable toute neuve ! Tiens, pendant que nous y sommes, peux-tu seulement signer ici, tout en bas, là où c'est marqué "Signature" ?… Hein ? Que signifie "Je jure sous peine de parjure" ? Oh, c'est du jargon légal, c'est tout. Ne perds pas ton temps à lire ça. Contente-toi de signer, et si jamais tu es inculpée nous aurons bien le temps d'en reparler. » Puis je lui ferais jurer de garder le secret, en priant pour qu'elle n'en parle pas à la Duchesse.

Je souris à ma femme.

— Rien d'important. Dennis est engagé comme auditeur chez Steve Madden et nous avons passé quelques questions en revue. En tout cas, je voulais te dire que je veux ce bébé autant que toi. Tu es la meilleure mère du monde et aussi la meilleure épouse. J'ai beaucoup de chance de t'avoir.

— Oh, c'est tellement gentil de dire ça ! me dit la Duchesse d'une voix douce comme le miel. Moi aussi, je t'aime. Fais-moi l'amour maintenant, mon chéri.

Bien sûr, j'obtempérai.

QUATRIÈME PARTIE

CHAPITRE 30

Un petit nouveau

15 août 1995.
(Neuf mois plus tard.)

— Espèce de petit salaud ! hurlait la Duchesse parturiente, jambes écartées sur la table d'accouchement
du Long Island Jewish Hospital. C'est toi qui me l'as
fait et tu es défoncé pendant que ton fils est en train de
naître ! Dès que je descends de là, je t'arrache les yeux !

Était-ce 10 heures ou 11 heures du matin ? Qui aurait
pu le dire ? Je venais de tomber dans les pommes, le
visage sur la table d'accouchement, en plein milieu
d'une contraction de la Duchesse. J'étais toujours sur
mes pieds, mais plié à quatre-vingt-dix degrés, la tête
posée entre ses jambes enflées, qui reposaient sur les
étriers.

Je sentis quelqu'un me secouer.

— Ça va ? demanda la voix du Dr Bruno, qui paraissait venir d'au moins 1 million de kilomètres.

Bon sang ! J'aurais bien voulu répondre, mais j'étais
tellement fatigué. Les Mandrax m'avaient vraiment
fichu par terre ce matin-là. En tout cas, j'avais de
bonnes raisons d'être *stone*. Donner la vie est une
affaire plutôt stressante, pour l'homme comme pour la

femme. Et je crois que, pour certaines choses, les femmes se débrouillent mieux que les hommes.

Trois trimestres s'étaient écoulés depuis cette soirée aux chandelles. J'avais enchaîné sans faiblir les épisodes de *Vie et mœurs des riches détraqués*. Suzanne avait gardé mon secret et les filles de Patricia étaient allées en Suisse réclamer leur héritage. J'étais sûr que l'agent Coleman avait dû en chier une pendule. La dernière fois que j'avais entendu parler de lui, il s'était pointé à l'improviste chez Carrie Chodosh, la menaçant de la jeter en prison et de lui retirer son fils si elle refusait de coopérer. Mais je savais que c'était la manœuvre désespérée d'un homme désespéré. Carrie, évidemment, était restée loyale, et avait dit à l'agent Coleman d'aller se faire mettre – en ces termes mêmes.

Stratton continuait sa spirale descendante. Au début du second trimestre de la grossesse de la Duchesse, la société n'avait plus été en mesure de me payer mon million de dollars mensuel. Mais c'était prévisible et j'avais pris la chose avec philosophie. En plus, Biltmore et Monroe Parker, continuaient à me payer 1 million de dollars à chaque nouvelle affaire et Steve Madden Shoes contribuait aussi à amortir le coup. Steve et moi avions du mal à répondre à toutes les demandes des grands magasins et le programme qu'Elliot nous avait concocté fonctionnait à merveille. Nous avions désormais cinq boutiques en propre et projetions d'en ouvrir cinq autres au cours des douze mois suivants. Nous étions aussi en train de vendre sous licence le nom de Steve Madden, d'abord pour des ceintures et des sacs à main, avec l'idée de passer ensuite au sportswear. Surtout, Steve était en train d'apprendre à déléguer et nous étions bien partis pour former une équipe dirigeante hors pair. Environ six mois plus tôt, Gary Deluca, *alias* le Dégoulineur, avait fini par nous convaincre de délocaliser notre dépôt dans le sud de la Floride et cela s'était révélé une excellente idée. John Basile, *alias* le Postillonneur, était si occupé à satisfaire les commandes des grands magasins que ses déluges de salive commençaient à se faire rares.

Pendant ce temps, le Cordonnier se faisait des tonnes de fric, non pas grâce à Steve Madden Shoes, mais à son boulot d'escamoteur. Pour lui, Steve Madden Shoes représentait l'avenir. Ça ne me posait pas de problème. Steve et moi étions devenus très proches et passions ensemble la plupart de notre temps libre. En revanche, Elliot avait de nouveau sombré dans la drogue et se noyait un peu plus chaque jour dans les dettes et la dépression.

Au début du troisième trimestre, j'avais subi une opération du dos, mais sans succès. Je me retrouvai dans une forme pire qu'avant. C'était peut-être de ma faute, car, contre l'avis du Dr Green, j'avais demandé à un médecin local à la réputation douteuse d'effectuer sur moi une intervention peu agressive appelée disectomie percutanée. La douleur atroce que j'avais à la jambe ne me laissait plus de répit. Mon seul soulagement était le Mandrax, ce que je ne manquais pas de répéter à la Duchesse, que mon bredouillage permanent et mes fréquentes syncopes irritaient de plus en plus.

Cependant, elle avait si pleinement intégré son rôle d'épouse codépendante qu'elle était, elle aussi, devenue incapable de savoir comment remonter la pente. Et, avec tout notre argent, notre personnel, nos maisons, notre yacht et tous les gens qui nous ciraient les pompes dans chaque boutique, chaque restaurant ou n'importe quel endroit où nous mettions les pieds, il était facile de faire comme si tout allait bien.

Soudain, je ressentis une terrible sensation de brûlure sous mon nez – l'odeur des sels ! Je relevai aussitôt

la tête et me retrouvai face à face avec l'énorme fou-
foune de la Duchesse parturiente qui me fixait avec
mépris.

— Vous vous sentez bien ? me demanda le Dr Bruno.

— Ouais, za va, zoczeur Bruno, dis-je en reprenant
mon souffle. Z'ai zuste un peu de mal à zupporter la vue
du zang. Me fauzrait zuste un peu z'eau zur la figure.

Je m'excusai et courus aux toilettes, sniffai une
bonne dose de cocaïne et retournai en salle d'accouchement, frais comme un gardon.

— Tout va bien, dis-je, cette fois en articulant normalement. Vas-y, Nadine ! Ce n'est pas le moment de
laisser tomber !

— Tu ne perds rien pour attendre, toi, aboya-t-elle.

Elle se remit à pousser, puis hurla, puis poussa
encore, puis grinça des dents, et soudain, comme par
magie, son vagin s'ouvrit assez grand pour laisser
passer un minibus Volkswagen et POP ! la tête de mon
fils sortit, couverte de fins cheveux noirs. Ensuite, un
torrent d'eau s'écoula et, un moment après, une minuscule épaule apparut. Le Dr Bruno empoigna le torse de
mon fils et le fit tourner avec douceur, et voilà, il était
sorti.

Alors, on entendit : « Ouiiiiiinn !… »

— Dix doigts, dix orteils, le compte y est ! dit joyeusement le Dr Bruno, posant le bébé sur le gros ventre de
la Duchesse. Vous avez déjà un nom ?

— Oui, dit la grosse Duchesse, radieuse. Carter.
Carter James Belfort.

— C'est un très beau nom, dit le Dr Bruno.

En dépit de ma petite frasque, le Dr Bruno eut la gentillesse de me permettre de couper le cordon, et je m'en
tirai comme un chef. J'avais désormais mérité sa
confiance.

— Eh bien, dit-il, maintenant, il faut que papa tienne un peu son fils pendant que je termine avec maman.

Il me mit l'enfant dans les bras. Je sentis les larmes me monter aux yeux. J'avais un fils. *Un garçon !* Un bébé Loup de Wall Street ! Chandler avait été un très beau bébé. Maintenant, j'allais voir pour la première fois le beau visage de mon fils. Je jetai un coup d'œil dans la couverture et… Enfer ! qu'il était laid ! Tout petit, tout fripé et avec les paupières collées. Il avait l'air d'un poussin sous-alimenté.

La Duchesse dut lire mes pensées sur mon visage, car elle me rassura aussitôt.

— Ne t'inquiète pas, mon amour. La plupart des bébés ne naissent pas comme Chandler. Il est juste un peu prématuré. Il sera aussi beau que son père.

— J'espère surtout qu'il ressemblera à sa mère, répliquai-je avec sincérité. Mais je me fiche d'à quoi il ressemble. Je l'aime déjà tellement que je m'en ficherais s'il avait un nez comme une banane.

En regardant le visage parfait et tout chiffonné de mon fils, je réalisai qu'il devait bien y avoir un Dieu, parce qu'il ne pouvait en aucun cas s'agir d'un accident. C'était un pur miracle qu'une si parfaite petite créature pût naître d'un acte d'amour. Je regardais Carter depuis un moment, lorsque le Dr Bruno poussa un cri.

— Mon Dieu, elle fait une hémorragie ! Faites préparer tout de suite la salle d'opération ! Et appelez-moi l'anesthésiste !

L'infirmière détala comme si elle avait un essaim de frelons à ses trousses. Le Dr Bruno reprit contenance.

— Nadine, ma grande, dit-il calmement, nous avons une petite complication. Vous avez un placenta accreta. Ce qui veut dire que votre placenta s'est implanté trop en profondeur dans la paroi utérine. Si nous ne parvenons pas à l'enlever à la main, vous risquez de perdre une grande quantité de sang. Je vais faire tout mon possible pour l'enlever proprement, mais…

Il fit une pause, comme s'il essayait de trouver les mots justes.

— … mais si je n'y arrive pas, je n'aurai pas d'autre choix que de pratiquer une hystérectomie.

Avant même que j'aie pu dire à ma femme que je l'aimais, deux aides-soignantes arrivèrent en courant, s'emparèrent de son lit et le poussèrent hors de la salle d'accouchement. Juste avant de sortir à son tour, le Dr Bruno se tourna vers moi.

— Je ferai tout ce qui est en mon pouvoir pour sauver son utérus.

Puis il nous laissa seuls tous les deux, Carter et moi.

Je regardai mon fils et me mis à pleurer. Qu'allions-nous devenir si je perdais la Duchesse ? Comment pourrais-je élever deux enfants sans elle ? Elle était tout pour moi. La folie même de ma vie dépendait d'elle et de sa capacité à toujours remettre les choses d'aplomb. Je tâchai de reprendre mes esprits. Il fallait que je sois fort pour mon fils, Carter James Belfort. Sans même m'en rendre compte, je me mis à le bercer doucement, adressant au Tout-Puissant une prière silencieuse pour lui demander d'épargner la Duchesse et de me la rendre intacte. Dix minutes plus tard, le Dr Bruno revenait dans la pièce avec un grand sourire.

— Nous avons réussi à retirer le placenta. Vous ne devinerez jamais comment.

— Comment ? demandai-je, en souriant jusqu'aux oreilles.

— Nous avons appelé une de nos internes. C'est une Indienne très petite, qui a la main la plus fine qu'on puisse imaginer. Elle a pu l'introduire dans l'utérus de votre femme et retirer le placenta. C'est un vrai miracle,

Jordan. Un placenta accreta est quelque chose de très rare et de très dangereux. Mais tout va bien, maintenant. Votre femme et votre fils sont en parfaite santé.

Tels furent les derniers mots que m'adressa le Dr Bruno, le roi des porte-malheur.

CHAPITRE 31

Les joies de la paternité

Le matin suivant, Chandler et moi étions tous deux seuls dans la grande chambre, engagés dans un débat animé. C'était surtout moi qui parlais ; elle était assise par terre à jouer avec des cubes de bois multicolores. J'essayais de la convaincre que l'ajout d'un nouveau membre à la famille serait une bonne chose pour elle, que la vie serait encore meilleure qu'avant.

— Écoute, ma puce, dis-je en souriant à mon bébé génie. Il est si petit et si mignon que tu vas l'aimer dès que tu le verras. Et pense un peu comme ça sera bien quand il va grandir. Tu pourras lui faire faire tout ce que tu veux, ça va être super !

Channy leva le nez de son chantier de construction et me toisa de ses grands yeux bleus, qu'elle avait hérités de sa mère.

— Non, dit-elle, laissez-le plutôt à l'hôpital.

Et elle retourna à ses cubes.

Je m'assis à côté du bébé génie et déposai sur sa joue un tendre baiser. Elle sentait bon, l'odeur fraîche des bébés. Elle avait un peu plus de deux ans, à présent, et ses cheveux fins comme de la soie avaient pris une teinte châtain intense. Ils lui descendaient jusqu'au milieu des omoplates et se terminaient en petites boucles. Sa seule vue me faisait fondre.

— Écoute, ma puce, on ne peut pas le laisser à l'hôpital. Il fait partie de la famille, maintenant. Carter est ton frère, et vous allez être de grands amis tous les deux !

— Non, je ne crois pas, dit-elle.

— Bon, maintenant il faut que j'aille les chercher à l'hôpital, maman et lui. De toute façon, ma puce, il va venir à la maison. Mais rappelle-toi toujours que maman et moi nous t'aimons autant qu'avant. Il y a assez d'amour pour tout le monde dans la maison.

— Je sais, répliqua-t-elle nonchalamment, toujours concentrée sur son chantier de construction. Tu peux l'amener ici. C'est d'accord.

Très impressionnant. Par cette simple phrase, elle venait d'accepter ce nouvel arrivant dans la famille.

Je fis un petit détour avant d'aller à l'hôpital. Il s'agissait d'une réunion d'affaires imprévue, dans un restaurant appelé Millie's Place, dans la banlieue huppée de Great Neck, à cinq minutes en voiture du Long Island Jewish Hospital. Je prévoyais de filer rapidement de la réunion pour aller chercher Carter et la Duchesse et les emmener à Westhampton. J'avais quelques minutes de retard et, quand la limousine s'arrêta, j'aperçus Danny qui me souriait de toutes ses dents à travers la baie vitrée du restaurant. Il était assis à une table ronde en compagnie du Chef, de Moumoute et d'un avocat véreux du nom de Hartley Bernstein. J'aimais bien Hartley. Il ressemblait tellement à un rongeur, qu'on l'avait surnommé la Fouine. Il aurait pu incarner BB Eyes, le personnage de la bande dessinée *Dick Tracy*, s'ils avaient décidé d'en faire un film.

Normalement, Millie's Place n'était pas ouvert le matin, mais Millie, le patron, avait accepté de faire une exception pour nous. Ce n'était pas vraiment abuser, parce que c'était là que venaient les strattoniens après chaque introduction en Bourse pour manger, boire, baiser, sucer, sniffer et faire tout ce qu'aimaient faire les strattoniens – le tout aux frais de la société, qui recevait une facture comprise entre 20 000 et 100 000 dollars selon l'étendue des dégâts.

En m'approchant de la table, je remarquai une cinquième personne assise avec eux. C'était Jordan Shamah, un ami d'enfance de Danny, tout récemment nommé vice-président de Stratton. On le surnommait le Fossoyeur, parce que son ascension avait moins à voir avec ses résultats personnels qu'avec son talent pour éliminer tous ceux qui s'étaient trouvés en travers de son chemin. Le Fossoyeur était petit et grassouillet et sa méthode préférée était celle du bon vieux coup de poignard dans le dos, même s'il était aussi adepte de diffamation et de colportage de rumeurs.

J'échangeai rapidement avec mes anciens complices quelques accolades dans le pur style mafieux, puis m'assis dans un fauteuil et me servis une tasse de café. L'objet de la réunion n'avait rien de gai : il s'agissait de tenter de convaincre Danny de fermer Stratton Oakmont, en s'appuyant sur la « théorie du cafard ». Cela voulait dire qu'avant de fermer, il ouvrirait une ribambelle de petites sociétés de courtage, dont chacune serait dirigée par un homme de paille. Ensuite, les strattoniens seraient répartis en petits groupes dans les nouvelles sociétés. Une fois le processus terminé, Danny fermerait Stratton et partirait dans l'une des nouvelles sociétés, qu'il dirigerait en coulisse sous une couverture de consultant.

C'était la technique généralement employée par les sociétés de courtage quand elles se trouvaient dans le collimateur des autorités. Fermer et rouvrir sous un autre nom permettait de continuer à gagner de l'argent et de garder en permanence un temps d'avance sur les régulateurs. C'était comme lorsqu'on écrase un cafard, pour s'apercevoir qu'il y en a dix autres qui s'enfuient dans toutes les directions.

Étant donné les problèmes que connaissait Stratton, c'était sans aucun doute la meilleure chose à faire, mais Danny ne voulait pas entendre parler de la théorie du cafard. Il avait élaboré sa propre théorie, qu'il appelait « vingt ans de ciel bleu », selon laquelle, si Stratton parvenait à braver la tempête juridique qu'elle traversait en ce moment, au moins vingt ans d'activité sans nuages l'attendaient au-delà. C'était grotesque ! Stratton pouvait tenir encore un an, tout au plus. Déjà les États tournaient au-dessus d'elle comme des vautours au-dessus d'un animal blessé et la NASD s'était jointe à la curée.

Mais Danny refusait complètement de regarder la réalité en face. Il était devenu une sorte de version boursière d'Elvis à la fin de sa vie, quand ses imprésarios tassaient son énorme masse dans une combinaison de cuir blanc et le poussaient sur scène pour lui faire chanter deux ou trois chansons, puis le traînaient dans les coulisses avant qu'il ne claque d'épuisement et d'une overdose de barbituriques. D'après Moumoute, Danny en était maintenant à grimper sur les bureaux pendant les réunions internes et à fracasser par terre les écrans d'ordinateur en insultant les régulateurs. Apparemment, les strattoniens adoraient ce genre de conneries et Danny était passé au stade supérieur, qui consistait à baisser son froc pour pisser sur des piles de mises en demeure de la NASD, sous un tonnerre d'applaudissements.

Moumoute et moi échangeâmes un regard et je lui fis signe du menton, comme pour lui dire : « Vas-y, dis ce que tu as à dire. »

— À vrai dire, Danny, attaqua Moumoute avec assurance, je ne sais même pas combien de temps je vais encore pouvoir conclure des transactions. La SEC joue en défense groupée et met six mois avant d'approuver quoi que ce soit. Si nous démarrions tout de suite une nouvelle société, je pourrais revenir dans la course avant la fin de l'année et recommencer à monter des coups pour nous tous.

La réponse de Danny ne fut pas exactement celle que Moumoute avait espérée.

— Laisse-moi te dire une chose, Moumoute. Je te vois tellement venir avec tes gros sabots que c'en est à gerber. On a bien le temps de jouer aux cafards, si tu veux mon avis. Alors, en attendant, tu ferais mieux d'enlever ta foutue moumoute et de la boucler.

— Va te faire foutre, Danny ! riposta Moumoute, en se passant la main dans les cheveux pour essayer de leur donner l'air un peu plus naturel. Tu es tellement défoncé en permanence que tu ne te rends même plus compte de ce qu'il faut faire. Je ne vais pas continuer à foutre ma vie en l'air dans cette boîte pendant que tu baves au bureau comme un pauvre débile.

Le Fossoyeur saisit l'occasion de planter une hache dans le dos de Moumoute.

— Ce n'est pas vrai, dit-il. Danny ne bave pas. Il bredouille bien un peu de temps en temps, mais ça ne l'a jamais empêché de rester lucide.

Le Fossoyeur s'arrêta, cherchant le bon endroit pour injecter son formol.

— Et puis, tu peux parler, toi : tu passes tes journées à courir après cette grosse poufiasse de Donna, qui pue la sueur.

J'aimais bien le Fossoyeur. C'était un vrai sous-fifre dans l'âme : bien trop bête pour penser par lui-même, et il utilisait la plus grande partie de son énergie à fabriquer des rumeurs sur ceux qu'il voulait enterrer. Mais, cette fois-ci, ses motivations à lui étaient extrêmement claires : il avait une centaine de plaintes de clients sur le dos et, si Stratton coulait, il ne pourrait plus jamais se faire enregistrer ailleurs comme trader.

— Bon, ça va, arrêtez vos conneries, s'il vous plaît ! coupai-je.

Je n'en revenais pas. Décidément, Stratton se barrait complètement en quenouille.

— Il faut que j'aille à l'hôpital. Je ne suis passé vous voir que parce que je veux le bien de nous tous. Personnellement, je m'en fous complètement que Stratton ne me paie plus un cent. Mais j'ai aussi d'autres intérêts – des intérêts égoïstes, je l'avoue – et ils dépendent aussi des plaintes en cours. En dépit du fait que je ne fais plus partie de la société, bon nombre de plaintes me citent nommément.

Je regardai Danny dans les yeux.

— Tu es dans la même situation que moi, Dan, et j'ai bien l'impression que tes vingt ans de ciel bleu ne vont pas faire s'envoler les plaintes déposées contre nous.

— Nous pouvons y échapper via une vente d'actifs, intervint la Fouine. On s'arrange pour que Stratton vende les courtiers aux nouvelles sociétés et, qu'en échange, celles-ci acceptent de payer tous les arbitrages défavorables les concernant pendant les trois années suivantes. Au-delà, la prescription s'appliquera et vous serez tous blancs comme neige.

Le Chef semblait d'accord. L'idée valait la peine qu'on y réfléchisse, me dis-je. Jusque-là, je n'avais jamais accordé beaucoup d'attention au bon sens de la Fouine. Au fond, il était l'équivalent juridique du Chef. Mais, si le Chef débordait littéralement de charisme, la Fouine, lui, en était absolument dépourvu. Je ne l'avais jamais pris pour un demeuré mais, chaque fois que je le regardais, je ne pouvais m'empêcher de l'imaginer en train de grignoter un morceau de gruyère. En tout cas, il venait d'avoir une idée lumineuse. Les procès engagés par des clients, qui totalisaient alors 70 millions de dollars, commençaient à me tracasser. Jusqu'à présent, c'était Stratton qui payait mais, si la société coulait cela pouvait tourner au cauchemar.

— J.B., allons parler au bar quelques instants tous les deux, dit alors Danny.

J'acquiesçai. Danny commença par remplir à ras bord deux verres de Dewar's.

— Aux vingt années de ciel bleu, mon vieux ! lança-t-il en levant son verre, attendant que je me joigne au toast.

Je regardai ma montre. Il était 10 h 30.

— Arrête, Danny ! Je ne peux pas boire maintenant. Il faut que j'aille à l'hôpital chercher Nadine et Carter.

— Ça porte malheur de refuser un toast aussi tôt dans la matinée, me répondit Danny d'un air grave. Tu veux vraiment prendre le risque ?

— Ouais, grommelai-je, je prends le risque.

— Comme tu veux, dit Danny, et il descendit cul sec son verre qui contenait cinq bonnes doses de scotch. Putain, ça décrasse !

Il farfouilla dans ses poches et en sortit quatre Mandrax.

— Tu ne vas quand même pas refuser de prendre un ou deux Mandrax avec moi, avant de me demander de fermer la boîte ?

— Tu parles, Charles ! dis-je en souriant.

Danny me fit un grand sourire et me passa les deux Mandrax. Je passai derrière le bar, tournai le robinet de l'évier et mis ma bouche contre le jet. Puis je mis ma main dans ma poche et, l'air de rien, y déposai les deux Mandrax pour plus tard.

— Bon, dis-je en me frottant le bout des doigts, je suis une bombe à retardement, maintenant, alors tâchons de la faire courte.

Je souris tristement à Danny, en me demandant combien de mes problèmes actuels pouvaient être de sa faute. Je ne me leurrais pas moi-même au point de tout lui mettre sur le dos, mais j'étais quand même sûr que, sans lui, Stratton ne se serait jamais barrée en vrille à ce point. Bien sûr, c'était moi le cerveau de la bande, si on voulait, mais Danny en avait pour ainsi dire été le muscle, le moteur, faisant quotidiennement des choses dont je n'aurais jamais été capable moi-même – tout au moins, dont je n'aurais pu être capable en continuant à me regarder dans le miroir le matin. C'était un vrai guerrier, Danny, et je ne savais plus si je devais le respecter ou le mépriser pour ça. En fait, ça me rendait surtout triste.

— Écoute, Danny, je n'ai plus d'ordres à te donner en ce qui concerne Stratton. C'est ta société, maintenant, et je te respecte trop pour ça. Mais si tu veux mon avis, je pense qu'il faut la fermer tout de suite et partir en ramassant les billes. Il n'y a qu'à suivre l'idée de Hartley : laisser les nouvelles sociétés assumer toutes les pénalités et te faire payer comme consultant. C'est la meilleure décision à prendre, et la plus sage. C'est ce que je ferais si c'était encore moi qui m'occupais de la boutique.

— Alors, d'accord. Je veux juste encore attendre quelques semaines pour voir ce qui se passe du côté des États, d'accord ?

Je souris de nouveau tristement, sachant pertinemment qu'il n'avait pas la moindre intention de fermer la société.

— D'accord, Danny, ça me semble raisonnable, me contentai-je de dire.

Cinq minutes plus tard, après avoir salué les gars, je m'apprêtais à monter dans ma limousine lorsque je vis le Chef sortir du restaurant et s'approcher de la voiture.

— Quoi qu'en dise Danny, tu sais très bien qu'il ne fermera jamais la société, me dit-il. Il n'en partira que les menottes aux poignets.

— Je sais bien, Dennis, répondis-je.

Je lui donnai l'accolade, montai dans la limousine et partis pour l'hôpital.

Par une simple coïncidence, le Long Island Jewish Hospital était situé dans la ville de Lake Success, à moins de deux kilomètres de Stratton Oakmont. Ce fut peut-être pour ça que personne n'eut l'air surpris de me voir passer dans toute la maternité en distribuant des montres en or – j'avais fait la même chose quand Chandler était née et on pouvait dire que je m'étais taillé un franc succès. Je ne sais pas pourquoi ça me procurait un tel plaisir de dépenser 50 000 dollars pour des gens que je ne reverrais plus jamais.

Il était un peu plus de 11 heures quand j'achevai mon joyeux rituel. Quand j'entrai dans la chambre de la Duchesse, je ne l'aperçus tout d'abord pas. Elle était perdue au milieu des fleurs. Doux Jésus ! Il y en avait des milliers ! C'était une explosion de couleurs – des nuances incroyables de rouge, de jaune, de rose, de pourpre, d'orange et de vert…

Je finis par repérer ma femme, assise dans un fauteuil. Elle portait Carter dans ses bras, essayant de lui donner son biberon. Une fois de plus, elle était splendide. Elle s'était débrouillée pour perdre du poids dans les trente-six heures qui s'étaient écoulées depuis l'accouchement, et elle était redevenue ma pulpeuse

Duchesse. *Très bon pour moi, ça !* Elle portait un jean délavé, un chemisier blanc tout simple et des ballerines blanc cassé. Carter était emmitouflé dans une couverture bleu ciel, et tout ce que je pouvais voir de lui était son petit visage.

Je souris à ma femme.

— Tu as l'air radieuse, chérie. Je ne peux croire que ton visage soit déjà redevenu normal. Tu étais encore toute bouffie hier.

— Il ne veut pas prendre son biberon, dit la Duchesse, ignorant mon compliment. Channy prenait toujours son biberon. Mais Carter, non. Ça ne lui dit rien.

Une infirmière entra dans la pièce. Elle prit Carter des bras de la Duchesse et commença à effectuer son examen de sortie pendant que je faisais les bagages.

— Oh mon Dieu, quels cils merveilleux il a ! s'écria-t-elle. Je crois que je n'en ai jamais vu de si beaux chez un bébé. Attendez seulement qu'il se défripe un peu. Il va être incroyablement beau, je parie.

— Oui, je sais, répliqua la Duchesse, toute fière. Ce n'est pas un enfant ordinaire.

Soudain, j'entendis l'infirmière pousser une exclamation :

— Tiens, tiens, bizarre !

Je fis volte-face et la regardai. Elle était assise sur une chaise, tenant Carter dans ses bras, et appuyait un stéthoscope sur sa poitrine, du côté gauche.

— Quoi ? demandai-je.

— Je ne suis pas sûre, répondit-elle, mais son cœur ne fait pas un bruit normal.

Elle paraissait à présent très nerveuse et pinçait les lèvres pour mieux écouter. Je jetai un coup d'œil à la Duchesse. C'était comme si elle venait de recevoir un coup de poing dans le ventre. Elle était là, debout, cramponnée au montant du lit. Je m'approchai d'elle et l'enlaçai sans mot dire.

Au bout d'un instant, l'infirmière nous dit enfin :

— Je n'arrive pas à croire que personne ne l'ait remarqué. Votre fils a un trou dans le cœur ! J'en suis certaine. J'entends très clairement le souffle. C'est soit une perforation, soit un défaut quelconque au niveau des valves. Je suis navrée, mais vous ne pouvez pas l'emmener chez vous maintenant. Il faut qu'il soit vu immédiatement par un cardiopédiatre.

L'air absent, je hochai vaguement la tête. Je regardai de nouveau la Duchesse. Elle s'était mise à pleurer en silence. Notre vie venait de basculer.

Un quart d'heure plus tard, nous nous trouvions dans le dédale des sous-sols de l'hôpital, dans une petite pièce pleine de matériel médical de pointe – rangées d'ordinateurs, écrans de formes et de tailles variées, pieds à perfusion. Carter était allongé tout nu sur une petite table d'examen, sous une lumière voilée. Un médecin grand et mince avait pris son cas en main.

— Là, vous voyez ? nous dit-il, en nous indiquant un écran d'ordinateur noir.

Au centre, on voyait quatre taches de couleur de la taille d'une pièce de 1 dollar – deux rouges et deux bleues – ressemblant un peu à des amibes. Elles étaient reliées entre elles et semblaient s'écouler l'une dans l'autre, dans un mouvement lent et régulier. De la main droite, le médecin tenait un petit appareil semblable à un microphone, qu'il appuyait contre la poitrine de Carter en décrivant lentement des cercles concentriques. Les petites taches rouges et bleues étaient la trace échographique du sang de Carter s'écoulant entre les quatre cavités de son cœur.

— Et voici la deuxième perforation, dit-il. Elle est un peu plus petite, mais elle est bien là, il n'y a pas de doute, entre les deux oreillettes.

Il éteignit l'échographe.

— Je suis étonné que votre fils n'ait pas développé d'insuffisance cardiaque congestive. La perforation entre ses deux ventricules est importante. Il y a de fortes chances qu'il doive subir une intervention à cœur ouvert dans les jours qui viennent. Comment ça se passe avec son biberon ? Est-ce qu'il le prend bien ?

— Pas vraiment, répondit tristement la Duchesse. Notre fille le prenait mieux.

— Est-ce qu'il a des suées pendant qu'il boit ?

— Pas que j'aie remarqué. Il manque seulement d'intérêt pour la nourriture.

— Je vois…, fit le médecin. Le problème, c'est que le sang oxygéné se mélange au sang désoxygéné. Quand il essaie de boire, cela lui demande un effort intense. Les sueurs pendant la prise du biberon sont un des premiers signes d'insuffisance cardiaque chez un bébé. Mais il y a encore une petite chance qu'il s'en tire bien. Les perforations sont importantes, mais elles ont l'air de se compenser réciproquement. Elles créent un gradient de pression qui réduit le souffle. Sinon, il aurait déjà eu des symptômes. L'avenir nous dira ce qu'il en est. S'il ne fait pas un arrêt cardiaque dans les dix prochains jours, il aura de bonnes chances de s'en sortir.

— Quel est le risque qu'il fasse un arrêt ? demandai-je.

— Environ cinquante-cinquante.

— Et s'il en fait un ? interrogea la Duchesse. Qu'est-ce qui va se passer ?

— Nous commencerons par lui donner des diuré-tiques, pour empêcher l'eau de s'accumuler dans ses poumons. Il y a aussi d'autres médicaments, mais ne mettons pas la charrue avant les bœufs. Si aucun médicament ne fait effet, nous serons obligés d'intervenir à cœur ouvert pour fermer les perforations.

Le médecin nous sourit avec compassion.

— Je suis navré de toutes ces mauvaises nouvelles. Il n'y a rien d'autre à faire qu'attendre. Vous pouvez emmener votre fils chez vous, mais il faudra le surveiller de très près. Au premier signe de sueurs ou de difficultés respiratoires, ou même s'il refuse son biberon, appelez-moi immédiatement. De toute façon, il faudra que je le revoie dans une semaine…

Ça, ça m'étonnerait, mon vieux ! En sortant d'ici, nous filons au Columbia Presbyterian Hospital, consulter un médecin diplômé de Harvard !

— … pour lui faire un nouvel échocardiogramme. On peut espérer que les perforations aient commencé à se refermer d'ici là.

Pressentant une lueur d'espoir, la Duchesse et moi nous sentîmes aussitôt un peu mieux.

— Vous voulez dire qu'il est possible que les perforations se referment d'elles-mêmes ? demandai-je.

— Oui, bien sûr. J'ai dû oublier de vous le dire…

Joli détail à négliger, espèce de sac à morve !

— … mais s'il ne présente aucun symptôme au cours des dix prochains jours, c'est ce qui a le plus de chances de se produire. Voyez-vous, le cœur de votre enfant va grandir en même temps que lui et progressivement envelopper les perforations. Quand il aura cinq ans, elles devraient être complètement refermées. Et même si elles ne se referment pas complètement, le trou qui restera sera si petit que cela ne posera pas de problème. Donc, je ne saurais insister assez là-dessus, tout dépend des dix prochains jours. Surveillez-le vraiment d'extrêmement près ! Dans l'idéal, vous ne devriez jamais le quitter des yeux plus de quelques minutes d'affilée.

— Ne vous inquiétez pas pour ça, répondit la Duchesse d'un ton ferme. Il aura au moins trois personnes en permanence à son chevet, dont une infirmière diplômée.

Au lieu de rentrer à Westhampton, qui était à une bonne centaine de kilomètres à l'est, nous allâmes tout droit à Old Brookville, à peine à un quart d'heure de l'hôpital. Nos familles nous y rejoignirent rapidement. Même le père de la Duchesse, Tony Caridi, le plus adorable loser du monde, fit une apparition. Il avait toujours son air de Warren Beatty qui va vous taper du fric, sans doute dès que l'agitation serait un peu retombée.

Mad Max se transforma aussitôt en Sir Max et prit la direction des opérations. Il nous assura, à la Duchesse et à moi, que tout allait très bien se passer et commença à passer des coups de téléphone à toute une série d'hôpitaux et de médecins, sans jamais perdre son calme une seconde. D'ailleurs, Mad Max ne referait pas une seule fois surface pendant toute la durée de la crise, ne réapparaissant qu'au dénouement pour rattraper le temps perdu par des tirades particulièrement venimeuses et des stratégies tabagiques agressives.

Ma mère se montra une sainte femme, comme à son habitude, récitant des prières juives pour Carter et nous prodiguant son soutien moral, à la Duchesse et à moi. Suzanne, l'anarchiste inavouée, accusa le gouvernement d'être responsable des perforations cardiaques de Carter. Apparemment, les médecins étaient également dans le coup.

Lorsque nous expliquâmes à Chandler que son frère était malade, elle répondit qu'elle l'aimait et qu'elle était contente que nous ayons décidé de le ramener à la maison. Puis elle retourna jouer avec ses cubes. Gwynne et Janet prirent elles aussi leur tour de garde, non sans avoir d'abord pleuré de façon hystérique pendant six bonnes heures. Même Sally, ma fidèle chienne labrador chocolat, passa à l'action : elle s'installa au pied du berceau de Carter et ne le quitta plus que pour quelques pauses pipi et un repas de temps en temps. En revanche, le chien de la Duchesse, ce sale petit bâtard de Rocky, se fichait de Carter comme de l'an quarante. Il fit comme si rien ne se passait et continua d'emmerder tout le monde à la maison, aboyant sans discontinuer, pissant sur les tapis, chiant sur le parquet et volant de la nourriture dans la gamelle de Sally pendant que celle-ci était occupée à veiller Carter et à prier avec nous comme un bon chien.

Mais la plus grosse déception fut l'infirmière pédiatrique, Ruby, envoyée avec de chaudes recommandations par je ne sais quelle agence d'intérim spécialisée dans le placement de nourrices jamaïquaines chez les riches familles wasps. Le premier soupçon naquit quand Rocco de Nuit alla la chercher à la gare et qu'il sentit dans son haleine un relent d'alcool. Lorsqu'elle eut fini de défaire ses bagages, il prit l'initiative de fouiller sa chambre. Un quart d'heure plus tard, elle était à nouveau assise à l'arrière de la voiture, direction la gare et nous n'entendîmes plus jamais parler d'elle. Seul bénéfice secondaire de l'affaire, les cinq bouteilles de Jack Daniel's confisquées par Rocco, qui trouvèrent place dans mon bar au rez-de-chaussée.

Sa remplaçante, Erica, elle aussi jamaïquaine, allait par contre se révéler une authentique perle. Arrivée quelques heures plus tard, elle s'entendit instantanément avec Gwynne et le reste de la troupe. Erica rejoignit donc le reste de la ménagerie et prit également son tour de garde.

Au quatrième jour, Carter n'avait toujours montré aucun signe d'insuffisance cardiaque. Entre-temps, mon père et moi avions cherché pendant des heures à identifier le meilleur cardiopédiatre du monde. Tout convergeait vers le Dr Edward Golenko, chef du service de cardiologie au Mount Sinaï Hospital de Manhattan.

Hélas, il y avait une attente de trois mois pour obtenir un rendez-vous, délai qui fut rapidement abrégé après que le Dr Golenko eut été averti de mon intention de faire une donation de 50 000 dollars à l'unité de cardio- logie pédiatrique du Mount Sinaï Hospital. Dès le len- demain, grâce à une fort opportune annulation, Carter, âgé de cinq jours, était à nouveau sur une table d'examen. Mais, cette fois, il était entouré d'une équipe de médecins et d'infirmières d'élite, qui, après avoir passé dix minutes à s'émerveiller sur ses cils, finirent par se mettre au travail.

La Duchesse et moi nous tenions en silence à l'écart, pendant que l'équipe utilisait un appareil d'imagerie médicale de pointe, afin de voir l'intérieur de son cœur plus nettement qu'avec un échographe standard. Le Dr Golenko, âgé d'environ 65 ans, était grand et mince, avec un début de calvitie et un visage très doux. Autour de lui, je comptai neuf personnes aux visages intelli- gents, tous en blouse d'hôpital, et qui scrutaient tous mon fils comme s'il s'agissait de la chose la plus pré- cieuse du monde, ce qu'il était en effet. La Duchesse, comme d'habitude, était en train de se mordre l'inté- rieur des joues avec un air de concentration intense. Je me demandai si elle était en train de penser ce que je pensais de mon côté, à savoir que je n'avais jamais été aussi heureux d'être riche que ce jour-là. Si quelqu'un pouvait faire quelque chose pour mon fils, c'étaient bien ces médecins.

Après quelques minutes de conversation avec ses collègues, le Dr Golenko se tourna vers nous en souriant.

— J'ai d'excellentes nouvelles pour vous, dit-il. Tout est en train de s'arranger pour votre fils. Les perforations ont déjà commencé à se refermer. Le gradient de pression a éliminé tout bruit de souffle entre…

Il ne put finir sa phrase, car la Duchesse venait de le charger comme un taureau. Tout le monde éclata de rire en la voyant se jeter à son cou, lui enserrer la taille de ses cuisses et se mettre à le bisouiller comme une folle. Le Dr Golenko me regarda l'air stupéfait, le visage un tout petit peu plus rouge qu'une betterave.

— Si seulement les mères de tous mes patients pouvaient être comme vous, dit-il enfin, ravivant les rires.

Quel merveilleux moment de bonheur ! Carter James Belfort allait s'en tirer ! Dieu lui avait fait une seconde perforation dans le cœur pour compenser la première et, lorsqu'il aurait 5 ans, elles se seraient refermées, nous assura le Dr Golenko. Pendant le voyage de retour dans la limousine, nous étions tout sourire, la Duchesse et moi. Carter était assis entre nous dans le siège de bébé, George et Rocco étaient à l'avant.

— Le seul problème, maintenant, dit la Duchesse, c'est que j'ai été si folle d'inquiétude que je ne sais pas si je vais pouvoir le traiter comme Chandler. Elle était si grande et si costaude que je ne me suis jamais posé la moindre question avec elle.

Je me penchai pour l'embrasser sur la joue.

— Ne t'inquiète pas, chérie. Dans quelques jours, tout sera redevenu normal, tu verras.

— Tu crois ? J'ai peur rien que de penser au prochain pépin qui pourrait lui arriver.

— Il ne va rien arriver, lui assurai-je en croisant les doigts. Tout ça, c'est fini, maintenant.

Par précaution, je croisai aussi les orteils, les mains, les bras et les jambes et ne bougeai plus du reste du trajet.

CHAPITRE 32

Encore du bonheur

Septembre 1995.
(Cinq semaines plus tard.)

À mon avis, le Cordonnier, assis sur le bord de son bureau, avait quelques raisons d'arborer l'air satisfait d'un homme qui tient fièrement le monde par les couilles. Pour l'année 1996, nous visions un résultat net de 50 millions de dollars, et tous nos départements progressaient à grands pas chacun de leur côté. Nos ventes en grands magasins battaient tous les records, la vente sous licence du nom Steve Madden était largement en avance sur nos prévisions et nos boutiques de détail, désormais au nombre de neuf, faisaient de l'argent à foison. Les samedis et dimanches, les clients faisaient la queue dans la rue pour entrer. Steve était maintenant une célébrité. Il était devenu le créateur de chaussures préféré de toute une génération d'adolescentes.

En revanche, rien de tout cela ne pouvait justifier ce que Steve était en train de me dire :

— Jordan, je crois qu'il est temps de flanquer le Dégoulineur dehors. Si on se débarrasse de lui maintenant, on peut encore lui reprendre ses stock-options. Tandis que si on le garde plus longtemps, ses options vont arriver à échéance et ça sera foutu.

J'étais estomaqué. L'idée était d'autant plus ridicule que le Dégoulineur ne possédait qu'un paquet de stock-options si minuscule que personne ne s'en souciait, sauf, bien sûr, le Dégoulineur lui-même. Si jamais il voyait ses stock-options s'envoler en fumée, il allait être salement secoué. Ça ferait une victime de plus des clauses en petits caractères dans les contrats d'embauche.

— Tu ne peux pas faire ça à Gary, dis-je ; ce gars se défonce au boulot pour nous depuis un an. Je suis le premier à admettre que c'est quelquefois un emmerdeur de première, mais on ne fait pas ça à un de ses employés, surtout à un type comme Gary, qui est loyal à cent dix pour cent. Ça serait vraiment dégueulasse, Steve. Pense un peu au signal que cela enverrait à tout le monde, ici. C'est le genre de connerie à foutre en l'air l'ambiance d'une société. Tout le monde ici est fier de ses stock-options. Ça leur permet de se sentir propriétaires, d'être rassurés pour leur avenir.

Je soupirai avec lassitude.

— Si tu penses que nous devons le remplacer, d'accord. Mais il faut lui donner son dû, avec un petit quelque chose en plus. C'est la seule façon de procéder, Steve. Toute autre attitude nous ferait du tort.

— Je ne suis pas d'accord, contre-attaqua le Cordonnier. Tu es le premier à te moquer du Dégoulineur. En quoi ça te gêne que je veuille lui reprendre ses stock-options ?

— D'abord, rétorquai-je, si je me moque de lui, c'est seulement pour rire un peu. Je me moque de tout le monde, Cordonnier, moi compris et toi compris. Mais j'aime bien le Dégoulineur. C'est un type bien et il est d'une loyauté à toute épreuve…

Je soupirai profondément.

— Écoute, poursuivis-je, peut-être bien que Gary a fait son temps chez nous et que c'est le moment de le remplacer par quelqu'un avec de l'expérience et dont le pedigree soit connu à Wall Street. Mais nous ne pouvons pas lui reprendre ses stock-options. Il est venu travailler pour nous quand nous en étions encore à expédier les chaussures depuis l'atelier. Même s'il n'est pas très rapide, il a fait pas mal de choses pour la société. Ce serait mauvais pour notre karma de le rouler.

Le Cordonnier soupira à son tour.

— Je trouve ta loyauté mal placée. Il nous baiserait sans hésiter une seconde s'il en avait l'occasion. J'ai…

— Non, Steve, il ne nous baiserait pas, coupai-je. Gary est quelqu'un d'intègre. Il n'est pas comme nous. Il respecte toujours sa parole. Que tu veuilles le virer est une chose. Mais tu devrais lui laisser ses stock-options.

Je m'aperçus qu'en disant « devrais », j'accordais à Steve plus de pouvoir qu'il n'en avait réellement. Le problème était que, sur le papier, il était toujours le propriétaire de la majorité de la société. Ce n'était qu'en vertu de notre accord secret que je gardais le contrôle.

— Laisse-moi lui parler, dit le Cordonnier, l'œil illuminé par une lueur diabolique. Si je peux le convaincre de partir sans faire d'histoires, pourquoi te tracasser ? Si je peux récupérer ses stock-options, on fait cinquante-cinquante, ça te va ?

Je baissai le menton, abattu. Il était 11 h 30 du matin et je me sentais salement fatigué. Trop de drogues. Et à la maison… eh bien, la vie n'avait pas vraiment été rose, ces derniers temps. La Duchesse ne cessait de s'angoisser au sujet de Carter et j'avais pratiquement renoncé à vaincre mon mal de dos, qui me torturait à présent vingt-quatre heures sur vingt-quatre. J'avais provisoirement fixé au 15 octobre la date de ma tentative de spondylodèse. Il ne restait plus que trois semaines avant l'échéance et cette seule pensée me terrifiait. J'allais subir une anesthésie générale et passer plusieurs heures sur le billard. Qui aurait pu me garantir que j'allais me réveiller ? Et même si je me réveillais, est-ce que je n'allais pas me réveiller paralysé ? Il y a toujours un risque lorsqu'on subit une intervention à la colonne vertébrale, même si avec le Dr Barth Green, j'étais sans aucun doute entre les meilleures mains. De toute façon, j'allais être hors circuit pour au moins six mois, mais après, ma douleur serait partie pour de bon et ma vie redeviendrait normale. Oui, l'été 1996 allait être un bon cru !

Bien entendu, je me servais de cette perspective pour rationaliser ma consommation croissante de drogues. J'avais promis à Madden et à la Duchesse qu'une fois mon dos guéri, je laisserais tomber tout ça et redeviendrais le « vrai » Jordan. À ce moment même, la seule raison qui faisait que je n'étais pas *stone* était que j'étais sur le point de quitter mon bureau pour aller chercher la Duchesse à Old Brookville et l'emmener à Manhattan pour une nuit romantique au Plaza. C'était une idée de sa mère, qui pensait que cela nous ferait du bien à tous les deux de prendre de la distance avec tous les soucis qui semblaient nous écraser depuis les problèmes cardiaques de Carter. Cela serait pour nous une excellente occasion de penser à autre chose.

— Écoute, Steve, dis-je en m'efforçant de sourire, j'ai déjà suffisamment de stock-options et toi aussi. Et nous pouvons toujours en tirer d'autres pour nous, si besoin.

Je bâillai à m'en décrocher la mâchoire.

— Et puis merde, fais ce que tu veux, après tout. Je suis trop fatigué pour continuer à en discuter aujourd'hui.

— T'as vraiment une sale gueule, dit Steve. Je ne te dis pas ça méchamment. Je me fais du souci pour toi, et ta femme aussi. Il faut que tu arrêtes le Mandrax et la coke, sinon tu vas finir par y rester. Je suis bien placé pour le savoir. Je suis descendu presque aussi bas que toi, sauf que… je n'étais pas aussi riche que toi et que je ne pouvais pas couler aussi profond.

Il resta songeur un instant.

— Ou peut-être suis-je descendu aussi bas, reprit-il, mais ça s'est produit bien plus rapidement. Tandis que pour toi, avec tout l'argent que tu as, ça pourrait traîner encore un bon bout de temps. En tout cas, je t'en supplie, il faut que tu t'arrêtes, sinon ça finira mal. Ça finit toujours mal.

— D'accord, d'accord. Tu as ma promesse qu'aussitôt mon dos guéri, j'arrête pour de bon.

Steve ne dit rien, mais je voyais bien dans son regard qu'il n'y croyait pas une seconde.

Ma Ferrari Testarossa blanc perle flambant neuve, douze cylindres, quatre cent cinquante chevaux, rugit comme un F15 en postcombustion, lorsque j'écrasai l'embrayage et rétrogradai brutalement en quatrième. À peine le temps de l'écrire qu'un kilomètre du nord-est du Queens avait défilé à deux cent vingt-cinq à l'heure, tandis que je me faufilais dans le trafic sur le Cross Island Parkway, un joint de sinsemilla de première qualité au bec, direction le Plaza. Un doigt sur le volant, je me tournai vers la Duchesse, terrorisée.

— Ne me dis pas que tu n'adores pas cette voiture ?

— C'est un vrai tas de boue, grogna-t-elle, et je vais te tuer si tu ne jettes pas ce joint et que tu ne ralentis pas, salaud ! Fais ce que je te dis, sinon tu peux te la mettre sur l'oreille, ce soir.

En moins de cinq secondes, la Ferrari roulait à quatre-vingt-dix et le joint volait par la fenêtre. Je n'avais pas fait l'amour avec la Duchesse depuis deux semaines avant la naissance de Carter, cela faisait donc plus de deux mois. Il faut dire qu'après l'avoir vue sur la table d'accouchement avec sa chatte assez grande pour y cacher Jimmy Hoffa, je n'avais guère été d'humeur. Et ma consommation quotidienne moyenne d'une douzaine de Mandrax et d'assez de cocaïne pour faire trotter jusqu'en Chine une bande de paralytiques n'avait pas eu sur ma libido un effet miraculeux.

Et puis, la Duchesse avait vu juste. Alors que Carter était à présent en parfaite santé, elle restait aussi tendue qu'une corde de piano. Deux nuits au Plaza nous feraient sans doute du bien. Je détournai un œil de la route.

— Je me ferai un plaisir de ne pas dépasser le quatre-vingt-dix si tu me promets une nuit de baise à percuter la planète. Ça te va ?

— Ça me va, mais d'abord tu m'emmènes chez Barneys et chez Bergsdorf. Après, je serai tout à toi.

La soirée promettait d'être mémorable. Tout ce que j'avais à faire pour décrocher le gros lot était de survivre à la traversée de ces deux salles de torture hors de prix. Et, bien sûr, ne pas dépasser le quatre-vingt-dix.

Chez Barneys, ils avaient été assez sympas pour nous réserver l'étage supérieur. J'étais affalé dans un fauteuil, sirotant du Dom Pérignon, pendant que la Duchesse essayait tenue sur tenue, tournoyant délicieusement comme si elle était encore mannequin. Au sixième tourbillon, j'eus un fort plaisant aperçu de sa croupe incendiaire. Instantanément, je jaillis de mon fauteuil et la suivis dans la cabine d'essayage. Je lançai dare-dare le premier assaut. En moins de dix secondes, je la coinçai contre le mur, retroussai sa robe retroussée et m'enfonçai en elle. Battant le mur à grandes saccades, grognant, gémissant, nous fîmes l'amour avec passion.

Deux heures plus tard, nous franchissions la porte à tambour du Plaza. Il était à peine 19 heures. Le Plaza était mon hôtel préféré à New York, en dépit du fait que Donald Trump en fût le propriétaire. En fait, j'avais beaucoup de respect pour ce sacré Donald. Un homme – fût-il milliardaire – capable de se balader avec une coupe de cheveux pareille et de se taper malgré tout les plus belles femmes du monde donnait un sens nouveau à l'expression « homme puissant ». Nous étions suivis par deux chasseurs chargés d'une dizaine de sacs contenant pour environ 150 000 dollars de vêtements féminins. Le poignet gauche de la Duchesse était ceint d'une montre Cartier flambant neuve, cloutée de diamants, valant 40 000 dollars. Nous avions déjà fait l'amour dans les cabines d'essayage de trois grands magasins et la soirée ne faisait que commencer.

Mais à peine étions-nous entrés que les choses commencèrent à se gâter. Derrière le comptoir d'accueil se tenait une blonde plutôt plaisante, dans la petite trentaine.

— Déjà de retour parmi nous, M. Belfort ! s'écriat-elle, avec un grand sourire. Bienvenue ! Quel plaisir de vous revoir !

Et merde, le comité d'accueil…

La Duchesse était à quelques pas de moi, admirant sa nouvelle montre – et peut-être encore un peu flageolante sous l'effet du Mandrax que j'avais réussi à la convaincre de prendre. Je jetai à la blonde un coup d'œil paniqué et secouai frénétiquement la tête, comme pour lui dire : « Bon Dieu, je suis avec ma femme ! Boucle-la donc un peu ! »

Ça n'empêcha pas la blonde de continuer avec un grand sourire.

— Nous vous avons réservé votre suite habituelle, au…

— Très bien, parfait ! la coupai-je. Donnez-moi la fiche, que je la signe ! Merci beaucoup !

Je m'emparai de la clé de la chambre et entraînai la Duchesse du côté de l'ascenseur.

— Viens vite, chérie ! J'ai envie de toi.

— Déjà prêt à remettre le couvert ? demanda-t-elle, taquine.

Merci, saint Mandrax ! pensai-je. Sans lui, la Duchesse ne se serait jamais laissée avoir. Pour tout dire, elle m'aurait déjà frappé.

— Tu te fiches de moi ? répliquai-je. Avec toi, je suis toujours prêt !

À cet instant, le groom nain du Plaza se dandina vers nous dans son uniforme vert vif à boutons dorés et casquette assortie.

— Ravi de vous revoir ! croassa le nabot.

Je souris et lui fis un signe de tête, tout en continuant d'entraîner la Duchesse vers l'ascenseur. Les deux chasseurs continuaient à nous suivre, portant nos emplettes, car j'avais insisté pour que nous emportions avec nous dans la chambre tous les achats de la Duchesse, dans l'idée qu'elle me refasse une séance d'essayage privée.

Une fois dans la chambre, je gratifiai les deux chasseurs d'un pourboire de 100 dollars chacun et leur fis jurer le secret. Dès qu'ils furent sortis, la Duchesse et moi nous jetâmes sur le grand lit pour nous rouler dessus en riant.

Soudain, le téléphone sonna.

Nous le regardâmes tous deux, le cœur chaviré. Personne ne savait que nous étions ici, à part Janet et la mère de Nadine, qui gardait Carter. Doux Jésus ! Ça ne pouvait être que de mauvaises nouvelles. Je le savais au plus profond de mon cœur. Mon être tout entier le savait. Je laissai le téléphone sonner trois fois.

— C'est peut-être l'accueil, risquai-je.

J'attrapai l'appareil et décrochai.

— Allô ?

— Jordan, c'est Suzanne. Il faut que vous rentriez tout de suite à la maison. Carter a quarante degrés cinq de fièvre ; il ne bouge plus.

Je jetai un coup d'œil à la Duchesse. Elle me regardait fixement, attendant les nouvelles. Je ne savais que dire. Au cours des six dernières semaines, je l'avais vue à bout comme jamais auparavant. Cela allait être le coup de grâce – la mort de son fils nouveau-né.

— Nous devons y aller tout de suite, chérie. Carter est brûlant de fièvre. Ta mère dit qu'il ne bouge plus.

Sans verser une larme, elle se contenta de fermer les yeux très fort et d'acquiescer, les lèvres serrées. Tout était fini, à présent. Nous le savions tous les deux. Pour une raison que nous ignorions, Dieu ne voulait pas laisser cet enfant innocent dans notre monde. J'étais incapable de comprendre pourquoi. Mais pour l'instant, il n'y avait pas de place pour les larmes. Nous devions rentrer à la maison et dire adieu à notre fils.

Les larmes, ce serait pour plus tard. Des fleuves de larmes.

La Ferrari venait de passer le deux cents quand nous franchîmes la limite entre le Queens et Long Island. Cette fois, pourtant, la Duchesse voyait les choses autrement.

— Accélère ! Plus vite, s'il te plaît ! Il faut l'emmener à l'hôpital avant qu'il ne soit trop tard !

J'écrasai aussitôt l'accélérateur. La Testarossa bondit comme une fusée. En trois secondes, l'aiguille du compteur piquait le deux cent trente, et continua à grimper. Nous dépassions les voitures qui roulaient à cent dix comme si elles étaient arrêtées. Je ne savais pas vraiment pourquoi nous avions dit à Suzanne de ne pas emmener Carter à l'hôpital, sans doute l'idée de voir notre fils chez nous une dernière fois.

En un clin d'œil, nous fûmes dans l'allée ; avant même que la Ferrari se fût arrêtée, la Duchesse se précipitait vers la porte de la maison. Je consultai ma montre. Il était 19 h 45. Du Plaza à Pin Oak Court, le voyage prenait habituellement trois quarts d'heure. Nous venions de le faire en dix-sept minutes.

Pendant le trajet, la Duchesse avait appelé le pédiatre de Carter avec son téléphone portable. Le pronostic était terrifiant. À l'âge de Carter, une fièvre extrême accompagnée d'une absence de mouvement était le symptôme d'une méningite cérébro-spinale. Il en existe deux sortes : bactérienne et virale. Les deux peuvent être mortelles, mais la différence était que, si Carter arrivait à survivre aux premiers stades de la méningite virale, il se rétablirait complètement. Avec la méningite bactérienne, en revanche, il avait toutes les chances de passer le reste de sa vie aveugle, sourd et mentalement retardé. L'idée était insupportable.

Je m'étais toujours demandé comment faisaient les parents pour parvenir à aimer un enfant atteint de tels problèmes. Il m'était déjà arrivé de voir jouer dans un square un enfant souffrant de retard mental. Voir les parents prêts à n'importe quel effort pour donner à leur enfant le moindre semblant de joie, ou ne fût-ce même que de normalité, me déchirait chaque fois le cœur. Et j'avais toujours trouvé stupéfiant l'amour débordant que prodiguaient ces parents, en dépit de tout – en dépit de la gêne et de la culpabilité qu'ils pouvaient ressentir, en dépit du fardeau évident que cet enfant représentait dans leur vie.

Est-ce que moi, j'en serais capable ? Serais-je vraiment à la hauteur des circonstances ? Bien sûr, il aurait été facile de dire que je le serais. Les mots ne coûtent pas cher. Aimer un enfant qu'on ne connaîtra jamais vraiment, un enfant avec lequel on n'établira jamais de véritable lien... Tout ce que je pouvais faire, c'était prier Dieu de me donner la force d'être un homme de ce genre – un homme bon, et, en vérité, un homme vraiment puissant. Je ne doutais pas que ma femme en fût capable. Elle semblait avoir une relation extraordinairement étroite avec Carter, et lui avec elle. Il en avait été de même entre Chandler et moi dès le moment où elle avait eu conscience d'elle-même. Jusqu'à présent, en fait, quand Chandler était inconsolable, c'était toujours papa le sauveur.

Carter, à moins de deux mois, réagissait toujours de la même façon miraculeuse à la présence de Nadine. Comme si sa seule présence suffisait à le calmer, à l'apaiser, à lui faire sentir que tout allait bien. Un jour, moi aussi je serais aussi proche de mon fils ; oui, si Dieu voulait bien le permettre, je le serais un jour, c'était sûr.

Le temps que j'arrive à la porte d'entrée, la Duchesse avait déjà pris Carter dans ses bras, emmitouflé dans une couverture bleue. Rocco de Nuit avait sorti la Range Rover devant la maison, prête à foncer vers l'hôpital. Tandis que nous nous dirigions vers la voiture, je posai le dos de ma main sur le petit front de Carter. Je sursautai, épouvanté. Il était littéralement *brûlant* de fièvre. Il respirait encore, quoique faiblement. Il ne faisait pas le moindre geste ; il était raide comme un piquet.

Sur le chemin de l'hôpital, la Duchesse et moi étions assis à l'arrière de la Range Rover, et Suzanne occupait le siège du passager avant. Rocco était un ancien inspecteur du NYPD : pour lui, c'était comme si feux rouges et limitations de vitesse n'existaient pas. Dans ce genre de circonstances, c'était tant mieux. J'appelai le Dr Green en Floride, mais il n'était pas chez lui. Puis, j'appelai mes parents pour leur dire de nous retrouver au North Shore Hospital, à Manhasset, qui était à cinq minutes de moins que le Long Island Jewish Hospital. Le reste du voyage se fit en silence. Il n'y avait toujours pas de larmes.

Nous déboulâmes dans le service des urgences avec, à notre tête, la Duchesse portant Carter dans ses bras. Le pédiatre les avait déjà appelés et ils nous attendaient. Nous traversâmes une salle d'attente pleine de gens aux visages sans expression et, en moins d'une minute, Carter était sur une table d'examen et quelqu'un lui administrait une friction à l'alcool.

Un médecin d'allure jeune, aux sourcils broussailleux, s'adressa à nous.

— Cela ressemble bien à une méningite cérébro-spinale. Nous avons besoin de votre autorisation pour lui faire une ponction lombaire. C'est une opération très peu risquée, mais il y a toujours le risque d'une infection ou…

— Faites-lui tout de suite cette nom de Dieu de ponction lombaire ! aboya la Duchesse.

Le médecin acquiesça, sans paraître le moins du monde s'offusquer du langage de ma femme. Elle avait le droit.

Puis nous attendîmes. Dix minutes ou deux heures, je n'aurais su le dire. À un moment donné, la fièvre de Carter retomba à trente-neuf. Il se mit à crier sans répit. C'était un cri aigu, démoniaque, impossible à décrire. Je m'imaginai que cela devait être le cri d'un bébé que l'on est en train de priver de ses facultés les plus élémentaires, comme s'il criait d'une angoisse instinctive en se rendant compte du terrible destin qui s'abattait sur lui.

La Duchesse et moi étions assis dans la salle d'attente sur des chaises en plastique bleu clair, appuyés l'un contre l'autre, suspendus à un fil. Nous étions accompagnés de Suzanne et de mes parents. Sir Max marchait de long en large, fumant cigarette sur cigarette en dépit du panneau d'interdiction de fumer affiché au mur. Je n'aurais pas donné cher de la peau de l'inconscient qui lui aurait demandé de jeter son mégot. Ma mère était assise à côté de moi, en larmes. Je ne lui avais jamais vu le visage aussi défait. Suzanne était assise à côté de sa fille ; il n'était plus question de conspiration. C'était une chose que notre bébé ait une perforation cardiaque : cela pouvait se refermer. Mais qu'il doive grandir sourd, muet et aveugle était une tout autre affaire.

Le médecin en blouse verte surgit par une double porte automatique. Son visage arborait une expression neutre. La Duchesse et moi bondîmes de nos sièges et courûmes à lui.

— Navré, M. et Mme Belfort, dit-il. La ponction lombaire s'est révélée positive. Votre fils a une méningite cérébro-spinale. Elle…

— Virale ou bactérienne ? l'interrompis-je tout en saisissant la main de ma femme, priant pour qu'elle fût virale.

— Bactérienne, soupira-t-il tristement. Je suis vraiment désolé. Nous avons tous prié pour qu'elle soit virale, mais le test est sans appel. Nous avons contrôlé les résultats trois fois, et il n'y a pas d'erreur possible.

Le médecin soupira une nouvelle fois.

— Nous avons pu faire descendre sa fièvre aux alentours de trente-neuf et il semble qu'il s'en sortira. Mais la méningite cérébro-spinale bactérienne provoque des lésions importantes dans le système nerveux central. Il est trop tôt pour dire à quel point, mais en général cela occasionne la perte de la vue et de l'ouïe…

Il chercha ses mots.

— Et la perte de certaines facultés mentales. Je suis vraiment désolé pour vous. Dès qu'il sera sorti de la phase aiguë de la maladie, nous ferons venir différents spécialistes pour déterminer l'étendue des séquelles. Pour l'instant, tout ce que nous pouvons faire, c'est lui injecter de fortes doses d'antibiotiques à large spectre pour tuer la bactérie. Pour l'instant, nous ne savons même pas de quelle bactérie il s'agit ; il semble qu'il s'agisse d'un organisme rare, qui n'est pas typiquement associé à la méningite. Le chef du service des maladies infectieuses a été contacté et il est en route pour l'hôpital.

Je ne voulais pas y croire.

— Comment a-t-il attrapé ça ? demandai-je.

— Impossible à dire, répondit le jeune médecin. En tout cas, nous l'avons placé en isolement, au cinquième étage. Tant que nous n'aurons pas le fin mot de tout ça, il restera en quarantaine. Personne d'autre que vous et votre femme n'a le droit de le voir.

Je regardai la Duchesse. Fixant le lointain, la bouche grande ouverte, elle paraissait figée sur place. Puis, elle s'évanouit.

Un vacarme indescriptible régnait dans l'unité d'isolement du cinquième étage. Carter agitait les bras en tous sens et battait des jambes en hurlant, tandis que la Duchesse arpentait la chambre en pleurant de façon hystérique. Les larmes coulaient à torrents sur son visage couleur de cendre.

— Nous essayons de poser une perfusion à votre fils, lui dit l'un des médecins, mais il ne veut pas se tenir tranquille. À son âge il peut être très difficile de trouver une veine. Nous pensons qu'il va falloir lui planter l'aiguille directement dans le crâne. Ça semble être le seul moyen.

Il parlait sur un ton désinvolte, sans la moindre trace de sympathie. La Duchesse se précipita sur lui.

— Espèce de petite ordure ! Tu sais qui est mon mari, dis, fils de pute ? Tu vas t'y coller tout de suite et lui faire son intraveineuse dans le bras, ou sinon je te tue avant même que mon mari n'ait eu le temps de payer quelqu'un pour le faire !

Le médecin se figea bouche bée, terrorisé. Face à la férocité déchaînée de la Duchesse de Bay Ridge, il était clair qu'il ne faisait pas le poids.

— Qu'est-ce que tu attends, nom de Dieu ? Allez, vas-y !

Le médecin acquiesça et retourna en hâte au berceau de Carter. Il souleva de nouveau son petit bras pour y chercher une veine. À cet instant, mon téléphone portable se mit à sonner.

— Allô ? dis-je d'une voix blanche.

— Jordan ? C'est Barth Green. J'ai eu tous tes messages. Je suis tellement navré pour Nadine et toi. Ils sont vraiment sûrs que c'est une méningite ?

— Oui, répliquai-je, ils en sont sûrs. Ils sont en train d'essayer de lui poser une perfusion d'antibiotiques, mais il est en pleine crise pour l'instant. Il bat des jambes et des bras, il hurle et…

— Oh là, ho là ! me coupa Barth Green. On se calme. Tu viens de dire qu'il s'agite dans tous les sens ?

— Oui, il est complètement hystérique. Depuis que sa fièvre est retombée, il n'y a pas moyen de le calmer. Comme s'il était possédé par un mauvais…

— Ça va, Jordan, détends-toi ! Ton fils n'a pas de méningite, ni bactérienne ni virale. Si c'était le cas, il aurait toujours quarante et un de fièvre et il serait raide comme une barre. Il a dû prendre un coup de froid. Les bébés ont tendance à faire des poussées de fièvre anormalement élevées. Demain matin, il sera guéri.

J'étais bouleversé. Comment Barth Green pouvait-il se montrer irresponsable au point de créer un faux espoir comme celui-ci ? Il n'avait même pas vu Carter et la ponction lombaire avait donné un résultat certain ; ils l'avaient vérifié trois fois. Je soupirai profondément.

— Écoute, Barth, c'est vraiment gentil de ta part d'essayer de me remonter le moral, mais la ponction lombaire a montré qu'il y avait un organisme ra…

— Je me fous complètement de ce que dit le test. Je suis prêt à parier que l'échantillon a été contaminé. C'est ça le problème, avec ces services d'urgences : ils savent se débrouiller avec une jambe cassée ou à la rigueur une blessure par balle, mais ça s'arrête là. C'est absolument ignoble de leur part de vous avoir inquiétés de cette façon.

Je l'entendis soupirer.

— Écoute, Jordan, tu sais que je m'occupe tous les jours de paralysies dues à des méningites. Annoncer des mauvaises nouvelles aux gens, c'est ma spécialité. Bien obligé ! Mais là, c'est tout simplement des conneries ! Ton fils a pris froid.

J'étais estomaqué. Je n'avais jamais entendu Barth Green dire le moindre gros mot. Était-il possible qu'il eût raison ? Était-il plausible que, depuis son salon en Floride, il fît un meilleur diagnostic que toute l'équipe de médecins qui se tenaient au chevet de mon fils avec les appareils scientifiques les plus avancés du monde ?

— Passe-moi Nadine, dit soudain Barth d'un ton impérieux.

Je m'approchai de la Duchesse et lui passai le téléphone.

— C'est Barth au bout du fil. Il veut te parler. Il dit que Carter n'a rien et que tous les médecins d'ici déconnent complètement.

Elle prit le téléphone. Je m'approchai du berceau et regardai Carter. Ils avaient fini par trouver le moyen de poser la perfusion dans son bras droit et il s'était un peu calmé. Maintenant, il gémissait en se tortillant dans son berceau. Il était vraiment beau, pensai-je, et ces cils… Même en ce moment, ils étaient magnifiques.

Une minute plus tard, la Duchesse se penchait sur le berceau et posait le dos de la main sur le front de Carter. Elle avait l'air indécise.

— Il n'a plus l'air d'avoir de fièvre. Mais comment les médecins ont-ils pu se tromper ? Et comment la ponction lombaire a-t-elle pu donner un faux résultat ?

Je pris la Duchesse dans mes bras et la tins serrée contre moi.

Nous devrions faire un tour de garde pour dormir ici. Comme ça, il y aurait toujours l'un de nous avec Channy.

— Non, répliqua-t-elle, je ne quitterai pas cet hôpital sans mon fils. Je m'en fiche si ça doit durer un mois. Je ne bouge pas, à aucun prix.

Pendant trois jours, la Duchesse resta au chevet de Carter, sans sortir une seule fois de la chambre. L'après-midi du troisième jour, assis à l'arrière de la limousine pour rentrer à Old Brookville, nous ramenions entre nous deux Carter James Belfort. La phrase « L'échantillon avait été contaminé » me résonnait plaisamment aux oreilles. Et j'étais de plus en plus épaté par le Dr Barth Green.

D'abord, il avait su réveiller Elliot Lavigne du coma. Et à présent, huit mois plus tard, voilà ce qu'il avait fait. Je me sentais d'autant plus rassuré de savoir que ce serait lui qui, la semaine suivante, se pencherait sur moi le

scalpel à la main, pour tailler dans ma colonne vertébrale.

J'allais retrouver une vie normale. Et j'allais enfin
pouvoir laisser tomber les drogues.

CHAPITRE 33

Répits

(Trois semaines plus tard.)

Je ne sais plus vraiment à quel moment exact je m'éveillai de mon opération du dos. C'était le 15 octobre 1995, en début d'après-midi. Je me souviens d'avoir ouvert les yeux et grommelé quelque chose comme : « Aaaïe, merde ! Putain, ce que je me sens mal ! » Puis, je me mis soudain à vomir tripes et boyaux. À chaque nausée, je sentais cette douleur terrible qui fulgurait à travers toutes les fibres de mon corps. J'étais dans la salle de réveil de l'Hospital for Special Surgery, à Manhattan. J'étais relié à une perfusion qui, chaque fois que j'appuyais sur un bouton, m'envoyait dans le corps une dose de morphine pure. Je me souviens d'avoir réalisé avec mélancolie qu'il m'avait fallu passer sept heures sur la table d'opération pour pouvoir planer à bon compte sans enfreindre la loi.

La Duchesse était penchée au-dessus de moi.

— Ça s'est très bien passé, chéri ! me dit-elle. Barth dit que tout va bien.

Je tentai de sourire et me laissai glisser dans l'état d'inconscience sublime provoqué par la morphine.

Je finis par rentrer à la maison. C'était peut-être une semaine plus tard, mais les jours semblaient se mélanger les uns aux autres de façon indiscernable. Alan Chim-tob m'avait rendu le service de passer à la maison déposer cinq cents Mandrax le jour de ma sortie. Pour Thanksgiving, il n'en restait plus un seul. Descendre en moyenne chaque jour dix-huit comprimés de Mandrax – dont chacun était capable d'assommer un marine de quatre-vingt-dix kilos pendant environ huit heures – était un haut fait dont je n'étais pas peu fier.

Le Cordonnier vint me rendre visite, pour me dire qu'il avait arrangé les choses avec le Dégoulineur, et que celui-ci était d'accord pour partir à l'amiable en n'empochant qu'une petite partie de ses stock-options. Ensuite, ce fut au tour du Dégoulineur de passer à la maison. Il me dit qu'un de ces jours, il croiserait le Cordonnier dans une ruelle sombre et qu'il l'étranglerait avec sa propre queue-de-cheval. Danny passa lui aussi, pour me dire qu'il était en train de finaliser un accord avec les États, et qu'il était parti pour vingt ans de ciel bleu. Puis Moumoute débarqua et m'expliqua que Danny avait perdu tout contact avec la réalité, qu'il n'y avait pas le moindre accord avec les États en vue, et que lui, Moumoute, cherchait une autre société de courtage pour laquelle il pourrait travailler dès que Stratton aurait implosé.

Tandis que Stratton poursuivait sa dégringolade, Biltmore et Monroe Parker continuaient à prospérer. À Noël, toutes deux avaient définitivement rompu tout lien avec Stratton, mais continuaient à me payer une indemnité de 1 million de dollars à chaque nouvelle mise sur le marché. Le Chef passait me voir toutes les quelques semaines pour me donner des nouvelles du fiasco de l'affaire Patricia Mellor, qui n'en finissait pas de se terminer. Les héritières de Patricia, Tiffany et Julie, étaient en train de s'arranger avec le fisc britannique. Selon certaines rumeurs indistinctes, le FBI

s'intéressait à l'affaire, mais aucune commission roga-
toire n'avait été émise. Le Chef m'assura que tout allait
bien se terminer. Il avait pris contact avec le
Maître Faussaire. Celui-ci avait été interrogé par les
gouvernements suisse et américain, mais il s'en était
obstinément tenu à notre histoire. L'agent Coleman
était donc complètement dans l'impasse.

Côté famille, Carter, après des débuts chaotiques,
poussait magnifiquement. Il avait des traits parfaitement réguliers, de grands yeux bleus et les cils les plus
longs de tout ce côté-ci de l'univers. Avec le duvet
blond qui lui couvrait la tête, il était absolument ravis-
sant. Chandler, le bébé génie de deux ans et demi à présent, était littéralement tombée amoureuse de son frère.
Elle adorait jouer à la maman, lui donnait son biberon
et surveillait Gwynne et Erica quand elles lui chan-
geaient sa couche. Chandler me tenait souvent compagnie, les fois où je me traînais du grand lit de la
chambre jusqu'au canapé du sous-sol, incapable de
faire autre chose qu'avaler des quantités massives de
Mandrax et regarder la télévision. Cela avait eu pour
conséquence de faire de Chandler un Maître Jedi en
compréhension de parler bredouilleux. Cela pourrait lui
être utile, pensai-je, si un jour elle devait travailler avec
des patients victimes d'attaques cérébrales. Mais elle ne
cessait de me demander quand je serais à nouveau assez
en forme pour recommencer à la porter. Je lui répondais
que c'était pour bientôt, mais je doutais fort de pouvoir
jamais récupérer complètement.

La Duchesse avait elle aussi été merveilleuse – du
moins au début. Pourtant, Thanksgiving passa, puis
Noël, puis le jour de l'An et elle commença à perdre
patience. J'avais le buste entièrement plâtré, ce qui me
rendait complètement chèvre et je m'imaginais que,
étant son mari, mon devoir était de la rendre chèvre elle

aussi. Mais le plâtre était en fait le cadet de mes soucis. Mon véritable cauchemar était la douleur, qui était pire qu'avant l'opération. Je continuais à souffrir de l'ancienne douleur, mais, surtout, était venue s'en ajouter une nouvelle, qui plongeait encore plus loin. On aurait dit qu'elle s'attaquait directement à ma moelle épinière. Le moindre mouvement un peu brusque m'envoyait des vagues de feu dans toute la colonne vertébrale. Le Dr Green m'avait bien prévenu que la douleur persisterait, mais en fait elle semblait vouloir continuer à s'aggraver.

Début janvier, j'avais sombré dans un profond désespoir et la Duchesse décida de réagir. Elle m'intima de ralentir ma consommation de drogues et au moins d'essayer de me comporter comme un être humain en état de marche. Je répondis en me plaignant de l'hiver new-yorkais, qui ravageait mon corps de 33 ans. Avec l'âge, mes os s'étaient mis à craquer. Elle suggéra de passer l'hiver ensemble en Floride, mais je lui répondis que la Floride était pour les vieillards et que, si j'avais l'impression d'avoir un corps de vieux, je me sentais toujours l'âme jeune.

Alors, la Duchesse prit les choses en main et, un beau matin, j'appris que nous vivrions désormais à Beverly Hills, au sommet d'une haute colline surplombant la ville de Los Angeles. Bien sûr, il allait falloir emmener toute la ménagerie, afin de pouvoir continuer *Vie et Mœurs des riches détraqués*. Pour la bagatelle de 25 000 dollars par mois, je louai la demeure de Peter Morton, le célèbre fondateur des Hard Rock Cafés, et m'y installai pour l'hiver. L'apprentie tout-et-n'importe-quoi fourragea dans son sac d'envies refoulées, et en sortit une nouvelle, intitulée « apprentie décoratrice d'intérieur ». Le jour où nous emménageâmes, il y avait dans la maison pour 1 million de

dollars de meubles flambant neufs impeccablement disposés. Le seul problème était que la maison était si
grande – pas loin de trois mille mètres carrés – que j'en
vins presque à envisager d'acheter une trottinette à
moteur pour me déplacer d'une extrémité à l'autre.

Parallèlement, je me rendis bientôt compte que
Los Angeles n'était qu'un simple pseudonyme d'Hollywood. J'investis donc quelques millions de dollars et
me mis à faire des films. Au bout d'à peu près
trois semaines, je réalisai qu'à Hollywood tout le
monde – moi compris – était légèrement timbré, et que
la principale activité de chacun était surtout de
déjeuner. Mes associés dans le monde du cinéma étaient
une famille de Juifs sud-africains très intolérants,
d'anciens clients de l'activité de banque d'investissement de Stratton. Des gens intéressants, avec leurs
corps de pingouins et leurs nez à piquer les gaufrettes.

Dans le courant de la troisième semaine de mai, on
me débarrassa de mon plâtre. Fabuleux ! La douleur
était toujours terrible, mais il était temps de commencer
la rééducation. Peut-être cela me ferait-il enfin du bien.
Hélas, durant la deuxième semaine de rééducation,
je sentis quelque chose lâcher et une semaine plus tard
j'étais de retour à New York, marchant avec une canne.
Je passai une semaine dans plusieurs hôpitaux, subis-
sant des tests – tous négatifs. Selon Barth, je souffrais
d'un dysfonctionnement de mon système de gestion de
la douleur. Sur le plan mécanique, mon dos n'avait rien,
rien sur quoi l'on puisse agir.

Eh bien, d'accord, me dis-je. Tout ce qui me restait à
faire était de me traîner jusqu'à ma royale chambre à
coucher pour m'y laisser mourir. À mon avis, une overdose de Mandrax serait le meilleur moyen d'en finir ou,
du moins, le plus adapté puisque ç'avait toujours été ma
drogue de prédilection. Mais pas la seule, et de loin.

Mon régime de drogues quotidien comprenait quatre-vingt-dix milligrammes de morphine, contre la douleur ; quarante milligrammes d'oxycodone, pour faire bonne mesure ; une douzaine de Soma, pour me décontracter les muscles ; huit milligrammes de Xanax, contre l'angoisse ; vingt milligrammes de Rivotril, parce que ça avait l'air fort ; trente milligrammes de Stilnox, contre les insomnies ; vingt Mandrax, parce que j'aimais ça ; un ou deux grammes de cocaïne, pour l'équilibre ; vingt milligrammes de Prozac, contre la dépression ; dix milligrammes de Deroxat, contre les crises de panique ; huit milligrammes de Zophren, contre la nausée ; deux cents milligrammes de Fiorinal, contre les migraines ; quatre-vingts milligrammes de Valium, pour me détendre les nerfs ; deux pleines cuillerées à soupe de Senokot, contre la constipation ; vingt milligrammes de Salagen, contre la bouche sèche ; et un demi-litre de scotch *single malt* Macallan, pour faire descendre le tout.

Un mois plus tard, le matin du 20 juin, j'étais couché dans la chambre royale, dans un état semi-végétatif, lorsque la voix de Janet me parvint par l'interphone.

— Barth Green sur la ligne un, dit la voix.

— Prends un message, marmonnai-je. Je suis en réunion.

— Très amusant, répondit cette voix détestable. Il dit qu'il faut qu'il vous parle immédiatement. Si vous ne décrochez pas ce téléphone, c'est moi qui viens décrocher à votre place. Et laissez donc cette fiole de cocaïne tranquille.

J'étais soufflé. Comment savait-elle ? J'inspectai les murs, cherchant une caméra dissimulée, sans pouvoir la découvrir. La Duchesse et Janet me surveillaient-elles ? Ce serait bien la pire indélicatesse qui se puisse concevoir ! Je laissai échapper un soupir de lassitude et, posant ma fiole de coke, je décrochai le téléphone.

— Âââwau ? grommelai-je avec la voix d'Elmer Fudd au lendemain d'une sévère cuite.

— Salut, Jordan, répondit une voix sympathique, ici Barth Green. Comment te remets-tu ?

— À merveille, grinçai-je. Et toi, comment ça va ?

— Oh, moi, tout va bien, dit le bon docteur. Écoute, ça fait quelques semaines que nous ne nous sommes pas parlé, mais pendant ce temps j'ai eu tous les jours Nadine au téléphone et elle est très inquiète pour toi. Elle dit que tu n'as pas quitté ta chambre depuis une semaine.

— Non, non, dis-je. Je vais bien, Barth. Je suis en train de trouver mon second souffle.

Quelques secondes de silence embarrassé s'écoulèrent.

— Comment te sens-tu, Jordan ? Comment te sens-tu vraiment ? reprit Barth.

Je laissai échapper un profond soupir.

— La vérité, Barth, répondis-je, c'est que je lâche l'affaire. Je suis foutu. Je n'arrive plus à supporter la douleur ; ce n'est pas une vie. Ne pense pas que je t'en veuille ou quoi que ce soit. Je sais bien que ce n'est pas ta faute. Tu as fait tout ton possible. J'imagine que c'est la faute à pas de chance, ou bien peut-être est-ce pour moi une façon d'expier quelque chose. Mais de toute façon, ça n'a aucune importance.

Barth contre-attaqua aussitôt.

— Peut-être que tu veux lâcher l'affaire, mais pas moi. Je ne lâcherai pas jusqu'à ce que tu sois guéri. Et tu *vas* guérir. Maintenant, je veux que tu te bouges le cul et que tu sortes du lit, là tout de suite, et que tu ailles voir tes enfants dans leur chambre. Regarde-les un bon coup. Peut-être que tu ne veux plus te battre pour toi, mais tu ne crois pas que tu dois continuer à te battre pour eux ? Au cas où tu ne te serais pas rendu compte, tes enfants grandissent sans père. Quand as-tu joué avec eux pour la dernière fois ?

Je tentai de refouler mes larmes, mais en vain.

— Je suis à bout, reniflai-je. La douleur m'accable. Elle me ronge jusqu'aux os. Impossible de vivre avec. Chandler me manque énormément et je connais à peine Carter. Mais la douleur ne cesse jamais. Le seul moment où je n'ai pas mal sont les deux premières minutes quand je me réveille le matin. Puis la douleur revient à fond de train et se remet à me bouffer. J'ai tout essayé, il n'y a rien à faire pour l'arrêter.

— C'est pour ça que je t'appelle ce matin, dit Barth. Il existe un nouveau médicament que je veux que tu essayes. Ce n'est pas un stupéfiant, et il n'a pour ainsi dire pas d'effets secondaires. Certaines personnes ont obtenu avec lui des résultats étonnants – des gens atteints de troubles nerveux, comme toi.

Je l'entendis soupirer.

— Écoute, Jordan, ton dos ne souffre de rien de structurel. Ta spondylodèse est réussie. Le problème, c'est que tu as un nerf endommagé, qui s'excite pour de mauvaises raisons. Ou plutôt, pour être plus exact, sans aucune raison du tout. Tu vois, chez les personnes en bonne santé, la douleur sert de signal d'alarme, pour faire savoir au corps que quelque chose va de travers. Mais, parfois, un court-circuit vient perturber le système, en général après un traumatisme sévère. Dans ce cas, même une fois que la blessure est guérie, le nerf continue à être excité. Je soupçonne que c'est ce qui se passe dans ton cas.

— Quel genre de médicament est-ce ? demandai-je, sceptique.

— C'est un antiépileptique, utilisé pour traiter les crises, mais il marche aussi pour les douleurs chroniques. Je vais être honnête avec toi, Jordan, ce n'est pas gagné d'avance. Le produit n'est pas approuvé par la FDA [1] pour le traitement des douleurs chroniques et les données sont de niveau anecdotique. Tu vas être un des premiers à New York à en prendre contre la douleur. J'ai déjà téléphoné à ton pharmacien. Tu devrais l'avoir dans une heure.

— Ça s'appelle comment ?

— Du Lamictal, dit-il. Comme je viens de te le dire, il n'y a pas d'effets secondaires, et tu ne te rendras même pas compte que tu es sous traitement. Je veux que tu prennes deux comprimés ce soir avant de dormir. Ensuite nous verrons bien.

Le matin suivant je me réveillai peu après huit heures et demie. Comme d'habitude, j'étais seul dans le lit. La Duchesse était déjà aux écuries, sans doute en train d'éternuer comme un farfadet qui aurait sniffé un plein poivrier. Elle allait revenir à midi, éternuant toujours, puis elle descendrait comme d'habitude à son *show-room* maternel du rez-de-chaussée, pour dessiner des vêtements. Un jour, m'imaginais-je, elle pourrait bien se mettre en tête de vouloir les vendre, en plus.

J'étais là, contemplant le baldaquin de soie blanche faramineusement chère, attendant que la douleur se réveille. Cela faisait maintenant six années que cette bâtarde galeuse me tenait dans ses griffes. Mais rien ne me transperçait la jambe gauche, aucune sensation de brûlure ne me tenaillait la partie inférieure du corps. Je sortis les jambes du lit et me mis debout, les bras au

---

1. Food and Drug Administration, organisme chargé d'autoriser la commercialisation des médicaments aux États-Unis. *(NdT)*

ciel. Toujours rien. Je fis quelques mouvements d'assouplissement… toujours rien. Ce n'était pas que la douleur avait diminué ; il n'y avait plus aucune douleur. C'était littéralement comme si quelqu'un avait appuyé sur un bouton et l'avait éteinte. Non, elle avait simplement disparu.

Je restai un long moment debout, en caleçon, immobile. Puis, je fermai les yeux, me mordis la lèvre inférieure et me mis à pleurer. Je m'approchai du lit, posai le front contre le bord du matelas, toujours en pleurant. Cette douleur m'avait pris six années de ma vie, dont les trois dernières avaient été si dures que ce n'était plus une vie. J'avais sombré dans la dépression. J'étais devenu accro aux drogues. Sous leur influence, j'avais fait des choses déraisonnables. Sans elles, jamais je n'aurais laissé Stratton partir en vrille à ce point.

Jusqu'à quel point ma dépendance aux drogues avait-elle entraîné ma vie du mauvais côté ? Sans elles, aurais-je couché avec toutes ces prostituées ? Aurais-je détourné illégalement autant d'argent en Suisse ? N'aurais-je jamais laissé dériver à ce point les méthodes de vente de Stratton ? Bien sûr, il était trop facile de tout mettre sur le dos des drogues : j'étais toujours resté responsable de mes actes. Ma seule consolation était que je menais désormais une vie plus honnête en construisant Steve Madden Shoes.

Juste à cet instant, la porte s'ouvrit toute grande. C'était Chandler.

— Bonjour, papa ! dit-elle. Je viens encore pour faire partir ton bobo avec un bisou.

Elle se pencha et m'embrassa le dos, une fois à droite, une fois à gauche, puis elle planta un baiser directement sur ma colonne vertébrale, juste au-dessus de ma cicatrice.

Je me tournai, des larmes encore plein les yeux et regardai ma fille un moment. Ce n'était plus un bébé. Pendant que je me noyais dans la douleur, elle avait arrêté de mettre des couches. Son visage était maintenant plus nettement ciselé et, bien qu'elle n'eût pas encore 3 ans, elle ne parlait plus comme un bébé. Je lui souris.

— Tu sais quoi, ma puce ? Ton bisou a fait partir le bobo de papa ! Il est tout parti, maintenant.

Elle se fit attentive.

— C'est vrai ? demanda-t-elle d'un ton incrédule.

— Oui, bébé, c'est vrai.

Je l'attrapai sous les bras et me mis debout, la soulevant au-dessus de ma tête.

— Tu vois, bébé ? Le mal de papa est parti maintenant. Est-ce que ce n'est pas super ?

— Tu vas jouer dehors avec moi aujourd'hui ? demanda-t-elle, très excitée.

— Et comment !

Je la fis tourner autour de ma tête en un grand cercle.

— À partir d'aujourd'hui, je vais jouer avec toi tous les jours ! Mais d'abord, il faut aller voir maman et lui annoncer la bonne nouvelle.

— Elle est en train de monter Leapyear, me dit-elle sur le ton de la confidence.

— Alors, je vais aller la voir là-bas, mais d'abord, passons voir Carter pour lui faire un gros bisou, d'accord ?

Elle approuva vigoureusement de la tête, et nous nous en fûmes.

Lorsque la Duchesse m'aperçut, elle tomba de son cheval. Le cul par terre.

Le cheval continua d'aller, tandis qu'elle restait étendue là, éternuant, la respiration sifflante. Je lui

racontai ma guérison miraculeuse et nous nous embrassâmes, partageant tous les deux un merveilleux moment
d'insouciance. Puis il me vint une idée.

— Je crois que nous devrions prendre quelques jours
de vacances sur le yacht. Pour nous reposer un peu.

Je ne mesurerais que plus tard toute l'absurdité de
mes paroles.

CHAPITRE 34

Bad trip

Ah, le *Nadine* ! Même si je détestais ce foutu rafiot et ne souhaitais rien tant que le voir couler par le fond, il y avait quand même quelque chose de terriblement sexy à se balader sur les eaux bleues de la Méditerranée sur un yacht de cinquante mètres. Mais, à vrai dire, c'était une fameuse gâterie qui nous attendait tous les huit – la Duchesse et moi ainsi que six de nos plus proches amis – à bord de mon palais flottant.

Bien sûr, pour un voyage aussi extraordinaire, il n'était pas question de s'embarquer sans biscuit. Aussi, la nuit précédant notre départ, je mobilisai un de mes meilleurs amis, Rob Lorusso, pour une ultime virée de ravitaillement en drogues. Rob était l'homme idéal pour ça. Non seulement il était du voyage, mais nous avions déjà ensemble l'expérience d'une expédition de ce genre. Il nous était arrivé de pister un camion de Federal Express pendant trois heures sous un blizzard enragé, cherchant désespérément à récupérer une livraison de Mandrax égarée.

Rob avait mon âge. Je le connaissais depuis maintenant quinze ans et je l'adorais sans réserve. Il possédait une petite société pépère de prêts hypothécaires, qui faisait des prêts pour les strattoniens. Comme moi, il aimait les drogues et il possédait un sens de l'humour de classe internationale. Il n'était pas particulièrement beau – environ un mètre soixante-quinze, léger surpoids, nez gras italien et menton fuyant – mais les femmes l'aimaient quand même. Il faisait partie de cette rare espèce d'hommes qui peuvent s'asseoir à une table en compagnie d'un bataillon de beautés qu'il ne connaît ni d'Ève ni d'Adam, et péter, roter, renifler et cracher et qu'elles s'écrient toutes : « Oh ! Rob, tu es si drôle ! Comme nous t'aimons, Rob ! S'il te plaît, pète-nous encore dessus ! »

Mais son défaut fatal était d'être l'homme le plus radin sur terre. Si radin que cela lui avait même coûté son premier mariage, avec une fille nommée Lisa, une beauté aux cheveux sombres et aux dents très blanches. Après deux années de mariage, elle avait fini par se lasser de le voir surligner ses communications sur la note de téléphone et avait eu une histoire avec un play-boy quelconque du coin. Rob les avait surpris en pleine action et, peu de temps après, ils divorçaient.

Rob se mit alors à sortir avec des tas de filles, mais chacune avait un défaut ou un autre. L'une était plus poilue qu'un gorille ; une autre aimait faire l'amour emballée dans du film alimentaire en faisant mine d'être un cadavre ; une autre refusait toute relation sexuelle autre qu'anale ; une autre encore – ma préférée – mettait de la bière dans ses corn-flakes. Sa dernière petite amie, Shelly, venait avec nous sur le yacht. Elle était plutôt mignonne, bien qu'un peu bouboule. Elle avait aussi l'étrange habitude de se promener avec une Bible dont elle citait à tout bout de champ des passages obscurs. Je ne lui donnais pas un mois avec Rob.

Tandis que Rob et moi passions les dernières heures avant le départ à rassembler les denrées de base, la Duchesse, elle, marchait à quatre pattes dans notre allée, ramassant du gravier. C'était la première fois qu'elle laissait les enfants et cela lui donnait une envie inexplicable de fabriquer des trucs. Elle avait donc fait pour les enfants une boîte à souhaits dans un carton à chaussures – en l'occurrence, l'ancien habitacle d'une paire de Manolo Blahnik à 1 000 dollars – qu'elle avait rempli de petits cailloux et ensuite recouverte d'une feuille de papier d'aluminium. Sur le papier d'alu, l'ingénieuse Duchesse avait collé deux cartes, une de la Riviera italienne et une de la Riviera française, et une dizaine de photos découpées dans des magazines de voyage sur papier glacé.

Juste avant de partir à l'aéroport, nous allâmes dire au revoir à Chandler et à Carter dans la salle de jeux. Carter, qui avait presque un an à présent, vénérait sa grande sœur, même si celle-ci n'arrivait pas encore à la cheville de sa mère. La Duchesse parvenait à le faire pleurer rien qu'en prenant une douche et en oubliant de se sécher les cheveux avant de sortir de la salle de bains. Eh oui, les cheveux de sa mère, Carter les aimait blonds et, quand ils étaient mouillés, cela les rendait trop foncés à son goût. Ne fût-ce que la moindre vision de la Duchesse avec les cheveux humides lui faisait lever le doigt en l'air et crier de toute la force de ses petits poumons : « Noooooooooooon ! Noooooooooooooon ! »

Je m'étais souvent demandé comment il réagirait lorsqu'il découvrirait que la blondeur de sa mère n'était pas naturelle. Je me disais qu'il verrait ça avec son psychanalyste quand il serait grand. En tout cas, nous le trouvâmes particulièrement bien disposé, et même rayonnant. Il était en train d'admirer Chandler, qui trônait au milieu d'une cour d'une centaine de Barbie qu'elle avait disposées en un cercle parfait autour d'elle.

L'artistique Duchesse et moi nous assîmes sur le sol et offrîmes à nos merveilles d'enfants leur merveilleuse boîte à vœux.

— Chaque fois que papa et maman vous manqueront, expliqua la Duchesse, il vous suffira de secouer la boîte magique et nous saurons que vous pensez à nous.

À ma surprise, la Duchesse sortit alors une deuxième boîte, identique à la première.

— Et papa et maman auront la leur, eux aussi ! ajouta-t-elle. Comme ça, chaque fois que vous nous manquerez, nous secouerons notre boîte magique et alors vous saurez que nous pensons à vous, d'accord ?

L'air méfiant, Chandler prit le temps de réfléchir.

— Mais comment je peux être sûre que ça marche vraiment ? demanda-t-elle avec un certain scepticisme, refusant de gober la combine de la boîte magique aussi facilement que l'espérait la Duchesse.

Je fis un chaud sourire à ma fille.

— C'est facile, ma puce. Comme nous allons penser à vous nuit et jour, chaque fois que vous penserez à nous, nous serons aussi en train de penser à vous ! Tu vois !

Il y eut un silence. Je regardai la Duchesse, qui me fixait, la tête inclinée de côté. Sur son visage, un air navré semblait me dire : « Quelle connerie viens-tu donc encore de sortir ? » Puis je regardai Chandler, qui penchait la tête exactement de la même façon que sa mère. Ces deux nanas étaient en train de se payer ma tête ! Carter, lui, semblait se fiche complètement de la boîte magique. Arborant un sourire narquois, il roucoulait doucement. Lui seul semblait être de mon côté dans l'histoire.

Nous embrassâmes les enfants, leur dîmes encore que nous les aimions plus que la vie et partîmes pour l'aéroport. Nous devions revoir leurs visages souriants dix jours plus tard.

Les ennuis commencèrent à notre atterrissage à Rome.

Tous les huit – la Duchesse et moi, Rob et Shelly, Bonnie et Ross Portnoy (des amis d'enfance à moi) et Ophelia et Dave Ceradini (des amis d'enfance de la Duchesse) – étions en train de récupérer nos bagages à l'aéroport Leonardo da Vinci.

— Je n'y crois pas ! dit la Duchesse d'un ton incrédule. George a oublié d'enregistrer mes bagages à JFK. Je n'ai plus rien à me mettre, maintenant !

Je lui souris.

— Ne t'inquiète pas, mon cœur. Nous allons faire comme le couple qui a perdu ses bagages dans la pub d'American Express, sauf que nous allons dépenser dix fois plus qu'eux et que ça nous fera dix fois plus plaisir !

Ophelia et Dave s'approchèrent pour consoler la Duchesse affligée. Ophelia était une beauté espagnole aux yeux noirs, un ex-vilain petit canard devenu un cygne magnifique. Chez elle, le bon côté d'avoir grandi laide comme un pou était qu'elle avait été forcée de se forger une personnalité marquante.

Dave avait une apparence tout ce qu'il y a de banal. Il fumait cigarette sur cigarette et buvait environ huit mille tasses de café par jour. Il était plutôt placide, mais on pouvait compter sur lui pour rire des plaisanteries scabreuses dont Rob et moi étions spécialistes. Dave et Ophelia aimaient les choses ennuyeuses. Ce n'étaient pas des drogués de l'action, comme Rob et moi.

Bonnie et Ross rejoignirent eux aussi notre petit groupe. Le visage de Bonnie était marqué par le Valium et le Buspar qu'elle avait pris pour supporter le vol. Quand elle était ado, Bonnie était le genre de blonde nubile que tous les gamins du voisinage – moi compris – rêvaient de sauter. Mais Bonnie ne s'intéressait pas à moi. Elle n'aimait que les mauvais garçons et elle les aimait bien plus vieux. À l'âge de 16 ans, elle couchait avec un trafiquant de marijuana de 32 ans, qui avait déjà fait de la prison. Dix ans plus tard, à 26 ans, elle épousa Ross, qui sortait tout juste de prison pour trafic de cocaïne. En réalité, Ross n'était pas un vrai dealer – il n'était qu'un imprudent malchanceux qui avait voulu rendre service à un copain. En tout cas, cela le qualifiait pour sauter l'attirante Bonnie – qui, malheureusement, n'était plus tout à fait aussi attirante qu'elle l'avait été.

Ross faisait un invité convenable pour une croisière sur un yacht. Consommateur de drogues occasionnel, plongeur moyen, pêcheur acceptable, il rendait volontiers service en cas de besoin. C'était un brun courtaud aux cheveux noirs bouclés, avec une épaisse moustache noire. Ross avait aussi la langue acérée, mais seulement envers Bonnie, à qui il ne cessait de rappeler qu'elle était une idiote finie. Ross était avant tout fier d'être un homme, un vrai, un baroudeur capable de braver les éléments.

La Duchesse continuait d'avoir l'air chagrine. Je tentai de la consoler.

— Allez, Nadine ! Jetons-nous un Mandrax et allons t'acheter de nouveaux vêtements ! Comme au bon vieux temps : un de jeté, un d'acheté ! Un de jeté, un d'acheté !

Je me mis à répéter ces mots comme le refrain d'une chanson.

— Je veux te parler seul à seul, répondit la Duchesse d'un air sérieux, me tirant à l'écart de nos invités.

— Qu'y a-t-il ? demandai-je innocemment, même si je ne me sentais pas si innocent que ça. Rob et moi avions un peu perdu les pédales pendant le vol et la patience de la Duchesse commençait à s'effriter.

— Ça ne me plaît pas de te voir prendre toutes ces drogues. Ton dos va mieux, maintenant, alors je ne pige pas. Je t'ai toujours fichu la paix avec ça à cause de ton dos, mais maintenant... eh bien, je ne sais pas. Je ne trouve pas ça réglo, chéri.

C'était plutôt gentil de sa part – elle restait très calme et parfaitement raisonnable, à vrai dire. Je ne trouvai rien de mieux à lui sortir qu'un bon gros mensonge à la gomme.

— Dès que ce voyage est fini, Nadine, je te promets que j'arrête. Je le jure devant Dieu. Ce qui est dit est dit.

Je levai la main gauche comme un scout qui prête serment.

— Parfait, dit-elle, c'est exactement ce que je veux que tu fasses. Et maintenant, allons faire les courses.

Je fouillai dans ma poche et en sortis trois Mandrax. Je cassai en deux l'un des comprimés et en tendis une moitié à la Duchesse.

— Tiens, dis-je, un demi pour toi, deux et demi pour moi.

La Duchesse prit sa dose de souris et alla à la fontaine d'eau potable. Je lui emboîtai le pas, non sans remettre la main dans ma poche et en sortir deux Mandrax supplémentaires. Tant qu'à faire quelque chose, autant le faire comme il faut.

Trois heures plus tard, nous étions assis à l'arrière d'une limousine qui descendait une colline escarpée vers Porto di Civitavecchia. La Duchesse possédait à présent une garde-robe flambant neuve, et ma descente de Mandrax était si violente que j'avais du mal à garder les yeux ouverts. J'avais terriblement besoin de deux choses : du mouvement et une sieste. J'étais dans la phase exceptionnelle d'un trip au Mandrax pendant laquelle on ne peut supporter de rester plus d'une seconde à la même place. C'est un peu l'équivalent des fourmis dans les jambes.

Ce fut Dave Ceradini qui s'aperçut le premier de la chose.

— Pourquoi y a-t-il du remous dans le port ? demanda-t-il en pointant son doigt par la fenêtre de la voiture.

En effet, les eaux grisâtres semblaient terriblement agitées. De petits tourbillons tournoyaient de-ci, de-là.

— Dave et moi n'aimons pas la mer quand elle est agitée, me dit Ophelia. Nous avons tous les deux le mal de mer.

— Moi aussi, dit Bonnie. On pourrait attendre que la mer se calme ?

Ross répondit à ma place.

— Tu es trop bête, Bonnie. Le bateau fait cinquante mètres de long. Il peut bien supporter quelques petites secousses. Et le mal de mer, c'est purement psychologique.

— Il y a des patchs contre le mal de mer à bord, les rassurai-je. Si vous craignez d'être malades, vous n'aurez qu'à en mettre un dès que nous serons sur le bateau.

Quand nous arrivâmes au pied de la colline, je m'aperçus que nous nous étions tous trompés. Il n'y avait pas de remous, mais des vagues... Doux Jésus ! Je n'en avais jamais vu de pareilles ! À l'intérieur de la jetée, il y avait des vagues d'un mètre cinquante qui ne semblaient suivre aucune direction et se jetaient les unes contre les autres, comme si le vent soufflait en même temps des quatre points cardinaux.

La limousine tourna sur la droite et nous étions arrivés. Le yacht *Nadine* s'élevait majestueusement au-dessus de tous les autres yachts. Bon Dieu ! Ce que je pouvais détester ce machin ! Pourquoi avais-je fait la connerie de l'acheter ? Je me tournai vers mes invités.

— Est-ce qu'il n'est pas superbe ?

Tout le monde acquiesça.

— Pourquoi y a-t-il des vagues dans le port ? demanda Ophelia.

— Ne t'inquiète pas, Ophelia, dit la Duchesse. Si la mer est trop grosse, nous attendrons que ça se calme.

Que dalle ! pensai-je. Du mouvement... du mouvement... Il me fallait du mouvement.

La limousine s'arrêta au bout du quai, où le capitaine Marc nous attendait pour nous saluer, accompagné de John, le premier matelot. Tous deux portaient l'uniforme du *Nadine* – polo à col blanc, short bleu et espadrilles de toile grise. Chaque pièce d'habillement portait le logo du *Nadine,* dessiné par Dave Ceradini pour le prix d'ami de 8 000 dollars.

La Duchesse embrassa chaleureusement le capitaine Marc.

— Pourquoi les eaux du port sont-elles si agitées ? lui demanda-t-elle.

— Une tempête vient d'éclater, répondit-il. Au large, les vagues font trois à quatre mètres. Nous devrions...

Il a dit bien « devrions », remarquai-je.

— ... attendre que ça retombe un peu avant d'appareiller pour la Sardaigne.

— Rien à cirer ! éclatai-je. Je veux que nous partions à l'instant, Marc.

La Duchesse riposta du tac au tac à ma fanfaronnade.

— Nous ne partons nulle part tant que le capitaine Marc n'aura pas dit qu'il n'y a pas de danger.

Je souris à ma Duchesse sécuritaire.

— Chérie, et si tu montais à bord pour ôter les étiquettes de tes nouveaux vêtements ? Nous sommes en mer, maintenant, et en mer je suis un vrai dieu !

La Duchesse leva les yeux au ciel.

— Tu es un foutu imbécile, et la mer, tu n'y connais rien du tout.

Elle se tourna vers le groupe.

— Venez, les filles, le dieu de la Mer a parlé.

Toutes les femmes se dirigèrent en riant vers la passerelle et montèrent l'une après l'autre à bord du yacht derrière leur cheftaine adorée, la Duchesse de Bay Ridge.

— Je ne peux pas rester dans ce port sans rien faire, Marc, dis-je. Je suis en pleine descente de Mandrax. À quelle distance est la Sardaigne ?

— À peu près cent milles, mais si nous appareillons maintenant, il nous faudra une éternité pour y arriver. Nous devrons naviguer lentement. Il y a des vagues de trois mètres et, dans cette partie de la Méditerranée, on ne sait jamais comment les tempêtes vont tourner. Il faudra fermer les écoutilles et tout attacher solidement dans le grand salon. Même comme ça, nous pourrions avoir quelques dégâts à l'intérieur – quelques assiettes cassées, des vases, des verres. C'est faisable, mais je déconseille fortement de partir.

Je regardai Rob. Il hocha brièvement la tête, les lèvres serrées, comme pour dire : « Allons-y ! »

— Allez, tentons le coup, Marc ! dis-je en brandissant le poing. Ça va être une aventure fabuleuse, une aventure qui restera dans les annales !

Le capitaine Marc sourit et fit signe qu'il était d'accord. Nous montâmes à bord et nous préparâmes à lever l'ancre.

Un quart d'heure plus tard, j'étais allongé sur un moelleux matelas, sur le pont supérieur. Une hôtesse aux cheveux noirs, qui répondait au nom de Michelle, me servait un bloody mary. Comme le reste de l'équipage, elle portait l'uniforme du *Nadine*.

— Voici pour vous, M. Belfort, dit-elle en souriant. Puis-je faire autre chose pour vous ?

— Oui, Michelle. Je suis dans un état extrêmement particulier, qui exige que je boive un verre de ceci tous les quarts d'heure. C'est une prescription médicale, Michelle, alors mettez le minuteur en route, sinon je pourrais bien me retrouver à l'hôpital.

— Vos désirs sont des ordres, M. Belfort, répondit-elle.

Elle s'éloigna en riant.

— Michelle ! la rappelai-je, d'une voix assez forte pour dominer le bruit du vent et le grondement des deux moteurs Caterpillar.

Michelle se retourna vers moi.

— Si je m'endormais, ajoutai-je, ne me réveillez pas. Mais continuez à apporter les bloody mary tous les quarts d'heure et alignez-les à côté de moi. Je les boirai quand je me réveillerai, d'accord ?

Elle leva les deux pouces et descendit la volée de marches raide qui menait au pont inférieur, où était garé l'hélicoptère. Je regardai ma montre. Il était une heure de l'après-midi, heure de Rome. Quatre Mandrax étaient en train de fondre dans mon estomac. D'ici un quart d'heure, je frissonnerais comme un perdu et, un autre quart d'heure plus tard, je serais presque endormi. Que tout cela est reposant, pensai-je en dégustant le bloody mary. Je respirai à fond plusieurs fois et fermai les yeux. Oui, vraiment, tout cela était reposant !

Je me réveillai en sentant des gouttes de pluie, mais le ciel était bleu. Cela me troubla. Je regardai à ma droite : il y avait huit bloody mary sagement alignés, tous remplis à ras bord. Je fermai les yeux en soupirant. Le vent hurlait férocement. Je sentis d'autres gouttes. Qu'est-ce que c'est que ce bordel ? J'ouvris les yeux. Était-ce la Duchesse qui me balançait encore de l'eau ? Elle n'était pourtant pas en vue. J'étais seul sur le pont supérieur.

Soudain je sentis le yacht piquer du nez de façon extrêmement insolite, jusqu'à atteindre une pente de quarante-cinq degrés, puis j'entendis un terrible craquement. Soudain, un épais mur d'eau grise s'éleva sur le côté du yacht et s'incurva au-dessus du pont supérieur, sur lequel il s'effondra, me trempant de la tête aux pieds.

Bonté divine, que se passait-il donc ? Le pont supérieur était à dix bons mètres au-dessus de l'eau, et – merde, alors ! – le yacht piquait du nez à nouveau. Je fus projeté sur le côté, et les bloody mary glissèrent devant moi.

Je me rassis et regardai sur le côté du bateau et – nom de Dieu de bordel de merde ! Les vagues devaient bien faire six mètres, et elles étaient plus grosses que des maisons. Je perdis l'équilibre, m'envolai du matelas et tombai sur le plancher de teck, suivi par les verres de bloody mary, qui se brisèrent en mille morceaux.

Je rampai vers le côté, agrippai une rampe chromée et me hissai debout. Je regardai vers l'arrière du bateau et – nom de Dieu de merde ! – *le Chandler* ! Nous remorquions le *Chandler*, une chaloupe de plongée de douze mètres cinquante, amarré au *Nadine* par deux aussières. Il disparaissait et réapparaissait au gré des pics et des creux des énormes vagues. Je me remis à quatre pattes et commençai à ramper en direction de l'escalier. On aurait dit que le yacht allait se briser en deux. Le temps que je descende l'escalier menant au pont principal, j'avais été impitoyablement trempé et secoué dans tous les sens. J'entrai en titubant dans le grand salon. Tous étaient assis en cercle sur le tapis imprimé léopard, serrés les uns contre les autres. Ils avaient enfilé des gilets de sauvetage et se tenaient par la main. Quand la Duchesse me vit, elle s'écarta du groupe et rampa dans ma direction. Mais soudain le bateau se mit à gîter sur bâbord de façon insensée.

— Attention ! criai-je, voyant la Duchesse rouler sur le tapis et heurter violemment la paroi.

Un vase de Chine ancien vola à travers le salon et se fracassa contre un hublot. Le bateau se redressa. Je me remis à quatre pattes et rampai rapidement vers elle.

— Tu n'as rien, ma chérie ?

Elle grinça des dents en me regardant.

— Oh ! toi… espèce de connard de dieu de la Mer ! Si nous sortons vivants de ce foutu bateau, je te promets que je te tue ! Nous allons tous mourir ! Qu'est-ce qui se passe donc ? Pourquoi les vagues sont-elles si hautes ?

Ses immenses yeux bleus me regardaient fixement.

— Je ne sais pas, dis-je, sur la défensive. Je dormais.

— Tu dormais ? s'exclama la Duchesse, incrédule. Comment pouvais-tu dormir au milieu de tout ça ? Nous sommes sur le point de couler ! Ophelia et Dave sont malades à en crever. Ross et Bonnie aussi, et Shelly aussi !

Rob rampa vers nous, souriant jusqu'aux oreilles.

— Nous avons une avarie, ou quoi ? J'ai toujours rêvé de mourir en mer.

— Ferme-la, Rob ! C'est autant ta faute que celle de mon mari. Vous êtes deux sombres idiots.

— Où sont les Mandrax ? demanda Rob. Je refuse de mourir sobre.

— J'en ai quelques-uns dans ma poche, répondis-je, complètement d'accord avec lui. Tiens...

Je fouillai dans les poches de mon short et en sortis une poignée de Mandrax. J'en donnai quatre à Rob.

— Donne-moi un de ces trucs ! aboya la Duchesse. J'ai besoin de me détendre.

Je souris à la Duchesse. Quelle femme, quand même !

— Tiens pour toi, ma douce.

Je lui donnai un comprimé. Je levai les yeux et vis Ross le Baroudeur qui rampait vers nous. Il avait l'air terrifié.

— Oh, Seigneur, marmonna-t-il, il faut que je descende de ce bateau. J'ai une fille. Je... je... je n'arrête pas de vomir ! Par pitié, faites-moi descendre de ce bateau.

— Montons sur la passerelle voir un peu ce qui se passe, me dit Rob.

Je regardai la Duchesse.

— Attends-nous ici, chérie. Nous revenons tout de suite.

— Va te faire voir ! Je vais avec vous.

— D'accord, allons-y, approuvai-je.

— Moi, je reste en bas, fit le Baroudeur.

Il se mit à ramper vers le groupe, la queue entre les jambes. Je jetai un coup d'œil à Rob et nous nous mîmes à rire. Puis nous nous mîmes tous trois à ramper en direction de la passerelle, croisant au passage un bar bien garni. Rob s'arrêta dans sa course.

— Je crois que nous devrions nous envoyer une petite tequila.

Je regardai la Duchesse, qui fit oui de la tête.

— Va prendre la bouteille, dis-je à Rob.

Trente secondes après, Rob revenait en rampant, tenant une bouteille de tequila. Il dévissa le bouchon et passa la bouteille à la Duchesse, qui descendit une maxigorgée. *Quelle femme !* pensai-je. Rob et moi bûmes à notre tour.

Rob revissa le bouchon et lança la bouteille contre la paroi. Elle se brisa en plusieurs morceaux. Il sourit.

— J'ai toujours rêvé de faire un truc comme ça.

La Duchesse et moi échangeâmes un regard. Une brève volée de marches menait du pont principal à la passerelle. Tandis que nous continuions d'avancer, deux matelots, Bill et Bill, nous déboulèrent littéralement dessus.

— Qu'est-ce qui se passe ? leur criai-je.

— La plate-forme de plongée vient d'être arrachée, hurla l'un des Bill. Le grand salon va être inondé si nous ne bloquons pas les portes arrière.

Ils continuèrent leur course. La passerelle était une vraie ruche. C'était un espace réduit, d'environ deux mètres cinquante par trois mètres cinquante, très bas de plafond. Le capitaine Marc tenait à deux mains l'antique gouvernail, mais sa main droite ne cessait de le lâcher pour changer le régime des moteurs, tandis qu'il s'efforçait de maintenir la proue face à la vague. Debout à ses côtés, John, le premier matelot, s'agrippait de la main gauche à un poteau métallique pour garder l'équilibre. De la droite, il tenait devant ses yeux une paire de jumelles. Trois hôtesses étaient assises sur un banc de bois, étroitement enlacées, des larmes dans les yeux. À travers la friture, j'entendis la radio cracher : « Avis de coup de vent ! Avis de coup de vent ! »

— Qu'est-ce qui se passe ? demandai-je au capitaine Marc.

— C'est vraiment la merde, maintenant ! La tempête ne fait qu'empirer. Les vagues font six mètres de haut et continuent à enfler.

— Mais le ciel est toujours bleu, dis-je sur un ton innocent. Je ne comprends pas.

— On se fout de ton ciel bleu comme d'une pine volante, dit la Duchesse, furieuse. Vous pouvez nous ramener au port, Marc ?

— Impossible, dit celui-ci. Si nous essayons de virer de bord, les vagues vont nous prendre par le travers et nous sommes sûrs de chavirer.

— Vous pouvez garder le navire à flot ? lui demandai-je. Ou bien faut-il lancer un SOS ?

— Nous allons nous en sortir, répliqua-t-il, mais ça va devenir mauvais. Le ciel bleu va bientôt disparaître. Nous allons entrer dans le cœur d'un coup de vent de force huit.

Vingt minutes plus tard, je commençais à sentir les Mandrax faire effet.

— File-moi un peu de coke, murmurai-je à Rob.

Je jetai un coup d'œil à la Duchesse pour voir si elle avait capté. Apparemment oui.

— Vous êtes complètement dévissés de la carlingue, tous les deux, je vous jure, dit-elle en secouant la tête.

Mais ce n'est que deux heures après, alors que nous étions entourés de vagues de neuf mètres et plus, que les choses se gâtèrent pour de bon. Le capitaine Marc était en train de dire d'un ton abattu : « Oh merde, ne me dites pas que… »

Soudain, il hurla.

— Vague scélérate ! Accrochez-vous !

Une vague scélérate ? Qu'est-ce que c'était que ce truc-là ? Je le découvris aussitôt en regardant par le hublot. Sur la passerelle, tout le monde hurlait en même temps.

— Nom de Dieu de merde ! Attention, vague scélérate !

Elle faisait au moins vingt mètres et arrivait à toute vitesse.

— Accrochez-vous ! hurla le capitaine Marc.

De mon bras droit, j'entourai la poitrine de la Duchesse et la serrai contre moi. Elle sentait bon, la Duchesse, même en ce drôle de moment. Soudain, le bateau se mit à piquer du nez à un angle impossible, presque à la verticale. Le capitaine Marc lança les moteurs à pleine puissance, le bateau bondit en avant et se mit à escalader la muraille de la vague scélérate. Soudain, il parut s'arrêter net. Puis la vague s'incurva au-dessus du pont, et s'abattit avec la force de mille tonnes de dynamite… BOUM !

Tout devint noir.

Il semblait que le bateau était sous l'eau à jamais, mais lentement, douloureusement, nous émergeâmes à nouveau, gîtant à présent sur bâbord à un angle de soixante degrés.

— Personne n'a rien ? demanda le capitaine Marc.

Je regardai la Duchesse. Elle fit signe que ça allait.

— Nous allons bien, confirmai-je. Et toi, Rob ?

— Impeccable, grogna-t-il, à part que toute cette flotte me donne envie de pisser comme un malade. Je descends voir comment vont les autres.

Tandis que Rob se dirigeait vers l'escalier, un des deux Bill accourut en criant.

— L'écoutille de proue vient de s'ouvrir ! Nous coulons par l'avant !

— Eh bien, on peut dire que ça, ça fait un petit peu chier, dit la Duchesse, secouant la tête avec résignation. Tu parles de vacances de merde.

Le capitaine Marc saisit le micro de la radio et appuya sur le bouton.

— *Mayday* ! *Mayday* ! dit-il d'un ton pressant. Ici le capitaine Marc Elliot, du yacht *Nadine*. Ceci est un *mayday*. Nous sommes à cinquante milles au large de Rome et nous sommes en train de couler par l'avant. Nous demandons assistance immédiate. Nous avons dix-neuf âmes à bord.

Il se pencha et se mit à lire les chiffres qui apparaissaient en orange sur un écran d'ordinateur, donnant aux garde-côtes italiens nos coordonnées exactes.

— Va chercher la boîte magique ! m'ordonna la Duchesse. Elle est en bas, dans notre cabine.

Je la regardai comme si elle était frappée de folie.

— Qu'est-ce que tu…

— Va chercher la boîte magique ! hurla-t-elle. Là maintenant tout de suite, bordel !

Je repris mon souffle.

— D'accord, j'y vais, j'y vais. Mais je crève vraiment la dalle.

Je regardai le capitaine Marc.

— Pouvez-vous demander au chef de me préparer un sandwich, vite fait ?

Le capitaine Marc éclata de rire.

— Vous, alors, vous êtes vraiment un barjot de première, vous savez ! Mais je vais dire au chef de nous faire des sandwichs. La nuit va être longue.

— Vous êtes un as, lui dis-je en me dirigeant vers l'escalier. Puis-je avoir aussi quelques fruits frais ?

Je retrouvai mes invités dans le grand salon, complètement paniqués. Ils s'étaient attachés les uns aux autres avec une grosse corde. En ce qui me concernait, je n'étais pas le moins du monde inquiet. Je savais que très bientôt les garde-côtes italiens allaient arriver pour nous secourir ; dans quelques heures nous serions sains et saufs et je serais débarrassé de cet albatros flottant.

— Alors, les amis, vous passez de bonnes vacances ? demandai-je à la compagnie.

Personne ne rit.

— Quelqu'un va venir à notre secours ? demanda Ophelia.

— Ouais, ouais. Le capitaine vient à l'instant de lancer un *mayday*. Tout va bien se passer, les gars. Il faut que je descende. Je reviens tout de suite.

Je me dirigeai vers l'escalier, mais immédiatement une autre énorme vague nous frappa et je partis m'écraser contre une cloison. Je me remis à quatre pattes et rampai vers l'escalier.

Un des Bill me dépassa en criant : « Nous avons perdu le *Chandler* ! Il s'est cassé en deux ! » et continua à courir.

Lorsque j'atteignis le bas de l'escalier, je m'agrippai à la rambarde. J'entrai en trébuchant dans notre cabine, où l'eau m'arrivait aux chevilles. Elle était là, cette foutue boîte magique, posée sur le lit. Je m'en emparai, refis le chemin en sens inverse jusqu'à la passerelle et la donnai à la Duchesse. Elle ferma les yeux et se mit à agiter les graviers.

— Je peux peut-être arriver à faire décoller l'hélicoptère, suggérai-je au capitaine Marc. Je pourrais emmener quatre personnes à la fois.

— Laissez tomber, répondit-il. Avec une mer comme celle-là, ça serait un miracle que vous arriviez à décoller sans vous écraser. Et même si vous y parveniez, vous ne pourriez plus vous poser.

Trois heures plus tard, les moteurs continuaient à tourner, mais nous n'avancions plus du tout. Nous étions entourés par quatre énormes navires-porte-conteneurs. Ils avaient entendu le *mayday* et faisaient de leur mieux pour nous protéger des vagues. Il faisait presque nuit, à présent et nous attendions toujours les secours.

Le bateau piquait dangereusement du nez. Des halle-bardes de pluie battaient les hublots, la hauteur des vagues dépassait les dix mètres et le vent soufflait à cent kilomètres à l'heure. Mais nous ne trébuchions plus, à présent. Nous avions désormais le pied marin.

Le capitaine Marc venait de passer une éternité à parler par radio avec les garde-côtes. Il se tourna enfin vers moi.

— C'est bon, dit-il, nous avons un hélico en vol sta-tionnaire au-dessus de nous. Il va nous descendre une nacelle. Faites monter tout le monde sur le pont supé-rieur. Nous ferons partir les passagères en premier, puis les femmes de l'équipage, puis les passagers. Les hommes d'équipage passeront en dernier, et moi ensuite. Dites à tout le monde qu'aucun sac n'est auto-risé. Vous ne pouvez emporter que ce qui tiendra dans vos poches.

Je regardai la Duchesse et lui souris.

— Et voilà, adieu une fois de plus à tes nouveaux habits !

— Nous pourrons toujours en racheter d'autres ! dit-elle sans regret.

Puis elle m'attrapa par le bras et nous descendîmes au salon. En bas, lorsque j'eus expliqué le programme à tout le monde, je tirai Rob à l'écart.

— Tu as les Mandrax ?

— Non, dit-il, l'air abattu. Ils sont dans ta cabine. Elle est complètement inondée maintenant. Il y a au moins un mètre d'eau dedans et sans doute plus à l'heure qu'il est.

Je soupirai profondément.

— Écoute, Rob, dis-je en détachant mes mots, j'ai 250 000 dollars en liquide là en bas, et je m'en fous complètement. Mais il faut récupérer ces saloperies de

Mandrax. On en a deux cents, impossible de les laisser. Ça serait vraiment trop nul.

— Tu as raison, répliqua Rob. Je vais les chercher.

Trente secondes après, il était de retour.

— J'ai pris un sacré coup de jus, grommela-t-il. Il doit y avoir un court-circuit quelque part là en bas. Qu'est-ce que je dois faire ?

Je ne répondis pas, me contentant de le regarder droit dans les yeux en brandissant le poing, comme pour dire : « Tu peux y arriver, soldat ! »

Rob acquiesça.

— Si je meurs électrocuté, je veux que tu files 7 000 dollars à Shelly pour qu'elle puisse se faire refaire les seins. Depuis le jour où je l'ai rencontrée, elle me rend dingue avec ça !

— C'est comme si c'était fait, dis-je vertueusement.

Trois minutes après, Rob revenait avec les Mandrax.

— Nom de Dieu, qu'est-ce que ça fait mal ! Je dois avoir les pieds brûlés au troisième degré !

Il me sourit.

— Mais il y a personne qui m'arrive à la cheville, hein ?

Je lui souris d'un air complice.

— Personne, Lorusso. Tu es un vrai chef.

Cinq minutes après, nous étions tous sur la plate-forme de l'hélicoptère. Horreur ! La nacelle se balançait d'au moins cinquante mètres d'avant en arrière. Nous restâmes là pendant trente bonnes minutes, à regarder et à attendre, le moral à zéro. Et le soleil finit par plonger au-dessous de l'horizon.

John déboula alors sur le pont, l'air complètement paniqué.

— Tout le monde doit redescendre, ordonna-t-il. L'hélicoptère était à court de carburant et a dû repartir.

Nous allons devoir abandonner le navire ; nous sommes sur le point de sombrer.

Je le regardai, abasourdi.

— Ce sont les ordres du capitaine, ajouta-t-il. Nous avons gonflé le canot de sauvetage. Il est du côté de la poupe, là où il y avait la plate-forme de plongée. On y va !

Du geste, il nous montra le chemin.

Un canot en caoutchouc ? pensai-je. Dans des vagues de quinze mètres ? *Ça va pas, la tête ?* Ça semblait de la folie pure. Mais c'étaient les ordres du capitaine, alors je suivis docilement, et les autres en firent autant. Nous arrivâmes à la poupe, où les Bill tenaient chacun par un bout un radeau de caoutchouc orange vif. À l'instant même où ils le mirent à l'eau, il fut emporté.

— Tant mieux ! dis-je avec un sourire ironique. Je crois bien que l'idée du canot en caoutchouc tombe à l'eau pour de bon.

Je me tournai vers la Duchesse et lui tendis la main.

— Viens, allons parler au capitaine Marc.

J'expliquai au capitaine ce qui venait d'arriver au canot.

— Enfer ! s'exclama-t-il. Je leur avais pourtant bien dit de ne pas le mettre à l'eau avant de l'avoir amarré ! Et merde, tiens !

Il soupira et reprit contenance.

— Bon, dit-il, écoutez-moi bien, tous les deux. Nous n'avons plus qu'un seul moteur. S'il lâche, je ne pourrai plus garder le cap et nous serons pris par travers. Je veux que vous restiez ici. Si le bateau chavire, sautez à l'eau sur le côté et éloignez-vous à la nage le plus vite que vous pourrez. Lorsque le bateau coulera, cela créera une forte aspiration, qui essaiera de vous aspirer en même temps. Luttez pour rester à la surface. L'eau est assez chaude pour que vous puissiez survivre aussi longtemps qu'il le faudra. Il y a un destroyer de la marine italienne à cinquante milles d'ici, et il est en route vers notre position. Ils vont tenter à nouveau un sauvetage par hélicoptère avec les hommes des forces spéciales. C'est un boulot trop difficile pour les garde-côtes.

— Je descends l'annoncer à tout le monde, dis-je au capitaine.

— Non, ordonna-t-il, vous restez ici tous les deux. Nous risquons de couler d'un instant à l'autre et je veux que vous restiez ensemble.

Il se tourna vers John.

— Toi, descends expliquer tout ça aux passagers.

Deux heures plus tard, le bateau ne flottait plus qu'à peine, lorsque la radio se mit à grésiller. Nous avions un autre hélicoptère au-dessus de nos têtes. Mais, cette fois, c'était un appareil des forces spéciales italiennes.

— Bon, dit le capitaine Marc, le visage illuminé par un sourire sardonique, voilà ce qu'il faut faire : ils vont hélitreuiller un gars des commandos, mais nous devons d'abord jeter notre hélicoptère par-dessus bord pour lui dégager la place.

— Vous vous foutez de moi ! m'exclamai-je en souriant.

— Oh, mon Dieu ! dit la Duchesse, la main sur la bouche.

— Non, rétorqua le capitaine Marc, je ne me fous pas de vous. Laissez-moi seulement prendre la caméra vidéo. C'est un moment qui mérite d'être enregistré pour la postérité.

John resta aux commandes pendant que le capitaine Marc et moi allions au pont d'envol avec Rob et les deux Bill. Une fois là, le capitaine confia la caméra à l'un des deux Bill et détacha rapidement les amarres de l'hélicoptère. Puis il me tira devant l'hélico et me posa le bras sur l'épaule.

— Eh bien, dit-il, je voudrais que vous disiez quelques mots pour le public du studio.

Je regardai droit vers la caméra.

— Hé ! Nous allons flanquer notre hélicoptère dans la Méditerranée ! Est-ce que ce n'est pas formidable ?

— Oui ! ajouta le capitaine Marc, c'est une grande première dans l'histoire du yachting. Et nous la devons au propriétaire du *Nadine* !

— Oui, ajoutai-je, et au cas où nous devrions tous mourir, je veux que chacun sache que cette traversée stupide était mon idée personnelle. C'est moi qui ai forcé le capitaine Marc à l'entreprendre, il faudra donc lui faire des funérailles dignes de ce nom !

Notre enregistrement s'acheva sur ces fortes paroles.

— Okay, dit le capitaine, attendons d'être frappés par une vague et que le bateau commence à piquer vers tribord ; à ce moment-là, nous le pousserons tous ensemble un bon coup.

Et juste au moment où le yacht se mettait à pencher sur tribord, nous soulevâmes l'hélicoptère, qui se mit à glisser sur le côté du pont. Nous courûmes au bastingage et le regardâmes couler en moins de dix secondes.

Deux minutes plus tard, dix-sept d'entre nous se tenaient sur le pont d'envol, attendant le sauvetage. Le capitaine Marc et John étaient restés sur la passerelle pour essayer de maintenir le yacht à flot. Trente mètres au-dessus de nous, un énorme hélicoptère Chinook à double rotor peint en vert de camouflage se tenait en vol stationnaire. Même à trente mètres, le ronflement des deux rotors était assourdissant.

Soudain, un homme sauta de l'hélicoptère et commença à descendre le long d'un câble d'acier. Il portait tout l'attirail des forces spéciales – une combinaison étanche en caoutchouc noir avec une capuche ajustée, un sac à dos, et ce qui ressemblait à un fusil-harpon battait contre une de ses cuisses. Le vent le balançait comme un fétu de paille, lui faisant décrire des arcs de cercle d'au moins cinquante mètres. Lorsqu'il fut à une dizaine de mètres au-dessus du bateau, il saisit son fusil-harpon, visa et tira, harponnant le *Nadine*. Dix secondes plus tard, il était sur le pont, souriant de toutes ses dents, les deux pouces dressés en l'air. Il avait tout l'air d'être en train de se régaler.

John nous rejoignit et tous les dix-huit que nous étions fûmes hissés en sûreté. Ce fut tout de même un peu le bazar pendant la séquence « les-femmes-et-les-enfants-d'abord » : saisi de panique, Ross, notre baroudeur national, bouscula Ophelia et les deux Bill, pour courir comme un dératé vers l'Italien et lui sauter au cou, l'enserrant de ses bras et de ses jambes et refusant de le lâcher tant qu'il serait sur le bateau. Rob et moi étions aux anges : nous avions désormais de quoi tailler à Ross un costard qui l'habillerait chaudement pour le restant de ses jours.

Mais le capitaine Marc, lui, allait sombrer avec son navire. La dernière chose que je vis, avant que l'hélicoptère ne s'éloigne, fut la poupe du *Nadine* plongeant une dernière fois sous l'eau, et le dessus du crâne carré du capitaine Marc qui dansait au milieu des vagues.

Ce qu'il y a de bien, quand on est secouru par des Italiens, c'est que la première chose qu'ils font est de vous nourrir et de vous donner du vin rouge ; ensuite, ils vous font danser. Eh oui, c'était une vraie bringue de rock stars qui nous attendait à bord du destroyer de la marine italienne, en compagnie de tout l'équipage. C'était une bande de gaillards qui savaient vraiment s'amuser. Rob et moi prîmes cela comme une invitation à nous défoncer au Mandrax à en oublier jusqu'à notre propre nom. Dieu merci, le capitaine Marc était sain et sauf. Il avait été repêché par les garde-côtes.

La dernière chose dont je me souvienne est que la Duchesse et le capitaine du destroyer m'emmenèrent à l'infirmerie. Tout en m'aidant à me glisser sous les couvertures, le capitaine nous expliqua que le gouvernement italien faisait tout un foin autour de ce sauvetage. C'était devenu une opération de relations publiques, et lui, le capitaine du destroyer, était donc autorisé à nous emmener n'importe où en Méditerranée. Nous n'avions qu'à choisir. Il nous recommanda l'hôtel Cala di Volpe, en Sardaigne, qui d'après lui était le meilleur du monde. J'approuvai vigoureusement sa proposition.

— Conzuizez-nous en Zarzaigne !

Je me réveillai au moment où le destroyer entrait dans Porto Cervo. Nous étions tous les dix-huit sur le pont principal, regardant avec stupéfaction des centaines de Sardes nous faire signe de la main. Une dizaine d'équipes de télévision avec leurs caméras vidéo se pressaient pour filmer ces idiots d'Américains qui avaient été assez stupides pour prendre la mer au milieu d'un coup de vent de force huit.

Au moment de mettre pied à terre, la Duchesse et moi remerciâmes nos sauveteurs et échangeâmes avec eux nos numéros de téléphone, leur disant de venir nous voir si jamais ils venaient aux États-Unis. Je leur proposai de l'argent pour récompenser leur bravoure et leur héroïsme, mais tous refusèrent, du premier au dernier. C'étaient vraiment des types extraordinaires – des héros de première bourre, au vrai sens du terme.

Tout en nous frayant un chemin au milieu de la foule de Sardes venus nous accueillir, je me rendis compte que nous avions perdu tous nos vêtements. Pour la Duchesse, c'était la deuxième fois ! Moi, ça ne me faisait ni chaud ni froid : j'allais recevoir un très gros chèque de la Lloyd's de Londres, qui avait assuré le bateau et l'hélicoptère. Quand nous nous fûmes installés à l'hôtel, j'emmenai tout le monde faire des achats, invités et équipage. Nous ne trouvâmes sur place que des vêtements de plage – une véritable explosion de roses, de violets, de jaunes, de rouges, de dorés, d'argentés. Pendant les dix jours que nous allions passer en Sardaigne, nous allions ressembler à un vol de perroquets.

Au bout de ces dix jours, la provision de Mandrax était épuisée. Il était temps de rentrer à la maison. J'eus l'idée de génie d'emballer toutes nos affaires et de les expédier aux États-Unis, pour éviter de payer la douane. La Duchesse fut d'accord.

Le matin suivant, un peu avant six heures, je descendis dans le hall de l'hôtel pour payer la note. Il y en avait pour 700 000 dollars, ce qui n'était pas si cher que ça puisque cela comprenait un bracelet en or serti de rubis et d'émeraudes coûtant 300 000 dollars. Je l'avais acheté à la Duchesse aux alentours du cinquième jour, après m'être endormi dans un soufflé au chocolat. C'était bien le moins que je puisse faire pour me faire pardonner par ma principale complice.

À l'aéroport, nous attendîmes mon jet privé pendant deux heures. Finalement, un employé du terminal pour avions privés, un petit bonhomme qui baragouinait l'anglais avec un terrible accent, s'approcha de nous.

— M. Belforte, dit-il, votre avione écrasé. Mouette voler dans moteur, et avione tomber à France. Il pas venir pour chercher vous.

Je restai sans voix. Des choses comme celles-là arrivaient-elles aux autres ? J'étais sûr que non. Lorsque j'informai la Duchesse, elle ne dit pas un mot. Elle se contenta de secouer la tête et s'éloigna.

J'essayai d'appeler Janet pour qu'elle nous trouve un vol, mais les téléphones étaient inutilisables. Je décidai que le mieux que nous ayons à faire était de prendre un vol pour l'Angleterre, où au moins nous pouvions comprendre ce que disaient les gens. Une fois à Londres, tout serait plus facile. Du moins le pensai-je, jusqu'à ce que nous fussions assis à l'arrière d'un taxi noir londonien, et que je remarquasse quelque chose d'étrange : les rues étaient bondées de façon inimaginable. Et plus nous approchions de Hyde Park, plus la foule était dense.

— Pourquoi y a-t-il une telle foule ? demandai-je au taximan blême qui nous conduisait. Je suis venu à Londres des dizaines de fois et je n'ai jamais vu autant de monde.

— Oh, mon petit m'sieur, répondit le taximan, c'est pour la commémoration de Woodstock ce week-end. Ils attendent plus de cinq cent mille personnes à Hyde Park. Ils viennent écouter Eric Clapton, les Who, Alanis Morissette et plein d'autres. Ça va être un fameux concert, mon petit m'sieur. J'espère que vous avez réservé un hôtel, parce qu'il est impossible de trouver une chambre dans tout Londres.

Hmmm... Il y avait trois choses qui me laissaient rêveur. La première était que ce drôle de taximan m'ait appelé « mon bon m'sieur ». La deuxième était que je me sois débrouillé pour débarquer à Londres le seul week-end depuis la fin de la Seconde Guerre mondiale où il n'y avait pas moyen de trouver une chambre d'hôtel dans toute la ville. Et la troisième était que nous avions tous besoin, une fois de plus, de nous acheter des vêtements – ce qui, pour la Duchesse, était la troisième fois en moins de deux semaines.

— Je n'en reviens pas qu'il faille encore nous acheter des fringues, me dit Rob. C'est toujours toi qui paies ?

Je souris.

— Va te faire mettre, Rob.

Dans le hall du *Dorchester Hotel*, le réceptionniste s'excusa, l'air navré :

— Je suis désolé, M. Belfort, mais tout est réservé et confirmé pour ce week-end. À vrai dire, je ne pense pas qu'il y ait une seule chambre de libre où que ce soit dans Londres. Mais n'hésitez pas à passer au bar avec vos amis. C'est l'heure du thé et je serais ravi de vous offrir à tous le thé et des pâtisseries aux frais de la maison.

Je tâchai de garder contenance.

— Pourriez-vous appeler quelques autres hôtels et voir avec eux s'il ne leur reste pas des chambres ?

— Bien entendu, monsieur, répliqua-t-il. Avec plaisir.

Trois heures plus tard, nous étions toujours au bar, à boire du thé et grignoter des crumpets, quand le réceptionniste arriva avec un grand sourire.

— Il y a eu une annulation au Four Seasons. Il se trouve que c'est leur suite présidentielle, qui est particulièrement adaptée à vos goûts. Elle coûte huit...

— Je la prends ! le coupai-je.

— Très bien, dit-il. Une Rolls-Royce vous attend à l'extérieur. D'après ce que j'ai entendu dire, le Four Seasons possède un spa merveilleux ; peut-être un massage vous fera-t-il du bien, après tout ce que vous avez subi.

Deux heures plus tard, j'étais allongé sur la table de massage dans la suite présidentielle du Four Seasons. Le balcon donnait directement sur Hyde Park, où le concert était à présent en train de se dérouler. Mes invités se baladaient dans les rues de Londres, faisant du shopping. À New York, Janet s'occupait de nous trouver des places sur le Concorde. La belle Duchesse chantait sous la douche, rivalisant avec Eric Clapton.

Comme j'aimais ma belle Duchesse ! Une fois de plus, elle m'avait prouvé son amour et cette fois dans une situation d'extrême urgence. C'était une guerrière. Elle avait tenu bon à mes côtés dans le corps à corps, défiant la mort sans que son beau visage perdît jamais le sourire.

C'était justement pour ça que j'avais un peu de mal à conserver mon érection pendant que la masseuse me branlait. Bien sûr, je savais que c'était mal de me faire masturber par une masseuse – en l'occurrence, une Éthiopienne d'un mètre quatre-vingts – pendant que ma femme chantait sous la douche à cinq mètres de là. Mais, au fond, y avait-il une grosse différence entre le faire faire par quelqu'un et s'en charger soi-même ? Hum… Je m'accrochai à cette pensée réconfortante pendant le reste de l'opération.

Le lendemain, nous étions de retour à Old Brookville, prêts pour le prochain épisode de *Vie et mœurs des riches détraqués*.

CHAPITRE 35

La tempête précédant la tempête

Avril 1997.

Pour impossible que cela pût paraître, neuf mois après le naufrage de mon yacht, j'avais encore grimpé quelques barreaux sur l'échelle de la folie. J'avais trouvé un moyen astucieux – parfaitement logique, à vrai dire – qui me permettait de pousser encore plus loin mon comportement autodestructeur. J'avais changé de drogue favorite, passant du Mandrax à la cocaïne. Il était temps de changer, pensais-je. Ma principale motivation pour cela était que j'en avais assez de baver en public et de m'endormir dans les circonstances les plus incongrues.

Ainsi, au lieu de commencer ma journée par quatre Mandrax et une tasse de café glacé, je me réveillais désormais avec un gramme de blanche, en prenant bien soin de diviser la dose en deux parties égales, un demi-gramme dans chaque narine, de façon à ne priver du flash aucune partie de mon cerveau. Ça, c'était un vrai petit déjeuner de champion ! Je le complétais avec trois milligrammes de Xanax, afin de dompter la paranoïa qui s'ensuivait à tous les coups. Puis je prenais quarante-cinq milligrammes de morphine – bien que je n'eusse plus la moindre douleur au dos –, simplement parce que cocaïne et narcotiques étaient faits pour s'entendre. D'ailleurs, j'avais tout un tas de médecins qui continuaient à me prescrire de la morphine, alors où était le mal ?

Une heure avant le déjeuner de midi, je prenais ma première dose de Mandrax – quatre comprimés, pour être exact – suivie par un gramme de coke supplémentaire, afin de dominer la fatigue insurmontable qui ne manquait pas de me tomber dessus. Je me débrouillais donc pour continuer à prendre ma dose quotidienne de vingt Mandrax mais, du moins, j'en faisais à présent un usage plus sain, plus productif – afin de contrebalancer les effets de la cocaïne.

Cette stratégie géniale fonctionna à merveille – pendant un temps. Évidemment, comme toujours dans la vie, il y avait quelques anicroches. La principale était que je ne dormais plus que trois heures par semaine et que, vers la mi-avril, la cocaïne m'avait rendu à ce point parano que j'avais plusieurs fois éconduit le laitier à coups de fusil de calibre douze.

Avec un peu de chance, me disais-je, le laitier ferait courir le bruit qu'il ne faisait pas bon badiner avec le Loup de Wall Street, qu'il était armé et prêt à tirer – pour repousser n'importe quel intrus assez téméraire pour s'aventurer chez lui, pendant que ses gardes du corps roupillaient au lieu de faire leur boulot.

Quatre mois plus tôt, vers la mi-décembre, Stratton avait fini par mettre la clé sous la porte. Ironie de l'histoire, ce n'étaient pas les États qui avaient définitivement coulé Stratton, mais ces abrutis de la NASD. Ils avaient radié Stratton de l'Association, sous prétexte de manipulations du cours des actions et de violations des pratiques commerciales. En réalité, Stratton était bannie de la communauté et, sur le plan légal, cela équivalait à un arrêt de mort, car pour avoir le droit de vendre des actions entre un État et un autre, il fallait être membre de la NASD. Une société qui n'en faisait pas partie était autant dire finie. Danny se décida donc à contrecœur à fermer Stratton et l'ère des strattoniens arriva à son terme. Elle avait duré huit ans. Je n'étais pas certain du souvenir qu'elle allait laisser, mais je me doutais bien que la presse ne serait pas tendre avec elle.

Biltmore et Monroe Parker continuaient à marcher très fort et à me payer 1 million de dollars par affaire, même s'il était plus que probable que leurs propriétaires, à l'exception d'Alan Lipsky, fussent en train de comploter contre moi. Comment et pourquoi, je ne le savais pas avec certitude mais cela fait partie de la nature des complots – surtout quand les comploteurs sont vos plus proches amis.

De son côté, Steve Madden complotait ouvertement contre moi. Nos relations étaient devenues on ne peut plus aigres. Selon Steve, c'était dû au fait que je venais défoncé au bureau. Ce à quoi je lui avais répondu : « Va te faire foutre, espèce de sale con vaniteux ! Sans moi, tu serais encore en train de faire du porte-à-porte pour vendre tes grolles ! » Même si j'exagérais un peu, le fait était que l'action valait désormais 13 dollars et continuait à grimper.

Nous avions à présent dix-huit boutiques et, en ce qui concernait les grands magasins, toute notre production était réservée deux saisons à l'avance. Je pouvais très bien m'imaginer ce que Steve pensait de moi. J'étais l'homme qui avait pris 85 % de sa société et contrôlé le cours de l'action pendant presque quatre ans. Mais, à présent que Stratton avait fait faillite, j'avais perdu le contrôle du cours. Le prix de l'action Steve Madden Shoes était désormais dicté par les lois de l'offre et de la demande. Il montait et descendait en fonction des bonnes et mauvaises fortunes de la société elle-même et non plus en fonction des recommandations d'achat d'une quelconque société de courtage. Le Cordonnier n'avait pas le choix : il fallait qu'il complote contre moi. Bon, d'accord, c'était vrai, il m'était arrivé de venir un peu défoncé au bureau et c'était mal ; mais cela n'en restait pas moins une simple excuse pour m'évincer de la société et me piquer mes stock-options.

Quel recours aurais-je s'il essayait vraiment de le faire ? Eh bien, j'avais notre accord secret, mais il ne couvrait que mes 1,2 million d'actions de départ ; mes stock-options étaient au nom de Steve et aucun document écrit pour prouver quoi que ce soit. Allait-il essayer de me les piquer ? Ou même de s'attaquer à la fois à mes actions et à mes stock-options ? Peut-être ce bâtard déplumé se faisait-il l'illusion de croire que je n'aurais pas les couilles de dévoiler notre accord secret, ce qui, de par la nature même de l'accord, nous aurait causé beaucoup d'ennuis à tous les deux.

Si tel était le cas, il se préparait un réveil en fanfare. Ses chances de pouvoir s'en tirer en me piquant mes actions et mes stock-options étaient inférieures au zéro absolu – même si cela devait nous mener tous deux en prison.

En temps normal, j'aurais déjà eu de telles pensées mais, vu l'état dans lequel j'étais, elles me taraudaient l'esprit de la façon la plus pernicieuse. Que Steve fût ou non en train d'essayer de me baiser n'avait plus aucune importance. De toute façon, je ne lui en laisserais pas l'occasion. C'était la même chose que pour ce foutu Chinois Dévoyé de Victor Wang. Victor avait lui aussi essayé de me doubler et je l'avais renvoyé directement dans son Chinatown natal.

Nous étions dans la deuxième semaine d'avril. Je n'avais pas mis les pieds à Steve Madden Shoes depuis un mois. C'était un vendredi après-midi, j'étais chez moi, assis à mon bureau d'acajou. La Duchesse était déjà partie dans les Hamptons, et les enfants passaient le week-end chez leur grand-mère maternelle. J'étais seul avec mes pensées, prêt à la guerre.

J'appelai Moumoute chez lui.

— Je veux que tu appelles Madden et que tu lui dises que, en tant que dépositaire légal, tu l'avises que tu te prépares à vendre immédiatement 100 000 actions. Il y en a pour à peu près 1,3 million de dollars. Dis-lui que, conformément à notre accord, il a le droit de vendre également ses actions en quantité proportionnelle aux miennes, soit 17 000. À lui de décider s'il veut le faire ou non.

— Pour le faire rapidement, j'ai besoin de sa signature. Que dois-je faire s'il renâcle ? demanda Moumoute le Faible.

Je soupirai profondément, tâchant de réfréner ma colère.

— S'il fait des histoires, dis-lui que conformément à notre accord de portage, tu vas procéder à la saisie des actions et les vendre hors marché. Et tu expliques à cet enculé de crâne d'œuf que ça me fera 15 % des parts de la société, ce qui m'obligera à signer une déclaration 13D pour la SEC, et que tout Wall Street saura quel fils de pute il est d'essayer de me baiser. Tu diras à cet enculé de sa mère que je vais rendre publique toute l'affaire et racheter des actions chaque semaine, ce qui veut dire que je devrai continuer à remplir des mises à jour de la déclaration 13D. Tu vas lui dire que je ne m'arrêterai d'acheter qu'une fois que j'aurai 51 % de sa société et qu'alors, je le foutrai dehors à grands coups de pied dans son gros cul.

Je repris ma respiration. Mon cœur battait à tout rompre.

— Et puis tu diras aussi à cet enculé que s'il se figure que je suis en train de bluffer, il ferait mieux de se planquer dans un putain de bunker, parce que je suis sur le point de balancer une bombe atomique sur sa vie de foireux.

Je fouillai le tiroir de mon bureau et en sortis un sachet à glissière contenant un demi-kilo de cocaïne.

— Je veux bien faire tout ce que tu dis, répliqua Moumoute le Faible. Je te demande seulement de réfléchir encore un instant. Tu es le type le plus intelligent que je connaisse, mais en ce moment tu ne m'as pas l'air d'être tout à fait rationnel. En tant qu'avocat, je te déconseille fortement de rendre cet accord pub…

Je coupai net mon connard d'avocat.

— Nom de Dieu, Andy ! Laisse-moi te dire une chose : les connards de la SEC et les connards de la NASD, tu ne peux même pas imaginer comment je me les carre dans le cul.

J'ouvris le sachet et attrapai sur mon bureau une carte à jouer que je plongeai dans la cocaïne, puisant assez de poudre pour donner une attaque cardiaque à une baleine bleue. Je déposai mon butin sur le bureau, puis me penchai au-dessus, y plongeant le visage, et commençai à sniffer.

— Et en plus, dis-je, le visage à présent couvert de cocaïne, je me fous aussi comme d'une merde de l'agent Coleman. Ça fait quatre ans que cet enculé me court au cul et il n'a encore rien trouvé pour me faire chier.

Je secouai plusieurs fois la tête pour tenter de maîtriser le flash qui me submergeait rapidement.

— Et il n'y a pas moyen de m'inculper au nom de ce foutu accord. Pour Coleman, ce serait descendre trop bas. C'est un homme d'honneur et il veut me faire tomber pour quelque chose de sérieux. Ça serait comme faire tomber Al Capone pour fraude fiscale. Alors j'emmerde Coleman, où qu'il puisse être !

— Compris, répondit Moumoute, mais j'ai quelque chose à te demander.

— Quoi ?

— Je suis à court de fric, dit mon avocat marron.

Il fit une pause pour souligner ses paroles.

— Tu sais, Danny m'a vraiment foutu dans la merde en n'ouvrant pas d'autres boîtes de courtage. J'attends toujours qu'on me rende ma licence de courtier. Peux-tu me donner un coup de main dans l'intervalle ?

Incroyable ! Mon propre dépositaire légal était en train de m'extorquer de l'argent. Cet enculé à perruque, il allait falloir que je me le fasse un de ces jours lui aussi !

— Tu veux combien ?

— Je ne sais pas, répliqua-t-il lâchement, peut-être quelques centaines de mille ?

— D'accord ! coupai-je. Je vais te donner 250 000 et maintenant appelle tout de suite cet enculé de Madden. Ensuite, tu me rappelles pour me raconter ce qu'il t'a dit.

Je raccrochai rageusement sans dire au revoir. Puis je me penchai à nouveau et plongeai à nouveau le nez dans le tas de cocaïne. Dix minutes plus tard, le téléphone sonna.

— Alors, qu'est-ce qu'il t'a dit, l'autre enculé ?

— Ça ne va pas te plaire, m'avertit Moumoute. Il nie l'existence de l'accord de portage. Il dit que c'est un accord illégal et qu'il sait que tu ne le rendras pas public.

Je soupirai profondément, tâchant de rester maître de moi.

— Alors, il pense que je bluffe, c'est ça ?

— C'est à peu près ça, dit Moumoute. Mais il dit aussi qu'il est prêt à régler les choses à l'amiable. Il t'offre 2 dollars par action.

Je fis rapidement le calcul. À 2 dollars l'action, il me carottait plus de 13 millions de dollars rien que sur les actions. Il détenait aussi 1 million de mes stock-options, dont le prix d'exercice était de 7 dollars. Au prix actuel de l'action sur le marché, soit 13 dollars, elles rapportaient donc chacune 6 dollars. Ce qui faisait encore 6 millions de dollars. En tout, il essayait donc de me refaire de 19 millions de dollars. Le plus drôle était que ça ne me fâchait pas plus que ça. Après tout, je le savais depuis le début. Je le savais depuis plusieurs années, depuis ce jour où, dans mon bureau, j'avais expliqué à Danny que son ami n'était pas digne de sa confiance. C'était justement pour cette raison que j'avais fait signer à Steve un accord de portage et que je lui avais fait remettre à un tiers le titre de propriété des actions.

Je n'avais donc pas de raison d'être fâché. Les abrutis du Nasdaq m'avaient forcé à suivre une voie risquée – je n'avais pas eu d'autre solution que de mettre mes actions au nom de Steve et j'avais pris toutes les précautions nécessaires en vue de l'éventualité qui était en train de se produire. Je repassai dans mon esprit toute l'histoire de nos relations, sans y découvrir une seule erreur que j'aurais commise. Et même si je ne pouvais pas nier que venir défoncé au bureau n'était pas bien de ma part, ça n'avait absolument rien à voir avec ce qui était en train de se passer. De toute façon, Steve aurait essayé de me baiser. Les drogues n'avaient fait que crever plus rapidement l'abcès.

— Parfait, dis-je calmement. Maintenant, je dois partir pour les Hamptons. On s'occupera de ça lundi matin. Ne prends pas la peine de rappeler Steve.

Contente-toi de préparer toute la paperasse pour l'achat d'actions. Désormais, c'est la guerre.

Southampton ! Wasp-Hampton ! Eh oui, c'était là que se trouvait ma nouvelle résidence secondaire. Nous avions fini par mûrir et, pour les goûts acérés de la Duchesse, Westhampton était un tout petit peu bas de gamme. D'ailleurs, Westhampton était plein de Juifs et j'en avais plus que ma claque des Juifs, même si je faisais moi-même partie du club. Donna Karan (qui appartenait à une catégorie de Juifs à part) avait sa maison juste à l'ouest de la nôtre, et celle de Henry Kravis (lui aussi membre de cette catégorie supérieure de Juifs) bordait la nôtre côté est. Pour la bagatelle de 5,5 millions de dollars, j'étais désormais le propriétaire d'un petit manoir gris et blanc postmoderne de mille mètres carrés sur Meadow Lane, la rue la plus huppée de toute la planète. La façade de la maison donnait sur Shinnecock Bay et l'arrière regardait l'océan Atlantique. Les levers et couchers de soleil étaient l'occasion de véritables explosions de rouges, d'oranges, de jaunes et de bleus. C'était une vue véritablement splendide, bien digne du Grand Loup sauvage.

En passant le portail de fer forgé qui gardait l'entrée de la propriété, je ne pus m'empêcher de ressentir de la fierté. J'étais au volant d'une Bentley bleu roi flambant neuve qui m'avait coûté 300 000 dollars. Et, bien sûr, j'avais assez de cocaïne dans la boîte à gants pour faire danser le madison à la population entière de Southampton pendant tout l'été.

Je n'étais venu qu'une fois auparavant dans cette maison, un peu plus d'un mois plus tôt. Il n'y avait alors encore aucun meuble. J'y avais emmené un associé en affaires, un nommé David Davidson. L'affubler de ce nom avait été une cruelle blague de la part de ses parents, même si je passais plus de temps à le regarder cligner de l'œil droit qu'à penser à son nom. Car c'était un clignoteur, mais un clignoteur unilatéral, ce qui rendait la chose encore plus déconcertante. Le Clignoteur possédait une société de courtage du nom de DL Cromwell, qui employait toute une bande d'ex-strattoniens. Nous faisions ensemble d'excellentes affaires. Toutefois, la caractéristique du Clignoteur qui m'intéressait le plus était sa cocaïnomanie. Le soir où je l'amenai à la maison, nous nous arrêtâmes d'abord dans un supermarché pour acheter cinquante bombes de crème Chantilly. Une fois arrivés, nous nous assîmes sur le plancher en bois blanchi, jetâmes les embouts des bombes et, tenant celles-ci à la verticale, respirâmes tout le protoxyde d'azote qui servait de propulseur. Un truc salement excitant, d'autant plus qu'entre deux bombes, nous sniffions deux rails de coke, un pour chaque narine.

Ç'avait été une soirée mémorable, mais ce n'était rien en comparaison de ce qui nous attendait cette fois-ci. La Duchesse avait meublé la maison, pour la modique somme de 2 millions de mes dollars pas trop difficilement gagnés. Ça l'excitait tellement qu'elle nous abreuvait jusqu'à plus soif de tout un tas de conneries d'apprentie décoratrice. Ce qui ne l'empêchait nullement, pendant ce temps-là, de me casser les couilles à la moindre occasion en me reprochant d'être accro à la cocaïne.

Qu'elle aille se faire foutre ! Qui était-elle donc pour me dire ce que je devais faire ? D'autant plus que c'était pour elle que j'étais devenu accro à la coke ! Après tout, c'était bien elle qui avait menacé de me quitter si je continuais à m'endormir au restaurant. Ç'avait été la principale raison qui m'avait fait passer à la cocaïne. Et voilà qu'elle me disait des trucs du genre : « Tu es malade. Tu n'as pas dormi depuis un mois et tu ne veux même plus faire l'amour avec moi ! Tu ne manges plus que des Froot Loops, tu ne pèses même plus soixante kilos et tu es devenu verdâtre ! »

Moi qui lui avais fait connaître la Belle Vie, je la voyais à présent se retourner contre moi ! Eh bien, qu'elle aussi aille se faire foutre ! C'était facile pour elle de m'aimer quand j'avais été malade. Toutes ces nuits où j'endurais une douleur chronique, où elle restait avec moi pour me réconforter, me disant qu'elle m'aimait, quel que soit mon état. Et maintenant, il se révélait que tout cela n'était qu'astucieuses manigances. Je ne pouvais plus lui faire confiance. Bon, très bien. Puisqu'il en était ainsi, elle n'avait qu'à suivre son propre chemin. Je n'avais pas besoin d'elle. D'ailleurs, je n'avais besoin de personne.

Toutes ces pensées me tourbillonnaient dans la tête pendant que je montais l'escalier d'acajou et que j'ouvrais la porte de ma toute nouvelle demeure.

— Bonjour, lançai-je d'une voix forte en franchissant le seuil.

Toute la façade opposée était une baie vitrée et sous mes yeux s'étendait l'océan Atlantique. Il était sept heures du soir et, en ce début de printemps, le soleil était juste en train de se coucher derrière moi, du côté de la baie. L'eau était d'un pourpre intense. Mais la maison elle aussi était splendide. C'était vrai, on ne pouvait pas nier que la Duchesse, bien qu'elle fût une emmerdeuse de première, une épouse dominatrice et un rabat-joie hors pair, avait un sens inné de la décoration. Le hall d'entrée conduisait à un vaste salon, une pièce immense et très haute de plafond, pleine à craquer de toutes sortes de meubles. Sofas rembourrés, causeuses, fauteuils club, bergères, ottomanes définissaient de nombreux espaces de repos. Tous ces foutus sièges

étaient blanc et gris foncé, ce qui leur donnait un chic
balnéaire négligé.

Dans cette pièce se tenait le comité d'accueil : Maria,
la grosse cuisinière, et son mari Ignacio, le petit majordome riquiqui, à peine plus grand que son épouse avec
son mètre quarante-deux. Tous deux venaient du Por-
tugal et tiraient fierté de servir dans le style compassé
traditionnel. Je ne pouvais pas les voir. D'ailleurs,
Gwynne ne les aimait pas non plus, et Gwynne était
l'une des rares personnes – avec mes enfants – qui me
comprenaient vraiment. Pouvait-on vraiment leur faire
confiance, à ces deux-là ? Il fallait que je les tienne à
l'œil, et de près… S'il le fallait, je saurais bien les neutraliser.

— Bonsoir, M. Belfort, dirent à l'unisson Maria et
Ignacio.

Ignacio s'inclina respectueusement, tandis que Maria
faisait la révérence.

— Comment monsieur va-t-il, ce soir ? demanda
Ignacio.

— Super, grommelai-je. Où est ma chère épouse ?

— Elle est en ville, partie faire des courses, répondit
la cuisinière.

— Quelle foutue surprise, grognai-je en passant
devant eux.

Je portais un sac de voyage Louis Vuitton bourré de
drogues dures.

— Le dîner sera servi à 20 heures, dit Ignacio.
Mme Belfort vous fait dire que vos invités seront là vers
19 h 30, si vous voulez bien être prêt à ce moment.

Qu'elle aille se faire foutre, pensai-je.

— D'accord, lâchai-je. Je serai dans la salle de télévision. D'ici là, ne me dérangez pas, s'il vous plaît. J'ai
des affaires importantes à régler.

Là-dessus, je passai dans la salle de télé, mis un disque des Rolling Stones et sortis les drogues. La Duchesse m'avait laissé instruction d'être prêt à 19 h 30. Qu'est-ce que ça voulait dire, bordel ? Qu'il fallait que j'enfile un putain de smoking – et pourquoi pas un haut-de-forme et une queue-de-pie ? Non mais, pour qui me prenait-elle ? Pour un singe, peut-être ? Je portais un pantalon de jogging gris et un tee-shirt blanc et ça allait très bien comme ça ! Qui donc avait payé pour toutes ces merdes ? Moi ! C'était moi qui payais tout, ici ! Et elle avait encore le culot de me donner des ordres !

20 heures ! Le dîner était servi ! Et qu'est-ce qu'on en avait à foutre ? Donnez-moi des Froot Loops et du lait écrémé, pas de ces saloperies prétentiardes que Maria et la Duchesse aimaient tant. La table faisait bien quinze mètres de long. Au moins les invités n'étaient-ils pas trop nuls, à l'exception de la Duchesse elle-même, qui me faisait face à l'autre bout. Elle était si loin qu'il m'aurait fallu un interphone pour lui parler, et c'était sans doute tant mieux. Il fallait bien reconnaître qu'elle était splendide. Mais des femmes-trophées de son genre, je pouvais en avoir treize à la douzaine. Les vraiment bonnes, je n'arrivais pas à les intéresser. Allez comprendre.

Dave et Laurie Beall étaient assis à ma droite. Ils étaient venus de Floride pour nous rendre visite. Laurie était une chic fille blonde. Elle savait se tenir en toutes circonstances, et elle me comprenait. Le seul problème était qu'elle subissait aussi l'influence de la Duchesse, qui s'était insinuée au plus profond de son esprit pour y semer des idées pernicieuses contre moi. Je ne pouvais donc pas faire entièrement confiance à Laurie.

Son mari, Dave, c'était une autre histoire. Je pouvais lui faire confiance – enfin, plus ou moins. C'était un bon gros péquenot – un mètre quatre-vingt-huit pour cent quinze kilos de muscles. Lorsqu'il était à la fac, il travaillait comme videur. Un jour, quelqu'un lui avait parlé de travers. Dave l'avait frappé sur le côté de la tête et lui avait fait sortir l'œil de l'orbite. On disait que l'œil du gars ne tenait plus que par quelques ligaments. Ex-strattonien, Dave travaillait désormais pour DL Cromwell. Je pouvais compter sur lui s'il y avait des intrus à flanquer dehors. Rien ne pourrait lui faire plus plaisir.

Mes deux autres invités étaient les Schneiderman, Scott et Andrea. Scott était de Bayside, comme moi, mais nous n'étions pas amis d'enfance. C'était un homosexuel notoire. Il s'était marié pour une raison mystérieuse. Peut-être pour avoir des enfants – il avait à présent une fille. Lui aussi était un ancien strattonien, bien qu'il n'eût jamais eu l'instinct du tueur. Il avait quitté les affaires et n'était là que pour une seule raison : c'était lui mon fournisseur de cocaïne. Il connaissait quelqu'un dans un aéroport et me fournissait en cocaïne colombienne pure. Sa femme était inoffensive – une brunette potelée qui ne disait pas grand-chose et uniquement des banalités.

Après quatre plats et deux heures et demie d'une conversation éprouvante, il finit par être 23 heures.

— Allez, les gars, dis-je à Dave et à Scott, allons regarder un film dans la salle de télé.

Je me levai de ma chaise et me dirigeai vers la salle de télévision, Dave et Scott sur mes talons. J'étais sûr que la Duchesse avait aussi peu envie de parler avec moi que moi avec elle. Et c'était très bien comme ça. Notre mariage était virtuellement fini. Désormais, ce n'était plus qu'une question de temps.

Ce qui arriva ensuite démarra avec l'idée de génie qui me vint de diviser ma provision de cocaïne en deux parties, pour deux séances. Pour la première séance, qui allait commencer immédiatement, j'avais prévu huit grammes de cocaïne en poudre. Nous allions faire ça ici, dans la salle de télé, et cela nous occuperait pendant environ deux heures. Puis nous ferions une pause dans la salle de jeux, à l'étage, en jouant au billard et aux fléchettes et en nous torchant au Dewar's. Ensuite, vers 2 heures du matin, nous reviendrions dans la salle de télé pour commencer la deuxième séance de reniflette. Pour celle-là, j'avais mis de côté un caillou de vingt-deux grammes de cocaïne pure à 98 %. Tout sniffer en une seule séance serait un exploit bien digne du Loup.

Et nous nous conformâmes à ce plan. À la lettre. Nous passâmes les deux heures suivantes à sniffer de gros rails de coke avec une paille en or dix-huit carats tout en regardant MTV sans le son et en écoutant en boucle *Sympathy for the Devil*. Puis nous montâmes à la salle de jeux. Lorsqu'il fut 2 heures du matin, un grand sourire me vint.

— Mes amis, annonçai-je, l'heure est venue de flairer un peu ce bloc ! Suivez-moi.

Nous redescendîmes dans la salle de télévision et nous rassîmes comme précédemment. Je cherchai le bloc de coke, mais il n'était plus là. Plus là ? Comment était-ce possible ? Je regardai Dave et Scott.

— D'accord, les gars. Maintenant, arrêtez de déconner. Lequel de vous deux a caché le bloc ?

Tous deux me regardèrent, stupéfaits.

— Qu'est-ce que tu racontes ? demanda Dave. Tu te fous de moi ? Je n'ai pas pris ce bloc ! Je le jure sur la tête de mes enfants !

— Arrête de me regarder ! ajouta Scott, sur la défensive. Je ne ferais jamais quelque chose comme ça !

— Déconner avec la cocaïne de quelqu'un d'autre, c'est pécher contre Dieu lui-même. Rien de moins.

Nous nous mîmes tous trois à quatre pattes et commençâmes à explorer le tapis. Au bout de deux minutes, nous nous regardions, désemparés – et bredouilles.

— Il est peut-être tombé derrière le coussin d'un fauteuil, dis-je sans trop y croire.

Aussitôt, nous nous mîmes en devoir d'enlever tous les coussins des fauteuils. Il n'y avait rien derrière.

— Je n'arrive pas y croire, dis-je. Quelle merde ! C'est dingue.

Alors, une idée folle germa dans mon esprit. Peut-être le bloc était-il tombé *dans* un des coussins des fauteuils ? Ça paraissait improbable, mais on avait déjà vu se produire des choses plus bizarres, pas vrai ?

Et comment.

— Je reviens tout de suite, dis-je.

Je courus à la cuisine prendre un couteau de boucher en acier sur son support de bois. Je revins à la salle de télé, prêt à tout pour récupérer mon bloc. C'était comme si c'était fait !

— Qu'est-ce que tu fabriques ? demanda Dave, d'une voix incrédule.

— Comment ça, qu'est-ce que je fabrique ? crachai-je, tombant à genoux et plongeant le couteau dans un coussin.

Je commençai à répandre la mousse et les plumes sur le tapis. Le sofa possédait trois coussins pour s'asseoir dessus et trois pour s'adosser. En moins d'une minute, je les avais tous mis en pièces.

— Saloperie ! grognai-je.

Je passai à la causeuse, lacérant méthodiquement ses coussins. Toujours rien. Ça commençait à faire chier, maintenant.

— Quelle merde ! J'y crois pas ! Où est passée cette saloperie de bloc ?

Je regardai Dave.

— Est-ce que nous sommes allés dans le salon ?

Il secoua la tête nerveusement.

— Je ne me rappelle pas que nous soyons allés dans le salon, dit-il. Pourquoi on ne laisse pas tomber ce bloc, tout simplement ?

— Tu es complètement taré, ou quoi ? Je veux trouver cette saloperie de bloc, même si c'est la dernière chose que je fais !

Je me tournai vers Scott, l'air accusateur.

— Ne me raconte pas de conneries, Scott. Nous sommes bien allés dans le salon, hein ?

Scott fit signe que non.

— Je ne crois pas. Je suis vraiment désolé, mais je ne me rappelle pas que nous soyons allés dans le salon.

— Vous savez quoi, les gars ? hurlai-je. Vous me faites deux belles merdes, tous les deux ! Vous savez aussi bien que moi que ce putain de bloc est tombé dans un coussin. Il doit bien être quelque part dans cette maison, et je vais vous le prouver.

Je me levai, écartai à coups de pied les lambeaux de coussins, et entrai dans le salon en piétinant la mousse et les plumes qui jonchaient le sol. Ma main droite étreignait le couteau de boucher, j'avais les pupilles dilatées et les dents serrées par la rage.

Regardez-moi tous ces putain de sofas ! Est-ce qu'elle croyait qu'elle pouvait acheter tous ces meubles et s'en tirer comme ça, la salope ! J'étais hors de moi. Il fallait que je me ressaisisse. N'empêche, j'avais mis au point un plan idéal – celui de mettre de côté le bloc de coke jusqu'à 2 heures du matin. Tout aurait pu bien se passer et, à présent, il y avait tous ces meubles. Rien à secouer ! Je m'agenouillai et me mis au travail, progressant à travers le salon en frappant sauvagement jusqu'à ce que chaque canapé, chaque fauteuil fût détruit. Du coin de l'œil, je voyais Dave et Scott me regarder fixement.

Alors, cette idée me frappa : le bloc était dans la moquette ! Bon Dieu, c'était évident ! Je regardai la moquette taupe. Combien avait coûté cette saloperie ? 100 000 ? 200 000 ? Pour elle, ce n'était pas un problème de dépenser mon argent. Comme un possédé, je me mis à découper la moquette.

Une minute plus tard, rien. J'étais assis, regardant le salon autour de moi. Il était entièrement dévasté. J'aperçus un lampadaire de bronze. Il avait l'air humain. Le cœur battant à tout rompre, je jetai le couteau de boucher et empoignai le lampadaire. Je le levai au-dessus de ma tête et me mis à le balancer à la façon du dieu Thor balançant sa massue. Je le lâchai en direction de la cheminée, et il vola s'écraser contre le montant de pierre… CRAC ! Je courus vers le couteau et m'en saisis à nouveau.

La Duchesse débarqua brusquement. Elle sortait juste de la salle de bains et portait une petite robe blanche. Elle était coiffée à la perfection et ses jambes étaient splendides. C'était bien là sa façon de s'y prendre pour me manipuler, pour me contrôler. Ça avait marché autrefois, mais plus maintenant. À présent, j'étais sur mes gardes. J'avais compris son petit jeu.

— Oh, mon Dieu ! s'écria-t-elle, la main sur la bouche. S'il te plaît, arrête ! Pourquoi fais-tu ça ?

— Pourquoi ? hurlai-je. Tu veux savoir pourquoi ? Je vais te dire pourquoi, bordel ! Je suis James Bond en

train de chercher un putain de microfilm ! Voilà pourquoi, bordel !

Elle me regarda, bouche bée, les yeux écarquillés.

— Il faut te faire soigner, dit-elle d'une voix blanche.
Tu es malade.

Ses paroles me rendirent fou de rage.

— Va te faire foutre, Nadine ! Pour qui tu te prends,
nom de Dieu, pour me dire que je suis malade ?
Qu'est-ce que tu vas faire ? Me frapper ? D'accord,
approche pour voir ce qui arrive !

D'un seul coup, une douleur terrible dans le dos !
Quelqu'un me plaquait au sol et me tordait le poignet.

— Aïe, merde ! criai-je.

Je regardai au-dessus de moi. Dave Beall était sur
moi. Il me tordit le poignet jusqu'à ce que le couteau de
boucher tombe à terre.

— Retourne dans la chambre, lança-t-il calmement à
Nadine. Je m'occupe de lui. Ça va aller.

Nadine retourna en courant dans la chambre principale et claqua la porte. J'entendis cliqueter le verrou.
Dave était toujours sur moi. Je tournai la tête pour lui
faire face et me mis à rire.

— Ça va, dis-je, tu peux me laisser me relever,
maintenant. Je plaisantais, c'est tout. Je n'ai pas voulu
la blesser. Je voulais seulement lui montrer qui
commande.

Me saisissant par le bras de son énorme main, Dave
me conduisit jusqu'à une pièce située de l'autre côté de
la maison – une des rares que je n'avais pas détruites.
Il me mit dans un fauteuil club bien rembourré et se
tourna vers Scott.

— Va chercher le tube de Xanax.

La dernière chose dont je me souvienne est Dave me
donnant un verre d'eau et quelques Xanax.

Je me réveillai le lendemain. Il faisait nuit. J'étais revenu chez moi à Old Brookville et j'étais assis à mon bureau d'acajou. Comment j'étais arrivé là, je n'en savais trop rien, mais je me souvenais d'avoir dit : « Merci, Rocco ! » à Rocco de Jour pour m'avoir tiré de la voiture après que j'aie embouti le pilier de pierre du portail en rentrant de Southampton. Ou bien était-ce Rocco de Nuit ? Bof… qu'est-ce que ça pouvait bien foutre ? Ils étaient loyaux envers Bo, et Bo était loyal envers moi : la Duchesse ne leur parlait pas trop à l'un ni à l'autre, donc elle n'avait pas tellement pu s'insinuer dans leur esprit. Il fallait tout de même que je sois sur mes gardes.

Et où était donc la Duchesse ? me demandai-je. Je ne l'avais pas vue depuis l'épisode du couteau de boucher. Elle était dans la maison, mais elle se cachait quelque part – elle se cachait de moi ! Était-elle dans notre chambre à coucher ? Aucune importance. La seule chose qui comptait, c'étaient les enfants. Au moins, j'étais un bon père. En définitive, c'est comme ça qu'on se souviendrait de moi : un bon père, un vrai père de famille, qui pourvoyait merveilleusement au bien-être des siens !

Je fouillai dans le tiroir de mon bureau et en sortis le sachet à glissière contenant près d'un demi-kilo de cocaïne. J'en fis un tas sur le bureau, mis le nez dessus et aspirai simultanément par les deux narines. En deux secondes je relevai la tête et grognai : « Nom de Dieu de merde ! Oh, mon Dieu ! » puis m'affalai sur mon fauteuil et me mis à haleter.

Au même moment, le volume de la télévision parut augmenter d'un coup et j'entendis une voix bourrue et accusatrice.

— Tu sais quelle heure il est, là maintenant ? Où est ta famille ? Il n'y a que comme ça que tu sais t'amuser, en restant assis tout seul devant la télé, en pleine nuit ? Ivre, drogué, défoncé ? Jette un coup d'œil à ta montre, si tu en as encore une.

Qu'est-ce que c'était que ces conneries ? Je regardai ma montre, une Bulgari en or à 22 000 dollars. Bien sûr que j'en avais une ! Je reportai mon attention sur le téléviseur. Doux Jésus, quelle tronche ! C'était un homme d'une petite cinquantaine, une tête énorme, un cou monstrueux, des traits d'une beauté menaçante, une chevelure grise coiffée à la perfection. Le nom de Fred Pierrafeu me surgit dans l'esprit.

— Tu voudrais bien te débarrasser de moi, hein ? poursuivit Fred Pierrafeu. Et pourquoi ne pas te débarrasser de ta maladie ? Là, tout de suite ! Alcoolisme et dépendance sont en train de te tuer. Seafield sait quoi faire. Appelle-nous aujourd'hui ; nous pouvons t'aider.

Incroyable ! pensai-je. Quelle intrusion inadmissible ! Je me mis à marmonner contre le poste de télé :

— Dis donc, Fred Pierrafeu, eh, tête de con ! Tu vas voir comment je vais te ramener à Tombouctou à coups de pied au cul, pauvre connard d'homme des cavernes !

Pierrafeu continuait de jacter.

— Rappelle-toi bien qu'il n'y a pas de honte à être alcoolique ou accro ; la seule honte est de ne rien faire contre. Appelle-nous tout de suite et prends...

Je regardai autour de moi dans la pièce... Là !... Une sculpture de Remington sur un socle de marbre vert représentant un cow-boy montant un bronco en train de ruer. Soixante centimètres de bronze massif. Je m'en emparai et courus à l'écran de télévision. De toute ma force, je visai Fred Pierrafeu et... CRAC !

Exit Fred Pierrafeu.

— Je t'avais prévenu, enculé ! dis-je au téléviseur fracassé. Tu te prends pour qui à venir me faire la leçon chez moi ? Regarde-toi, maintenant, pauvre con !

Je retournai à mon bureau et remis mon nez tout saignant dans le tas de cocaïne. Mais au lieu de sniffer, je restai simplement le visage posé dessus, comme sur un oreiller.

Je ressentais une pointe de culpabilité à l'idée que mes enfants étaient à l'étage du dessus, mais grâce au merveilleux pourvoyeur que j'étais toutes les portes étaient en acajou massif. Personne ne pouvait avoir rien entendu. Du moins était-ce ce que je pensais avant d'entendre des pas précipités dans l'escalier. Une seconde après me parvenait la voix de la Duchesse.

— Oh, mon Dieu ! Qu'est-ce que tu es en train de faire ?

Je relevai la tête, parfaitement conscient que mon visage était complètement maculé de cocaïne, et m'en foutant complètement. Je regardai la Duchesse. Elle était complètement nue. Une fois encore, elle essayait de me séduire pour me manipuler.

— Fred Pierrafeu était en train d'essayer d'entrer par la télé. Mais ne t'inquiète pas, je lui ai fait sa fête. Tu peux retourner dormir, maintenant. Il n'y a rien à craindre.

Elle me regardait fixement, bouche bée. Elle avait les bras croisés sous les seins, et je ne pouvais m'empêcher de regarder ses mamelons. J'étais descendu bien bas. Elle serait difficile à remplacer – pas impossible, mais difficile.

— Tu saignes du nez, dit-elle d'une voix douce.

— Tu exagères, Nadine, répondis-je avec indifférence. Ça saigne à peine un tout petit peu. C'est la saison des allergies, c'est tout.

Elle se mit à pleurer.

— Je ne peux plus rester ici si tu ne te fais pas désintoxiquer. Je t'aime trop pour te regarder te tuer. Je t'ai toujours aimé. Ne l'oublie jamais.

Elle quitta la pièce en fermant la porte, mais sans la claquer.

— Va te faire foutre ! hurlai-je. Je n'ai pas de problème ! Je peux m'arrêter quand je veux !

Je me servis de mon tee-shirt pour essuyer le sang qui me maculait le nez et le menton. Qu'est-ce qu'elle croyait, qu'elle pouvait me menacer comme ça pour que j'aille me faire désintoxiquer ? Sans blague !

Je sentis à nouveau quelque chose de tiède me couler sous le nez. Je soulevai encore une fois le bas de mon tee-shirt pour essuyer le sang qui coulait. Bon Dieu ! Si seulement j'avais eu de l'éther, j'aurais pu faire du crack avec ma cocaïne. Je n'aurais eu qu'à le fumer pour éviter tous ces problèmes de nez. Attendez ! Il y avait d'autres façons de faire du crack, non ? Oui, il existait des recettes maison… un truc avec de la levure chimique. Je devais pouvoir trouver une recette de crack sur Internet !

Cinq minutes plus tard, j'avais ma recette. Je titubai jusqu'à la cuisine, attrapai les ingrédients et les déposai sur le plan de travail de granit. Je remplis d'eau une casserole de cuivre, y versai la cocaïne et la levure chimique, mis le brûleur à fond et couvris la casserole. Je posai sur le couvercle un bocal à biscuits de porcelaine.

Je m'assis sur une chaise à côté de la cuisinière et appuyai la tête sur le plan de travail. Je commençais à avoir des vertiges. Je fermai les yeux et essayai de me détendre. J'étais en train de partir… de partir… BOUM ! Je manquai de faire une attaque lorsque ma recette maison explosa dans la cuisine. Il y avait du crack partout, sur le plafond, le plancher, les murs… Au bout d'un instant, la Duchesse arriva en courant.

— Oh, mon Dieu ! Qu'est-ce qui s'est passé ? Qu'est-ce que c'était que cette explosion ?

Elle était hors d'haleine, frappée de panique.

— Rien, marmonnai-je. Je faisais cuire un gâteau et je me suis endormi.

La dernière chose que je me rappelle l'avoir entendue dire fut : « Demain matin, je retourne chez ma mère. »

Et la dernière chose que je me rappelle avoir pensé fut : « Le plus tôt sera le mieux. »

CHAPITRE 36

La prison, l'asile ou la mort

Le matin suivant – c'est-à-dire quelques heures plus tard – je me réveillai dans mon bureau. Je sentis passer sous mon nez et sur mes joues quelque chose de tiède et d'extrêmement agréable. *Aaaah... que ça faisait du bien... La Duchesse était encore avec moi... Elle me nettoyait... elle me maternait...*

J'ouvris les yeux. Hélas, ce n'était que Gwynne. Elle tenait à la main une très coûteuse serviette de bain blanche trempée dans de l'eau tiédie et me nettoyait le visage de la cocaïne et du sang qui y avaient durci en croûtes.

Je souris à Gwynne. C'était bien l'une des seules personnes qui ne m'avaient pas trahi. Pourtant, pouvais-je vraiment lui faire confiance ? Je fermai les yeux et tournai cette idée dans mon esprit... Oui, je pouvais lui faire confiance. Il n'y avait pas d'autre façon de voir les choses. Elle resterait de mon côté jusqu'au bout. En fait, longtemps après que la Duchesse m'aurait abandonné, Gwynne serait toujours là – pour prendre soin de moi et m'aider à élever les enfants.

— Vous allez mieux ? demanda ma beauté sudiste préférée.

— Ça va, coassai-je. Qu'est-ce que tu fais ici un dimanche matin ? Tu n'es pas à l'église ?

Gwynne sourit tristement.

— Mme Belfort m'a appelée pour me demander de venir aujourd'hui m'occuper des enfants. Tenez, levez les bras ; je vous ai apporté un tee-shirt propre.

— Merci, Gwynne. J'ai un petit peu faim. Veux-tu m'apporter un bol de Froot Loops, s'il te plaît ?

— Il y en a ici, dit-elle, désignant le socle de marbre vert où se tenait d'habitude le cow-boy de bronze. Ils sont imbibés juste à point, comme vous les aimez.

Quel service ! Pourquoi la Duchesse ne pouvait-elle faire aussi bien ?

— Où est Nadine ? demandai-je.

Gwynne fit une moue attristée.

— Elle est en haut, en train de préparer un petit sac d'affaires. Elle s'en va chez sa mère.

Je fus submergé d'un terrible sentiment de détresse. Partant de mon estomac, il se propagea dans tout mon corps. J'avais l'impression qu'on m'arrachait le cœur et les entrailles. Je me sentais nauséeux, à un doigt de gerber.

— Je reviens tout de suite, lançai-je, bondissant de mon fauteuil en me dirigeant vers l'escalier en colimaçon.

Les entrailles embrasées par une rage infernale, je grimpai les marches. La chambre principale était juste en face de l'escalier. La porte était fermée à clef. Je me mis à tambouriner.

— Nadine, laisse-moi entrer !

Pas de réponse.

— C'est aussi ma chambre ! Laisse-moi entrer !

Enfin, trente secondes plus tard, la clé tourna dans la serrure, mais la porte ne s'ouvrit pas pour autant. Je l'ouvris moi-même et entrai. Il y avait sur le lit une valise brun chocolat pleine de vêtements, tous soigneusement pliés. Mais pas de Duchesse. La valise portait le logo Louis Vuitton. Elle avait coûté une fortune… *de mon argent* !

Un carton à chaussures sous chaque bras, la Duchesse sortit enfin de son dressing. Sans un mot, sans un regard, elle alla droit au lit et posa les cartons à côté de la valise, puis tourna les talons et s'en retourna à son dressing.

— Où veux-tu partir, nom de Dieu ? aboyai-je.

Elle me regarda droit dans les yeux avec mépris.

— Je te l'ai dit : je vais chez ma mère. Je ne peux plus continuer à te regarder te détruire. Je n'en peux plus.

Je sentis un jet de vapeur me monter au cerveau.

— Tu n'imagines quand même pas que tu vas emmener les enfants. Tu ne me prendras pas mes mômes ! Jamais !

— Les enfants peuvent rester, répliqua-t-elle calmement. Je pars seule.

Cela me désarma. Pourquoi voulait-elle abandonner les enfants ?… À moins que ce ne soit encore une de ses combines. Bien sûr, c'était ça. Elle était rusée, la Duchesse.

— Tu me prends pour un imbécile, ou quoi ? Dès que j'aurai fermé l'œil, tu reviendras me les piquer.

Elle me regarda avec dédain.

— Je ne sais même pas quoi répondre à ça.

Et elle repartit vers la penderie. Apparemment, je ne l'avais pas assez blessée.

— Je ne sais pas où tu crois aller, avec ces foutues fringues. Si tu pars d'ici, tu emmènes la chemise que tu as sur le dos, un point c'est tout, espèce de salope de suce-pognon.

Là, j'avais mis dans le mille ! Elle pivota sur ses talons et se tourna vers moi.

— Salaud ! hurla-t-elle. J'ai été la meilleure des femmes envers toi. Comment oses-tu m'appeler comme ça après toutes ces années ! Je t'ai donné deux enfants magnifiques. Je me suis mise en quatre pour toi pendant six foutues années ! Je te suis toujours restée fidèle – toujours ! Je ne t'ai pas trompé une seule fois ! Et qu'est-ce que j'ai eu en retour ? Combien de femmes as-tu sautées depuis que nous sommes mariés ? Tu n'es qu'un salaud de coureur ! Va te faire foutre !

— Cause toujours, Nadine, dis-je, d'un ton calme, mais menaçant. Si tu pars d'ici, tu n'emportes rien.

— Vraiment ? Et qu'est-ce que tu vas faire, brûler tous mes vêtements ?

Ça, c'était une idée ! Je fis tomber sa valise du lit, la traînai jusqu'à la cheminée de tuffeau et jetai tous les vêtements sur un tas de petit-bois déjà tout préparé, attendant qu'on l'allume en appuyant sur un bouton. Je regardai la Duchesse. Elle était clouée sur place, figée d'horreur.

Cette réaction ne me suffit pas. Je me ruai sur la penderie et arrachai aux cintres des dizaines de pulls, de chemises, de robes, de jupes, de tailleurs, de pantalons. Je revins à la cheminée et les jetai sur le tas.

Je la regardai à nouveau. Ses yeux étaient embués de larmes. Ça ne me suffisait pas. Je voulais qu'elle s'excuse, qu'elle me supplie d'arrêter. Je serrai les dents d'un air résolu et me dirigeai vers la commode où elle gardait sa boîte à bijoux. Je m'emparai de la boîte, retournai à la cheminée, ouvris le couvercle et renversai tous les bijoux sur le tas que j'avais fait. Je m'approchai du mur et posai le doigt sur le petit bouton chromé, tout en la dévisageant. À présent les larmes lui coulaient sur les joues.

— Va te faire foutre ! hurlai-je, et j'appuyai sur le bouton.

Instantanément ses vêtements et ses bijoux furent dévorés par les flammes. Sans dire un mot, elle sortit calmement de la chambre, fermant doucement la porte derrière elle. Je me retournai et contemplai les flammes. Qu'elle aille se faire voir ! Voilà ce qu'elle avait gagné à me menacer. Est-ce qu'elle s'imaginait que j'allais me laisser marcher sur les pieds sans rien dire ? Je continuai à fixer les flammes jusqu'à ce que j'entende le bruit du gravier crisser dans l'allée. Je courus à la fenêtre et vis l'arrière de sa Range Rover noire s'éloigner vers le portail.

Parfait ! pensai-je. Dès que le bruit courrait que la Duchesse et moi n'étions plus ensemble, les femmes allaient faire la queue devant ma porte ! Parfaitement ! On verrait bien qui était le patron, alors !

À présent que la Duchesse avait quitté la scène, il fallait faire bonne figure et montrer aux enfants à quel point la vie pouvait être belle sans maman. Chandler n'irait plus jamais au coin. Carter pourrait manger du gâteau au chocolat chaque fois que l'envie l'en prendrait. Je les emmenai aux balançoires derrière la maison et nous jouâmes ensemble, sous la supervision de Gwynne, de Rocco de Jour, d'Erica, de Maria, d'Ignacio et d'autres membres de la ménagerie.

Nous jouâmes joyeusement pendant un temps qui me parut très long – une éternité, à vrai dire, durant laquelle nous rîmes, pouffâmes, fîmes les fous en contemplant le dôme bleu du ciel et en respirant le frais parfum des fleurs du printemps. Ah ! vraiment, il n'y avait rien de mieux que les enfants !

Hélas, cette éternité n'avait duré que trois minutes et demie, après quoi je perdis tout intérêt pour mes deux merveilles d'enfants et me tournai vers Gwynne.

— Tu veux bien prendre la suite, Gwynne ? Il faut que j'aille m'occuper de quelques paperasses.

Un instant plus tard, j'étais de retour dans mon bureau, face à une pyramide de cocaïne toute neuve. En manière d'hommage à la manie qu'avait Chandler d'aligner ses poupées pour s'en faire une cour, j'alignai toutes mes drogues sur mon bureau. Il y en avait vingt-deux, la plupart dans des tubes, quelques-unes dans des sachets de plastique. Combien d'hommes auraient-ils pu prendre toutes ces drogues sans risquer l'overdose ? Aucun ! Seul le Loup en était capable ! Le Loup, qui avait patiemment bâti sa propre résistance grâce à des années de mélanges et d'équilibre, passant par une pénible série d'essais et d'erreurs jusqu'à découvrir *exactement* la bonne recette.

Le matin suivant, la guerre avait éclaté. À 8 heures, ce casse-couilles de Moumoute était dans mon salon. En fait, il aurait mieux fait de ne pas se pointer chez moi pour me présenter un exposé sur la législation boursière des États-Unis. Surtout si c'était pour dire ce genre de généralités sans intérêt. Bon Dieu, je pouvais avoir des lacunes dans pas mal de domaines, mais certainement pas en matière de législation boursière. Après trois mois passés pratiquement sans dormir – et même après ces soixante-douze dernières heures de folie intégrale, au cours desquelles j'avais absorbé quarante-deux grammes de cocaïne, soixante Mandrax, trente Xanax, quinze Valium, dix Rivotril, deux cent soixante-dix milligrammes de morphine, quatre-vingt-dix milligrammes de Stilnox, du Deroxat et du Prozac, du Percocet et du Pamelor et du gamma-hydroxybutyrate et Dieu seul savait quelle quantité d'alcool –, j'en savais encore plus sur les moyens de contourner la législation boursière des États-Unis que pratiquement n'importe qui sur cette planète.

— Le plus gros problème, disait Moumoute, est que Steve n'a jamais signé de procuration sur les actions et que nous ne pouvons donc pas simplement envoyer le certificat de propriété à l'agent chargé du transfert pour qu'il le passe sous ton nom.

Pour embrumé que fût mon esprit, l'amateurisme de Moumoute ne manqua pas de me consterner. Le problème était si simple que j'avais envie de lui éclater la gueule. Je tâchai de me contrôler.

— Laisse-moi te dire une chose, espèce de trou de balle. Je t'aime comme un putain de frère, mais la prochaine fois que tu viens me dire ce que je n'ai pas le droit de faire avec cet accord de portage, je t'arrache les yeux de la tête. Tu viens chez moi pour m'emprunter 250 000 dollars et tu t'inquiètes pour une procuration de merde ? Bon Dieu, Andy ! On n'a besoin d'une foutue procuration que pour vendre des actions, pas pour les acheter ! Tu ne piges pas ? C'est une guerre d'usure, une guerre de possession et, une fois que nous aurons pris possession de ces actions, c'est nous qui aurons la main.

J'adoucis soudain le ton.

— Écoute-moi bien. Tout ce que tu as à faire est de procéder à la saisie des actions, comme t'y autorise l'accord de portage. Dès lors, tu es dans l'obligation légale de vendre les actions pour rembourser leur valeur. À ce moment, tu te tournes vers moi et tu me vends les actions à 4 dollars l'unité ; moi, je te fais un chèque de 4,8 millions de dollars, qui couvre le prix d'achat des actions. Ensuite, tu me refais un chèque de 4,8 millions de dollars pour me rembourser, et le tour est joué ! C'est simple comme bonjour !

Il acquiesça mollement.

— Écoute, repris-je calmement, la possession constitue 90 % de la loi. Je te fais le chèque tout de suite, ce qui nous donne officiellement le contrôle des actions. Nous ferons une déclaration 13D cet après-midi, puis nous annoncerons publiquement que j'ai l'intention de continuer à acheter des actions et d'entamer une bataille pour la majorité des voix. Cela va déclencher un tel chahut que cela forcera la main à Steve. Et chaque semaine, je continuerai à acheter des actions, et nous continuerons à remplir des déclarations 13D. Ça sera toutes les semaines dans le *Wall Street Journal*. Ça va rendre Steve dingue !

Un quart d'heure plus tard, Moumoute s'en allait. Il était plus riche de 250 000 dollars et emportait un chèque de 4,8 millions de dollars. L'après-midi même, la nouvelle que j'étais en train de tenter de m'emparer de Steve Madden Shoes ferait le tour des téléscripteurs du Dow Jones. Même si, en réalité, je n'avais pas l'intention de le faire, j'étais sûr que ça allait complètement affoler Steve, ne lui laissant pas d'autre possibilité que de me payer le juste prix du marché pour mes actions. En ce qui concernait ma responsabilité légale, je ne me faisais aucun souci. J'y avais mûrement réfléchi. Comme Steve et moi avions effectivement signé notre accord secret un an après l'avoir conclu, l'accusation d'émission de faux document contre Stratton tombait d'elle-même. La responsabilité légale incombait bien plus à Steve qu'à moi-même, parce qu'en tant que président-directeur général, c'était lui qui devait approuver les déclarations à la SEC. Je pouvais plaider l'ignorance et dire que je pensais que les déclarations avaient été remplies correctement. Ce n'était pas le meilleur exemple de possibilité de démenti, mais c'était déjà ça.

En attendant, j'étais débarrassé de Moumoute.

Je remontai à l'étage vers la salle de bains royale et recommençai à sniffer. Il y avait un tas de cocaïne sur le miroir de courtoisie et un millier de lampes qui se réfléchissaient dans les miroirs et sur le sol de marbre à 1 million de dollars. Au fond de moi-même, je me sentais affreusement mal. Vide. Creux. La Duchesse me manquait beaucoup, elle me manquait terriblement, mais il n'y avait aucun moyen de la récupérer à présent. Lui céder serait revenu à admettre ma défaite, à admettre que j'avais un problème et que je devais me soigner.

Alors, je plongeai mon nez dans le tas de coke et aspirai des deux narines en même temps. Puis j'avalai quelques Xanax et une poignée de Mandrax. Pourtant, les Mandrax et les Xanax n'étaient pas la solution idéale. Ce que je voulais, c'était prolonger l'euphorie des tout premiers stades de la coke – la folle bouffée pendant laquelle tout semble parfaitement clair et où vos problèmes s'envolaient à 1 million de kilomètres. Il fallait pour cela sniffer constamment – deux gros rails toutes les quatre ou cinq minutes, me semblait-il –, mais si je pouvais me maintenir dans cet état pendant à peu près une semaine, cela me permettrait d'attendre que la Duchesse revienne vers moi pour la voir se traîner à mes pieds. Il allait falloir équilibrer ça par pas mal d'autres drogues, mais le Loup était à la hauteur du défi…

… sauf que si je m'endormais elle viendrait chercher les enfants en douce. Peut-être fallait-il quitter la ville pour les mettre à l'abri, même si Carter était un peu petit pour voyager. Il portait encore des couches et était toujours très dépendant à l'égard de la Duchesse. Cela allait vite changer, bien sûr, surtout lorsqu'il aurait l'âge de sa première voiture et que je lui offrirais une Ferrari, s'il voulait bien oublier sa mère.

Il était donc plus raisonnable de quitter la ville avec seulement Chandler et Gwynne. Chandler était d'une compagnie agréable et nous pouvions parcourir le monde, père et fille. Nous serions vêtus des plus beaux habits, nous vivrions une vie sans souci et tout le monde nous regarderait avec admiration. Plus tard, d'ici quelques années, je reviendrais chercher Carter.

Au bout d'une demi-heure, j'étais de retour dans le salon, discutant affaires avec David Davidson, le Clignoteur. Il se plaignait de ses opérations de spéculation à la baisse, qui lui faisaient perdre de l'argent quand les actions montaient. Ça ne m'intéressait pas le moins du monde. Tout ce que je voulais, c'était voir la Duchesse pour la mettre au courant de mon projet de voyage autour du monde avec Chandler.

Soudain j'entendis s'ouvrir la porte de devant. Quelques secondes après, je vis la Duchesse traverser le salon et entrer dans la salle de jeux des enfants. J'étais en train de discuter stratégies de vente avec le Clignoteur lorsque je la vis ressortir, tenant Chandler par la main. Les mots me sortaient automatiquement de la bouche, comme d'une bande magnétique. J'entendis le pas léger de la Duchesse se diriger vers son *showroom* au sous-sol. Elle n'avait même pas daigné s'apercevoir de ma présence, nom de Dieu ! Elle me narguait, elle me manquait de respect, *elle me faisait enrager, chiotte !* Mon cœur battait à tout rompre.

— … et ainsi tu t'assures que tu seras dans le coup pour l'affaire suivante, continuai-je, l'esprit fonctionnant en parallèle à toute allure. L'important, David, c'est que tu… Excuse-moi une seconde. Il faut que je descende dire un mot à ma femme.

Je dégringolai bruyamment l'escalier. La Duchesse était à son bureau, en train d'ouvrir du courrier. En train d'ouvrir du courrier ? Merde alors, ce culot qu'elle avait ! Chandler était allongée par terre à côté d'elle, crayon en main, devant un livre de coloriages. Elle dessinait. Je m'adressai à ma femme sur un ton chargé de venin.

— Je pars en Floride.

— Ah bon ? dit-elle en levant les yeux vers moi. Et qu'est-ce que ça peut me faire ?

— Je m'en fous que ça te fasse quelque chose ou pas, répliquai-je en tentant de me maîtriser, mais j'emmène Chandler avec moi.

— Ça, ça m'étonnerait, rétorqua-t-elle avec un sourire narquois.

Ma tension artérielle bondit d'un coup.

— Ça t'étonnerait ? Eh bien, va te faire foutre !

Je me penchai, empoignai Chandler et me mis à courir vers l'escalier. Aussitôt la Duchesse bondit de sa chaise et se mit à ma poursuite en hurlant.

— Je vais te tuer, salaud ! Lâche-la ! Lâche-la tout de suite !

Chandler se mit à crier et à pleurer hystériquement.

— Va te faire foutre, Nadine ! hurlai-je à la Duchesse.

Je commençai à grimper l'escalier en courant. La Duchesse se jeta vers moi et m'attrapa par les cuisses, essayant désespérément de m'empêcher de monter.

— Arrête ! hurla-t-elle. S'il te plaît, arrête ! C'est ta fille ! Laisse-la !

Elle continuait à m'enserrer les cuisses, se tortillant pour essayer de m'agripper le torse. Je la regardai. Je voulais qu'elle meure. Pendant toutes ces années où nous avions été mariés je n'avais jamais levé la main sur elle – jusqu'à ce moment. J'appuyai la semelle de ma basket sur son estomac et donnai une violente poussée. Je vis ma femme tomber dans l'escalier et atterrir sur le côté droit avec une violence inouïe.

Je m'arrêtai, stupéfait, interloqué, comme si je venais d'assister à un acte horrible commis par deux fous que je ne connaissais ni l'un ni l'autre. Au bout de quelques instants, Nadine roula sur les hanches, se tenant le côté à deux mains, grimaçant de douleur comme si elle s'était cassé une côte. Mais son visage se durcit à nouveau. Elle se mit à quatre pattes et essaya de monter l'escalier, voulant toujours m'empêcher de prendre sa fille.

Je me détournai d'elle et montai l'escalier en courant, portant Chandler serrée contre moi.

— Tout va bien, bébé ! lui dis-je. Papa t'aime et il va t'emmener faire un petit voyage ! Tout va aller très bien !

En arrivant en haut de l'escalier, j'accélérai ma course tandis que Chandler continuait de pleurer de façon incontrôlable. Je n'en eus cure. Très bientôt nous serions tous les deux seuls ensemble et tout irait bien. Je courus vers le garage, pensant qu'un jour Chandler comprendrait tout ça ; elle comprendrait que j'avais dû neutraliser sa mère. Peut-être que, quand Chandler serait beaucoup plus grande, une fois que sa mère aurait compris la leçon, elles pourraient se voir à nouveau et avoir une espèce de nouvelle relation. Peut-être.

Il y avait quatre voitures au garage. La Mercedes décapotable blanche deux portes était le plus près de moi. J'ouvris du côté du passager, déposai Chandler sur le siège et claquai la portière. En contournant à toute vitesse la voiture par l'arrière, j'aperçus Marissa, l'une des femmes de chambre, qui nous regardait, l'air horrifié. Je sautai dans la voiture et démarrai.

La Duchesse arriva, se jeta contre la portière du passager, tapant contre la vitre en hurlant. J'appuyai immédiatement sur le bouton de verrouillage des portes. Puis je vis le portail du garage commencer à se fermer. D'un coup d'œil à ma droite, je vis Marissa le doigt sur le bouton. *La salope !* pensai-je. Je mis la boîte automatique en position conduite, écrasai l'accélérateur et traversai la porte du garage, la faisant voler en éclats. Continuant à rouler à toute allure, j'allai percuter au coin de l'allée un pilier de pierre de deux mètres de haut. Je regardai Chandler. Elle n'avait pas de ceinture de sécurité, mais elle était indemne, Dieu merci. Elle hurlait et pleurait de façon hystérique.

Soudain, des pensées dérangeantes surgirent dans mon esprit. Qu'étais-je donc en train de faire ? Où allais-je ? Que faisait ma fille à l'avant, sans ceinture de sécurité ? Tout ça ne tenait pas debout. J'ouvris la portière du conducteur, descendis et restai là, sans bouger. Un instant plus tard, un des deux gardes du corps arrivait en courant à la voiture, saisissait Chandler et s'éloignait vers la maison avec elle. Ça me parut une bonne idée. Puis la Duchesse s'approcha de moi et me dit que tout irait bien et que j'avais besoin de me calmer. Elle me dit qu'elle m'aimait encore. Elle m'enlaça.

Je ne sais pas combien de temps nous restâmes là, mais un moment après j'entendis une sirène, puis j'aperçus des gyrophares. Je me retrouvai bientôt à l'arrière d'une voiture de police, menottes aux poignets, tordant le cou pour tenter d'apercevoir encore la Duchesse avant qu'on m'emmène en prison.

J'allais passer le reste de la journée à me faire balader d'une cellule de prison à l'autre, en commençant par celle du commissariat d'Old Brookville. Deux heures plus tard, on me menotta à nouveau pour me conduire à un autre poste de police, où on m'escorta jusqu'à une autre cellule, plus grande et pleine de monde. Il y avait des gens qui criaient, d'autres hurlaient, d'autres encore divaguaient. Je ne parlai à personne et personne ne me parla. L'endroit était glacial. Je pris mentalement note de m'habiller chaudement si jamais l'agent Coleman venait frapper à ma porte avec un mandat d'arrêt. Puis j'entendis appeler mon nom et, quelques minutes plus tard, j'étais à nouveau sur le siège arrière d'une voiture de police, en route pour Mineola où se trouvait le tribunal du comté.

Je me retrouvai au tribunal face à une juge… *Oh, merde ! J'étais fait comme un rat !* Je me tournai vers mon fringant avocat, Joe Fahmegghetti.

— Nous sommes foutus, Joe ! Cette femme va m'infliger la peine de mort !

Joe me sourit et me mit la main sur l'épaule.

— Détends-toi, dit-il. Dans dix minutes, je t'aurai fait sortir d'ici. Contente-toi seulement de la boucler jusqu'à ce que je te dise de parler.

Après quelques minutes de bla-bla, Joe se pencha vers moi et me souffla à l'oreille : « Dis non coupable. »

— Non coupable, dis-je en souriant.

Dix minutes après, je sortais libre du tribunal, au côté de Joe Fahmegghetti. Ma limousine attendait devant le tribunal, le long du trottoir. George était au volant, Rocco de Nuit occupait le siège du passager à côté de lui. Tous deux descendirent et je remarquai que Rocco portait mon sac Louis Vuitton préféré. George ouvrit la porte de la limousine sans mot dire, tandis que Rocco se dirigeait vers l'arrière de la voiture. Il me tendit mon sac.

— Toutes vos affaires sont là-dedans, M. Belfort., plus 50 000 dollars en liquide.

— Il y a un Learjet qui t'attend au Republic Airport, se hâta d'ajouter mon avocat. George et Rocco vont t'y conduire.

Je ne comprenais plus rien. Ça ne pouvait être que la Duchesse qui continuait à comploter contre moi ! Sûr et certain !

— Qu'est-ce que c'est que ces conneries ? crachai-je. Où est-ce que vous m'emmenez ?

— En Floride, répondit mon sémillant homme de loi. David Davidson t'attend à l'aéroport. Il part avec toi pour te tenir compagnie pendant le vol. Dave Beall t'attendra à l'aéroport de Boca Raton.

Mon avocat lâcha un soupir.

— Écoute, mon vieux, il faut que tu prennes un peu de large pendant quelques jours jusqu'à ce qu'on puisse régler ce problème avec ta femme. Sinon ils vont finir par te remettre en prison.

— J'ai parlé à Bo, et il m'a dit de rester ici et de m'occuper de Mme Belfort, ajouta Rocco. Vous ne pouvez pas rentrer chez vous, M. Belfort. Elle a obtenu une décision de mise sous protection. Si vous pénétrez dans la propriété, vous serez arrêté.

Je fermai un instant les yeux, tâchant de deviner à qui je pouvais faire confiance... Mon avocat, ça allait... Rocco, ça allait... Dave Beall, ça allait... Mais cette salope de Duchesse, sûrement pas ! Alors, à quoi bon rentrer à la maison, après tout ? Elle me détestait et je la détestais ; je finirais sans doute par la tuer si je la voyais, ce qui constituerait un sérieux obstacle pour mes projets de voyage avec Chandler et Carter. Donc, bon, peut-être quelques jours au soleil me feraient-ils du bien.

Je regardai Rocco, plissant les yeux d'un air accusateur.

— Est-ce que *toutes* mes affaires sont là ? demandai-je. Tous mes médicaments ?

— J'ai tout pris, dit Rocco d'un air las. Tous les trucs dans vos tiroirs et sur votre bureau, plus l'argent liquide que Mme Belfort nous a remis. Tout est là-dedans.

50 000 dollars suffiraient bien pour quelques jours. Quant aux drogues… eh bien, il devait y avoir dans le sac de quoi faire planer tout Cuba jusqu'à la fin avril.

CHAPITRE 37

De plus en plus malade

Tout ça était quand même dément ! Nous volions à trente-neuf mille pieds et il y avait tant de molécules de cocaïne en suspension dans l'atmosphère confinée de l'avion que, en me levant pour aller aux toilettes, je remarquai que les deux pilotes portaient des masques sur le visage. Bon. Ils avaient l'air d'assez braves gars et ça m'aurait fâché qu'ils soient testés positifs à cause de moi lors d'un dépistage de drogue.

À présent, j'étais en cavale. Un fugitif ! Pour rester en vie, il ne fallait pas arrêter de bouger. Le repos, c'était la mort. Redescendre sur terre, me crasher, réfléchir à ce qui venait de se passer, et c'était la mort certaine !

Et pourtant... pourquoi tout ça était-il arrivé ? Pourquoi avais-je balancé la Duchesse dans l'escalier à coups de pied ? Elle était ma femme. Je l'aimais plus que tout au monde. Pourquoi avais-je jeté ma fille sur le siège du passager de la Mercedes et étais-je passé au travers de la porte du garage sans même boucler sa ceinture de sécurité ? Elle était ce que j'avais de plus précieux sur terre. Allait-elle se rappeler pendant sa vie entière cette scène dans l'escalier ? Allait-elle revoir sans cesse sa mère rampant sur les marches, tentant de sauver sa fille de... de... De quoi ? D'un cinglé défoncé à la coke ?

Quelque part au-dessus de la Caroline du Nord, j'avais fini par admettre que j'étais un cinglé défoncé à la coke. Pendant un court moment, j'avais franchi la ligne blanche. Mais à présent, j'étais à nouveau moi-même, sain d'esprit comme devant. Mais l'étais-je vraiment ?

Il fallait que je continue à sniffer. Il fallait que je continue à prendre des pilules, des Mandrax et des Xanax et des tas de Valium. Il fallait que je tienne la paranoïa en respect. Il fallait que je continue à planer à tout prix. *L'inaction, c'était la mort... L'inaction, c'était la mort.*

Vingt minutes plus tard, l'icône « Attachez vos ceintures » s'alluma, évidemment pour me rappeler qu'il était temps d'arrêter de sniffer et de m'envoyer quelques Mandrax et quelques Xanax – histoire de m'assurer que j'allais atterrir dans un état de parfait équilibre toxique.

Comme me l'avait promis mon avocat, Dave Beall m'attendait sur le tarmac devant une limousine Lincoln noire. Ça, c'était un coup de Janet, pensai-je. Toujours en train de s'occuper de mes moyens de transports.

Debout devant la Lincoln, les bras croisés, Dave semblait plus haut qu'une montagne.

— Prêt à faire la fête ? demandai-je gaiement. Il faut que je trouve ma prochaine ex-femme.

— Allons nous reposer un peu chez moi, répondit la Montagne. Laurie est partie à New York pour tenir compagnie à Nadine. Nous aurons toute la maison pour nous deux. Tu as besoin de dormir un peu.

Dormir ? Non, non et non !

— J'aurai bien le temps de dormir tout mon soûl quand je serai mort, grosse tache. Et d'abord, de quel côté es-tu ? Du mien ou du sien ?

De toute ma force, je lui balançai un direct du droit qui l'atteignit au biceps. Il ne fut même pas ébranlé par le coup.

— Je suis de ton côté, répondit-il avec chaleur. Je suis de ton côté, comme toujours, mais je ne crois pas que ce soit la guerre. Vous allez finir par vous en sortir. Donne-lui quelques jours pour se calmer. Les femmes, c'est ça qu'il leur faut.

Je serrai les dents et secouai la tête de façon menaçante, comme pour dire : « Je ne lui pardonnerai jamais ! Même pas dans un million d'années ! »

Malheureusement, la vérité était assez différente. Je voulais que ma Duchesse revienne ; je voulais désespérément qu'elle me revienne. Mais je ne pouvais pas le dire à Dave. Il aurait pu en parler par mégarde à Laurie, qui à son tour l'aurait répété à la Duchesse. Et la Duchesse aurait su que, sans elle, j'étais malheureux comme les pierres. Elle aurait alors eu l'avantage sur moi.

— J'espère qu'elle va crever, maugréai-je. Après ce qu'elle m'a fait, Dave ! Même si c'était la dernière gonzesse sur terre, je ne la reprendrais pas. Et maintenant, allons au Solid Gold trouver quelques petites pouffiasses pour nous tailler des pipes !

— C'est toi qui décides, répondit Dave. J'ai seulement ordre de t'empêcher de te tuer.

— Ah bon, sans blague ? rétorquai-je. Et quel est le connard qui t'a donné cet ordre ?

— Tout le monde, dit gravement mon imposant ami.

— Eh bien, j'emmerde tout le monde ! crachai-je, tout en me dirigeant vers la limousine. J'emmerde tout le monde, de A à Z !

Le Solid Gold, ça, c'était une boîte ! Un grand choix de jeunes strip-teaseuses. Il y en avait une bonne vingtaine. Tandis que nous nous avancions vers la scène centrale, je pus voir de plus près quelques-unes de ces jeunes beautés et en conclus avec tristesse que la plupart d'entre elles étaient des thons. Je me tournai vers la Montagne et le Clignoteur.

— Il y a vraiment un tas de guenons, ici, mais je parie qu'en cherchant bien, on devrait réussir à trouver un diamant brut. Faisons un peu le tour, pour voir.

Du côté du fond, il y avait un coin réservé aux VIP. Un énorme videur noir se tenait devant une courte volée de marches, barrée par un cordon de velours rouge. Je marchai droit sur lui.

— Salut, ça va ? dis-je avec chaleur.

Le videur me dévisagea comme si j'étais un insecte importun et qu'il se demandait s'il devait m'écraser sur-le-champ. Il fallait rectifier un peu son attitude, me dis-je. Je me baissai et tirai de ma chaussette droite une liasse de 10 000 dollars en billets de cent. J'en pris la moitié, que je lui tendis. Son attitude s'en trouva sensiblement rectifiée.

— Voudriez-vous ouvrir le carré des VIP pour mes amis et moi-même et nous amener les cinq plus chouettes canons de la maison ?

Il me fit un sourire.

Cinq minutes plus tard, nous avions pour nous tout le carré des VIP. Quatre filles raisonnablement canon se tenaient face à nous en costumes d'Ève et hauts talons. Toutes potables. Mais aucune d'épousable. Je voulais une vraie beauté, une que je puisse exhiber dans Long Island pour montrer une fois pour toutes à la Duchesse qui était le patron.

Le videur entrouvrit le rideau de velours et une adolescente nue grimpa les marches sur d'extravagantes mules de cuir blanc à hauts talons. Elle s'assit sur l'accoudoir de mon fauteuil club, croisa les jambes avec une parfaite insouciance puis se pencha vers moi et me donna un petit baiser sur la joue. Elle sentait un mélange d'Angel et de sa propre odeur musquée – elle venait de danser. Elle était resplendissante. Elle n'avait certainement pas plus de 18 ans. Abondante chevelure châtain clair, yeux vert émeraude, un tout petit nez. L'ovale de son visage était parfait et son corps était une merveille : environ un mètre soixante-cinq, des seins siliconés bonnet C, un mignon petit ventre rond et des jambes qui rivalisaient avec celles de la Duchesse. Sa peau mate était sans défaut.

Nous échangeâmes un sourire. Elle avait des dents blanches d'une régularité parfaite. D'une voix assez forte pour couvrir la musique du numéro de strip-tease, je lui demandai comment elle s'appelait.

Elle se pencha vers moi jusqu'à ce que ses lèvres touchent presque mon oreille.

— Braise, murmura-t-elle.

Je sursautai et la regardai en inclinant la tête de côté.

— Braise ? Quel nom à la con ! Est-ce que le jour de ta naissance ta mère savait déjà que tu serais strip-tea-seuse ?

Elle me tira la langue, et je lui tirai la mienne en retour.

— Mon vrai nom, c'est Jennifer, dit-elle. Braise est mon nom de scène.

— Eh bien, enchanté de faire ta connaissance, Braise.

— Oooh, fit-elle en frottant sa joue contre la mienne, quel mignon petit mec tu fais !

Petit, moi ? De quoi ?... Tu... Espèce de petite putain dépoilée ! Tu mériterais que je t'en colle une ! Je tâchai de me contenir.

— Qu'est-ce que tu veux dire par là ? demandai-je.

Elle parut décontenancée.

— Eh bien, je veux dire que tu es… un mec mignon, et que tu as de beaux yeux, et que tu es jeune !

Elle m'offrit son sourire professionnel. Elle avait la voix très douce, Braise. Est-ce que Gwynne l'apprécierait ? À vrai dire, il était encore trop tôt pour dire si elle ferait une mère convenable pour mes enfants.

— Tu aimes le Mandrax ? questionnai-je.

— Je n'ai jamais essayé, dit-elle en haussant ses épaules dénudées. Quel effet ça fait ?

Hum… une novice, pensai-je. Je ne me sentais pas la patience de l'initier.

— Et qu'est-ce que tu penses de la coke ? Tu as déjà essayé ?

— Oh oui, fit-elle, les yeux écarquillés. La coke, ça, j'adore ! Tu en as ?

— Oui, des tas !

— Alors, viens avec moi, dit-elle en me prenant la main. Et ne m'appelle plus Braise. Mon nom, c'est Jennie.

Je souris à ma future épouse.

— D'accord, Jennie. Au fait, est-ce que tu aimes les enfants ? demandai-je en croisant les doigts.

Elle sourit d'une oreille à l'autre.

— Oui, je les adore. J'en aurai toute une bande, plus tard. Pourquoi ?

— Comme ça, pour rien, répondis-je à ma future épouse. Je me demandais juste, c'est tout.

Aaah, Jennie ! J'avais trouvé mon antidote à ce poison de Duchesse ! À quoi bon retourner à Old Brookville, à présent ? Je n'avais qu'à faire descendre Chandler et Carter en Floride. Gwynne et Janet viendraient aussi. La Duchesse aurait un droit de visite, une fois par an, sous surveillance du tribunal. Ça ne serait que justice.

Jennie et moi passâmes les quatre heures suivantes dans le bureau du directeur, à sniffer de la cocaïne, pendant qu'elle se tortillait sur mes genoux et me taillait des pipes invraisemblables, malgré le fait que j'étais resté jusqu'ici incapable de bander. En tout cas, j'étais à présent certain qu'elle ferait une mère convenable pour mes enfants.

— Attends, Jennie, dis-je en m'adressant au sommet de son crâne. Cesse de sucer un instant.

Elle se détourna et m'offrit son sourire de strip-tea-seuse.

— Qu'est-ce qui ne va pas, chéri ?

Je secouai la tête.

— Rien. En fait, tout va très bien. Je veux seulement te présenter à ma mère. Attends une seconde.

Je sortis mon téléphone portable et composai le numéro de la maison de mes parents à Bayside, le même depuis trente-cinq ans. Quelques instants plus tard, ma mère me bombardait de questions inquiètes.

— Non, non, n'écoute pas ce qu'elle te dit, répondis-je. Tout va bien… Une injonction d'éloignement ? Et après, bordel ? J'ai deux maisons, elle peut en garder une et moi l'autre… Les enfants ? Ils vont vivre avec moi, bien sûr. Je veux dire, qui pourrait les élever mieux que moi ? De toute façon, ce n'est pas pour ça que je t'appelle, maman. Je t'appelle pour te dire que je vais demander le divorce à Nadine… Pourquoi ? Parce que c'est une putain de traîtresse, voilà pourquoi ! D'ailleurs, j'ai déjà rencontré quelqu'un d'autre, et elle est très bien.

Je regardai du côté de Jennie, qui était nettement rayonnante. Je lui fis un clin d'œil.

— Écoute, maman, je voudrais que tu parles avec ma future épouse. Elle est vraiment gentille, et elle est belle, et… Où je suis, là maintenant ? Dans un club de strip-tease, à Miami… Pourquoi ?… Non, elle n'est pas strip-teaseuse, ou plutôt elle ne l'est plus. Elle va laisser tout ça derrière elle, maintenant. Je vais la gâter.

Deuxième clin d'œil à Jennie.

— Elle s'appelle Jennie, mais tu peux l'appeler Braise si tu préfères. Elle ne se vexera pas, elle a très bon caractère. Attends une seconde, je te la passe.

Je passai le portable à Jennie.

— Ma maman s'appelle Leah, et elle est très gentille. Tout le monde l'adore.

Jennie s'empara du téléphone.

— Allô, Leah ? C'est Jennie. Comment allez-vous ?… Oh, je vais bien, merci de vous en soucier… Oui, il va bien… Euh, oui, d'accord, attendez une seconde.

Jennie posa sa main sur le micro.

— Elle dit qu'elle veut encore te parler.

C'est pas vrai ! me dis-je. C'était drôlement grossier de la part de ma mère d'envoyer balader ma future femme comme ça ! Je repris le téléphone et lui raccrochai au nez. Je souris d'une oreille à l'autre, me rallongeai sur le canapé et montrai mon bas-ventre.

Jennie approuva vigoureusement. Elle se pencha au-dessus de moi et se remit à me sucer… à m'empoigner… à me secouer… à m'étirer… et encore à me sucer… J'avais l'impression que, même au prix de ma vie, je n'aurais pas pu bander. Mais la petite Jennie était une adolescente intrépide, un vaillant petit soldat. Pas question qu'elle abandonnât avant d'avoir déployé toute sa science. Au bout d'un quart d'heure, elle finit par trouver le petit endroit spécial, et aussitôt je fus raide comme un chêne et la baisai sans merci sur ce petit canapé minable en lui disant que je l'aimais. Elle aussi me dit qu'elle m'aimait et nous éclatâmes de rire tous les deux. Ce fut pour nous deux un moment heureux, émerveillés que nous étions de voir que deux âmes perdues pouvaient tomber si vite si profondément amoureuses – même dans cette drôle de situation.

C'était stupéfiant. Oui, juste avant que j'éjacule, Jennie était tout pour moi. Et puis, un instant plus tard, tout ce que je souhaitais, c'était la voir se volatiliser dans l'atmosphère. Une affreuse lame de fond d'angoisse me submergea. Mon cœur sombra dans les profondeurs de mon estomac et je débandai à vue d'œil.

Je pensais à la Duchesse. Elle me manquait. Je voulais désespérément lui parler. Je voulais qu'elle me dise qu'elle m'aimait toujours et qu'elle était toujours mienne. Avec un pauvre sourire, je dis à Jennie qu'il fallait que je parle cinq minutes avec Dave et que je revenais tout de suite. Je sortis du club, trouvai Dave et lui dis que si je ne foutais pas le camp d'ici à l'instant, je pourrais aussi bien me suicider, ce qui le mettrait vraiment dans la merde puisqu'il avait la responsabilité de me garder en vie jusqu'à ce que les choses s'arrangent un peu. Et nous nous enfuîmes sans même dire au revoir à Jennie.

Dave et moi étions à l'arrière de la limousine, en train de rentrer chez lui à Broken Sound, une résidence close de Boca Raton. Le Clignoteur, lui, avait craqué pour une strip-teaseuse et nous avait laissés partir. Moi, j'envisageais à présent de me taillader les poignets. J'étais en train de descendre en vrille ; l'effet de la cocaïne s'estompait, et je venais de sauter d'une falaise émotionnelle. Il fallait que je parle à la Duchesse. Elle seule pouvait m'aider.

Il était 2 heures du matin. Je pris le portable de Dave et composai le numéro de la maison. Une voix de femme répondit, mais ce n'était pas la Duchesse.

— Qui est-ce ? lançai-je.

— C'est Donna.

Oh, merde ! Donna Schlesinger était exactement le genre de garce à se délecter de toute cette merde. C'était une amie d'enfance de Nadine et elle l'avait jalousée dès qu'elle avait eu l'âge de savoir ce que ça voulait dire.

— Donna, soupirai-je, je voudrais parler à ma femme.

— Elle ne veut pas te parler pour le moment.

Cela eut le don de me mettre en rage.

— Passe-la-moi, Donna, un point c'est tout !

— Je viens de te dire qu'elle ne voulait pas te parler, glapit-elle.

— Fais bien attention, Donna, dis-je froidement, je ne déconne pas. Je t'avertis sérieusement que, si tu ne me la passes pas immédiatement, je prends l'avion pour New York pour te planter un couteau dans le cœur. Une fois que je me serais occupé de toi, je réglerais son compte à ton mari, simple question de principes.

Ma voix se changea en hurlement.

— Passe-la-moi tout de suite !

— Ne quitte pas, dit nerveusement Donna.

Je roulai la tête pour essayer de me calmer un peu, puis je jetai un coup d'œil à Dave.

— Tu sais, je ne pensais pas ce que je disais. J'essayais seulement de bien me faire comprendre.

Il approuva de la tête.

— Je déteste Donna autant que toi, dit-il, mais je crois que tu devrais laisser Nadine tranquille pendant quelques jours. Lui laisser prendre un peu de recul. J'ai parlé à Laurie, elle dit que Nadine est salement secouée.

— Qu'est-ce qu'elle t'a dit d'autre, Laurie ?

— Elle dit que Nadine ne voudra plus de toi si tu ne fais pas une cure de désintoxication.

J'entendis une voix dans le téléphone.

— Salut, Jordan, ici Ophelia. Tu vas bien ?

Je soupirai. Ophelia était une fille bien, mais je ne pouvais pas lui faire confiance. C'était la plus vieille amie de la Duchesse. D'accord, elle ne voulait que notre bien… mais, tout de même… la Duchesse l'avait entortillée… elle la manipulait… elle l'avait tournée contre moi. Ophelia pouvait être une ennemie. Mais, contrairement à Donna, ce n'était pas une garce, et cela me calma un peu d'entendre sa voix.

— Je vais bien, Ophelia. Tu veux bien me passer Nadine ?

Je l'entendis soupirer.

— Elle ne veut pas venir au téléphone, Jordan. Elle ne veut plus te parler à moins que tu ne fasses une cure de désintox'.

— Je n'ai pas besoin de cure, dis-je avec sincérité. Il faut juste que je ralentisse un peu. Dis-lui que je vais le faire.

— Je vais le lui dire, mais je ne crois pas que ça servira à grand-chose. Écoute, excuse-moi, mais il faut que j'y aille.

Et elle me raccrocha brusquement au nez.

Mon moral chuta encore d'un cran. Je soupirai profondément, tête basse, vaincu.

— C'est pas vrai ! marmonnai-je.

Dave me posa la main sur l'épaule.

— Ça va, mon vieux ? demanda-t-il.

— Ouais, mentis-je, ça va. Je n'ai pas envie de parler pour l'instant. J'ai besoin de réfléchir.

Dave approuva sans mot dire et nous terminâmes le voyage en silence.

Un quart d'heure plus tard, j'étais assis dans le salon, chez Dave. Je me sentais perdu, désespéré. Tout ça me semblait de plus en plus fou ; mon moral avait sombré dans des profondeurs insondées. Dave était assis tout à côté de moi sur le canapé. Il ne disait rien. Il se contentait de regarder et d'attendre. J'avais devant moi un tas de cocaïne. Mes comprimés étaient sur le comptoir de la cuisine. J'avais essayé d'appeler la maison une bonne douzaine de fois, mais maintenant c'était Rocco qui répondait. Lui aussi semblait avoir changé de camp. Il faudrait penser à le virer dès que tout ça serait réglé.

— Appelle Laurie sur ton portable. C'est la seule manière d'y arriver.

Dave acquiesça d'un air las et se mit à composer le numéro de Laurie sur son téléphone mobile. Après quelques secondes, j'avais Laurie au bout du fil. Elle pleurait.

— Écoute, Jordan, dit-elle en ravalant ses larmes, tu sais à quel point Dave et moi nous t'aimons, mais s'il te plaît, je t'en supplie, tu dois faire une cure. Tu dois te faire aider. Tu es à un cheveu de la mort. Tu ne t'en rends pas compte ? Tu es un homme brillant et tu te détruis toi-même. Si tu ne le fais pas pour toi, fais-le pour Channy et Carter. S'il te plaît !

Je soupirai, me levai du canapé et me dirigeai vers la cuisine. Dave me suivit à quelques pas.

— Est-ce que Nadine m'aime encore ? demandai-je.

— Oui, dit Laurie, elle t'aime encore, mais elle ne veut plus te voir si tu ne fais pas une cure.

— Si elle m'aime, il faut qu'elle vienne me parler au téléphone.

— Non, dit Laurie, si elle t'aime, *il ne faut pas* qu'elle vienne te parler au téléphone. Vous êtes tous les deux dans le même bateau ; vous souffrez tous les deux de cette maladie. Elle souffre peut-être même plus que toi, de t'avoir laissé faire pendant si longtemps. Il faut que tu fasses une cure, Jordan, et elle aussi a besoin d'aide.

Je n'en croyais pas mes oreilles. Même Laurie prenait parti contre moi ! Je n'aurais jamais cru ça possible. Eh bien, tant pis, *qu'elle aille se faire foutre* ! Et que la Duchesse aille se faire foutre ! Que tout le monde aille se faire foutre ! Quelle importance ? J'avais atteint le sommet, pas vrai ? J'avais 34 ans et j'avais déjà vécu une dizaine de vies. À quoi bon continuer, à présent ? Qu'est-ce que je pouvais faire, à part redescendre ? Qu'est-ce qui valait mieux : mourir d'une mort lente et pénible ou disparaître dans un flamboiement de gloire ?

J'aperçus mon flacon de morphine. Il contenait au moins cent comprimés de quinze milligrammes chacun. C'étaient de petites pilules, à peine la moitié d'un petit pois. Elles étaient d'une magnifique nuance de pourpre. J'en avais déjà pris dix ce jour-là, de quoi plonger presque n'importe qui dans un coma irréversible ; pour moi, une bricole.

Une immense tristesse envahit ma voix.

— Laurie, dis à Nadine que je lui demande pardon, et qu'elle embrasse les enfants pour moi.

Juste avant de raccrocher, j'entendis Laurie qui criait : « Jordan, non ! Ne raccr… »

D'un geste preste, je m'emparai du flacon de morphine, dévissai le couvercle, et me versai tout son contenu dans la paume de la main. Il y avait tant de comprimés que la moitié d'entre eux se répandirent sur le sol. Mais il m'en restait au moins cinquante, qui formaient une petite pyramide dans le creux de ma main. Une pyramide pourpre. C'était beau. Je les portai à ma bouche et me mis à mastiquer. Alors, l'enfer se déchaîna.

Je vis Dave courir vers moi. Je me réfugiai à l'autre bout de la cuisine et empoignai une bouteille de Jack Daniel's mais, avant que j'aie pu la porter à mes lèvres, il était sur moi, faisait sauter la bouteille de ma main et m'enserrait dans son étreinte d'ours. Le téléphone se mit à sonner. Il l'ignora et me plaqua au sol, puis m'enfonça ses terribles doigts dans la bouche, essayant d'en faire sortir les comprimés. Je lui mordis les doigts, mais il était si musclé qu'il me força la mâchoire.

— Crache ça ! Allez, crache ça ! cria-t-il.

— Va te faire foutre ! braillai-je. Laisse-moi me lever ou je te tue, espèce de salaud !

Le téléphone continuait à sonner et Dave à crier : « Crache ces comprimés ! Allez, crache ! », et moi je continuais à mastiquer et à essayer d'avaler encore des comprimés, jusqu'à ce qu'enfin il m'empoigne les joues de sa main droite. Il serra avec une force prodigieuse.

— Aïe, merde ! criai-je.

Je crachai les comprimés. Ils avaient le goût du poison… Ils étaient incroyablement amers… et j'en avais avalé tant que ça n'avait plus d'importance. Il n'y avait plus qu'à attendre.

Tout en me plaquant au sol d'une main, il attrapa le portable et composa le 911. Il donna son adresse à la police d'une voix survoltée. Puis il jeta le téléphone par terre et tenta encore d'extraire des comprimés de ma bouche. Je le mordis à nouveau.

— Sors tes sales pattes de ma bouche, espèce de gros balourd ! Je ne te pardonnerai jamais ! Tu es de *leur* côté.

— Calme-toi, dit-il.

Me soulevant comme un vulgaire fagot, il me porta sur le canapé. Je restai couché là à le maudire pendant deux bonnes minutes, jusqu'à ce que tout ça commence à perdre de son intérêt. Je commençais à être très fatigué… j'avais chaud… je me sentais flou… C'était assez agréable, d'ailleurs. Le téléphone sonna à nouveau. Dave prit l'appareil. C'était Laurie. J'essayai de suivre la conversation, mais je décrochai rapidement. Dave appuya le téléphone contre mon oreille.

— Tiens, mon vieux, c'est ta femme. Elle veut te parler. Elle veut te dire qu'elle t'aime encore.

— Nadine ? dis-je d'une voix somnolente.

— Allô, chéri, dit la voix aimante de la Duchesse, il faut tenir le coup. Fais-le pour moi. Je t'aime toujours. Tout va s'arranger. Les enfants t'aiment, et moi aussi je t'aime. Tout s'arrangera bientôt. Ne t'endors pas, reste avec moi.

Je me mis à pleurer.

— Pardon, Nadine. Je ne voulais pas le faire. Je ne savais pas ce que je faisais. Je n'arrive plus à me supporter… Je te… je te demande pardon.

Je sanglotais irrépressiblement.

— Tout va bien, dit ma femme. Je t'aime toujours. Mais accroche-toi. Reste avec nous. Tout va s'arranger.

— Je t'ai toujours aimée, Nadine, depuis la première fois que je t'ai vue.

Et je fis une overdose.

Je me réveillai dans l'état le plus horrible que je puisse imaginer. Je me souviens d'avoir crié : « Non ! Sors ce truc de ma bouche, connard ! » mais sans savoir pourquoi au juste.

Je compris un instant plus tard. J'étais ligoté sur une table d'examen, dans une salle des urgences, entouré par cinq médecins et infirmières. Le plateau de la table était à la verticale, perpendiculaire au plancher. Non seulement mes bras et mes jambes étaient entravés, mais deux minces sangles de vinyle me fixaient à la table, l'une en travers du torse, l'autre par-dessus les cuisses. Le médecin qui me faisait face, en blouse d'hôpital verte, tenait à la main un tube noir long et gros, du genre de ceux qu'on voit sur les radiateurs de voiture.

— Jordan, dit-il d'un ton ferme, il faut nous aider et cesser d'essayer de me mordre la main. Nous devons vous faire un lavage d'estomac.

— Je vais très bien, protestai-je. Je n'ai rien avalé du tout. J'ai tout recraché. C'était juste une blague.

— Je comprends, dit-il avec patience, mais nous ne pouvons pas nous permettre de prendre de risque. Nous vous avons donné du Narcan pour contrer l'effet des narcotiques, et vous êtes hors de danger à présent. Mais écoutez-moi bien, cher ami : votre tension est en pleine déconfiture et votre pouls est irrégulier. Quelles autres drogues avez-vous pris en plus de la morphine ?

Je le regardai un moment. Il avait l'air d'être Iranien ou Persan ou un truc de ce genre. Est-ce que je pouvais lui faire confiance ? Moi, j'étais Juif, ce qui faisait de moi son ennemi juré. Ou bien le serment d'Hippocrate le mettait-il au-dessus de tout ça ? Je fis des yeux le tour de la pièce et, dans un coin, je découvris une vision très contrariante : deux policiers en uniforme, avec leurs revolvers, étaient adossés contre le mur et observaient la scène. C'était le moment de la boucler, décidai-je.

— Rien, grognai-je. Seulement de la morphine, et peut-être un peu de Xanax. J'ai des problèmes de dos. C'est un médecin qui m'a prescrit tout ça.

Le médecin eut un sourire las.

— Je suis là pour vous aider, Jordan, pas pour vous causer des ennuis.

Je fermai les yeux et me préparai à la séance de torture. Oui, je savais bien ce qui m'attendait. Ce bâtard de

Persiranien allait essayer de m'enfoncer son tube dans l'œsophage, jusqu'au fond de l'estomac, pour aspirer tout son contenu. Puis il me balancerait quelques kilos de charbon dans l'estomac pour faire passer les drogues dans mon tube digestif sans que celui-ci ne les absorbât. Ce moment fut un des rares de ma vie où j'ai regretté mes lectures. Mon Dieu, comme je détestais avoir raison tout le temps ! Ce fut la dernière pensée qui me vint lorsque les cinq médecins et infirmières se jetèrent sur moi et m'enfoncèrent de force le tube dans la gorge.

Une heure plus tard, mon estomac était complète-ment vidé, mis à part la pleine charretée de charbon qu'ils m'avaient fait ingurgiter de force. J'étais tou-jours attaché à la table. Quand le dernier centimètre de tube me glissa hors de l'œsophage, je me demandai comment les stars du porno pouvaient arriver à engouf-frer tous ces énormes pénis sans gerber. Je sais que c'était une drôle de pensée en pareille circonstance, mais c'est bien celle qui me vint.

— Comment vous sentez-vous ? s'enquit aimable-ment le médecin.

— J'ai atrocement envie d'aller aux toilettes, répondis-je. Si vous ne me détachez pas tout de suite, je crois bien que je vais chier directement dans mon pan-talon.

Le médecin acquiesça, et il se mit à défaire mes liens, aidé par les infirmières.

— Les toilettes sont par là, fit-il. Je viens dans un instant vérifier que tout va bien.

Je ne savais pas vraiment ce qu'il voulait dire par là, jusqu'à ce que la première salve m'explosât à l'orée du rectum avec la force d'un canon à eau. Je résistai à l'envie de regarder dans la cuvette pour voir ce qui me sortait du corps mais, après dix minutes d'explosions successives, je finis par céder et jetai un coup d'œil dans la cuvette. On aurait dit l'éruption du Vésuve – des tonnes de cendres volcaniques noires m'avaient jailli du trou de balle. Le matin, je devais avoir pesé soixante kilos mais, à présent, j'en pesais à tout casser cinquante. Tout l'intérieur de mes boyaux reposait à Boca Raton, Floride, au fond d'une cuvette de porcelaine.

Une heure plus tard, je sortis enfin des toilettes. Le pire était désormais passé, je me sentais nettement mieux. Si seulement ils pouvaient avoir aussi aspiré un peu de ma dinguerie, pensais-je. N'importe, il était temps de passer à la suite de *Vie et Mœurs des riches détraqués* ; il fallait arranger le coup avec la Duchesse, réduire ma consommation de drogues et mener une vie un peu plus régulière. J'avais tout de même 34 ans et j'étais père de deux enfants.

— Merci, dis-je à l'aimable médecin. Je m'excuse sincèrement de vous avoir mordu. J'étais seulement un peu nerveux, sur le moment. Ça peut se comprendre, n'est-ce pas ?

— Ce n'est pas grave, acquiesça-t-il. Je suis heureux que nous ayons pu vous aider.

— Pourriez-vous me faire appeler un taxi ? Il faut que je rentre chez moi pour dormir un peu.

C'est alors que je vis les deux policiers, qui étaient toujours là, se lever et s'approcher de moi. J'eus la nette impression que ce n'était pas pour me proposer de me ramener à la maison.

Le médecin recula de quelques pas, tandis que l'un des policiers sortait une paire de menottes. Oh, bon Dieu ! me dis-je, encore des menottes ! Ça faisait la quatrième fois en moins de vingt-quatre heures que le Loup se retrouvait enchaîné ! Qu'avais-je donc fait ? Je me résolus à ne pas explorer plus avant la question.

Après tout, là où on m'emmenait, j'aurais largement le temps de réfléchir à tout ça.

— En vertu du Baker Act, dit le policier en me passant les menottes, vous allez être placé pendant soixante-douze heures dans une unité psychiatrique fermée, puis vous serez conduit devant un juge qui décidera si vous êtes toujours un danger pour vous-même ou pour autrui. Désolé, monsieur.

Hum… Il n'avait pas l'air d'un mauvais bougre, ce policier de Floride, et il ne faisait que son boulot. En plus, il ne m'emmenait pas en prison mais dans un service psychiatrique. C'était déjà quelque chose, non ?

— Je suis un papillon ! Je suis un papillon ! hurlait une femme obèse avec des cheveux noirs et vêtue d'une blouse bleue, qui battait des bras en tournant mollement en rond dans le service psychiatrique qui occupait le quatrième étage du Delray Medical Center.

J'étais assis sur un canapé très inconfortable, au milieu de la salle commune où elle voletait. Je lui souris et lui adressai un petit signe de tête. Il y avait une quarantaine de patients, en peignoir et pantoufles ; la plupart se livraient à divers comportements socialement inacceptables. À l'entrée du service se trouvait le bureau des infirmiers, où tous les cinglés faisaient la queue plusieurs fois par jour pour avoir leur Largactil, leur Haldol ou tout autre antipsychotique qui calmerait leurs nerfs esquintés.

— Je vais l'avoir. Six virgule zéro deux fois dix puissance vingt-trois, marmonnait un adolescent grêle au visage ravagé par l'acné.

Très intéressant, pensai-je. Cela faisait deux heures que je regardais ce pauvre gosse marcher en suivant un cercle parfait, rabâchant le nombre d'Avogadro, une constante utilisée pour mesurer la densité moléculaire.

Au début, je me demandais bien pourquoi ce nombre l'obsédait à ce point, jusqu'à ce qu'un des aides-soignants finisse par m'expliquer que ce jeune gars doté d'un quotient intellectuel très au-dessus de la moyenne était un irrécupérable amateur de LSD et qu'il faisait une fixation sur le nombre d'Avogadro chaque fois qu'il faisait un *bad trip* à l'acide. C'était son troisième séjour au Delray Medical Center au cours des douze derniers mois.

Je trouvais un peu ridicule d'être interné dans un endroit pareil, étant donné que j'étais parfaitement sain d'esprit. C'était le problème de lois comme le Baker Act : elles étaient conçues pour répondre aux besoins des masses. En tout cas, les choses s'étaient raisonnablement bien passées jusqu'à présent. J'avais réussi à convaincre un médecin de me prescrire du Lamictal et, de son propre chef, il m'avait mis sous une espèce d'opiacé à action courte pour me soulager du manque.

Pourtant, il y avait quelque chose qui me restait en travers de la gorge. J'avais essayé d'appeler au moins une dizaine de personnes à partir de la cabine téléphonique – amis, membres de ma famille, avocats ou associés. J'avais même essayé de joindre Alan Chim-tob afin de m'assurer qu'il me garde en réserve une provision de Mandrax pour quand je sortirais enfin de cet asile de fous. Mais je n'avais réussi à joindre personne. Mais alors, personne. Ni la Duchesse, ni mes parents, ni Lipsky, ni Dave, ni Laurie, ni Gwynne, ni Janet, ni Moumoute, ni Joe Fahmegghetti, ni Greg O'Connell, ni le Chef, ni même Bo, qui pourtant n'était jamais injoignable pour moi. Comme si j'avais été mis sur la touche, abandonné par tout le monde.

Lorsque mon premier jour dans cette glorieuse institution toucha à sa fin, je haïssais plus que jamais la Duchesse. Elle m'avait complètement oublié, elle avait tourné tout le monde contre moi, se servant de l'acte méprisable que j'avais commis dans l'escalier pour s'assurer la sympathie de mes amis et de mes associés. J'étais persuadé qu'elle ne m'aimait plus et qu'elle n'avait prononcé ces paroles lorsque je faisais mon overdose que par hypocrisie, en pensant que j'allais peut-être bien avaler mon extrait de naissance et qu'elle pouvait se payer le luxe de m'envoyer en enfer avec un dernier « Je t'aime » bidon.

Vers minuit, mon organisme était à peu près purgé de la cocaïne et des Mandrax, mais je n'arrivais pas à dormir. Ce fut au petit matin de ce 17 avril 1997 qu'une infirmière au grand cœur m'injecta dans la fesse droite une ampoule de Dalmadorm. Au bout d'un quart d'heure, je m'endormis sans cocaïne dans l'organisme pour la première fois depuis trois mois.

Je me réveillai dix-huit heures plus tard en entendant appeler mon nom. J'ouvris les yeux. Un grand gaillard noir d'aide-soignant se tenait au-dessus de moi.

— M. Belfort, vous avez une visite.

La Duchesse ! me dis-je. Elle était venue me tirer de ce trou à rats.

— Ah bon, fis-je, qui est-ce ?

— Je ne sais pas comment il s'appelle, répondit-il.

Je m'effondrai intérieurement. L'aide-soignant m'emmena dans une pièce aux murs capitonnés qui contenait une table de métal gris et trois chaises. À part le capitonnage, elle me rappelait celle où les douaniers suisses m'avaient interrogé la fois où j'avais peloté l'hôtesse de l'air. Un homme dans la quarantaine, lunettes à monture d'écaille, était assis d'un côté de la table. Nos regards se croisèrent. Il se leva aussitôt et vint à ma rencontre.

— Vous devez être Jordan, fit-il en me tendant la main. Je suis Dennis Maynard *.

Par réflexe, je lui serrai la main. Pourtant, il y avait en lui quelque chose qui me déplut instantanément. Il était habillé comme moi – jeans, baskets et sweat-shirt blanc. Il avait assez bonne apparence, dans le genre un peu lessivé, environ un mètre soixante-quinze, gabarit moyen, cheveux bruns courts avec raie sur le côté.

Il me désigna un siège en face du sien. J'acquiesçai et m'assis, tandis qu'un autre aide-soignant entrait dans la pièce, un Irlandais costaud qui avait l'air d'avoir bu. Lui et l'autre aide-soignant se tinrent à quelques pas derrière moi, prêts à bondir si jamais je tentais de faire à ce type le coup d'Hannibal Lecter – par exemple lui arracher le nez – alors que mon pouls restait à soixante-douze.

— J'ai été engagé par votre épouse, me dit Dennis Maynard.

Je secouai la tête, stupéfait.

— Vous êtes qui, vous ? Un fumier d'avocat divorceur ou quelque chose comme ça ? Bon Dieu, elle va vite en besogne, la salope ! Je me figurais qu'elle aurait au moins la décence d'attendre trois jours que le Baker Act soit passé avant de demander le divorce.

Il sourit.

— Je ne suis pas avocat, Jordan. J'interviens dans les problèmes de toxicomanie et j'ai été engagé par votre femme, qui vous aime toujours. Vous ne devriez pas trop vous hâter de la traiter de salope.

J'examinai attentivement ce fumier, tâchant de deviner si c'était du lard ou du cochon. Je ne me sentais plus paranoïaque, mais j'étais toujours sur les nerfs.

---

* Ce nom a été modifié.

— Alors, comme ça, vous me dites que c'est ma femme qui vous a engagé et qu'elle m'aime toujours ? Et si elle m'aime tant que ça, pourquoi ne vient-elle pas me rendre visite ?

— Pour le moment, elle a très peur. Elle est complètement désemparée. J'ai passé les dernières vingt-quatre heures avec elle et elle est très fragile pour l'instant. Elle n'est pas prête à vous voir.

Je sentis monter la vapeur. Cette ordure était en train de monter une baraque à la Duchesse. Je bondis de mon siège et sautai par-dessus la table en hurlant : « Espèce de salopard ! » Il recula vivement, tandis que les deux aides-soignants se précipitaient sur moi.

— Je vais te faire descendre, espèce de fumier ! Draguer ma femme pendant que je suis enfermé ici ! T'es déjà mort, t'entends ! Et ta famille aussi ! Tu ne sais pas de quoi je suis capable !

Les aides-soignants me firent rasseoir. J'en profitai pour reprendre haleine.

— Calmez-vous, me dit le futur mari de la Duchesse. Je ne cours pas après votre femme. Elle vous aime toujours et moi, j'aime une autre femme. J'essaie de vous dire que j'ai passé avec votre épouse les dernières vingt-quatre heures à parler de vous, d'elle et de tout ce qui s'est passé entre vous.

Je me sentais complètement irrationnel. J'avais l'habitude de me contrôler et je trouvais ce dérapage terriblement déroutant.

— Est-ce qu'elle vous a dit que je l'ai fait tomber dans l'escalier à coups de pied avec notre fille dans les bras ? Est-ce qu'elle vous a dit que j'ai lacéré à coups de couteau pour 2 millions de dollars de meubles négli-chics ? Et est-ce qu'elle vous a parlé de mon petit fiasco culinaire ? Je peux très bien imaginer ce qu'elle vous a raconté.

Je secouai la tête, dégoûté non par mes propres actes, mais par le fait que la Duchesse ait pu déballer tout notre linge sale devant cet étranger. Il eut un petit rire, tentant de désamorcer ma colère.

— Oui, elle m'a parlé de tout ça. Certains trucs étaient d'ailleurs vraiment drôles, surtout le coup des meubles. C'était la première fois que j'entendais un truc comme ça. Mais la plupart des faits étaient quand même assez bouleversants, comme ce qui s'est passé dans l'escalier et dans le garage. Comprenez bien, Jordan, que rien de tout cela n'est votre faute – ou du moins, je veux dire, que rien de tout cela ne fait de vous quelqu'un de mauvais. Ce que vous êtes, Jordan, c'est une personne *malade*. Vous souffrez d'une maladie, une maladie qui n'a rien de différent d'un cancer ou d'un diabète.

Il fit une pause.

— Et elle m'a dit aussi à quel point vous étiez merveilleux avant de succomber aux drogues. Elle m'a dit quel type brillant vous étiez, elle m'a raconté tous vos succès et à quel point elle vous avait trouvé renversant la première fois que vous vous êtes rencontrés. Elle m'a dit qu'elle n'avait jamais aimé personne comme elle vous aimait. Elle m'a dit à quel point vous étiez généreux avec tout le monde, et à quel point tout le monde profitait de votre générosité. Elle m'a aussi parlé de votre dos et du fait que cela exacerbait…

Pendant que mon spécialiste d'interventions en toxicomanie continuait de parler, je m'attardai sur le mot *aimait*. Il avait dit qu'elle m'*aimait*. Au passé. Cela voulait-il dire qu'elle ne m'aimait plus ? Sans doute, parce que si elle m'avait encore aimé, elle serait venue me voir. Prétendre qu'elle avait peur ne tenait pas debout. J'étais enfermé dans une unité psychiatrique, comment aurais-je pu lui faire du mal ? J'étais dans une terrible souffrance émotionnelle. Si elle venait me rendre visite – même rien qu'une seconde, bon Dieu ! –, le temps de me serrer dans ses bras et de me dire qu'elle m'aimait encore, ça aurait soulagé ma souffrance. J'aurais fait ça pour elle, moi, non ? C'était inexplicablement cruel de sa part de ne pas me rendre visite après que j'ai failli me suicider. Je ne trouvais pas que ça correspondait à ce que ferait dans ces circonstances une épouse aimante – qu'elle soit fâchée ou pas avec moi.

À l'évidence, Dennis Maynard était là pour me convaincre de faire une cure de désintoxication. Peut-être aurais-je pu accepter si la Duchesse était venue ici me le demander elle-même. Mais pas comme ça, pas tant qu'elle me ferait du chantage et me menacerait de me quitter si je ne faisais pas ce qu'elle voulait. Mais ne voulais-je vraiment pas de cette cure ou plutôt n'en avais-je pas besoin ? Voulais-je continuer jusqu'au bout à vivre la vie d'un toxicomane ? Mais comment pourrais-je vivre sans les drogues ? Toute ma vie était organisée autour de ça. La simple idée de passer les cinquante prochaines années sans cocaïne et sans Mandrax me paraissait impossible. Pourtant, il y avait eu un temps, bien avant que tout ça n'arrive, où j'avais vécu sans drogues. Me serait-il possible de revenir en arrière, de remonter le temps, pour ainsi dire ? Ou l'alchimie de mon cerveau était-elle inéluctablement altérée, et étais-je maintenant un toxico, condamné à vivre ainsi jusqu'au jour de ma mort ?

— … et du caractère de votre père, continuait le spécialiste, et que votre mère avait essayé de vous protéger de lui, mais sans toujours y parvenir. Elle m'a tout raconté.

Je tentai de réprimer l'envie de faire de l'ironie, mais ne tardai pas à céder.

— Et est-ce que cette petite fée du logis vous a dit à quel point elle-même est parfaite ? Je veux dire, étant donné que je suis tellement déglingué et tout ça, est-ce qu'elle a pris la peine de vous dire quoi que ce soit sur elle-même ? Parce qu'elle est parfaite, il faut le dire. Elle vous le dira – pas de cette façon, bien sûr –, mais elle vous le dira. La Duchesse de Bay Ridge.

Mes derniers mots le firent sourire.

— Écoutez, dit-il, votre femme est loin d'être parfaite. En réalité, elle est plus malade que vous. Réfléchissez un instant : entre le conjoint toxicomane et le conjoint qui regarde la personne qu'il aime se détruire elle-même, lequel est le plus malade ? Pour moi, c'est le second. Votre femme souffre de sa maladie à elle, qui s'appelle la codépendance. En passant son temps à s'occuper de vous, elle refoule ses propres problèmes. Elle présente un des pires cas de codépendance que j'aie jamais rencontrés.

— Tout ça, c'est du bla-bla, rétorquai-je. Vous croyez que je ne connais pas toutes ces conneries ? J'ai quand même lu un petit peu, au cas où personne ne vous l'aurait dit. Et même avec les 50 000 Mandrax que j'ai avalés, je me souviens encore de tout ce que j'ai lu depuis l'école maternelle.

Il acquiesça.

— Je n'ai pas rencontré que votre femme, Jordan. J'ai aussi rencontré tous vos amis et votre famille, toutes les personnes qui comptent pour vous. Et un point sur lequel ils sont tous d'accord, c'est que vous êtes un des hommes les plus intelligents du monde. Donc je ne vais pas essayer de vous raconter d'histoires. Voilà ce que je vous propose. Il existe en Georgie un centre de cure du nom de Talbot Marsh, spécialisé dans le traitement des médecins. C'est un endroit plein de gens très intelligents, donc vous vous y sentirez dans votre élément. Je suis en mesure de vous faire quitter sur-le-champ cet enfer. Vous pourriez être à Talbot Marsh dans deux heures. Il y a une limousine qui vous attend en bas, votre avion est à l'aéroport, paré à décoller. Talbot Marsh est un endroit très agréable, très haut de gamme. Je suis sûr qu'il vous plaira.

— Qu'est-ce qui vous qualifie pour faire ça ? Vous êtes médecin ?

— Non, dit-il, je suis un simple toxicomane comme vous. Aucune différence, à ceci près que je suis en convalescence et pas vous.

— Depuis combien de temps avez-vous arrêté ?

— Dix ans.

— Putain, dix ans ! m'écriai-je. Bon Dieu ! Comment est-ce possible ? Je ne peux pas passer un jour – ni même une heure – sans penser aux drogues ! Je ne suis pas comme vous, mon vieux. Mon esprit fonctionne autrement. De toute façon, je n'ai pas besoin de cure. Peut-être que je vais essayer les Alcooliques anonymes ou quelque chose de ce genre.

— Vous n'en êtes plus à ce stade-là. En fait, c'est un vrai miracle que vous soyez encore vivant. Vous devriez être mort depuis longtemps, mon cher. Mais un jour, la chance ne sera plus de votre côté. La prochaine fois, votre ami Dave ne sera peut-être pas là pour appeler le 911, et au lieu d'atterrir dans un service psychiatrique vous finirez à la morgue. Chez les Alcooliques anonymes, continua-t-il sans la moindre trace d'humour, on a l'habitude de dire que les alcooliques et les toxicomanes finissent par atterrir dans l'un de ces trois endroits : la prison, l'asile ou la mort. Ces deux derniers jours, vous avez été en prison et dans un hôpital psychiatrique. Qu'est-ce que vous voulez, vous retrouver dans une chambre mortuaire ? Que votre femme soit obligée d'expliquer à vos enfants qu'ils ne reverront plus jamais leur père ?

Je savais bien qu'il avait raison, mais j'étais incapable d'accepter ma défaite. Sans que je sache pourquoi, je ressentais le besoin de lui résister, de résister à la Duchesse – de résister à tout le monde, à vrai dire. S'il fallait que j'arrête les drogues, ce serait à ma façon, pas à celle de quelqu'un d'autre, et certainement pas avec un pistolet sur la tempe.

— Si Nadine vient ici elle-même, je veux bien y réfléchir. Sinon, vous pouvez aller vous faire foutre.

— Elle ne viendra pas ici, répondit-il. À moins que vous ne fassiez une cure, elle ne veut plus vous parler.

— Eh bien, d'accord, dis-je. Puisque c'est comme ça, allez tous les deux vous faire foutre. Je sors d'ici dans deux jours. À ce moment, je m'occuperai de ma dépendance à ma façon. Et si je dois perdre ma femme dans l'affaire, eh bien, qu'il en soit ainsi.

Je me levai de mon siège et fis signe aux aides-soignants.

— Vous pourrez retrouver une autre femme aussi belle, mais vous n'en retrouverez jamais une qui vous aime autant qu'elle, me lança Maynard tandis que je m'éloignais. Qui croyez-vous qui ait organisé tout ça ? Votre femme a passé les dernières vingt-quatre heures en pleine panique, à essayer de vous sauver la vie. Vous seriez vraiment fou de la laisser partir.

— Il y a bien longtemps, une autre femme m'a aimé autant que Nadine. Elle s'appelait Denise et je me suis royalement foutu d'elle. Peut-être n'ai-je que ce que je mérite. Qui sait ? De toute façon, je ne vais pas me laisser traîner de force en cure. Vous perdez votre temps. Ne revenez plus me voir.

Et je quittai la pièce.

Le reste de la journée fut une séance de torture continue. Mes amis et ma famille défilèrent un par un dans le service de psychiatrie, à commencer par mes parents, pour tenter de me convaincre de partir en cure de désintoxication. Tout le monde s'y était mis – tout le monde, sauf la Duchesse. Comment cette femme pouvait-elle avoir le cœur aussi insensible, après que j'avais essayé de… quoi ?

Je me refusais à employer le mot *suicide*, même dans mes pensées. Peut-être était-ce trop douloureux, ou peut-être étais-je gêné que l'amour ou plutôt l'obsession que j'éprouvais pour une femme, fût-elle ma propre épouse, ait pu me conduire à commettre un tel acte. Ce n'était pas l'acte d'un homme véritablement puissant, ni même celui d'un homme qui se respectait tant soit peu.

En réalité, je n'avais jamais eu vraiment l'intention de me tuer. Au fond de moi-même, je savais qu'on m'emmènerait à l'hôpital et qu'on me ferait un lavage d'estomac. Dave veillait sur moi, prêt à intervenir. La Duchesse ne le savait pas, cependant ; de son point de vue, j'avais été si désemparé à l'idée de la perdre, et noyé dans un tel désespoir par la paranoïa de la cocaïne que j'avais tenté de mettre fin à mes jours. Comment pouvait-elle ne pas être émue par ça ?

C'était vrai, je m'étais conduit comme un monstre envers elle, pas seulement dans l'escalier, mais au cours des mois qui avaient précédé cet acte atroce. Et peut-être même depuis des années. Depuis les premières années de notre mariage, j'avais abusé de notre contrat tacite – celui qui faisait que, en contrepartie de la Belle Vie que je lui faisais mener, j'avais le droit de prendre certaines libertés. Et même si ce contrat n'était peut-être pas dépourvu de tout fondement, il n'y avait aucun doute que j'avais largement franchi la ligne rouge.

Pourtant, en dépit de tout, je trouvais que je méritais quand même sa compassion.

La Duchesse manquait-elle de compassion ? Y avait-il en elle une certaine froideur, un coin de son âme inaccessible à tout ? À vrai dire, je m'en étais toujours douté. Comme moi – comme tout un chacun –, la Duchesse avait son histoire personnelle ; c'était une bonne épouse, mais une épouse qui avait elle aussi amené ses propres valises dans notre couple. Lorsqu'elle était enfant, son père l'avait tout bonnement abandonnée. Elle m'avait raconté combien de fois elle s'était habillée, les samedis et les dimanches – déjà à l'époque elle était superbe, avec sa chevelure blonde et son visage d'ange –, attendant que son père vienne la chercher pour un petit dîner ou pour l'emmener aux montagnes russes de Coney Island ou à Riis Park, la plage de Brooklyn, où il dirait à tout le monde : « C'est ma fille ! Regardez comme elle est belle ! J'en suis très fier ! » Mais elle l'attendait en vain sur le perron de la maison, déçue qu'il ne vienne jamais, sans même l'appeler au téléphone pour la consoler avec une excuse bancale.

Bien sûr, Suzanne avait couvert son père et avait expliqué à Nadine qu'il l'aimait, mais qu'il ne pouvait s'empêcher d'obéir à ses démons, qui le poussaient à mener une vie vagabonde, une existence déracinée. Était-ce là le fardeau qu'elle portait et dont je devais à présent supporter le poids ? Sa froideur et son manque de compassion étaient-ils nés des barrières qu'elle avait dû élever pour se protéger, lorsqu'elle était enfant ? Ou bien étais-je en train de brasser du vent ? Peut-être étais-je simplement en train de payer pour toutes mes infidélités, pour les Blue Chips et les Nasdaq, pour les atterrissages en hélicoptère à 3 heures du matin, pour

avoir parlé en dormant de Venice la Pute, pour la masseuse éthiopienne et pour l'hôtesse de l'air suisse…

Ou bien la punition était-elle plus subtile ? Était-ce
pour toutes les lois que j'avais enfreintes ? Pour toutes
les actions dont j'avais manipulé le cours ? Pour tout
l'argent que j'avais planqué en Suisse ? Pour avoir
couillonné cet ahuri de Kenny Greene, bien qu'il eût été
envers moi un associé loyal ? Difficile à dire. Les dix
dernières années de ma vie avaient été extraordinairement compliquées. J'avais vécu une vie que la plupart
des gens ne connaissent que par les romans.

Et pourtant, ç'avait été ma vie. La mienne. Pour le
meilleur et pour le pire, moi, Jordan Belfort, le Loup de
Wall Street, j'avais été un vrai sauvage. Je m'étais toujours cru à l'épreuve des balles, esquivant la mort et la
prison, vivant ma vie comme une rock star, consom-
mant plus de drogues qu'il n'en aurait fallu pour tuer
mille personnes et toujours là pour le dire.

Toutes ces pensées se bousculaient dans ma tête
lorsque s'acheva ma deuxième journée dans l'unité psychiatrique du Delray Medical Center. Et à mesure que
les drogues s'éliminaient de mon cerveau, mon esprit
devenait de plus en plus acéré. J'étais en train de
rebondir – j'étais prêt à affronter le monde avec toutes
mes facultés. Prêt à hacher menu ce salopard déplumé
de Steve Madden. Prêt à reprendre le combat contre ma
bête noire, l'agent spécial Gregory Coleman. Prêt,
enfin, à regagner le cœur de la Duchesse, quoi qu'il pût
m'en coûter.

Le lendemain matin, juste après la distribution de
pilules, je fus appelé à nouveau dans la pièce capi-
tonnée. Deux médecins m'y attendaient. L'un était
gros. L'autre était de corpulence moyenne, mais avait
des yeux bleus globuleux et sa pomme d'Adam faisait

la taille d'un pamplemousse. Un problème glandulaire, décidai-je.

Ils se présentèrent comme le Dr Brad* et le Dr Mike *, et firent aussitôt signe aux aides-soignants de sortir de la pièce. Intéressant, me dis-je. Mais les deux premières minutes de conversation furent encore plus intéressantes. Elles m'amenèrent à conclure que ces deux-là auraient mieux fait de monter un duo comique plutôt que d'essayer de désintoxiquer les drogués. À moins que ce ne fût leur méthode ? Ces deux gars-là avaient l'air tout à fait corrects. En fait, ils me plaisaient bien. La Duchesse les avait fait venir de Californie en avion privé après que Dennis Maynard l'eut informée que lui et moi n'avions pas tellement accroché.

Ainsi, c'étaient eux les renforts.

— Écoutez, dit le gros Dr Brad, on peut vous faire sortir tout de suite de ce trou à rats et dans deux heures vous pouvez être à Talbot Marsh en train de siroter une piña colada sans alcool et de mater une jolie infirmière – qui est maintenant une des patientes parce qu'elle a été surprise en train de s'injecter du Demerol à travers sa blouse.

Il haussa les épaules.

— Vous pouvez aussi rester ici encore une journée, pour faire plus ample connaissance avec Mme Papillon et M. Avogadro. Mais à mon avis, vous seriez fou de vouloir rester dans cet endroit une seconde de plus que strictement nécessaire. Il pue…

— … la merde, compléta le Problème Glandulaire. Allez, laissez-nous vous sortir d'ici. Vous savez quoi : je suis persuadé que vous êtes complètement maboule et ça ne vous ferait sûrement pas de mal d'être enfermé

---

* Ces noms ont été modifiés.

pendant quelques années. Mais pas dans ce trou de chiottes ! Il vous faut un asile de dingues un peu plus classe que ça !

— Il a raison, dit Gros Brad. Blague à part, il y a une limousine qui vous attend en bas, et votre jet est à Boca Aviation. Alors, laissez-nous vous sortir de cette maison de fous, prenez l'avion et profitez un peu de la vie !

— Je suis d'accord, ajouta le Problème Glandulaire. Il est beau, dites donc, votre avion. Combien cela a-t-il coûté à votre femme de nous faire venir de Californie ?

— Je n'en sais rien, fis-je, mais j'imagine qu'elle a dû payer le prix fort. S'il y a quelque chose que la Duchesse déteste, c'est bien marchander.

Tous deux rirent, surtout Gros Brad, qui semblait trouver prétexte à rire de tout.

— *La Duchesse* ! s'écria-t-il. Ça, c'est fort ! C'est vraiment une beauté, votre femme, et elle vous aime pour de bon.

— Pourquoi *la Duchesse*, d'ailleurs ? demanda le Problème Glandulaire.

— Oh, c'est une longue histoire, répondis-je. Mais ce n'est pas moi qui lui ai donné ce nom. J'aurais bien aimé le trouver, pourtant. C'est un type qui s'appelait Brian, qui a une société de courtage avec laquelle je fais pas mal d'affaires. C'était il y a un bon bout de temps, nous étions dans un jet privé et revenions de Saint-Barthélemy, où nous avions passé Noël. Nous avions tous une gueule de bois d'enfer. Brian était assis à côté de Nadine. À un moment, il lâche une énorme caisse et il dit à Nadine : « Oh, merde, Nadine, en voilà un qui a dû laisser une sacrée trace de pneu ! » Nadine se met en rogne contre lui, lui dit qu'il est grossier et dégoûtant. Du coup, Brian répond : « Oh, excusez-moi ! Je suis sûr que la Duchesse de Bay Ridge n'a jamais pété dans sa petite culotte de soie et n'y a jamais laissé la moindre trace de pneu ! »

— Ça, c'est amusant, dit Gros Brad. *La Duchesse de Bay Ridge*. Je l'aime bien, celle-là.

— Mais ce n'est pas ça le plus marrant. Le plus marrant, c'est surtout ce qui est arrivé après. Brian était plié en deux de rire, tellement il se trouvait drôle, et il n'a pas vu la Duchesse rouler son numéro de Noël de *Town and Country*. Juste au moment où il redressait la tête, elle s'est levée d'un bond de son siège et lui a flanqué sur la tête un coup à assommer un bœuf, et l'a étendu raide, là, dans l'avion ! Comme je vous le dis – séché net ! Elle s'est rassise et s'est remise à lire son magazine. Brian est revenu à lui au bout de quelques minutes, quand sa femme lui a jeté un verre d'eau sur le visage. Depuis, le nom est resté.

— C'est incroyable ! dit le Problème Glandulaire. Votre femme a pourtant l'air d'un ange. Je n'aurais pas cru qu'elle soit du genre à faire quelque chose comme ça.

— Oh, vous ne vous imaginez pas de quoi elle est capable, dis-je en levant les yeux au ciel. À la voir comme ça, on croirait qu'elle ne ferait pas de mal à une mouche, mais elle est forte comme un bœuf. Si vous saviez ces raclées qu'elle m'a fichues ! Sans oublier les douches froides.

Un petit rire me vint.

— Comprenez-moi bien, précisai-je, la plupart des coups qu'elle m'a donnés, je les avais mérités. J'ai beau l'aimer, je n'ai pas vraiment été un mari modèle. Mais je continue à penser qu'elle aurait dû me rendre visite. Si elle l'avait fait, je serais déjà en cure, mais maintenant je ne veux pas parce que je n'aime pas cette façon d'être pris en otage.

— Je crois qu'elle voulait venir, dit Gros Brad, mais que Dennis Maynard le lui a déconseillé.

— Ça ne m'étonne pas, lançai-je. Quel sale con, celui-là. Dès que j'aurai réglé tout ça, j'enverrai quelqu'un lui rendre une petite visite.

Le duo comique refusa de discuter ce point avec moi.

— Puis-je vous faire une proposition ? demanda le Problème Glandulaire.

— Bien sûr, approuvai-je. Vous, les gars, je vous aime bien. C'est l'autre trou de pine que je ne pouvais pas sacquer.

Il me fit un sourire.

— Voilà : vous n'avez qu'à nous laisser vous sortir de là, continua-t-il en baissant la voix sur un ton de conspirateur. On vous emmène à Atlanta et, aussitôt inscrit, vous vous barrez de la cure. Il n'y a ni murs, ni barrières, ni barbelés, ni quoi que ce soit qui vous en empêche. Vous serez juste installé dans une résidence de luxe avec une bande de médecins neuneu.

— Ouais, ajouta Gros Brad, une fois à Atlanta, le Baker Act ne s'applique plus et vous êtes libre d'aller où vous voulez. Vous n'avez qu'à dire au pilote de ne pas quitter l'aéroport. Et si la cure ne vous plaît pas, vous vous barrez, tout simplement.

J'éclatai de rire.

— Vous êtes incroyables, tous les deux ! Vous êtes en train de titiller mon côté malhonnête, c'est ça ?

— Je ferais n'importe quoi pour vous faire aller en cure, dit Gros Brad. Vous êtes un type bien qui mérite de vivre, pas de mourir au bout d'une pipe de crack. C'est ce qui va vous arriver si vous n'arrêtez pas pour de bon. Croyez-moi, je parle d'expérience.

— Vous aussi vous êtes un toxico abstinent ? questionnai-je.

— Nous le sommes tous les deux, dit le Problème Glandulaire. Ça fait onze ans que j'ai arrêté. Pour Brad, ça fait treize ans.

— Comment est-ce possible ? À vrai dire, j'aimerais arrêter, mais je ne peux pas. Je ne pourrais pas tenir plus de quelques jours. Alors, treize ans...

— Vous pouvez y arriver, dit Gros Brad. Pas treize ans, je veux dire, mais je parie que vous pouvez tenir jusqu'à la fin de la journée.

— Ouais, fis-je, je peux tenir aujourd'hui, mais c'est tout.

— Et ça suffit, dit le Problème Glandulaire. C'est aujourd'hui qui compte. Qui sait ce que nous apportera demain ? Contentez-vous de vivre un jour à la fois et vous vous en sortirez. C'est comme ça que je fais. Je ne me suis pas levé ce matin en me disant : « Eh, Mike, il faut dominer ton besoin de boire pendant le reste de ta vie ! » Je me suis dit : « Eh, Mike, débrouille-toi pour y arriver pendant les vingt-quatre prochaines heures et le reste de ta vie suivra de lui-même ! »

Gros Brad approuva.

— Il a raison, Jordan. Je sais ce que vous êtes sûrement en train de penser en ce moment – que c'est juste une façon stupide d'égarer son propre esprit, de se jeter soi-même de la poudre aux yeux. C'est sans doute vrai, d'ailleurs, mais personnellement je m'en fous complètement. Ça marche et c'est tout ce qui m'intéresse. Je revis et, vous aussi, vous pouvez connaître ça.

Je soupirai profondément. J'aimais bien ces deux types-là, c'était vrai. Et je voulais vraiment arrêter. Je le voulais si fort que je pouvais en sentir le *goût*. Mais la compulsion était trop forte. Tous mes amis aimaient les drogues. Toutes mes distractions tournaient autour d'elles. Et ma femme... ah, la Duchesse n'était pas venue me voir. En dépit de toutes les choses affreuses que je lui avais faites, je savais au plus profond de mon cœur que je n'oublierais jamais qu'elle n'était pas venue me voir après que j'eus essayé de me suicider.

Et, bien sûr, il y avait le point de vue de la Duchesse sur la situation. Elle choisirait peut-être de ne pas me pardonner. Je ne pourrais pas lui en vouloir. Elle avait été une bonne épouse pour moi, et je l'avais récompensée en devenant toxicomane. J'avais mes excuses, mais ça ne changeait rien au fait. Si elle voulait divorcer, elle en avait le droit. Je prendrais toujours soin d'elle, je l'aimerais toujours, et je ferais toujours en sorte qu'elle ait la vie douce. Après tout, elle m'avait donné deux splendides enfants, et c'était aussi elle qui avait organisé tout ça.

Je regardai Gros Brad droit dans les yeux et hochai lentement la tête.

— D'accord, dis-je, foutons le camp de ce merdier.

— Bien dit, fit-il. Vraiment bien dit.

CHAPITRE 38

Les Martiens du IIIᵉ Reich

Au premier coup d'œil, l'endroit avait l'air à peu près normal.

Le Talbot Marsh Recovery Campus était installé à Atlanta, en Georgie, sur deux ou trois hectares impeccablement paysagés. Le trajet en limousine depuis l'aéroport privé avait duré une dizaine de minutes, que j'avais passées à ruminer mon évasion. Avant même de descendre d'avion, j'avais donné la stricte instruction aux pilotes de ne redécoller sous aucun prétexte. C'était moi et pas la Duchesse qui payait leurs salaires, avais-je insisté. Et il y aurait un bonus pour eux s'ils m'attendaient un moment. Ils me promirent de le faire.

Tandis que la limousine s'engageait dans l'allée, j'explorai le terrain avec les yeux d'un prisonnier. Gros Brad et son pote au problème glandulaire étaient assis à mes côtés. Comme ils l'avaient promis, il n'y avait en vue ni murs d'enceinte, ni barreaux, ni miradors, ni barbelés.

Le domaine resplendissait sous le soleil de Georgie. Ce n'étaient que plates-bandes de fleurs jaunes et pourpres, buissons de roses taillés aux ciseaux à ongles, chênes et ormes majestueux. Nous étions bien loin des couloirs empestant l'urine du Delray Medical Center. Mais quelque chose clochait légèrement. Peut-être l'endroit était-il trop beau ? Qui donc pouvait payer si cher pour une cure de désintoxication ?

Devant le bâtiment s'étendait une aire de stationnement circulaire. Tandis que la limousine y entrait au pas, Gros Brad fouilla dans sa poche et en sortit trois billets de 20 dollars.

— Tiens, dit-il. Je sais que tu n'as pas d'argent sur toi ; considère que c'est un cadeau. C'est le prix du taxi pour retourner à l'aéroport. Je ne voudrais pas que tu sois obligé d'y aller en stop. On ne sait pas sur quel genre de barjot toxicomane tu pourrais tomber.

— Qu'est-ce que tu veux dire ? demandai-je innocemment.

— Je t'ai vu chuchoter à l'oreille du pilote, répliqua Gros Brad. Moi-même, j'ai été comme ça pendant très longtemps. Et s'il y a une chose que j'ai apprise, c'est bien que, si quelqu'un ne veut pas arrêter, il n'y a rien à faire pour le forcer. Je ne vais pas t'insulter en faisant la comparaison avec l'âne qui n'a pas soif et toutes ces conneries. Mais de toute façon, je trouve que je te dois bien 60 dollars pour m'avoir fait autant rire pendant le voyage. Tu es vraiment un sacré roublard !

Il fit une pause, cherchant ses mots.

— En tout cas, je peux dire que c'est le cas le plus singulier dont je me sois jamais occupé. Hier, j'étais en Californie, en train d'assister à un congrès chiantissime, lorsque je reçois un coup de téléphone affolé du futur feu Dennis Maynard, qui me parle d'un superbe mannequin dont le mari multimilliardaire est sur le point de se tuer. Crois-moi si tu veux, mais sur le coup, j'ai rechigné, à cause de la distance. Après quoi la Duchesse de Bay Ridge a pris le téléphone. Impossible de lui refuser quoi que ce soit. Le temps de dire « ouf » et nous étions à bord d'un avion privé, et puis nous t'avons rencontré, ce qui a été la plus grosse surprise pour nous. Tout ce que je peux dire, c'est que je vous souhaite sincèrement bonne chance, à ta femme et à toi. J'espère que vous resterez ensemble, tous les deux. Ça serait une belle fin pour cette histoire.

Le Problème Glandulaire approuva.

— Tu es quelqu'un de bien, Jordan. Ne l'oublie jamais. Même si tu repars d'ici dans dix minutes pour aller tout droit dans une fumerie de crack, ça ne change rien à qui tu es. C'est une saloperie de maladie ; elle t'arnaque et elle t'embrouille. Moi, je me suis barré de trois cures avant de finir par y arriver. Ma famille avait fini par me retrouver sous un pont, je faisais la manche. Le plus triste est qu'après qu'ils m'ont emmené en cure, je me suis enfui encore une fois et je suis retourné sous mon pont. C'est comme ça, avec cette maladie.

Je laissai échapper un gros soupir.

— Je ne vais pas vous raconter d'histoires, les gars. Même pendant le vol, pendant que je vous racontais toutes ces histoires qui vous faisaient tordre de rire, je pensais toujours aux drogues. Ça brûlait dans le fond de ma tête comme une saloperie de haut-fourneau. Je continue à me dire que je vais appeler mon dealer de Mandrax dès que je serai sorti d'ici. Je peux peut-être vivre sans cocaïne, mais pas sans Mandrax. Ça fait partie de ma vie, maintenant.

— Je sais exactement ce que tu ressens, opina Gros Brad. À vrai dire, je continue à ressentir la même chose avec la coke. Il ne se passe pas une journée sans que je ne ressente le besoin d'en prendre. Mais ça fait plus de treize ans que je réussis à m'en passer. Et tu sais comment ?

Je souris.

— Oui, je sais, gros bâtard. Un jour à la fois, c'est ça ?

— Eh bien, dit Gros Brad, ça commence à rentrer ! Tout espoir n'est pas perdu pour toi.

— Ouais, murmurai-je, que le traitement commence !

Nous descendîmes de la voiture et parcourûmes le sentier bétonné qui menait à l'entrée principale. C'était splendide. On aurait dit un club pour hommes, avec tapis rouge épais et cossu, beaucoup d'acajou et de ronce de noyer, et des canapés, des causeuses et des fauteuils club à l'allure confortable. Il y avait une vaste bibliothèque pleine de livres anciens. Juste devant elle, un fauteuil club sang-de-bœuf pourvu d'un très haut dossier. Il avait l'air exceptionnellement moelleux, aussi marchai-je droit sur lui et m'y affalai-je aussitôt.

Ahhh… Combien de temps cela faisait-il que je ne m'étais pas assis dans un fauteuil confortable sans cocaïne ni Mandrax qui me bouillonnaient dans la tête ? Je ne souffrais plus du dos, ni de la jambe, ni de la hanche, ni de rien d'autre. Il n'y avait rien qui me chagrinât, pas la moindre contrariété.

Je respirai à fond, très lentement… C'était bon de respirer. Ce moment sans drogues était délicieux. Pour la première fois depuis combien de temps ? Cela faisait presque neuf ans. Neuf années de folie complète ! Nom de Dieu, quelle drôle de vie !

Et je crevais vraiment de faim ! Il fallait absolument que je mange quelque chose. N'importe quoi, sauf des Froot Loops.

Gros Brad s'approcha de moi.

— Ça va comme tu veux ?

— Je meurs de faim, répondis-je. Je donnerais 100 000 dollars pour avoir un Big Mac là, devant moi.

— Je vais voir ce que je peux faire, dit-il. Mike et moi devons remplir deux ou trois formulaires. Puis nous te mettrons au courant de la suite et te trouverons quelque chose à manger.

Il sourit et s'éloigna. Je respirai encore un grand coup mais cette fois-ci je retins mon souffle pendant une bonne dizaine de secondes. Je le laissai enfin échapper, les yeux fixés sur le fond de la bibliothèque. À cet instant précis, la compulsion m'abandonna. C'était fini. Plus de drogues. Je le savais. Trop, c'était trop. Je n'en ressentais plus le besoin. Celui-ci avait disparu. Je ne saurai jamais pourquoi. Ce dont j'étais sûr, c'était que je ne toucherais plus jamais à ça. Un déclic s'était produit dans mon cerveau. Un interrupteur avait changé de position. Je le savais, c'était tout.

Je me levai de mon fauteuil et traversai la pièce. À l'autre bout, Gros Brad et Mike le Problème Glandulaire étaient en train de remplir des paperasses. Je mis la main dans ma poche et sortis les 60 dollars.

— Tiens, dis-je à Gros Brad, tu peux les reprendre. Je reste.

Il sourit et opina d'un air entendu.

— Tant mieux pour toi, mon vieux.

Comme ils se préparaient à partir, je les retins encore.

— Surtout, n'oubliez pas d'appeler la Duchesse de Bay Ridge et dites-lui d'expliquer ce qui se passe aux pilotes. Sinon, ils vont rester là des semaines à m'attendre.

— D'accord, et à la santé de la Duchesse de Bay Ridge ! fit Gros Brad, levant un verre imaginaire.

— À la santé de la Duchesse de Bay Ridge ! reprîmes-nous en chœur.

Puis nous échangeâmes une accolade en nous promettant de nous revoir. Mais je savais que nous ne nous reverrions pas. Ils avaient fait leur boulot, et il était temps pour eux de passer au cas suivant. Pour moi, il était temps d'arrêter pour de bon.

Le matin suivant, une nouvelle folie commença pour moi. Mais une folie sobre. Je me réveillai vers 9 heures du matin, carrément de bonne humeur. Pas de symptômes de manque ni de gueule de bois, et aucune compulsion m'enjoignant de prendre des drogues. Je n'étais pas encore vraiment en cure ; ça ne devait commencer que le lendemain. Pour le moment, j'étais dans l'unité de sevrage. Je me dirigeai vers la cafétéria pour y prendre mon petit déjeuner. La seule chose qui me pesait était que je n'avais toujours pas réussi à entrer en contact direct avec la Duchesse, qui semblait s'être volatilisée. J'avais appelé la maison à Old Brookville et Gwynne m'avait répondu que Nadine était introuvable. Elle n'avait appelé qu'une seule fois, pour parler aux enfants, et n'avait même pas mentionné mon nom. Je présumai donc que mon couple était fini.

Après le petit déjeuner, je retournais vers ma chambre, lorsqu'un grand costaud me fit signe. Ce type avait une expression sévèrement paranoïde et arborait une atroce coupe mullet, court devant, long derrière. Nous nous croisâmes à la hauteur des cabines téléphoniques.

— Salut, fis-je en tendant la main, je m'appelle Jordan. Comment ça va ?

Il me serra la main, l'air méfiant.

— Chut ! dit-il en lançant des regards alentour. Viens par ici.

Je le suivis à nouveau à l'intérieur de la cafétéria, où nous nous assîmes à une table carrée, hors de portée des oreilles voisines. À cette heure de la matinée, il ne restait plus là qu'une poignée de personnes, dont la plupart étaient des employés en blouse blanche. J'avais classé mon nouvel ami dans la catégorie timbrés complets. Il était habillé comme moi, en jeans et en tee-shirt.

— Je m'appelle Anthony, dit-il en m'offrant une deuxième poignée de main. C'est toi le type qui est arrivé hier en avion privé ?

Oh, bon Dieu ! Pour une fois que je voulais rester anonyme, voilà que je m'étais fait remarquer comme le nez au milieu de la figure !

— Oui, c'est moi, répondis-je, mais ça me ferait plaisir si tu évitais d'en parler autour de toi. Je n'ai pas envie de me distinguer, tu comprends ?

— Je ne dirai rien à personne, murmura-t-il. Mais pour garder un secret ici, bonjour !

Ça semblait un peu bizarre. Un peu orwellien, pour tout dire.

— Ah bon ? Pourquoi donc ?

Il regarda à nouveau à la ronde.

— Parce qu'ici, c'est comme un genre d'Auschwitz, murmura-t-il en clignant de l'œil.

Je voyais bien que ce type n'était pas complètement fou, juste un peu barré peut-être.

— Pourquoi est-ce comme Auschwitz, ici ? demandai-je avec un sourire.

— Parce que c'est une putain de torture, ici, comme dans un camp de la mort nazi ! Tu vois les employés, là-bas ? Ce sont eux les SS. Une fois que le train t'a amené ici, tu n'en sors plus jamais. Et il y a aussi le travail forcé.

— De quoi est-ce que tu parles ? Je croyais que c'était seulement un programme de quatre semaines.

— Peut-être que c'est comme ça pour toi, répondit-il sèchement, mais pour le reste d'entre nous, ce n'est pas pareil. Je suppose que tu n'es pas médecin, n'est-ce pas ?

— Non, je suis banquier, mais je suis pour ainsi dire à la retraite maintenant.

— Vraiment ? s'étonna-t-il. Comment peux-tu être à la retraite ? Tu as l'air d'un gosse.

Je souris.

— Je ne suis plus un gosse. Mais pourquoi me demandes-tu si je suis médecin ?

— Parce que presque tout le monde ici est médecin ou infirmier. Moi-même, je suis chiropraticien. Il n'y a qu'une poignée de gens comme toi. Tous les autres sont ici parce qu'ils ont perdu le droit d'exercer la médecine. De cette façon, l'équipe soignante nous tient par les couilles. Tant qu'ils ne nous déclarent pas guéris, nous ne pouvons pas récupérer notre permis d'exercer. Un vrai cauchemar. Il y a des gens qui sont là depuis plus d'un an, et ils en sont toujours à essayer de récupérer leur autorisation d'exercer !

Il secoua la tête, l'air grave.

— C'est complètement dingue, poursuivit-il. Tout le monde dénonce tout le monde dans l'espoir de gagner des bons points auprès de l'équipe soignante. C'est vraiment dégueulasse, tu n'as pas idée. Les patients rabâchent les conneries des Alcooliques anonymes comme des robots pour avoir l'air guéris.

Je voyais d'ici le tableau. Un arrangement délirant de ce genre, qui donnait tant de pouvoir à l'équipe soignante, était un moyen sûr de provoquer des abus. Mais moi, Dieu merci, j'étais au-dessus de ce problème.

— À quoi ressemblent les patientes ? Il y en a des chouettes ?

— Une seule, murmura-t-il. Un total canon. Si tu veux une note sur dix, je lui mets au moins douze.

Ça, ça me remontait le moral !

— Ah oui ? Et à quoi elle ressemble ?

— C'est une petite blonde, à peu près un mètre soixante-cinq, un corps insensé, un visage parfait, des cheveux bouclés. Un sacré bon coup.

Je notai mentalement de me tenir à l'écart de cette poupée. Ça sentait les ennuis.

— Et qui c'est, ce Doug Talbot ? L'équipe a l'air de le prendre pour un vrai dieu. À quoi ressemble-t-il ?

— À quoi il ressemble ? chuchota mon ami paranoïde. À Adolf Hitler. Ou plutôt à Josef Mengele. C'est un gros salaud de frimeur, et il nous tient tous par les couilles, sauf toi et peut-être un ou deux autres. Mais tu dois quand même faire attention, parce qu'il va essayer d'utiliser ta famille contre toi. Ils vont s'insinuer dans le cerveau de ta femme et lui expliquer que si tu ne restes pas au moins six mois, tu vas rechuter et foutre le feu à tes gosses.

Ce soir-là, vers 19 heures, j'appelai Old Brookville dans l'espoir de retrouver la Duchesse, mais elle était toujours portée disparue. Je pus néanmoins parler à Gwynne. Je lui expliquai que j'avais rencontré mon thérapeute dans la journée, et qu'il m'avait sous-diagnostiqué – quoi que cela pût vouloir dire – comme dépensier compulsif et obsédé sexuel. L'un et l'autre étaient vrais, dans l'ensemble, et à mon avis, l'un et l'autre ne le regardaient foutrement pas. Quoi qu'il en fût, le thérapeute m'avait informé que j'étais placé sous restriction financière et masturbatoire. Je n'étais autorisé à posséder que l'argent nécessaire pour les distributeurs automatiques et je n'avais le droit de me masturber qu'une ou deux fois par semaine. Je présumai que le respect de cette dernière contrainte était assuré par des déclarations sur l'honneur.

Je demandai à Gwynne si elle pouvait cacher quelques billets de 1 000 dollars dans une paire de chaussettes et m'envoyer le tout par UPS. J'espérais que le paquet franchirait le barrage de la Gestapo, lui dis-je, mais en tout cas c'était bien le moins qu'elle puisse faire pour moi, après neuf années durant lesquelles elle avait été l'un de mes principaux complices. Je préférai ne pas parler à Gwynne de la restriction masturbatoire qui pesait sur moi, même si je nourrissais le soupçon insidieux que cela allait être un plus gros problème encore que la restriction financière. Cela ne faisait que quatre jours que j'étais sobre, et je commençais déjà à avoir des érections spontanées au moindre souffle de vent.

Chose bien triste, avant que je ne raccroche, Chandler s'empara du téléphone et me demanda : « Est-ce que tu es à Atlantica parce que tu as poussé maman dans l'escalier ? »

— C'est une des raisons, ma puce, répondis-je. Papa était très malade et il ne savait plus ce qu'il faisait.

— Si tu es encore malade, est-ce que je peux encore faire partir ton bobo avec un bisou ?

— J'espère, dis-je tristement. Peut-être qu'avec des bisous, tu peux faire partir nos bobos à tous les deux, à maman et à papa.

Je sentis mes yeux se gonfler de larmes.

— Je vais essayer, dit-elle avec le plus grand sérieux.

Je me mordis la lèvre pour m'empêcher d'éclater en sanglots.

— Je sais, bébé, je sais.

Puis je lui dis que je l'aimais et raccrochai le téléphone. Avant de me mettre au lit, je m'agenouillai pour dire une prière – pour que Channy réussisse à guérir nos bobos avec ses bisous, et qu'ensuite tout aille bien.

Le lendemain, je me réveillai prêt à rencontrer la réincarnation d'Adolf Hitler – à moins que ce ne fût celle de Josef Mengele. Tout le monde, soignants et patients, devait se rassembler ce matin dans l'auditorium pour une réunion de groupe prévue au planning. L'auditorium était un vaste espace ouvert. Cent vingt fauteuils bridge avaient été disposés en un grand arc de cercle. À l'entrée de la salle, un lutrin était dressé sur une petite plateforme, où l'orateur du jour allait nous raconter sa triste histoire de toxicomane.

J'étais assis, simple patient comme les autres, au milieu d'un vaste cercle de médecins et d'infirmiers toxicomanes – que j'avais rebaptisés en secret les Martiens, parce qu'ils vivaient sur la planète Talbot Mars. Tous les yeux étaient fixés sur l'orateur, une femme à l'air désolé, dans la petite quarantaine. Elle était affligée d'un derrière de la taille de l'Alaska et d'une acné ravageuse du genre réservé aux malades mentaux qui ont passé sous psychotropes la plus grande partie de leur vie.

— Bonjour, dit-elle d'une voix timide. Je m'appelle Susan, et je suis... euh... une alcoolique et une toxicomane.

— Bonjour, Susan ! répondit consciencieusement toute l'assemblée des Martiens, moi compris.

Elle rougit et inclina la tête en signe de défaite – ou était-ce de victoire ? En tout cas, il n'y avait pas de doute qu'elle fût une dégoulineuse de haute volée.

Il y eut un silence. Il semblait que Susan ne fût pas très forte pour parler en public, ou peut-être toutes les drogues qu'elle avait prises lui avaient-elles un peu tapé sur le système. Tandis qu'elle tentait de reprendre ses esprits, j'observai un moment Doug Talbot. Il était assis près de l'entrée, avec cinq membres de l'équipe soignante de chaque côté de lui. Avec ses cheveux blancs coupés court, il devait friser la soixantaine. Son teint blafard et sa mâchoire carrée lui donnaient une expression sinistre qu'on se serait plutôt attendu à voir chez un gardien de prison sadique, du genre à regarder dans les yeux un condamné à mort au moment d'activer la chaise électrique, en affirmant : « C'est pour ton bien ! »

Susan réussit enfin à redémarrer.

— Je n'ai rien... rien pris depuis... depuis presque dix-huit mois, et je n'aurais pas réussi sans l'aide et le soutien de... euh... Doug Talbot.

Elle se tourna vers l'intéressé et inclina la tête et toute la salle se leva et se mit à applaudir. Toute la salle, sauf moi. J'étais profondément choqué de voir cette centaine de Martiens faire les lèche-cul dans l'espoir de récupérer leur autorisation d'exercer.

Doug Talbot fit un signe de la main aux Martiens et secoua la tête en signe de dénégation, comme pour dire : « Assez, s'il vous plaît, je suis très gêné ! Je ne fais ça que par amour de l'humanité ! » Mais j'étais sûr que sa joyeuse bande de sbires de l'équipe soignante notait soigneusement le nom de ceux qui n'applaudissaient pas assez fort.

Tandis que Susan continuait à s'épancher, je jetai un regard circulaire, cherchant la superbe blonde aux cheveux bouclés et au corps mortel. Je l'aperçus juste en face de moi, à l'opposé de ma place dans le cercle. C'était vrai qu'elle était très belle. Elle avait des traits doux et angéliques – ce n'étaient pas les traits de mannequin finement ciselés de la Duchesse, mais elle était tout de même très belle.

Soudain les Martiens se levèrent à nouveau d'un bond, et Susan fit une courbette embarrassée. Puis elle s'avança d'un pas gauche vers Doug Talbot, s'inclina à nouveau et l'étreignit. Mais c'était une étreinte sans chaleur. Elle gardait son corps à distance. Les rares patients ayant survécu aux soins du Dr Mengele auraient pu étreindre ainsi leur tourmenteur dans ces fameuses réunions qu'on a trop citées – une sorte de version extrême du syndrome de Stockholm, dans lequel les otages en viennent à vénérer leurs ravisseurs.

Puis un des membres de l'équipe se lança à son tour dans le dégoulinage. Lorsque les Martiens se levèrent une fois de plus, je me levai aussi. Chacun saisit son voisin par la main, et j'en fis autant.

Nous inclinâmes la tête et récitâmes tous en chœur le credo des Alcooliques anonymes : « Mon Dieu, donne-moi la sérénité d'accepter ce que je ne peux changer, le courage de changer ce qui peut l'être et la sagesse de connaître la différence. »

Tous applaudirent encore une fois, et moi avec – mais, cette fois, j'applaudissais sincèrement. Même une canaille cynique comme moi ne pouvait nier que les Alcooliques anonymes étaient des gens formidables qui avaient sauvé la vie à des millions de personnes.

Au fond de la salle était dressée une longue table rectangulaire portant quelques cafetières et des assiettes de biscuits et de gâteaux. Je me dirigeais par là, lorsque j'entendis crier une voix inconnue : « Jordan ! Jordan Belfort ! »

Je me retournai. Doux Jésus ! C'était Doug Talbot. Il marchait droit sur moi, un grand sourire barrant son visage blême. Il était grand – pas loin d'un mètre quatre-vingt-cinq – mais n'avait pas vraiment l'air en grande forme. Il portait une veste de sport bleue de qualité et un pantalon de tweed gris. Il me fit signe d'approcher. Instantanément, je sentis sur moi cent cinq paires d'yeux qui faisaient semblant de ne pas me regarder. En fait, non, je devrais dire cent quinze, parce que les membres de l'équipe eux aussi faisaient la même chose.

Il me tendit la main.

— Enfin nous nous rencontrons, dit-il d'un air entendu. C'est un plaisir pour moi. Bienvenue à Talbot Marsh. J'ai l'impression que nous avons beaucoup en commun, tous les deux. Brad m'a parlé de toi, et je meurs d'impatience d'entendre tes histoires. J'en ai quelques-unes à te raconter aussi – mais rien qui n'arrive à la cheville des tiennes, j'en suis sûr.

Je souris et serrai la main à mon nouvel ami.

— J'ai beaucoup entendu parler de toi, dis-je en essayant de réprimer l'ironie dans le ton de ma voix.

Il me posa la main sur l'épaule.

— Eh bien, dit-il avec chaleur, allons passer un moment dans mon bureau. Je vais te faire déménager cet après-midi. Tu vas aller habiter dans un des appartements de la résidence, en haut de la colline. Je t'y emmènerai en voiture.

Je compris sur-le-champ que ma cure de désintoxication était sérieusement compromise. Le propriétaire des lieux – l'intouchable, le seul et unique Doug Talbot lui-même – était mon nouveau meilleur pote, et chaque patient ainsi que chaque membre de l'équipe étaient au courant. Même en cure de désintoxication, le Loup ne pouvait s'empêcher de montrer les crocs.

Doug Talbot se révéla un type plutôt sympa, et nous passâmes une bonne heure à échanger nos histoires d'anciens combattants. Comme j'allais rapidement m'en apercevoir, pratiquement tous les toxicomanes en voie de guérison ont le même désir morbide de jouer avec tout le monde au jeu d'Essaie de Battre ma Folie de Toxico. Bien sûr, Doug ne mit pas longtemps à comprendre que je le battais largement, et une fois que je lui eus raconté comment j'avais saccagé mon mobilier avec un couteau de boucher, il se le tint pour dit.

Changeant de sujet, il se mit à m'expliquer qu'il était en train de lancer les actions de sa société sur le marché public. Il me montra quelques documents destinés à illustrer quelle opération épatante c'était. Je les étudiai consciencieusement, mais j'avais du mal à me concentrer. Il semblait que dans mon cerveau un déclic s'était également produit pour tout ce qui concernait la Bourse. Examiner ses papiers ne me procura pas l'excitation habituelle.

Puis nous grimpâmes dans sa Mercedes et il me conduisit jusqu'à mon nouvel appartement, qui se trouvait au bout de la route menant au centre de cure. L'endroit ne faisait pas vraiment partie de Talbot Marsh, mais Doug avait un arrangement avec la société à qui appartenait le complexe, et environ un tiers des pavillons jumelés qui le constituaient étaient occupés par des patients de Talbot Marsh. Un centre de profit de plus, me dis-je.

Je descendis de la Mercedes.

— S'il y a quoi que ce soit que je puisse faire pour toi, ou si tu as un problème avec un membre de l'équipe, dis le moi et je m'en occuperai tout de suite, me lança Doug.

Je le remerciai, tout en me disant qu'il y avait quatre-vingt-dix-neuf chances sur cent que j'aie à lui parler d'un sujet de ce genre avant la fin des quatre semaines. Puis j'entrai dans le repaire des fauves.

Chaque pavillon comprenait six appartements. Le mien était au deuxième étage. Je gravis une courte volée de marches et trouvai grande ouverte la porte de l'appartement. Mes deux colocataires étaient à l'intérieur, assis à une table ronde de bois blanchi d'aspect plutôt miteux. Tous deux écrivaient furieusement dans des carnets à spirale.

— Salut, je m'appelle Jordan, dis-je. Enchanté de faire votre connaissance.

Avant qu'aucun des deux se soit présenté, le premier, un grand type blond dans la quarantaine, me demanda : « Qu'est-ce qu'il te voulait, Doug Talbot ? »

— Ouais, comment tu connais Doug Talbot ? ajouta aussitôt le second, qui était plutôt beau gosse.

Je leur souris.

— Ouais, eh bien, enchanté moi aussi de faire votre connaissance, les gars, répondis-je en passant devant eux.

Sans ajouter un seul mot, j'entrai dans la chambre et fermai la porte. La pièce contenait trois lits, dont l'un était défait. Je jetai ma valise à côté et m'assis dessus. À l'autre bout de la pièce, une télé bon marché était posée sur un meuble bon marché. D'une chiquenaude, je mis les informations.

Quelques instants plus tard, mes colocataires me tombaient dessus.

— Regarder la télé pendant la journée n'est pas bien vu, ici, dit le blond.

— Cela entretient ta maladie, ajouta le beau gosse. Ce n'est pas considéré comme la bonne façon de penser.

La bonne façon de penser ? *Bonté divine !* Si seulement ils savaient à quel point mon esprit était dérangé !

— Dites voir, les gars, je vous remercie de vous soucier de mon cas, rétorquai-je, mais ça fait presque une semaine que je n'ai pas regardé la télé. Ça vous dérangerait de me foutre la paix cinq minutes et de vous occuper de votre maladie à vous ? Si je veux penser de la mauvaise façon, ça me regarde.

— Quel genre de médecin es-tu, d'abord ? demanda le blond d'un ton accusateur.

— Je ne suis pas médecin, et qu'est-ce que c'est que ce téléphone ?

Je montrai un téléphone à combiné intégré posé sur un bureau de bois, sous une petite fenêtre rectangulaire qui soupirait après les services d'un laveur de carreaux.

— Est-ce qu'on a le droit de s'en servir, ou bien est-ce que ça serait aussi considéré comme une mauvaise façon de penser ? poursuivis-je.

— Non, tu peux t'en servir, dit le beau gosse, mais il ne marche que pour les appels en PCV.

J'opinai, manière de dire que ça me convenait.

— Et toi, quel genre de médecin es-tu ? lui demandai-je.

— J'étais ophtalmologue, mais j'ai perdu mon autorisation d'exercer.

— Et toi ? lançai-je au blond, qui me faisait de plus en plus penser à un membre des Jeunesses hitlériennes. Tu as aussi perdu ton autorisation d'exercer ?

— Je suis dentiste, acquiesça-t-il, et je méritais de la perdre.

Il parlait comme un robot.

— Je suis atteint d'une terrible maladie et il faut que je me soigne. Grâce à l'équipe de Talbot Marsh, j'ai fait de grands progrès sur la voie de la guérison. Une fois qu'ils m'auront dit que je suis guéri, j'essaierai de récupérer mon autorisation d'exercer.

Je secouai la tête à la façon de quelqu'un qui vient d'entendre quelque chose défiant la logique, puis décrochai le téléphone et me mis à faire le numéro d'Old Brookville.

— Téléphoner plus de cinq minutes n'est pas bien vu, commenta le dentiste. Ce n'est pas bon pour ta guérison.

— L'équipe soignante te sanctionnera si tu le fais, ajouta l'ophtalmo.

— Ah bon, sans blague ? fis-je. Et comment est-ce qu'ils vont le savoir ?

Tous deux haussèrent les sourcils d'un air innocent. Je leur répondis par un sourire assassin.

— Bon, excusez-moi, les gars, j'ai quelques coups de téléphone à passer. Ça ne devrait pas prendre plus d'une heure.

Le blond jeta un coup d'œil à sa montre. Puis ils repassèrent tous les deux dans la salle à manger, où ils se replongèrent dans leurs guérisons respectives.

Ce fut Gwynne qui me répondit. Nous nous saluâmes avec chaleur, puis elle murmura : « Je vous ai envoyé 1 000 dollars dans vos chaussettes. Vous les avez déjà reçus ? »

— Pas encore, répondis-je. Ça arrivera peut-être demain. Plus important, Gwynne, je ne veux plus te mettre dans l'embarras vis-à-vis de Nadine. Je sais qu'elle est à la maison et qu'elle ne veut pas venir me parler au téléphone, et je comprends. Ne lui dis même pas que j'ai appelé. Contente-toi de répondre tous les matins quand j'appelle et fais venir les enfants pour que je leur parle. J'appellerai vers 8 heures, ça ira ?

— D'accord, fit Gwynne. J'espère que vous et Mme Belfort allez vous rabibocher. Tout est très calme, ici. Et très triste.

— Je l'espère aussi, Gwynne. Je l'espère vraiment.

Nous parlâmes encore quelques minutes avant de nous dire au revoir.

Cette même soirée, juste avant 21 heures, j'allais recevoir ma première dose de dinguerie de la planète Talbot Marsh. Il y avait réunion dans le salon pour tous les habitants de la maison, au cours de laquelle nous étions censés mettre en commun tous les ressentiments que nous avions éprouvés pendant la journée. Ça s'appelait une réunion de dixième étape, en référence à la dixième étape des Alcooliques anonymes. Mais, lorsque j'eus pris la brochure des Alcooliques anonymes et y eus lu en quoi consistait la dixième étape,

qui parle de poursuivre son inventaire personnel et
d'admettre promptement ses torts lorsqu'on s'en est
aperçu, je ne vis pas ce que la réunion avait à voir avec
ça.

Nous étions huit, assis en cercle.

— Je m'appelle Steve, je suis alcoolique et toxicomane, et ça fait quarante-deux jours que je n'ai rien pris,
dit le premier médecin, un chauve d'une quarantaine
d'années à l'air d'intellectuel allumé.

Les six autres médecins répondirent : « Bonjour,
Steve ! » avec un tel plaisir que si je n'avais pas su le
contraire, j'aurais juré qu'ils rencontraient Steve pour la
première fois.

— Je n'ai qu'un seul ressentiment aujourd'hui, et
c'est à l'égard de Jordan, continua Steve.

— Contre moi ? m'écriai-je, piqué au vif. Mais nous
ne nous sommes pas dit deux mots, mon vieux.
Comment est-ce que tu pourrais m'en vouloir ?

Ce fut mon dentiste préféré qui répondit.

— Tu n'es pas autorisé à te défendre, Jordan. Ce
n'est pas le but de la réunion.

— Bon, excusez-moi, ronchonnai-je. Et quel est le
but de cette réunion à la con, parce que je n'en ai pas la
moindre idée !

Ils secouèrent tous la tête en chœur, comme si j'étais
particulièrement obtus.

— L'objet de cette réunion, m'expliqua le dentiste
nazi, est que nourrir un ressentiment peut interférer
avec le processus de guérison. C'est pour cela que nous
nous réunissons tous les soirs pour faire sortir tous les
ressentiments que nous avons pu concevoir pendant la
journée.

Je regardai le groupe. Tous faisaient une moue approbatrice en acquiesçant sagement. Je secouai la tête,
dégoûté.

— Bon, eh bien, puis-je au moins savoir ce que ce bon vieux Steve a contre moi ?

— Je t'en veux à cause de ta relation avec Doug Talbot. Nous sommes tous là depuis des mois, certains même depuis presque un an, et aucun de nous n'a jamais eu l'occasion de lui parler. Et toi, il t'a conduit ici dans sa Mercedes.

J'éclatai de rire au nez de Steve.

— Et c'est pour ça que tu m'en veux ? Parce qu'il m'a amené ici dans sa putain de Mercedes ?

Il acquiesça et baissa la tête d'un air abattu. Quelques instants plus tard, la personne suivante dans le cercle se présentait de la même façon idiote.

— Je t'en veux, Jordan, parce que tu es arrivé ici en jet privé. Je n'ai même pas d'argent pour manger, et toi, tu te balades dans ton avion personnel.

Je regardai autour de moi. Tous faisaient une moue approbatrice.

— Tu as d'autres raisons de m'en vouloir ?

— Oui, dit-il, moi aussi je t'en veux de ta relation avec Doug Talbot.

Les autres approuvèrent une fois encore.

Le médecin suivant se présenta comme un alcoolique, un toxicomane et un boulimique.

— Je n'ai qu'un seul ressentiment, dit-il, et c'est à l'égard de Jordan.

— Bon sang de bois, grinçai-je, ça c'est une surprise ! Voudrais-tu me faire le plaisir de m'expliquer pourquoi ?

Il serra les lèvres.

— Pour les mêmes raisons que les autres, et aussi parce que tu n'es pas forcé de suivre les mêmes règles que nous à cause de ta relation avec Doug Talbot.

Je fis des yeux le tour de la pièce. Tous continuaient d'approuver.

Un par un, mes sept compagnons de traitement exposèrent leurs ressentiments contre moi. Puis vint mon tour de parler.

— Bonjour, je m'appelle Jordan, et je suis alcoolique, accro au Mandrax, et accro à la cocaïne. Je suis également accro au Xanax et au Valium et à la morphine et au Rivotril et au gamma-hydroxybutyrol et à la marijuana et au Percocet et à la mescaline et à presque tout le reste, y compris les putes de haut vol, les putes classiques et même une tapineuse de bas étage de temps en temps, mais seulement quand j'ai envie de me punir un peu. Il m'arrive parfois d'aller dans un de ces bouibouis pour m'y faire branler par une jeune Coréenne avec de la lotion pour bébé. Je lui propose chaque fois quelques centaines de dollars en plus pour qu'elle me lèche l'anus, mais c'est toujours un peu quitte ou double, à cause de la barrière de la langue. Bien sûr, je ne mets jamais de capote, question de principes. Ça fait cinq jours que je n'ai rien pris, et je suis en érection permanente. Ma femme me manque terriblement, et si vous voulez *vraiment* m'en vouloir pour quelque chose, je peux vous montrer sa photo.

Je haussai les épaules.

— Vous tous, continuai-je, je vous en veux d'être une foutue bande de gonzesses et d'essayer de reporter sur moi toutes les frustrations de vos vies de cons. Si vous voulez vraiment vous concentrer sur votre guérison, arrêtez de regarder autour de vous et examinez-vous un peu vous-mêmes, parce que vous êtes de vraies plaies pour l'humanité. Et puis, au passage, vous avez raison sur un point : je suis vraiment ami avec Doug Talbot, et je vous souhaite bonne chance pour demain quand vous essaierez de me cafarder à l'équipe soignante. Maintenant, excusez-moi, j'ai quelques coups de téléphone à passer.

Je m'apprêtais à quitter le cercle, quand mon dentiste préféré intervint.

— Nous devons encore parler de tes tâches. Chaque personne doit nettoyer une pièce de la maison. Cette semaine, nous t'avons inscrit pour la salle de bains.

— Je vois ça un peu autrement, explosai-je. À partir de demain il y aura une femme de ménage dans cette turne. Vous n'aurez qu'à lui en parler.

J'allai dans la chambre, claquai la porte et appelai Alan Lipsky pour lui raconter la folie des Talbot Martiens. Nous en rîmes pendant quinze bonnes minutes, puis nous mîmes à parler du bon vieux temps.

Avant de raccrocher, je lui demandai s'il était au courant de quoi que ce soit à propos de la Duchesse. Il me répondit que non, et je raccrochai le téléphone plus triste qu'avant. Cela faisait presque une semaine, à présent, et du côté de la Duchesse les choses avaient l'air de mal se présenter. Je poussai le bouton de la télé et essayai de fermer les yeux, mais comme d'habitude le sommeil se faisait prier. Finalement, vers minuit, je réussis à m'endormir, avec un jour de plus de sobriété dans la poche et une bandaison de taureau à l'intérieur de mon slip.

Le lendemain matin, à 8 heures pile, j'appelai Old Brookville. On décrocha à la première sonnerie.

— Allô ? fit doucement la Duchesse.

— Nadine ? C'est toi ?

— Oui, c'est moi, dit-elle d'un ton engageant.

— Comment vas-tu ?

— Je vais bien. Je tiens le coup, je crois.

Je pris ma respiration.

— Je... j'appelais pour dire bonjour aux enfants, dis-je lentement. Ils sont là ?

— Tu n'as pas envie de me parler ? demanda-t-elle, soudain triste.

— Mais si, bien sûr que j'ai envie de te parler ! Rien au monde ne me fait plus envie ! Je pensais seulement que toi, tu ne voulais pas me parler.

— Non, ce n'est pas vrai, dit-elle gentiment. Je veux te parler. Pour le meilleur et pour le pire, tu es toujours mon mari. Je crois qu'on vient de vivre le pire, non ?

Je réprimai les larmes que je sentais me monter aux yeux.

— Je ne sais que dire, Nadine. Je... je suis si désolé de tout ce qui s'est passé... Je... je...

— Ne dis rien, dit-elle. Ne t'excuse pas. Je comprends ce qui s'est passé, et je te pardonne. Pardonner, c'est le plus facile. Oublier est plus difficile.

Elle fit une pause.

— Mais je te pardonne. Et je veux avancer. Je veux essayer de faire marcher ce mariage. Je t'aime toujours, en dépit de tout.

— Je t'aime aussi, dis-je à travers mes larmes. Plus que tu ne peux imaginer, Nadine. Je... je ne sais que dire. Je ne sais pas comment c'est arrivé. Je... je n'avais pas dormi depuis des mois, et... je ne savais pas ce que je faisais. Tout est flou dans ma tête.

— C'est ma faute autant que la tienne, dit-elle avec douceur. Je te voyais en train de te tuer et je suis restée là sans rien faire. Je croyais t'aider, mais en fait je faisais le contraire. Je ne savais pas.

— Ce n'est pas ta faute, Nadine, c'est la mienne. C'est arrivé tellement progressivement, pendant toutes ces années, et je n'ai rien vu venir. Avant que j'aie pu m'en rende compte, j'avais perdu le contrôle. Je m'étais toujours considéré comme quelqu'un de fort, mais les drogues ont été les plus fortes.

— Tu manques aux enfants, et tu me manques à moi aussi. Ça fait plusieurs jours que j'ai envie de te parler, mais Dennis Maynard m'a dit qu'il fallait attendre que tu sois complètement sevré.

Le sale rat ! J'allais me le faire, ce fumier ! Je m'efforçai de me calmer. Perdre mon sang-froid en téléphonant à la Duchesse était bien la dernière chose à faire. Je devais lui prouver que j'étais toujours quelqu'un de rationnel, lui montrer que les drogues ne m'avaient pas définitivement détraqué.

— Tu sais, dis-je calmement, c'est une bonne chose que tu aies trouvé ces deux autres médecins qui sont venus me voir à l'hôpital...

Je me refusais à prononcer les mots *service psychiatrique*.

— ... parce que je détestais Dennis Maynard plus que tu ne peux imaginer. J'ai failli ne pas aller en cure à cause de lui. Il y avait en lui quelque chose qui me hérissait. Je me suis imaginé qu'il en pinçait pour toi.

Je m'attendais à ce qu'elle me traite de fou. Elle pouffa.

— C'est drôle que tu me dises ça, parce que Laurie a eu la même impression.

— Vraiment ? fis-je, une envie de meurtre dans le cœur. Je me disais que j'étais parano !

— Je ne sais pas, répondit l'attirante Duchesse. Au début, j'étais trop choquée pour y prêter attention, mais ensuite il m'a proposé d'aller au cinéma, et j'ai trouvé ça pas très convenable de sa part.

— Et tu y es allée ? demandai-je, estimant que, dans le cas de Maynard, la mort la plus indiquée serait l'hémorragie par castration.

— Non, bien sûr que non, je n'y suis pas allée ! Ce n'était pas correct de sa part de me le proposer. En tout cas, il est parti le lendemain et je n'ai plus entendu parler de lui.

— Comment se fait-il que tu ne sois pas venue me voir à l'hôpital, Nadine ? Tu m'as tellement manqué. Je pensais à toi tout le temps.

Il y eut un long silence. Il me fallait une réponse. Je voulais désespérément savoir pourquoi cette femme, mon épouse – qui à l'évidence m'aimait – n'avait pas voulu me rendre visite après une tentative de suicide. Ça ne tenait pas debout.

Dix bonnes secondes passèrent avant qu'elle ouvre enfin la bouche.

— Au début, j'avais peur à cause de ce qui s'était passé dans l'escalier. C'est difficile à expliquer, mais ce jour-là, on aurait dit que tu étais quelqu'un d'autre, que tu étais possédé, je ne sais pas. Et puis, Dennis Maynard m'a dit qu'il ne fallait pas que j'aille te voir tant que tu ne serais pas en cure. Je ne savais pas s'il avait raison ou tort. Ce n'était pas facile de savoir, et il était censé être l'expert. En tout cas, tout ce qui compte c'était que tu partes en cure, non ?

Je voulus dire non, mais ce n'était pas le moment de commencer à discutailler. Nous avions toute la vie pour parler.

— C'est vrai, eh bien, j'y suis, c'est le plus important.

— Est-ce que le manque est très dur à supporter ? demanda-t-elle pour changer de sujet.

— Je n'ai pas vraiment eu de manque, ou en tout cas rien que j'aie pu ressentir. Crois-moi si tu veux, mais dès l'instant où je suis arrivé ici, j'ai perdu l'envie de me droguer. C'est difficile à expliquer, mais j'étais assis dans la salle d'attente et d'un seul coup, la compulsion m'a quitté. En tout cas, c'est un endroit un peu dingue, c'est le moins qu'on puisse dire. Ce n'est pas Talbot Marsh qui va me permettre de tenir bon, c'est moi.

— Mais tu vas quand même rester pendant les vingt-huit jours, non ? demanda-t-elle, soudain inquiète.

Je ris doucement.

— Oui, ne t'inquiète pas, ma chérie ; je reste. J'ai besoin de faire une coupure avec toute cette folie. Et puis, la partie Alcooliques anonymes est vraiment bien. Je lis leur livre, il est super. J'irai à leurs réunions quand je serai rentré à la maison, pour être sûr de ne pas rechuter.

Nous continuâmes à parler pendant une demi-heure, et à la fin de notre conversation ma Duchesse m'était revenue. Je le savais. Je le sentais dans mes os. Je lui avais parlé de mes érections et elle me promit de faire quelque chose pour moi de ce côté dès que je serais rentré. Je lui demandai si elle voulait faire l'amour au téléphone, mais elle refusa. Mais je n'allais pas la lâcher avec ça. En fin de compte, elle finirait bien par céder.

Nous échangeâmes des « Je t'aime » et la promesse de nous écrire tous les jours. Avant de raccrocher je lui dis que je l'appellerais trois fois par jour.

Les jours suivants passèrent sans événement notable et, sans que j'aie eu le temps de m'en apercevoir, j'arrivai au bout de ma première semaine sans drogues.

Chaque jour, nous avions quelques heures de temps libre pour faire de la gym ou d'autres choses. Je m'étais rapidement infiltré dans un petit noyau de Martiens lèche-cul. L'un d'eux était un anesthésiste qui avait pris l'habitude de s'anesthésier lui-même pendant que les patients étaient sur la table d'opération. Cela faisait plus d'un an qu'il était à Talbot Marsh, et il s'était fait expédier sa voiture. C'était un break Toyota gris, un vrai tas de boue, mais il suffisait à l'usage que nous en faisions.

La salle de gym était à dix minutes en voiture. J'étais assis à l'arrière du break, en short et débardeur, quand d'un coup je me mis à épanouir une énorme bite en bois. C'était peut-être les vibrations du moteur quatre cylindres ou les cahots de la route. En tout cas, quelque chose m'avait envoyé quelques pintes de sang dans la région du bas-ventre. C'était une énorme érection, dure comme pierre, de celles qui vous tendent le slip et qu'il faut sans cesse remettre en place sous peine de devenir dingue.

— Regardez-moi ça, dis-je, baissant le devant de mon short et montrant mon pénis aux Martiens.

Tous se tournèrent pour regarder, bouche bée. Ça oui, pensai-je, il avait fière allure. Malgré ma petite taille, Dieu m'avait généreusement pourvu de ce côté-là.

— Pas trop défraîchi, hein ! dis-je à mes amis médecins, en empoignant la bête et lui donnant quelques secousses.

Je le fis claquer contre mon estomac, ce qui produisit un bruit sourd plutôt amusant. TOP, TOP !

Au quatrième top, tout le monde éclata de rire. Ce fut un rare moment de légèreté à Talbot Marsh, un moment entre mecs, entre Martiens, où les subtilités des conventions sociales n'avaient plus cours, où l'homophobie n'était pas de mise, où les hommes pouvaient être simplement ce qu'ils étaient : des hommes ! Cet après-midi-là, je m'entraînai comme un chef, et le reste de la journée se passa sans incident.

Le lendemain, juste après le déjeuner, je participais à une séance de thérapie de groupe particulièrement ennuyeuse quand ma thérapeute passa par là. Elle me fit signe qu'elle voulait me parler. Rien n'aurait pu me faire plus plaisir. Mais, quand nous fûmes assis dans son bureau, elle se mit à me considérer attentivement.

— Alors, Jordan, comment vas-tu ? demanda-t-elle, sur le ton du Grand Inquisiteur interrogeant un hérétique.

— Je vais bien, je crois, répondis-je avec une moue nonchalante.

Elle sourit d'un air soupçonneux.

— As-tu eu des désirs particuliers récemment ?

— Non, pas du tout, fis-je. Sur une échelle de zéro à dix, je dirais que mon envie de prendre des drogues est à zéro. Peut-être même moins.

— Ça, c'est très bien, Jordan, très très bien.

Eh bien quoi, merde ? Je me rendais compte qu'il y avait quelque chose que je ne saisissais pas.

— Hum, risquai-je, je ne comprends pas très bien. Quelqu'un t'a-t-il dit que je pensais à prendre des drogues ?

— Non, non, répliqua-t-elle. Ça n'a rien à voir avec ça. Je me demandais seulement si tu avais eu d'autres envies récemment, des envies de quelque chose d'autre que les drogues.

Je partis fouiller dans ma mémoire, mais m'en revins bredouille, sans y avoir trouvé d'autre envie que, bien sûr, celle de fiche le camp de cet endroit et de rentrer à la maison voir la Duchesse et de la baiser à mort pendant un mois d'affilée.

— Non, je n'ai pas d'envies particulières. Tout ce que je peux dire, c'est que ma femme me manque et que je voudrais rentrer à la maison et être avec elle, mais c'est bien tout.

Elle pinça les lèvres et branla lentement le chef.

— As-tu eu des envies de t'exhiber en public ?

— Comment ça ? ripostai-je. Qu'est-ce que tu veux dire ? Qu'est-ce que tu t'imagines, que je suis un exhibitionniste ou quoi ?

Je secouai la tête, plein de mépris pour cette idée.

— Eh bien, voilà, dit-elle gravement, j'ai reçu trois plaintes écrites, de trois patients différents, et ils disent tous les trois que tu t'es exhibé à eux, que tu as baissé ton short et que tu t'es masturbé en leur présence.

— C'est vraiment n'importe quoi, m'indignai-je. Je ne me branlais pas, nom de Dieu ! Je l'ai juste secouée deux ou trois fois et je l'ai fait claquer contre mon ventre pour leur faire entendre le bruit que ça faisait, c'est tout. Pas de quoi en faire une histoire ! Chez moi, on n'écrit pas à sa maman pour avoir aperçu un homme tout nu.

C'était du délire.

— Je faisais l'andouille, c'est tout, repris-je. Je suis en érection depuis que je suis arrivé ici. Je crois que ma bite est enfin en train de se réveiller de toutes ces drogues. Mais puisque ça semble tellement déranger tout le monde, je laisserai le python dans son clapier pour les quelques semaines qui viennent. Ce n'est pas une affaire.

— Ce que tu dois comprendre, c'est que tu as traumatisé d'autres patients. Leur processus de guérison est très fragile. Au point où ils en sont, tout choc soudain peut les renvoyer dans l'addiction.

— Tu as bien dit *traumatisé* ? m'écriai-je. Laisse tomber ! Tu ne crois pas que c'est un peu extrême ? Je veux dire… Seigneur ! Ce sont des grands garçons ! Comment pourraient-ils avoir été traumatisés d'avoir vu ma quéquette – à moins, bien sûr, que l'un d'eux n'ait eu envie de la sucer ? Tu crois que ça peut être ça ?

— Je ne saurais le dire, fit-elle.

— Eh bien, moi je peux te dire que personne dans cette voiture n'a été traumatisé. La seule raison qui les a poussés à me balancer est qu'ils veulent prouver à l'équipe qu'ils sont guéris ou quelque chose comme ça.

Ils feraient n'importe quoi pour récupérer leur foutue autorisation d'exercer, n'est-ce pas ?

— Bien sûr, approuva-t-elle.

— Ah bon, alors tu es au courant ?

— Évidemment que je suis au courant. Et le fait qu'ils t'ont dénoncé tous les trois me fait me poser de sérieuses questions sur l'état de leur processus de guérison.

Elle me sourit sans arrière-pensée.

— N'empêche, continua-t-elle, ça ne change rien au fait que ton comportement était déplacé.

— Pas de souci, grommelai-je, ça n'arrivera plus.

— Parfait, fit-elle en me tendant une feuille de papier portant quelques phrases tapées à la machine. Tu n'as qu'à me signer ce contrat de comportement. Il dit seulement que tu es d'accord pour ne plus t'exhiber en public.

Elle me tendit un stylo.

— Tu te fiches de moi ? m'écriai-je.

Elle me fit signe que non. En lisant le contrat, j'éclatai de rire. Il ne faisait que quelques lignes, et ne disait que ce qu'elle avait dit. Je signai sans faire d'histoires, puis me levai de mon siège et me dirigeai vers la porte.

— Alors, c'est bon ? décochai-je. Affaire classée ?

— C'est bon, affaire classée.

En retournant à ma séance de thérapie, j'avais l'étrange sentiment que ce n'était pas le cas. Ces Talbot Martiens étaient vraiment des gens bizarres.

Le lendemain eut lieu une autre réunion générale. Cette fois encore, les cent cinq Martiens et une dizaine de soignants étaient assis en un grand cercle dans l'auditorium. Je remarquai l'absence de Doug Talbot.

Je fermai les yeux et me préparai à subir le dégoulinage. Au bout d'un petit quart d'heure, j'étais trempé de sueur et à moitié endormi, lorsque j'entendis ces paroles : « … Jordan Belfort, que la plupart d'entre vous connaissent. »

Je levai les yeux. Ma thérapeute avait pris la parole depuis un petit moment, et voilà qu'elle était en train de parler de moi. Pourquoi donc ? m'interrogeai-je.

— Donc, aujourd'hui, plutôt que d'écouter un orateur invité, je crois qu'il serait plus productif que Jordan mette en commun avec le groupe ce qui s'est passé.

Elle fit une pause et regarda dans ma direction.

— Aurais-tu la gentillesse de partager cela avec nous, Jordan ?

Je fis le tour de la pièce et vis tous les Martiens me fixer du regard, y compris Shirley Temple et ses merveilleuses boucles blondes. Je continuais à me demander ce que ma thérapeute pouvait bien vouloir que je dise au juste. Le soupçon insistant que cela concernait ma déviance sexuelle s'insinua dans mon esprit.

Je me penchai en avant, regardant ma thérapeute.

— Ça ne m'ennuie pas de parler au groupe, fis-je, mais de quoi veux-tu que je parle ? J'ai des tas d'histoires à raconter. Tu n'as qu'à en choisir une.

Les cent cinq Martiens tournèrent la tête vers ma thérapeute. On aurait dit qu'ils nous regardaient jouer au tennis.

— Eh bien, dit-elle sur son ton professionnel, tu es libre de parler de ce que tu veux dans cette salle. C'est un endroit très protégé. Mais pourquoi ne commencerais-tu pas par ce qui s'est passé l'autre jour dans la voiture, en allant à la gym ?

Tous les Martiens tournèrent la tête vers moi. J'éclatai de rire.

— Tu me charries, n'est-ce pas ?

Les Martiens regardèrent à nouveau ma thérapeute, qui pinçait les lèvres en secouant la tête comme pour me dire : « Pas du tout, je suis très sérieuse ! »

Amusant, me dis-je. Ma thérapeute me poussait en avant. C'était la gloire ! Le Loup était enfin de retour au combat ! Le bonheur ! Le fait que la moitié de l'assistance était composée de femmes rendait la chose encore meilleure. La SEC m'avait privé d'exercer mon talent pour parler en public, et voilà que ma thérapeute me rendait aimablement ce pouvoir. J'allais donner aux Martiens un spectacle dont ils se souviendraient !

J'acquiesçai en souriant.

— Est-ce que je peux me mettre au milieu de la pièce pour parler ? Je pense mieux quand je peux marcher.

Cent cinq têtes martiennes se tournèrent vers ma thérapeute.

— Je t'en prie, fais comme tu veux.

Je me mis au centre de la salle et regardai Shirley Temple droit dans les yeux.

— Bonjour, tout le monde ! Je m'appelle Jordan, je suis alcoolique, toxicomane et déviant sexuel.

— Bonjour, Jordan ! répondit cordialement la salle, au milieu de quelques gloussements.

Shirley Temple, elle, était plus rouge qu'une betterave. Lorsque je m'étais qualifié de déviant sexuel, je l'avais fixée au fond de ses immenses yeux bleus.

— Bon, continuai-je, je n'aime pas beaucoup parler devant tant de monde, mais je vais faire ce que je peux. Bon, par où commencer ? Ah, oui, mes érections. Il me semble que c'est le meilleur endroit. C'est la racine du problème. J'ai passé les dix dernières années de ma vie avec la bite dans un état de semi-narcose provoqué par toutes les drogues que je prenais. Comprenez-moi bien, je ne veux pas dire que j'étais impuissant, rien de tel, même si je dois reconnaître qu'il m'est arrivé à peu près un millier de fois de ne pas pouvoir bander, à cause de toute cette coke et des Mandrax.

Quelques rires isolés éclatèrent. *Ça y est, Loup de Wall Street ! Que la fête commence !* Je levai la main pour apaiser la salle.

— Non, sérieusement, il n'y a pas de quoi rire. Vous voyez, la plupart des fois où je n'arrivais pas à bander, c'était quand j'étais avec des putes, je dirais à peu près trois fois par semaine. Au fond, ça revenait à jeter l'argent par les fenêtres – pensez, je les payais chaque fois plus de 1 000 dollars sans même être capable de coucher avec elles. Tout ça était très triste, et ça me coûtait très cher, aussi. Pourtant, elles finissaient souvent par y arriver – en tout cas, les bonnes y arrivaient –, même s'il y fallait un peu de câlins avec des joujoux ou autres.

Je pris un air dégagé, comme pour dire : « Il n'y a pas de honte à se servir de jouets sexuels ! »

Un grand rire s'était maintenant emparé de la salle et, sans avoir besoin de regarder, je savais que c'était le rire des Martiennes. Un coup d'œil au public confirma cette intuition. Toutes les Martiennes me regardaient, leurs gentils visages martiens éclairés d'immenses sourires. Leurs épaules tressautaient à chaque éclat de rire. Les Martiens mâles, eux, me fusillaient du regard.

J'agitai la main pour faire cesser les rires et continuai.

— Ça ne fait rien, ça ne fait rien. Voyez-vous, l'ironie de la chose est que quand j'étais avec ma femme, je n'avais jamais ce problème. J'ai toujours pu bander avec elle – du moins la plupart du temps –, et si vous la voyiez vous comprendriez pourquoi. Mais quand j'avais sniffé sept ou huit grammes de coke dans

la journée, eh bien, même avec elle j'avais des problèmes. Et voilà qu'à présent, cela fait plus d'une
semaine que je n'ai pas touché à une drogue, et j'ai
l'impression que mon pénis est en train de subir une
étrange métamorphose, ou peut-être qu'il est en train de
se réveiller. Je me balade en érection à peu près vingt-
trois heures par jour, ou même un peu plus.

Énorme éclat de rire des Martiennes. Je regardai mon
public. Ça y était, je les tenais ! Je les avais mises dans
ma poche ! Le Loup savait y faire pour embobiner ces
dames. Ah, les feux de la rampe !

— En tout cas, je pensais qu'ici, les hommes pourraient comprendre ma détresse. Je veux dire, il me semblait logique que d'autres soient eux aussi atteints de
cette terrible affection, non ?

Je regardai les participants. Toutes les Martiennes
acquiesçaient à mes paroles, tandis que les Martiens faisaient non de la tête, me fixant avec fureur.

— Donc, voilà, repris-je, c'est comme ça que
l'affaire a commencé. J'étais assis dans une voiture
avec trois autres patients hommes – des patients qui
n'ont sans doute rien dans le froc, maintenant que j'y
pense – pour aller à la gym. Je crois que c'est à cause
des vibrations du moteur ou peut-être des bosses sur la
route, mais en tout cas d'un seul coup, voilà que
j'attrape cette érection géante !

Je regardai le public, évitant soigneusement les
regards fulminants des Martiens et me délectant des
regards adorateurs de la gent féminine martienne.
Shirley Temple se léchait les lèvres d'excitation. Je lui
fis un clin d'œil.

— Voilà, ça a juste été un moment innocent entre
mecs, c'est tout. Bon, d'accord, je ne peux pas le nier,
j'ai secoué Popol deux ou trois fois...

Les Martiennes éclatèrent de rire.

— ... et je ne vais pas nier non plus que je l'ai aussi fait claquer une fois ou deux sur mon ventre...

Nouvel éclat de rire.

— ... mais c'était seulement pour plaisanter. Ce n'était pas du tout comme si je l'avais branlé sauvagement pour essayer de me faire éjaculer à l'arrière de cette voiture, même si personnellement je ne me risquerais pas à juger quelqu'un qui l'aurait vraiment fait. Je veux dire, chacun son truc, hein ?

Une Martienne non identifiée hurla : « Oh oui, chacun son truc ! », et les autres Martiennes applaudirent à tout rompre.

Je levai à nouveau la main pour demander le silence, me demandant jusqu'où l'équipe soignante allait laisser filer cette histoire. Mais je pressentais qu'ils la laisseraient aller jusqu'au bout. Après tout, chaque seconde où je parlais, le compteur tournait pour les compagnies d'assurances de ces cent cinq Martiens.

— Donc, en résumé, pour vous dire ce qui m'ennuie vraiment dans toute cette affaire, c'est que les trois types qui m'ont dénoncé, dont je ne vais pas mentionner les noms – mais si vous venez me voir à la fin, je me ferai un plaisir de vous dire qui ils sont, pour que vous puissiez les éviter –, ils ont tous les trois ri et plaisanté avec moi quand nous étions dans la voiture. Aucun ne m'a rien reproché, ni n'a laissé entendre qu'il pensait que ce que j'étais en train de faire était de mauvais goût.

Je secouai la tête avec dédain.

— Vous savez, il faut dire que je viens d'un monde complètement déréglé – un monde que j'ai bâti moi-même –, où des choses comme la nudité, les prostituées, la débauche et des tas d'autres actes dépravés étaient considérés comme normaux. Avec le recul, je sais que c'était mal. Et je sais que c'était fou. Mais ça, c'est maintenant... *aujourd'hui...* que je suis un homme sobre. Oui, aujourd'hui, je sais que le lancer de nains, c'est mal, et que c'est mal aussi de partouzer avec quatre putains, et que c'est mal de manipuler le cours des actions, et que c'est mal de tromper ma femme, et que c'est mal de s'endormir en plein dîner ou d'emboutir la voiture des autres parce qu'on s'est endormi au volant. Aujourd'hui, je sais tout ça. Je suis le premier à reconnaître que je suis ce qu'on peut imaginer de plus éloigné de quelqu'un de parfait. Je me sens humble, je manque d'assurance, et je me sens facilement gêné.

Je fis une pause, avant de reprendre sur le ton le plus sérieux.

— Mais je ne veux pas le montrer. Si je devais choisir entre la gêne et la mort, je choisirais la mort. Oui, je suis quelqu'un de faible, quelqu'un d'imparfait. Mais une chose que vous ne me verrez jamais faire, c'est de juger quelqu'un d'autre.

Je laissai échapper un soupir ostentatoire.

— Ouais, peut-être que ce que j'ai fait dans la voiture, c'était mal aussi. Peut-être était-ce de mauvais goût, peut-être était-ce offensant. Mais je défie quiconque ici de prouver que je l'ai fait avec malice ou pour essayer de bousiller le processus de guérison de quelqu'un d'autre. Je l'ai fait pour mettre en lumière la situation terrible dans laquelle je suis. J'ai été un toxicomane pendant presque dix ans, et même si j'ai l'air à peu près normal, je sais que je ne le suis pas. Je vais partir d'ici dans quelques semaines, et je chie dans mon froc à l'idée de retourner dans l'antre de la bête, de retourner vers les gens, les lieux et les choses qui ont nourri mon addiction. J'ai une femme que j'aime et deux enfants que j'adore, et je sais que si je reviens là-bas et que je retombe là-dedans, je vais les détruire pour de bon, surtout mes enfants. Mais ici, à Talbot Marsh, où je suis censé être entouré de personnes qui comprennent ce que j'endure, je suis tombé sur trois trous du cul qui ont essayé de saboter mon processus de guérison et me faire éjecter d'ici. Et ça, c'est vraiment triste. Je ne suis pas différent de vous autres, homme ou femme. Ouais, j'ai peut-être quelques dollars de plus, mais j'ai peur et je suis inquiet pour l'avenir, et je passe la plus grande partie de la journée à prier que tout ça se termine bien. Ce jour-là, je serai capable de faire asseoir mes enfants à côté de moi et de leur dire : « Oui, c'est vrai, j'ai poussé maman dans l'escalier un jour où j'étais défoncé à la cocaïne, mais c'était il y a vingt ans, et je suis toujours resté *clean* depuis... »

Je secouai encore une fois la tête.

— Alors, la prochaine fois que vous envisagerez de me dénoncer à l'équipe, je vous engage à y réfléchir à deux fois. C'est d'abord à vous-mêmes que vous faites du mal. Je ne vais pas être viré d'ici si facilement, et l'équipe soignante est beaucoup plus maligne que vous ne l'imaginez. C'est tout ce que j'ai à dire. Et maintenant, si vous voulez bien m'excuser, je suis en train d'avoir une érection, et il faut que je m'asseye pour éviter d'être gêné. Merci.

Je saluai de la main, comme si j'étais un politicien en campagne électorale, et la salle éclata en un tonnerre d'applaudissements. Toutes les Martiennes, tous les soignants et environ la moitié des Martiens se levèrent pour m'ovationner.

En retournant à ma place, je rencontrai le regard de ma thérapeute. Elle me sourit en hochant la tête, puis brandit une fois le poing, comme pour dire : « Bien joué, Jordan ! »

Pendant les trente minutes qui suivirent, la discussion opposa les Martiennes, qui me défendaient et me trouvaient adorable, à quelques mâles de l'espèce qui continuaient de m'attaquer et de dire que j'étais une menace pour la société martienne.

Ce soir-là, je m'assis pour mettre les choses au point avec mes deux colocataires.

— Écoutez, j'en ai ras le bol de tous ces problèmes entre nous. Je ne veux plus qu'on me fasse remarquer que j'ai oublié de relever le siège des toilettes, ni que je parle trop au téléphone, ni que je respire trop fort. J'en ai ma claque. Alors voilà ce que je vous propose. Vous avez terriblement besoin d'argent tous les deux, n'est-ce pas ?

Ils acquiescèrent.

— Très bien, dis-je. Alors, voici ce que nous allons faire. Demain matin, vous allez appeler mon ami Alan Lipsky, et il vous ouvrira des comptes dans sa société de courtage. Dès demain après-midi, vous aurez gagné 5 000 dollars chacun. Vous pourrez vous faire virer l'argent n'importe où. Mais je ne veux plus vous entendre couiner ni l'un ni l'autre jusqu'à ce que je sois parti. Il reste moins de trois semaines, ça ne devrait pas être trop difficile.

Bien entendu, tous deux appelèrent dès le lendemain matin et, bien entendu, cela améliora grandement nos relations. Pourtant, mes problèmes à Talbot Marsh étaient loin d'être terminés. Mais ce n'était pas la pulpeuse Shirley Temple qui allait créer de nouvelles complications. Celles-ci naquirent de mon désir de voir la Duchesse. J'avais appris par la rumeur martienne que, dans certaines circonstances, l'équipe accordait des permissions de sortie exceptionnelles. J'appelai la Duchesse et lui demandai si elle voulait bien prendre l'avion pour venir passer un long week-end avec moi, au cas où je l'obtiendrais.

— Tu n'as qu'à me dire où et quand, avait-elle répondu, et je t'offrirai un week-end que tu n'oublieras jamais.

C'était cela qui m'amenait dans le bureau de ma thérapeute : essayer d'obtenir une permission. C'était ma troisième semaine sur la planète Talbot Marsh et je n'avais pas eu d'autres ennuis depuis, même si tous les Martiens savaient que je n'assistais qu'à un quart environ des séances de thérapie de groupe. Mais personne ne semblait plus s'en soucier. Ils avaient compris que Doug Talbot n'allait pas me virer et que, à ma façon peu conventionnelle, j'exerçais une influence positive.

Je souris à ma thérapeute.

— Écoute, je ne trouve pas que ce soit une grosse affaire si je pars un vendredi et que je reviens le dimanche. Je serai tout le temps avec ma femme. Tu as parlé avec elle, et tu sais qu'elle soutient à fond le programme de cure. Ça sera bon pour ma guérison.

— Je ne peux pas laisser faire ça, répondit-elle en secouant la tête. Cela perturberait trop les autres patients. Tout le monde est déjà sur les dents avec le prétendu traitement de faveur dont tu bénéficies ici.

Elle me sourit amicalement.

— Écoute, Jordan, poursuivit-elle, notre politique est que les patients ne peuvent demander une permission s'ils n'ont pas passé au moins quatre-vingt-dix jours en cure, et à condition que leur comportement ait été irréprochable. Pas d'exhibitionnisme, ni rien.

Je souris à ma thérapeute. C'était quelqu'un de bien, et j'étais devenu proche d'elle ces quelques semaines. Ç'avait été astucieux de sa part, ce jour-là, de me pousser devant tout le monde et de me donner l'occasion de me défendre. Je ne devais découvrir que bien plus tard qu'elle avait discuté avec la Duchesse, qui l'avait mise au courant de ma capacité à remuer les foules, pour le meilleur et pour le pire.

— Je comprends qu'il y ait des règles, m'obstinai-je, mais elles n'ont pas été prévues pour quelqu'un dans ma situation. Comment pourrai-je être lié par une règle qui exige un temps de refroidissement de quatre-vingt-dix jours, alors que mon séjour entier ne doit durer que vingt-huit jours ?

Je haussai les épaules, pas vraiment emballé par ma propre logique. Mais une merveilleuse inspiration naquit soudain dans mon cerveau sevré.

— J'ai une idée ! m'exclamai-je. Et si tu me laissais parler encore une fois devant le groupe ? J'essaierais de leur vendre l'idée que je mérite cette permission, même si cela est contraire à la politique de l'institution.

En guise de réponse, elle se frotta l'arête du nez avec l'index. Elle eut un petit rire.

— Sais-tu, j'ai presque envie de dire oui, juste pour voir quelles salades tu vas raconter aux autres patients. À vrai dire, je suis sûre que tu réussirais à les convaincre.

Elle gloussa.

— C'était un fameux discours que tu nous as servi l'autre jour. De loin le meilleur de toute l'histoire de Talbot Marsh. Tu as un don étonnant, Jordan. Je n'ai jamais rien entendu de pareil. Mais dis-moi, par simple curiosité, qu'est-ce que tu raconterais aux patients si je t'en donnais l'occasion ?

— Je ne sais pas vraiment. Tu sais, je ne prépare jamais ce que je vais dire. Autrefois, je faisais deux discours par jour devant un auditoire de la taille d'un terrain de foot. Je l'ai fait pendant presque cinq ans, et je ne me souviens pas d'avoir préparé une seule fois ce que j'allais raconter. D'habitude, j'avais un ou deux sujets qu'il fallait que j'aborde, mais ça n'allait pas plus loin. Le reste venait sous l'impulsion du moment. Tu sais, il y a quelque chose qui se passe en moi quand je suis en face d'une foule. C'est difficile à décrire, mais c'est comme si tout à coup, tout devenait très clair dans ma tête. Mes pensées se mettent à faire bouger ma langue dans ma bouche sans même que j'aie besoin d'y réfléchir. Une pensée en amène une autre, et ensuite, ça vient tout seul. Mais, pour répondre à ta question, je vais sans doute leur faire un peu de psychologie inversée. Je vais leur expliquer que me laisser partir en permission sera bon pour leur propre guérison. Que, de façon générale, la vie n'est pas juste et qu'il faut qu'ils s'y habituent dès maintenant dans un environnement contrôlé. Ensuite, je les amènerai à se mettre à ma place et à compatir avec moi, par exemple, en leur racontant ce que j'ai fait à ma femme dans l'escalier et en leur montrant que ma toxicomanie a amené ma famille à un cheveu de la destruction, et en leur expliquant que, pour ma femme et moi, nous voir maintenant pourrait sans doute faire la différence entre rester ensemble ou nous séparer.

Ma thérapeute sourit.

— Tu devrais chercher le moyen de faire bon usage de tes talents. Chercher comment faire passer des messages, mais cette fois pour une bonne cause plutôt que pour corrompre les gens.

— Ah ah, fis-je en lui rendant son sourire, je vois que tu m'as écouté tout ce temps. Je n'en étais pas sûr. Je le ferai peut-être un jour, mais en attendant tout ce que je veux, c'est retrouver ma famille. J'envisage de quitter complètement le métier de courtier. J'ai quelques investissements à clôturer et après, j'arrête pour de bon. J'arrête les drogues, les putes, j'arrête de tromper ma femme, toute cette merde avec les actions, tout. Je veux finir ma vie tranquillement, loin des feux de la rampe.

Elle se mit à rire.

— Oh, ça, je ne suis pas sûre que ta vie va vraiment tourner de cette façon. Ça m'étonnerait que tu vives un jour dans l'obscurité. Du moins, pas pour très longtemps. Je ne dis pas ça en mal. Ce que j'essaie de te dire, c'est que tu as un don merveilleux, et je crois qu'il est important pour ta guérison que tu apprennes à t'en servir d'une façon positive. Pour le moment, contente-toi de te concentrer sur ta guérison. La suite viendra d'elle-même.

Je baissai la tête et regardai le plancher en acquiesçant. Je savais qu'elle avait raison, et j'en crevais de peur. Je voulais désespérément rester sobre, mais je savais que la probabilité était massivement en ma défaveur. En fait, maintenant que j'en savais plus sur les Alcooliques anonymes, ça ne me paraissait plus une impossibilité patente, seulement un pari risqué. Ce qui pouvait faire la différence entre le succès et l'échec, semblait-il, était surtout de s'impliquer dans les Alcooliques anonymes dès qu'on quittait la cure, de trouver un parrain auquel s'identifier, quelqu'un qui puisse offrir espoir et encouragement lorsque les choses ne tournaient pas rond.

— Qu'est-ce qu'on fait, pour ma permission ? demandai-je.

— J'en parlerai demain matin à la réunion d'équipe. Au bout du compte, ça ne dépend pas de moi, mais du Dr Talbot. En tant que ton thérapeute direct, je pourrais mettre mon veto, mais je ne le ferai pas. Je me contenterai de m'abstenir.

Je hochai la tête pour lui dire que je comprenais. Je parlerais à Doug Talbot avant leur réunion.

— Merci pour tout, dis-je. Je ne suis plus là que pour une semaine ou deux. Je vais essayer de ne pas t'embêter.

— Tu ne m'embêtes pas, répliqua-t-elle. En fait, tu es mon préféré, même si je ne l'admettrai jamais devant personne.

— Et je ne le dirai à personne.

Je me penchai vers elle et l'étreignis affectueusement.

Cinq jours plus tard, un vendredi soir un peu avant 18 heures, j'attendais sur le tarmac du terminal privé de l'aéroport international d'Atlanta. J'étais appuyé contre le pare-chocs arrière d'une limousine Lincoln noire allongée, scrutant le ciel de mes yeux sobres en direction du nord. J'avais les bras croisés sur ma poitrine et une érection titanesque dans mon pantalon. J'attendais la Duchesse.

Je pesais cinq kilos de plus qu'à mon arrivée à Talbot Marsh, et ma peau respirait à nouveau la jeunesse et la santé. J'avais 34 ans et j'avais survécu à l'indicible – à une toxicomanie de proportions épiques, une toxicomanie si folle que j'aurais dû mourir depuis longtemps d'une overdose, d'un accident de voiture, d'un crash d'hélicoptère, d'un accident de plongée ou de mille autres manières.

Et pourtant, j'étais toujours là, en pleine possession de mes facultés. C'était un beau soir clair. Une brise tiède soufflait doucement. L'été approchait et, à cette heure du jour, le soleil était encore assez haut dans le ciel pour que je pusse apercevoir le Gulfstream bien avant que son train d'atterrissage ne touchât la piste. Il me semblait presque impossible que dans cette cabine se trouvât ma belle épouse, à qui j'avais fait traverser pendant sept ans l'enfer de ma toxicomanie. Je me demandai ce qu'elle portait, et ce qu'elle pensait. Était-elle aussi inquiète que moi ? Était-elle vraiment aussi belle que dans mon souvenir ? Son odeur serait-elle toujours aussi délicieuse ? M'aimait-elle encore ? Tout pourrait-il jamais redevenir comme avant ?

Je sus tout cela lorsque la porte de la cabine s'ouvrit et que la ravissante Duchesse émergea, avec sa fabuleuse chevelure blonde chatoyante. Elle était superbe. Elle fit un seul pas et prit une pose bien dans sa façon de Duchesse, tête penchée sur le côté et bras croisés sur la poitrine, sa longue jambe nue tournée vers l'extérieur dans une attitude de défi. Puis elle me regarda. Elle portait une petite robe d'été rose sans manches, qui lui arrivait bien quinze centimètres au-dessus du genou. Gardant la pose, elle comprima ses lèvres savoureuses et se mit à secouer la tête de droite et de gauche, d'un mouvement qui disait : « Je n'arrive pas à croire que c'est cet homme-là que j'aime ! » Je fis un pas en avant et lui tendis les bras d'un air contrit.

Nous restâmes là à nous regarder l'un l'autre pendant plusieurs secondes, jusqu'à ce qu'enfin elle abandonnât sa pose et m'envoyât un énorme double baiser. Elle ouvrit les bras, fit une petite pirouette pour annoncer son arrivée à la ville d'Atlanta, et dévala les marches avec un grand sourire. Je courus à sa rencontre et nous nous rejoignîmes au milieu du tarmac. Elle m'enlaça, puis fit un petit bond et m'enserra le corps de ses jambes. Et elle m'embrassa.

Un baiser qui nous sembla durer une éternité, à respirer chacun l'odeur de l'autre. Je fis un tour complet, sans cesser de l'embrasser, puis nous nous mîmes tous deux à rire. Je m'arrachai à ses lèvres et plongeai dans son décolleté. Je le flairai comme un chiot. Elle riait irrépressiblement. Elle sentait si bon que cela semblait presque irréel.

Je reculai ma tête de quelques centimètres et la regardai droit dans ses yeux bleus brillants.

— Si je ne te fais pas l'amour à l'instant, lui dis-je sur mon ton le plus sérieux, je vais éjaculer tout seul sur le bitume de la piste.

La Duchesse prit sa voix de bébé pour répondre.

— Oh, mon pauvre petit garçon !

Petit ? Mais c'est pas vrai !

— Tu es tellement excité que tu es sur le point d'exploser, n'est-ce pas ?

J'approuvai avec ardeur.

— Regarde comme tu as l'air jeune et beau maintenant que tu as repris quelques kilos et que tu n'as plus la peau verdâtre ! Dommage que je doive te donner une petite leçon ce week-end. Malheureusement, il n'est pas question que nous fassions l'amour avant le 4 Juillet.

Hein ? Quoi ?

— Qu'est-ce que tu veux dire ?

— Tu as bien entendu, mon crapaud d'amour. Tu as été un très méchant garçon, et maintenant il faut que tu paies le prix. Il va d'abord falloir prouver que tu m'aimes avant que je te laisse entrer à nouveau. Pour le moment, tu n'as le droit que de m'embrasser.

Je ris.

— Arrête, espèce d'idiote !

Je la pris par la main et l'entraînai vers la limousine.

— Je ne peux pas attendre le 4 Juillet ! Je te veux maintenant ! À l'instant même ! Je veux te faire l'amour à l'arrière de la limousine.

— Non, non, non et non, chantonna-t-elle en secouant la tête avec affectation. Ce week-end, ce sera seulement des baisers. Voyons comment tu te conduis pendant ces deux jours, et dimanche je réfléchirai peut-être à aller plus loin.

Le chauffeur de la limousine était un Blanc du Sud d'une soixantaine d'années, qui répondait au nom de Bob. Coiffé d'une casquette de chauffeur à l'air très officiel, il attendait debout à l'arrière de la limousine.

— Bob, dis-je, voici mon épouse. C'est une duchesse, veuillez la traiter selon son rang. Je parie que vous n'avez pas vraiment beaucoup de personnes de sang royal par ici, n'est-ce pas ?

— Oh non, répondit Bob très sérieusement. Pas vraiment.

Je pinçai les lèvres et hochai gravement la tête.

— C'est bien ce que je pensais. Mais ne soyez pas intimidé. Elle est très simple, en réalité, n'est-ce pas, chérie ?

— Ouais, tout ce qu'il y a de simple, cracha la Duchesse. Maintenant, écrase un peu et grimpe dans cette bon Dieu de limo.

Bob se figea d'horreur, visiblement stupéfait d'entendre quelqu'un de lignée aussi royale que la Duchesse de Bay Ridge user de pareil langage.

— Ne faites pas attention, dis-je à Bob ; c'est seulement parce qu'elle ne veut pas avoir l'air arrogante. Elle garde ses simagrées pour quand elle est en Angleterre et qu'elle se retrouve avec les autres membres de la famille royale. Cela dit, Bob, toute plaisanterie mise à part, d'être marié avec elle fait de moi un duc, donc je me dis que puisque vous allez être notre chauffeur pendant tout le week-end, vous pourriez nous appeler par nos titres, de façon à éviter toute confusion.

Bob s'inclina cérémonieusement.

— Bien sûr, monsieur le duc.

— Très bien, répartis-je en poussant la Duchesse sur le siège arrière par son fabuleux et souverain derrière.

Je grimpai à sa suite. Bob ferma la porte et partit chercher dans l'avion les royaux bagages de la Duchesse.

Je soulevai aussitôt sa robe et vis qu'elle ne portait rien dessous. Je fondis dessus.

— Je t'aime tellement fort, Nadine. Tellement, tellement fort !

Je l'allongeai sur le siège arrière, dans le sens de la longueur, et appuyai mon érection contre elle. Elle gémit avec délice, frottant son pelvis contre le mien, m'offrant le plaisir d'une petite friction. Je l'embrassai et l'embrassai, tant et si bien qu'à force, elle étendit les bras pour me repousser loin d'elle.

— Arrête, espèce de grand fou ! dit-elle en riant. Bob va revenir. Tu vas devoir attendre que nous soyons arrivés à l'hôtel.

Elle abaissa son regard sur l'érection qui gonflait mon jean.

— Oh, mon pauvre petit bébé...

Petit ? Pourquoi toujours petit ?

— ... est prêt à exploser ! Viens, laisse moi te frictionner un peu.

Elle tendit la main et se mit à me frotter. Je réagis en tendant la main vers le bouton de séparation sur la console. Tandis que la vitre de séparation se fermait, je grognai : « Je ne peux pas attendre l'hôtel ! Je vais te faire l'amour maintenant, Bob ou pas ! »

— Très bien ! répliqua vivement la Duchesse. Mais c'est simplement parce que j'ai pitié de toi, alors ça ne compte pas. Je continuerai à ne pas faire l'amour avec toi jusqu'à ce que tu m'aies prouvé que tu es devenu un bon garçon. Compris ?

J'acquiesçai en lui faisant des yeux de chiot énamouré, et nous nous mîmes à nous arracher réciproquement nos vêtements. Le temps que Bob revienne jusqu'à la limousine, j'étais déjà profondément dans la Duchesse et nous gémissions tous les deux sauvagement. Je mis un doigt sur mes lèvres : « Chut ! »

Elle hocha la tête, et je tendis la main pour appuyer sur le bouton de l'interphone.

— Bob, mon brave, vous êtes là ?

— Oui, monsieur le duc.

— Splendide. La duchesse et moi avons à discuter d'affaires urgentes, vous voudrez bien ne pas nous déranger jusqu'à ce que nous soyons arrivés au Hyatt.

Je fis un clin d'œil à la Duchesse et lui montrai du regard le bouton de l'interphone.

— Allumé ou éteint ? murmurai-je.

La Duchesse regarda et rumina cette idée un instant.

— Tu peux aussi bien le laisser allumé.

Ça, c'était ma nana !

Je haussai la voix.

— Le spectacle est aux frais de la princesse, Bob !

Là-dessus, le sobre duc de Bayside, Queens, se mit à faire l'amour à la séduisante duchesse de Bay Ridge, Brooklyn, comme si c'était la fin du monde.

CHAPITRE 39

Six façons de tuer un spécialiste d'interventions

Il faut que je fasse opérer mon chien… Ma voiture est en panne… Mon patron est un vrai fumier… Ma femme est encore pire… Les embouteillages me rendent dingue… La vie est injuste…, etc., etc.

Oui, rien à dire, ça dégoulinait quelque chose de sévère dans les salles de réunion des Alcooliques anonymes de Southampton, Long Island. Cela faisait maintenant une semaine que j'étais rentré à la maison et dans mon processus de guérison, je m'étais engagé pour un double Quatre-vingt-dix, c'est-à-dire que je m'étais fixé l'objectif d'assister à quatre-vingt-dix réunions des AA en quatre-vingt-dix jours.

Je me rendis vite compte que ces quatre-vingt-dix jours allaient me paraître bien longs.

Au moment où j'entrais dans la salle pour ma première réunion, quelqu'un me demanda si je voulais être l'orateur invité.

— Parler devant le groupe ? répliquai-je. D'accord, pourquoi pas ?

Que pouvait-il m'arriver de mieux ?

Les ennuis ne tardèrent pas. On m'offrit un siège derrière une table rectangulaire faisant face à la salle. Le président de séance, un homme d'allure affable dans la petite cinquantaine, s'assit à côté de moi et fit une brève série d'annonces. Puis il me fit signe de commencer.

— Bonjour, dis-je d'une voix forte et directe, je m'appelle Jordan, je suis alcoolique et toxicomane.

L'assistance, qui se composait d'une trentaine d'ex-ivrognes, répondit à l'unisson : « Bonjour, Jordan, bien-venue ! »

J'opinai en souriant. Puis j'attaquai, plein de confiance.

— Cela fait maintenant trente-sept jours que je suis sobre et…

Je fus immédiatement interrompu.

— Excusez-moi, dit un ex-ivrogne grisonnant d'une cinquantaine d'années, au nez ravagé par la couperose. Il faut quatre-vingt-dix jours pour parler dans cette réunion.

De quel droit ce vieux con se permettait-il cette inso-lence ? J'étais complètement abasourdi. Je me sentais comme si j'étais monté dans le bus pour aller à l'école en oubliant de m'habiller. Je restai assis sur cette incon-fortable chaise en bois, regardant ce vieil ivrogne et attendant que quelqu'un vienne me tirer de là.

— Non, non, ne soyons pas trop stricts, dit le prési-dent. Puisqu'il a déjà commencé, pourquoi ne pas le laisser continuer ? Écouter un nouveau venu nous fera un peu d'air frais.

Quelques ronchonnements impudents s'élevèrent çà et là dans l'assistance, en même temps que quelques haussements d'épaules insolents et hochements de tête méprisants. Ils semblaient furax. Et ils avaient l'air vicieux. Le président me posa une main sur l'épaule et me regarda dans les yeux pour me faire signe que je pouvais continuer.

J'acquiesçai nerveusement.

— Bon, déclarai-je aux ex-ivrognes furieux. Cela fait maintenant trente-sept jours que je suis sobre, et...

Je fus à nouveau interrompu, mais cette fois par un tonnerre d'applaudissements. Ah, c'était merveilleux ! Le Loup recevait sa première ovation, et il n'avait même pas encore commencé ! Attendez un peu qu'ils aient entendu mon histoire ! J'allais faire écrouler l'immeuble !

Les applaudissements s'éteignirent lentement, et je repris confiance pour poursuivre.

— Merci à vous tous. J'apprécie sincèrement cette marque de confiance. Ma drogue préférée était le Mandrax, mais j'ai aussi pris beaucoup de cocaïne. En fait...

Je fus coupé à nouveau.

— Excusez-moi, dit mon persécuteur couperosé, mais c'est une réunion des Alcooliques anonymes, ici, pas une réunion des Narcotiques anonymes. Vous ne pouvez pas parler de drogues, ici, seulement d'alcool.

Je regardai l'assistance, et tous acquiesçaient à ce qu'il disait. *Oh, merde !* me dis-je. Ils paraissaient avoir des principes à l'ancienne. Mais nous étions dans les années quatre-vingt-dix ! Pourquoi quelqu'un choisirait-il aujourd'hui d'être alcoolique tout en fuyant les drogues ? Ça n'avait aucun sens.

J'étais sur le point de me lever de ma chaise et de m'enfuir à toutes jambes, lorsque j'entendis crier une puissante voix féminine.

— Comment oses-tu, Bill ! Comment oses-tu essayer de chasser ce jeune homme qui lutte pour sa vie ! Tu es méprisable ! Nous sommes tous des toxicomanes, ici. Alors, tais-toi et mêle-toi de ce qui te regarde et laisse parler ce garçon !

Ce garçon ? Est-ce qu'elle venait de dire *ce garçon* ? J'avais presque 35 ans, pour l'amour de Dieu ! Je regardai d'où venait la voix. C'était celle d'une très

vieille dame, qui portait des lunettes de grand-mère.
Elle me fit un clin d'œil, et je le lui rendis.

— Le règlement, c'est le règlement, vieille sorcière !
cracha le vieil ivrogne.

Je secouai la tête, incrédule. Pourquoi la folie me sui-
vait-elle ainsi partout où je mettais les pieds ? Je n'avais
jamais fait de mal à personne, ici ! Tout ce que je
voulais, c'était rester *clean*. Et pourtant, une fois de
plus, j'étais au centre d'un tumulte de protestations.

— Ce n'est pas grave, dis-je au président. Je ferai
comme vous me direz.

En fin de compte, ils voulurent bien me laisser parler,
mais je quittai la réunion démangé par l'envie de tordre
le cou à ce vieux schnock. Ensuite, tout alla de mal en
pis. Lorsque j'allai assister à une réunion des Narcotiques anonymes, il n'y avait que quatre autres personnes dans la salle, dont trois étaient visiblement
défoncées. La quatrième était à jeun depuis moins longtemps que moi.

J'aurais voulu en parler à la Duchesse, lui dire que ce
truc des Alcooliques anonymes n'était pas fait pour
moi, mais je savais que cela l'aurait catastrophée. Notre
relation se renforçait de jour en jour. Il n'y avait plus ni
bagarres, ni insultes, ni coups, ni gifles, ni reproches, ni
rien. Nous étions seulement deux personnes normales,
vivant une vie normale avec Chandler et Carter et vingt-
deux domestiques pour nous aider. Nous avions décidé
de rester à Southampton pour tout l'été. Mieux valait
me tenir à l'écart de la folie, pensions-nous, tout au
moins jusqu'à ce que ma sobriété soit consolidée. La
Duchesse avait fait passer le mot à tous mes anciens
amis : personne n'était le bienvenu chez nous à moins
d'être sobre. Alan Chim-tob reçut un avertissement personnel de la part de Bo et je n'entendis plus jamais
parler de lui.

Et mes affaires ? Eh bien, sans Mandrax ni cocaïne, je n'avais plus l'estomac pour ça, du moins pas encore. Sans les drogues, des problèmes comme ceux que j'avais avec Steve Madden Shoes semblaient faciles à régler. Pendant que j'étais encore en cure, j'avais demandé à mes avocats d'entamer une procédure judiciaire et l'accord de portage était désormais public. Jusque-là, je ne m'étais pas fait arrêter pour ça et j'avais dans l'idée que ça n'arriverait pas. Après tout, vu de l'extérieur, cet accord n'avait rien d'illégal. S'il y avait un problème, c'était surtout que Steve ne l'ait pas rendu public, ce qui engageait plus sa responsabilité que la mienne. D'ailleurs, cela faisait longtemps que je n'avais plus de nouvelles de l'agent Coleman et j'espérais bien ne plus jamais entendre parler de lui. En fin de compte, j'allais devoir trouver un terrain d'entente avec le Cordonnier. Je m'y étais déjà résigné et je m'en foutais désormais complètement. Même dans mes pires moments de dépravation émotionnelle – juste avant que j'entre en cure – ce n'était pas la question d'argent qui me mettait hors de moi, mais l'idée que le Cordonnier pût essayer de me piquer mes actions et de les garder pour lui. Et ça, ce n'était plus possible. Dans l'arrangement que nous allions trouver, il serait forcé de vendre mes actions pour me dédommager, et ça serait réglé. J'allais laisser mes avocats s'occuper de ça.

Cela faisait un peu plus d'une semaine que j'étais revenu à la maison. C'était un soir, je rentrais d'une réunion des Alcooliques anonymes. Je trouvai la Duchesse assise dans la salle de télévision. C'était dans cette pièce que j'avais perdu mon bloc de cocaïne six semaines auparavant – la Duchesse avait reconnu depuis s'en être débarrassée dans les toilettes.

— Coucou, chérie ! fis-je avec un grand sourire. Comment ça…

La Duchesse leva les yeux, et je me figeai d'angoisse. Elle était manifestement secouée. Des larmes lui roulaient sur le visage, elle avait le nez qui coulait. Mon cœur chavira soudain.

— Mon Dieu, bébé ! Qu'est-ce qui se passe ? Qu'est-ce qui ne va pas ?

Je l'étreignis tendrement. Son corps tremblait entre mes bras. Elle me montra le téléviseur.

— C'est Scott Schneiderman. Il a tué un policier il y a quelques heures. Il était en train d'essayer de voler de l'argent à son père pour acheter de la cocaïne, et il a abattu un policier.

Elle s'effondra en pleurs hystériques.

Je sentis ses larmes me couler sur les joues.

— Mon Dieu, Nadine, il était ici le mois dernier ! Je… Je ne sais pas…

Je cherchai quelque chose à dire, mais les mots ne pouvaient décrire l'ampleur de cette tragédie. Alors je me tus.

Le vendredi suivant, la réunion de 19 h 30 venait de commencer à l'église Notre-Dame-de-Pologne. C'était le week-end du Memorial Day et je me préparais à subir les soixante minutes de torture habituelles. Mais, à ma stupéfaction, l'entrée en matière du président de la réunion prit la forme d'une injonction. Celle-ci disait que tout dégoulinage à propos des drogues serait banni sous sa présidence. Il voulait créer un espace non-dégoulineurs, expliqua-t-il, parce que le but des Alcooliques anonymes était de créer foi et espoir en la vie, pas de se plaindre de la longueur de la queue au supermarché. Puis il brandit un sablier à la vue du public.

— Rien de ce que vous avez à dire qui prenne plus de deux minutes et demie ne saurait m'intéresser, déclara-t-il. Ayez la bonté d'être brefs.

J'étais assis en retrait, à côté d'une femme d'âge moyen, une rousse au visage rougeaud et qui paraissait raisonnablement soignée, pour une ex-ivrogne. Je me penchai vers elle.

— Qui est ce type ? murmurai-je.

— C'est George. C'est une sorte de leader officieux, par ici.

— Ah bon ? demandai-je. Pour cette réunion ?

— Non, non, chuchota-t-elle, sur un ton qui laissait entendre que j'étais complètement en dehors du coup. Pas seulement ici, dans tous les Hamptons.

Elle jeta autour d'elle un regard de conspiratrice, comme si elle était sur le point de révéler une information ultrasecrète.

— C'est le propriétaire de Seafield, le centre de cure, fit-elle à mi-voix. Tu ne l'as jamais vu à la télévision ?

Je fis signe que non.

— Je ne regarde pas beaucoup la télé, mais sa tête me dit quelque chose. Il…

Oh mon Dieu ! Je restai sans voix. C'était Fred Pierrafeu, l'homme à la tête énorme qui avait surgi sur mon écran de télévision à 3 heures du matin, et qui m'avait poussé à lui jeter ma sculpture de Remington au visage !

À la fin de la réunion, j'attendis que la foule se dispersât, puis j'allai vers George.

— Bonjour, je m'appelle Jordan. Je voulais seulement te dire que j'ai beaucoup aimé cette réunion. C'était super.

Il me tendit la main. Elle était aussi large qu'un gant de base-ball. Je la serrai consciencieusement, tout en espérant qu'il n'allait pas m'arracher le bras.

— Merci, fit-il. Tu es un nouveau ?

— Oui, ça fait quarante-trois jours…

— Félicitations. Ce n'est pas une mince affaire. Tu peux en être fier.

Il s'arrêta et me regarda avec attention.

— Tu sais, ta tête me dit quelque chose. Comment as-tu dit que tu t'appelais, déjà ?

Et voilà ! Ces fumiers de journalistes, pas moyen de leur échapper ! Fred Pierrafeu avait vu ma photo dans la presse et maintenant il allait me juger. Un changement de sujet stratégique s'imposait.

— Je m'appelle Jordan, et j'ai une histoire marrante à te raconter, George. J'étais chez moi à Old Brookville, sur Long Island, et à 3 heures du matin…

Et je lui racontai comment je lui avais jeté ma sculpture de Remington à la figure. Il se mit à rire.

— Il doit y en avoir au moins mille autres qui ont fait la même chose ! fit-il. Sony devrait me payer 1 dollar pour chaque télé qu'ils vendent à un toxicomane qui a cassé la sienne après avoir vu ma pub.

Il laissa échapper quelques gloussements.

— Mais tu habites à Old Brookville ? C'est un quartier superclasse ! Tu vis chez tes parents ?

— Non, répondis-je en souriant. Je suis marié et j'ai des enfants, mais cette pub était trop…

Il me coupa net.

— Tu es ici pour le Memorial Day ?

Mon Dieu ! Ça n'était pas prévu dans mon plan. Je me retrouvais sur la défensive.

— Non, j'ai une maison par ici.

— Ah bon, où ça ? fit-il, l'air un peu surpris.

Je pris mon courage à deux mains.

— Sur Meadow Lane.

Il recula la tête et plissa les yeux pour mieux me regarder.

— Tu habites Meadow Lane ? Vraiment ?

J'acquiesçai lentement. Il eut un petit sourire. Apparemment, le tableau commençait à s'éclairer dans sa tête.

— Et comment m'as-tu dit que tu t'appelais – ton nom de famille, je veux dire ?

— Je ne l'ai pas dit. Mais c'est Belfort. Ça te dit quelque chose ?

— Oui, fit-il en gloussant. Ça me dit un sacré paquet de choses. C'est toi le gosse qui a lancé... euh... comment ça s'appelait, déjà... Strathman quelque chose, ou un truc comme ça.

— Stratton Oakmont, dis-je d'une voix blanche.

— Ouais ! C'est ça. Stratton Oakmont. Nom de Dieu ! Tu as vraiment l'air d'un ado ! Comment as-tu pu foutre autant le bordel ?

— L'emprise des drogues, tu ne crois pas ? esquivai-je.

— Ouais, eh bien, vous m'avez refait de 100 000 dollars avec je ne sais plus quelles actions de merde, bande de crapules ! Je ne peux même pas me rappeler le nom de la boîte.

Et merde ! C'était la cata. George allait sûrement me flanquer son poing dans la figure, avec ses mains comme des pelles ! Il fallait que je lui propose tout de suite de le rembourser. Je n'aurais qu'à courir à la maison et prendre l'argent dans mon coffre.

— Ça fait longtemps que je n'ai plus rien à voir avec Stratton Oakmont, mais je serais quand même très heureux de...

Il me coupa à nouveau.

— Écoute, je suis très content de parler avec toi, mais il faut vraiment que je rentre chez moi. J'attends un coup de téléphone.

— Oh, pardon ! Je ne voulais pas te retenir. Mais je reviens la semaine prochaine. Nous pourrons peut-être reprendre la conversation.

— Pourquoi, tu vas quelque part, là tout de suite ?

— Non, pourquoi ?

Il sourit.

— Je t'aurais invité à prendre un café à la maison. J'habite juste à côté de chez toi.

— Tu n'es pas trop furieux contre moi pour les 100 000 dollars ? demandai-je, les yeux écarquillés de stupeur.

— Bah, 100 000 dollars entre ivrognes, qu'est-ce que ça peut faire, hein ? D'ailleurs, ça tombait bien, je les ai déduits de mes impôts.

Il sourit et me mit la main sur l'épaule. Nous nous dirigeâmes vers la porte.

— Je m'attendais à te voir dans ces réunions un de ces jours. J'ai entendu des histoires assez fumantes sur toi. Je suis heureux que tu sois venu nous voir avant qu'il ne soit trop tard.

Je souris, l'air gêné.

— Bon, ajouta George, je t'invite chez moi, mais à une condition.

— Laquelle ? demandai-je.

— Je veux savoir si tu as fait couler ton yacht exprès pour toucher l'assurance.

Il me regarda d'un air plein de soupçons. Je lui souris.

— Allons-y, je te raconterai en chemin !

Et c'est ainsi que je sortis de la réunion du vendredi des Alcooliques anonymes avec mon nouveau parrain : George B.

George habitait sur South Main Street, une des meilleures rues dans le quartier résidentiel de Southampton.

C'était un petit cran en dessous de Meadow Lane, du moins pour ce qui était des prix, quoique la plus modeste maison sur South Main Street coûtât tout de même dans les 3 millions de dollars.

Nous étions assis de part et d'autre d'une table de chêne blanchi très chère, dans sa cuisine rustique à la française. J'étais en train d'expliquer à George que je projetais de tuer le spécialiste d'interventions en toxico-manie Dennis Maynard dès que mon double Quatre-vingt-dix serait terminé. J'avais décidé que George était la bonne personne à qui en parler, après qu'il m'eut raconté l'histoire d'un huissier qui était venu chez lui pour lui délivrer une sommation bidon. George avait refusé d'ouvrir la porte et l'huissier avait commencé à clouer la sommation sur sa porte en acajou poli main. George s'était approché de la porte et avait attendu que l'huissier soit en train de lever son marteau, puis il avait ouvert la porte d'un coup, assommé l'huissier et refermé la porte. Tout s'était passé si vite que l'huissier n'avait pu décrire George à la police et l'affaire en était restée là.

— ... et c'est un vrai scandale, disais-je à George, que ce fumier ose prétendre être un professionnel. Oublions le fait qu'il ait déconseillé à ma femme de me rendre visite pendant que je pourrissais dans cette taule de cinglés ! À mon avis, rien que ça mériterait déjà qu'on lui casse les deux jambes. Mais qu'il l'invite au cinéma pour essayer de l'attirer dans son lit, eh bien, ça, ça mérite la mort !

Je secouai rageusement la tête et laissai échapper un profond soupir, soulagé de pouvoir sortir ce que j'avais sur le cœur.

George était d'accord avec moi ! Oui, à son avis, mon spécialiste d'interventions en toxicomanie méri-tait de mourir. Nous passâmes les minutes qui suivirent à discuter du meilleur moyen de le tuer. Nous commençâmes par examiner mon idée de lui trancher la biroute avec un coupe-boulon hydraulique. George ne trouvait pas ça assez douloureux, parce que le type tomberait en état de choc avant même que sa queue ait touché le plancher, et qu'il serait saigné à blanc en quelques secondes. Nous évoquâmes ensuite le feu : on pouvait le brûler vif. L'idée plaisait à George, parce que ça faisait très mal, mais il s'inquiétait des éventuels dégâts collatéraux, car notre plan impliquait d'incendier sa maison. Puis nous passâmes à l'empoisonnement au monoxyde de carbone, mais nous fûmes tous deux d'accord sur le fait que c'était beaucoup trop indolore. Après avoir pesé le pour et le contre, nous écartâmes l'idée d'empoisonner sa nourriture. Nettement trop XIXe. Il nous vint à l'esprit l'idée d'un cambriolage bâclé qui se terminerait par un meurtre pour supprimer un témoin gênant. Puis nous pensâmes à payer 5 dollars un accro au crack pour se jeter sur le spécialiste d'interventions en toxicomanie et lui planter un couteau rouillé dans les tripes. Ainsi, expliqua George, il saignerait à mort lentement de la belle façon, surtout si le couteau était planté juste au-dessus du foie, ce qui rendrait la chose encore plus douloureuse.

Nous en étions là, lorsque j'entendis la porte s'ouvrir d'un coup et une voix appeler : « George, à qui est cette Mercedes ? » C'était une voix douce et agréable, marquée par un accent de Brooklyn à couper au couteau, pire que la Duchesse.

L'instant d'après, une des femmes les plus mignonnes de la planète entra dans la cuisine. Autant George était grand, autant elle était petite, à peine plus d'un mètre cinquante pour quarante-cinq kilos. Elle avait les cheveux blond vénitien, des yeux couleur de miel, des traits délicats et une peau comme on en voit

dans les publicités pour savon, parsemée de nombreuses taches de rousseur. Elle semblait avoir une
petite cinquantaine, mais était parfaitement conservée.

— Annette, voici Jordan ! fit George. Jordan,
Annette.

Je me levai pour lui serrer la main, mais elle n'en eut
cure et me donna une chaleureuse accolade et un baiser
sur la joue. Elle sentait bon le frais et portait un parfum
sûrement très coûteux, mais que je ne pus identifier
avec certitude. Annette me sourit et me tint à bout de
bras par les épaules pour mieux m'inspecter.

— Eh bien, je t'accorde au moins une chose, dit-elle,
c'est que tu n'es pas le genre de chat errant que George
a l'habitude de ramener à la maison.

Nous éclatâmes de rire, puis Annette s'excusa et s'en
alla vaquer à ses occupations habituelles, qui consis-
taient à rendre la vie de George aussi agréable que possible. Quelques minutes plus tard, il y avait sur la table
une cafetière fumante accompagnée de biscuits, de
pâtisseries et de beignets ainsi que d'une salade de
fruits frais. Puis elle me proposa de me faire un dîner
complet, parce qu'elle me trouvait trop maigre.

— Tu aurais dû me voir il y a quarante-trois jours !
lui dis-je.

Tout en sirotant notre café, nous continuâmes à parler
de Maynard. Annette ne tarda pas à prendre le train en
marche.

— Si tu veux mon avis, dit la petite bombe de Brooklyn, ça a vraiment l'air d'être un beau salaud. Je trouve
que tu as bien le droit de vouloir lui couper les *cojones*.
Pas vrai, Gwibbie ?

Gwibbie ? Quel drôle de petit nom pour George ! Il
me plaisait bien, même si ça ne lui allait pas vraiment.
Peut-être Sasquatch ou Bigfoot auraient-ils mieux fait
l'affaire, me dis-je… ou alors Goliath, ou Zeus.

Gwibbie acquiesça.

— C'est sûr ! fit-il. Ce mec mérite de mourir dans d'atroces souffrances.

— Et qu'est-ce que tu vas lui dire, demain, Gwib ? demanda Annette.

— Demain, répondit Gwib, je lui dirai que la nuit porte conseil et que nous pourrons décider le jour suivant.

— Vous êtes trop, tous les deux ! m'écriai-je, en souriant. Je savais bien que vous vous fichiez de moi.

— Je ne me fichais pas de toi ! répliqua Annette. Je pense qu'il mérite vraiment qu'on lui arrache les couilles.

Elle prit un ton plus sérieux.

— George fait tout le temps des interventions en toxicomanie et je n'ai jamais entendu qu'on tienne à l'écart l'épouse du patient, n'est-ce pas, Gwib ?

— Je n'aime pas juger les méthodes des autres, répondit Gwib en haussant ses énormes épaules, mais il me semble que dans ton cas l'intervention a nettement manqué de chaleur. J'en ai fait des centaines, et une chose dont je m'assure chaque fois est que la personne auprès de qui j'interviens réalise à quel point on l'aime et que chacun est prêt à l'aider si elle fait ce qu'il faut pour arrêter. Mais tout est bien qui finit bien, pas vrai ? Tu es vivant, ce qui est un miracle extraordinaire – quoique je me demande si, en réalité, tu es vraiment devenu abstinent.

— Qu'est-ce que tu veux dire ? Bien sûr que j'ai arrêté ! Cela fait quarante-trois jours aujourd'hui, et dans quelques heures j'en serai à quarante-quatre. Je n'ai touché à rien, je le jure !

— Aha, fit George, tu as passé quarante-trois jours sans boire ni te droguer, mais ce n'est pas seulement ça, être abstinent. Il y a une différence, hein, Annette ?

— Oh oui ! Raconte-lui l'histoire de Kenton Rhodes *, George.

— Le gars des grands magasins ? demandai-je.

— Oui, fit George, mais en réalité, il s'agit de son idiot de fils, l'héritier du trône. Il a une maison à Southampton, pas loin de chez toi.

Annette se lança dans l'histoire.

— Oui, tu vois, autrefois j'avais une boutique juste dans la rue au bout de celle-ci, à côté de Windmill Lane. Elle s'appelait la Stanley Blacker Boutique. On y vendait des superfringues style western, des bottes Tony Lama…

Mais George n'avait manifestement aucune patience pour le dégoulinage, même de la part de sa propre épouse. Il la coupa net.

— Bon Dieu, Annette, qu'est-ce que ça a à faire dans cette histoire ? On s'en fout de ce que tu vendais dans ta foutue boutique et du nom de mes patients il y a dix-neuf ans.

Il leva les yeux au ciel. Il inspira profondément, enflant jusqu'à la taille d'un éléphant moyen, et soupira lentement.

— Donc, Annette avait ce magasin sur Windmill Lane et avait l'habitude de garer sa petite Mercedes juste devant. Un jour qu'elle était à l'intérieur, à attendre le client, elle voit à travers la vitrine une autre Mercedes qui se gare derrière la sienne et qui lui cogne le pare-chocs arrière. La seconde d'après, un homme en sort avec sa petite amie et il s'en va en ville sans même laisser un mot sous l'essuie-glace.

Annette me regarda, les sourcils froncés.

— C'était Kenton Rhodes qui m'avait heurtée, murmura-t-elle.

---

* Ce nom a été modifié.

George lui lança un coup d'œil.

— Exact, c'était Kenton Rhodes. Annette sort du magasin et elle s'aperçoit que non seulement le type avait heurté l'arrière de la voiture, mais qu'en plus il était garé en stationnement interdit, dans une zone réservée aux pompiers. Donc elle appelle les flics. Les flics arrivent et mettent une prune au gars. Une heure plus tard, le voilà qui revient du restaurant, pété comme un coing. En arrivant à sa voiture, il découvre la contravention. Ça le fait marrer, et voilà qu'il la déchire et jette les morceaux par terre !

Annette ne put résister à intervenir une fois de plus.

— Ouais, et ce salaud avait l'air content de lui, alors je sors et je lui dis : « Laisse-moi te dire quelque chose, mon pote. Non seulement tu as cogné ma voiture et tu lui as fait une éraflure, mais tu as le culot de te garer dans une zone réservée aux pompiers et ensuite, tout ce que tu trouves à faire, c'est de déchirer la contravention et de jeter les morceaux par terre en polluant la rue. »

George acquiesça, l'air grave.

— Il se trouvait que je passais par là juste à ce moment, et je vois Annette qui montre ce connard du doigt en criant, et puis j'entends qu'il la traite de pute ou quelque chose du genre. Je vais droit à Annette et je lui dis : « Annette, tu rentres immédiatement dans la boutique ! » Sachant très bien ce qui allait se passer, Annette se dépêche de rentrer. Pendant ce temps, Kenton Rhodes se met à me dire un truc corsé tout en montant dans sa Mercedes. Il claque la porte et démarre le moteur, puis il appuie sur le lève-vitres automatique, et la vitre en verre trempé commence à remonter. Il met une énorme paire de lunettes de soleil Porsche – tu sais, celles qui te font des yeux de mouche –, et il me montre son médius en rigolant.

— Et alors, qu'est-ce que tu as fait ? demandai-je en riant.

George fit rouler la borne d'incendie qui lui servait de nuque.

— Ce que j'ai fait ? Je me suis énervé grave, et j'ai tapé dans la fenêtre du conducteur si fort que la vitre a explosé en miettes. Mon poing a atterri tout droit sur la tempe gauche de Kenton Rhodes, et il s'est affalé, assommé, la tête sur les genoux de sa petite amie, toujours avec ses lunettes de soleil Porsche à la con, sauf que maintenant elles étaient tout de travers.

— Et on t'a arrêté ? demandai-je en m'esclaffant.

— Pas exactement. Tu vois, sa petite amie hurlait de toute la force de ses poumons : « Oh mon Dieu ! Oh mon Dieu ! Vous l'avez tué ! Vous êtes un fou dangereux ! » Et la voilà qui saute de la voiture et qui fonce au poste de police pour aller chercher les flics. Au bout de quelques minutes, pendant que Kenton Rhodes était en train de revenir à lui, elle revient en courant avec un flic, qui se trouvait être mon bon copain Pete Orlando. Elle court à la voiture, côté conducteur, elle aide Kenton Rhodes à descendre et elle lui enlève tous les morceaux de verre qu'il a sur lui, et tous les deux se mettent à bramer après Pete en exigeant qu'il m'arrête. Annette ressort en courant, elle crie : « Pete, il a déchiré sa contravention et il l'a jetée par terre ! C'est un cochon de pollueur, et en plus il était garé sur l'espace réservé aux pompiers ! » Pete fait le tour de la voiture et se met à hocher la tête, sérieux comme un pape. Puis il se tourne vers Kenton Rhodes et lui dit : « Vous êtes garé dans une zone réservée aux pompiers. Déplacez immédiatement cette voiture ou je la fais enlever. » Kenton Rhodes se met à grommeler dans sa barbe en maudissant Pete Orlando, tout en montant dans sa voiture. Il claque la porte, passe la marche arrière et commence à reculer de quelques mètres. Là-dessus, Pete Orlando lève le bras et crie : « Stop ! Monsieur, veuillez descendre de cette voiture ! » Kenton Rhodes arrête la voiture, descend et demande : « Quoi, encore ? » et Pete lui dit : « Je sens un relent d'alcool dans votre haleine. Vous allez devoir vous soumettre à l'alcootest. » Du coup, Kenton Rhodes se met à gueuler contre Pete en lui disant : « Vous ne savez pas à qui vous avez affaire ! » et d'autres conneries. Résultat des courses, Pete l'arrête pour conduite en état d'ébriété et lui passe les menottes pendant qu'il continue à hurler des injures.

Nous nous tordîmes de rire pendant une bonne minute. C'était mon premier fou rire sans drogue depuis presque dix ans. À vrai dire, je ne me souvenais même pas d'avoir jamais ri autant. L'histoire contenait un message, bien sûr. Celui que, à l'époque, George avait arrêté l'alcool depuis peu de temps, ce qui revenait à dire qu'en fait, il n'était pas sobre du tout. Il avait peut-être arrêté de boire, mais il continuait à se comporter comme un pochetron.

George finit par retrouver son sérieux.

— Tu es quelqu'un d'intelligent, je pense que tu as capté ce que je voulais dire.

— Oui, acquiesçai-je, tu veux dire que vouloir tuer mon spécialiste d'interventions en toxicomanie n'est pas une idée d'homme abstinent.

— Exactement, fit-il. Ça fait du bien d'y penser, ça fait du bien d'en parler, et même de blaguer dessus. Mais le faire vraiment – c'est là que se pose la question de la sobriété. Ça fait maintenant plus de vingt ans que j'ai arrêté, et je continue à aller à des réunions tous les jours, pas seulement parce que je ne veux plus boire d'alcool, mais parce que pour moi la sobriété veut dire bien plus que simplement ne pas picoler. Quand je vais à une réunion et que je vois un nouveau venu, comme toi aujourd'hui, cela me rappelle à quel point je suis près du bord et à quel point ça serait facile de glisser. Cela me sert à me rappeler chaque jour qu'il ne faut pas prendre un verre. Et quand je vois les anciens, des gens qui ont trente ans de sobriété et plus – encore plus que moi –, cela me rappelle à quel point ce programme est merveilleux et combien de vies il a sauvées.

— Je comprends, dis-je. Je n'allais pas vraiment le tuer, de toute façon. J'avais seulement besoin de m'entendre en parler, pour me libérer l'esprit. J'imagine que, quand tu y penses aujourd'hui, tu dois être horrifié d'avoir fait ce que tu as fait à Kenton Rhodes. Maintenant que tu es abstinent depuis vingt ans, un trou du cul comme lui, tu te contenterais de lui tendre la joue gauche, c'est bien ça ?

George me lança un regard incrédule.

— Tu te fous de ma gueule ou quoi ? Même si j'étais abstinent depuis cent ans, ça ne changerait rien du tout. Je l'assommerais exactement comme l'autre fois, ce sale con !

Et nous nous écroulâmes une fois encore de rire. Au cours de ce merveilleux été de 1997, le premier été de ma sobriété, les occasions de rire ne manquèrent pas, pour la Duchesse et moi, à mesure que nous devenions de plus en plus proches de George et d'Annette. Nos anciens amis s'évanouirent les uns après les autres dans les limbes du passé. Lorsque je fêtai ma première année de sobriété, j'avais perdu le contact avec pratiquement tous. Les Beall étaient toujours là, ainsi que quelques vieux amis de Nadine, mais des gens comme Elliot Lavigne ou Danny Porush, Rob Lorusso ou Todd et Carolyn Garrett n'avaient plus leur place dans ma vie.

Bien sûr, des gens comme Moumoute ou Bonnie et Ross, ainsi que certains de mes amis d'enfance faisaient une apparition de temps en temps pour un dîner ou que sais-je, mais ce n'était plus comme avant. La mine d'or était officiellement fermée et les drogues, qui avaient été le ciment de notre amitié, avaient cessé de nous réunir. Le Loup de Wall Street était mort d'une overdose cette nuit-là, à Boca Raton, en Floride, dans la cuisine de Dave et Laurie Beall. Et le peu qui restait de lui s'évanouit après ma rencontre avec George B., qui me mit sur le chemin de la véritable sobriété.

Survécut à cela Alan Lipsky, mon plus vieil et plus cher ami, qui avait été là bien longtemps avant que tout cela n'arrivât, longtemps avant que j'aie eu l'idée farfelue d'importer à Long Island ma version personnelle de Wall Street – plongeant dans le chaos et la folie toute une génération de jeunes Américains. Un jour de l'automne 1997, Alan vint me voir pour me dire qu'il n'en pouvait plus, qu'il en avait ras le bol de perdre l'argent de ses clients et qu'il préférait être au chômage plutôt que de continuer à s'occuper de Monroe Parker. Je fus cent pour cent d'accord avec lui, et Monroe Parker ferma peu de temps après. Biltmore en fit autant quelques mois plus tard, et l'ère des strattoniens fut définitivement close.

Ce fut à peu près à la même époque que je mis fin à la procédure que j'avais engagée contre Steve Madden. Je finis par me contenter d'un peu plus de 5 millions de dollars, bien loin de ce que valaient en réalité les actions. Néanmoins, l'accord de règlement stipulait que Steve devait vendre mes actions à un fonds mutualiste, si bien qu'aucun de nous n'en tira le plein bénéfice. Je considérerai toujours Steve Madden comme quelqu'un qui s'en était bien sorti, même si, l'un dans l'autre, j'avais quand même gagné plus de 20 millions de dollars dans l'affaire

– somme qui n'était pas dérisoire, même mesurée à mon aune outrancière.

Pendant ce temps, la Duchesse et moi nous étions installés dans un mode de vie plus tranquille, plus modeste. La ménagerie se réduisit progressivement à un niveau plus raisonnable, à peine douze personnes pour nous aider. Les premiers à partir furent Maria et Ignacio. Puis ce furent les deux Rocco, que j'avais toujours bien aimés, mais que je ne considérais plus comme indispensables. À présent que la cocaïne et les Mandrax avaient cessé d'alimenter ma paranoïa, il me semblait ridicule d'entretenir ma propre force de sécurité privée dans un quartier où le crime n'existait pas. Bo avait pris la chose du bon côté et s'était contenté de me dire qu'il était heureux que je sois sorti vivant de tout ça. Bien qu'il ne l'eût jamais dit, j'étais persuadé qu'il se sentait en partie responsable. Pourtant, il ne s'était sans doute jamais rendu compte à quel point ma toxicomanie avait dégénéré. La Duchesse et moi nous étions très bien débrouillés pour la dissimuler, n'est-ce pas ? Ou alors, peut-être tout le monde savait-il très bien ce qui se passait, mais se gardait bien de dire quoi que ce fût. Tant que la poule continuait à pondre ses œufs d'or, qu'est-ce que ça pouvait bien faire qu'elle soit en train de se tuer ?

Naturellement, Gwynne et Janet restèrent, et nous ne parlâmes jamais du fait que, en dehors de la Duchesse, elles avaient été mes principales complices. Il est parfois sage de ne pas réveiller le chat qui dort. Janet était experte pour enterrer le passé. Gwynne également, en tant que Sudiste – enterrer le passé est une spécialité sudiste. De toute façon, je les aimais toutes les deux et c'était réciproque. Le fait est que la toxicomanie est une saloperie de maladie et que les limites du sens commun s'estompent dans le feu de l'action, surtout lorsque *Vie et mœurs des riches détraqués* bat son plein.

Et, puisque nous parlons de mes principaux complices, il y avait, bien sûr, la pulpeuse Duchesse de Bay Ridge, à Brooklyn. Je crois bien qu'elle avait fini par se montrer à la hauteur, non ? Elle avait été la seule à s'inquiéter suffisamment pour mettre pied à terre et dire : « Maintenant, ça suffit ! »

Aux alentours de ma première année d'abstinence, je commençai à remarquer des changements en elle. Il m'arrivait parfois de jeter à son insu un coup d'œil furtif à son joli minois, et d'y voir un regard lointain, comme traumatisé, où perçait un soupçon de tristesse. Je me demandais toujours à quoi elle pensait en ces moments-là, quels ressentiments inavoués elle gardait à mon encontre, pas seulement pour ce moment épouvantable dans l'escalier, mais pour tout le reste – pour les coucheries et le libertinage, pour les coups de barre qui me faisaient tomber endormi en plein restaurant et les sautes d'humeur imprévisibles qui avaient accompagné mon addiction.

J'interrogeai George à ce sujet – je voulais savoir ce qu'il en pensait et s'il y avait quoi que ce fût que je pusse faire. Avec un brin de tristesse dans la voix, il me répondit que toute cette affaire n'était pas encore terminée et qu'il était inconcevable que Nadine et moi ayons pu vivre tout ce que nous avions vécu et tout faire passer à la trappe. La Duchesse et moi avions exploré de nouveaux territoires en matière de relations dysfonctionnelles. George compara Nadine au Vésuve – à un volcan endormi, dont on pouvait seulement être sûr qu'il entrerait un jour en éruption. Il ne savait pas quand ni avec quelle force, mais il nous recommanda à tous les deux de suivre une thérapie, ce que nous ne fîmes pas.

Au lieu de quoi, nous enterrâmes le passé et repartîmes de l'avant.

Parfois, je trouvais la Duchesse en pleurs, assise toute seule dans son *showroom* maternel, le visage baigné de larmes. Lorsque je lui demandais ce qui se passait, elle me répondait qu'elle ne parvenait pas à comprendre pourquoi tout cela était arrivé. Pourquoi m'étais-je détourné d'elle et étais-je allé me perdre dans les drogues ? Pourquoi l'avais-je tant maltraitée, pendant toutes ces années ? Et pourquoi étais-je maintenant devenu un si bon mari ? D'une certaine manière, cela rendait les choses encore pires, disait-elle, et chaque gentillesse que je lui témoignais accroissait la rancune qu'elle éprouvait pour le fait que ça n'avait pas été toujours ainsi. Alors nous faisions l'amour et tout s'arrangeait jusqu'à la fois suivante où je la trouvais à nouveau en larmes.

Néanmoins, nos deux enfants, Chandler et Carter, nous étaient d'une grande consolation. Carter venait de fêter son troisième anniversaire. Il était plus beau que jamais, avec ses cheveux blond platine et ses cils interminables. Le Bon Dieu l'avait pris sous sa protection depuis ce terrible jour au North Shore Hospital, où l'on nous avait dit qu'il grandirait privé de ses facultés mentales. Depuis ce jour-là, il n'avait plus attrapé fût-ce le moindre rhume. Sa perforation cardiaque, désormais presque refermée, ne lui avait jamais causé le moindre problème.

Et Chandler ? Ma petite puce, le bébé génie d'autrefois, qui avait guéri d'un bisou le bobo de son papa ? Eh bien, elle était restée la fille à son papa, comme avant. Elle avait acquis en chemin le surnom de CIA, parce qu'elle passait une bonne partie de son temps à écouter toutes les conversations et à rassembler des informations. Elle venait d'avoir 5 ans et était très en avance sur son âge. Elle était extrêmement douée pour le commerce, et savait user d'un subtil pouvoir de suggestion pour m'imposer ses quatre volontés, ce qui, je l'admets, n'était pas si difficile que ça.

Parfois je la regardais dans son sommeil, me demandant si elle se souviendrait de tout cela – de tout ce chaos qui avait entouré les quatre premières années de sa vie, ces années décisives dans une éducation. La Duchesse et moi avions toujours essayé de l'en protéger, mais les enfants, c'est bien connu, sont des observateurs sagaces. De temps en temps, il faut le dire, quelque chose se réveillait en elle et elle reparlait de ce qui s'était passé dans l'escalier ce jour-là, puis elle me disait qu'elle était très contente que je sois allé à « Atlantica » pour que maman et papa soient de nouveau heureux tous les deux. Dans ces moments-là, je pleurais intérieurement, mais elle changeait aussitôt de sujet pour parler de quelque chose de complètement inoffensif, comme si ce souvenir ne la remuait pas au plus profond. Un jour, il faudrait que je lui donne des explications, pas seulement pour ce qui s'était passé dans l'escalier, mais pour tout. Mais nous avions tout le temps pour cela, et pour le moment il me semblait plus sage de lui permettre de savourer encore un peu la bienheureuse ignorance de l'enfance.

Un jour que Chandler et moi étions dans la cuisine à Old Brookville, elle me tira par le pantalon en disant :

— Je veux que tu m'emmènes au vidéoclub acheter le dernier *Razmoket* ! Tu m'as promis !

En réalité, je n'avais rien promis du tout, mais cela ne fit qu'accroître mon admiration. Ma fille de 5 ans essayait de me vendre son idée en s'assurant une position de force plutôt que de faiblesse. Il était 19 h 30.

— D'accord, dis-je, allons-y tout de suite, avant que maman soit rentrée. En route, ma puce !

Je lui tendis les bras et elle s'y précipita, me serra le cou de ses petits bras et partit de son rire délicieux.

— Allez, papa, on y va ! Dépêche-toi !

Je souris à ma merveille de fille, et inspirai son parfum merveilleux, à pleins poumons d'abstinent. Chandler était belle en dedans comme en dehors ; je ne doutais pas qu'elle allait grandir encore en force et en sagesse, et qu'un jour, elle apposerait sa marque sur le monde. Dès sa naissance, j'avais remarqué cet air sur son visage, cette étincelle dans son regard.

Nous décidâmes de prendre ma petite Mercedes, qui était sa voiture préférée, et nous abaissâmes la capote pour savourer la beauté de ce soir d'été. Nous étions au tout début septembre, quelques jours avant le Labor Day. Le temps était splendide. C'était un de ces soirs clairs et sans vent, où l'on pouvait humer les premières senteurs de l'automne. À la différence de ce que j'avais fait en ce funeste jour seize mois plus tôt, j'attachai la ceinture de sécurité de ma précieuse fille assise sur le siège du passager avant, et sortis de l'allée sans rien emboutir.

Comme nous franchissions les piliers de pierre qui bordaient le portail, je remarquai une voiture garée devant la propriété. C'était une berline quatre portes grise, peut-être une Oldsmobile. Lorsque je passai devant elle, un homme d'âge moyen, un Blanc au crâne étroit et aux cheveux gris coupés court coiffés sur le côté, sortit sa tête par la fenêtre et me demanda : « Excusez-moi, sommes-nous sur Cryder Lane ? »

Je freinai. Cryder Lane ? Que voulait-il dire ? Il n'y avait pas de Cryder Lane à Old Brookville, ni même dans toute la Locust Valley. Je jetai un coup d'œil à Channy et eus un accès de panique. J'aurais voulu que les Rocco soient là pour me protéger. Cette rencontre avait quelque chose de bizarre et de déroutant.

Je secouai négativement la tête.

— Non, ici, c'est Pin Oak Court. Je ne connais pas de Cryder Lane.

Je m'aperçus alors qu'il y avait trois autres personnes dans la voiture, et mon esprit prit immédiatement son essor. Nom de Dieu ! Ils étaient venus kidnapper Channy !... J'étendis le bras, le posai sur la poitrine de Chandler, et lui dis : « Accroche-toi, ma chérie ! »

J'allais écraser l'accélérateur, mais la porte arrière de l'Oldsmobile s'ouvrit en grand et une femme en sortit d'un bond. Elle me fit signe de la main en souriant.

— Tout va bien, Jordan. Nous ne vous voulons pas de mal. Ne vous enfuyez pas.

Elle sourit à nouveau. Je reposai mon pied sur le frein.

— Que voulez-vous ? demandai-je sèchement.

— FBI, expliqua-t-elle simplement.

Elle sortit de sa poche un porte-cartes de cuir noir et l'ouvrit d'un coup sec. Pas de doute, c'étaient bien ces trois vilaines lettres qui me regardaient dans les yeux : F-B-I. Trois lettres majuscules en bleu clair, avec quelques mots d'allure officielle imprimés au-dessus et au-dessous. L'homme au crâne étroit présenta lui aussi brièvement sa carte.

Je souris ironiquement.

— J'imagine que vous n'êtes pas venus m'emprunter deux cent cinquante grammes de sucre en poudre, non ?

Tous deux firent non de la tête. Les deux autres agents descendirent de l'Oldsmobile et montrèrent eux aussi leurs cartes. La femme d'apparence aimable me fit un sourire embarrassé.

— Je crois que vous feriez mieux de rentrer et de ramener votre fille chez vous. Nous avons besoin de vous parler.

— Pas de problème, fis-je. Et merci, au passage. J'apprécie sincèrement votre façon de faire.

La femme hocha la tête, acceptant ma gratitude pour le fait qu'ils aient eu la décence de ne pas faire de scandale en m'arrêtant devant ma fille.

— Où est l'agent Coleman ? demandai-je. Après toutes ces années, je meurs d'impatience de le rencontrer.

— Je suis sûre que c'est réciproque, répondit la femme en souriant. Il ne va pas tarder.

J'opinai, résigné. Il était temps d'annoncer la mauvaise nouvelle à Chandler : il n'y aurait pas de *Razmoket* ce soir. Je me doutais aussi que d'autres changements l'attendaient qui n'allaient pas vraiment l'enchanter, à commencer par le fait que papa allait devoir s'absenter temporairement. Je regardai ma fille.

— On ne peut pas aller au vidéoclub, chérie. Il faut que je parle un petit moment avec ces gens.

Serrant les dents, elle se mit à hurler :

— Non ! Tu m'avais promis ! Tu ne tiens pas ta promesse ! Je veux aller au vidéoclub ! Tu m'avais promis !

Elle continua de crier tandis que je ramenais la voiture à la maison. Elle criait encore lorsque nous traversâmes la cuisine et que je la confiai à Gwynne.

— Appelle Nadine sur son portable, dis-je à Gwynne. Dis-lui que le FBI est ici et qu'ils sont venus m'arrêter.

Gwynne acquiesça sans mot dire et emmena Chandler à l'étage. Dès que Chandler fut hors de vue, l'aimable dame du FBI annonça : « Vous êtes en état d'arrestation pour manipulation d'actions, blanchiment d'argent et... »

Bla-bla-bla, pensai-je, tandis qu'elle me passait les menottes en récitant la liste de mes crimes devant Dieu et les hommes et le reste du monde. Ses paroles me glissaient dessus comme un souffle de vent. Elles n'avaient pas de sens pour moi, ou du moins ne valaient pas la peine d'être écoutées. Je savais ce que j'avais fait, et je savais que je méritais ce qui allait m'arriver, quoi que ce pût être. D'ailleurs, j'aurais tout le temps d'examiner le mandat d'amener avec mon avocat.

En quelques instants, au moins vingt agents du FBI se bousculaient dans la maison, tous équipés de l'attirail complet – pistolets, gilets pare-balles, chargeurs de rechange, et que sais-je encore. C'était tout de même un peu ridicule de leur part, pensai-je, de se déguiser ainsi, comme s'ils étaient en mission commando.

Au bout de quelques minutes, l'agent Gregory Coleman finit par pointer le bout de son nez. Je reçus un choc. Il n'était pas plus vieux que moi. Il avait l'air d'un gosse. À peu près ma taille, cheveux bruns courts, yeux très sombres, traits réguliers et gabarit tout ce qu'il y avait d'ordinaire.

Il sourit en me voyant et me tendit sa main droite. Je la lui serrai – un peu maladroitement, avec mes mains menottées et tout ça.

— Je voulais vous dire, fit-il d'une voix empreinte de respect. Vous n'avez pas été un adversaire facile. J'ai bien dû frapper à une centaine de portes, et je n'ai trouvé personne qui ait accepté de collaborer contre vous.

Il hocha la tête, encore stupéfait de la loyauté des strattoniens envers moi.

— J'ai pensé que ça vous ferait plaisir de le savoir, ajouta-t-il.

— Eh oui, répondis-je mélancoliquement, on ne tue pas la poule aux œufs d'or, vous savez.

— Sûr et certain, approuva-t-il.

Sur ces entrefaites, la Duchesse arriva en courant. Elle avait les larmes aux yeux, mais elle était quand même très belle. Même alors que je me faisais arrêter, je ne pus m'empêcher de jeter un coup d'œil à ses jambes, d'autant que je ne savais pas quand je pourrais les revoir.

Comme on m'emmenait, menotté, elle me déposa un léger baiser sur la joue et me dit de ne pas m'inquiéter. J'acquiesçai et lui répondis que je l'aimais et que je l'aimerais toujours. Et puis, soudain, j'étais parti. Où allais-je, je n'en avais pas la moindre idée, mais je me figurais que j'allais échouer quelque part dans Manhattan et que le lendemain je serais présenté à un juge fédéral.

Rétrospectivement, je me souviens d'avoir ressenti un certain soulagement d'en avoir enfin terminé avec le chaos et la folie. J'allais purger ma peine, et puis je sortirais, j'étais jeune et sobre, père de deux enfants et mari d'une femme au cœur aimant, qui avait tenu bon à mes côtés contre vents et marées.

ÉPILOGUE

Les traîtres

Oui, vraiment, cela aurait été merveilleux si la Duchesse et moi avions vécu heureux jusqu'à la fin de nos jours – si j'avais purgé ma peine, puis étais ensuite sorti de prison pour retrouver ses bras tendres et aimants. Mais cette histoire n'est pas un conte de fées et ne se termine pas sur un *happy end*. Le juge avait fixé ma caution à 10 millions de dollars, et ce fut alors, sur les marches mêmes du tribunal, que la Duchesse largua sa bombe A.

— Je ne t'aime plus, dit-elle avec une froideur glaciale. Tout ce mariage n'a été qu'un mensonge.

Là-dessus, elle tourna les talons et appela son avocat sur son téléphone portable pour entamer la procédure de divorce. Je tentai de l'infléchir, bien sûr, mais cela ne servit à rien.

— L'amour est comme une statue, dit-elle à travers de petits reniflements factices. Tu peux en gratter de petits bouts sans qu'on s'en aperçoive, jusqu'à ce qu'à la fin, il n'en reste plus rien.

Oui, c'était peut-être vrai, pensai-je, sauf que tu avais attendu que je sois inculpé pour t'en rendre compte, *espèce de traîtresse, salope de croqueuse de diamants* ! N'importe. Nous nous séparâmes quelques semaines plus tard, et je partis en exil dans notre fabuleuse maison de Southampton. C'était l'endroit rêvé pour contempler les murs de la réalité s'effondrer sur moi, tout en écoutant s'écraser les vagues de l'Atlantique et en admirant les couchers de soleil à couper le souffle sur Shinnecock Bay.

Pendant ce temps, sur le front légal, les choses ne cessaient d'empirer. Quatre jours après ma sortie de détention provisoire, le procureur des États-Unis appela mon avocat pour lui dire que, si je ne plaidais pas coupable et acceptais de témoigner, il allait inculper la Duchesse à son tour. Il n'avait pas précisé quelles charges pesaient contre elle, mais je me dis qu'elle risquait fort d'être inculpée pour complicité de dépense de sommes indécentes. De quoi d'autre s'était-elle rendue coupable, après tout ?

De quelque façon qu'on regardât la situation, c'était le monde à l'envers. Moi qui me trouvais au sommet de la chaîne alimentaire, comment pouvais-je dénoncer ceux qui se trouvaient en dessous de moi ? Livrer une multitude de poissons plus petits pouvait-il racheter le fait que j'étais le plus gros poisson dans l'affaire ? Simple question d'arithmétique : cinquante guppys pesaient-ils ensemble autant qu'une baleine ?

Coopérer signifiait que je devrais porter des micros, témoigner dans des procès, y compris contre mes amis, me mettre à table et à révéler la moindre malversation financière des dix dernières années. C'était une pensée terrible. Une pensée absolument épouvantable. Mais avais-je le choix ? Si je ne coopérais pas, ils allaient inculper la Duchesse et l'emmener menottes aux poignets.

La Duchesse, inculpée, menottée. Je trouvai d'abord l'idée plutôt séduisante. N'irait-elle pas probablement changer d'idée sur notre divorce si nous étions tous deux inculpés ? Cela nous rapprocherait, par la force des choses… Et si elle devait se présenter chaque mois à un contrôleur judiciaire, cela ferait d'elle une proie bien moins désirable pour un autre homme. Aucun doute là-dessus.

Mais pourtant, non, je ne pouvais pas laisser cela se produire. Elle était la mère de mes enfants, et cela coupait court à toute discussion.

Mon avocat amortit le choc en expliquant que tout le monde coopérait dans un cas comme le mien et que, si j'allais au tribunal et étais condamné, je prendrais trente ans – alors que, si je plaidais coupable immédiatement, je pouvais m'en tirer avec six ou sept ans. En plus, nier aurait laissé la Duchesse exposée, ce qui était tout à fait inacceptable.

Je coopérai donc.

Danny fut également inculpé. Lui aussi coopéra, de même que les gars de Monroe Parker et de Biltmore. Danny s'en tira avec vingt mois, et tous les autres avec du sursis et une mise à l'épreuve. Le Chinois Dévoyé fut inculpé à son tour. Lui aussi coopéra, et fut condamné à huit ans. Puis ce fut le tour de Steve Madden, le Cordonnier Coupe-Jarret, et d'Elliot Lavigne, le Dégénéré Suprême, qui plaidèrent tous deux coupables. Elliot prit trois ans, et Steve trois et demi. Enfin, Dennis Gaito, le Chef du New Jersey, fut mis en examen et jugé coupable. Hélas, le juge le condamna à dix ans.

Andy Greene, *alias* Moumoute, s'en tira sans dommages ; et Kenny Greene, *alias* l'Ahuri, s'en tira lui aussi comme ça, bien qu'il parût impossible qu'il n'eût pas mis les doigts dans la confiture. Il fut inculpé bien des années plus tard, dans une affaire de fraude boursière qui n'avait rien à voir avec Stratton. Comme tout le reste du clan, lui aussi coopéra, et il purgea un an de prison.

Au milieu de tout cela, la Duchesse et moi tombâmes à nouveau amoureux. La seule nouveauté, c'était que c'était de personnes différentes. J'allai jusqu'à me fiancer, mais rompis à la dernière seconde. La Duchesse, en revanche, se remaria, et est encore mariée aujourd'hui. Elle vit en Californie, à quelques kilomètres de chez moi. Après quelques années houleuses, nous avons fini par enterrer la hache de guerre. Nous nous entendons très bien aujourd'hui – en partie parce que c'est une femme formidable, en partie parce que son nouveau mari est un type formidable. Nous nous partageons la garde des enfants, et je les vois presque tous les jours.

Détail amusant, ce ne fut que cinq ans plus tard que j'allai finalement en prison, pour purger vingt-deux mois dans une prison fédérale. Et ce à quoi je n'aurais jamais pu m'attendre, même dans mes pires cauchemars, c'était que ces cinq années soient aussi folles que celles qui les avaient précédées.

REMERCIEMENTS

Mille remerciements à mon agent littéraire, Joel Gotler, qui après avoir lu trois pages d'un manuscrit vraiment brut, m'a dit de tout laisser tomber pour me consacrer à l'écriture à plein-temps. Il a été mon professeur, mon conseiller, mon psy et, surtout, un véritable ami. Sans lui, jamais ce livre n'aurait été écrit. (Si votre nom y figure, c'est donc sa faute, pas la mienne !)

Je tiens aussi à remercier le directeur de la maison d'édition, Irwyn Applebaum, qui a cru en moi dès le début. C'est sa confiance qui a fait la différence.

Mille mercis également à mon éditrice, Danielle Perez, qui a abattu le travail de trois personnes et a fait d'un manuscrit de mille deux cents pages un livre de cinq cents. C'est une femme étonnante, au style et à la grâce exceptionnels. Pendant les neuf derniers mois, sa phrase favorite à mon égard a été : « Je ne voudrais pas voir à quoi ressemble votre foie ! »

Un immense merci à Alexandra Milchan, qui est mon armée à elle toute seule. Si chaque auteur avait la chance d'avoir une Alexandra Milchan, il y aurait moins d'écrivains crève-la-faim en ce bas monde. Elle est forte, aimable, brillante et douée d'une personnalité hors du commun. C'est bien la fille de son père.

Plein de mercis, aussi, à mes bons amis Scott Lambert, Kris Mesner, Johnnie Marine, Michael Peragine, Kira Randazzo, Marc Glazier, Faye Greene, Beth Gotler, John

Macaluso, et à tous les serveurs et serveuses des restaurants et des cafés où j'ai écrit ce livre – les filles du Chaya, du Skybar et du Coffee Bean, ainsi que Joe à Il Boccaccio.

Pour terminer, je remercie mon ex-épouse, la Duchesse de Bay Ridge, Brooklyn. C'est toujours elle la meilleure, même si elle continue à vouloir me mener à la baguette, comme si nous étions encore mariés.

Table

PREMIÈRE PARTIE

DEUXIÈME PARTIE

TROISIÈME PARTIE

QUATRIÈME PARTIE

Table 765

Le Livre de Poche s'engage pour l'environnement en réduisant l'empreinte carbone de ses livres. Celle de cet exemplaire est de : 1 kg éq. CO_2

PAPIER À BASE DE FIBRES CERTIFIÉES Rendez-vous sur www.livredepoche-durable.fr

Composition réalisée par FACOMPO (Lisieux)

Achevé d'imprimer en août 2013, en France sur Presse Offset par
Maury Imprimeur - 45330 Malesherbes
N° d'imprimeur : 183813
Dépôt légal 1re publication : février 2011
Édition 02 - août 2013
LIBRAIRIE GÉNÉRALE FRANÇAISE - 31, rue de Fleurus - 75278 Paris Cedex 06